HEINZ-CHRISTIAN WILKENS
AUS DEM LOT

Heinz-Christian Wilkens

Aus dem Lot

Ein Roman

Verlag H. M. Hauschild GmbH, Bremen

Titelblattgestaltung:
Rainer Ludwigs unter Verwendung eines Fotos von Ira Müffelmann

Im Text vorkommende medizinische Fachausdrücke werden auf den Seiten 406 ff. erklärt.

Verlag H. M. Hauschild GmbH, Bremen
Gesamtherstellung: H. M. Hauschild GmbH, Bremen

ISBN 3-89757-058-0

Widmung

Für einen lieben Menschen, der mir in meinem
Leben mehr gegeben hat, als er vermutlich ahnte,
meinen Schwiegervater Hans

„Was ist das denn? Willst du mich verkohlen?“
Doktor Templer stellte den Kaffeebecher auf seinem übervollen Schreibtisch ab und sah Schwester Ruth über seine randlose Brille hinweg an, die meist unter einem Stapel Laborzettel lag und ungenutzt blieb.
„Keineswegs! Das ist das Testergebnis von heute morgen. Gerade frisch aus dem Labor. Ich dachte, ich zeig’ dir das zuerst. Frau Doktor Mickler hatte gleich nach der Untersuchung schon den Verdacht, daß sie schwanger ist.“
„Das gibt’s doch nicht!“ zischte Oberarzt Templer: „Weißt du, was das bedeutet?“
Ruth nickte.
„Die Frau liegt seit über sieben Monaten auf unserer Station im Koma.“
„Ich weiß.“
Die junge Schwester stand hinter ihm, stützte sich mit einer Hand auf seiner Stuhllehne ab und sah über seine Schulter hinweg auf das Blatt Papier, das in Templers Hand zu zittern begann.
„Das glaub’ ich nicht. Laß’ das bitte wiederholen, gleich morgen früh!“
Ruth beugte sich über ihn und wollte ihm den Laborzettel aus der Hand nehmen, um ihn ordnungsgemäß in die Krankenkurve zu heften, doch Templer hielt das Blatt fest.
„Laß‘ ihn hier! Ich will erst die Kontrolle sehen, bevor ...“
Er beendete den Satz nicht, weil er sich weigerte, die Konsequenzen dessen, was er gelesen hatte, bis zum Ende zu denken.
„Das ist gegen die Vorschrift, das weißt du!“
Ruth ließ das Blatt los, drehte sich schwungvoll von Templer weg, blieb auf halber Strecke zur Tür stehen und sah ihn provozierend an.
„Ja, ja, natürlich weiß ich das!“ knurrte er mißmutig.
„Dir ist doch klar, daß das Ergebnis stimmt. Frau Ehlers persönlich hat den Test dreimal laufen lassen. Und Frau Ehlers irrt sich nie“, sagte sie mit einem Augenzwinkern, „du willst ja nur Zeit gewinnen, um dir was zu überlegen.“
Es ärgerte Oberarzt Templer, daß sie ihn durchschaut hatte.
Natürlich, es war jetzt ganz wichtig, besonnen und überlegt zu handeln. Soviel war ihm klar. Er hatte eine Nacht Zeit, sich Gedanken darüber zu machen, was nun zu geschehen hatte.
„Und bitte heute abend zu niemandem ein Wort, auch nicht zum Chef, ja?“
Der Chefarzt ging jeden Abend pünktlich um 18 Uhr über die Inten-

sivstation, für die Templer als Oberarzt zuständig war. Er sah auf die große Uhr über seiner Tür: Noch zehn Minuten bis zur Chefvisite.
„Und was kriege ich für mein Schweigen?"
„Ach, komm jetzt! Mir ist nicht nach Scherzen zumute. Das hier ist ein solcher Hammer, da will jeder Schritt gut überlegt sein."
Ihre Gesichtszüge wurden augenblicklich ernst, sie nahm dennoch etwas linkisch militärische Haltung an, indem sie beide Hände flach an ihre formlose grüne Hose legte.
„Jawohl, Sir!"
„Kein Wort, versprochen?"
„Versprochen."
Als die Tür hinter der Schwester ins Schloß gefallen war, sank Templer auf dem Stuhl zusammen. Er setzte seine Brille ab, die er nur zum Lesen benötigte, und vergrub sein Gesicht in beiden Händen.
„Mein Gott, mein Gott."
Innerhalb weniger Sekunden klebte seine Zunge vor Trockenheit am Gaumen, ein Hitzeschauer stieg vom Rücken über den Nacken auf und überflutete schließlich den ganzen Kopf. Leichter Schwindel und ein Anflug von Übelkeit überkamen ihn. Beim Schlucken bemerkte er einen Kloß im Hals.
Mit einem Ruck stand er auf, schob den Drehstuhl mit den Kniekehlen nach hinten und ging ans Fenster. Er stützte seine Hände auf die Fensterbank und legte die Stirn gegen die kalte Fensterscheibe. Das war angenehm.
Im Hof der Klinik lag noch Schnee, der zu tauen begonnen hatte. Überall tauchten braune Flecken im Weiß auf, die größer und größer wurden und miteinander verschmolzen. Kleine Rinnsale bildeten sich unter den Schneeflecken und flossen zwischen ihnen zusammen. Ein schmutziger Matschhaufen schrumpfte vor sich hin. Das Glas beschlug von seinem Atem.
Doktor Templer schloß die Augen und versuchte die quälenden Gedanken, die durch den Befund, den er gerade gelesen hatte, ausgelöst worden waren, zu vertreiben. Er bemühte sich, einfach nicht mehr zu denken. Es gelang nicht. Er blies ein Loch in den Beschlag der Scheibe und sah hindurch auf den Hof, dann schloß er wieder die Augen und atmete ganz tief ein.

An jenem Morgen des Heiligen Abend 1962 waren die Fensterscheiben bis oben hin zugefroren. Der Junge stand auf und kratzte ein kleines Loch in die dünne Eisschicht, wobei kleine, kalte Kringel unter seinen Fingernägeln hervorquollen und auf die Fensterbank fielen.

Draußen wurde es allmählich hell, aber außer weißem Schnee war durch das kleine Loch nichts zu erkennen. Schnee auf den Ästen der Obstbäume, auf den Zaunspitzen und auch auf den leeren Kübeln, die Großmutter im Frühjahr mit hübschen Blumen bepflanzte.
Er hörte sie in der Küche mit Geschirr hantieren, und auch ihren Gesang konnte er vernehmen. Sie sang oft bei der Arbeit, und auch abends, wenn er im Bett lag und nicht schlafen konnte, sang sie bei offener Tür, bis er ins Reich der Träume hinübersegelte. Beim Melken sang sie, um die Kühe zu beruhigen. Und es half; die Männer überließen die schwierigsten Kühe stets Oma Templer, die es mit ihren Liedern schaffte, sie bis zum letzten Tropfen zu melken, ohne daß sie den dreibeinigen Schemel auch nur ein einziges Mal umsetzen mußte.
Hans-Wilhelm schlüpfte in seine eiskalten Hausschuhe und huschte in die Küche.
„Guten Morgen, kleiner Mann! Na, schon wach?“ begrüßte ihn die Großmutter.
„Oma, kommt heute der Weihnachtsmann?“ wollte er wissen.
Die Oma nickte. Seit Wochen hatte Hans-Wilhelm sich auf diesen Tag gefreut. Solange er zurückdenken konnte, war der Weihnachtsmann zu ihnen ins Haus gekommen, mit einem langen, weißen Bart, einem roten Mantel und schneebedeckten Gummistiefeln an den Füßen. Was er wohl in diesem Jahr bekommen würde?
Die Vorweihnachtszeit war, trotz der vielen Arbeit, die es auf dem Hof auch im Winter zu erledigen gab, ausgefüllt mit Kuchen- und Plätzchenbacken, mit Strohsternbasteln und Kerzengießen. Die Templers waren sehr sparsame Leute, und das ganze Jahr über wurden Kerzenreste gesammelt, die in der Zeit vor Weihnachten zu neuen Lichtern verarbeitet wurden.
„Komm! Schnell waschen und anziehen. Der Opa will gleich in den Wald fahren und uns einen Weihnachtsbaum holen. Er ist gestern nicht dazu gekommen.“
Eigentlich mußte der Baum einen Tag vor dem Heiligen Abend geschlagen werden, damit er noch abtrocknen konnte.
Die Großmutter stellte einen Heizstrahler in der Waschküche auf, drehte am großen Knopf an der Seite des Gerätes, und in der Nähe der Wasserschüssel verbreitete sich rasch eine angenehme Wärme. Kurze Katzenwäsche, Zähne putzen, anziehen. Der Großvater hatte es eilig. Hans-Wilhelm saß gerade am großen Küchentisch mit den gedrechselten Beinen, als Vater und Großvater zum „zweiten Frühstück“ hereinkamen. Sie hatten bereits Kühe und Schweine gefüttert,

den Pferden Heu vorgeworfen und zusammen mit der Großmutter die acht Kühe gemolken.
„Arbeit macht hungrig“, sagte Tede Templer, warf gekonnt und oft geübt seinen speckigen Filzhut auf den Küchenschrank und setzte sich an den Tisch. Die Großmutter legte Briketts nach, wozu sie mit dem Feuerhaken die schweren gußeisernen Ringe vom Herd herunternahm, so daß die Flammen aus dem Herdloch emporloderten.
Nach kurzer Zeit kratzte es an der Tür. Roland, der große, schwarze Mischlingsrüde hatte keine Lust, allein auf der Diele zu bleiben und suchte Gesellschaft in der Küche. Er kam an den Tisch, hob schnüffelnd die Nase bis in die Nähe des Wursttellers, was ihm einen Rüffel der Großmutter einbrachte:
„Pfui, leg' dich hin!“
Beleidigt drehte der Hund ab, trottete bis in die Nähe des Herdes, seinem Lieblingsplatz in der Küche, und streckte sich mit einem mitleiderregenden Seufzer lang auf den Fußbodenfliesen aus.
„Willst du gleich mit mir zusammen den Weihnachtsbaum aus dem Wald holen?“ fragte Großvater Templer seinen Enkel.
Natürlich wollte Hans-Wilhelm. Vielleicht würde der Großvater ihn auch die Zügel der Pferde halten lassen, wenn sie mit dem Schlitten in den Wald führen.
„Ich zünde gleich den Kachelofen in der guten Stube an, damit es dort ordentlich durchwärmen kann,“ sagte die Oma.
Der Heiligabend war ein besonderer Tag, an dem die „gute Stube“ benutzt werden durfte.

Es klopfte an der Tür seines Zimmers. Schwester Ruth wartete das „Herein!“ nicht ab, schob ihren Kopf durch den Türspalt und rief nur: „Der Chef!“
Doktor Templer öffnete die Augen und hatte Mühe sich zu orientieren. Der Chef? Welcher Chef? Er fuhr sich mit der Hand durchs Gesicht, schüttelte ein paar Mal kurz den Kopf und trat hinaus ins grelle Neonlicht der Intensivstation. Professor Brosenius stand bereits, ungeduldig auf den Zehenspitzen wippend, an der etwas erhöhten Kante der zentralen Überwachungseinheit, nickte seinem Oberarzt einen angedeuteten Gruß zu und eilte dann, sein obligatorisches „Wollen wir?“ ausstoßend, ins erste Patientenzimmer. Der Hierarchie entsprechend folgten erst Templer, dann Frau Doktor Mickler als Stationsärztin und Schwester Heike, die den Patienten in diesem Zimmer pflegerisch betreute.
Professor Brosenius war Anfang fünfzig, früh ergraut, mit kurzem

Bürstenhaarschnitt und einer kleinen geteilten Goldrandbrille, über die hinweg er seine Mitarbeiter mit scharfem Blick zu mustern verstand. Er ließ sich kurz von der Schwester und der Stationsärztin über den Zustand des Patienten berichten, studierte interessiert das Krankenprotokoll und nahm die Überlegungen zum weiteren Vorgehen von Frau Mickler entgegen. Dabei murmelte er wiederholt sein übliches „Sehr schön ..., sehr schön" in den Raum und wandte sich zum Gehen.

Ob der hier Visite macht oder nicht, das macht keinen Unterschied, dachte Templer und beeilte sich, seinem Vorgesetzten auf den Fersen zu bleiben. Schnell war der Chef bei den Visiten, das mußte man ihm lassen.

Im zweiten Zimmer war eine andere Schwester dabei, ansonsten blieb der Ablauf gleich. Im dritten Zimmer hielt Brosenius plötzlich in einer Bewegung inne, blickte seinen Oberarzt intensiv an und meinte: „Kollege Templer, Sie sind heute so schweigsam. Gibt es dafür einen Grund?"

Templer bemerkte selbst, wie ihm die Röte ins Gesicht schoß. Diese vegetative Reaktion lief einfach ab, ohne sich seinem Willen zu unterwerfen.

Wußte der Chef bereits bescheid? War die Neuigkeit doch bis zu ihm durchgesickert? Überall saßen seine Informanten und Spitzel und trugen ihm alles zu, was er für die Leitung seiner Abteilung für wichtig erachtete. Sicher hatte eine der Labordamen Brosenius schon telefonisch in Kenntnis gesetzt, bevor das Ergebnis auf der Intensivstation eingegangen war. Eine von denen, die sich bei den Chefs einzuschmeicheln versuchten, weil sie sich davon irgendwelche Vorteile versprachen.

„Ich glaub', es ist die Winterdepression." Templer versuchte bei seiner Antwort so unbeteiligt wie möglich zu wirken: „Dieses Wetter liegt mir nicht!"

Die Augen des Chefs ruhten immer noch auf Templers Gesicht. Der Oberarzt kannte niemanden, der einen solchen Röntgenblick hatte wie Brosenius.

„Vielleicht brauchen Sie mal Urlaub! Oder die Intensivstation wird Ihnen zuviel!"

Was sollte das jetzt heißen? Dachte der Chef etwa schon daran, ihn wegen der unangenehmen Geschichte abzulösen?

„Ich glaube nicht, daß Urlaub von der Intensivstation meine Stimmung verbessern könnte!" entgegnete Templer so entschieden wie möglich.

Dabei fing er einen Blick von Schwester Ruth auf, die hinter Brosenius stand, mit dem Rücken an der Wand lehnte und ihre Wangen aufblies. Sie hatte Templers stumme Frage, die förmlich im Raum schwebte, verstanden und zuckte mit den Schultern. Sie wußte also auch nicht, ob Brosenius das positive Testergebnis bereits kannte.
Templer hielt dem Blick des Chefs stand und konnte nur warten, bis sie zu dem Zimmer der Patientin kamen, deren Laborzettel Ruth ihm vor der Visite gezeigt hatte. Brosenius sah wieder auf die Patientendaten und brummte: „Schön ..., schön!"
Als sie ins Zimmer sechs einbogen, holte Templer tief Luft, so, als wolle er vor einem Tauchgang viel Sauerstoff in seine Lungen pumpen, um möglichst lange unter Wasser bleiben zu können. Er hatte sich entschlossen, alles auf eine Karte zu setzen. Entweder der Chef wußte es, dann würde es recht schwierig, ihm zu erklären, warum er nicht vor der Visite in Kenntnis gesetzt worden war. Oder er wußte es nicht, dann hatte Templer eine Nacht Zeit, sich Gedanken über das Problem zu machen. Er würde seinen Chef am nächsten Morgen um ein Gespräch unter vier Augen bitten. So war es am besten.
Stumm studierte Professor Brosenius die Krankenakte, blickte seinen Oberarzt, dann Schwester Ruth an, der man ansah, daß ihre Nerven zum Zerreißen gespannt waren.
„Und?"
„Nichts Neues!" log Templer. Jetzt kam es drauf an.
„Frau Doktor Mickler, bitte schnell ins Zimmer drei!" rief ein Pfleger durch die Tür, und die Stationsärztin verließ eilig den Raum. Genau im richtigen Augenblick wurde die Gefahr, die in diesem Augenblick von ihr ausging, ausgeschaltet.
„Tja, ein tragischer Fall ..."
Der Chef ließ sich auffallend lange Zeit. Nachdenklich blickte er auf die Patientin im Krankenbett, an dessen Kopfende sich eine Maschine mit einem Blasebalg hinter einer Plexiglasscheibe befand. Die Maschine war mit einem Schlauch verbunden, welcher im vorderen Halsbereich des Wesens mündete. Bis zum Kinn war sie mit einem weißen Laken bedeckt, um den Kopf trug sie einen Verband, der einem Turban sehr ähnlich war. Von der Decke herunter kam ein weiterer dünner Schlauch, der durch einen rechteckigen Kasten geleitet wurde, schließlich seitlich im Hals der Patientin endete und der Flüssigkeitszufuhr diente.
„Gut, dann läuft hier ja alles nach Plan. Machen wir Schluß für heute!"
Der Chefarzt rauschte aus dem Zimmer, Templer blies erleichtert die Luft durch die zusammengebissenen Zähne und drückte Ruth hinter

seinem Rücken, ohne daß die anderen es sehen konnten, die feuchten Hände. Das war gutgegangen!
„Ach, was ich noch sagen wollte," Brosenius steckte kurz seinen Kopf durch die Eingangstür der Intensivstation, die er bereits verlassen hatte.
„Darf ich Sie morgen früh nach der Röntgenbesprechung in mein Büro bitten, Kollege Templer? Mal ein bißchen plaudern! Auf Wiedersehen!"
Das war Brosenius! Und genauso mußten Chefs sein, wenn sie am Drücker bleiben wollten! Nie die Initiative aus den Händen geben und die anderen immer im unklaren lassen. So hatte er seinen Laden voll im Griff. Er weiß es also doch, dachte Templer, beeilte sich, in sein Arbeitszimmer zu kommen, schloß die Tür und lehnte sich mit dem Rücken dagegen, so, als wolle er sie vor den Problemen der Welt auf der anderen Seite des Türblattes versperren.
Es klopfte. Was denn jetzt noch? Er hatte eigentlich seit einer Stunde Dienstschluß! Als Templer die Tür freigab, trat Ruth ein und sah ihn bittend an.
„Nur auf eine Zigarette! Ich darf doch?"
Der Arzt nickte und bot ihr seinen Schreibtischstuhl an. Er selbst blieb stehen und sah zu, wie sich die Schwester eine Zigarette anzündete und den Rauch gegen die Zimmerdecke blies. Sie trug die auf der Intensivstation übliche Einheitskleidung, bestehend aus grüner Hose, grünem OP-Hemd und einer Einmalhaube für den Kopf. Um ihren Hals baumelte lässig ein Stethoskop.
„Na und? Weiß er was?" fragte sie.
„Natürlich weiß er was, sonst hätte er mich nicht zum Rapport bestellt!"
„Ich bin nicht so sicher. Vielleicht eine reine Routinebesprechung. Er hat Sehnsucht nach dir. Oder er sucht den Rat eines tüchtigen Kollegen."
„Ha, ha, ha ..."
„Gut, verdächtig ist es schon, aber ich glaub' trotzdem, daß er mit dir über etwas anderes sprechen will!"
„Wie kommst du darauf? Weißt du mehr als ich?"
„Nein, es ist nur so eine Ahnung."
„Was sollte Brosenius schon mit mir zu besprechen haben? Meist ruft er nur an, wenn etwas schiefgegangen ist."
„Hans, der Mann schätzt dich!"
„Er versteht geschickt, das zu verbergen."
„Nein, ehrlich! Wenn du nicht dabei bist, lobt er dich in höchsten Tönen."

„Wenn ich dabei bin, kommt diese Seite eindeutig zu kurz."
„Er kann Lob eben schwer direkt aussprechen. Es gibt solche Menschen."
„Ach komm', laß uns von etwas anderem reden! Ich bin mir ziemlich sicher, daß er von dem Testergebnis weiß und mich morgen ausquetschen möchte, wie das passieren konnte."
„Und was ist deine These? Wie konnte das passieren?"
„Ich weiß es nicht. Ich bin noch ganz schockiert."
„Sieben Pfleger auf der Station, dazu sechs männliche Assistenzärzte in der Abteilung, fünf männliche Oberärzte sowie ein männlicher Chef. Darüber hinaus jede Menge Männer als Besucher, von den Technikern, die unsere Geräte warten, ganz abgesehen. Die Auswahl ist also groß!"
„Komm', laß den Unsinn, einige scheiden doch wohl aus!"
„Bist du sicher?"
„Ziemlich sicher!"
„Aber nicht völlig sicher?"
„Kann man im Leben je völlig sicher sein?"
Ruth zuckte mit den Schultern.
„So, nun sieh' zu, daß du raus kommst! Ich will mich umziehen und nach Hause. Ich muß noch lange nachdenken heute abend."
Ruth erhob sich seufzend vom Stuhl, drückte ihre Zigarette im Aschenbecher aus und sagte schließlich: „Gut. Tschüß, bis morgen."
„Bis morgen", brummte er.
Auf dem Weg durch die Klinikeingangshalle gab er seinen Pieper zum Nachladen in der Pförtnerloge ab, wünschte den dort versammelten Krankenwagenfahrern und Rettungssanitätern einen angenehmen Abend, klappte vor dem Hinaustreten durch die Eingangstür den Mantelkragen hoch und ging in die naßkalte Dunkelheit hinaus.
Als Hans-Wilhelm Templer die Wohnungstür geöffnet und seinen Mantel sorgfältig in den Garderobenschrank auf dem Flur gehängt hatte, drehte er in allen Räumen die Heizung an. Es lohnte sich nicht, die Zwei-Zimmer-Wohnung auch tagsüber zu heizen, während er sich zwölf Stunden und mehr in der Klinik aufhielt. Seit drei Jahren schon wohnte er wieder allein, nachdem er sich von seiner langjährigen Lebensgefährtin getrennt hatte oder, besser gesagt, sie sich voneinander.
Er empfand sein Junggesellenleben nicht als besonders reizvoll, aber immer noch besser, als sich nach einem anstrengenden Arbeitstag, und seine Arbeit auf der Intensivstation hatte es weiß Gott in sich, noch fruchtlos mit einer streitsüchtigen Partnerin auseinanderzuset-

zen. Das war jahrelang seine Abend und Nächte füllende Beschäftigung gewesen, bis zum erlösenden Befreiungsschlag an einem Heiligen Abend vor drei Jahren. Nicht gerade ein passender Rahmen für eine Trennung, aber den konnte er sich nicht aussuchen. Noch in der Nacht war er damals mit ein paar Kleidungsstücken und seiner Zahnbürste im Koffer in ein Hotel gezogen.
Doktor Templer legte eine CD auf und regelte die Lautstärke so, daß die Musik in der ganzen Wohnung zu hören war. Joe Cocker zum Feierabend schuf die notwendige Distanz zwischen seiner Arbeitswelt und dem Privatleben. In letzter Zeit kamen immer mehr Zweifel in ihm auf, daß das, was er nach Dienstschluß tat, die Bezeichnung „Privatleben“ überhaupt verdiente. Hausarbeit, Fachzeitschriften lesen und eine Stunde Fernsehen, unterbrochen vom Abendessen. Die dienstfreien Wochenenden sahen auch nicht entscheidend anders aus. Vielleicht mit dem Unterschied, daß er neben dem Studium der Fachliteratur noch einen Blick in die Winston-Churchill-Biographie werfen konnte, die er vor ein paar Wochen beim Stöbern in einem Buchladen entdeckt hatte.
Eigentlich beschränkte sich sein Privatleben auf die sechs Urlaubswochen, von denen er im Sommer drei mit seinem Wohnmobil in Italien und im Winter zwei in Österreich beim Skilaufen verbrachte. Die Woche auf dem Kongreß für Intensivmedizin nicht zu vergessen, für die er alljährlich frühzeitig Urlaub einreichte, um den anderen Konkurrenten zuvorzukommen.
Templer war 44, und er fragte sich immer häufiger, ob das für den Rest seiner Tage der vorgezeichnete Lebensrhythmus bleiben sollte. Der Weg in die Chefetagen war durch eine wenige Jahre ältere Generation versperrt. Im eigenen Haus saß Brosenius fest im Sessel und würde, so wie es aussah, noch einige Jahre im Amt bleiben. Außerdem war die Besetzung der Chefarztstelle mit Ärzten aus dem eigenen Stall nicht üblich. Die Stellung des ewigen Oberarztes im Städtischen Krankenhaus erschien ihm auf Dauer ebenfalls recht unattraktiv, und an Niederlassung in freier Praxis wollte er als leidenschaftlicher Intensivmediziner nicht denken.
Nach dem Abendessen, einer in der Mikrowelle erhitzten Tiefkühlpizza, schenkte Doktor Templer sich einen Cognac ein, einen guten aus der Flasche, die Schwester Ruth ihm aus Frankreich mitgebracht hatte. Er ließ Joe Cocker ein zweites Mal röhren und setzte sich in den bequemen Ohrensessel, der so zu den zwei Lautsprecherboxen stand, daß ein optimaler Hörgenuß gewährleistet war. Der Cognac rann angenehm warm die Kehle hinunter, er schloß die Augen. Was war ei-

gentlich genau passiert auf seiner Station? Er versuchte im Geist eine umfassende Analyse der Situation. Frau Wallendorf war im Sommer des vergangenen Jahres eingeliefert worden.

Der Fahrstuhl hielt. Als die Tür sich öffnete, quoll eine Menschentraube aus der Kabine, mittendrin eine Trage mit Rollen, auf der ein leblos wirkender Körper lag.
„Verdammt! Warum nimmt uns hier keiner in Empfang? Ihr wußtet doch, daß wir hier mit 'ner Halbtoten ankommen!" schrie einer.
„Wir sind ja schon da!"
„Wo ist Templer?"
„Der ist schon auf dem Weg hierher. War im Aufwachraum."
„Scheiße! Hier klappt auch gar nichts! Was meint ihr, warum wir von unterwegs eine Voranmeldung gemacht haben?"
Während die Trage von zwei Rettungssanitätern in die Intensivstation geschoben wurde, hielt ein weiterer Helfer zwei Infusionsflaschen in die Höhe, ein vierter drückte in regelmäßigen Abständen einen Beatmungsbeutel zwischen seinen Händen zusammen. Ein farbiger Notarzt folgte mit einem EKG-Monitor in der Hand.
„Wohin?"
„In die sechs."
„Beeilung, Beeilung!"
In diesem Moment trat Doktor Templer durch die Schleuse in die Intensivstation.
„Mensch Hans, wo bleibst du? Das sieht ganz schön böse aus." Der Notarzt trat zu ihm und reichte ihm geistesabwesend die Hand.
„Erzähl'!"
„Die Frau ist auf der Autobahn mit ihrem Sportwagen frontal gegen einen Brückenpfeiler genagelt. Der Wagen ist platt. Soweit wir das gecheckt haben, Unterschenkelfraktur links, Schädel-Hirn-Trauma, eventuell mit Schädelfraktur, und eine große Kopfplatzwunde, aus der es ziemlich stark blutet. Sie war von Anfang an bewußtlos. Pupillen isocor mit träger Lichtreaktion beidseits. Kreislauf war die ganze Zeit stabil. Ich habe sie von Beginn an beatmet. Der Rest steht im Protokoll! Wir müssen wieder los, tschüß!"
Templer nahm das Protokoll entgegen und klopfte dem Kollegen vom Rettungshubschrauber seufzend auf die Schulter: „Ich danke dir, John!"
Im Zimmer sechs herrschte hektische Aktivität, als er eintrat. Eine Schwester rasierte der eingelieferten Frau die Kopfhaare ab, lange blonde Locken fielen auf den Boden. Zwei Pfleger zerschnitten die

Kleidung und zogen sie aus, bis der Körper vollkommen nackt auf dem Krankenbett lag.
„Sterile Handschuhe!“ rief Templer in den Raum.
„Sterile Handschuhe für den Oberarzt! Größe 8.“
Nach wenigen Sekunden wurden die Handschuhe von hinten durchgereicht, er streifte sie über seine Hände und gab weitere Instruktionen: „Helmut, meldet bitte ein dringendes Schädel-CT in der Radiologie an. Sag’ denen, was hier los ist. Die sollen alles aus der Röhre schmeißen, was da jetzt drin ist! Wir sind in zwanzig Minuten da. Und ’nen Unfallchirurgen brauchen wir auch, die Kopfwunde muß erstmal versorgt werden, die blutet mir zu sehr. Petra macht ein Blutbild und Blutgase! Wir zwei legen erstmal einen zentralen Venenkatheter von dieser Seite.“
Er deutete auf die rechte Halsseite der reglosen Patientin. Dabei fiel sein Blick auf ihren nackten Körper. Für ein paar Sekunden konnte er seine Augen nicht davon abwenden. Jeden Tag sah er nackte Menschenkörper, von Männern und Frauen. Sie interessierten ihn lediglich auf einer sachlichen, medizinischen Ebene. Bei dieser Frau war das anders. Dieser Körper war perfekt, harmonisch, alles paßte zueinander. Selbst in dieser entwürdigenden Situation ging von ihm eine fesselnde Ausstrahlung aus. Doktor Ernst, der ihm assistieren sollte, sah Templer von der Seite an und bemerkte den Blick, der sich für einen langen Moment nicht von dem Körper dieser Frau lösen wollte. Schließlich kniff der Oberarzt seine Augen zusammen und begann mit der Venenpunktion.
„Ich brauche hier mehr Tupfer und ein Lochtuch!“
„Lochtuch und Tupfer!“ wiederholte jemand.
Mit geschickten Handgriffen war die große Halsvene schnell gefunden und punktiert, Templer aspirierte dunkles Blut, schob den Führungsmandrin in die Kanüle und führte schließlich den Kunststoffkatheter ein.
„Den Rest macht Kollege Ernst!“
Inzwischen sah Templer den Chirurgen durch die Glasscheibe der Schiebetür auf das Zimmer zukommen.
„Moin, Moin! Na, was gibt's?“ sagte er in breitestem ostfriesischen Dialekt und zog sein Gesicht in Falten: „Mann oh Mann!“
„Blutbild und Blutgase haben wir in drei Minuten!“ rief Petra im Vorbeigehen in den Raum.
„CT ist frei“, hörte Templer aus einer anderen Ecke der Station.
„Okay, okay, es läuft ja alles wie geschmiert. Erst Wundversorgung im OP, dann ins CT, Herr Kollege?“

Der Chirurg nickte.
„Wenn ihr die Blutwerte habt, will ich die erst sehen. Dann Abtransport in die OP-Ebene! Du machst die Beatmung“, wies er seinen Arztkollegen an, „Schwester Petra nimmt die Infusionen. Einer kann schon mal den Fahrstuhl holen, damit ihr freie Bahn habt. Und daß ihr mir den ZVK miträntgt!“
Wenige Minuten später verschwanden ein Pulk von Pflegern und Doktor Ernst mit dem Krankenbett im Fahrstuhl. Templer zog die Handschuhe aus und warf sie mit einem gezielten Weitwurf in den Mülleimer, der neben Schwester Ruth in der Überwachungszentrale stand. Als die erschreckt herumfuhr, war er bereits auf dem Weg zu seinem Arbeitszimmer.
„Der Templer ist gut, was? Der macht aus jedem Chaos eine organisierte Aktion und aus jedem aufgescheuchten Hühnerhaufen ein funktionierendes Team. Das kann er, das muß man ihm lassen“, flüsterte Ruth einer Schwesternschülerin zu, die neben ihr stand, und sah Templer mit bewunderndem Blick nach.
Die Frau war nicht wieder aus dem Koma erwacht, ihre Kopfplatzwunde und die Unterschenkelfraktur dagegen verheilten ohne Komplikationen. Mehrmals hatten sie versucht, sie von der automatischen Beatmung wegzubekommen, damit sie allein aus eigenem Antrieb atmen sollte. Jedesmal kam irgendetwas dazwischen, eine Lungenentzündung, eine allergische Reaktion oder ein banaler Infekt. So war sie nach sieben Monaten immer noch abhängig von jenem Automaten, der ihr Leben einhauchte.

Als Doktor Templer erwachte, tönte Joe Cocker immer noch aus den Lautsprecherboxen. Ein Blick auf die Uhr zeigte ihm, daß es fünf Uhr morgens war. Er saß noch im Ohrensessel. In einer Stunde würde bereits sein Wecker klingeln, es lohnte sich kaum noch, ins Bett zu gehen. Templer schöpfte sich im Bad ein paar Hand voll kaltes Wasser ins Gesicht, drehte im Vorbeigehen Joe Cocker den Saft ab und zog sich Trainingsanzug und Turnschuhe an. Vor dem Duschen ein, zwei Kilometer Joggen würde ihn wach und fit für diesen Tag machen.

„Ach, Kollege Templer. Kommen Sie herein! Bitte setzen Sie sich!“
Oberarzt Templer war entschlossen, sich die Initiative nicht aus der Hand nehmen zu lassen. Er wußte, daß er auf der Hut sein mußte. Der Chef war ein gewiefter Taktiker und ein wortgewandter Gesprächspartner dazu.
„Bevor Sie beginnen, möchte ich Ihnen eine wichtige Mitteilung ma-

chen", begann Templer und war im selben Augenblick mit seiner Eröffnung sehr unzufrieden. Viel ungeschickter hätte er nicht beginnen können. Aber immerhin hatte er die Initiative übernommen.
„Ich höre!"
„Karin Wallendorf ist schwanger."
„Wer ist Karin Wallendorf?"
Spielte Brosenius das Spiel nur sehr gut, oder konnte er wirklich nichts mit dem Namen anfangen?
„Frau Wallendorf ist die komatöse Patientin aus Nummer sechs."
„Ach ja. Schwanger? Wieso kann sie schwanger sein?"
„Das fragen wir uns auch."
„Wer ist ‚wir'?"
„Naja, Schwester Ruth und ich haben das Testergebnis gestern abend schon bekommen."
Professor Brosenius, der in seinem großzügig möblierten Zimmer stehengeblieben war, ging jetzt vor seinem Schreibtisch auf und ab.
„Und warum erfahre ich das erst heute morgen?"
Schweigen.
„Und warum erfahre ich das erst heute morgen, möchte ich wissen!"
„Ich mußte das selbst erstmal verarbeiten und darüber nachdenken."
„So, so, nachdenken?"
„Ja."
„Na, wie dem auch sei, das ist eine sehr sehr unangenehme Nachricht!"
Er setzte seinen Gang fort. Beide schwiegen eine Weile.
„Und was schlagen Sie vor, Kollege Templer? Wie sollen wir reagieren? Ihnen ist doch klar, was das bedeutet?"
„Natürlich ist mir das klar! Die Frau ist seit über einem halben Jahr im Koma und seit etwa drei Monaten schwanger. Jemand muß also ..."
Brosenius unterbrach ihn unwirsch.
„... ja, ja, jemand muß sich an ihr vergangen haben! Haben Sie einen Verdacht?"
„Nein."
„Wirklich keinen?"
„Nein, Herr Brosenius, wirklich keinen. Für meine Leute auf der Intensivstation lege ich die Hand ins Feuer!"
„Mit einer solchen Äußerung würde ich sehr vorsichtig sein!"
„Ich sage, ich lege für meine Leute die Hand ins Feuer!"
„Verbrennen Sie sich nicht!"
„Es kommen schließlich auch Leute von außen in Frage."
„Offiziell kommen nur Leute von außen in Frage! Aber unter uns ...".
Er beendete den Satz nicht.

„Herr Chefarzt, wir müssen die Kripo einschalten! Es ist ein Delikt, das der Polizei gemeldet werden muß."
„Langsam, langsam! Lassen Sie uns nichts überstürzen! Wer weiß noch von der Sache?"
„Die Frauen im Labor, Schwester Ruth und wir beide. Sie können davon ausgehen, daß die Sache spätestens morgen in der Klinik herum ist. Und damit wird die Sensation bis zum Ende der Woche auch außerhalb bekannt sein."
„Sicher haben Sie recht. Dennoch sollten wir nichts überstürzen. Lassen Sie mich auch über die Sache nachdenken! Ich werde Sie heute abend nach der Visite wieder ansprechen."
Templer stand auf und wollte gehen. Professor Brosenius hielt ihn zurück.
„Übrigens, Herr Templer, weshalb ich Sie eigentlich sprechen wollte ...".
Er machte eine kurze Pause, um die Spannung zu steigern.
„Der Kollege Westhoff-Müller wird uns aus gesundheitlichen Gründen vorzeitig verlassen. Das ist vorläufig noch ‚top secret' und sollte mit der notwendigen Diskretion behandelt werden. Ich möchte Sie der Verwaltung als seinen Nachfolger vorschlagen. Es würde mich freuen, wenn Sie diesem Vorschlag zustimmten und mein erster Oberarzt werden wollten."
Templer verschlug es die Sprache. Der Chef hatte also wirklich nichts gewußt. Und die Unterredung nach der Röntgenbesprechung bei ihm war kein taktisches Manöver in der Sache „Wallendorf" gewesen. Man konnte sich eben auf nichts wirklich verlassen! Brosenius war nicht berechenbar!
„Sie sagen ja gar nichts, Herr Kollege!"
„Nein, damit habe ich nicht gerechnet. Aber danke für das Vertrauen!"
„Und?"
„Lassen Sie mir bitte bis Montag Zeit! Ich muß ein paarmal darüber schlafen."
„Mensch Templer, ein solches Angebot mache ich Ihnen nicht zweimal!"
„Lassen Sie mir trotzdem diese Zeit!"
„Gut, aber Montag will ich Ihre Antwort!"
Templer nickte, verließ das Arbeitszimmer des Chefarztes, eilte an der Vorzimmerdame, Frau Förster, vorbei und nahm den Fahrstuhl, der, mit seinem Sonderschlüssel gesteuert, direkt vor der Schleuse zur Intensivstation hielt. Von seinen Mitarbeitern unbemerkt schlich

er sich in sein Arztzimmer, kritzelte auf ein Blatt Papier eilig „Nicht stören!“ und klebte es von außen an seine Tür. Er setzte sich an den Schreibtisch und stützte seinen Kopf in die Hände. Mit einer Beförderung hatte er wirklich nicht gerechnet! Das war nicht vorhersehbar gewesen. Ruth hatte offensichtlich recht: Der Chef schätzte ihn. Ob sie alles gewußt hatte? Schon seit Jahren war im Krankenhaus hinter vorgehaltener Hand über Alkoholprobleme des Kollegen Westhoff-Müller gemunkelt worden. Das Verhalten des ersten Oberarztes, der sich ihm gegenüber stets äußerst korrekt und kollegial verhalten hatte, gab Templer bisher keinen Anlaß, diesen Gerüchten Glauben zu schenken. Gerüchte kursieren in einem Krankenhaus täglich im Dutzend und im Laufe der Jahre über fast jeden, sei es zur Unterhaltung der Kollegen oder um jemandem gezielt zu schaden. Je nach Bedarf. Templer verließ sich lieber auf Fakten und auf seine eigenen Eindrücke.

Eigentlich war er nicht an der Reihe, den ersten Oberarzt zu beerben. Schließlich stand er in der Reihenfolge der möglichen Kandidaten nicht unmittelbar hinter Westhoff-Müller. Es gab andere Kollegen, die bereits länger in der Abteilung arbeiteten oder älter waren als er. Hatten sie alle Brosenius’ Angebot abgelehnt? Oder sollte er auf der Überholspur an ihnen vorbei zum Chefvertreter durchstarten? Das mußte seine Kollegen natürlich brüskieren, und sie würden ihm seinen neuen Posten so sehr zur Hölle machen, daß er wünschte, ihn nie angenommen zu haben. Eine solche Position war auf Dauer nicht durchzuhalten. Das wußte Templer nur zu gut.

Was sollte er tun? Wie sollte er sich entscheiden? Innerhalb von 24 Stunden hatte er zwei große Brocken auf den Tisch gelegt bekommen, die er annehmen und verdauen mußte, ohne sich daran zu verschlucken. War die Sache mit einer komatösen schwangeren Frau auf der Station für sich allein schon schwer genug zu lösen, stellte ihn die Karrierefrage zum falschen Zeitpunkt vor einen ziemlich heiklen Konflikt.

Auf dem Glatteis der ungeschriebenen Klinikregeln konnte er sehr leicht ausrutschen, und es würde mühsam werden, wieder aufzustehen, wenn er jetzt einen Fehler machte. Auf die Stelle zu verzichten, hieße, dem Chef eine Absage erteilen. Auch das war in Templers Augen kein Weg, den er unbeschadet gehen konnte. Das bedeutete, einen Vorgesetzten zu haben, der das Verhalten einer zurückgewiesenen Primadonna annehmen würde, und einen leitenden Oberarztkollegen, welcher, da Templer das Angebot zuerst bekommen hatte, mit ihm einen immer währenden Konkurrenzkampf austrüge. So waren

Männer nun einmal! Wieso Männer? Könnte nicht auch eine Frau die Stelle bekommen? Nein, nicht bei Brosenius. Er verwarf den Gedanken wieder.
Es blieb ihm die Möglichkeit, das Städtische Krankenhaus zu verlassen. Sang- und klanglos den Hut nehmen und, ohne eine neue Arbeitsstelle in Aussicht zu haben, sein Junggesellenleben genießen. Wie lange? Bis seine Ersparnisse aufgebraucht waren? Und dann? Auch das war keine Alternative! Templer kam zu dem Schluß, daß er jemanden brauchte, der seine Situation einmal mit Abstand, aus der Position eines neutralen Beobachters, betrachtete und Überlegungen mit ihm darüber anstellte, wie er sich entscheiden sollte. Leider hatte er dafür nur ein Wochenende Zeit, und es lastete zusätzlich ein anderes Riesenproblem auf seinen Schultern, das schwer zu lösen sein würde.
Er hörte Schritte näherkommen, die vor der Tür endeten, einen Augenblick blieb es still, dann entfernten sie sich wieder. Wenigstens respektieren sie mein Schild an der Tür, dachte Templer, bis das schrille Klingeln des Telefons ihn aus seinen Gedanken riß. Sie respektierten es doch nicht.
„Templer."
„Entschuldigung, aber wir haben ein Problem in der ‚vier'. Der ZVK läuft nicht mehr richtig. Kannst du dir das mal eben ansehen?"
„Ja, ich komme gleich!"
Die Realität eroberte ihn zurück, verdrängte seine Zukunftsüberlegungen, die eigentlich keinen Aufschub zuließen. Seufzend erhob er sich von seinem Stuhl, drehte den Schlüssel in der Tür herum und trat hinaus.
Im Zimmer vier bemühten sich schon zwei Pfleger und die Kollegin Mickler um den verstopften Venenkatheter. Im Bett ein Patient im schneeweißen Kliniknachthemd, der die Aktivitäten mit ängstlichem Blick beobachtete. Doktor Templer sah den Pflegern Willy und Hartmut über die Schultern und brummte sein „Morgen!" in die Runde. Keine Antwort.
„Guten Morgen, liebe Mitarbeiter!"
„Guten Morgen, Herr Oberarzt!"
„Na also, es geht doch! Wie ist die Stimmung?"
„Wenn ich Frühschicht habe, immer mies, immer mies!" gab Willy zurück.
„Und wo ist das Problem?"
„Der Infusomat gab plötzlich ‚Alarm', der Katheter ist offensichtlich nicht mehr durchgängig."

„Herr Wessel wird doch heute auf die Normalstation verlegt. Da braucht er keinen ZVK mehr. Die kommen noch schlechter mit so einem Ding zurecht als wir. Zieht ihn raus und legt Herrn Wessel eine Braunüle!“ ordnete der Oberarzt an. Der Patient sah ihn dankbar an. Blieb ihm doch die Prozedur der Anlage eines neuen Venenkatheters erspart.
„Wann machen wir Visite?“ fragte Templer. Er war nicht der Typ, der von oben herab festlegte, wann er die tägliche Oberarztvisite machen wollte, sondern sich dabei auch nach den Wünschen der ihm unterstellten Assistenzärzte, Schwestern und Pfleger richtete.
„Noch eben 'nen Kaffee, und dann, was?“
Templer nickte.
„Okay, wenn ich einen abkriege.“

Nach dem Frühstück am Sonntag beschloß Templer, nicht in die Klinik zu fahren, wie er es in der letzten Zeit immer getan hatte. Er sah aus dem Fenster. Es hatte aufgehört zu schneien, und am Horizont verwob sich das Grau des Himmels mit dem Schnee auf den Dächern. Trotz der winterlichen Witterung waren die Straßenverhältnisse so, daß er sein Heimatdorf in einer Stunde erreichte.
Er betrat das Haus über die Veranda. Sein alter Schlüssel, den er seit Studientagen, für alle Fälle, bei sich trug, paßte noch ins Schloß, das sich mit etwas Kraft öffnen ließ. Irgendwie wunderte er sich darüber und auch wieder nicht. Etwas in der Familie mußte schließlich Bestand haben, dachte Templer und stieß die Tür auf. Sie geht immer noch schwer und quietscht, schoß es ihm in den Sinn, als er nachfassen und die Tür zur Seite schieben mußte. Früher, als Jugendlicher, hatte er manchmal den Schlüssel der Seitentür mitgenommen, wenn er am Wochenende ausgegangen war. Damals hatte es ihn gestört, wenn er morgens gegen vier oder fünf, viel zu spät jedenfalls, nach Hause gekommen war und das Türgeräusch seine Großeltern geweckt hatte.
Der Geruch von Feuchtigkeit und Schimmel schlug ihm entgegen. So riecht ein Haus, das seit langer Zeit nicht mehr bewohnt und geheizt wird. Vielleicht hätte ich mir doch im Herbst die Zeit nehmen und es entrümpeln sollen, ging es Templer durch den Kopf. Seine Aufgabe als Oberarzt hatte ihm keine Zeit gelassen, sich um den verlassenen Familienbesitz zu kümmern.
Templer schloß die Tür hinter sich und sah durch die Sprossenfenster in das gleißende Licht der Wintersonne, die in diesem Moment durch die Wolken brach und auf den bunt gemusterten Fliesenfußboden des

Flures fiel. Schon als Kind hatten ihn die Schnörkel, Schleifen und Verbindungen des Mosaiks angeregt, mit kleinen Spielzeugautos die Straßen und Wege, die Kreuzungen und Autobahnen abzufahren, die er sich auf dem Muster der Fliesen in seiner Phantasie vorstellte. Manchmal hatte er stundenlang auf dem Flur gespielt und ein ganzes System von Fabriken, Speditionen und Bahnhöfen aufgebaut. Die Erwachsenen mußten sich mit großen Schritten oder unter Benutzung von Umwegen an seinem Spiel vorbeistehlen. Er erwischte sich, wie er tief in seine Erinnerungen versunken dastand und die Spielszene seiner Kindheit vor seinem inneren Auge entstehen ließ. Ganz präzise war seine Vorstellung, wo die Fabrikhalle, ein Stück Holz aus Großmutters Kiste am Herd, das Feuerwehrgebäude und die Verladerampe damals gestanden hatten. Das Bein des Telefontischchens, auf dem stets eine umhäkelte weiße Decke gelegen hatte und, wie er jetzt feststellte, immer noch lag, war für ihn das Hochhaus einer fiktiven fernen Stadt gewesen. Sogar das Telefonbuch lag noch aufgeschlagen auf dem Tisch, bei den Seiten „Wi bis Z".

Templer ging auf dem langen Sisalläufer entlang, bis der Flur nach rechts abbog. Links war die Tür, in der oberen Hälfte das Glas mit inzwischen ergrauten Scheibengardinen verhangen, die er zur Seite schob, um auf die Diele zu sehen. Er öffnete die Tür und betrat den großen hallenartigen Raum. Die Spinnen hatten den Platz zwischen Fußboden und Deckenbalken erobert, so daß er sich den Weg durch ihre Netze und Fäden bahnen mußte, um in die Stallungen zu gelangen.

Rechts der Kuhstall, an dessen Balken noch die kleinen handgemalten Schilder mit den Namen und Geburtsdaten der letzten Milchkühe hingen. Großmutter kannte alle Tiere genau, dachte Templer. Sogar wenn sie auf der Weide waren, hatte sie ihre Kühe unterscheiden und sie beim Namen rufen können.

Alles wirkte, von den Spinnweben einmal abgesehen, sauber und aufgeräumt. Es schien, als habe Großmutter vor ihrem Gang ins Altersheim das ganze Haus in Ordnung gebracht. Niemand sollte ihr jemals nachsagen können, sie habe den Hof nicht ordnungsgemäß verlassen. „Ordnung ist das halbe Leben!" Wie oft hatte Templer diesen Satz früher von ihr gehört.

Im Schweinestall dieselbe Sauberkeit. Er öffnete den Deckel der Mehlkiste, die in einer Ecke stand. Sie war halb gefüllt. Im groben Mehl steckte noch die große Schaufel, mit der Großmutter die Futterrationen abgemessen hatte.

Die Tür, die vom Schweinestall auf den Hof führte, war mit einem eisernen Überwurfhaken gesichert. Er entriegelte sie und versuchte sie aufzudrücken, was seine ganze Kraft erforderte, denn draußen lag Schnee, den er mit dem Türblatt zur Seite schieben mußte. Wie gut, daß ich mir Stiefel angezogen habe, dachte Templer, während er den Hof überquerte.

Die große Schiebetür der Scheune war leicht zu öffnen. Er schob sie ganz auf, um mehr Licht ins Innere fallen zu lassen. Anhänger, Drillmaschine, Traktor, alles stand in Reih und Glied, wie er es bei seinem letzten Besuch zu Hause gesehen hatte. Er wischte ein paar Spinnweben zur Seite, öffnete die Kabine des Schleppers und schwang sich auf den Sitz. Sogar der Schlüssel steckte noch im Zündschloß, auch früher hatte Großvater ihn nie abgezogen. Templer trat die Kupplung, glühte den Motor vor, indem er, wie er es gelernt hatte, leise bis 30 zählte, und versuchte zu starten. Die schwache Batterie ließ nur zu, daß der Motor ein paar Umdrehungen machte und dunkle Rauchwolken aus dem Auspuffrohr pafften. Zu mehr reichte es nicht.

Er ließ es bei dem einen Versuch und kehrte ins Haus zurück. Die Möbel in Großmutters Zimmer waren ausgeräumt. Ihr Leinenschrank war leer, die Schubladen ihres Nachttisches, in dem sie stets adrett gebügelte Taschentücher gelagert hatte, ebenfalls. Ihre persönlichen Sachen hatte sie mit ins Altersheim nehmen können. Die Wände wirkten ohne Bilder kalt und ungemütlich.

In der Ecke ihres Schlafzimmers hing der Arzneischrank, auf dessen Tür Großvater, weil er nicht gewußt hatte, wie es korrekt hätte aussehen müssen, ein weißes Kreuz auf roten Grund gemalt hatte. In den übrigen Zimmern waren die Schränke noch voll. Im Küchenbüfett stand das alte Kaffeegeschirr mit den angeschlagenen Rändern. Großmutter hatte sich stets geweigert neues zu kaufen. Aus Gewohnheit oder Sparsamkeit? Vermutlich beides. Die Schublade im Küchentisch enthielt die Bestecke und das löchrige Tuch, in dem sie säuberlich abgewischt worden waren; in der Kiste neben dem Herd lagerte noch das Feuerholz. Über dem Herd hing das Geschirrtuch auf der Leine. Alles machte auf Templer den Eindruck, als habe Großmutter im Sinn gehabt, bald in das Haus zurückzukehren.

Er stieg die Treppe hinauf, deren zweite Stufe noch immer knarrte. Lange hatte er nicht mehr daran gedacht, jetzt kehrte es in seine Erinnerung zurück, und er probierte es mehrfach aus. Er trat auf den oberen Flur und blieb vor dem großen Bücherregal stehen.

„Dein Vater hat früher viel gelesen", hatte Großmutter ihm einmal erzählt. Templer konnte sich nicht vorstellen, daß dieser ungepflegte, stets besoffene und weinerliche Mann in seiner kargen Dachkammer

einmal Bücher verschlungen haben sollte. Er nahm einige aus den Reihen und sah auf die Buchdeckel: Remarque – Im Westen nichts Neues, Thomas Mann – Die Buddenbrooks, John Steinbeck – Jenseits von Eden, Harper Lee – Wer die Nachtigall stört. Irgendwie tat es ihm gut, diese Bücher zu finden. Es ließ seinen Vater, den er nie zu schätzen oder auch nur anzuerkennen gelernt hatte, ein wenig in seiner Achtung steigen. „So etwas hat der Alte gelesen?“ murmelte Templer vor sich hin und schlug ein Buch auf. „Adam Trask verlegte einen Teil seines Glückes ebenfalls in künftige Zeiten, aber auch die Gegenwart gab ihm Anlaß zu Zufriedenheit. Sein Herz schlug ihm zum Hals hinauf, wenn er Cathy, ruhig und schwer von dem immer mehr sich entwickelnden Kind, in der Sonne sitzen sah, die Haut durchsichtig leuchtend, daß er an die Engel auf Sonntagsschulbildchen denken mußte“, las er laut.
Erstaunlich! Der Mann hatte sich mit Weltliteratur beschäftigt. Hier draußen auf einem einsamen Bauernhof, neben all seiner Arbeit. Womöglich sogar noch spät in der Nacht in seiner Kammer mit dem Buch in der linken und der Schnapsflasche in der rechten Hand. Nein! Templer schüttelte den Kopf. Nein, das nun doch nicht! Aber er stellte fest, daß er seinen Vater offensichtlich unterschätzt hatte. Er ließ die Blätter des Buches über seinen Daumen schnellen und blieb bei zwei Seiten hängen, zwischen denen ein zusammengefaltetes Stück Papier steckte. Templer zog es heraus und strich es glatt:

Liebe Magdalene!
Ich schreibe Dir diesen Brief in tiefer Verzweiflung. Warum hast Du mich hier allein zurückgelassen? Ich kann es immer noch nicht glauben, daß Du sterben mußtest und er überleben durfte. Er hatte kein Recht, Dich zu töten und selbst weiter zu existieren!
Du hast mir alles bedeutet. Du warst für mich ein Engel auf Erden. Warum hat Gott nicht zugelassen, daß wir zusammenbleiben können? Ich verstehe es nicht. Wie kann Gott so grausam sein?
Ich habe ihn auch gewollt. Wir haben ihn uns gewünscht, aber jetzt verfluche ich ihn und kann nicht zulassen, daß er lebt!
Ich habe heute an seinem Bett gestanden und meine Hände von seinem Hals zurückgerissen. Fast hätte ich es getan, fast hätte ich ... Ich kann es gar nicht zu Papier bringen. Welch große Sünde, diesen Gedanken überhaupt zu denken!
Wenn Du mir ein Zeichen geben könntest, was ich tun soll. Aber Du schweigst und verweigerst mir den Ratschlag. Mein Leben ist so sinnlos geworden, so leer und so einsam.

Ich bin nicht wieder in unser gemeinsames Schlafzimmer zurückgekehrt. Ich konnte es nicht! Allein Dein Geruch, der sicher noch im Raum gewesen wäre ...

Dann folgten ein paar Zeilen, die Templer nicht entziffern konnte, weil etwas Flüssiges die Buchstaben verwischt hatte.

Ich kann ihn nicht lieben, ich kann seine bloße Existenz noch nicht einmal ertragen! Und das, obwohl ich weiß, daß er ein Stück von Dir und mir ist, das einzige, was mir von Dir blieb. Was soll ich tun? Ich kann damit nicht ...

Mit diesen Worten brach der Brief ab. Templer starrte auf das Papier, die Buchstaben vor seinen Augen begannen zu tanzen, sich auf und ab zu bewegen, zu verschwimmen. Er sah in die rechte obere Ecke des Briefes und erkannte das Datum 25 Tage nach seiner Geburt. In dem Brief seines Vaters an seine verstorbene Mutter war von ihm die Rede, von Hans-Wilhelm Templer.
Er bemerkte, wie das vergilbte Papier in seinen Händen zitterte. Er mußte sich setzen, um nicht in sich zusammenzusacken. Templer sah den Stuhl in der Ecke des Flurs und erreichte ihn mit Mühe. Er las den Brief ein zweites Mal, um sicher zu gehen, daß er den Inhalt wirklich verstanden, ihn in seiner Konsequenz für sein bisheriges, ja vielleicht sogar für sein zukünftiges Leben begriffen hatte: Sein Vater hatte mit dem Gedanken gespielt ihn umzubringen!
Noch zweimal sah er sich den Brief Zeile für Zeile an, faltete ihn schließlich, ganz langsam, die vorgegebenen Linien im Papier mit Daumen und Zeigefinger nachzeichnend, zusammen und hielt ihn in der Hand.
Er hatte wenig von seinem Vater gewußt! Bisher gab es diesen Mann in seinem Inneren lediglich als versoffenen Nichtsnutz. Sein Tod vor einem Jahr hatte ihn berührt, ihn für ein paar Stunden wirklich in den Tiefen seiner Empfindungen erreicht. Mitleid war es gewesen, was er damals gespürt hatte. Ihm fiel plötzlich auf, daß er sich noch nie wirklich mit seinem Vater auseinandergesetzt hatte. Seine Großeltern hatten, auf seine Frage, warum er denn angefangen habe zu trinken, immer lapidar geantwortet: „Er hat den Tod deiner Mutter nicht verkraftet." Damit hatte er sich bisher zufriedengegeben. Und die Erklärung stimmte offensichtlich auch. Aber wieviel mehr hinter einer so einfachen Aussage steckte, wurde ihm erst in diesem Moment bewußt.

Für seinen Vater war damals eine Welt zusammengebrochen. Das wurde aus dem Brief, den er gerade gefunden hatte, sehr deutlich. Aber warum hat der Mann sich nicht wieder gefangen? Templer erinnerte sich jetzt daran, daß er nie ein Gefühl von Trauer oder Betroffenheit bei seinen Großeltern bemerkt hatte, wenn vom Tod seiner Mutter die Rede gewesen war. Hatten sie vielleicht keine empfunden? Es kam ihm ein Satz in den Sinn, den er irgendwann einmal bei einer Feier aufgeschnappt hatte, ganz nebenbei zwischen einigen Bieren an der Theke. „Sehr traurig sind die alten Templers sicher nicht gewesen. Sie war ihnen sowieso nicht nach der Mütze, viel zu selbstbewußt", hatte jemand gesagt, der einige Meter von ihm entfernt in einer kleinen Gruppe von Bauern gestanden hatte. Damals war er kurz auf diesen Satz aufmerksam geworden, hatte ihn jedoch gleich wieder vergessen, als er angesprochen wurde. Zu selbstbewußt? „Wie war meine Mutter?" hatte er seine Großeltern oft gefragt. „Sie war eine sehr schöne Frau." Mit dieser Aussage hatten sie seine Neugier stets stillen können. Wie wenig es aussagt, dachte er jetzt, aber auch das hat mich offensichtlich zufriedengestellt. Paßte sie nicht ins Weltbild seiner Großeltern? „Zu selbstbewußt", hatten die Leute gemeint.

Ein Landwirt verliebt sich in den 50er Jahren in eine schöne selbstbewußte Frau und präsentiert sie seinen Eltern als zukünftige Schwiegertochter. Welch ein Schock! Das konnte nicht die Frau sein, die hier als Bäuerin in den nächsten Jahren bei der Heuernte helfen und den Kuhstall ausmisten sollte. Vielleicht hatte sie ihren Schwiegereltern das auch ganz unmißverständlich gesagt. Sie waren von der Wahl ihres Sohnes sicher nicht angetan gewesen! So hatte er die Ehe seiner Eltern noch nie betrachtet. Und die Bücher, die er gerade gefunden hatte? Auch sie paßten nicht zu seinen Großeltern. Großvater hatte die Tageszeitung und die Landwirtschaftliche gelesen, und bei Großmutter lag noch heute die Bibel auf dem Nachttisch. Aber Thomas Mann, John Steinbeck und Harper Lee hatten mit Sicherheit ihre Nachtigall gestört. Davon war er jetzt überzeugt. Das Mosaik begann sich zusammenzufügen. Warum kamen ihm erst jetzt all die Fragen? Sie lagen doch so klar auf der Hand. Wie hatte er jahrelang an ihnen vorbeisehen, sie so lange ignorieren können? Hatte seine Mutter diese Bücher mitgebracht und ihren Ehemann nicht nur für sich selbst eingenommen, sondern auch noch zum Lesen verführt, oder waren sie schon vorher im Bücherschrank seines Vaters gewesen? Das machte natürlich einen Unterschied.

Seine Großeltern waren also gar nicht so traurig über den Tod seiner

Mutter gewesen? Er hatte sie immer für tief anständige und ehrbare Menschen gehalten. Wie gut waren sie zu ihm gewesen. Sie hatten ihn nach dem Tod seiner Mutter aufgenommen und großgezogen wie ein eigenes Kind, ihm Liebe und Geborgenheit gegeben. Was gab es in ihnen für dunkle Seiten, die er nicht kannte? Es fiel ihm auf, daß er sich diese Frage noch nie wirklich gestellt hatte. Ich bin ein kritischer Mensch, dachte er. Ich stelle unbequeme Fragen, und ich kann mir ein eigenes Urteil bilden. Warum war ich bisher blind für diese Seite meiner Großeltern? Er war hart geblieben, als seine Großmutter vor einigen Jahren von ihm verlangt hatte, die Landwirtschaft fortzuführen. Nein, er hatte nicht alles getan, was von ihm erwartet worden war. Aber das, was ihm jetzt durch den Kopf ging, war etwas anderes. Es erschütterte ihn in den Grundfesten seines Seins.
Von seiner Familie waren nur seine Großmutter und er übriggeblieben. Von dem einst stolzen Hof ein paar Gebäude, die gerade von einem Spinnenheer erobert wurden und dem Verfall preisgegeben waren. Seine Familie zerfiel jetzt auch, in diesem Moment, in der Welt seiner Vorstellungen. Er hatte lernen müssen, daß es eine heile Welt in der Wirklichkeit des Alltags nicht gibt, aber sie war in seinem Inneren gewesen, gespeist aus dem Bewußtsein, daß er sie wenigstens in seiner Kindheit, von dem stets betrunkenen Vater einmal abgesehen, hatte erleben dürfen. Es war ihm sehr gut gelungen, diesen dunklen Fleck, den sein Vater darstellte, aus seinem Familienbild herauszuschneiden, ihn zu isolieren und als ein einfach zu erklärendes Phänomen zu betrachten. Darauf, daß dieser dunkle Fleck ein Symbol, ein unmißverständlicher Hinweis darauf war, daß etwas an seinem inneren Bild nicht stimmen konnte, war er nicht gekommen. Oder hatte er gar nicht darauf kommen wollen?
Er setzte den Rundgang durchs Haus fort, aber er spürte keine Freude mehr daran. Seine Neugier auf die Begegnung mit der Vergangenheit war einer tiefen Trauer gewichen, die ihn begleitete. Er öffnete die Tür zu dem Zimmer, das in den letzten Jahren vor seinem Weggang vom Hof seins gewesen war. Großmutter hatte die Möbel sorgfältig mit großen Leinentüchern abgehängt. Vermutlich waren sogar die Regalbretter vorher gründlich entstaubt worden. Er hob ein Tuch und sah auf seine Kinder- und Jugendbücher. Erich Kloss: „Horst wird Förster", „Horst und das Raubwild", „Winterferien im Försterhaus". Als Kind hatte er Förster werden wollen. Templer dachte jetzt wieder daran. Lange war die Erinnerung an seinen früheren Berufswunsch in den tiefen Schichten seines Bewußtseins verschüttet gewesen. Er lächelte kurz, ließ das Tuch aber gleich wieder über das Regal fallen.

Als er die Abdeckung an einer anderen Ecke hob, entdeckte er neben der Bücherreihe eine Negerpuppe, die einen bayrischen Trachtenanzug trug. Er nahm die Puppe aus dem Regal, ging zum Fenster, das zum Garten zeigte, und sah hinaus. Es hatte wieder angefangen zu schneien. In dicken Flocken wirbelte der Schnee gegen die Scheibe, schmolz darauf und lief in kleinen Rinnsalen am Glas herunter. Templer öffnete das Fenster und lehnte sich gegen den Rahmen. Soweit er sehen konnte war alles weiß. Der Schnee hatte Großmutters Garten zugedeckt, saß in kleinen Hauben auf den Zaunpfählen und im Geflecht des Maschendrahtes, der an einigen Stellen große Löcher hatte und an anderen ganz fehlte. Der große Birnbaum trug schwer an der Last des Schnees auf seinen Zweigen, die kleineren Zwetschenbäume duckten sich unter der weißen Schicht. Das Dach des Hühnerstalles, der den Garten zum großen Apfelhof begrenzte, war an dem diesseitigen Giebelende eingestürzt und bildete mit dem Schnee darauf einen weißen Trichter im Gebäude. Auf dem Mastköcher saßen Meisen. Der Mast selbst, an dem zu Zeiten des tausendjährigen Reiches die Hakenkreuzfahne den menschenleeren Feldern Urgroßvaters Gesinnung entgegengeweht hatte, war der Fäulnis zum Opfer gefallen. Alles andere wird dem Mast folgen, dachte er.
Der Garten war Großmutters große Leidenschaft gewesen. Templer schloß die Augen und spürte jede einzelne Schneeflocke, die auf die Haut seines Gesichtes niederfiel und sie angenehm kühlte.

Großmutter sah von draußen durch die Fensterscheibe und hielt eine Hand an ihre Schläfe, damit die Spiegelung der tief stehenden Sonne ihr nicht den Blick auf die Küchenuhr verstellte. Immer pünktlich um halb sechs sah sie auf die Zeiger, um sich zu vergewissern, daß es halb sechs war. Aus irgendeinem Grund mochte sie sich nicht auf ihre innere Uhr verlassen, die, wie man immer wieder feststellen konnte, einwandfrei funktionierte. Er sah ihr Gesicht, das mit zusammengekniffenen Augen durchs Fenster spähte, und die sich bewegende Hand, mit der sie versuchte, die Spiegelung auf dem Glas abzudecken.
Viele Stunden verbrachte seine Großmutter zwischen den Reihen ihrer Bohnen, Erbsen und Erdbeeren. Sauber und schnurgerade waren sie gezogen. Während der Großvater, der manchmal zur Gartenarbeit herangezogen wurde und sie als lästige Pflicht betrachtete, die Reihen frei über den Daumen gepeilt gezogen hätte, spannte sie sorgfältig eine lange Schnur aus, an deren beiden Enden sich je ein angespitzter Holzpflock befand.
Tief gebückt oder mit den Knien auf einem alten Sack hockend, sah

Templer sie, wie sie mit dem Stiel ihrer kurzen Schaufel, immer exakt im Abstand einer Unterarmlänge und sich an der gespannten Richtschnur orientierend, kleine Löcher in den braunen Mutterboden bohrte, die Bohnen hineinfallen ließ und die Trichter danach wieder verschloß. Reihe um Reihe steckte sie die Richtschnur weiter, bis das Stück Garten, das sie für ihre Bohnen vorgesehen hatte, bestellt war. Am Schluß ebnete sie die Erde sorgfältig mit der Harke. Stunde um Stunde verbrachte sie in ihren Beeten, die säuberlich mit kleinen Feldsteinen eingefaßt waren. Immer wenn sie ein Stück bestellt hatte, trat sie ein paar Schritte zurück und betrachtete ihr Werk mit schräg gehaltenem Kopf. Er wurde von einem großen Strohhut bedeckt, der auf ihr Gesicht einen Schatten warf, so daß es von weitem nicht zu erkennen war.
Abends kratzte sie sorgfältig mit einem Stück Rotstein die Erde von ihren Gartengeräten und legte sie unter ein kleines Überdach, das seitlich den Hühnerstall überragte. Vor der Stalltür trat sie einige Male heftig auf die Pflastersteine, um den Mutterboden aus den Rillen ihrer Gummistiefelsohlen zu entfernen. Dieses Geräusch ließ den kleinen Hans-Wilhelm augenblicklich aufhorchen, denn es war in den Frühlings- und Sommermonaten das sichere Zeichen dafür, daß zehn Minuten später Großmutters Ruf zum Abendessen durchs Haus erschallen würde.

Templer öffnete die Augen. Es war ihm, als habe der Ruf der Großmutter ihn aus seinem Tagtraum gerissen. Er hatte die Kälte der Schneeflocken auf seinem Gesicht gar nicht mehr bemerkt und stellte jetzt fest, daß er vom Schmelzwasser ganz naß geworden war und die Negerpuppe eng an sich gedrückt im Arm hielt. Auf der Fensterbank bildeten sich kleine Pfützen.
Dieselbe Frau, an die er soeben mit großer Liebe gedacht hatte, war es auch gewesen, die sich damals der Verbindung seiner Eltern in den Weg gestellt und die vermutlich kaum Trauer über den Tod der ungeliebten Schwiegertochter empfunden hatte. Das Bild seiner Großmutter bekam gerade einen tiefen Riß. Es begann, in zwei Hälften zu zerfallen. Er hätte seine Gedanken am liebsten gestoppt, da er fühlte, daß er diesen Prozeß unbedingt aufhalten mußte, sonst würde er sein ganzes Leben verändern. Alles, was bisher klar und richtig gewesen war, würde von nun an mit Zweifeln behaftet sein. Alles, was ihn als Person auf einem Fundament der Sicherheit hatte ruhen lassen, zerbrach gerade. Würde er es je wieder zusammensetzen können? Es war ihm, als verlöre er den Boden unter seinen Füßen. Ein Gefühl von

Deprimiertheit überkam ihn. Und dieses Gefühl begleitete ihn auch, als er seinen Gang durch das Obergeschoß des Hauses fortsetzte. Er sah plötzlich alles mit anderen Augen. Die Geborgenheit, die er stets beim Betreten des Hofes tief in sich gespürt hatte, war verlorengegangen. Und er fühlte, daß sie nie wieder zurückkehren würde.

Am Montag nahm Templer das Angebot seines Chefs an, nachdem er tags zuvor noch mit zwei Freunden aus Studientagen gesprochen hatte, von denen er gedrängt worden war, die Chance auf keinen Fall verstreichen zu lassen. Nachmittags unterschrieb er im Büro des Verwaltungsdirektors einen neuen Arbeitsvertrag.

Am Abend war es besonders spät geworden. Templer hatte noch die letzten Laborwerte durchgesehen und eine Presseerklärung für den nächsten Tag vorbereitet. Dem Krisenteam, welches aus seinem Chef, Verwaltungsdirektor Janssen und ihm bestand, war klar, daß die Sache mit dem Embryo, ausgetragen von einer komatösen Frau, nicht länger vor der Presse verborgen werden konnte.

„Die werden sich draufstürzen wie die Geier", hatte der Chef prophezeit. Vermutlich sah er die Sache ganz realistisch. Und Templer spürte deutlich, daß Brosenius eine solche Publicity um seine Abteilung nicht einmal unwillkommen war. Aber warum will er die Sache mit der Presse mir überlassen, fragte er sich. Er hatte gedacht, daß Brosenius die Sache selbst in die Hand nehmen würde. Statt dessen war Templer beauftragt worden, sich mit den Journalisten auseinanderzusetzen. Das paßte gar nicht zu seinem Chef. Wer weiß, was der für einen Hintergedanken dabei hat, ging es ihm durch den Kopf.

Als er an der Pförtnerloge vorbeiging und auf die große Uhr in der Halle blickte, war es bereits halb acht.

„N' Abend Herbert! Na, was machen deine Goldfische?" sprach Templer den Pförtner Hansen an, der den Nachtdienst versah und in die Zeitung vertieft war. Von seiner Lektüre aufblickend erwiderte er: „Mein lieber Herr Oberarzt, Sie wissen genau, daß es sich bei den Exemplaren in meinem Aquarium um tropische Warmwasserfische und nicht um popelige Goldfische handelt! Ich möchte mir diese herabsetzenden Bemerkungen mit Nachdruck und ein für alle Mal verbitten!"

Templer lachte. Es war zu einem vertrauten Ritual geworden, auf diese Weise über das Hobby des Pförtners zu lästern, der jedesmal auf Templers Frotzelei einging.

„Herbert, was gibt's Neues?"

Der Pförtner sah ihn an und deutete dann mit dem Kopf nach draußen.

„Schauen Sie mal durch die Scheibe!"
Der Arzt folgte Hansens Kopfbewegung und erblickte vor dem erleuchteten Klinikeingang etwa 20 bis 25 Männer und einige wenige Frauen, die, mit Mikrofonen, Kameras und Notizblöcken ausgerüstet, vor der Tür auf- und abgingen.
„Wenn mich mein geschulter Blick nicht täuscht, sind die von der Presse. Ich an Ihrer Stelle würde den Hinterausgang nehmen. Den hat Ihr Chef Brosenius jedenfalls vor einer Stunde auch vorgezogen", riet ihm der Pförtner.
„Oh, mein Gott. Mit so vielen habe ich nicht gerechnet und vor allem nicht schon heute."
„Was wollen die von euch?"
Templer zuckte mit den Schultern.
„Staatsgeheimnis, jedenfalls vorläufig noch. Ich denke morgen wird die Bombe platzen."
Als er neben der NAW-Halle ins Freie trat, traute er seinen Augen nicht.
„Da ist er! Das ist dieser Templer", hörte er jemanden rufen, und schon war er von einer vielköpfigen Reportertraube umringt. Mikrofone wurden ihm entgegengehalten, zwei Kameras begannen zu surren, von hinten wurde er geschubst.
„Was können Sie zu den Überlebenschancen des Embryos sagen?"
„Ist es richtig, daß die Mutter des Embryos immer noch im Koma liegt?"
„War sie schon schwanger, als sie in die Klinik kam? Es gibt Gerüchte, daß ..."
Templer war völlig überrascht von der Situation und sah sich nach der Tür um, durch die er gerade getreten war. Es erschien ihm aussichtslos zu versuchen, sie im Rückwärtsgang zu erreichen, um so wieder in den Schutz des Gebäudes zurückzukehren. Einige Male wollte er sich vorwärts durch die Menge hindurchzwängen, aber sie hatte ihn regelrecht eingekeilt. Er saß in der Falle.
„Meine Damen und Herren, seien Sie doch vernünftig und lassen Sie mich durch!"
Niemand reagierte auf seine Bitte. Wie sollte er sich verhalten? Es gab inzwischen den Entwurf einer Presseerklärung, und der steckte in seiner Jackentasche. Er war jedoch weder mit Professor Brosenius noch mit Janssen, dem Verwaltungschef, abgestimmt. Zu diesem Zweck wollten sie sich am anderen Morgen im Büro seines Chefs treffen. Sollte er sie schon verlesen, in der Hoffnung, die Journalisten zu befriedigen, damit sie von ihm abließen? Würden die beiden Vorge-

setzten sein Vorgehen nachträglich solidarisch billigen, wenn er ihnen seine Zwangslage erklärte? Oder würde er von ihnen wegen dieser nicht autorisierten Presseerklärung in der Luft zerrissen werden? Er schwankte. Ich bin Arzt und habe nicht den Hauch einer Ahnung vom Umgang mit Medienvertretern, dachte er. Wie naiv war er an diese Aufgabe herangegangen. Er ahnte bereits, warum Brosenius die Information der Öffentlichkeit, wie er es genannt hatte, ihm überließ. Der will sich nicht den Mund verbrennen und benutzt mich als Minenhund, ging es Templer durch den Kopf.

In der Zwischenzeit war das Gedränge und Geschiebe um ihn noch heftiger geworden. Jemand trat ihm auf den Fuß, ein Mikrofon wurde ihm ins Gesicht gestoßen. Templer sah, daß die Reporter nicht nur ohne jeden Respekt mit ihm umgingen, sondern auch untereinander keine Rücksicht nahmen und sich gegenseitig mit allen Mitteln abdrängten und wegstießen, um näher an ihn heranzukommen. Die Menge der Journalisten wuchs, inzwischen hatte sich offensichtlich herumgesprochen, daß der behandelnde Arzt vor die Presse getreten sei, was auch die vor dem Haupteingang Wartenden zum rückwärtigen Teil des Klinikkomplexes trieb.

Templer entschloß sich zur Flucht nach vorn.

„Meine Damen und Herren!“ rief er in die Menge.

Das Durcheinander von Fragen, Flüchen und Beschimpfungen hörte nicht auf.

„Meine Damen und Herren!“ versuchte er es erneut.

Keine Reaktion.

„Wie kommt es, daß Sie erst jetzt vor die Presse treten? Uns liegen Informationen vor, daß die Sache bereits seit zwei Tagen bekannt ist.“

Man schrie ihm Fragen entgegen, alles rief durcheinander. Vergeblich versuchte er Ordnung in das Wirrwarr zu bringen. Plötzlich stieß ihn von hinten jemand an. Er drehte sich um und sah den Klinikpförtner direkt hinter sich, der eine Holzkiste trug und sich den Weg durch die Reporterschar gebahnt hatte.

„Stellen Sie sich drauf und heben Sie einfach beide Arme!“ schrie er Templer ins Ohr, „wenn die zu jemandem aufblicken müssen, werden sie ganz still!“

Der Pförtner kniete sich auf den Boden, was Templer bei diesem Gedränge ziemlich mutig fand, und Hansen schob ihm die Kiste so neben seine Füße, daß er mit einem kleinen Schritt ohne Mühe hinaufsteigen konnte. Jetzt sah er auf die Menge hinunter und hatte sofort ein besseres Gefühl. Das ist wirklich ein großer psychologischer Vorteil, dachte er und hob die Arme, wie der Pförtner es ihm geraten hatte.

„Meine Damen und Herren!“
Er wartete einen Augenblick und wiederholte seinen Satz. Das Stimmengewirr ebbte ab, und nach einer Minute war es um ihn herum fast ganz still. Dankbar sah er Hansen an, der neben ihm stehengeblieben war und ihm jetzt wie ein Freund an seiner Seite vorkam.
Als Templer seinen Blick wieder hob und zu der von den Außenleuchten angestrahlten Klinikfassade hinübersah, bemerkte er, daß an vielen Fenstern Menschen standen: Schwestern, Pfleger und Patienten, die sehen wollten, was sich Bedeutsames im Hof hinter dem Klinikgebäude abspielte. Wo sich so viele Presseleute zusammenfanden, mußte etwas passiert sein. Vielleicht war der Ministerpräsident verunglückt oder ein berühmter Schauspieler in die Klinik eingeliefert worden. Welches Klischee man sich auch ausmalte, man wollte mitbekommen, was dort unten vor sich ging. Templer sah, wie das Fenster des Aufenthaltsraumes der Intensivstation geöffnet wurde und sich ein Großteil der Nachtschichtmitarbeiter dort versammelte.
Mindestens hundert Ohren hörten ihm zu, und ebenso viele Augen verfolgten, was er jetzt tat. Du bist verrückt, sagte eine innere Stimme, Brosenius wird dich morgen zu Kleinholz verarbeiten. Ein falsches Wort, und die Klinikleitung würde ihn vom Dienst suspendieren. Darüber war er sich vollkommen im Klaren. Auf der anderen Seite hatte die Öffentlichkeit ein Recht auf Information. Durchgesickert war die Sache ohnehin. Woher sollte sonst diese Journalistenmenge kommen? Schließlich war es besser, daß Fakten auf den Tisch kamen und keiner es nötig haben würde, sich nur auf Gerüchte und Spekulationen zu stützen. Er befühlte das zusammengefaltete Stück Papier in seiner Tasche, auf das er den Entwurf seiner Erklärung geschrieben hatte. Es waren seine ersten flüchtigen Gedanken dazu gewesen, nichts Endgültiges, nichts wirklich gründlich Durchdachtes. Es kam ihm vor, als springe er in eine Grube, in der zig giftige Schlangen nur darauf warteten, sich auf ihn zu stürzen.
Seine Stimme zitterte etwas, als er zu sprechen begann: „Meine Damen und Herren. Als leitender Oberarzt der anästhesiologischen Abteilung möchte ich Sie davon in Kenntnis setzen, daß auf unserer Intensivstation eine Patientin behandelt wird ...“
Templer hatte vergessen, rechtzeitig Luft zu holen, tat das jetzt mitten im Satz und stockte in seinem Vortrag. Er griff in seine Jackentasche, holte das Blatt mit seinem Entwurf heraus und entfaltete es.
„... eine Patientin behandelt wird, die nach einem Unfall ohne Bewußtsein ist. Tests bestätigten uns vor drei Tagen die Vermutung, daß

bei ihr eine Schwangerschaft besteht. Nach reiflicher Überlegung hat sich die Leitung unserer Abteilung entschlossen, diese Schwangerschaft nicht aktiv zu unterbrechen, weil die gesetzlichen Bestimmungen keine andere Lösung zulassen. Uns sind das Risiko und die Tragweite einer solchen Entscheidung sehr wohl bewußt."

Oberarzt Templer machte eine kurze Pause, um die Wirkung seiner Worte zu prüfen. Die Journalisten hatten eifrig mitgeschrieben oder ihm Kameras und Mikrofone hingehalten. Blitzlichter waren aufgeflackert, während seines Vortrags war es still gewesen, das Gedränge und Geschiebe weniger geworden.

„Ist es richtig, daß Ihnen das Vorliegen einer Schwangerschaft bei der Patientin bereits seit drei Tagen bekannt ist?" wurde Templer von einer Reporterin gefragt.

„Ja, das sagte ich bereits."

„Und warum informieren Sie erst jetzt die Öffentlichkeit darüber?"

„Sie werden zugeben müssen, daß es nicht die Aufgabe des Klinikpersonals sein kann, die Öffentlichkeit von der Schwangerschaft einer Patientin zu unterrichten."

„Auch nicht, wenn es sich um einen so ungewöhnlichen Fall handelt?"

„Auch dann nicht!"

Templer ließ sich nicht einschüchtern. Er spürte, daß er immer mehr Sicherheit im Umgang mit den Fragen der Journalisten gewann.

„Meines Wissens ist es in Deutschland das erste Mal, daß ein Embryo von einer Frau ohne Bewußtsein ausgetragen werden soll. Können Sie dazu etwas sagen?"

„Es ist nicht das erste Mal. Mir sind mehrere solcher Schwangerschaften aus der Literatur bekannt. In Deutschland kam 1992 in Erlangen ein solcher Fall zu großer Aufmerksamkeit. Das Kind konnte damals, soweit ich weiß, bis zu einem Zeitpunkt ausgetragen werden, zu dem es überlebensfähig war."

Natürlich hatte Templer sämtliche in der Kürze der Zeit zu bekommende Fachliteratur gesichtet und sich eingehend mit Frau Doktor Mickler beraten, die Gynäkologin war.

„Ist die Frau bereits hirntot?"

Templer wunderte sich über die von einer gewissen Fachkenntnis zeugenden Frage.

„Nein."

„Wieweit ist die Schwangerschaft bereits fortgeschritten?"

„Die Frau befindet sich in der 13. Schwangerschaftswoche."

„Stimmt die Information, daß die Patientin bereits seit einem halben Jahr in Ihrer Abteilung behandelt wird?"

Templer erkannte sofort die Brisanz dieser Frage, was sich auch vegetativ durch das Aufsteigen einer Hitzewelle in seinem Körper bemerkbar machte. Irgend jemand aus dem kleinen Kreis der Ärzte, Schwestern oder Pfleger, die Frau Wallendorf betreuten, mußte der Presse einen Wink gegeben haben. Dessen war er sich ganz sicher. Nur so war es zu erklären, daß hier eine derart gezielte Frage auftauchen konnte.
„Das stimmt nicht ganz," antwortete er etwas zögernd, fügte aber keine weitere Erklärung hinzu, um den Reporter, der diese Frage gestellt hatte, zum Nachfragen zu zwingen. Das gab Templer Gelegenheit, sich wieder voll in die Gewalt zu bekommen.
„Wie lange ist sie genau in Ihrer Behandlung?"
Prompt wurde nachgelegt.
„Seit sieben Monaten und drei Tagen."
„Das bedeutet nicht nur, daß die Schwangerschaft während des Aufenthaltes in Ihrer Abteilung eingetreten ist, sondern doch wohl auch, daß die Patientin zu diesem Zeitpunkt bereits ohne Bewußtsein war."
„Ja, beide Aussagen treffen zu."
Wieder hielt sich Templer zurück und gab nicht der Versuchung nach, weitere Einzelheiten hinzuzufügen. Einen Augenblick lang war es still im Hof, bis allmählich ein Gemurmel einsetzte, in seiner Lautstärke langsam anschwoll und schließlich in ein lautes Stimmengewirr mündete. Wieder wurden Templer mehrere Fragen gleichzeitig entgegengeschrien. Die Disziplin der letzten Minuten war weggefegt und wurde von einem wilden Durcheinander von Fragen und Zwischenrufen abgelöst. Templer versuchte es noch einmal. Er hob beide Arme und rief in die Menge:
„Ruhe bitte!"
Als die Lautstärke etwas abgenommen hatte, sagte er mit fester Stimme:
„Ich werde Ihre Fragen nur weiter beantworten, wenn Sie nacheinander und ruhig gestellt werden!"
Er wartete mit erhobenen Händen, bis die Lautstärke soweit abgenommen hatte, daß er wieder gut verstanden werden konnte.
„Ist der Klinikleitung die Tragweite der von Ihnen gegebenen Informationen bewußt?"
„Natürlich."
Erneut widerstand er dem Impuls, zu diesem Punkt weitere eigene Überlegungen in die Öffentlichkeit zu tragen.
„Das heißt, daß diese Frau vergewaltigt wurde", brachte es eine der anwesenden Reporterinnen auf den Punkt.

„Diese Frage wird Gegenstand polizeilicher Ermittlungen sein, dessen Ergebnis wir abwarten müssen."
„Sie werden nicht leugnen können, daß sich diese Vermutung zur Gewißheit verdichtet, wenn man die Fakten wertet. Welche Ermittlungsergebnisse wollen Sie noch abwarten?"
„Als Privatmann kann ich das, was Sie Gewißheit nennen, in der von Ihnen geäußerten Weise natürlich nachvollziehen. Als leitender Oberarzt dieser Klinik werde ich mit Ihnen lediglich Fakten und gesicherte Ermittlungsergebnisse diskutieren. Heute und auch in der Zukunft. Und solche Ergebnisse liegen noch nicht vor."
„Aber das ist doch absurd!" wurde ihm lautstark entgegengehalten.
„Diese Meinung auszusprechen, steht Ihnen natürlich frei. Meine Damen und Herren, ich werde Ihnen in den nächsten Tagen hierzu sicher mehr sagen können. Für heute habe ich keine weiteren Informationen für Sie."
Templer stieg von der kleinen Kiste, drückte sie Hansen augenzwinkernd in die Hand und drängte sich an den noch lautstark debattierenden Journalisten vorbei in Richtung Parkplatz. Einige von ihnen verfolgten ihn bis zu seinem Auto und riefen ihm dabei Fragen zu, auf die er aber nicht reagierte. Er öffnete die Tür seines Wagens, schwang sich auf den Fahrersitz, schob einen Reporter mit der linken Hand aus dem Türspalt und schloß energisch die Tür. Vorsichtig setzte er den Wagen rückwärts aus der Parklücke und brauste schneller als gewöhnlich vom Klinikparkplatz. Im Rückspiegel konnte er sehen, wie die Reporter zu ihren Autos rannten. Sicher wollen sie mir folgen, dachte er, bog geistesgegenwärtig in die nächste Seitenstraße, fuhr um einige Häuserblocks, parkte seinen Pkw schließlich in einer Sackgasse und schaltete das Licht aus. Hier wollte er in Ruhe abwarten, bis die Verfolger sich zerstreut haben würden. Er ließ dabei seinen ersten Auftritt vor der Presse noch einmal an seinem inneren Auge vorüberziehen und prüfte sein Verhalten und seine Äußerungen kritisch. Er war mit sich zufrieden. Eigentlich konnten sein ärztlicher Vorgesetzter und der Verwaltungschef der Klinik nichts an seinem Statement auszusetzen haben, außer, daß Zeitpunkt und Inhalt der Erklärung nicht mit ihnen abgestimmt waren.
Am nächsten Morgen fuhr Templer früh in die Klinik. Die Schwestern und Pfleger der Nachtschicht wunderten sich über sein ungewöhnlich zeitiges Erscheinen und machten provozierende Bemerkungen über mit dem Alter auftretende Schlafstörungen bei karrieresüchtigen Medizinern. Er zog sich um und dachte über die Worte der Mitarbeiter nach, die im Durchschnitt 15 bis 20 Jahre jünger waren als

er, wobei seine Gedanken von gelegentlichem Kopfschütteln begleitet wurden.
Zwei Überlegungen hatten ihn bewogen, so früh aufzustehen und ins Krankenhaus zu fahren. Er glaubte an den Ruf von Journalisten als Spätarbeiter und Langschläfer und war überzeugt, daß diese Spezies Mensch so früh am Morgen noch nicht vor der Klinik auf der Lauer liegen würde. Eine Vermutung, die sich bestätigt hatte. Darüber hinaus war sein Schlaf immer wieder von Alpträumen durchzogen gewesen, die ihn hatten hochschrecken lassen. Schließlich hatte er gegen fünf überhaupt keinen Schlaf mehr gefunden und sich unter die Dusche begeben, deren kalter Wasserstrahl ihn endgültig weckte.
Ihm ging die bevorstehende Gesprächsrunde mit Brosenius und Verwaltungschef Janssen nicht aus dem Kopf. Wie würden sich die beiden angesichts der von ihm eigenmächtig abgegebenen Presseerklärung verhalten? Es konnte ihnen nicht recht sein, daß er sich so verhalten hatte. Schon aus formalen Gründen mußten sie ihn rügen, aber würden sie sich inhaltlich hinter das stellen, was er den Journalisten am Vorabend mitgeteilt hatte, oder auch das angreifen? Er war mit sich, der Art und Weise seines Auftretens und dem Inhalt seiner Ausführungen auch jetzt, nach einigen Stunden des Nachdenkens und den schweren Träumen einer Nacht, noch immer zufrieden.
Templer trat durch die Tür seines Arbeitszimmers und sah eine große Traube grün gekleideter Männer und Frauen in einem der Patientenzimmer. Es war die Zeit des Schichtwechsels und der Patientenübergabe von der Nacht- an die Frühschicht. Normalerweise wohnte er diesem Ritual nicht bei, weil er so früh gewöhnlich noch nicht im Haus war. Er gab sein „Guten Morgen allerseits" in die Runde. Einige sahen ihn verwundert an, andere nahmen nur am Rande Notiz von ihm und erwiderten den Gruß kurz, ließen sich aber nicht in ihrem Bericht stören.
Sein Erscheinen zu dieser Tageszeit paßte nicht in den Rhythmus seiner Mitarbeiter. Templer spürte das und ging in den Aufenthaltsraum, in dem es bereits nach frisch gebrühtem Kaffee roch. Er nahm sich seinen Becher mit der Aufschrift „Hans", ein Geschenk seiner Intensivcrew zu seinem letzten Geburtstag, aus dem Schrank und schenkte sich von dem schwarzen Gebräu ein. Fünf Tabletten Süßstoff, einen Schuß Kondensmilch, das Ganze noch umrühren, und seine Morgenmischung war fertig. Der erste Kaffee am Morgen ist der wichtigste des Tages, dachte er und genoß ihn in kleinen Schlucken an die Fensterbank gelehnt.
Zehn Minuten später endete die Übergabe. Die Nachtschichtler zogen

sich um und verließen die Station, die anderen verteilten sich nach einem Plan auf die verschiedenen Krankenzimmer und begannen mit ihrer Arbeit.
„Du stehst da wie bestellt und nicht abgeholt", empfing ihn Schwester Ruth, die heute vertretungsweise die Leitung der Frühschicht übernommen hatte.
„Ich passe so früh offensichtlich noch nicht in euren Tag."
„Wer rechnet auch schon um sechs Uhr mit der personifizierten Gefahr eines Oberarzt!"
„Wenn ich für euch eine Gefahr bin, kann ich ja wieder gehen."
„Na, nun spiel' nicht den Beleidigten! Es ist ganz gut, daß du da bist, wir haben ein paar Probleme."
„Probleme am Morgen vertreiben die Sorgen der Nacht. Dann schieß' mal los!"
Sie gingen zusammen über die Station, und Ruth trat mit ihm in das Zimmer eins, in dem ein Pfleger einer Schwesternschülerin das Legen eines Harnblasenkatheters demonstrierte. Beide trugen sterile Handschuhe, auf einem Wagen neben dem Bett befanden sich die für diese Maßnahme notwendigen Utensilien. Sie sahen kurz von ihrer Arbeit auf, die dadurch erschwert wurde, daß das rechte Bein des Mannes an einem Zugdraht hing und auf einer Schiene gelagert war, und setzten dann konzentriert ihre Arbeit fort.
„Herr Monk, ein 24jähriger Mann, bewußtlos, Motorradunfall von heute morgen, mit einer Oberschenkelschaftfraktur. Die war wohl ursprünglich verschoben, deshalb die Extension. Meyerhoff will erst warten, bis wir ein Schädel-CT haben und sicher sind, daß da nichts ist, bevor er seine Einwilligung zur OP gibt. Die Chirurgen haben sich ziemlich darüber aufgeregt, es gab hier schon reichlich Wirbel. Aber der Meyerhoff bleibt ja stur, wenn er sich was in den Kopf gesetzt hat. So kenne ich den gar nicht. Ich glaub', du mußt mal mit Wiegratz reden, der hat hier heute morgen den Tanz gemacht."
„Mache ich. Mit dem kann ich ganz gut, das kriege ich schon hin. Außerdem ..., es war doch korrekt von Meyerhoff."
Oberarzt Templer ging an den beiden Pflegekräfte vorbei, die mit dem Katheter beschäftigt waren und jetzt leise miteinander sprachen, und trat ans Kopfende des Bettes. Er sah sich den jungen Patienten genau an, blickte auf den EKG-Monitor, dann auf die Einstellung der Beatmungsmaschine und zückte schließlich eine kleine Untersuchungslampe, mit der er dem Mann in beide Augen leuchtete.
„Labor?"
„Haben wir noch nicht komplett, die Gase sind aber gut!"

„Okay!“ Er strich dem Verletzten übers Haar und tätschelte ihm behutsam die Wange, bevor er den Raum verließ.
„Willst du das CT sehen, bevor du deine Zustimmung zur Narkose gibst?“
„Die sollen mich anpiepen, sobald die Bilder aus der Maschine kommen, dann kann ich sie mir mit den Radiologen zusammen ansehen. Die verstehen mehr davon.“
Schwester Ruth zog ihn ins Zimmer sieben und schloß gleich die Schiebetür hinter ihnen. Das Zimmer war leer. Templer sah sie fragend an.
„Hier lag die alte Dame, Frau Brinkmann, mit dem Darmverschluß. Die ist gerade unten zur Sono. Die Chirurgen würden wohl gern heute noch operieren, aber die trauen sich nicht so recht, habe ich den Eindruck. Immerhin ist die Dame 91.“
„Na und. Ileus ist Ileus! Da müssen die ran. Nur so hat sie eine Chance. Was gibt's da zu überlegen? Die Frau ist doch noch gut beieinander, biologisch gesehen zehn Jahre jünger.“
„Finde ich auch. Vielleicht solltest du das gleich mit klären.“
„War's das an Problemen?“
Ruth nickte.
„Was macht die junge Mutter aus der Sechs?“
„Keine Besonderheiten, da läuft alles nach Plan.“
„Wenn wir für sie erst einmal einen Plan hätten“, seufzte Templer und verließ den Raum. Er drehte sich noch einmal nach der Schwester um und rief: „Labor und Befunde will ich ..., möchte ich, noch in mein Zimmer haben, damit mir so früh nicht langweilig wird.“
Ruth lachte.
Als Templer gegen halb zehn ins Vorzimmer von Professor Brosenius trat, begrüßte ihn dessen Sekretärin mit einem gedämpften „Guten Morgen, Doktor Templer!“ Er hatte den Eindruck, sie spräche so leise, weil sie glaubte, damit weniger aufzufallen und durch die gesenkte Stimme die schlechte Laune ihres Chefs nicht noch zu steigern. Meist konnte Templer schon an der Lautstärke ihrer Stimme auf Brosenius' aktuelle Tagesverfassung schließen.
„So etwas nennt man vegetative Gleichschaltung“, hatte er einmal scherzhaft zu ihr gesagt.
„Die beiden haben sich schon lautstark gestritten.“
„Wer ist der andere der beiden?“ fragte Templer scheinheilig.
„Herr Janssen.“
Der Oberarzt klopfte kurz an und trat nach dem „Herein“ ins Zimmer. Er sah den Verwaltungsleiter neben Brosenius auf einem Sofa sitzen, beide sahen auf einen Bildschirm.

„Guten Morgen!“
Templer stellte sich hinter das Sofa und schaute kurz auf den Schirm, auf dem er sich selbst zu einer Menschenmenge sprechen sah. Die beiden Herren drehten sich kurz zu ihm um, nickten, sagten aber nichts. Offensichtlich hatte das Regionalfernsehen seine Presseerklärung bereits gebracht. Woher eine Aufzeichnung davon so schnell in die Hände seiner Vorgesetzten gelangen konnte, war ihm ein Rätsel. Aber warum sollte er sich darüber den Kopf zerbrechen. Sie hatten die Aufzeichnung und wußten damit auch, was er zu den Journalisten gesagt hatte.
Als der Film beendet war, stand Brosenius auf, begrüßte Templer per Handschlag und setzte sich Janssen gegenüber an den Glastisch, der in der Mitte der Sitzgruppe stand. Der Oberarzt reichte auch dem Verwaltungschef die Hand und nahm unaufgefordert in einem Sessel zwischen den beiden Platz.
„Herr Templer, das war nicht korrekt von Ihnen!“ begann Janssen das Gespräch, „es war zwar vereinbart, daß Sie die Presse informieren, aber erst heute und nach Absprache mit uns!“
Immer, wenn der Verwaltungsleiter ihn belehren wollte oder etwas an ihm auszusetzen hatte, ließ er seinen Doktortitel in der Anrede wegfallen. Dieses Mittel der Herabsetzung kannte Templer bereits.
„Wie denken Sie darüber?“ wandte er sich an Brosenius, ohne auf Janssens Zurechtweisung einzugehen.
„Ich fand es ganz vorzüglich, wie Sie das gemacht haben. Ausgezeichnet. Ich denke, besser hätten wir das gemeinsam auch nicht formulieren können. Was nicht heißt, daß ich Ihr eigenmächtiges Vorgehen billige.“
Na, wenigstens nur das halbe Donnerwetter, dachte Templer, der mit einer geteilten Reaktion gerechnet hatte.
„Ich stand gestern abend beim Verlassen der Klinik einer größeren Menge von Journalisten gegenüber, die sehr kritische Fragen stellten. Das hat gezeigt, daß die Sache bereits durchgesickert war. Um Schaden von unserer Abteilung, aber auch von der Klinik als Ganzes abzuwenden, habe ich die Flucht nach vorn angetreten und meine Erklärung, die ich als Entwurf für unsere heutige Besprechung bei mir trug, bereits verlesen. Ich konnte mir nicht vorstellen, daß Sie das mißbilligen würden.“
Templer schwieg. Brosenius und Janssen erwiderten nichts.
„Was, Herr Janssen, hätten Sie anders gesagt?“ fragte Templer weiter, wohl wissend, daß dem Verwaltungschef als medizinischem Laien zu seiner Frage kaum etwas einfallen würde.

„Es geht hier um die Frage des Stils und nicht um die des Inhaltes", gab Janssen scharf zurück.
„Ich glaube, daß der Schaden durch ein Zögern gestern und ein Vertrösten der Journalisten auf heute nur größer geworden wäre. Ein solches Verhalten hätte Spekulationen Tür und Tor geöffnet. Sehen Sie das anders?"
Brosenius, der ganz offensichtlich sehr zufrieden mit dem Vorgehen seines Oberarztes war, versuchte den drohenden Konflikt abzuwenden.
„Meine Herren, ich denke wir sollten es dabei bewenden lassen. Die Sache ist gelaufen, für die Zukunft aber ist klar festgelegt, daß nur noch etwas nach draußen gelangt, was wir drei abgesegnet haben. Können wir uns darauf verständigen?"
Templer und Verwaltungschef Janssen nickten.
„Wie sollten wir überhaupt weiter vorgehen?" fragte Brosenius in die Runde.
„Die Polizei wird, wenn sie erst einmal ihre Ermittlungen aufgenommen hat, ebenfalls die Presse informieren wollen oder müssen. Die Frage ist, ob wir denen vorschlagen, diese Presseinfos gemeinsam und miteinander abgestimmt herauszugeben oder es getrennt machen", sagte Templer, der keinerlei Neigung verspürte, sich weiterhin mit dem schwerfälligen Janssen anzulegen.
„Letzteres würde bedeuten, daß wir weniger Einfluß auf den Inhalt haben werden", gab Brosenius zu bedenken.
„Das stimmt."
Jannssen machte ein besorgtes Gesicht.
„Wir werden uns bei der Unterrichtung der Presse sowieso an Fakten halten müssen. Es kann also bei Differenzen in der Abstimmung mit der Polizei nur darum gehen, welcher Zeitpunkt gewählt wird, um die Öffentlichkeit über einen bestimmten Ermittlungsstand zu informieren."
Templer wollte sich wenigstens die Möglichkeit offen halten, die Presse zusammen mit der Polizei zu unterrichten und das konkret davon abhängig machen, wie er mit der Kripo zurechtkommen würde. Brosenius stützte seinen Kopf in beide Hände und schien angestrengt nachzudenken. Ohne seine Position zu verändern, entwickelte er stockend, so, als ringe er um jedes Wort seiner Formulierung, einen anderen Plan.
„Also, ich meine, wir sollten der Polizei eine gemeinsame Pressearbeit bezüglich der Ermittlungen vorschlagen und eine eigene Strategie verfolgen, was die Bekanntgabe medizinischer Ergebnisse und Entwicklungen angeht."

Das hört sich vernünftig an, dachte Templer und versuchte die Konsequenzen dieses Vorschlages in ihrer Bedeutung für die Zukunft abzuschätzen, während Janssen diesen Vorschlag sofort kritiklos annahm.
„Das ist eine hervorragende Idee, Herr Professor!“
Oberarzt Templer, der seinen Chef seit Jahren aus nächster Nähe argwöhnisch beobachtete, war vorsichtiger.
„Wie ich Sie kenne, haben Sie doch noch einige Schritte weitergedacht, oder täusche ich mich?“
„Nein, Kollege Templer. Sie täuschen sich nicht. Wir haben es einerseits mit einer schrecklichen Straftat zu tun, die dem Ruf unseres Hauses abträglich ist. Hier sollten wir versuchen, den Schaden, der bereits entstanden ist, zu begrenzen. Andererseits gibt uns dieser furchtbare Umstand die Möglichkeit, gewissermaßen als Abfallprodukt dieser Straftat, unser medizinisches Können unter Beweis zu stellen. Auch das sollte vor der Presse deutlich herausgestellt werden!“
Man konnte sich darauf verlassen, daß der Chef jeder Situation, und sei sie noch so aussichtslos oder verfahren, einen Vorteil abzuringen verstand. War das nun Ausdruck seiner diabolischen Dialektik oder einer Überlebenskunst, die den erfolgreichen Verlauf seiner bisherigen beruflichen Karriere erklärte? Templer bewunderte diese Eigenschaft, gleichzeitig aber stieß sie ihn ab. Vermutlich muß jemand aus diesem Holz geschnitzt sein, um Chef einer medizinischen Abteilung und ärztlicher Direktor einer großen Klinik zu werden, dachte Templer. Es war jedoch nicht die Holzart, deren Geruch er mochte.
„Das ist doch immer noch nicht alles!“ insistierte der Oberarzt, während Janssen sich eine Zigarre anbrannte und Brosenius dabei zufrieden ansah. Vermutlich war er längst in den Plan eingeweiht, den der Professor jetzt, dramaturgisch geschickt inszeniert, allmählich entwickeln würde. Eine sehr vage Ahnung hatte Templer bereits davon, wohin sein Chef zu steuern versuchte.
„Wenn ich das richtig sehe, befindet sich die Patientin Wallendorf in der 13. Schwangerschaftswoche, für einen Abbruch ist es, allein schon, um den Vorgaben des Gesetzgebers zu genügen, bereits zu spät. Das bedeutet, daß wir die Verpflichtung haben, diese Schwangerschaft nicht nur nicht abzubrechen, sondern sie so gut wie möglich bis zum glücklichen Ende zu bringen. Teilen Sie soweit meine Meinung, Kollege Templer?“
Templer überlegte. Er durfte jetzt auf keinen Fall etwas Unvorsichtiges sagen, etwas, das ihn festlegte, auf das Brosenius sich später wür-

de berufen können. Er war ein gerissener Hund, ein wirklich ausgebuffter Taktiker. So, wie die Frage an Templer gerichtet war, gab es kaum eine andere Möglichkeit, als ihr zuzustimmen. Dennoch galt es, auch ganz andere Gesichtspunkte einer solchen Schwangerschaft zu bedenken.
„Das mag juristisch gesehen zutreffend sein", antwortete Templer, jedes Wort sorgfältig abwägend, „ich bin nicht ganz sicher, ob es uns unbedingt gelingen muß, die Schwangerschaft so lange aufrechtzuerhalten, daß der Foetus eine Überlebenschance hat, denn es gibt noch andere Gesichtspunkte, die wir nicht außer Acht lassen sollten. Er wird keine Mutter haben, er wird keinen Vater haben, er wird keine Großeltern haben, denn Frau Wallendorf hat keine Familie mehr. Er wird überhaupt niemanden haben, der sich um ihn kümmert!"
„Bei dem öffentlichen Interesse, das diesem Kind heute bereits sicher ist, gehe ich davon aus, daß wir uns vor adoptionswilligen Ehepaaren nicht werden retten können", griff jetzt auch Janssen in die Diskussion ein, „ich bin ganz sicher, daß darunter für die Erziehung eines Kindes sehr geeignete Menschen sind."
Templer gab noch nicht auf. So einfach wollte er es den beiden nicht machen.
„Wissen wir, wie sich ein Kind entwickelt, das in einem toten Körper aufwächst, einem Körper, der sich nicht bewegt, in dem keine menschliche Stimme mehr wohnt, dessen Hände nicht mehr in der Lage sind, über den Bauch zu streichen?"
„Wissen wir", entgegnete Brosenius, jetzt schon eine Gangart schärfer im Ton, und fixierte seinen Oberarzt mit stechendem Blick, in dem dieser etwas Drohendes zu erkennen glaubte. In der Art: Ich habe dich nicht zu meinem Stellvertreter gemacht, damit du meine Planungen in Frage stellst!
„In Erlangen", fuhr Professor Brosenius jetzt in dozierendem Tonfall fort, „hat es vor einigen Jahren einen vergleichbaren Fall gegeben, wobei sich das Kind, soweit ich informiert bin, prächtig entwickelte."
„Jenes Kind hatte aber, im Gegensatz zu unserem und von der komatösen Mutter einmal abgesehen, eine Familie, die sich um sein Aufwachsen kümmerte. Das macht einen wesentlichen Unterschied!"
Ganz so schnell ließ Templer sich von seinem Chef nicht in die Ecke drängen.
„Meine Herren. Es ist sicherlich unter dem Gesichtspunkt von Ethik und Moral sinnvoll und wichtig, sich über diese Dinge zu unterhalten, wir kommen aber nicht an den Fakten vorbei, die unseren medizinischen Auftrag eindeutig bestimmen", sagte Brosenius entschlossen,

„ich habe gestern mit dem gerichtlich bestellten Betreuer von Frau Wallendorf ein längeres Gespräch geführt, in dem er keinen Zweifel daran aufkommen ließ, daß ein Schwangerschaftsabbruch unter keinen Umständen in Frage kommt, auch kein versteckter."
Aha, jetzt war die Katze aus dem Sack! Warum diese ganze Scheindebatte, wenn Brosenius die Sache bereits entschieden und absichern lassen hatte? Wahrscheinlich wußte auch Janssen längst bescheid und hatte das gerade vorgestellte Prozedere abgesegnet. Es ging gar nicht darum, Templers Meinung zu hören und sie in den Entscheidungsprozeß einfließen zu lassen.
„In diesem Fall hätte ich mir meinerseits mehr Abstimmung gewünscht!" sagte er so ruhig wie es ihm angesichts der von seinen beiden Chefs geschaffenen Tatsachen möglich war.
„Da gebe ich Ihnen recht, Kollege Templer. Das muß in Zukunft anders laufen. Dennoch wollen wir nicht verkennen, daß Sie in dieser Runde nur eine beratende Funktion haben, derer wir, Herr Janssen und ich, uns bedienen können oder auch nicht."
Das war deutlich! Templer empfand das als eine schallende Ohrfeige, stand unvermittelt auf und wandte sich zur Tür:
„Dann, glaube ich, ist meine Anwesenheit hier im Moment überflüssig."
„Einen Augenblick noch!"
Brosenius hatte sich ebenfalls erhoben und ging einige Schritte auf seinen Stellvertreter zu, der bereits den Türgriff in der Hand hielt.
„Wir sind noch nicht ganz fertig. Ich habe mir vorgestellt, daß Sie zusammen mit der Kripo die Presse über den Stand der polizeilichen Ermittlungen und zusammen mit Frau Doktor Mickler über die medizinischen Entwicklungen informieren. Sie zeichnen für den intensivmedizinischen Teil und die Kollegin Mickler für den geburtshilflichen, denn das fällt mehr in ihren Kompetenzbereich."
„Vermutlich ist Kollegin Mickler auch schon informiert und hat dem Vorgehen zugestimmt?" fragte Templer grimmig.
„Nein, in diesem Fall wollte ich erst Ihre Zustimmung einholen."
Templer antwortete nicht, sondern drehte sich abrupt um, riß die Tür zum Vorzimmer auf und schlug sie donnernd hinter sich ins Schloß.
Er war klassisch ausgekontert worden. Gegen das von Brosenius beabsichtigte Vorgehen war inhaltlich wenig zu sagen. Sicherlich konnte man in der Ethikdiskussion anderer Meinung sein und somit auch zu einer abweichenden Vorgehensweise kommen. Aber das war es nicht, was Templer so sehr ärgerte. Die Art und Weise des Umgangs

miteinander, die Respektlosigkeit, die darin lag, wie Brosenius mit ihm als seinem Stellvertreter umsprang, kränkte ihn. Und er hatte weiß Gott nicht die Absicht, sich von seinem Chef zum Clown machen zu lassen.

Mürrisch ging er durchs Haus und wußte nicht, wie er der ungeheuren Wut, die sich in ihm aufgestaut hatte, Ausdruck geben konnte. Auf keinen Fall wollte er sich in diesem Zustand auf seiner Station blicken lassen, wo ihn bestimmt irgendeiner mit Kleinigkeiten belästigen würde. Er wollte die Wut nicht an Mitarbeitern auslassen, die mit seiner Verfassung nicht das geringste zu tun hatten. Am liebsten hätte er den Hausmeister gebeten, ihm den hintersten Kellerraum zu öffnen, um sich dorthin zurückzuziehen. Er wußte nicht, was genau er dort tun würde. Seine Stimmung schwankte zwischen dem Bedürfnis, in einem solchen Raum alles, was sich darin befand, kurz und klein zu schlagen oder sich dort in eine Ecke zu setzen und einfach nur zu weinen.

Ihm fiel schließlich nichts besseres ein, als in den Bereitschaftsraum der Notarztwagenbesatzung zu gehen, der um diese Tageszeit meist leer war, und sich dort auf das gemütliche alte Sofa zu werfen, das die Sanitäter von irgendeinem Sperrmüllhaufen geholt hatten und das ihnen als Liege für die Pausen zwischen ihren Einsätzen diente. Templer schleuderte seine abgewetzten Kliniklatschen von den Füßen und schloß die Augen.

Seine Gedanken kreisten immer wieder um die Besprechung mit Janssen und Brosenius. Was wollte dieser Mistkerl von einem Chef eigentlich von ihm? Er weiß genau, daß ich der beste Intensivmediziner bin, den er hat, dachte Templer, der braucht mich mindestens so dringend wie ich ihn. Sicher war sein Chef überzeugt gewesen, mit Templers Beförderung zum leitenden Oberarzt auch seine bedingungslose Loyalität zu besitzen, was sich gerade als Trugschluß herausgestellt hatte. Und wenn Zuckerbrot nicht mehr half, setzte Brosenius die Peitsche ein. Genauso hatte Templer seinen Chef kennengelernt.

„So war er in all den Jahren, seitdem ich in seiner Abteilung bin", murmelte er leise vor sich hin, „wie konnte ich so naiv sein und annehmen, daß sich das ändern würde?"

Doktor Westhoff-Müller, sein Vorgänger, war ein freundlicher älterer Herr, der, von schweren Schicksalsschlägen und vielleicht auch vom Alkohol gebrochen, einem Mann wie Brosenius nichts entgegenzusetzen hatte, schon gar keine eigene Meinung. Brosenius hatte angeordnet und Westhoff-Müller die Befehle seines Chefs umgesetzt, ohne

sich Gedanken über den Inhalt zu machen. „Der Chef wünscht, daß ...“ Oft hatte Templer diesen Satz früher von Brosenius’ Stellvertreter zu hören bekommen. Und jetzt hatte der Mohr seine Schuldigkeit getan und durfte gehen.
Als Ersatz mußte ein leistungsfähiger Arzt her, von dem möglichst wenig Widerstand zu erwarten sein würde, egal, was Brosenius auch anordnete. Er brauchte ein effektives, aber kritikloses Ausführungsorgan, und seine Wahl war dabei auf Templer gefallen.
„Und genau da hast du dich in mir getäuscht!“ rief Templer aus, „diesen Gefallen werde ich dir nicht tun! Ich werde loyal sein, aber nicht kritiklos alles hinnehmen, ganz bestimmt nicht!“
Seine Stelle war zeitlich unbefristet und ohne Probezeit. Brosenius würde wenig gegen ihn ausrichten können, wenn er sich auf die Hinterbeine stellte. Die Strategie, die Templer einzuschlagen gedachte, nahm immer konkretere Konturen an. Er würde sich nicht einfach aufs Blockieren verlegen, sondern in gewissem Rahmen mitmachen, damit er einen Fuß in der Tür des Geschehens behielt. Seinen Einfluß würde er nutzen, um Dinge durchzusetzen, die er für wichtig hielt. Aber er mußte jetzt, vom allerersten Moment an, zeigen, daß er nicht die Marionette in Brosenius’ Hand war, die dieser sich wünschte. Wenn er das nicht gleich klarstellte, würde die Chance für eine solche Demonstration für immer vertan sein.
Entschlossen richtete Templer sich vom Sofa auf, ballte die Faust und schlug damit derart auf den vor ihm stehenden Tisch, daß die Gläser, die darauf standen, in die Höhe sprangen.
Am Nachmittag rief er von seinem Arbeitszimmer aus Brosenius an.
„Ich habe mir unser Gespräch von heute morgen noch einmal durch den Kopf gehen lassen“, sagte er.
„Und?“
„So schlecht finde ich Ihre Vorschläge gar nicht. Allerdings sollten Vorgehensweisen nicht weiterhin nur zwischen Janssen und Ihnen abgestimmt werden, ohne mich gleichzeitig zu konsultieren ...“
„Wen ich konsultiere und wen nicht, müssen Sie schon mir überlassen!“
„Das ist meinerseits eine Bedingung, anderenfalls steige ich aus dem Fall ‚Wallendorf‘ aus und beschränke mich auf meine rein medizinischen Aufgaben als leitender Oberarzt!“ schrie Templer in den Hörer.
Einen Augenblick herrschte Schweigen, dann sagte Brosenius:
„Und weiter?“
„Die Presse zusammen mit der Kollegin Mickler zu informieren, halte

ich für sinnvoll. Allerdings bestehe ich darauf, daß meine Weisungsbefugnis ihr gegenüber auch bei der Erledigung dieser Aufgabe gilt!" Templers Stimme klang trotz seiner Erregung, die Besitz von ihm ergriffen hatte, fest und entschlossen. Wieder antwortete Brosenius nicht sofort.
„Ist das alles?"
„Ja."
„Gut, ich bin einverstanden. Auf Wiederhören."
Aus, Ende. Mehr war vom Chef nicht zu hören. Wie ich es vorgebracht habe, war wohl gar nicht schlecht, dachte Templer befriedigt und legte den Hörer auf. Er hatte eine längere und härtere Auseinandersetzung erwartet, aber sie war ausgeblieben. Na schön, dann ist das offensichtlich die richtige Umgangsform mit diesem Mann. Die kann er haben. Das nur einige Sekunden dauernde Telefonat hatte Templer Selbstvertrauen gegeben. Er bestellte Frau Doktor Mickler zu sich ins Zimmer.
„Setzen Sie sich bitte!" sagte der Oberarzt, der seine innere Ruhe zurückgewonnen hatte, aufgeräumt, als sie sich bei ihm meldete.
„Ist es etwas Unangenehmes?"
„Nein. Das heißt, ich weiß es selber nicht. Wollen Sie mich dabei unterstützen, in der Sache ‚Wallendorf' die Presse auf dem laufenden zu halten? Ich verstehe nicht viel von Perinatologie und allem, was damit zusammenhängt, da könnte ich Ihre Unterstützung gut gebrauchen."
Die Ärztin sah Templer etwas ungläubig an. Sie hatte bisher den Eindruck gehabt, als halte der Oberarzt nicht viel von ihr, und jetzt bat er sie um ihre Hilfe. Das Angebot zur partnerschaftlichen Zusammenarbeit war mehr, als ihrer Position als Assistenzärztin in der Abteilung angemessen war. Sie zögerte einen Augenblick und prüfte ihn, indem sie ihm einige Sekunden in die Augen sah.
Templer seinerseits konnte die Kollegin, die ihre weitgehend eigenständige Position in der gynäkologischen Ambulanz aufgegeben und gegen eine untergeordnete Stellung auf der Intensivstation eingetauscht hatte, noch nicht recht einordnen, obwohl ihr Wechsel bereits gut acht Wochen zurücklag. Sie legte sehr viel Wert auf ihr Äußeres und wirkte selbst in der grünen Einheitskleidung als sei sie gerade bei einer Visagistin gewesen. Dabei unterstrich ihr Make-up dezent ihren Typ, der Templer an eine Italienerin erinnerte, die er vor Jahren einmal während eines Urlaubs in der Toskana kennengelernt hatte. Ihre halblangen, fast schwarzen Haare, die in der Mitte gescheitelt waren, trug sie im Dienst zu einem Pferdeschwanz zusammengebunden.

Was sie nach Templers Vorstellung von einer Südländerin unterschied, war ihr Temperament. Sie wirkte sehr zurückhaltend, fast schüchtern und brachte sich nur wenig ein. Mit ihren dunkelbraunen, eigentlich Wärme ausstrahlenden Augen schien sie ihre Umgebung eher kritisch zu prüfen, bevor sie höflich und in geschliffener Sprache knapp das mitteilte, was ihr notwendig erschien. Privates gab sie nicht preis, was im Gegensatz zu dem auf der Intensivstation üblichen Umgang miteinander stand. Man duzte einander, wovon auch Oberarzt Templer nicht ausgenommen wurde.
Frau Doktor Mickler hatte alle Angebote und Aufforderungen, doch auch das unkomplizierte und schnelle „Du" zu verwenden, höflich aber bestimmt mit dem Hinweis abgelehnt, sie halte es für unangemessen. Dieses Verhalten hatte ihr den Ruf eingebracht, etwas spröde und unnahbar zu sein, und dazu geführt, daß sie kaum ins Team integriert war. In der Personalakte hatte Templer gelesen, daß sie 35 Jahre alt und ledig war, mehr wußte auch er nicht von seiner Kollegin, mit der er seit Wochen täglich eng zusammenarbeitete.
„Klar, warum nicht?" antwortete die Ärztin knapp, „ich werde ja wohl auch die gynäkologische Behandlung der Patientin übernehmen, oder haben Sie etwas anderes geplant?"
Templer hatte sich über die weitere geburtshilfliche Überwachung von Frau Wallendorf noch keinerlei Gedanken gemacht. Wußte er doch erst seit knapp einer Stunde, daß die Patientin die Schwangerschaft wirklich austragen sollte.
„Ehrlich gesagt bin ich noch nicht dazu gekommen, mir darüber den Kopf zu zerbrechen, aber ich bin einverstanden."
„Ich werde einen Plan ausarbeiten, wie die optimale Betreuung einer Schwangerschaft bei einer komatösen Frau aussehen kann. Ich habe mir schon Literatur dazu besorgt", fügte sie noch hinzu, während sie sich bereits vom Stuhl erhob und der Tür zustrebte.
„In Ordnung, machen Sie das!"
Die spricht wirklich nur so viel, wie unbedingt notwendig ist, um miteinander zu arbeiten, dachte Templer, als Frau Doktor Mickler sein Zimmer verlassen hatte.
Als der Oberarzt an diesem Abend nach Hause fahren wollte, überlegte er angestrengt, wie er der sicher wieder auflauernden Journalistenmenge entkommen könnte. Er rief in der Hausmeisterei an und unterbreitete einem Angestellten seinen Plan. Templer wollte ihm seinen Autoschlüssel bringen. Der Bedienstete sollte sein Auto in die große Halle fahren, in der sonst die Notarztwagen hielten, wenn sie Verletzte oder Kranke anlieferten. Dort würde Templer seinen Wa-

gen dann übernehmen. Die List gelang, er konnte den Reportern, von keiner Frage behelligt, entwischen.
Templer schlief schlecht und wälzte sich während des größten Teils der Nacht im Bett herum. War er nach kurzem Schlaf wieder erwacht, machte er Licht und las ein paar Seiten in der Churchill-Biographie, die auf seinem Nachttisch lag. Aber auch mit diesem Hilfsmittel gelang es ihm nur für kurze Zeit, die ersehnte Nachtruhe zu finden. Schweißgebadet wachte er gegen Morgen auf. Er tastete nach dem Schalter seiner Nachttischlampe und erhellte den Raum, um sich zu orientieren. Es dauerte einige Sekunden, bis er sich darüber im klaren war, daß er geträumt hatte und der Inhalt seines Traumes nicht Wirklichkeit war. Er seufzte erleichtert und begann, seinen durchnäßten Schlafanzug auszuziehen.
Er hatte geträumt, daß auf einer Wiese hinter dem Hof seiner Großeltern ein Narkosegerät und ein OP-Tisch aufgebaut waren, auf dem seine Mutter unbekleidet lag und operiert werden sollte. Ein Kollege, Templer konnte sich nach dem Erwachen nicht mehr genau daran erinnern, wer dieser Arzt gewesen war, sollte diesen Eingriff vornehmen, Templer selbst dabei assistieren. Im Traum eröffnete der Operateur mit einem langen Schnitt vom Brustkorb bis zum Schambein den Bauchraum und bat Templer, den Operationssitus mit Haken möglichst weit offen zu halten. In diesem Augenblick erschien Templers Familie, sein Vater, seine Großeltern, eine Tante und auch entferntere Verwandte, an dem OP-Tisch und verlangte, daß er geräumt würde, denn man habe die Absicht, daran Kaffee zu trinken und Kuchen zu essen. Templer protestierte heftig, aber es half nichts, der OP-Tisch mußte freigemacht werden.
Während er zusammen mit dem operierenden Arzt seine Mutter ins Gras legte, wurde der Tisch mit einer blütenweißen Tischdecke überzogen und mit Großmutters bestem Porzellan gedeckt. Man setzte sich und begann plaudernd zu essen. Templer wurde zunehmend unruhig und verlangte wiederholt energisch, daß der Tisch zur Fortsetzung der Operation zur Verfügung stehen und abgedeckt werden müsse. Sein Protest wurde ignoriert, im Gegenteil, einige Mitglieder der Runde zündeten sich gemütlich Zigaretten an, traten an seine in einiger Entfernung von der Tafel liegende Mutter heran und schnippten ihre Asche in die immer noch offene Bauchhöhle.
Templers Tante bückte sich sogar, wühlte mit neugierigem Finger in den Eingeweiden herum und fragte, verschiedene Organe betastend, was denn dies und jenes sei. Templer schrie sie an, sie solle das unterlassen, schließlich habe sie sich ihre Hände nicht desinfiziert und

würde durch ihre Neugier schwerste Infektionen bei seiner Mutter auslösen. Die Tante setzte ihre Untersuchung jedoch ungeniert fort und gab Templer entrüstet zu verstehen, daß sie über seine Einwände empört sei, derartige Zurechtweisungen ihr gegenüber empfände sie schlicht als Unverschämtheit. Templer war verzweifelt, ahnte er doch, daß das Leben seiner Mutter durch das Verhalten seiner Familie aufs äußerste gefährdet war. Gleichzeitig fühlte er sich klein und hilflos, weil er sich gegen das bestimmende Handeln seiner Verwandtschaft nicht zur Wehr setzen konnte.
Erst nach ein paar Stunden wurde der OP-Tisch freigegeben, so daß die Operation fortgesetzt werden konnte. Templer bat seine Großmutter, Wasser aufzusetzen, mit dem er die verunreinigte Bauchhöhle seiner Mutter ausspülen und von der Zigarettenasche befreien wollte. Als seine Großmutter das abgekochte Wasser brachte und Templer in den großen Kochtopf blickte, sah er, daß darin Grasbüschel und allerhand Unrat schwammen. Enttäuscht und resigniert ließ er die OP-Haken sinken, die er in seinen Händen hielt. Seine Familie tat ganz offensichtlich alles, damit seine Mutter nicht erfolgreich operiert werden konnte. Das erfüllte ihn in seinem Traum nicht mit Wut, sondern mit großer Traurigkeit.
Das mußte der Moment gewesen sein, in dem Templer erwacht war und über seinen Traum nachdenken konnte. Er holte sich einen frischen Schlafanzug aus dem Schrank und zog ihn an. Noch eine ganze Weile lag er mit offenen Augen im Bett und sann über seinen Traum nach, bevor er für kurze Zeit wieder einschlafen konnte.
Weil sein Kühlschrank nichts Eßbares mehr enthielt, entschloß Templer sich am Morgen, in der Klinik zu frühstücken. Er konnte kaum seine Augen offen halten, so müde war er. Auch eine ausgedehnte Wechseldusche änderte an diesem Zustand nur wenig. Als er sich zu Beginn seiner Rasur im Spiegel betrachtete, fand er, daß sein Bild sehr wenig mit dem Foto übereinstimmte, das er vor einigen Wochen für einen neuen Personalausweis hatte aufnehmen lassen. Tiefe Ringe umrahmten seine Augen und konnten nicht nur von der letzten Nacht herrühren. Es war ihm bewußt, daß er zu viel arbeitete und zu wenig schlief, aber auch das allein konnte nicht der Grund dafür sein.
Noch im Spätsommer hatte er sich nach einem dreiwöchigen Urlaub in der Toskana frisch und ausgeruht gefühlt. Seither war sein ganzes Leben durcheinandergeraten. Im Herbst hatte seine Großmutter den Hof verlassen und war in ein Altersheim gezogen, dann hatte sein langjähriger Assistent die Abteilung gewechselt, um eine frei gewordene Stelle in der Unfallchirurgie zu besetzen. Kaum Zeit sich damit

abzufinden, daß sein Chef ihm eine Ärztin aus der Gynäkologie als Nachfolgerin ins Stationsteam gedrückt hatte, wurde sein Leben von neuen Eruptionen erschüttert, einem Verbrechen und kriminalpolizeilichen Nachforschungen auf seiner Station.
Eigentlich hätte seine Beförderung die angemessene Belohnung für das große Durchstehvermögen sein können, mit dem er all die Ereignisse der letzten Monate gemeistert hatte. Aber es kam wieder anders. Sehr schnell mußte er erkennen, daß sein Aufstieg zu Brosenius' Stellvertreter keine Auszeichnung darstellte, sondern allenfalls noch mehr Verantwortung und noch mehr Arbeit bedeutete. Hinzu kam, daß er sich erst einmal in seiner neuen Position zurechtfinden und seinen Standort gegenüber dem Chef und seinen anderen Mitarbeitern neu bestimmen mußte. Das Bündel dieser Aufgaben schien über seine Kräfte zu gehen, jedenfalls hatte er selbst nach dem heutigen Blick in den Spiegel diesen Eindruck. Es deprimierte Templer, daß er keine Möglichkeit sah, diesen Zustand in nächster Zeit zu ändern.
Als er an dem Bild seiner verstorbenen Mutter vorbeiging, das an einer Wand im Flur hing, kehrte die Erinnerung an seinen nächtlichen Traum zurück und verstärkte seine gedrückte Stimmung. Eigentlich müßte ich einige Wochen Urlaub nehmen und zum Skilaufen fahren, dachte er, aber das konnte er sich bei der aktuellen Wirrnis in seiner Abteilung abschminken.
In der Klinikcafeteria setzte er sich mit seinem Frühstückstablett, weit von einigen rauchenden Schwestern aus der Chirurgie entfernt, in eine Ecke mit Blick auf den Park. Nach dem ersten Bissen stellte er fest, daß er eigentlich gar keinen Appetit hatte, und legte das Schinkenbrötchen zurück auf den Teller. Der Kaffee tat gut. Auf die Wirkung von Koffein konnte er sich immer verlassen. Das muß Einbildung sein, dachte er, der belebt mich schon nach dem ersten Schluck.
Draußen waren einige Männer der Hausmeisterei damit beschäftigt, die letzten Schneereste von den Wegen zu schippen, damit die gehfähigen Patienten wieder an der frischen Luft ihre Runden drehen konnten. Seit Tagen schon hielt das schmuddelige Tauwetter an und ließ nichts übrig als eine grau-braune Masse, deren Tage auch gezählt waren, wenn sich der Winter nicht doch wieder durchsetzte. Vom Wetterbericht wurde ein neuerlicher Wintereinbruch durch östliche Luftströmungen angekündigt.
„Da ist ja der Aufsteiger des Monats! Ich gratuliere zur Beförderung!" John Davenport, der farbige Kollege aus seiner Abteilung, schlug Templer mit seiner großen Pranke auf die Schulter und stellte geräuschvoll seine Kaffeetasse auf den Tisch, „ich darf doch?"

„Klar, setz' dich!"
„War ein echter Hammer für alle, daß sie dich zum Vizeboß gemacht haben. Damit hatte keiner gerechnet."
„Ich am allerwenigsten."
„Ach komm', dir hat Brosenius das doch vorher angekündigt."
„Nein ehrlich, ich bin davon völlig überrascht worden."
„Das glaube ich dir nicht!"
„Dann laß es, aber wahr ist es trotzdem. Ich wußte noch nicht einmal, daß Westhoff-Müller geht."
„Also, nun hör' aber auf! Der ist doch schon seit Wochen nur noch angetrunken durch die OP-Säle gewankt und konnte ein Narkosegerät nicht mehr von einem Feuerlöscher unterscheiden. Die Chirurgen haben ihn schließlich zur Strecke gebracht und bei Brosenius ins Messer laufen lassen, das der vorher schon scharf gemacht hatte."
„Das ist nicht bis zu mir durchgedrungen."
„Altmann soll beim Alten angerufen und gesagt haben, daß bei ihm im Saal ein Anästhesist orientierungslos herumlaufe, Brosenius solle den am besten persönlich abholen. Als der Chef Westhoff-Müller dann in dem Zustand sah, hat er ihm sofort die Pistole für den beruflichen Suizid in die Hand gedrückt."
„Immerhin war er so fair und hat ihn kündigen lassen, statt ihn disziplinarisch rauszuwerfen."
„Das hätte er ihm nach 24 Jahren in der Abteilung nicht antun können. Der ist zehn Jahre länger im Haus gewesen als Brosenius selbst. Ich glaub', Westhoff-Müller war sogar der dienstälteste Arzt im ganzen Klinikum. Und du hast von der Entwicklung wirklich nichts gewußt?"
„Ehrenwort, nein. Mir hat Brosenius was von gesundheitlichen Gründen gesagt."
„Na gut, war ja nicht ganz falsch, oder?"
„Dann weißt du sicher auch, warum gerade ich der Auserwählte bin, der ihn beerbt?"
„Nee, gehört habe ich nichts, aber ich kann es mir denken."
„Laß hören!"
„Überleg' doch mal! Punkt eins: Brosenius braucht einen guten Intensivmediziner an seiner Seite, weil er selbst auf dem Gebiet keine große Leuchte ist. Punkt zwei: Er muß jemanden haben, der einen guten Draht zum Personal hat, damit die Sachen, die er als Abteilungsleiter umsetzen will, auch glatt durchgehen. Punkt drei: Sein Stellvertreter darf keiner von der ÖTV sein, keiner, der ewig rummosert und aufbegehrt. Punkt vier: Es muß genügend gestandene Kolle-

gen in der Abteilung geben, die seinen neuen Vize voller Neid beäugen und ihm möglichst viele Knüppel zwischen die Beine werfen, damit der nicht zu mächtig wird. Es durfte also keiner Chefvertreter werden, von dem das eigentlich alle erwartet hätten, wie Bottka oder Frau Koschmann-Motteck. Du warst der Kandidat, auf den alle Kriterien genau paßten."
„Daß die Wahl nicht auf mich gefallen ist, weil ich so schöne blaue Augen habe, weiß ich auch."
„Ich sage dir, die unteren Ränge in der Abteilung freuen sich, daß du es geworden bist. Die hoffen jetzt nur, daß du nicht zu weich für Brosenius bist. Entschuldige, wenn ich das so offen sage!"
„Nein, ist schon in Ordnung. Ich bin gerade dabei, mir Gedanken über meine Amtsführung zu machen."
Davenport hatte seine Kaffeetasse gerade zur Hälfte geleert, als das durchdringende Geräusch seines Piepers das Gespräch unterbrach: „Doktor Davenport, Hubschrauber-Einsatz, Doktor Davenport, Hubschrauber-Einsatz."
„Hans, ich muß los. Ich wünsch' dir viel Glück! Du wirst das schon machen!"
Damit verschwand John Davenport, in der Abteilung fast ausschließlich unter seinem Kosenamen „fliegender Afrikaner" bekannt, durch die Tür.
Mitten in der Visite meldete sich auch Templers Pieper.
„Ausgerechnet jetzt!" fluchte er, unterbrach seine Anweisungen und drückte auf die kleine Taste an dem Gerät, das er aus der Brusttasche seines Hemdes zog und nah ans Ohr hielt.
„Doktor Templer, bitte 3841 anrufen, bitte 3841 anrufen!"
3841, das war die Sekretärin vom Chef.
„Verstanden! Leute, ich muß telefonieren. Wenn alles gut geht, machen wir in fünf Minuten weiter. Wenn nicht, ..."
„... dann eben nicht," vervollständigte Schwester Ruth seinen Satz und verdrehte die Augen zur Zimmerdecke, als sei von dort oben Hilfe zu erwarten. Oberarztvisite mit Templer, das war der tägliche Kampf gegen seinen verdammten Pieper. Das kannte sie schon.
Er mußte die Visite tatsächlich abbrechen. Ein Besucher warte auf ihn, hatte Frau Förster, nach Brosenius die wichtigste Person in der Abteilung, ihm nur gesagt, ohne zu präzisieren, um wen es sich dabei handelte. Als er durchs Vorzimmer eilte, flüsterte sie ihm nur das Wort „Kripo" zu und deutete mit dem Daumen nach unten, was soviel bedeutete wie „Chef in Alarmstimmung". Der Oberarzt klopfte kurz und öffnete die Tür.

Brosenius und ein Mann von Anfang vierzig saßen über Eck am Konferenztisch. Der Professor blickte kurz zu seinem Oberarzt auf und stellte die beiden Männer einander vor.
„Doktor Templer, mein leitender Oberarzt. Das ist Kriminaloberkommissar Herzig. Er ist beauftragt, den Fall Wallendorf zu klären, wenn er denn zu klären ist."
Der untersetzte, breitschultrige Mann mit dunklem Schnauzbart in einem ovalen Gesicht erhob sich, lächelte Doktor Templer an und streckte ihm die Hand entgegen: „Angenehm!"
Sympathischer Mann, war Templers erster Gedanke, als er sich zusammen mit dem Polizisten setzte.
„Herr Herzig, ich habe Ihnen den Fall kurz skizziert. Doktor Templer wird Ihnen von nun an alles zur Verfügung stellen, was Sie brauchen, nicht wahr?"
Brosenius sah beim letzten Teil seines Satzes zu Templer und nickte ihm mit geschlossenen Augen zu, was soviel bedeuten sollte wie: „Sie werden das schon machen, ich verlasse mich auf Sie!"
Damit war die Audienz beim Chef beendet.
„Eine unangenehme Sache für uns", sagte Templer, als er mit dem Kripo-Beamten den langen Flur zu den Fahrstühlen entlangging.
„Hm. Ja, das glaube ich Ihnen."
Sie schwiegen einen Augenblick, bis Herzig, der in der rechten Hand einen Laptop trug, das Gespräch fortsetzte.
„Und die Frau war ganz sicher bewußtlos, als sich die Zeugung des ..., des ..., na ja, ein Kind ist es ja noch nicht ..., vollzog?"
„Sie konnte sich jedenfalls nicht gezielt gegen oder für etwas entscheiden, wenn Sie das meinen?"
„Ja, so in etwa."
Herzig schien nachzudenken und ging neben Templer her, der ihn abschätzend von der Seite betrachtete. Lederjacke, Allerweltsgesicht, durchtrainierter Körper, modischer Kurzhaarschnitt.
„Wie lange wissen Sie eigentlich schon von der Schwangerschaft bei Frau Wallendorf?"
Doktor Templer erschrak. Er hatte nicht erwartet, daß der Polizist derart schnell auf den Schwachpunkt ihres Krisenmanagements kommen würde.
„Seit drei Tagen", antwortete er wahrheitsgemäß.
„Warum erst so spät eine Meldung an uns?"
„Erst einmal mußten wir uns des Befundes ganz sicher sein."
Bis der Fahrstuhl in der Schleuse der Intensivstation hielt und die Tür sich öffnete, schwiegen beide wieder.

„Komisch, meine Frau hat vor ein paar Monaten einen Schwangerschaftstest aus der Apotheke besorgt, da hatten wir das Ergebnis nach 30 Minuten."
Das saß. Junge, Junge, alle Achtung! Der ist nicht zu unterschätzen, dachte Oberarzt Templer und half dem Polizisten beim Umkleiden.
„Ihren Revolver nehmen Sie besser mit, der hängt hier nicht gut!"
„Das ist eine Pistole, aber Sie haben recht. Vielleicht können wir sie in einen dieser grünen Kittel einwickeln, damit sie nicht gleich jedem auffällt."
Sie durchquerten die Zentrale.
„Ulrike, kannst du uns zwei Kaffee bringen, bitte?"
Templer stieß die Tür zu seinem Zimmer auf und ließ Herzig vor sich eintreten.
„Nicht gerade gemütlich, dafür aber mitten im Geschehen", scherzte er und schob dem Polizisten einen Drehstuhl zurecht, den er zuvor von einem Stoß Papier befreite.
„Sicher nicht einfach, Ihr Job?"
„Na ja, wie man's nimmt. Jedenfalls ist er nie langweilig. Man muß immer auf der Hut sein und mit allem rechnen. Keine Möglichkeit darf ungedacht bleiben, keine Chance ungenutzt", erklärte der Oberarzt.
„Dann geht es Ihnen wie mir. Ich denke, wir haben sehr artverwandte Berufe, wenigstens auf den zweiten Blick."
Es klopfte. Eine Schwesternschülerin brachte zwei Becher mit Kaffee herein und stellte sie auf Templers Schreibtisch ab.
„Die sind schwarz", sagte sie und verließ den Raum, nachdem der Arzt ihr dankend zugenickt hatte.
„Sie trinken doch Kaffee?"
„Leider zu viel."
„Schwarz? Milch? Zucker?"
„Schwarz."
Templer hob seinen Becher und schaute dem Polizisten ins Gesicht.
„Auf gute Zusammenarbeit!"
Der blinzelte ihm zu.
„Auf gute Zusammenarbeit!"
Wieder kam Templer der Gedanke, daß er den Mann sympathisch fand. Er hatte im ersten Moment ein wenig langsam und behäbig gewirkt, aber an seinen Fragen und Bemerkungen konnte Templer erkennen, daß er es mit jemandem zu tun hatte, der eine schnelle Auffassungsgabe besaß und Informationen sogleich nach Inhalt und Logik analysierte. Der Mann dürfte Brosenius nicht liegen, dachte er.

Der will eine kurze Untersuchung, möglichst wenig Wirbel in der Öffentlichkeit, und dann hat man den Täter ermittelt, oder der Fall bleibt ungeklärt. Die letzte Variante dürfte ihm am liebsten sein.
Die Sache war natürlich ein gefundenes Fressen für die Presse. Das kam seinem Chef offensichtlich weniger ungelegen, als Templer es erwartet hatte. Aber die Kripo im Haus, das gefiel Brosenius nicht besonders. Dessen Unbehagen konnte Templer förmlich greifen, so sehr verbreitete sein Vorgesetzter dieses Gefühl.
„Also, Doktor Templer, warum haben Sie uns erst nach drei Tagen informiert? Kommen Sie mir nicht mit der Überprüfung des Befundes! Das muß in einem Haus wie Ihrem doch viel schneller gehen", insistierte Herzig, während er seinen Laptop aufklappte und vor sich auf eine Ecke des Schreibtisches stellte.
„Die Mitteilung, daß Frau Wallendorf schwanger ist, gab ich einen Tag nach dem klinischen Verdacht als gesichert an meinen Chef weiter, der mir sagte, er wolle sich darum kümmern, die Polizei zu informieren. Ihre Frage stellen Sie also besser ihm."
Templer war auf der Hut. Warum sollte er den schwarzen Peter bekommen? Die Verzögerung war allein von Professor Brosenius zu vertreten, und der sollte sich gefälligst auch gegenüber der Polizei dazu äußern.
„Gut, das werde ich tun. Haben Sie einen Verdacht, den Sie mir mitteilen könnten?"
„Einen Verdacht?"
Templer machte eine Pause.
„Nein, einen Verdacht habe ich nicht."
„Hm."
„Wissen Sie, wir sind ein eingespieltes Team. Hier kann sich jeder auf jeden verlassen. Wir arbeiten Hand in Hand, um gute Resultate zu erzielen. Team – und ergebnisorientiertes Handeln. Das versuche ich umzusetzen. Ich kann mir einfach nicht vorstellen, daß einer von uns ..."
„Wie gut kennen Sie Ihre Leute?"
„Die Stammannschaft kenne ich. Die meisten in gewisser Weise auch privat."
„Privat? Was meinen Sie mit privat?"
„Nun, man spricht in Pausen über die Lebenssituation des einen oder anderen. Man weiß, wer in Scheidung lebt, wer Krach mit seinem Partner hat. Jedenfalls bei vielen."
„Und bei den anderen?"
„Bei anderen weniger. Natürlich gibt es Mitarbeiter und Mitarbeite-

rinnen, die verschlossener sind, die weniger erzählen von ihrem Leben draußen."
„Draußen?" fragte Herzig interessiert.
„Ja, draußen. Wir bilden hier eine kleine Welt für uns. Eine Welt, in der die Prinzipien, die sonst zwischen den Menschen gelten, teilweise aufgehoben sind. Es gibt hier andere Normen, andere Gesetze. Ein Mikrokosmos, der eigenen Regeln folgt."
„Was wohl nicht heißen kann, daß hier die Gesetze unserer Gesellschaft keine Geltung haben!"
„In gewisser Weise schon. Schauen Sie, wir haben hier oft mit schwer kranken Menschen zu tun. Mit Patienten, die keine eigenen Wünschen und Absichten äußern können oder nicht mehr in der Lage sind, die Entscheidungen, die für ihr Überleben notwendig sind, zu überblicken."
„Sie können doch nicht für diese Menschen einfach bestimmen, was mit ihnen geschehen soll!"
„Nein? Wer sollte das Ihrer Meinung nach tun, wenn sie bewußtlos sind? Wenn sie Medikamente bekommen, die ihnen eine klare Willensentscheidung unmöglich machen?"
„Zum Beispiel die Angehörigen."
„Die Angehörigen? Oft gibt es keine. Oder die Patienten sind nicht einmal in der Lage, uns Namen und Adressen ihrer Angehörigen zu nennen."
„Wenn ein Patient nicht in der Lage ist, die Dinge des täglichen Lebens zu entscheiden, ..."
„... muß ein richterlicher Beschluß nach dem Psych-KG herbeigeführt werden, ich weiß. Mann, das ist doch gar nicht praktikabel! Dann brauchten wir in Deutschland mindestens 500 bis 1000 zusätzliche Richter. Die Gerichte würden sich bedanken, wenn wir wegen jeder medizinischen Maßnahme einen Beschluß beantragen würden."
„Na ja. Das ist auch jetzt nicht unser Problem. Gibt es unzuverlässige Leute? Oder Mitarbeiter, die Sie nicht kennen?"
„Natürlich gibt es die. Die Stammbesatzung unterliegt nur einer geringen Fluktuation, aber die Auszubildenden, Schwesternschülerinnen und Pflegeschüler, die während ihrer Ausbildung auch den Bereich OP und Intensivmedizin kennenlernen müssen, wechseln häufig. Meist sind sie wieder weg, bevor ich sie überhaupt mit Namen kenne. Und dann die Krankengymnasten, Laborfrauen, das Reinigungspersonal. Es kommen Menschen auf die Station, die ich noch nie gesehen habe. Wie soll ich die einschätzen? Was soll ich Ihnen über diese Menschen sagen?"

„Es gibt also Personen mit Zutritt zur Intensivstation, die Ihnen nicht bekannt sind?"
„Natürlich. Denken Sie an die Monteure und Techniker, die unsere Geräte warten. Hygienefachleute, Besucher, Angehörige von Patienten. Unmöglich für mich, jeden zu kennen und seine Berechtigung zum Aufenthalt auf der Station zu kontrollieren. Mein Personal hat Anweisung, sich von den Mitarbeitern der Fremdfirmen die Ausweise zeigen zu lassen und ihre Namen zu notieren. Angehörige werden nach dem Verwandtschaftsgrad zu den Patienten befragt. Aber wenn hier der Bär tanzt und wir einen Notfall nach dem anderen hereinbekommen, gibt es wichtigeres als die Gesichtskontrolle der Besucher."
„Das verstehe ich. Aber hier ist doch Tag und Nacht Personal anwesend. In jedem Zimmer gehen Schwestern und Pfleger ein und aus. Eigentlich kann ich mir schwer vorstellen, daß jemand ..."
„... daß jemand in ein Zimmer geht und sich unbemerkt an einer Patientin vergeht, meinen Sie?"
„Ja. Das kann ich mir nicht vorstellen."
„Meinen Sie ich? Tage und Nächte habe ich mir darüber den Kopf zerbrochen, wie es geschehen konnte. Und ich bin zu dem Schluß gekommen: Eigentlich konnte es nicht geschehen."
„Aber es ist geschehen!"
„Es ist geschehen. Sie sagen es. Ich habe keine Erklärung dafür gefunden. Wie gesagt, fremde Leute, die dafür in Frage kommen könnten, ich will es einmal vorsichtig formulieren, gab und gibt es genug. Aber ich würde glatt behaupten, daß hier kein Patient länger als fünf Minuten allein und unbeobachtet in seinem Zimmer liegt."
„Sie sagen fremde Leute, die dafür in Frage kommen könnten. Das klingt so, als schlössen Sie Ihr Personal aus."
„Das tue ich allerdings!"
„Warum schließen Sie Ihre Mitarbeiter davon aus, ein Notzuchtverbrechen zu begehen? Wie sagten Sie doch eingangs? Keine Möglichkeit darf ungedacht bleiben! Ich denke auch an diese Möglichkeit. Sie sollten das auch tun!"
Templer antwortete nicht. Er stand von seinem Stuhl auf, nahm seinen Becher zwischen beide Hände und trank einen Schluck. Er ging zwischen Fenster und Tür auf und ab und dachte nach. Auch Herzig sprach nicht und sah den Arzt an.
„Sie haben recht. Natürlich müssen Sie auch in Erwägung ziehen, daß es jemand von uns gewesen sein könnte. Selbst ich ..."
„Selbst Sie sind potentiell verdächtig, natürlich."

„Mein Gott! Wie wollen Sie herausbekommen, wie es sich abgespielt hat und wer dieses Verbrechen begangen hat? Das ist ja schwieriger, als die berühmte Nadel im Heuhaufen zu finden."
„Ach, sagen Sie das nicht! Ein Teil ist gezielte kriminalistische Arbeit, ein anderer auch Hilfe des Zufalls, und dann habe ich ja noch ihn hier." Der Polizist tippte bei seinen Worten auf den kleinen Rechner vor sich und sah ihn dabei fast zärtlich an.
„Ich habe mir jedenfalls fest vorgenommen, das Rätsel zu lösen. Zunächst brauche ich eine Liste der Mitarbeiter, die zum fraglichen Zeitpunkt auf dieser Station tätig waren. Ist das möglich?"
„Sicher. Das läßt sich machen."
„Kann der Tatzeitpunkt eigentlich genau eingegrenzt werden?"
„Nicht genau. Aber mit Hilfe der Meßdaten aus den Ultraschalluntersuchungen und der Aufzeichnungen aus dem täglich geführten Patienten-Beobachtungsbogen können wir das Datum auf etwa vierzehn Tage genau festlegen."
„Gut. Können Sie mir auch eine Liste der Patienten, der Laborkräfte und Reinigungsfrauen, der Techniker und Besucher aus dieser Zeit anfertigen lassen?"
„Personal mit Zugang werde ich zusammenbekommen, Patienten sowieso, bei den Monteuren und Technikern wird es schon schwieriger, und über die Besucher führen wir kein Protokoll."
„Nun gut. Sind Ihnen Mitarbeiter in der letzten Zeit besonders aufgefallen? Bezüglich ihres Verhaltens, meine ich. Hat sich jemand anders verhalten als sonst?"
Templer unterbrach seinen Gang und überlegte.
„Nein. Das heißt ..."
„Das heißt was?"
„Na ja, da ist schon mal einer in der Krise, hat einen schlechten Tag. Krach mit dem Ehepartner oder ein Patient ist verstorben, der der Schwester oder dem Pfleger sehr am Herzen lag. Dann kann es vorkommen, daß einer auffällig ist. Traurig, geschockt, auch verzweifelt."
„Was heißt, ein Patient liegt einer Schwester oder einem Pfleger besonders am Herzen? Sie sprechen von Liebesverhältnissen?"
„Nein, nicht von Liebesverhältnissen! Sehen Sie, Patient und Schwester oder Pfleger kommen sich, besonders wenn die Kranken oder Verletzten Wochen oder Monate bei uns bleiben, sehr nahe. Die Patienten verrichten ihre Notdurft vor uns, unser Pflegepersonal putzt ihnen den Hintern ab, wäscht sie, reibt sie ein, spricht mit ihnen über ihre Ängste, Sorgen und Nöte, hört ihnen zu. Sie erfahren Dinge von

den Leuten, die deren Partner, Kinder oder Eltern niemals erfahren. Es entsteht eine große Nähe. Nicht immer und nicht bei allen, aber es kommt vor. Wenn Patient und Schwester junge Menschen sind, duzen sie sich. Das ist bei uns fast üblich. Und eine Schwester nimmt einen Patienten oder ein Pfleger eine Patientin auch schon mal in den Arm. Ich würde nicht von einem Liebesverhältnis oder einer sexuellen Beziehung sprechen. Das ist Teil der menschlichen Begegnung, die hier stattfindet. Und wenn ein Patient, den jemand von uns drei oder vier Monate lang fast jeden Tag gesehen und mit ihm gelebt hat, stirbt, dann ist das ein schmerzlicher Verlust. So, als wäre ein Verwandter gestorben oder ein guter Freund. Es kommt vor, daß wir, jeder auf seine Weise, sehr betroffen sind und eine zeitlang nicht wie gewohnt reagieren. So etwas meine ich."

Herzig nickte. Er kannte das Leben auf einer Intensivstation nicht. Bisher hatte er kaum in dieser Welt arbeiten müssen. Der Einblick, den Doktor Templer ihm gerade gewährte, beeindruckte ihn. Langsam begann sich ein Bild von diesem Teil der Krankenhauswelt in ihm zu entwickeln.

„Wenn Menschen so eng zusammenarbeiten, sich so nahe kommen, wie Sie sagen, dann wird es auch zu Spannungen kommen, zu Konflikten, Streitereien."

Templer seufzte. Der Kriminalbeamte war ein guter Psychologe, der wußte, wo und in welcher Atmosphäre Konflikte entstehen können.

„Sie haben recht, auch das gibt es bei uns. Manchmal entladen sich heftige Gewitter. Zwischen Patient und Pfleger, zwischen Schwester und Schwester, zwischen Arzt und Patient, zwischen uns Ärzten. Das bleibt nicht aus, und ich will das auch nicht unterschlagen. Aber ich habe nicht den Eindruck, daß diese Dinge in den letzten Wochen anders abgelaufen sind als bisher."

„Wissen Sie von Feindschaften unter Ihren Mitarbeitern? Oder auch von Liebesbeziehungen zwischen Patienten und Personal?"

„Ich weiß nicht, was das mit Ihren Ermittlungen zu tun haben könnte."

„Das weiß ich im Augenblick auch noch nicht, dennoch ..."

„Nein, jedenfalls ist mir davon nichts bekannt."

„Keine aktuellen Streitigkeiten?"

„Ich sagte Ihnen ja schon, daß es auch bei uns Konflikte gibt, Auseinandersetzungen um Kleinigkeiten."

„Worum zum Beispiel?"

„Um Dienstpläne, also darum, wer wann in welcher Schicht arbeitet. Wer will schon gern in der Silvesternacht Dienst haben? Einige arbeiten gern miteinander, andere passen nicht so gut zusammen."

„Können Sie konkreter werden?"
„Schwester Ursel und der Pfleger Heinz waren vor Jahren miteinander befreundet. Die Beziehung ist dann zerbrochen. Es wird natürlich vermieden, die beiden jetzt in einer Schicht zusammen arbeiten zu lassen. Sonst fällt mir im Moment nichts ein."
„Irgendwelche Veränderungen im Ablauf? Personalwechsel?"
„Unsere Mannschaft ist seit etwa einem Jahr unverändert geblieben, von den Pflegeschülern und Schwesternschülerinnen abgesehen. Das heißt, ein Doktor Ernst wechselte von hier vor einigen Wochen in die chirurgische Abteilung, und für ihn ist Frau Doktor Mickler von den Gynäkologen zu uns gekommen."
„Ist daran etwas Ungewöhnliches?"
„An dem Wechsel des Kollegen Ernst nicht, er hat die Absicht, Unfallchirurg zu werden. Dafür ist eine intensivmedizinische Ausbildung sinnvoll. Der Wechsel von Frau Mickler hat mich persönlich schon ein wenig verwundert."
„Warum?"
„Nun, sie ist Fachärztin für Gynäkologie und hat in der Abteilung die Ambulanzsprechstunde von Professor Hartgen geleitet, eine gute Position, die ich an ihrer Stelle nicht so einfach aufgegeben hätte, aber das ist natürlich ihre Sache."
„Hat Frau Doktor Mickler Ihnen gegenüber einmal über ihre Gründe für den Wechsel gesprochen?"
„Nein, nicht direkt. Sie sagte nur, daß sie eine Veränderung gebraucht und sich schon immer für die Intensivmedizin interessiert habe."
„Hatte sie Differenzen mit ihrem damaligen Chef?"
„Ja, aber erst durch ihre Absicht, seine Abteilung zu verlassen. Ich glaube, sie hat dort recht passable Arbeit geleistet und ihren Chef ziemlich entlastet. Soweit ich es mitbekommen habe, war Professor Hartgen nicht gerade erfreut über ihren Weggang."
„Gab es deswegen Streit?"
„Nein, Streit kann man das nicht nennen, aber es hat das Klima zwischen Hartgen und Brosenius nicht gerade verbessert, würde ich sagen."
„Gibt es eine alte Feindschaft zwischen den beiden?"
„Keine Feindschaft, eher Konkurrenz, aber das ist mit anderen Abteilungen im Hause nicht anders. Es ist wie das Verhältnis zwischen Geschwistern, die untereinander um die Gunst der Eltern buhlen, das bedeutet in einer Klinik ums Geld streiten. Wer bekommt bestimmte Stellen genehmigt oder neue Geräte bewilligt? Der eine Chef ist in Verhandlungen mit der Verwaltung geschickt, der andere nicht. Da kommt dann oft so etwas wie Neid auf."

„Und Ihr Chef ..."
„... ist einer der Geschickteren."
„Und Sie finden es ungewöhnlich, daß Frau Doktor Mickler auf die Intensivstation gekommen ist?"
„Ja, eine ausgebildete Gynäkologin mit einer Stellung, die ihr ein hohes Maß an Unabhängigkeit gibt, wechselt in eine andere Abteilung, um dort von vorn anzufangen. Das kann ich schwer nachvollziehen."
„Ihre Motive müssen mich im Fall Wallendorf wenig interessieren. Schließlich scheidet sie als Tatverdächtige mit 100prozentiger Sicherheit aus. Mehr interessieren würde mich dieser Doktor ..., wie hieß er doch gleich?"
„Ernst."
„Ja, dieser Doktor Ernst. Der hat doch etwa zu der Zeit Ihre Abteilung verlassen, als sich jemand an der Patientin Wallendorf vergangen haben muß."
„Das könnte ungefähr hinkommen. Nach meinen Berechnungen liegt der Zeitpunkt der Zeugung etwa drei Wochen vor dem Weggang des Kollegen Ernst."
„Sie sagten vorhin, daß Sie Ihre Berechnungen auf etwa vierzehn Tage genau eingrenzen können. Warum sollte die Toleranz der Meßgenauigkeit in Ausnahmefällen nicht auch drei Wochen betragen?"
Dieser Mann ist knallhart und ein eiskalter Analytiker, dachte Templer.
„Ja, in Ausnahmefällen vielleicht ..."
„Außerdem kann der Mann nach seinem Wechsel in die chirurgische Abteilung jederzeit wieder auf diese Station zurückgekommen sein. Oder haben Chirurgen hier keinen Zutritt?"
„Doch, natürlich."
„Sonst noch etwas, das Ihnen einfällt?"
Templer überlegte einen Moment.
„Nein, nichts."
„Und Frau Wallendorf?"
„Frau Wallendorf?"
„Ja. Wann ist sie ins Krankenhaus gekommen? Was hat zu ihrer Einlieferung geführt?"
„Ich habe noch einmal genau nachgesehen, weil ich mir dachte, daß Sie danach fragen würden. Sie kam am 1. Juli um 11.52 Uhr nach einem Verkehrsunfall auf die Station. Ihr Wagen soll von der Autobahn abgekommen und gegen einen Pfeiler geprallt sein."
„War sie schwer verletzt?"
„Das kann man wohl sagen. Das heißt, sie hatte in erster Linie Kopfverletzungen davongetragen. Ihr Körper war, von einer unkomplizier-

ten Unterschenkelfraktur abgesehen, relativ unversehrt. Sie wurde bereits bewußtlos von unserem Notarzt an der Unfallstelle aufgefunden und ist, wenn ich das so sagen darf, bisher nicht aufgewacht."
„Wissen Sie mehr über die Frau?"
„Ich weiß nur, daß sie ledig ist und, von einer älteren Schwester ihres Vaters abgesehen, keine Angehörigen hat. Beide Eltern sind verstorben, die Tante lebt in einem Altersheim bei Stuttgart und soll geistig verwirrt sein. Mehr kann ich Ihnen nicht sagen, aber Ihre Kollegen von der Verkehrspolizei, die den Unfall damals aufgenommen haben, dürften Ihnen weitere Informationen geben können. Wenn ich mich richtig erinnere, hat Frau Wallendorf am Anfang einige Male ein Mann besucht."
„Hm."
Kommissar Herzig zupfte an seinem Oberlippenbart und schien angestrengt zu überlegen, während er, wie schon zuvor, etwas in seinen Computer tippte.
„Ein Mann sagen Sie? Wie der Mann aussah, haben Sie wohl nicht mehr im Gedächtnis?"
„Nein, aber Sie könnten die Schwestern und Pfleger fragen, vielleicht erinnern die sich an Einzelheiten."
„Das werde ich tun. Übrigens, ich würde gern gleich am Nachmittag mit den Vernehmungen Ihres Personals anfangen. Gibt es einen Raum, in dem wir ungestört sprechen können?"
„Darüber haben wir uns Gedanken gemacht. Wenn es Ihnen recht ist, würden wir Ihnen einen Nebenraum im Archiv zur Verfügung stellen, dort können Sie in Ruhe arbeiten."
„Sehr gut! Ich glaube, für den Augenblick wäre das alles. Wann können Sie mir die Listen, über die wir am Anfang gesprochen haben, zur Verfügung stellen?"
„Ich denke bis zum Nachmittag."
„Übrigens die Krankenakte von Frau Wallendorf würde ich ebenfalls gern einsehen. Wenn ich etwas nicht verstehe, werde ich Sie fragen, wenn ich darf."
„Selbstverständlich gern."
Der Polizist bedankte sich für Templers Geduld und den vorzüglichen Kaffee, schaltete seinen Laptop aus und klappte ihn zusammen.
„Ich wußte gar nicht, daß Sie bei der Polizei sogar vorort schon Computer einsetzen", sagte der Oberarzt, als er seinen Gesprächspartner wenig später vor der Fahrstuhltür verabschiedete.
„Das ist auch mehr mein privates Spielzeug. Mein Chef hält wenig davon, aber ich werde ihn schon noch überzeugen."

Nachdem Kommissar Herzig die Station verlassen hatte, ging Templer in ein Zimmer der Intensivstation, dessen Fenster zum Haupteingang des Krankenhauses zeigten, und sah hinaus. Wie er richtig vermutet hatte, wurde der Polizist, als er vor das Hauptportal getreten war, von zahlreichen Journalisten belagert, die dort seit der Verbreitung der Neuigkeit, daß die Polizei in der Klinik sei, frierend ausgeharrt hatten. Eigentlich hätte ich ihn warnen sollen, dachte Templer. Aber seine Neugier, wie Herzig wohl mit der Presse umgehen würde, war stärker gewesen.
„Liegen bereits Ermittlungsergebnisse vor?"
„Gibt es Anhaltspunkte, wer die Tat begangen hat?"
„Haben Sie Hinweise für Versäumnisse des Krankenhauses?"
Jede Menge Fragen prasselten auf Herzig ein, Mikrofone wurden ihm entgegengehalten, als er durch die Tür ins Freie trat. Sein Chef hatte ihn auf ein „gewisses Informationsbedürfnis der Medien" vorbereitet, von einem derartigen Presseaufgebot war der Kommissar jedoch überrascht.
„Ich kann Ihnen noch gar nichts sagen! Meine Ermittlungen haben erst vor ein paar Stunden begonnen!"
Er hoffte die Neugier der Journalisten mit dieser kurzen Erklärung zu befriedigen, machte aber schnell die Erfahrung, daß diese Berufsgruppe, seiner eigenen nicht ganz unähnlich, sich durch besondere Hartnäckigkeit auszeichnete. Er versuchte sich schweigend und mit den Armen rudernd einen Weg aus der Menschentraube zu bahnen. Als Herzig bemerkte, daß einige der Pressevertreter ihn regelrecht festzuhalten versuchten und am Weiterkommen hinderten, wurde er ärgerlich und schob sich den Weg zu seinem Wagen mit heftigem Körpereinsatz frei.
„Unverschämtheit!"
„Die Öffentlichkeit hat ein Anrecht auf Information!"
„Das ist ja wie bei der Bereitschaftspolizei!"
Auch von Ringermethoden war die Rede, als er sein Auto erreicht und aufgeschlossen hatte. Nur unter lautem Protest ließ die Menge die Abfahrt seines Wagens zu.
Am Nachmittag bezog Roland Herzig einen Raum neben dem Krankenhausarchiv, der ihm auf Vorschlag von Verwaltungsleiter Janssen für seine Ermittlungsarbeit im Fall Wallendorf zugewiesen und entsprechend ausgestattet worden war. Er erhielt einen eigenen Telefonanschluß, es wurde ihm ein Schlüssel ausgehändigt, damit er seine „Kripoaußenstelle Krankenhaus" auch abschließen konnte.
Herzig hielt sich nicht lange mit Vorbereitungen auf, sondern begann

sofort mit der Vernehmung von Mitarbeitern der Intensivstation. Es war ihm klar, daß er unter großem Erfolgsdruck stand. Nicht, daß ein Notzuchtverbrechen ohne Todesfolge an sich für die Kriminalpolizei eine besonders dringliche Angelegenheit gewesen wäre. Es gab einige Sittlichkeitsverbrechen in der Vergangenheit, die mit weniger Aufwand und Nachdruck bearbeitet worden waren und schließlich unerledigt ihren Weg in die Aktenablage der Staatsanwaltschaft gefunden hatten. Hauptsächlich das große Interesse der Medien, das weit über die Berichterstattung im Stadtanzeiger hinausging, gab den Ausschlag für den ungewöhnlich großen polizeilichen Aufwand und die Abstellung eines Spitzenmannes wie Herzig, der sich mit nichts anderem als dem Fall Wallendorf beschäftigen sollte. Eigentlich wäre eine Beamtin für Sexual- und Sittendelikte zuständig gewesen, aber die Kollegin befand sich bereits seit einem Jahr im Erziehungsurlaub.

Der Frau, die im Koma in einem Krankenhaus vergewaltigt wurde, und ihrem so gezeugten Kind war das Interesse der ganzen Nation sicher. Neben mehreren Dutzend Zeitungs- und Zeitschriftenreportern berichteten Kamerateams deutscher und ausländischer Fernsehsender und zahlreiche Berichterstatter des Rundfunks von dem Ereignis. Dabei zeigte sich, daß die öffentliche Meinung in zwei große Lager gespalten war. In der Verurteilung der Tat an sich bestand Einigkeit. An der Frage, ob man es zulassen durfte, daß eine komatöse Frau, die selbst über ihr Schicksal nicht mehr entscheiden konnte, ihr durch ein Verbrechen entstandenes Kind austragen mußte, erhitzten sich die Gemüter nicht nur in Deutschland.

Als Templer abends das Krankenhaus durch einen kleinen Nebenausgang verlassen wollte, sah er, wie Schwester Sabine aus dem Raum kam, in dem Herzig seine Arbeit verrichtete. Er klopfte an die Tür, öffnete sie nach dem „Herein“ einen Spalt breit und schob seinen Kopf hinein: „Na, wie gefällt es Ihnen hier?“

„Der Raum ist in Ordnung. Derartig gut möbliert ist mein Büro in der Dienststelle nicht. Übrigens bin ich auf etwas gestoßen, das mich stutzig gemacht hat. Haben Sie einen Moment Zeit?“

Templer trat ganz in den Raum und schloß die Tür.

„Klar. Was ist denn?“

„Erst einmal vielen Dank für die schnelle Überstellung der Listen und Protokolle. Sehen Sie mal hier! Mir ist bei der Durchsicht der Patienten-Beobachtungsbögen aufgefallen, daß in der fraglichen Zeit des Verbrechens häufig ein Pfleger namens Kurt Hagedorn bei Frau Wallendorf Dienst hatte. Es taucht kein Name so häufig auf wie der Hagedorns. Können Sie sich das erklären?“

„Wir bemühen uns, daß innerhalb einer Schicht möglichst kein oder nur wenig Personalwechsel bei der Pflege eines Patienten erfolgt. Eine solche Vorgabe ist natürlich bei Langzeitpatienten wie Frau Wallendorf auf Dauer schwer umzusetzen. Dennoch versuchen wir, eine gewisse Kontinuität der Betreuung zu gewährleisten."
„Ist es nicht ungewöhnlich, daß eine Patientin von einem männlichen Pfleger versorgt wird?"
„An sich schon. In der Intensivpflege ist das etwas anderes. Es kann sogar vorkommen, daß in unseren Zweiplatzräumen ein Mann und eine Frau, nur durch einen Vorhang voneinander getrennt, zusammenliegen. Es richtet sich alles nach dem vorhandenen Platz und den bestehenden Personalkapazitäten. Es wird allerdings streng darauf geachtet, daß die Intimpflege von einer gleichgeschlechtlichen Pflegekraft durchgeführt wird. Der Kurt betreut Frau Wallendorf übrigens immer noch. Sehen Sie hier!"
Templer blätterte im Stapel zu den aktuellen Beobachtungsbögen und wies auf den Namen des Pflegers.
„Aha."
„Wenn Sie noch weitere Fragen haben ..."
„Nein, vielen Dank, im Moment nicht. Ich werde jetzt Schluß machen, es reicht für heute."

Als Herzig die Tür seiner Wohnung öffnete, wurde er von Rauhhaardackel Charly mit einem Tennisball in der Schnauze begrüßt. Während der Kommissar seine Jacke auszog, legte der Hund den Ball vor seinem Herrchen ab, sprang einige Male in die Höhe und rannte bellend an das Ende des Flurs, wo er sich flach auf den Boden legte und erregt mit dem Schwanz wedelte. Dieses Spiel durfte eigentlich nur draußen gespielt werden. Wenn die beiden jedoch allein waren, wenn also Herzigs Frau nicht zu Hause war, konnten sie es wagen, das wilde Balljagen auch in der Wohnung zu veranstalten. Er warf den Ball hinter seinem Rücken ins Wohnzimmer, der Hund sprang sofort auf und jagte, über zwei Sessel hinweg, unter die Blumenbank, um sich die Filzkugel zu schnappen. Als Charly den Ball zu Herzig zurückgebracht hatte, begann das Spiel von vorn.
Nach etwa zehn Wiederholungen, wobei eine Topfblume umfiel, ohne größeren Schaden zu nehmen, öffnete sich eine Tür zum Flur, und ein etwa elfjähriges Mädchen mit glatten schwarzen Haaren steckte seinen Kopf durch den Spalt.
„Ihr sollt doch nicht in der Wohnung Ballspielen!"
„Wenn du uns nicht verrätst, darfst du sogar mitspielen!"

„Nö, keine Lust“, sagte das Mädchen, „aber ich verrate euch trotzdem nicht.“
Julia war die Tochter, die Herzigs Frau aus einer früheren Verbindung mit in die Ehe gebracht hatte und die zusammen mit ihnen und dem Dackel in der geräumigen Vier-Zimmer-Wohnung in der Südstadt wohnte.
„Wir gehen noch eine halbe Stunde zum Stadtgraben runter!“ rief Herzig dem Mädchen nach, das ihn mit „Roland“ ansprach und sich jetzt wieder in sein Zimmer zurückzog.
Als er seine Jacke vom Haken nahm, zur Tür ging und nach der Hundeleine griff, wußte Charly sofort, was das bedeutete. Er nahm den Ball zwischen die Zähne und folgte Herzig ins Treppenhaus.
Der allabendliche Spaziergang mit dem Hund bedeutete für den Kripo-Mann, mit seinem Arbeitstag abzuschließen und allmählich in Feierabendstimmung zu kommen. Auch nach sehr belastenden Ermittlungen oder besonders anstrengenden Arbeitstagen gelang es ihm durch die Beschäftigung mit Charly recht gut, den Dienststreß abzustreifen.
Sobald sie vor die Haustür des Sechs-Familien-Hauses getreten waren, ging die Jagd nach dem Tennisball erneut los. Er warf die Kugel soweit er konnte, während Charly losraste und sie kläffend verfolgte. Irgendwann steckte Herzig den Ball in die Jackentasche und tat so, als sei er verschwunden, was den Dackel zunächst nicht überzeugte. Erst nach einigen Minuten konnte er seinen Blick von Herzigs Jackentasche lösen, und er begann schnüffelnd, sich für andere Dinge zu interessieren.
Heute gelang dem Polizisten das Umschalten auf den Feierabend nicht so schnell wie sonst. Immer wieder schweiften seine Gedanken ab, und er mußte an die komatöse Frau denken, die willenlos im Gitterbett des Krankenhauses lag und sich alles gefallen lassen mußte, was man ihr antat. Sogar gegen einen sexuellen Mißbrauch konnte sie sich nicht zur Wehr setzen, und das durch diesen Kontakt gezeugte Kind mußte sie austragen. Ob das auch ihr Wunsch wäre, wenn sie sich dazu äußern könnte? Herzig konnte sich das kaum vorstellen. Diese Frage zu beantworten, war nicht seine Aufgabe, und doch ging sie ihm seit seinem morgendlichen Besuch auf der Intensivstation ständig durch den Kopf.
Der Dackel flitzte von Baum zu Baum und hob immer wieder sein Bein.
Herzig war ursprünglich bei der Schutzpolizei gewesen. Nach acht Dienstjahren hatte er seinem Vater, der im vergangenen Jahr bei der

Kripo als Hauptkommissar in den Ruhestand verabschiedet wurde, nachgeeifert, die Fachhochschulreife nachgeholt und einen Kommissarslehrgang absolviert. Inzwischen lag sein Dienstbeginn bei den Kriminalen schon fast zehn Jahre zurück, und er hatte es zum Kriminaloberkommissar gebracht.
Charly versuchte noch einige Male erfolglos, die Aufmerksamkeit seines Herrchens auf sich zu lenken und eine Fortsetzung des Tennisballmatches zu erreichen, bevor er aufgab und im Schneematsch hinter ihm her nach Hause trottete. Heute würde es wohl mit dem Ballspiel nichts mehr werden. Zu sehr war Roland Herzig mit anderen Dingen beschäftigt. Als beide durch die Wohnungstür traten, empfing sie Licht aus der Küche und der Geruch von gebratenen Zwiebeln, was den Kommissar in angenehmer Weise daran erinnerte, daß auch seine Frau Bärbel inzwischen von der Arbeit nach Hause gekommen war. Noch bevor er seine Jacke an die Garderobe hängte, ging er in die Küche und begrüßte sie mit zärtlichem Kuß und einem „Guten Abend Schatz".
Julia deckte in der kleinen Küche den runden Tisch, der für die drei gerade genug Platz bot, um die Mahlzeiten daran einzunehmen.
„Na, wie war dein Tag?" fragte Herzig, als er seine Jacke in den Flur brachte und Charly, möglichst desinteressiert wirkend, seinen Tennisball zuwarf.
„Ich hatte heute einen echten Witzbold als Kunden. Der legte mir das Konzept für ein Projekt vor, bei dem er Fischteiche erwerben, diese Teiche mit irgendwelchen Forellen füllen will, und Leute aus der Stadt sollen dann gegen Bezahlung bei ihm angeln. Haben diese Hobbyangler dann tatsächlich einen dieser angeblich handzahmen Fische am Haken, müssen die auch noch zusätzlich nach Lebendgewicht bezahlt werden."
„Und für dieses Projekt wollte er eine Kreditzusage von dir?"
„Ja. Stell' dir diesen naiven Menschen vor!"
„Vielleicht ist das gar keine so schlechte Idee wie du glaubst!"
„Aber ohne eine einzige Mark Eigenkapital?"
„Na ja, etwas riskant vielleicht, aber sonst sehr originell."
„Und bei dir?"
„Ich hatte heute meinen ersten Tag im Krankenhaus."
„Und?"
„Sehr interessante Sache. Da ist eine komatöse Frau vergewaltigt worden und ..."
„Muß so ein Thema vor Julia ..."
„Ich weiß, was das bedeutet!" warf die Elfjährige ein.

„Ja, leider."
„Na komm', so unberührt von den Grausamkeiten des Lebens ist deine Tochter nun auch nicht mehr."
„Eben!"
„Erzähl' schon weiter!" drängte das Mädchen.
„Es herrscht ein merkwürdiges Klima auf so einer Intensivstation. Das ist eine richtige Welt für sich."
„Möchtest du den Salat mit Knoblauch oder ohne?"
„Mit!"
„Gut, und weiter?"
„Ja, findest du es normal, sich an einer Frau, die im Koma liegt, zu vergehen?"
„Also, ich finde es auch dann nicht normal, wenn ein Mann sich an einer Frau vergeht, die bei vollem Bewußtsein ist."
„Was ist das, sich an jemandem vergehen?" wollte Julia wissen.
„Dasselbe wie vergewaltigen."
„Ach so."
„Ja, du hast ja recht. Aber stell' dir doch einmal eine derart merkwürdige Situation vor: Du bist auf einer Intensivstation, vor dir liegt eine Frau, eine sehr schöne Frau, die durch Schläuche künstlich beatmet wird, und in einem unbeobachteten Moment ..."
„Das kann ich mir nicht vorstellen! Außerdem müssen wir das nicht vor dem Kind ausbreiten", wandte Frau Herzig noch einmal ein.
„Mama, ich werde im Frühjahr zwölf!"
„Sie wird im Frühjahr zwölf", pflichtete er seiner Stieftochter bei.
„Trotzdem, derartige Perversitäten muß Julia noch nicht in allen Einzelheiten hören!"
„Derartige Perversitäten gehören aber nun einmal zu unserem Alltag!"
„Was sind Perversitäten?"
„Da hörst du es! Das Kind versteht es eben doch noch nicht!"
„Ich verstehe es nur deshalb nicht, weil du es mir nicht erklären willst!"
„Julia, es gibt Dinge, die für dich noch etwas schwer zu verarbeiten sind."
„Zum Beispiel, daß es Männer gibt, die echte Schweine sind?"
„Julia!"
„Was ist daran falsch?"
„Nichts ist daran falsch, aber das sind keine Dinge, von denen du schon wissen solltest."
Sie ließen das Thema schließlich doch fallen, und Frau Herzig tat ihnen das Essen auf die Teller.

Als sie Julia ins Bett gebracht und es sich im Wohnzimmer bequem gemacht hatten, sprang Charly auf Herzigs Schoß und rollte sich dort zusammen.
„Also, ich möchte nicht, daß du von solchen Dingen vor Julia berichtest!"
„Ich finde, daß Kinder darüber bescheid wissen sollten. Es kann sie doch nur schützen."
„Da bin ich anderer Meinung."
„Gut. Ich respektiere deinen Standpunkt, finde ihn aber nicht richtig. Zufrieden?"
„Hm. Ich habe in der Zeitung über deinen Fall gelesen. Er wird ja ganz schön hochgespielt."
„Ja, leider. Das macht meine Ermittlungen nicht einfacher."
„Und? Hast du schon einen roten Faden?"
„Nein, aber einige Anhaltspunkte."
„Die wären?"
„Ich blicke noch nicht ganz durch, aber ..."
„Aber?"
„Was mir Probleme bereitet, ist, daß die Presse ganz schön Druck ausübt."
„Tut sie das? Oder läßt du dich unter Druck setzen?"
„Du hast recht, wohl eher das letztere. Ich habe noch nie einen Fall bearbeitet, der von einem solchen Medieninteresse begleitet war."
„Je weniger das deine Arbeit beeinflußt, desto besser."
„Sicher. Übrigens, ich arbeite da mit einem Oberarzt Templer zusammen ..., ein wirklich netter Mensch."
„Das freut mich. Netten Leuten begegnest du doch selten genug!"
„Das stimmt."
Die Diskussion mit seiner Frau endete an dieser Stelle, weil er auch nicht in der Stimmung war, weiter über seine Ermittlungen zu berichten. Herzig griff zur Fernbedienung des Fernsehers und zappte einige Male durch die Programme.
„Geh mal aufs Zweite, da kommt ein Krimi!" schlug sie vor.
„Nein, keinen Krimi!"
„Na gut, dann entscheide du."
Erst als der Kommissar am nächsten Morgen vor der Tür zu seinem Raum in der Klinik stand, wurde ihm bewußt, daß er von keinem einzigen Journalisten angesprochen worden war. Das ist ja merkwürdig, dachte er, sollten die um diese frühe Stunde noch schlafen? Doktor Templer hingegen schien bereits im Dienst zu sein. An der Tür fand der Polizist einen Zettel: „Bitte bei mir melden! Templer".

„Was gibt es Wichtiges?“ fragte Herzig, als er den Oberarzt zwei Minuten später am Telefon hatte.
„Ich glaube, wir müssen heute unbedingt die Presse füttern. Die Berichterstattung, die ich gestern abend im Fernsehen und heute morgen in den Zeitungen verfolgt habe, läßt kein gutes Haar an unserer Informationspolitik. Ich komme zu Ihnen herunter, dann können Sie sich das mal ansehen.“
Als Templer zwei Zeitungen auf Herzigs Schreibtisch legte und auf die Leitartikel wies, erzählte er, daß er am frühen Morgen bereits von seinem Chef angerufen und aufgefordert worden sei, weitere Negativschlagzeilen zu verhindern.
„Als wenn das so einfach wäre! Ich habe die Artikel schließlich nicht geschrieben!“
Herzig nahm sich die Zeit, beide Zeitungen ausführlich zu studieren, während Templer sich auf einen Stuhl setzte und geduldig wartete, bis der Polizist zu Ende gelesen hatte.
„Kommissar Herzig von der hiesigen Kriminalpolizei und ein Sprecher der Klinik haben sich offenbar auf eine Art Nachrichtensperre verständigt. Man kann sich des Eindrucks nicht erwehren, daß versucht werden soll, der Öffentlichkeit Informationen über peinliche Pannen zu Beginn der Ermittlungen und Versäumnisse der Stationsleitung zu unterschlagen“, zitierte Herzig den Reporter des Stadtanzeigers, faltete die Zeitungen sorgfältig zusammen und gab sie Templer zurück.
„Das ist starker Tobak. Und was schlagen Sie vor?“
„Mein Chef stellt sich eine gemeinsame Presseinformation durch Polizei und Klinik vor. Ich halte das für vernünftig.“
„Was nicht heißen kann, daß einer den anderen kontrolliert! Was Sie der Presse mitteilen, haben Sie zu verantworten, was ich der Presse mitteile, ist meine Sache. Sonst entstünde der Eindruck, daß meine Ermittlungsarbeit, die sich auch gegen Sie als Klinik richten könnte, nicht unabhängig wäre.“
„Ich verstehe Ihre Befürchtung, halte das aber für kein Argument gegen eine gemeinsame Presseinformation, die wir auch absprechen können, ohne gegenseitige Kontrolle auszuüben.“
„Solange die Sache zwischen uns klappt, ist das in Ordnung. Sollten wir an einen Punkt kommen, an dem sie nicht mehr hinhaut, und wir trennen unsere Pressearbeit wieder, sieht das äußerst dumm aus.“
Herzig blieb skeptisch.
„Sie sprechen die Möglichkeit an, daß sich Verdachtsmomente gegen Mitarbeiter der Klinik ergeben?“

„Zum Beispiel. Ich könnte durch meine Ermittlungen auch Mißstände in Ihrer Abteilung oder Versäumnisse des Krankenhauspersonals aufdecken, die mit der Straftat im Zusammenhang stehen, und müßte natürlich vor der Presse darüber berichten. Dann wäre Ihre Interessenlage möglicherweise eine andere als meine."
Templer überlegte. Der Kripomann hatte die Sache offenbar vorausschauender durchdacht als er. Es bestätigte ihm, daß Herzig gewohnt war, strategisch zu denken. Sein anfänglicher Eindruck, der Mann sei langsam und behäbig, erwies sich wieder einmal als falsch.
„Ich würde es dennoch begrüßen, wenn Sie meinen Vorschlag annehmen würden."
„Ich hoffe, daß wir die Sache bis zum Ende gemeinsam durchziehen können, aber sagen Sie nicht, ich hätte Sie nicht gewarnt, wenn es schiefgeht! Sie haben ein großes Bedürfnis nach Harmonie, manchmal ist das ein Nachteil."
Templer war von dieser Einschätzung des Kripo-Beamten, seine Person betreffend, sehr überrascht. Nicht, daß er sie für falsch hielt. Die Tatsache, daß Herzig ihn nach so kurzer Zeit derart treffend einschätzen konnte, beschäftigte ihn.
„Für wann wollen wir die Presse zusammenrufen?" fragte Templer.
„Sagen wir um fünf heute nachmittag? Und wir treffen uns eine Stunde früher hier und sehen mal, wie wir die Sache gestalten", schlug Herzig vor, „haben Sie in der Klinik einen geeigneten Raum für eine solche Konferenz?"
„Den Tagungsraum im achten Stockwerk. Der faßt gut 120 Personen, das dürfte reichen."
„Für heute vielleicht, auf Dauer wäre ich da nicht so sicher", scherzte der Polizist, als Templer sich von ihm verabschiedete. Jedenfalls verstand er Herzigs Einwand als Scherz.
Im Laufe des Tages bereitete Oberarzt Templer den gemeinsamen Presseauftritt sorgfältig vor. Er bemühte sich um Abstimmung mit Brosenius und Verwaltungschef Janssen, schließlich wollte er in möglichst wenig Fettnäpfchen treten. Templer hatte während der kurzen Zeit in seiner neuen Funktion schon gelernt, daß viele davon auf seinem Weg standen. Er hatte keineswegs die Absicht, jemandem nach dem Munde zu reden. Ganz im Gegenteil! Aber er mußte versuchen, formale Fehler zu vermeiden, die eine unnötige Angriffsfläche bieten könnten. Inhaltlich verfügten seiner Ansicht nach weder Brosenius noch Janssen über ausreichende Kenntnis von der Sache, um seine Pressearbeit ernsthaft torpedieren zu können.
In den Gesprächen mit seinen beiden Chefs hatte er sie aufgefordert,

ihm konkrete Vorgaben zu machen und ihnen sogar angeboten, persönlich an der Pressekonferenz teilzunehmen. Beide hatten das spontan, und ohne lange zu überlegen, abgelehnt. Auch eigene Vorstellungen, wie die Presse zu informieren sei, wollten oder konnten sie nicht formulieren. Die von ihnen so entschieden geforderte Abstimmung vor Presseerklärungen wurde jetzt, als Templer sie konkret einforderte, zur reinen Farce. Das aufzuzeigen, war ihm wichtig. Er ließ beide deutlich spüren, daß sie sich gefälligst nicht so aufblasen sollten, ohne substantielle Dinge einzubringen.
Fast zwei Stunden beriet er sich mit der Kollegin Mickler, die eine Nachtschicht eingelegt und sich sehr sorgfältig darauf vorbereitet hatte, wie eine Schwangerschaft bei einer komatösen Frau am besten zu betreuen sein würde. Obwohl es in der medizinischen Fachliteratur einige Berichte über „Schwangerschaft und Koma" gab, darunter auch über Erfahrungen mit dem „Erlanger Baby", konnte das, was in solchen Fällen zu tun war, keineswegs als erprobt oder gesichert gelten.
Die Vorschläge, die Frau Mickler machte, wurden, sofern sie Templer einleuchteten und ihm umsetzbar erschienen, in konkrete Handlungsanweisungen übersetzt und würden nicht nur das Personal der Intensivstation, sondern auch das der Hausmeisterei über Tage und Wochen beschäftigen.
Templer ließ an die wartenden Journalisten kurze schriftliche Mitteilungen verteilen, in denen sie über Ort und Uhrzeit der Pressekonferenz in Kenntnis gesetzt wurden. In der Zentralküche bestellte er zehn Kannen Kaffee und Geschirr für 50 Personen in den Tagungsraum und bat darum, eine Büfettkraft zur Bewirtung der Journalisten abzustellen. Nicht reiner Opportunismus gegenüber der Presse war Templers Motiv, eine derartige Hofhaltung für die Berichterstatter vorzubereiten; er war einfach der Meinung, daß es ein Anrecht der Öffentlichkeit auf Information gab. Außerdem fand er es nicht akzeptabel, daß die Damen und Herren von Zeitung, Funk und Fernsehen bei Temperaturen um den Nullpunkt stundenlang frierend auf dem Klinikparkplatz stehen mußten.
Templer erwartete von dem Umschwung in der Behandlung der Presse auch nicht, daß sie nunmehr zu einer ausschließlich positiven Berichterstattung übergehen sollte, aber er hoffte, daß der gastfreundliche Umgang mit ihnen und ein besserer Informationsfluß Anlaß zu einer fairen Darstellung der Ereignisse in den Medien sein würde.
Die medizinische Aufsicht über die Intensivstation kam trotz seiner

Bemühungen, die anfallende Arbeit mit großem Fleiß und rationeller Einteilung zu erledigen, eindeutig zu kurz. Er begnügte sich an diesem Tag mit einer Kurzvisite, die auf keinen Fall, so nahm er sich ganz fest vor, zur Gewohnheit werden sollte. Auch die Fragen, die seine Assistenzärztin, die Schwestern und Pfleger, Krankengymnasten und Laborkräfte ihm stellten, versuchte er so ausführlich und geduldig wie nur möglich zu beantworten, obwohl es ihm sehr schwer viel, bei der Fülle der zu erledigenden Aufgaben die Übersicht zu behalten.
Die geplante Pressekonferenz im Tagungsraum erwies sich schon technisch als schwierig. Am Abend suchten acht in- und ausländische Kamerateams und zwölf Reporter von Rundfunkanstalten Platz für ihre aufwendigen Apparaturen. Templer hatte die Zahl der Journalisten, die er der Zentralküche mit 50 angegeben hatte, eindeutig unterschätzt. Als die Veranstaltung mit einer 30minütigen Verspätung begann, war der Raum bis auf den letzten Platz gefüllt.
Nachdem alle technischen Probleme mit Hilfe der Klinikhausmeisterei gelöst waren, nahmen Oberarzt Doktor Templer, Kriminaloberkommissar Herzig und Frau Doktor Mickler nebeneinander auf dem etwas erhöhten Podium Platz.
„Ich bin ganz aufgeregt, ich erlebe so etwas zum ersten Mal", flüsterte die Ärztin Templer ins Ohr.
„Meinen Sie ich mache das täglich?" gab er zurück und stand auf. Er hob beide Arme, um für Ruhe zu sorgen.
„Meine Damen und Herren, ich bitte um Ihre Aufmerksamkeit! Es ist überflüssig, Ihnen zu erklären, um was es hier geht. Zur Verfahrensweise schlage ich vor, daß zunächst Oberkommissar Herzig eine kurze Erklärung abgibt. Dann möchte ich ein paar Worte zur medizinischen Situation sagen, bevor meine Kollegin, Frau Doktor Mickler, sie ist Gynäkologin, uns einiges zur geburtshilflichen Problemstellung sagen wird. Anschließend können Sie an uns drei Ihre Fragen richten."
Templer setzte sich. Fast synchron erhob sich Roland Herzig und verlas eine kurze vorbereitete Erklärung:
„Meine Damen und Herren Journalisten! Die Kriminalpolizei hat ihre Ermittlungen gestern in dieser Klinik aufgenommen, weil eine Frau, die seit gut sieben Monaten hier behandelt wird, schwanger geworden ist, ohne daß dieser Zustand durch ihren freien Willen zustande gekommen sein kann, weil sie seit ihrer Einlieferung im Juli nicht bei Bewußtsein ist. Wir haben Anlaß zu der Vermutung, daß sie einem Verbrechen zum Opfer gefallen ist. Wie ich gestern bereits sagte, stehen wir mit unseren Ermittlungen erst am Anfang, so daß ich Ihnen noch keine Ergebnisse vortragen kann. Auch die Frage, die Sie natür-

lich brennend interessiert, ob es Hinweise für eine Verletzung der Fürsorgepflicht der Klinik gegenüber der betroffenen Patientin gibt, kann ich noch nicht beantworten. Das ist von meiner Seite für den Augenblick alles."
Herzig nahm wieder Platz und überließ Oberarzt Templer das Wort.
„Die von Kommissar Herzig angesprochene Frau ist 26 Jahre alt, alleinstehend und wurde am 1. Juli nach einem Verkehrsunfall bei uns eingeliefert. Es bestanden damals bei ihr ein Schädel-Hirn-Trauma mit Bewußtlosigkeit, eine Unterschenkelfraktur sowie multiple Prellungen und Platzwunden. Die Fraktur wurde von der unfallchirurgischen Abteilung unseres Hauses operativ versorgt und kann als komplikationslos ausgeheilt angesehen werden. Die Prellungen und Wunden waren ohne klinische Bedeutung. Das Bewußtsein hat die Patientin bisher nicht wiedererlangt. Die Kollegin Doktor Mickler hat vor einer knappen Woche die Möglichkeit einer Schwangerschaft bei der Patientin in Betracht gezogen, was durch entsprechende Labortests und Ultraschalluntersuchungen zweifelsfrei bestätigt werden konnte. Die Patientin ist in der 13. Woche schwanger. Was den Verlauf betrifft, gibt es derzeit keinerlei Probleme. Der bestellte Betreuer der Patientin hat entschieden, daß die Schwangerschaft ausgetragen werden soll, wozu uns das Gesetz ebenfalls verpflichtet. Frau Doktor Mickler wird Ihnen jetzt Einzelheiten mitteilen. Vielen Dank."
Birgit Mickler stand von ihrem Platz auf und räusperte sich verlegen.
„Ich ... ich kann Ihnen mitteilen, daß es weltweit nicht sehr viele Frauen gibt, die, durch welche Umstände auch immer, schwanger und noch vor der Geburt ihrer Kinder komatös wurden."
Gelächter unter den Journalisten. Die Ärztin errötete und fuhr fort:
„Ich meine, die während einer Schwangerschaft, durch welchen Umstand auch immer, in einen Zustand der Bewußtlosigkeit fielen. Soweit mir bekannt ist, und Sie können versichert sein, daß ich die Literatur ausgiebig studiert habe, ist dies der erste Fall, bei dem eine bereits komatöse Frau schwanger wurde. So bedauerlich die Umstände, die zu dieser Situation geführt haben, in diesem Einzelfall auch sein mögen, sehe ich es, nach der bereits erwähnten Entscheidung des Betreuers der Patientin, als meine Pflicht an, alles zu tun, damit dieses Kind gesund zur Welt kommt. Ein Problem bei einer solchen Schwangerschaft ist, neben vielen anderen, daß der Foetus außer dem Herzschlag der Mutter keine natürlichen Lebensäußerungen wie Körperbewegungen, Stimme und normale Außengeräusche empfängt. Wir wollen versuchen, diese Umgebung, so gut es geht, nachzuahmen. Auch durch die Gabe von Medikamenten, durch sol-

che, die wir bereits gegeben haben, und solche, die wir möglicherweise noch geben müssen, gehen gewisse Gefahren für das ungeborene Leben aus. Dabei haben wir lediglich bei der Auswahl der möglicherweise noch zu verabreichenden Medikamente die Chance, auf embryotoxische Mittel zu verzichten. Wir werden durch eine Fruchtwasseruntersuchung festzustellen versuchen, ob eine Erbschädigung vorliegt, was die Entscheidung, die Schwangerschaft fortzuführen, natürlich noch beeinflussen könnte. Das ist für den Augenblick alles, was ich zu sagen hätte."

Für einige Sekunden herrschte Stille im Tagungsraum, dann begannen die Fragen auf die drei einzuprasseln.

„Ich schlage vor, daß Sie der Reihe nach Ihre Fragen stellen", sagte Templer, „zunächst die Dame im grünen Pullover hinten links bitte!"

„Ich habe eine Frage an die Polizei. Wenn jemand im Krankenhaus liegt, kann er doch sicherlich davon ausgehen, daß sein Leben und seine Gesundheit geschützt werden. Das ist hier ganz offensichtlich nicht wirksam genug getan worden."

„Was möchten Sie konkret wissen?" fragte Herzig die Journalistin.

„Auch wenn Sie noch keine Einzelheiten ermittelt haben, kann doch festgestellt werden, daß der besagten Patientin dieser notwendige Schutz nicht in ausreichendem Maß zuteil wurde, oder?"

„Jemanden, der mit hoher krimineller Energie sein Ziel verfolgt, an der Ausführung einer Straftat zu hindern, kann im Einzelfall schwierig oder unmöglich sein. Es wäre zu untersuchen, ob das verantwortliche Klinikpersonal sich sorgfältig um den von Ihnen angesprochenen Schutz bemüht hat. Das ist noch nicht in erforderlichem Maß geklärt, um dazu eine Aussage machen zu können."

„Jetzt der Herr hier vorne."

„Ebenfalls eine Frage an die Polizei. Können Sie den Täterkreis eingrenzen? Konkret: Ist der Täter im Kreis der Klinik zu suchen?"

„Auch hier gibt es noch keine Anhaltspunkte, um eine Vermutung zu äußern."

Herzig war vorsichtig.

„Ja, der Herr im Trenchcoat bitte!"

Es gelang Oberarzt Templer geschickt, Ordnung in das anfängliche Durcheinander der Fragen zu bekommen.

„Eine Frage an die Ärztin. Man gewinnt den Eindruck, daß hier der Körper einer Frau gegen ihren Willen als Gebärmaschine mißbraucht wird. Was sagen Sie dazu?"

„Ich teile diese Ansicht nicht. Die Patientin ist nach den dafür geforderten Kriterien nicht hirntot, das heißt ihr Leben wird nicht allein

aufrechterhalten, um dem Foetus als Wachstumsstätte zu dienen, sondern auch um ihrer selbst willen. Zu der Frage, ob die Schwangerschaft fortgesetzt oder abgebrochen werden soll, kann sich die Frau im Moment nicht äußern, also hat ein amtlich bestellter Betreuer entschieden, wozu uns das Gesetz ohnehin verpflichtet."
Der Reporter im Trenchcoat gab sich mit der Antwort nicht zufrieden.
„Würden Sie selbst eine solche Schwangerschaft austragen wollen?"
Frau Doktor Mickler zuckte, für die Journalisten nicht sichtbar, leicht zusammen. Lediglich Templer, der direkt neben der Ärztin saß, und vielleicht auch der Kommissar konnten es spüren.
„Ich glaube nicht, daß diese Frage hier zur Debatte steht!"
„Ja, Sie bitte!"
Templer zeigte auf einen Mann in der dritten Reihe.
„Ich frage die Frau Doktor. Wie kann es sein, daß die Schwangerschaft der Frau erst nach 13 Wochen entdeckt wurde?"
Damit hatte der Journalist einen sehr wunden Punkt berührt. Birgit Mickler wußte das natürlich, überlegte einen Augenblick lang und fingerte nervös an ihrem Kugelschreiber herum.
„Der Eintritt einer Schwangerschaft bei einer Patientin, die seit vielen Wochen im Koma liegt, ist ein Ereignis, mit dem niemand rechnen kann, auch ein Arzt nicht. Es wird daher nicht regelmäßig ein Schwangerschaftstest durchgeführt."
Eine der Frauen unter den Presseleuten warf, ohne daß sie von Templer aufgefordert worden war, ein:
„Man braucht keinen Test, um zu merken, daß eine Frau in der 13. Woche schwanger ist!"
Frau Doktor Mickler fühlte sich in die Ecke gedrängt, was daran zu erkennen war, daß ihr der Kugelschreiber mehrmals aus der Hand fiel.
„Eine Frau, die bei vollem Bewußtsein ist, würde das sicher merken. Das ist hier aber nicht der Fall. Erst als den Pflegekräften und mir die Zunahme des Leibesumfanges und des Gewichtes sowie die Veränderung der Brust auffielen, habe ich eine derart unmögliche Möglichkeit in Betracht gezogen."
Die Journalistin insistierte, und Templer ließ sie gewähren.
„Eine regelmäßige Monatsblutung wird sie ja sicher auch nicht mehr gehabt haben, oder sehe ich das falsch?"
Jetzt war die Ärztin nahe daran, die Fassung zu verlieren und atmete hörbar tief durch.
„Das würde man vermuten, ja. Wie das in diesem Fall gewesen ist, entzieht sich derzeit meiner Kenntnis. Ich werde der Frage aber

nachgehen und darüber an dieser Stelle wieder berichten. Theoretisch besteht die Möglichkeit, daß auch nach dem Eintritt einer Schwangerschaft noch Schmierblutungen auftreten, die man für Menstruationsblutungen halten kann. Das ist aber, wie gesagt, im Moment Spekulation."
Das war zwar keine befriedigende Antwort, aber Templer fand, daß seine Kollegin sich geschickt aus der Affäre gezogen hatte und nickte ihr beruhigend zu.
„Bitte, der Herr im weißen Hemd."
„Meine Frage geht an Sie, Doktor Templer. Wie groß ist die Chance, daß die Frau das Kind, äh ..., sagt man Kind? Daß sie es lebensfähig zur Welt bringen kann, meine ich."
„Wir wollen versuchen, wenigstens die 28. Woche der Schwangerschaft zu erreichen. Dann stehen die Chancen für das Kind recht gut. Wenn wir es schaffen, die Schwangerschaft noch länger aufrechtzuerhalten, um so besser. In Prozentzahlen läßt sich das nicht ausdrücken."
„Welche Gefahren gibt es auf dem Weg dahin?" wollte der Journalist weiter wissen.
„Viele. Die größte ist die Möglichkeit einer Infektion, zum Beispiel der Atemwege. Sie müssen wissen, daß ein Krankenhaus der geeignete Ort ist, sich zu infizieren. Das klingt paradox, ist aber so. Ich will das jetzt nicht näher erläutern. Darüber hinaus können Kreislaufprobleme, Stoffwechselstörungen oder Komplikationen bei der Beatmung auftreten. Die Liste der Möglichkeiten ist lang. Wir können also nicht sicher sein, daß es uns gelingt, die Schwangerschaft über die genannte Zeit zu bringen. Bitte, noch einmal die Dame von vorhin."
„Der Foetus wächst in einer Frau auf, die ..., vorhin fiel der Begriff ‚Gebärmaschine', sagen wir, in der gewissermaßen kein Leben ist. Wirkt sich das nicht negativ auf vorgeburtliche Erfahrungen eines Kindes aus?"
„An wen richten Sie die Frage?" wollte Templer wissen.
„Nicht an den Kommissar!"
Gelächter.
„An Frau Doktor."
„Erst in den letzten Jahren hat sich die Forschung intensiver mit der Frage vorgeburtlicher Erfahrungen des Menschen beschäftigt. Daher wissen wir darüber auch noch sehr wenig. Man kann aber davon ausgehen, daß diese Phase des Lebens sehr wichtig ist. Das bedeutet für uns zu versuchen, den Bedingungen einer natürlichen Schwangerschaft sehr nahe zu kommen."

„Wie?“
„Wir sind dabei, eine Vorrichtung bauen zu lassen, die das Krankenbett der Patientin regelmäßig bewegen soll. Auch krankengymnastische Übungen werden mit der Patientin durchgeführt, was allerdings dadurch, daß sie künstlich beatmet wird, gewissen Einschränkungen unterliegt. Außerdem sprechen Schwestern und Pfleger, übrigens nicht erst seitdem wir von der Schwangerschaft wissen, zu der Patientin, wenn sie im Zimmer sind und pflegerische Verrichtungen an ihr vornehmen. Ich werde heute oder morgen Cassetten besprechen und auch Musik aufnehmen, beides soll dann täglich an der Bauchwand der Mutter abgespielt werden, damit der Foetus vielfältige Geräuscherfahrungen machen kann.“
„Gibt es noch weitere Fragen?“
Templer schaute in die Runde.
„Der Herr mit dem Vollbart. Bitte fragen Sie!“
„An den Herrn von der Polizei habe ich die Frage, ob er den Eindruck hat, daß seine Ermittlungsarbeit von der Klinik unterstützt oder ob sie behindert wird.“
Kommissar Herzig, den Templer bei der Beantwortung dieser Frage aufmerksam musterte, zögerte keinen Moment, bevor er anfing zu sprechen.
„Ich werde hier bestens unterstützt und bekomme auf meine Fragen bereitwillig Auskunft. Von ‚Behinderung‘ kann ich, bisher jedenfalls, nichts bemerken.“
Templer nickte befriedigt.
„Weitere Fragen? Sie bitte, ganz außen an der Tür.“
„Ich habe ebenfalls eine Frage an den Kommissar. Sehen Sie bei der schwierigen Sachlage, daß die Hauptzeugin dieses Verbrechens im Koma liegt und damit natürlich keine Aussagen machen kann, überhaupt eine Chance, das Verbrechen aufzuklären? Und weiter, wie lange, meinen Sie, wird es dauern, bis Sie erste Ergebnisse haben?“
Der Polizist nahm sich jetzt mehr Zeit, seine Antwort zu überlegen.
„Sie haben recht, die Bewußtseinslage der Patientin erschwert die Aufklärung des Falles sehr. Aber eine solche, zweifellos sehr wichtige Aussage ist nicht die einzige Möglichkeit, an Informationen heranzukommen. Ich werde alle Personen vernehmen, die in der Klinik mit der Patientin Kontakt hatten, ich werde in ihrem privaten Umfeld recherchieren, Freunde, Bekannte, Nachbarn befragen und ihre Wohnung durchsuchen. Auch alle Klinikprotokolle und Untersuchungsbefunde sehe ich mir genau an, um daraus Rückschlüsse auf Zeitpunkt und Ablauf der Vorgänge zu ziehen. Außerdem habe ich noch eine

Trumpfkarte im Ärmel, an die bisher offenbar noch niemand gedacht hat."
Herzig schwieg geheimnisvoll und genoß es, daß alle Augen gespannt auf ihn gerichtet waren.
„Lassen Sie die Katze schon aus dem Sack!" wurde er von einem Reporter aus der ersten Reihe aufgefordert.
„Sollte dieser Foetus zu einem Kind heranwachsen, werde ich auf jeden Fall eine humangenetische Untersuchung anordnen, die den Täter mit großer Sicherheit überführen wird. Es ist also nur eine Frage von Geduld und Beharrlichkeit. Beides habe ich, dessen können Sie ganz sicher sein!"
Niemand im Saal sprach ein Wort. Templer, dessen Blick immer noch auf Herzig gerichtet war, mußte sich eingestehen, daß er an dieses sehr naheliegende Beweismittel nicht gedacht hatte. Über Frau Doktor Micklers Gesicht huschte ein flüchtiges Lächeln, das Templer auffiel und das er sich nicht erklären konnte. Hatte sie an eine Aufklärung des Falles durch eine genetische Untersuchung etwa gedacht?
„Sie können den genetischen Code des Kindes aber nicht mit dem aller Männer dieser Welt vergleichen!" gab der Journalist aus der ersten Reihe zu bedenken.
„Ich gehe davon aus, daß das auch nicht notwendig sein wird. Mehr möchte ich dazu aus ermittlungstaktischen Gründen nicht sagen."
Der Polizist hinterließ mit seinen beiden letzten Äußerungen den Eindruck, als habe er die Katze nur etwas aus dem Sack herausschauen lassen. Und genau das war auch seine Absicht gewesen.
Oberarzt Templer sah fragend in die Gesichter der Reporterinnen und Reporter im Raum.
„War's das?"
„Eine Bitte hätte ich noch", sagte eine Frau im roten Kostüm, „können Sie ein Foto von der Patientin zur Verfügung stellen? Vielleicht ein aktuelles?"
Templer war irritiert, einmal, weil er nicht wußte, wem die Frage galt, andererseits, weil die Bitte ihn unvorbereitet traf und er nicht wußte, was er darauf antworten sollte. Er sah Kommissar Herzig an, der seinen Blick erwiderte und den Kopf schüttelte.
„Nein, das können wir nicht. Erstens gibt es kein Foto, zweitens sehe ich es als meine Aufgabe an, die Privatsphäre der Patientin zu schützen", erklärte Templer und sah, daß der Kripobeamte neben ihm deutlich mit dem Kopf nickte.
„Sehe ich genauso", bekräftigte er.
Die Reporterin gab noch nicht auf.

„Frage an die Ärztin. Können Sie mir Ultraschallbilder des Kindes zur Verfügung stellen? Schließlich ist darauf kein Mensch so zu erkennen, daß man ihn später anhand dieser Aufnahmen identifizieren könnte."
Frau Doktor Mickler sah ihren Oberarzt von der Seite an, ohne ihm ihren Kopf zuzudrehen.
„Nein!" flüsterte der, und seine Lippen bewegten sich dabei nicht.
„Nein!" antwortete auch sie jetzt deutlich hörbar.
Am Schluß der Pressekonferenz dankte Templer allen Beteiligten für die Aufmerksamkeit auf der einen und die Mühe bei der Beantwortung der Fragen auf der anderen Seite. Er bat die anwesenden Journalisten, ihre Visitenkarten bei ihm abzugeben und ihre aktuellen Anschriften in der Stadt auf deren Rückseiten zu notieren. So könne er sie, wenn es neue Entwicklungen in der Sache geben sollte, problemlos anrufen lassen. Diese Maßnahme, so hoffte er, würde die Zahl der Reporter, die vor der Klinik auf Neuigkeiten lauerten, beträchtlich verringern.
Wie bei einem Defilee gingen alle Journalisten, die an der Presseinformation teilgenommen hatten, zu Oberarzt Templer und gaben ihre Karten ab. Manche sprachen einige Worte mit ihm, andere nannten nur kurz ihren Namen, als sie ihm ihr Schildchen reichten, wieder andere sagten gar nichts. Es dauerte fast zwanzig Minuten, bis der letzte Pressevertreter gegangen und Templer allein in dem großen Raum war. Das hat doch hervorragend geklappt, fand er, viel besser, als ich gedacht hatte.
Er setzte sich auf seinen Stuhl und sah den Stapel der Visitenkarten durch. Journalisten aus Deutschland, Österreich, der Schweiz, Frankreich, Italien, Polen, Dänemark, Schweden, England, Belgien und Holland waren angereist, um von dem Ereignis auf seiner Station zu berichten. Hoffentlich würde das immer so gut abgehen wie heute.
Als er den Saal schließlich verließ und auf die Fahrstuhltür zuging, bemerkte er eine Frau, die ihm den Rücken zuwandte und aus dem Fenster zu blicken schien.
„Kann ich Ihnen helfen?" sprach Templer sie an.
Es war die Dame im roten Kostüm, die während der Pressekonferenz um Bilder gebeten hatte und jetzt über ihrem auffälligen Kostüm einen dunklen Mantel trug.
„Ich hoffe es", antwortete die Frau, deren Alter Templer, als sie sich umgedreht hatte, auf etwa 35 Jahre schätzte.
„Ich bin Judith Konradi von der Neuen Zeitung. Herr Doktor Templer, ich möchte Ihnen ein interessantes Angebot machen!"
„Davon bin ich ausgegangen, als ich Sie hier stehen sah."
Die Journalistin lächelte ihn an.

„Wie Sie bereits während der Pressekonferenz gehört haben, bin ich an Fotos interessiert, an Fotos von der Frau und an Ultraschallaufnahmen von dem Foeten. Ich biete Ihnen 15 000 für ein Bild und noch einmal 5000 zusätzlich für eine Ultraschalldokumentation. Woher ich das Material bekommen habe, würde von mir niemand erfahren, Verschwiegenheit gehört zu meinem Geschäft. Was halten Sie von meiner Offerte?"
„15 000 was?" fragte Templer nach.
„Na, DM natürlich."
Er sah die elegant gekleidete und sehr gepflegt wirkende Journalistin prüfend an und überlegte eine ganze Weile.
„Ihr Angebot ist schon verlockend, besonders, weil ich davon ausgehe, daß Sie die Bilder bei dem Preis so oder so bekommen werden. Wer will sich nicht mal eben 20 000 Mark verdienen. Schließlich soll dafür keiner umgebracht werden."
„Ich wußte, daß wir ins Geschäft kommen würden."
„Ja? Woher wußten Sie das?"
Templer drückte auf den Knopf, um den Fahrstuhl zu rufen.
„Vielleicht sollte man uns nicht zusammen sehen", schlug die Frau vor.
„Man kann uns ruhig zusammen sehen. Ich werde nämlich nicht auf Ihr Angebot eingehen!"
Sie sah ihn enttäuscht und gleichzeitig fragend an. Stimmte der Preis nicht? Pokerte der Oberarzt?
„Aber ich respektiere Ihre Bemühungen, es ist Ihr Job. Kommen Sie, fahren Sie mit mir hinunter!" fuhr der Arzt das Gespräch fort.
Die Türen des Fahrstuhls schlossen sich hinter ihnen, Templer drückte auf „E".
„Erscheint Ihnen das zu wenig? Nennen Sie eine Summe, die Ihren Vorstellungen entspricht!" forderte sie ihn auf.
„Nein, der Preis ist schon in Ordnung, aber ich meinte das vorhin mit der Privatsphäre ernst. Das ist das Problem, zumindest für Sie! Seien Sie mir bitte nicht böse! Ich hoffe, daß meine Ablehnung unserer weiteren guten Zusammenarbeit nicht im Weg stehen wird."
Der Fahrstuhl hielt, Templer ließ die verdutzte Journalistin aussteigen, wünschte ihr noch einen schönen Abend und fuhr zur Ebene, auf der sich die Intensivstation befand.
Im Vorraum der Station traf er Frau Doktor Mickler, die sich ihren Mantel anzog und offensichtlich das Haus verlassen wollte.
„Gibt es noch etwas? Ich wollte gerade nach Hause gehen. Es liegt noch einiges zu lesen dort."

„Nein, gehen Sie nur. Wie haben Sie die Sache eben empfunden?" fragte Templer noch.
„Ich glaube, wir haben das nicht schlecht gemacht, obwohl ich schrecklich nervös war."
„Ich bin auch ganz zufrieden. Auf Wiedersehen, bis Montag, oder haben Sie am Wochenende Dienst?"
Frau Mickler schüttelte den Kopf.
„Nein, zum Glück nicht. Auf Wiedersehen."
Templer trat durch die automatische Tür und sah zur Zentrale hinüber, wo Schwester Ruth saß und am Einstellungsknopf eines Monitors drehte.
„Na, wie geht es dem Medienstar", frotzelte sie, als sie Templer neben sich bemerkte.
„Hör bloß auf mit Medienstar! Ich wünschte, dieser ganze Zirkus wäre nicht notwendig."
Als die Krankenschwester nicht auf das einging, was er gesagt hatte, und sich weiter mit dem Überwachungsmonitor beschäftigte oder wenigstens so tat, verdrückte Templer sich in sein Zimmer.
Er saß noch über Befundberichte gebeugt, als es an der Tür klopfte.
„Ja."
Schwester Ruth kam herein.
„Hast du Zeit für mich? Ich muß mit dir reden."
„Ja, setz' dich!"
Templer räumte ein paar Papiere von dem Besucherstuhl neben seinem Schreibtisch, damit Ruth einen Platz finden konnte.
„Ihr habt also beschlossen, daß das Kind zur Welt kommen soll?"
Templer seufzte tief, legte seinen Kopf in den Nacken und umfaßte seinen Hinterkopf mit beiden Händen. Dabei drehte er sich mit seinem Stuhl zum Fenster und sah hinaus. Er hatte eben in der Zentrale schon den Eindruck gehabt, als habe Ruth etwas auf der Seele gelegen.
„Es ist beschlossen worden, das Kind nicht zu töten."
Ruth holte hörbar Atem, so, als sammle sie Luft, um zu einer heftigen verbalen Attacke anzusetzen. Dann sagte sie nur kurz: „Ach, so heißt das offiziell."
„Das heißt nicht so. Es ist der mehrheitlich gefundene Standpunkt der Klinikleitung."
„Und wie waren die Mehrheitsverhältnisse? Wer hat wofür plädiert?"
„Das zu sagen, ist mir nicht gestattet, liebe Ruth. Darüber wurde Stillschweigen vereinbart."
„Das dachte ich mir. Und auf welche Seite, darf ich fragen, hast du dich geschlagen?"

„Da gab es nichts zu schlagen, weil ich in diesem exklusiven Club auch als Oberarzt nur eine beratende Stimme habe.“
Einen Augenblick lang herrschte Schweigen im Raum.
„Und was diese Stimme den übrigen Herren geraten hat, willst du mir sicher auch nicht verraten?“
„Nein.“
„So habe ich es mir vorgestellt! Das anonyme Gremium faßt einen Beschluß, hinter dem sich jeder einzelne dann versteckt, ohne daß eine Rechtfertigung von ihm verlangt werden kann. Das ist gut überlegt, aber es schreit zum Himmel!“
Ruths Stimme überschlug sich fast, als sie Templer den letzten Teil ihres Satzes entgegenschleuderte.
„Ich kann deine Erregung verstehen, aber so ist die Lage nun einmal, und so bleibt sie auch.“
Templer versuchte ruhig zu bleiben, auch wenn oder gerade weil er ahnte, daß Schwester Ruth, deren heftige, sich manchmal ins Hysterische steigernde Emotionalität er kannte, ihre Empörung im nächsten Augenblick über ihn ausschütten würde.
„Hier entscheidet also ein Rat von zwei Männern und einem männlichen Berater über das Schicksal einer fast toten Frau und einem 13 Wochen alten Embryo? Ihr habt nicht den Rat einer einzigen Frau eingeholt!“
Templer schwieg. Es war ihm nicht erst seit diesem Moment klar, daß das einer der Schwachpunkte der getroffenen Entscheidung war. Ihm persönlich behagte es nicht, daß keine Frau daran mitgewirkt hatte, aber weder seine eigene Abteilung, noch die Verwaltung wurden von einer Frau geleitet. Und Janssen hatte es sich nicht nehmen lassen, persönlich auf die Entscheidungen des Gremiums Einfluß zu nehmen, statt mit Frau Steinhardt seine Stellvertreterin zu schicken.
„Die Entscheidung ist letztendlich von dem bestellten Betreuer getroffen worden, der Frau Wallendorf hier vor Monaten einmal besucht hat“, sagte Templer müde und mit wenig Überzeugung in der Stimme.
„Und dieser Hanswurst, diese lächerliche Figur, die von nichts eine Ahnung hat, schloß sich selbstverständlich der Meinung des Gremiums an. Janssen und Brosenius werden den Fall schon so dargestellt haben, daß diesem armen, vollkommen überforderten Idioten nichts anderes übrig blieb, als zuzustimmen.“
„Das weiß ich nicht. Ich war nicht dabei.“
„Ich jedenfalls finde es entwürdigend und menschenverachtend, den Körper einer Frau, die sich nicht mehr dagegen wehren kann, für ein derartiges Experiment zu mißbrauchen!“

„Und genauso entwürdigend und menschenverachtend kann man es finden, einen 13 Wochen alten Embryo zu töten“, entgegnete Templer, dem es immer noch gelang ruhig zu bleiben.
„Was hat dieses Kind, wenn es denn überhaupt geboren wird und lebt, zu erwarten? Die Mutter ist so gut wie tot, der Vater, wer das auch immer sein mag, ist ein Schwerverbrecher, ein Vergewaltiger, und die einzige Verwandte, eine alte Tante, lebt in geistiger Umnachtung in einem Pflegeheim. Wer, glaubst du, soll das Kind erziehen, ihm Liebe und Geborgenheit geben und ihm erklären, unter welchen Umständen es herangereift ist?“
„Ich weiß es nicht.“
„Du vielleicht? Ich sehe schon die Schlagzeile: Überbeschäftigter Oberarzt sorgt für Waisenkind. Oder Brosenius, dem schon seine beiden Enkelkinder furchtbar auf die Nerven gehen?“
„Du solltest nicht so laut schreien. Es muß ja nicht jeder mitkriegen, was du von unserem Chef hälst!“
„Das wissen die da draußen sowieso!“ brüllte sie mit unverminderter Lautstärke.
„Ich denke, daß sich eine Lösung finden wird. Man könnte das Kind zur Adoption freigeben. Es gibt genug Ehepaare, die sich ein Kind wünschen und keines bekommen können. Solche Menschen würden sich sicher um dieses Kind mit Liebe und Fürsorge kümmern. Und unter welchen Umständen dieses Kind herangereift ist, brauchten sie nicht unbedingt zu erfahren.“
„Du glaubst doch nicht im Ernst, daß es irgendein adoptionswilliges Ehepaar in Deutschland gibt, das bei dem herrschenden Presserummel die Verbindung zwischen der Geburt dieses Kindes und der Freigabe zur Adoption nicht sofort herstellen würde?“
„Na, und wenn schon! Ich glaube, daß eine Chance auf ein menschenwürdiges Dasein für dieses Wesen immerhin besteht. Und solange es besteht, hat man nicht das Recht es zu töten!“
„Die Chance besteht eben nicht! Dieses Kind wächst in einem fast toten Körper auf. Es hört nicht die Stimme der Mutter, es spürt keine Bewegungen, und wer weiß schon, was für Defizite es über die inneren, nennen wir es von mir aus hormonellen, Informationskanäle mitbekommt.“
„Daran haben wir gedacht. Es wird mehrmals täglich ein Gymnastikprogramm durchgeführt werden, das dem Embryo das Gefühl ...“
„... vorgaukelt, in einer lebenden Mutter aufzuwachsen?“
„... gibt, daß Leben um ihn herum ist. Außerdem soll regelmäßig ein Tonband mit menschlichen Stimmen und Musik abgespielt werden.

Ich weiß auch, daß das eine lebende Mutter nicht ersetzen kann, aber es ist immerhin der Versuch, dem Embryo die Illusion einer natürlichen Umgebung zu schaffen. Außerdem hört er den Herzschlag der Mutter, das Atemgeräusch der, wenn auch künstlich beatmeten, Lunge und die Strömung des Blutes."
„Frau Wallendorf hätte dem mit Sicherheit nicht zugestimmt, wenn sie noch etwas dazu sagen könnte!"
„Das wissen wir aber nicht. Du auch nicht!"
„Das kannst du dir als Mann natürlich genau vorstellen. Ich würde kein Kind austragen wollen, das durch meine Vergewaltigung entstanden wäre!"
„Es gibt auch gegenteilige Entscheidungen von betroffenen Frauen."
„Ja, aber dann haben sie es selbst entschieden! Und diese Patientin kann das nicht mehr entscheiden, also maßen sich drei Herren einfach an, diese Entscheidung für sie zu treffen! Und haben in Wirklichkeit nur ihren eigenen wissenschaftlichen Ehrgeiz im Kopf. Es geht euch doch gar nicht um das Kind!" Ruths Stimme klang jetzt drohend und anklagend. Sie stand vom Stuhl auf und ging in dem kleinen Raum auf und ab.
„Das kann ich natürlich nicht ausschließen", antwortete Templer nach einer kurzen Pause leise, „es geht in unserem Job nicht ohne ..."
„Ohne was?"
„Ohne wissenschaftlichen Ehrgeiz."
Ruth drehte sich mit einem Ruck zu ihm um.
„Jetzt ist es endlich heraus! Das ist euer Motiv und nur das! Ich schäme mich, in einem solchen Haus zu arbeiten!"
Am Geräusch der zuschlagenden Tür bemerkte Templer, der bei Ruths letztem Satz die Augen geschlossen hatte, daß sie das Zimmer verlassen hatte. Er seufzte tief und legte seinen Kopf auf die Schreibtischplatte.
Die Auseinandersetzung mit der Schwester war ihm sehr nahe gegangen. Ähnlich wie sie hatte er am Vortag in der Besprechung mit Brosenius und Janssen auch argumentiert und kein Gehör gefunden. Seine Einwände hatten die Herren nicht überzeugen können. Und auch er hatte den Eindruck gewonnen, daß es Brosenius nicht um die Rettung des ungeborenen Lebens, sondern ausschließlich um seinen Ruf in der Fachwelt und Janssen um die Reputation der Klinik ging. Es war dem Oberarzt nur allzu klar, daß ein solcher Ehrgeiz bei dem großen Presseecho, welches das Baby, das in einer komatösen Frau aufwächst, mittlerweile gefunden hatte, auch nach hinten losgehen konnte. Außerdem quälte ihn die Frage, ob er daran mitwirken oder

lieber aussteigen sollte, was natürlich, dessen war er sich sicher, die Kündigung seiner Arbeitsstelle nach sich ziehen würde. Erst sehr spät ging er an diesem Freitagabend nach Hause.

Templer saß in Fahrtrichtung des Zuges. Nur wenige Menschen waren in dem Großraumabteil. Das ältere Ehepaar, dem er beim Einsteigen geholfen hatte, konnte er nirgends entdecken, obwohl deren Gepäck zwei Sitzplätze am Fenster blockierte. Es dauerte noch elf Minuten bis zu Abfahrt. Templer zog es vor, im warmen Zug zu sitzen, als in der Bahnhofshalle zu frieren. Wie immer bei Eisenbahnfahrten war er lange vor der Abfahrtszeit am Bahnsteig gewesen.
In der Nacht hatte es geregnet, und die Nässe war auf dem kalten Boden sofort zu einer rutschigen Fläche gefroren. Eiszapfen hingen vom Dach des Bahnsteiges herab und ließen Schmelzwasser auf den wartenden Zug tropfen. Ein eisgrauer Himmel wölbte sich über die Stadt und paßte sich der Farbe der schmutzigen Schneehaufen an, die auf den Bürgersteigen zu Wasser zerrannen. Der Weg zum Bahnhof war eine Rutschpartie mit dem Taxi gewesen. Dunkle Wolken am Horizont kündigten für das Wochenende weitere Niederschläge an, die je nach Region als Schnee oder Eisregen niedergehen würden.
Templer war mißmutig, und er spürte überdeutlich, daß das nicht nur am Wetter lag. Eine große innere Unruhe hatte ihn erfaßt und bedrohte sein seelisches Gleichgewicht. Die Ermittlungen des Kommissars trugen Unsicherheit und Mißtrauen in die Intensivstation. Templer war nur allzu bewußt, daß der gute Teamgeist, der dort in den letzten drei Jahren geherrscht hatte und der nicht zuletzt auch das Ergebnis seiner Mitarbeiterführung war, durch die Untersuchungen der Polizei gefährdet wurde. Er bemerkte, wie er, durch seine Überlegungen geleitet, den Kopf schüttelte. Nein, seine Schlußfolgerung hatte einen Fehler. Der Teamgeist seiner Mitarbeiter geriet nicht durch die polizeilichen Nachforschungen ins Wanken, sondern durch das Bekanntwerden einer Straftat, die auf seiner Station begangen worden war. Es schwebte die unausgesprochene Frage im Raum und schwang in allen Situationen des täglichen Umgangs mit: Wer hatte sich an Frau Wallendorf vergangen? Möglicherweise war der Täter sogar in seinem Team zu suchen. Dieser Verdacht wurde zwar nicht offen ausgesprochen, aber Schwester Ruth hatte es angedeutet, als sie in einer Kaffeepause ankündigte: „Diesem Kerl schneide ich den Schwanz ab, selbst wenn es einer von uns ist!“
Solange die Ermittlungen ohne Ergebnis blieben, würde sich dieser ungute Schleier des Mißtrauens innerhalb des Teams nicht heben.

Templer beschloß, das Problem auf der nächsten Mitarbeiterbesprechung auf den Tisch zu bringen. Das würde diesen Zustand zwar nicht ändern können, aber vielleicht ein wenig von der Spannung nehmen, die in der Luft lag und den Umgang miteinander fortwährend beeinträchtigte.
In seine Gedanken versunken, registrierte er gar nicht, daß der Zug anfuhr. Erst als er die Vororte der Stadt bereits verließ, sah Templer aus dem Fenster und bemerkte, wie die Landschaft an ihm vorüberflog. Auf dem flachen Land bildete das Weiß des Schnees noch eine geschlossene Decke. Um einen dampfenden Dunghaufen saß ein Pulk Krähen, die sich durch ihr schwarzes Federkleid deutlich von der Umgebung abhoben. Bald begann es zu schneien. Die dicken Flocken jagten am Zugfenster vorbei und erschwerten die Sicht auf die Landschaft.
Templer schloß die Augen, fuhr sich mit den Händen durchs Gesicht und seufzte. Er konnte nur hoffen, daß Herzig mit seinen Ermittlungen schnell vorankommen und zu dem Ergebnis gelangen würde, daß jemand die Tat begangen hatte, der nicht zum Krankenhauspersonal gehörte.
Hans-Wilhelm Templer befand sich auf dem Weg zu einem Klassentreffen. 25 Jahre nach dem Abitur sollte er seine ehemaligen Kameraden wiedersehen. Er war gespannt auf ihre Gesichter und ihre Geschichten. Was war den Leuten von damals in 25 Jahren widerfahren? Hatten sie sich sehr verändert? Waren die Spinner von damals immer noch Spinner, die Ruhigen von damals immer noch ruhig, oder waren sie andere Menschen geworden? Was machten sie beruflich?
Auf dem Klassentreffen werden sie sich nach den „Weißt-du-noch-damals"-Fragen auch nach meiner aktuellen Befindlichkeit erkundigen, dachte er.
„Ich bin vor einer Woche zum leitenden Oberarzt meiner Abteilung befördert worden, ich fühle mich beschissen!"
Das war derart absurd, daß Templer wieder den Kopf schüttelte und sein Gesicht zu einem Ausdruck der Niedergeschlagenheit verzog. Erst in diesem Moment bemerkte er, daß er noch mit niemandem auf seine Beförderung angestoßen hatte. Durch die Ereignisse um das Verbrechen in seiner Abteilung mit dem riesigen Presserummel und die polizeilichen Nachforschungen war er gar nicht auf die Idee gekommen, eine kleine Feier auszurichten oder auch nur einige Flaschen Sekt auszugeben.
Und was konnte er von seinem Privatleben erzählen? Privatleben! Wenn er ehrlich sein wollte, mußte er zugeben, daß sich seine Akti-

vitäten außerhalb des Krankenhauses darauf beschränkten, seinen kleinen Haushalt vom Staub zu befreien, gelegentlich ein wenig zu joggen oder abends nach dem Verzehr einer Tiefkühlpizza mit dem Kopfhörer über den Ohren in einen Sessel zu fallen und erschöpft einzuschlafen. Es war bereits einige Monate her, daß er sich an einem Wochenende in Hamburg die Buddy-Holly-Show angesehen hatte.
Von zwei gescheiterten längeren Beziehungen konnte er berichten, von seiner Familie, die sich im Zustand der Auflösung befand, und von einem Bauernhof, der langsam verfiel. Die Gebäude waren wie ein Spiegelbild seines Vaters, der auf dem Hof vor sich hin vegetiert und, körperlich wie seelisch verfault und verrottet, die Matratze seines Bettes mit seinem Urin getränkt hatte.
Formal gesehen hatte er etwas vorzuzeigen, das sich nach den Normen gesellschaftlicher Anerkennung sehen lassen konnte. Den Maßstäben eigener Zufriedenheit mit dem Ist-Zustand seines Lebens hielt seine Analyse jedoch in keiner Weise stand. Seine Arbeitszeit ließ den Aufbau neuer Beziehungen kaum zu. Oder war das am Ende nur eine Ausrede, eine viel zu simple Erklärung für seine Trägheit, sich darum zu bemühen? Templer hatte das Gefühl, daß ihm der Schwung, die innere Kraft, die er einmal gehabt hatte, irgendwann verloren gegangen war. Er fühlte sich leer und ausgebrannt, trotz der gerade erfolgten Beförderung. Vor allem besaß er keine Vorstellung davon, wie sich dieser Zustand ändern ließ. Er empfand nicht wirklich Freude, wenn er ein Buch las, einen Spaziergang machte oder, was selten genug vorkam, sich selbst zum Abendessen einlud. Am ehesten konnte er es noch genießen, einige Kilometer durch den Stadtwald zu joggen. Danach wurde die innere Anspannung geringer, und ein Gefühl der Zufriedenheit breitete sich für kurze Zeit in ihm aus.
Die meisten Freundschaften aus seiner Jugend hatten die Zeit nicht überdauert, waren der räumlichen Distanz, die sein Weggang aus dem Dorf geschaffen, und den unterschiedlichen persönlichen Entwicklungen, die jeder durchgemacht hatte, zum Opfer gefallen. Mit Kommilitonen aus der Zeit seines Medizinstudiums telefonierte er gelegentlich noch, aber auch das empfand er meist als anstrengend.
Mit Ruth ging er hin und wieder abends ins Kino, was im Krankenhaus zu phantasievollen Spekulationen Anlaß gab und bis hin zum Gerücht einer Schwangerschaft der Krankenschwester mit ihm als Vater getrieben wurde. Nein, er war trotz seines überraschenden Aufstiegs zum leitenden Oberarzt der Abteilung mit der Entwicklung seines Lebens unzufrieden. Er empfand sein Junggesellendasein als quälend. Er war nicht der Mann, der danach trachtete, als einsamer Wolf

durchs Leben zu streifen und ab und zu die Beute einer flüchtigen Begegnung zu machen. Im Grunde sehnte er sich nach der Geborgenheit einer festen Partnerschaft, was für ihn nicht notwendigerweise Ehe bedeuten mußte.

Seine gelegentlichen Aussprüche, er habe die Nase von Beziehungen gestrichen voll, waren für die Phase nach der Trennung von seiner letzten Partnerin sicher zutreffend gewesen, inzwischen aber zu einer hohlen Phrase verkommen und hatten den Anspruch auf eine wahrheitsnahe Wiedergabe seiner derzeitigen Gefühlslage verloren.

Templer schaute mit abwesendem Blick hinaus ins Schneetreiben und versuchte sich die Namen und Gesichter seiner Klassenkameraden, mit denen er vor 25 Jahren das Abitur bestanden und anschließend bis zum frühen Morgen gefeiert hatte, ins Gedächtnis zurückzurufen. Es gelang ihm überraschend gut. Ob Edgar immer noch genauso erfolgreich bei den Frauen war wie früher? Der brauchte nur einmal mit den Augen zu zwinkern, und schon konnte er sich des Interesses eines netten Mädchens sicher sein, erinnerte sich Templer. Das war ihm entschieden weniger häufig und nur mit deutlich mehr Aufwand und Taschengeldeinsatz gelungen, was oft ein Gefühl des Neids in ihm hervorgerufen hatte.

Und Bettina, die schöne Blonde, mit der aufreizenden Figur, die sich schwer verstecken ließ und wohl auch nicht versteckt werden sollte? Jahrelang hatte sie in der Reihe hinter Templer gesessen und schamlos von seinen guten Mathematik- und Physikkenntnissen profitiert. Ob sie auch kommen würde? Er dachte an Kurt, der still, unauffällig und zuverlässig über Jahre das Klassenbuch geführt und die Welt stets ernst, mit einer Mischung aus Skepsis und Sarkasmus betrachtet hatte.

Niemandem aus seiner alten Abiturklasse war bisher der Einfall gekommen, ein solches Treffen zu organisieren. Vielleicht hatte auch keiner Interesse daran gehabt, oder es ging den anderen wie Templer: Es fehlte ihnen Zeit und Energie für die Vorbereitung einer solchen Zusammenkunft.

Harry, der als Klassensprecher schon zu Schulzeiten ein glänzender Rhetoriker war und seine Zuhörer mit einer spontanen Rede mühelos in seinen Bann zu ziehen verstand, hatte das Treffen vorbereitet und seine ehemaligen Klassenkameraden in ein Hotel auf dem Lande geladen.

In Hamburg herrschte im Zug ein heilloses Durcheinander. Lautes Tuten, Rufen und Singen der Fußballfans auf dem Weg zum Auswärtsspiel des HSV. Templer haßte grölende, angetrunkene und randalie-

rende Menschenmassen. Er fühlte sich instinktiv von einem solchen unberechenbaren Strom aus Dummheit, Lautstärke und Gewaltbereitschaft bedroht und hätte den Zug am liebsten verlassen, doch die Fans hatten vom gesamten Bahnhof Besitz ergriffen, so daß ihm eine Flucht vor ihnen unmöglich erschien.
Zum Glück verschonten sie seinen Waggon von ihrer ohrenbetäubenden Gegenwart und zogen, mit Trillerpfeifen im Mund und Bierdosen schwenkend, an ihm vorbei. Ihr „Ha, Ha, Ha es vau" drang, langsam abschwellend, noch einige Zeit durch den Zug.
„Die sollte man alle einsperren!" meinte ein Mann, der Templer gegenüber saß und dabei hinter seiner Zeitung verborgen blieb, die er von Zeit zu Zeit geräuschvoll umblätterte. Das Ehepaar, dem Templer beim Einsteigen in den Zug behilflich gewesen war, blickte sich nach dieser Äußerung vielsagend an, kommentierte sie aber nicht.
Templer traf als erster im Hotel ein. Von jeher neigte er zur Überpünktlichkeit. Er erinnerte sich jetzt daran, daß er bereits in der Grundschule den Klassenraum morgens immer als erster betreten hatte. Seine frühere Freundin war stets der Meinung gewesen, daß er durch diese Angewohnheit sinnlos kostbare Zeit vergeude? In Erwartung eines feuchtfröhlichen Abends hatte er sich ein Zimmer reservieren lassen.
Nach und nach trafen die anderen ein. Es bereitete ihm große Mühe, die in 25 Jahren ziemlich veränderten Gesichter den jeweiligen Namen zuzuordnen. Die meisten hatten sich, äußerlich zumindest, zu biederen und angepaßt wirkenden Bürgern entwickelt. Die Herren trugen Krawatte und die Haare kurzgeschnitten, die Frauen waren zum Teil elegant und festlich gekleidet. Sie hatten kaum noch ihre damaligen Nachnamen behalten, einige nannten Doppelnamen, das erleichterte die Zuordnung zu den Mädchen, wie sie ihm, mehr oder weniger deutlich, in der Erinnerung geblieben waren.
Templers Befürchtung, der Beginn des Klassentreffens würde ein wenig steif und förmlich werden, es verbanden sie schließlich über mehr als zwei Jahrzehnte keine gemeinsamen Erlebnisse und Berührungspunkte mehr, bestätigte sich nicht. Harry, der Klassensprecher, war sich treu geblieben und führte sie mit flotten, geistreichen Sprüchen sehr gekonnt zusammen. Sie setzten sich in Grüppchen an einzelne Tische, bestellten die ersten Getränke und schwatzten munter drauf los.
Mit einem Mal mußte er von seiner Gesprächsrunde aufsehen. Es war wie ein Zwang, gegen den er sich nicht wehren konnte. Eine Frau mit langen blonden Locken und auffallendem Make-up hatte den Raum betreten. Sie trug einen schwarzen Minirock, der ihre sehr weibliche

Figur vorteilhaft betonte. Und es gab allerhand zu betonen. Templer sah Harry auf sie zugehen und sie begrüßen. Im Raum war es totenstill geworden, alle hatten ihre Gespräche unterbrochen und sahen zu der Frau hinüber.
Wer war das? Im Gedächtnis ging er alle Mitschülerinnen von damals durch. Nein, es paßte keine von ihnen zu der Person, die vor knapp einer Minute in den Raum gekommen war. Selbstsicher ging sie auf die Gruppe, zu der Templer gehörte, zu und begrüßte sie.
„Hallo, ich bin Charlotte. Ihr seht so aus, als hättet ihr mich nicht erkannt. Habe ich mich verändert?“
Allein die Art, wie sie diese Sätze gesagt hatte, war Provokation pur. Ihre ganze Erscheinung war eine Provokation, eine angenehme, wie Templer zugeben mußte. Charlotte trug eine tief ausgeschnittene schwarze Seidenbluse, die den Ansatz ihrer Brüste erkennen ließ. Ein süßlicher Parfumgeruch verbreitete sich. Ein betörender Duft, dachte er, der Parfum, Make-up und modischer Kleidung bei Frauen bisher wenig Beachtung geschenkt hatte. Charlotte begann alle zu begrüßen, indem sie sich zu jedem herunterbeugte, leicht die Wangen mit der ihren berührte und einen Kuß andeutete. Kein anderer war so auf sie zugegangen. Während der gesamten Dauer der Begrüßungsprozedur blieb es vollkommen still im Raum. Charlotte setzte sich auf einen freien Stuhl und rief nach dem Kellner.
„Ich hätte gern einen Kir royal.“
Das hat Stil, dachte Templer.
Charlotte. Das war Charlotte, dieses schüchterne, verschlossene und etwas blasse Mädchen, das damals, wenn es von einem Lehrer im Unterricht angesprochen wurde, immer den Blick gesenkt hatte und in Tränen ausgebrochen war. Kein Gedicht hatte sie bis zum Ende aufsagen können, ohne vorher in leises Wimmern zu verfallen. Auf dem Schulhof stets allein, kaum Freundinnen, von Freunden ganz zu schweigen. Templer konnte nicht glauben, daß diese selbstsichere Frau und das Mädchen aus seiner Erinnerung identisch sein sollten.
Allmählich schwoll der Geräuschpegel wieder an, die Gespräche wurden fortgesetzt. Charlotte hatte sich zu einigen anderen ans Fenster gesetzt und begonnen sich zu unterhalten. Templer wandte sich ebenfalls wieder seinen Tischnachbarn zu, ohne sich jedoch auf den Inhalt des Gespräches konzentrieren zu können. Immer wieder mußte er zu dieser Frau hinübersehen. Er ertappte sich sogar dabei, wie sein Blick sekundenlang an ihr hing und sie abtastete. Templer war fasziniert. Sie hatte ihn vom ersten Augenblick an in ihren Bann gezogen.
In der Klasse war er der einzige gewesen, der einen näheren Kontakt

zu Charlotte gehabt hatte. Ihm hatte sie einige ihrer Probleme anvertraut, ihm von ihren Schwierigkeiten im Elternhaus erzählt. Ihre Eltern waren geschieden gewesen oder hatten getrennt gelebt, glaubte Templer sich jetzt zu erinnern, Einzelheiten fielen ihm nicht mehr ein. Er konnte nicht behaupten, ihr Intimfreund gewesen zu sein, Intimfreunde hatte Charlotte in der Schulzeit nicht, aber es war eine gewisse Sympathie füreinander entstanden. Sie hatten einige Male auf Partys miteinander herumgeknutscht, eine wirkliche Liebesbeziehung war daraus aber nie entstanden.

Templer grub tiefer in seinen Erinnerungen. Dabei gelang es ihm, eine Situation ans Licht seines Bewußtseins zu zerren, an die er 25 Jahre nicht mehr gedacht hatte. Auf einer dieser Feten war er mit Charlotte, von größeren Mengen Martini reichlich beschwipst, auf einem Sofa in der Ecke eines dunklen Partykellers gelandet, in dem nur einige Kerzen brannten. Sie hatten sich bereits längere Zeit heftig geküßt und durch die Kleidung hindurch zärtlich gestreichelt, als er begann, ihre Bluse aufzuknöpfen.

Anfänglich hatte sie seinem Tun interessiert zugesehen, was er als Zustimmung auffaßte. Als er ihr die Bluse von den Schultern streifen wollte, war sie plötzlich mit einem Entsetzen in den Augen, das Templer jetzt wieder deutlich vor sich sah und ihn damals ziemlich irri tiert hatte, aufgesprungen und mit offener Bluse aus dem Raum gerannt.

Als sie später an einer langen Tafel Platz nahmen, um gemeinsam zu essen, war Templer instinktiv um einen Platz direkt neben Charlotte bemüht. Es gab für kurze Zeit nichts anderes als das Verlangen, in ihre Nähe zu kommen. Er wollte wieder diesen Parfümduft wahrnehmen und die Erotik spüren, die diese Frau ausstrahlte.

Es gelang ihm. Er erwischte sich dabei, darüber richtig glücklich zu sein. Charlotte beugte sich zu ihm herüber, wobei ihre Bluse so fiel, daß ihre Brüste seinen Blick fesselten.

„Schön, daß du auch hier bist. Wir müssen nachher noch allein ..."

Sie vollendete den geflüsterten Satz nicht, denn auf ihrer anderen Seite wollte der Kellner die Bestellung zum Essen aufnehmen.

„Ich nehme den norwegischen Lachs, dazu trinke ich einen Chablis. Wenn Sie haben, einen 88er."

Templer achtete auf jedes Wort, das sie sagte. Er war von jedem Satz, von jeder Geste, jeder ihrer Bewegungen hingerissen, bemühte sich während des Essens jedoch, ihr seine Empfindungen zu verbergen und ein spritziger und geistreicher Gesprächspartner zu sein.

Charlotte bestellte einen weiteren Chablis. Mein Gott, diese Frau

trinkt zum Essen einen halben Liter Wein, dachte er. Sie wurde noch gesprächiger, lustiger und flüsterte ihm immer wieder Komplimente ins Ohr. Das gute Essen, sein Bier und Charlottes Nähe hatten ihm Schweißperlen auf die Stirn getrieben. Er öffnete zwei Knöpfe seines Hemdes, ungeniert sah Charlotte hinein.
„Ganz schön männlich, so viele Haare auf der Brust."
Bei jeder anderen Person hätte er diesen Satz albern, ja geradezu lächerlich gefunden, Charlottes Feststellung hingegen machte ihn stolz.
Templer berichtete von seiner Arbeit im Krankenhaus, von seinen Kollegen und seinen täglichen Schwierigkeiten, den reibungslosen Ablauf einer Intensivstation zu organisieren. Dabei klammerte er das Problem, das durch das Entdecken des Verbrechens an Frau Wallendorf entstanden war, allerdings aus.
„Ich bin Psychologin geworden. Im Moment arbeite ich an einem Forschungsprojekt über pathologische Ohrgeräusche bei Patienten in der poliklinischen Ambulanz."
Ihre Berufswahl überraschte ihn. Charlotte und Psychologie? Oder gerade Charlotte und Psychologie!
Nach und nach erzählte sie mehr über ihren Werdegang. Nach der Schule habe sie zunächst Sprachen studiert: Englisch, Französisch, Hebräisch.
„Weil mir nach dem Abi nichts besseres einfiel", erklärte sie ihm, „nebenbei wollte ich die Aufarbeitung meiner Vergangenheit versuchen. Das bedeutete drei Jahre Psychoanalyse, klassisch, auf der Couch. Das war auch dringend notwendig! Später dann Umsteigen aufs Psychologiestudium, ja, und nun bin ich seit fünf Jahren Dozentin an der Uni. Mir geht es sehr gut, ich bin allein, ungebunden, kann tun und lassen, was ich will, und das tu' ich auch!"
Sie sagte das fröhlich, mit einem Ausdruck von Zufriedenheit auf ihrem Gesicht, und blinzelte ihm zu.
Nach dem Essen verließ Templer mit ihr das Hotel, und sie gingen auf die Straße. Vorsichtig und ohne bemerkt zu werden, hatten sie ihre Mäntel geholt und sich von den anderen abgesetzt.
„Sonst wollen alle mitkommen", sagte Charlotte, „und ich möchte einen Moment mit dir allein sein!"
Sie hakte sich bei ihm ein, schmiegte ihren Körper an seinen und kuschelte sich mit ihrem Lockenkopf an seine Kapuze, fast so, als hätten sie es bereits jahrelang so gemacht. Es gab kein Fremdsein zwischen ihnen, von Anfang an hatte er das Gefühl, sie hätten sich nie aus den Augen verloren. Sie waren beide ziemlich beschwipst, klar,

aber das war nicht der Grund. Sie plauderten, scherzten und lachten viel. Endlich mal wieder lachen, dachte Templer und atmete die kalte Luft tief und voller Genuß ein. Der wieder einsetzende Schneefall störte sie nicht im geringsten, und die Kälte der Februarnacht machte einen klaren Kopf.

Plötzlich hielt Charlotte ihre Schritte an, nahm sein Gesicht in ihre Hände und küßte ihn. Er hatte das Gefühl, zum ersten Mal in seinem Leben geküßt zu werden. Sofort begann Charlotte mit ihrer Zunge die seine zu suchen. Sie preßte ihren Körper gegen ihn und streichelte zärtlich seine Nackenhaare. Es war wie der Totalangriff einer Frau, die sich ihrer selbst vollkommen sicher ist, einer Frau, die weiß, daß man sich ihr nicht entziehen kann. Ihre Lippen trennten sich. Was für ein krasser Gegensatz zu ihrem Verhalten im Keller vor 25 Jahren, ging es Templer durch den Kopf, und er freute sich darüber.

„Ich möchte heute nacht mit dir schlafen!" hauchte sie ihm mit geschlossenen Augen ins Ohr. Er war wie betäubt. Noch vor vier Stunden hätte er sich nicht vorstellen können, in eine solche Situation zu geraten, und jetzt war er auf dem besten Wege, sich Hals über Kopf in diese Frau zu verlieben. Und er wehrte sich in keiner Weise, er brachte keinen einzigen Funken Widerstand auf. Nach ihren Worten nickte er nur wortlos. Sie küßte ihn erneut mit einer Erotik, die er noch nie erlebt hatte. Ihr betörendes Parfüm umgab ihn, Charlottes Körper vibrierte leicht, und sie begann, mit ihrem Becken vorwärts zu drängen. Zärtlich biß sie in seine Unterlippe. Er bemerkte seine Erektion, ohne es peinlich zu finden. Dann löste sie ihren Körper von seinem, nahm seine Hand und zog ihn fort. Sie liefen durch den fallenden Schnee zurück ins Hotel.

In der Vorhalle erwartete Templer, daß sie sofort auf sein Zimmer gehen und dort übereinander herfallen würden, doch Charlotte hängte ihren Mantel auf und dirigierte ihn zurück in den großen Raum zu den anderen. Kurz vor der Tür ließ sie seine Hand los, zwinkerte ihm verschmitzt zu und trat ein.

Er war enttäuscht, als sich Charlotte den anderen Teilnehmern des Klassentreffens zuwandte und sich interessiert in ein Gespräch einklinkte. Sie gehörte ihm, zumindest an diesem Abend! Er wußte natürlich, daß er an sie keinerlei Ansprüche stellen konnte, dennoch stieg eine Art Eifersucht in ihm auf, die sich nicht verdrängen ließ. Erst allmählich fand er in einen kleinen Kreis von ehemaligen Mitschülern zurück, bestellte sich ein Bier und begann sich zu unterhalten.

Eine Stunde kam er nicht in Charlottes Nähe, sondern beobachtete

sie nur hin und wieder aus den Augenwinkeln, sah sie mit anderen reden und auch flirten. Er bemerkte, daß er sie regelrecht überwachte, wobei er beruhigt feststellte, daß sie niemandem so nahe kam wie ihm.
Kurz vor Mitternacht spürte Templer, daß jemand eine Hand ganz zärtlich in seinen Nacken schob: Charlotte! Er drehte seinen Kopf, sie beugte sich zu ihm herunter. Wieder sah er in den Ausschnitt ihrer Bluse auf ihre großen, festen Brüste.
„Ich geh' auf mein Zimmer“, sagte sie leise, „Nummer 15.“
Er glaubte, daß alle anderen im Raum das hätten hören müssen und blickte sich mit gerötetem Kopf unsicher um, aber niemand schien etwas bemerkt zu haben. Templer ließ ein paar Minuten verstreichen, verabschiedete sich von allen und versicherte, daß es ein gelungener Abend gewesen sei.
Er klopfte kurz an die Tür mit der „15“ und ging, als er nichts hörte, hinein. Das Zimmer war schwach erleuchtet, es brannte lediglich eine Lampe auf dem Nachttisch. Er hörte an dem Rauschen der Toilettenspülung, daß Charlotte im Bad war. Nach wenigen Minuten steckte sie ihren Lockenkopf ins Zimmer und sagte:
„Ich bin im Bad, mach' es dir schon mal bequem!“
Dann verschwand ihr Kopf wieder in der Tür. Was wollte sie damit sagen? Templer war verunsichert. Noch nie war er mit einer solchen Frau zusammengewesen. Sollte er sich nackt ins Bett legen und auf Charlotte warten oder sich artig in einen der Sessel setzen? Er ging im Zimmer auf und ab. Es schien eine Ewigkeit vergangen zu sein, als sie endlich aus dem Bad kam. Er hatte sich in der Zwischenzeit für den Sessel entschieden. Als sie ihn dort sitzen sah, lachte sie auf und hielt sich die Hand vors Gesicht.
„Nennst du das bequem?“ scherzte sie, und er konnte seine Verlegenheit nicht verbergen.
Charlotte trug ein schwarzes Hauskleid, das ihren nackten Körper durchscheinen ließ. Mit jedem ihrer Schritte wurden die makellosen Schenkel bis hinauf zum Schritt freigelegt, so daß ihre Scham zu sehen war. Ihr Busen wogte unter dem dünnen Stoff bei jeder ihrer Bewegungen aufreizend hin und her. Sie kniete sich vor seinen Sessel und begann, ihn zärtlich zu streicheln. Dabei öffnete sie ihm gekonnt die Knöpfe seines Hemdes und strich über seine Brust. Sofort war wieder die vertraute Atmosphäre, die er bereits vor einigen Stunden gespürt hatte, in den Raum eingekehrt. Hans hatte das Gefühl, von einer Frau verführt zu werden, die er bereits seit vielen Jahren gut kannte. Es hatte nichts von Peinlichkeit, es war einfach nur schön. Er

schloß die Augen und gab sich ihren erfahrenen Händen entspannt hin, in der Sicherheit, daß sie genau wußte, was sie zu tun hatte, um ihn in sexuelle Erregung zu versetzen.
Sie öffnete den Reißverschluß seiner Hose, streifte sie schließlich ganz ab und begann, sein steifes Glied durch den Stoff seiner Unterhose zu streicheln. Er seufzte vor Wohlbehagen und genoß, was sie mit ihm machte.
Bald hatte sie seinen Körper vollständig entkleidet, löste nun, ganz langsam, den Gürtel ihres Hauskleides und schob es von ihren Schultern. Dabei schaute sie Hans mit halb geöffnetem Mund herausfordernd an. Das Hauskleid fiel zu Boden, vor ihm stand eine nackte Venus, ein perfekter Körper mit wohlgeformten Brüsten und sehr weiblichen Hüften. Sie spreizte ihre Schenkel und fuhr sich mit dem Zeigefinger der rechten Hand zwischen ihre Schamlippen, wobei sie begann, langsam mit den Hüften zu kreisen. Sie warf den Kopf nach hinten und ließ die Locken über ihre Schultern fallen, so daß ihre Haarspitzen fast das Gesäß berührten. Es war ein Anblick, wie er ihn noch nie gesehen hatte. Sie beherrschte dieses erotische Spiel perfekt! Hans fühlte sich wie im Rausch. Er saß bewegungslos im Sessel, starrte Charlotte an, und in ihm brannte das Verlangen, diese Frau zu besitzen. Wenigstens für diese eine Nacht sollte sie ihm gehören.
Mit gespreizten Schenkeln kam sie näher, setzte sich rittlings auf seinen Schoß, nahm seinen harten Penis in die Hand und ließ ihn in ihre feuchte Vagina gleiten, wobei sie einen lauten, spitzen Schrei ausstieß. Nach einigen Sekunden des Verharrens begann sie, sich ganz behutsam auf- und abzubewegen ...
Als Hans am anderen Morgen, immer noch eng an Charlottes Körper geschmiegt, erwachte, dauerte es einen langen Moment, bis er sich darüber klar wurde, wo er sich befand und was in der Nacht geschehen war. Er drehte sich auf den Rücken, blickte zur Decke und ließ die letzten Stunden noch einmal in seiner Erinnerung an sich vorüberziehen. Nach langer Zeit einmal wieder etwas, das ohne jede Einschränkung schön war, dachte er, und ein entspanntes Lächeln überzog sein Gesicht.
Charlotte, durch seine Bewegung geweckt, öffnete die Augen und sah ihn verschlafen an.
„Na, wie fühlst du dich?“
„Es ist lange her, daß ich morgens neben jemandem aufgewacht bin.“
Sie kuschelte ihren Körper an seinen und begann mit der Hand zärtlich über seinen Bauch zu streichen.
„Wie lange bist du schon allein?“

„Da muß ich richtig nachdenken. Drei Jahre.“
„Das ist lange.“
„Und wie lange ist es bei dir her?“
„Daß ich die Nacht mit einem Mann verbracht habe, vier Tage. Daß ich mich dabei so wohl gefühlt habe ...“
Sie machte eine Pause und schien zu überlegen.
„Daß du dich dabei so wohl gefühlt hast?“ fragte er nach.
„Ich kann mich nicht daran erinnern, mich je einmal so gut dabei gefühlt zu haben.“
Templer lief ein wohliger Schauer über den Körper. Eine solche Aussage hatte er nicht erwartet.
„Das sagt du jetzt, um mir zu schmeicheln.“
„Ich würde das nicht sagen, wenn ich es nicht so empfände. Seit dem Ende meiner Therapie sage ich kaum noch etwas, was ich nicht denke oder fühle. Nimm es doch einfach an, oder kannst du das nicht?“
Sie hatte recht. Es fiel ihm sehr schwer, ein Lob oder ein Kompliment anzunehmen, ohne es sofort zu analysieren und auf seine Berechtigung hin zu untersuchen.
„Das kann ich wohl nicht“, gab Hans zu.
„Ich möchte hier jetzt einfach mit dir liegenbleiben, bis ...“
„Bis?“
„Bis der Frühling kommt“, setzte sie ihren Gedanken fort.
„Ich glaub’, dann würden die in der Klinik eine Vermißtenanzeige aufgeben. Es weiß niemand, wo ich bin.“
„Sei doch nicht so realistisch! Wir könnten miteinander kuscheln, zusammen frühstücken, essen, trinken, baden, lesen und Sex haben. Wäre das nicht schön?“
„Doch schon, aber ...“
„Nichts aber! Stell’ es dir doch wenigstens einmal vor!“
„Tue ich.“
„Tust du nicht!“
„Ich versuch’s aber.“
„Das glaube ich dir schon eher. Mir scheint, daß du ein richtiger Pflichtmensch geworden bist.“
„Das ist wohl wahr“, gab er nach einem Augenblick der Überlegung zu und fügte hinzu: „Leider zu sehr!“
„Und bei mir ist genau das Gegenteil eingetreten. Ich will auch leben, mich freuen, in den Tag hineinträumen und genießen. Das muß ja nicht bedeuten, daß es keine Pflichten gibt. Über die will ich jetzt aber nicht nachdenken.“
„Schön, wenn man das kann.“

„Das kann man lernen. Das muß man lernen, weil der Alltag einen sonst verschlingt."
„Ich glaube, er ist bei mir gerade dabei, es zu tun," sagte Hans, nachdem er über Charlottes Worte nachgedacht hatte.
„Du läßt dich verschlingen. Wo böse Täter lauern, gibt es auch willige Opfer."
„Mein Gott, du wirst ja richtig psychologisch!"
„Was ist es denn, was dich aufzufressen droht?"
Charlotte hob ihren Kopf und legte ihn so auf Hans' Brust, daß sie ihm ins Gesicht sehen konnte.
„Ach, es gibt viele Dinge. Jede Menge Ärger in der Klinik, ein beschissenes Privatleben und eine Familie, die gerade in ihre Bestandteile zerfällt. Manchmal glaube ich, es ist zu viel auf einmal, um alles bewältigen zu können."
„Möchtest du darüber reden?" fragte sie, ohne daß sie aufhörte, liebevoll mit einer Hand über seinen Körper zu fahren.
„Ich weiß nicht. Warum sollen wir uns mit meinem seelischen Unrat den Morgen verderben?"
„Müssen wir ja nicht, aber vielleicht ist der Unrat, wie du es nennst, ein bißchen besser sortiert, wenn wir darüber gesprochen haben."
Hans zögerte noch. Er hatte über die Ereignisse der letzten Monate noch mit niemandem gesprochen und spürte ganz deutlich das Bedürfnis, das einmal zu tun. Und Charlotte schien ihm die geeignete Zuhörerin zu sein.
„Es ist aber eine lange Geschichte", gab er zu bedenken.
„Ich habe viel Zeit, Hans."
„Na schön. Ich weiß gar nicht, wo ich anfangen soll", sagte er und fing bei der Frau an, die auf seiner Station im Koma lag und schwanger war. Er berichtete von den polizeilichen Ermittlungen, von seiner Beförderung und von seinem Zweifel daran, ob man die Schwangerschaft unter den gegebenen Umständen erhalten sollte.
„Hans, ich kann sehr gut nachvollziehen, daß dich das beschäftigt und quält, aber du mußt dir auch zugestehen, nicht 24 Stunden am Tag darüber nachzudenken. Du kannst nicht immer nur im Dienst sein!"
„Das ist gar nicht so einfach!"
„Gibt es in deinem Leben denn nichts anderes?"
„Doch, aber das ist auch nicht besser. Meine Großmutter hat unseren Hof im Herbst verlassen und ist in ein Altersheim gezogen. Vielleicht erinnerst du dich noch, daß sie mich großgezogen hat, weil meine Mutter bei meiner Geburt gestorben ist."
„Ja, ich erinnere mich. Lebt dein Vater noch?"

„Er ist im vergangenen Winter gestorben“, fuhr Hans fort, „er hat sich zu Tode gesoffen.“
Zögernd begann er, Charlotte vom letzten Zusammensein mit seinem Vater zu erzählen ...

Templer betrat das Triberger Krankenhaus durch den Haupteingang. Er spürte Beklemmung in sich aufsteigen und schluckte einige Male gegen den Kloß an, der sich in seinem Hals festzusetzen versuchte. Zum ersten Mal in seinem Leben betrat er ein Krankenhaus nicht als Student der Medizin oder Arzt, sondern als Besucher eines Patienten. Eine Situation, die ihm nicht besonders behagte, wie er feststellen mußte.
In der Halle trat er an die Glasscheibe der Pförtnerloge, in der eine junge Dame saß und gestikulierend telefonierte. Nach ein paar Minuten klopfte er an die Scheibe, um auf sich aufmerksam zu machen. Ein stark geschminktes, blond umrandetes Gesicht blickte ihn ärgerlich an.
„Moment!“ fauchte sie ihn durch die Glasscheibe an und bedeckte die Sprechmuschel des Hörers dabei mit der Hand. Es vergingen bestimmt weitere fünf Minuten, bis die Frau die Scheibe öffnete und sich nach seinem Anliegen erkundigte.
„Ich möchte Herrn Templer besuchen, in welchem Zimmer liegt er?“
Sie sah in einer Liste nach, die vor ihr auf dem Tisch lag, und fuhr mit dem Finger über eine Kolonne mit Namen und Zahlen.
„Templer, Templer, Zimmer 318, dritter Stock.“
„Ich danke Ihnen!“
Im Fahrstuhl fiel ihm ein, daß er kein Mitbringsel für seinen Vater besorgt hatte. Das ist wohl üblich, wenn man jemanden besucht, dachte er. Normalerweise ging Templer natürlich immer ohne irgendwelche Geschenke in die Klinik, daher hatte er auch jetzt nicht an so etwas gedacht und würde seinen Vater mit leeren Händen besuchen. Als Oberarzt einer Intensivstation hatte es ihn immer wieder zu bissigen Kommentaren verleitet, wenn Besucher die unsinnigsten und skurrilsten Geschenke in der Absicht anschleppten, sie an komatöse oder schwerstkranke Patienten zu verteilen. Meist wurden ihnen bereits in der Schleuse vor der Station die Geschenke abgenommen, weil sie auf der Intensivstation grundsätzlich verboten waren. Und jetzt ertappte er sich selbst dabei, daß er dem ungeschriebenen Gesetz, einem Patienten im Krankenhaus etwas mitbringen zu müssen, genügen wollte.
Templer trat ins Zimmer 318 und blieb beim Anblick seines Vaters auf

der Türschwelle stehen. Sie hatten ihn in ein kleines Einzelzimmer neben den Fäkalienraum gelegt. Er war nur halb mit einem dünnen Leinentuch bedeckt, sein Körper darunter schien nackt zu sein. Vor dem Bett, das an beiden Seiten von abnehmbaren Gittern gesichert war, lag sein kotverschmiertes Kliniknachthemd auf dem Fußboden. Die vor das Fenster gezogenen Gardinen ließen nur wenig Licht ins Zimmer fallen, so daß Templer die Person im Bett nur schemenhaft erkennen konnte.

Am liebsten wäre Hans Templer wieder auf den Flur zurückgegangen. Nur fort von diesem düsteren Ort! Nicht weiter diesem Anblick ausgesetzt sein!

„Sind Sie ein Angehöriger?"

Templer fuhr erschreckt herum und sah auf eine junge Schwester, die unbemerkt hinter ihn getreten war. Er nickte.

„Der Sohn."

„Dann gehen Sie doch hinein! Warum stehen Sie hier in der Tür?"

„Es hat mich so erschreckt ..., der Anblick hat mich so ..."

Die Schwester schob ihn sanft ins Zimmer und schloß die Tür.

Templer atmete tief durch und trat näher an das Bett heran. Sein Vater hielt die Augen geschlossen. Er zitterte leicht, Schweißperlen standen auf seiner Stirn. An dem entblößten Bein war ein Lederriemen befestigt. Man hatte ihn ans Bett gefesselt. Der Mund seines Vaters stand offen, Speichel floß aufs Kissen.

Ungepflegt sah er aus. Die dunklen Haare waren nicht geschnitten, Bartstoppeln standen in seinem Gesicht. Im Zimmer roch es scharf nach Urin. Templer stand unschlüssig neben dem Bett und sah auf den Mann hinunter, der sein Vater war. Manchmal bewegte der seine Lippen, als wolle er etwas sagen, brachte aber nur ein Stöhnen hervor.

„Es steht schlecht um deinen Vater!" hatte die Großmutter ihm am Telefon gesagt, „wenn du ihn noch einmal lebend sehen willst, solltest du bald hinfahren!"

„Sehr schlecht", flüsterte Templer vor sich hin und ging zum Fenster, um es zu öffnen. Er wollte ein wenig frische Luft hereinlassen, damit der Geruch erträglicher wurde. Dann beugte er sich über das Gesicht seines Vaters und betrachtete es eingehend. Es war gelb und aufgedunsen. Er konnte kaum die Züge darin erkennen, die seinen Vater in seiner Erinnerung ausmachten. Er hätte ihn an einem anderen Ort vermutlich gar nicht wiedererkannt.

Templer hatte in seinem Beruf viele furchtbare Dinge ansehen müssen. Zweifellos. Kinder mit zerfetzten Körpern, junge Menschen mit

abgerissenen Gliedmaßen, delirante Alkoholiker und verwahrloste Personen, die dem Mann vor ihm nicht unähnlich gewesen waren. Immer hatte es den Abstand zwischen ihm als Arzt und dem anderen als Patienten gegeben. Es blieb in seinem Beruf die Distanz des Behandlers zum Behandelten. Wie schlimm der Zustand eines Patienten auch gewesen war, er als Arzt hatte sich persönlich stets heraushalten können.
Ihm schien in diesem Moment aller Umgang mit solchen Anblicken nichts zu nützen. Die emotionale Schranke, die er sonst errichten konnte, stürzte in diesem Zimmer und in diesem Moment zusammen. Es gab kein Zurück, kein Wegsehen, kein „Augen-zu-und-durch". Es blieb ihm nur die bittere Erkenntnis, daß sein Vater hier vor ihm seine letzten Stunden lebte. Oder waren es noch Tage? Templer wußte es nicht. Und es war auch unwichtig.
Er berührte seinen Vater vorsichtig an der Wange.
„Fiete", flüsterte er. Der Mann vor seinen Augen zeigte keine Reaktion.
„Fiete!"
Seine Stimme versagte. Er räusperte sich.
„Fiete!"
Keine Regung, kein Augenaufschlag, keine Geste. Nur das Zucken um den Mund blieb.
„Fiete!" schrie er immer wieder, „Fiete!"
Die Tür öffnete sich.
„Warum schreien Sie denn so?" fragte ein älterer Pfleger und sah Templer mißbilligend an.
„Entschuldigung, ich dachte ..."
„Der Mann versteht Sie nicht! Er reagiert schon seit Tagen nicht mehr."
„Das wußte ich nicht", antwortete Templer nun leiser, „ich habe das nicht gewußt ..."
„Und schreien Sie bitte nicht mehr so!"
„Nein."
Als er wieder allein mit seinem Vater im Zimmer war, zog er seinen Mantel aus und legte ihn auf einen Stuhl. Templer ging zum Waschbecken, öffnete den Hahn, füllte seine zusammengehaltenen Hände mit kaltem Wasser und rieb es sich ins Gesicht. Durch seine Finger hindurch sah er in den kleinen Spiegel über dem Waschbecken, so, als wolle er sich davon überzeugen, daß es tatsächlich er selbst war, der in diesem Zimmer stand und das alles gerade erlebte.
Undeutliche Worte drangen aus dem Bett am Fenster zu ihm herüber.

Templer drehte sich um, Wassertropfen rannen von seinem Gesicht und fielen zu Boden. Sein Vater warf den Kopf hin und her, seufzte tief und murmelte, sichtbar angestrengt, etwas. Unzusammenhängende Wortfetzen, die keinen Sinn ergaben. Wollte er noch etwas sagen? Hatte er doch bemerkt, daß sein Sohn im Raum war? Sollte es noch etwas geben, das sein Vater ihm mitteilen wollte? Etwas, das noch ungesagt war? Oder entsprach diese Vorstellung lediglich Templers Wunsch, sich noch einmal mit seinem Vater auszutauschen, ihm wenigstens auf dem Sterbebett nahe zu sein? Er schob seinen Kopf ganz nah an den zuckenden Mund heran, an seiner Ohrmuschel konnte er den Atemzug spüren.
„Ja, Fiete?"
Die hervorgestoßenen Laute blieben für ihn rätselhaft wie Worte einer unbekannten Sprache, deren Phonographie er nicht entschlüsseln konnte.
„Willst du mir etwas sagen?"
Das vor Anstrengung verzerrte Gesicht wandte sich von ihm ab und drückte sich seitlich ins Kissen. Der Körper bäumte sich auf. Ein Zittern und Zucken lief durch die Muskeln der Gliedmaßen.
„Oh Gott!"
Doktor Templer versuchte den Mund seines Vaters aufzubekommen, aber der preßte die Zähne fest aufeinander. Der Atem setzte für einige Sekunden aus, danach ein tiefes schnarchendes Luftholen, während das Zucken auf den ganzen Körper übergriff. Mehrere Male schlug sein Vater mit dem Kopf heftig gegen das Bettgitter, bis Templer ihn etwas zurückschob und vom harten Stahlrahmen abhielt.
Geduldig wartete der Arzt, bis der Krampfanfall nachließ und die Muskelspannung aus dem schweißnassen Körper wich. Dann setzte er sich neben dem Kopfende des Bettes auf einen Stuhl und blickte an die weiße Zimmerdecke. Warum war er eigentlich von der Situation, die er hier in dem kleinen, kahlen Sterbezimmer eines Provinzkrankenhauses vorfand, so tief betroffen? Was war daran ungewöhnlich oder unerwartet?
Es ist gekommen, wie es kommen mußte, dachte er. Er hätte es voraussehen können, ja, voraussehen müssen! Schließlich kannte er als Arzt die Verläufe von Lebensgeschichten uneinsichtiger Alkoholiker. Immer wieder war er solchen Schicksalen begegnet und hatte doch nicht wahrhaben wollen, daß es auch in seiner Familie geschehen würde. Er hatte das Problem verdrängt, in die Ecke gestellt und sich geweigert, dem Unausweichlichen ins Auge zu sehen.
„Vater geht es schlecht!"

Wie oft hatte er diesen Satz der Großmutter in den letzten Jahren am Telefon vernommen und immer wieder beiseite geschoben, abgetan wie eine Nebensächlichkeit, so, als habe sie über schlechtes Wetter oder über die Rückkehr der Schwalben im Frühjahr gesprochen.
Reglos blieb Templer auf dem Stuhl sitzen und dachte an das Leben seines Vaters oder besser an das Dahinvegetieren eines Mannes, der in der Trauer über den Verlust seiner Frau gefangen geblieben war. Den Weg ins Licht, ins Morgen, in eine lebenswerte Zukunft hatte er nicht mehr gefunden. Er überlegte, ob es einen Punkt gegeben hatte, an dem man seinem Vater hätte helfen können, ja vielleicht sogar helfen müssen? Wer hatte es versäumt? Und warum? Die Frage nach Schuld und Verantwortung kam ihm in den Sinn. Hatte es etwas mit der Haltung seiner Großeltern gegenüber seiner Mutter zu tun?
Als sich die Tür öffnete, schreckte Templer aus seinen Gedanken auf.
„Warum machen Sie kein Licht? Es ist ja schon ganz dunkel!"
Zwei Schwestern schalteten grelles Neonlicht an, schritten aufs Bett zu, klappten die Gitter herunter und begannen, die schmutzige und verschwitzte Bettwäsche abzuziehen.
„Vielleicht verlassen Sie solange das Zimmer, bis wir hier fertig sind?"
Templer trat auf den Korridor hinaus, ging langsam auf und ab und sah dem geschäftigen Treiben auf der Krankenstation zu.
Kurz nach acht kam die Nachtschwester, die gerade ihren Dienst angetreten hatte, ins Zimmer und stellte sich höflich vor.
„Ich bin Schwester Hildegard, die Nachtwache."
„Templer, ich bin der Sohn von ..."
Er war unsicher, wie er seinen Vater gegenüber der Schwester bezeichnen sollte.
„Sie können gern über Nacht hierbleiben, wenn Sie wollen."
„Ja danke. Das werde ich tun. Man weiß schließlich nicht, ob mein Vater morgen noch lebt. Wir hatten in der letzten Zeit nur noch selten Kontakt. Trotzdem würde ich gern in seinen letzten Stunden bei ihm sein."
„Das ist gut. Leider haben nicht alle Angehörigen diese Einstellung. Manch einer stirbt hier allein. Ich habe auch nicht viel Zeit, nach Ihrem Vater zu sehen."
„Das glaube ich. Die Station scheint ziemlich voll zu sein."
„38 Patienten. Und seit letztem Monat nur noch eine Nachtwache auf jeder Station. Die Sparmaßnahmen wirken sich auch bei uns aus. Eine gute Betreuung der Patienten ist gar nicht mehr möglich."
„Ich weiß, bei uns ist das nicht anders."

Doktor Templer berichtete von seiner Arbeit auf der Intensivstation und seinen Nöten durch die von der Verwaltung verordneten Einsparungen.
Die Nachtschwester maß Blutdruck und fühlte den Puls, während sie auf ihre Armbanduhr schaute. Dann trug sie die Werte säuberlich in eine Tabelle ein und verließ den Raum.
„Wenn etwas sein sollte, klingeln Sie einfach!“
Templer setzte sich wieder auf den Stuhl am Kopfende des Bettes. Sein Vater schlief jetzt ruhig, alle Spannung war aus seinem Körper gewichen. Nur der Schweiß rann von seinem Kopf in kleinen Rinnsalen am Hals entlang und versickerte im Kopfkissen. Eine kleine abgedunkelte Nachttischlampe gab, nachdem Templer die Deckenbeleuchtung ausgeschaltet hatte, noch ein wenig Licht in den Raum ab und ließ alle Gegenstände im Halbdunkel.
Er war müde und döste vor sich hin. Bald rutschte er auf dem Stuhl nach unten, legte seine Beine auf einen Hocker und den Kopf nach hinten auf die gepolsterte Stuhllehne. Er schloß die Augen und hörte auf die unregelmäßigen Atemzüge seines Vaters. Irgendwann schlief er ein ...
Draußen auf dem Flur klappte eine Tür. Templer erwachte und öffnete die Augen. Er brauchte einen kurzen Moment, um sich klar darüber zu werden, wo er sich befand und warum er hier auf dem Stuhl lag. Sein Rücken schmerzte von der unbequemen Lage. Er sah zum Bett hinüber, in dem sein Vater reglos lag. Kein Atemzug war mehr zu hören. Templer erhob sich, beugte sich über seinen Vater und sah in weite, starre Pupillen.
„Oh, mein Gott, er ist tot!“
Nach einer ganzen Weile ging er zum Fenster, öffnete es weit, so daß die feuchte kühle Winterluft in den Raum strömte und sich um seinen Körper legte. Er spürte die Kälte nicht. Alles, was von ihm übriggeblieben ist, steckt in mir, dachte Templer, sonst hat er keine Spur auf dieser Welt hinterlassen.
Als er das Krankenhaus in Triberg verließ, hatte Schneefall eingesetzt. Er stellte seinen Mantelkragen hoch und ging über den Parkplatz, wobei der Schnee unter seinen Schuhen knirschte. Es war kalt, und er fror jetzt doch. Er schloß die Fahrertür seines Wagens auf und legte dabei seine Stirn in den Schnee, der auf dem Dach lag. Es gelang ihm jetzt nicht mehr, die Tränen zurückzuhalten. Nach ein paar Minuten schreckte er hoch. Er mußte Großmutter benachrichtigen. Das schien ihm jetzt das Wichtigste ...

„Was hast du für deinen Vater empfunden?“ fragte Charlotte, als er seine Erzählung beendet hatte.
„Keine Liebe, noch nicht einmal Respekt. Dennoch fühlte ich mich plötzlich allein, als mir bewußt wurde, daß er tot war.“
Als Hans nicht weiter sprach, umschlang Charlotte seinen Körper mit beiden Armen und drückte ihn ganz fest an sich. Lange lagen sie so da und schwiegen.
„Vielleicht hälst du es für kitschig, wenn ich das jetzt sage ...“
„Was?“
„Ich liebe dich!“
Sie drückte ihn noch fester an sich.
„Warum sollte ich das für kitschig halten?“
Es war schon zehn Uhr vormittags, als Hans ans Frühstück dachte.
„Meinst du, es gibt um diese Uhrzeit noch etwas?“ fragte er.
„Klar. Ich habe gestern gefragt, das Büfett ist bis elf geöffnet. Aber“, gab sie zu bedenken, „wenn wir jetzt nach unten in den Frühstücksraum gehen, sind wir nicht mehr allein. Da sitzen bestimmt noch ein paar andere Moikaner aus unserer Klasse.“
„Ich würde gern mit dir allein frühstücken, und du?“
„Ich auch!“
„Also?“ fragte er.
„Also bestellen wir uns das Frühstück aufs Zimmer!“ entschied Charlotte und wälzte sich auf die Seite, um besser ans Telefon zu kommen, das auf ihrem Nachttisch stand.
„Meinst du, das machen die?“
„Außer Mord macht ein gutes Hotel alles. Die Frage ist nur, was es dir wert ist“, belehrte sie ihn.
„Aha.“
Charlotte stellte ein üppiges Frühstück für sie zusammen und orderte eine Flasche Sekt.
„Möchtest du Rühr- oder Spiegelei?“ fragte sie, wobei sie ihm einen Kuß zuwarf.
„Rührei.“
„Also, zweimal Rührei. Wie lange werden Sie brauchen? Zwanzig Minuten? Gut.“
„Es hat offenbar geklappt.“
„Sowas klappt immer, wenn ich das in die Hand nehme!“ sagte sie selbstbewußt, schlüpfte aus dem Bett und verschwand im Bad.
Hans blieb noch liegen und konnte sein Glück kaum fassen. Selbst, wenn sie sich in ein paar Stunden wieder trennen würden und jeder seiner Wege ging, empfand er die Zeit, die er seit dem gestrigen Abend

erlebt hatte, einfach als grandios. Er hätte nicht für möglich gehalten, daß es so etwas, außer in einem Liebesfilm der seichten Art, überhaupt gibt. An Charlotte hatte er viele Jahre nicht mehr gedacht. Sie war aus seinem Gedächtnis ausgelöscht gewesen. Auch als er sie gestern abend wiedergesehen hatte, waren seine Erinnerungen nicht etwa schlagartig zurückgekehrt. Erst ganz allmählich tauchten sie bruchstückhaft an der Oberfläche auf und fanden, wie die Luftblasen eines Tauchers aus der Tiefe, nach und nach wieder Zugang zu seinem Bewußtsein.

„Was liegst du da wie tot? Hat dir die Nacht mit mir so zugesetzt?" scherzte Charlotte, die kurz durch die Badezimmertür schaute und ihn reglos im Kissen liegen sah.

„Komm', ich brauche jemanden, der mir den Rücken einseift!"

Das ließ Hans Templer sich nicht zweimal sagen. Er sprang aus dem Bett, stürzte ins Badezimmer, umklammerte Charlottes Körper mit beiden Armen und hob sie in die Höhe.

„Von wegen von der Nacht geschafft! Ich habe so viel Kraft, daß ich die ganze Welt aus den Angeln heben könnte!"

„Laß mich runter!" bettelte sie und biß ihm ins Ohr.

Als er sie wieder auf dem Boden absetzte, sprang sie in die Duschkabine, schloß die Schiebetür hinter sich und hielt sie mit beiden Händen zu. Hans trommelte mit den Fäusten dagegen und rief:

„Laß mich rein!"

Charlotte gab die Tür frei, so daß er sich neben sie in die enge Kabine zwängen konnte, und drehte den Wasserhahn auf, aus dem zunächst eiskaltes Wasser strömte.

„Igitt, ist das kalt!"

Als die Wassertemperatur angenehmer wurde, ließen sie den Brausestrahl über ihre Körper rinnen und küßten sich immer wieder.

„So, nun aber los! Da ist das Duschgel!" forderte Charlotte Hans auf. Er drehte das Wasser ab und drückte einen Klecks Seife in seine Hand. Dann begann er, sie mit langsam kreisenden Bewegungen auf ihrem Rücken zu verteilen.

„Mmm, das ist schön! Weiter!" seufzte sie genießerisch.

Er griff jetzt um Charlottes Körper herum und fing an, ihre weichen Brüste zu massieren.

„He, der Rücken ist bei mir hinten!" rief sie scheinbar empört, rieb sich aber voller Wonne mit ihrem Gesäß an seinem Körper. Hans knetete weiter zärtlich ihren Busen und fuhr mit den Fingernägeln über ihre Brustwarzen, bis sie sich hart aufrichteten.

„Wenn du so weitermachst, wird unser Rührei kalt!" gab Charlotte zu bedenken.

„Du hast recht", erwiderte er und konzentrierte sich jetzt wieder auf die Verteilung des Schaums auf ihrem Rücken, wobei er ihr immer wieder zärtlich den Nacken küßte.
Nachdem sie auch seinen Körper eingeseift und anschließend mit dem Brausekopf in der Hand sorgfältig vom Schaum befreit hatte, trockneten sie sich gegenseitig ab.
„Hallo! Ihr Frühstück! Hallo, ist hier niemand?" hörten sie eine durchdringende Männerstimme in ihr Hotelzimmer rufen.
Charlotte hatte schon den Griff in der Hand und wollte die Tür öffnen, als er sie zurückhielt.
„Du kannst doch so nicht ins Zimmer gehen!"
„Warum nicht? Gönne doch anderen Männern auch mal etwas fürs Auge!"
Schon war sie aus dem Bad geschlüpft und verhandelte splitterfasernackt mit dem Hotelkellner. Diese Art von provozierendem Exhibitionismus macht ihr offensichtlich Spaß, dachte Hans und streifte sich seinen Bademantel über, bevor er ihr folgte.
Er sah, wie der Kellner einen Servierwagen vor dem Doppelbett abstellte und, nachdem Charlotte ihm einen Zehnmarkschein in die Brusttasche seiner Weste geschoben hatte, wieder zur Tür zurückging. Dort drehte er sich noch einmal um und sah Charlotte einige Sekunden beeindruckt an.
„Ich wünsche Ihnen einen guten Appetit!" sagte er, drehte sich ganz langsam um und verließ das Zimmer.
„Nun zieh' doch deinen lächerlichen Bademantel aus. Der ist doch im Bett viel zu warm!"
Hans streifte den Mantel ab, warf ihn auf einen Sessel und trug Charlotte ins Bett. Sie zogen sich den Servierwagen näher heran. Er verteilte die Teller, während Charlotte die Flasche aus dem Eiskühler nahm, sie entkorkte und den Sekt in die Gläser perlen ließ. Sie reichte eines an Hans weiter und stieß mit ihm an.
„Auf daß diesem Wochenende noch viele schöne folgen mögen! Trinkst du darauf mit mir?"
„Ja, darauf trinke ich sehr gern mit dir!" erwiderte er und lachte sie erfreut an.
Sie schoben sich Kissen und Bettdecken so zurecht, daß ein richtiges Nest entstand, und begannen zu frühstücken.
„Ist das nicht herrlich?" kiekste sie und nahm noch einmal einen großen Schluck Sekt, „so nett habe ich schon lange nicht mehr gefrühstückt."
„Du machtest vorhin den Eindruck, als würdest du häufiger genieße-

risch mit jemandem im Bett frühstücken", tastete Hans sich behutsam vor in der Hoffnung, ein wenig über Charlottes Liebesleben zu erfahren.

„Ja, manchmal schon, aber es war nie so schön wie heute! Einmal habe ich jemanden über Nacht bei mir gehabt und wollte auch so ein Frühstück mit ihm zelebrieren. Am anderen Morgen hatten wir uns gar nichts zu erzählen, weil wir uns kaum kannten. Das war ziemlich peinlich. Den habe ich dann auch nicht wieder ..."

Sie sprach nicht weiter.

Mit großem Appetit verdrückten sie ihre Rühreiportionen, die nun doch nicht kalt geworden waren, reichten sich von den verschiedenen Leckereien, die Charlotte bestellt hatte, und prosteten sich immer wieder mit ihren Sektgläsern zu. Noch bevor das Frühstück beendet war, drehte sie die Flasche auf den Kopf, woraufhin nur noch wenige Tropfen in ihr Glas fielen.

„Och, schon alle! Bestellen wir noch eine?"

„Wir wollen uns doch nicht besaufen, oder?"

Hans dachte bereits daran, daß die Rückfahrt mit dem Zug am Nachmittag oder Abend noch vor ihm lag.

„Bist du immer so furchtbar vernünftig? Irgendwie habe ich dich ganz anders in Erinnerung!" provozierte Charlotte ihn.

„Was willst du damit sagen?"

„Ich meine, daß du früher nicht danach gefragt hast, ob etwas vernünftig ist oder es sich schickt."

„Denkst du da an eine bestimmte Situation?" wollte Hans wissen.

„Vielleicht."

„Erinnerst du dich daran, daß wir mal zusammen auf einer Kellerfete waren und heftig miteinander rumgeschmust haben?"

„Natürlich erinnere ich mich daran. Es war ganz dunkel, ich glaub', es brannte nur eine Kerze."

„Weißt du auch noch, daß ich versucht habe, dir die Bluse auszuziehen?"

„Das habe ich mindestens 20 Mal mit meinem Therapeuten in der Analyse durchgekaut, das war sozusagen eines der Schlüsselerlebnisse meines Lebens."

„Schlüsselerlebnis? Für so lebensentscheidend habe ich die Situation damals überhaupt nicht gehalten. Ich fand es nur etwas zickig, daß du mich erst hast gewähren lassen und dann empört weggerannt bist."

„Das würde mir heute bestimmt nicht mehr passieren! Aber mal im Ernst! Ich war überhaupt nicht empört damals."

„Nicht? Und warum hast du dich aus dem Staub gemacht? Es fing doch gerade an, interessant zu werden."
„Die Situation hat mich an etwas erinnert, an etwas sehr Unangenehmes. Ich war vollkommen blockiert. Es war mir einfach nicht möglich, dich körperlich noch näher an mich heranzulassen, obwohl es mich auf der anderen Seite sehr gereizt hätte weiterzugehen."
„Das muß ich jetzt nicht verstehen, oder?"
„Nein, mußt du nicht. Kannst du vermutlich auch gar nicht. Es hat ja niemand gewußt, daß ich jahrelang von meinem Vater sexuell mißbraucht worden war."
Templer gefroren die Gesichtszüge. Er schluckte. Es wurde ihm heiß und kalt zugleich. Es war ihm, als habe ihm jemand unverhofft einen Schlag mit einem harten Gegenstand versetzt. Er wußte nicht, was er jetzt sagen sollte. Nichts von dem, was ihm gerade durch den Kopf ging, erschien ihm angemessen.
„Nein, das habe ich natürlich nicht gewußt. Sonst hätte ich vermutlich nicht gewagt, ..."
„... mir an die Wäsche zu gehen, wolltest du sagen?"
„Ja."
„Ich habe es damals bewußt darauf angelegt. Ich fand dich sehr nett, du warst immer freundlich zu mir, in dem Moment im Keller auch sehr zärtlich, die Atmosphäre stimmte. Wir hatten uns einen Schwips angetrunken, sonst wäre ich wahrscheinlich noch nicht einmal bis an diesen Punkt gekommen. Aber als du mir dann die Bluse ausziehen wolltest und ich genau wußte, was dem folgen würde, kamen mir die Bilder von den schrecklichen Sachen wieder hoch, die ich fast tagtäglich erleben mußte."
„Dann hatte deine Flucht gar nichts mit mir zu tun? Und ich dachte schon, ich sei zu weit gegangen damals, obwohl es ja noch ganz harmlos war."
„Ich wollte eigentlich, daß es nicht so harmlos blieb. Es war mein fester Vorsatz, mit dir an dem Abend zu schlafen, von mir aus auch neben all den anderen Leuten. Es sollte sozusagen ein Test sein, ob ich Sex nicht auch als etwas Normales und Schönes erleben konnte, aber es ging nicht. Beim letzten Blusenknopf überwältigte mich die Panik, ich mußte einfach raus. Aus dem Keller konnte ich ja immerhin freiwillig abhauen. Wenn mein Vater mich zwang, hatte ich diese Chance nicht, oder besser gesagt, ich glaubte damals, sie nicht zu haben."
„Wie lange, ich meine, über welchen Zeitraum ging denn der Mißbrauch?"
„Du wirst es wahrscheinlich nicht glauben, aber ich weiß es nicht."

„Du weißt es nicht?“
„Nein. Es muß schon sehr früh angefangen haben. An diese Anfänge habe ich keine Erinnerung. Ich wußte ja lange Zeit gar nicht, daß es etwas Verbotenes war, was da passierte. Und so kann ich mich nur daran erinnern, wann es aufgehört hat.“
„Und wann hat es aufgehört?“
„Ungefähr ein Jahr vor dieser Kellerfete, von der wir eben sprachen. Meine Mutter hat sich, als sie mir endlich glaubte, was ich ihr von dem Verhältnis zwischen meinem Vater und mir erzählte, scheiden lassen, sich aber gleichzeitig von mir zurückgezogen. Das hat meine Schuldgefühle noch gesteigert.“
„Und trotzdem hast du in jener Zeit dein Abitur gemacht.“
„Die Schule habe ich manchmal als einzige Ablenkung empfunden, insofern hat sie mir sogar dabei geholfen, alles durchzustehen.“
„Den Eindruck hatte ich damals nicht.“
„Es war aber so. Und diese Geschichte zwischen uns im Keller war mein Versuch herauszufinden, ob ich ein Jahr, nachdem der Mißbrauch durch meinen Vater aufgehört hatten, überhaupt mit einem männlichen Wesen auf ..., sagen wir auf natürliche Weise Sexualität würde erleben können.“
„Und ich war dein Versuchskaninchen?“
„Wenn du so willst ja. Ich hatte allerdings nicht den Eindruck, daß du unter diesem Versuch sehr gelitten hast.“
„Unter den ersten zarten Anfängen natürlich nicht, aber deine plötzliche Flucht hat mich schon sehr irritiert. Ich dachte, daß ich etwas falsch gemacht hätte.“
„Gar nichts hast du falsch gemacht. Im Gegenteil. Es hatte nichts mit dir zu tun. Aber das konnte ich dir, auch hinterher, nicht sagen, ohne das große Geheimnis zu lüften. Und so habe ich die Situation nie wieder angesprochen“, erklärte Charlotte.
„Und ich habe es auch nicht gewagt. Stell' dir vor, wir hätten uns gestern nicht getroffen, oder ich wäre heute nacht nicht mehr in dein Zimmer gekommen. Dann hätte ich das alles nicht erfahren.“
„Noch schlimmer: Ich hätte dann vielleicht nie so schönen Sex mit dir erlebt.“
„Jetzt durchschaue ich alles erst richtig. Unsere ganze Affäre seit gestern abend ist also die geplante Fortsetzung deines Versuches von damals?“ fragte Hans ungläubig.
„Wenn du so willst, ja.“
„Ich weiß nicht, ob ich jetzt frustriert sein oder mich freuen soll.“
„Ich an deiner Stelle würde mich freuen. Schau' mich an, ich freue mich

auch darüber, sehr sogar! Weil der Versuch doch, sechsundzwanzig Jahre nach seinem Beginn, sehr gut ausgegangen ist, findest du nicht?"
Hans Templer konnte nichts sagen. Die Geschichte war zu unwirklich. Es war ein Märchen und ein Alptraum zugleich. Es gelang ihm nicht, das, was Charlotte ihm in der letzten viertel Stunde erzählt hatte, gefühlsmäßig zu einem zusammenhängenden Ganzen zu vereinen. War das jetzt einfach so dahergesponnen, oder hatte sie ihre Beziehung wirklich nach fast drei Jahrzehnten fortsetzen wollen oder sogar müssen?
„Also, es gelingt mir noch nicht ganz, dir zu folgen, aber das kann sich ja noch ändern."
„Ich versuche ja selber gerade, die letzten Teile meines Gefühlspuzzles zusammenzufügen", erklärte sie.
„Was heißt, du versuchst es selber gerade?"
Hans verstand überhaupt nichts mehr.
„Bist du denn nicht ganz geplant auf dieses Klassentreffen gegangen, um mit mir ...?"
„Wo denkst du hin? Nein, nein und nochmal nein!" protestierte Charlotte, „ich mag zwar inzwischen ein ganz schön lockeres Vögelchen geworden sein, zum Glück, aber nicht so sehr, daß ich geplant und mit Vorsatz bestimmte Männer auswähle, um mit ihnen Sex zu haben. So ist es nun doch nicht! Ich bitte dich!"
Hans Templers Irritation wuchs durch ihren Ausbruch noch.
„Woher wußtest du denn, daß du deinen Versuch von damals zum erfolgreichen Abschluß bringen mußtest, wenn du es denn nicht von vorne herein geplant hattest?" fragte er verwirrt.
„Das wußte ich vorher gar nicht!"
„Gar nicht?"
Hans schüttelte bei dem Wort „nicht" seinen Kopf.
„Nein, ich habe erst gestern abend, als wir beim Abendessen nebeneinander am Tisch saßen, gespürt, was ich nach all den Jahren immer noch für dich empfinde. Und der Spaziergang ..."
„... der Spaziergang?"
„Auf dem Spaziergang ist der Groschen dann bei mir gefallen. Plötzlich war es ganz klar, was ich tun mußte, damit der Knoten platzt."
„Welcher Knoten?"
„Ach Hans, du verstehst wirklich gar nichts!"
„Den Eindruck habe ich auch."
„Nein, du kannst es auch nicht verstehen. Alles taucht in mir selbst gerade erst aus einem undurchsichtigen Nebel auf. Es ist, als ob ich die letzten 26 Jahre jetzt erst richtig begreifen würde, nachdem wir ..."

„... nachdem wir miteinander geschlafen haben?“
„Nicht nur miteinander geschlafen haben, aber das eben auch.“
„Ich weiß zwar immer noch nicht, was gerade passiert, aber es scheint etwas ganz Phantastisches zu sein!“ sagte Hans, und seine Augen funkelten.
„Ich glaube, ich muß dir das erklären. Vielleicht erst einmal im Schnelldurchlauf. Für die ausführliche Version werden wir noch Monate brauchen.“
„Von mir aus können es auch Jahre werden“, setzte er Charlottes Gedanken fort.
„Also, nach dem Abitur bin ich nach Köln gezogen und habe, das erzählte ich dir gestern ja schon, erst einmal Sprachen studiert.“
„Ja und?“
„Mir ging es ziemlich beschissen. Körperlich und seelisch. Ich habe kaum etwas gegessen, hatte, wie schon zu unserer Schulzeit, keinen Kontakt zu anderen Menschen und vegetierte in einem kleinen Zimmer vor mich hin. An einem Tag vor Heiligabend habe ich dann versucht, Schluß zu machen. Das war keine Kurzschlußhandlung, sondern die Quintessenz aus vielen Jahren unerträglichen Lebens. Ich hatte mir über Monate hinweg Valium verschreiben lassen und die Tabletten zu Hause gesammelt, bis ich glaubte, die Menge würde ausreichen, um mich damit umzubringen.“
„Das ist mit Benzodiazepinen ziemlich schwierig“, warf Hans ein.
„Das weißt du als Arzt, und das weiß ich heute auch. Es hat ja auch, leider oder, wie ich heute sagen würde, zum Glück nicht hingehauen. Meine Zimmerwirtin hat mich gefunden, als sie mir ein Bücherpaket ins Zimmer stellen wollte, das der Postbote bei ihr abgegeben hatte, weil ich auf sein Klingeln nicht mehr aufmachen konnte. Ich war dann einige Tage auf der Intensivstation, mit einem Bein durch einen Ledergurt ans Bett gefesselt. Das erinnert mich an deinen Vater. Es war schrecklich, dort allein zu liegen und noch nicht einmal das Bett verlassen zu können. Sogar aufs Klo ist eine Schwester mitgegangen, und die Tür mußte weit offen bleiben.“
„Das ist ja furchtbar!“ warf Hans ein.
„Nachdem ich körperlich wieder einigermaßen stabil war, haben sie mich auf eine geschlossene Psychiatriestation verlegt, weil sie mich weiterhin für suizidgefährdet hielten. Hans, weißt du, was es bedeutet, in einer Geschlossenen zu sein?“
„Nein, das weiß ich nicht, aber ich habe Phantasie genug, es mir auszumalen.“
„Das war die Hölle schlechthin! Aber eines habe ich dort zurückbe-

kommen: den Willen, unter allen Umständen zu überleben, koste es, was es wolle! Ich wollte wenigstens erst einmal nicht mehr sterben. Und das nicht nur, um dort schnell wieder herauszukommen."

„Konntest du denn in dein Zimmer zurück?"

„Nein, meine Vermieterin war erzkatholisch. Die wollte nicht weiterhin mit einer Selbstmörderin unter einem Dach leben. Also mußte ich mir eine neue Bleibe suchen. Die habe ich auch schnell gefunden, als Untermieterin bei einem älteren Kunstmaler. Das war ein ganz schräger Vogel, aber davon erzähle ich dir später."

„Hat er dich etwa gemalt?"

„Das auch. Erst einmal hat er mir einen Therapeuten vermittelt, einen Freund von ihm, der in Köln als Psychoanalytiker arbeitete. Das sei die Methode, die mir helfen würde, hat er gemeint. Ich wußte damals gerade, wie man ‚Psychoanalyse' schreibt, von Kenntnissen über das Verfahren war ich gänzlich unbeleckt."

„Im Gegensatz zu heute?"

„Das kann man wohl sagen. Da ich kein Geld hatte, um die Therapie zu bezahlen, bot mir der Kunstmaler an, mich zu malen und dafür die Therapiekosten zu übernehmen. Zunächst war ich sehr, sehr skeptisch, weil ich dachte, daß die Sache mit dem Mißbrauch von vorn losgehen würde. Aber es war nicht so! Der Mann war stockschwul und hatte wirklich kein sexuelles Interesse an mir, aber ... er war verliebt in meinen Körper, sozusagen von einer höheren, künstlerischen Warte aus."

„Diese höhere Warte kann ich mir gar nicht vorstellen, wenn ich dich so ansehe!" meinte Hans.

„Sollst du ja auch nicht!" gab Charlotte zurück, „dein Part kommt gleich erst! Das durch den jahrelangen Mißbrauch vollkommen verkorkste Verhältnis zu meinem Körper wurde durch diesen Mann, und durch die Therapie natürlich, vollkommen verändert. Ich versteckte meinen Körper nicht mehr. Ich konnte ihn mir erst einmal selber ansehen, später dann sogar feststellen, daß ich einen schönen Körper hatte und immer noch habe. Schließlich war ich in der Lage, ihn auch anderen zu zeigen und mit diesem Körper auch Sex zu erleben. Das ging nicht von heute auf morgen, sondern hat drei Jahre, 425 Therapiestunden und über 100 Mal Modellstehen bei Jacob, so hieß der Maler, gedauert. Danach ging es mir sehr viel besser, und ich war vom Virus der Psychologie oder besser der Psychoanalyse infiziert. Damals habe ich das Studienfach gewechselt ..."

„... und mit Psychologie angefangen. Auch in Köln?"

„Nein, in Düsseldorf, aber ich blieb bei Jacob in Köln wohnen. Wir lebten zusammen wie Vater und Tochter. Mit dem Unterschied zu meinem leiblichen Vater, daß Jacob ein wirklich gütiger war. Irgendwann hat er, übrigens ein Jude, der als kleiner Junge den Holocaust in Buchenwald überlebt hat, mich rausgeworfen."

„Rausgeworfen?"

„Ja, er meinte, ich könne nicht immer weiter bei ihm bleiben. Ich müsse hinaus in die Welt, vor allem solle ich junge Menschen kennenlernen und auch einmal Lebenserfahrungen im Ausland sammeln. So ging ich für zwei Semester nach Tel Aviv. Jacob hat das bezahlt. Ein phantastischer Mann! Die kleine schüchterne Provinzmaus öffnete ihren Blick für die große weite Welt, und endlich auch für die Männer."

„Wie? Bis dahin hattest du noch keine Affäre mit einem Mann gehabt?" fragte er.

„Nein, weil mir die zahllosen Affären, die ich mit meinem Vater gehabt hatte, noch quer in der Seele steckten!"

„Entschuldige, ich wollte dich nicht ...", versuchte er seinen mißratenen Einwurf zurechtzurücken.

„Nein, es ist schon in Ordnung! Du hast ja recht, ich war 25 Jahre alt und hatte außer der Mißbrauchserfahrung, dem verunglückten Versuch mit dir und der platonischen Beziehung zu Jacob noch nichts mit einem Mann gehabt. Das war für eine Frau von Mitte zwanzig im Mitteleuropa der 70er Jahre schon fast ein Armutszeugnis. Und so habe ich das auch empfunden, konnte daran aber nichts ändern! Erst im Laufe der Therapie gelang es mir, lockerer mit Sex umzugehen. Und in Israel habe ich dann richtig zugeschlagen!"

„Was heißt denn ‚zugeschlagen'?" wollte Hans von ihr wissen.

„Na ja, ich hatte nicht jeden Tag einen anderen Lover, aber jede Woche. Das war der ungeheure Nachholbedarf. Ich denke, ich habe versucht, all die verpaßten Jahre nachzuholen, was natürlich nicht geht. Aber das wußte ich damals noch nicht. Ich habe mit Männern jeden Alters und aller Hautfarben geschlafen und sehr, sehr viel gelernt, an sexuellen Praktiken meine ich."

„Ich kann mir gar nicht vorstellen, daß das in einem so religiös geprägten Land wie Israel überhaupt möglich ist", wunderte sich Hans.

„Hast du eine Ahnung, was da abgeht! Aber davon will ich jetzt nicht erzählen. Ich sammelte also sexuelle Erfahrungen, auch nach meiner Rückkehr nach Deutschland noch. Ich ging zurück an die Uni Düsseldorf und habe dann auch in der Stadt gewohnt."

„Bist du danach die ganze Zeit in Düsseldorf geblieben?"

„Nein, ich war später noch für zwei Jahre in den Staaten an der Ohio-

State-University, für die ich ein Doktorandenstipendium bekommen hatte. Ja, ich bin im Besitz eines amerikanischen Doktortitels der Psychologie."
In ihrer Stimme schwang Stolz mit.
„Auch in Columbus habe ich nicht wie eine Nonne gelebt, obwohl man damals in den Staaten schon verteufelt aufpassen mußte, wegen der Ansteckungsgefahr durch HIV."
Sie machte eine Pause, holte tief Luft und erzählte dann stockend weiter.
„Hans, es ist mir nie gelungen, den Spaß am Sex, den ich oft, ja fast immer, verspürt habe, wenn ich mit einem Mann geschlafen habe, mit einem Gefühl wie Liebe oder Zuneigung in Verbindung zu bringen. Emotional war Liebe für mich das eine, Sex das andere. Es gab keine Verbindung! Das kann sich jemand, der das nicht erlebt hat, überhaupt nicht vorstellen, nehme ich an."
„Ich kann mir schon vorstellen, Lust und Liebe auch getrennt voneinander zu erleben", warf Hans ein.
„Deine Bemerkung zeigt mir, daß du mein Problem nicht verstanden hast! Ich konnte und kann mir gut vorstellen, Lust und Liebe zu trennen. Ich aber war nicht in der Lage, es je als etwas zu erleben, das überhaupt zusammengehören kann. Verstehst du das?"
„Nicht so ganz", gab Hans zu.
„Das habe ich befürchtet", sagte Charlotte kleinlaut, „ich versuche es noch einmal! Du kannst dir vorstellen, auch mit einer Frau Sex zu haben, die du nicht liebst, nicht wahr?"
„Ja genau."
„Das können sich die meisten Männer vorstellen. Ich habe damit auch keine Schwierigkeiten. Aber, aufgepaßt, jetzt kommt mein Problem. Ich kann keinen Sex haben und jemanden gleichzeitig lieben. Entweder ich liebe ihn, dann kann ich mit ihm keinen Sex haben, oder ich habe mit ihm Sex, dann kann ich ihn nicht lieben. Idiotisch, was?"
„Ja", gab er, noch immer von ihren Ausführungen verwirrt, zu. Immerhin war er auf dem Weg, die auf ihn sehr kompliziert wirkenden Gedanken zu erfassen.
„Und gestern saßen wir beim Essen nebeneinander. Ich habe sofort wieder dieselbe intensive Zuneigung gespürt, die ich damals im Keller bereits für dich empfunden habe. Ich wurde ganz kribbelig, als ich das gemerkt habe, und habe meine Unruhe schnell mit zwei Gläsern Wein zu dämpfen versucht, weil du sie nicht gleich bemerken solltest."
Hans warf sich aufs Kissen und fing schallend an zu lachen. Charlotte sah ihn mit einem Ausdruck völligen Unverständnisses an.

„Warum lachst du?“
„Weil ich neben dir saß und haargenau dieselbe Unruhe gespürt habe, nur daß ich nicht versucht habe, dieses Gefühl mit Alkohol wegzuspülen. Ich fand das nämlich ganz angenehm. Aber ich hatte die ganze Zeit über ebenso die Befürchtung, du könntest meine Unruhe sofort bemerken, und ich wollte sie dir natürlich nicht zeigen.“
Jetzt mußte auch Charlotte lachen.
„Das gibt es doch nicht!“ rief sie aus und strahlte über das ganze Gesicht, wobei sie ihre weißen Zähne entblößte.
„Und welcher Knoten ist nun gestern geplatzt?“ fragte er, noch immer ziemlich ahnungslos.
„Oh Mann, du bist aber schwer von Begriff!“
Hans blickte sie beleidigt an.
„Gleichzeitig mit diesem Gefühl der intensiven Zuneigung fühlte ich, daß eine große sexuelle Anziehungskraft von dir ausging. Besonders, als du dein Hemd geöffnet und mir freien Blick bis sonstwo gewährt hast, spürte ich ein Verlangen, das sich kaum noch beherrschen ließ.“
Sie sah, wie Hans sich über diesen Satz freute.
„Ich mußte unbedingt mit dir allein sein und mir weitere Gewißheit über meine neu empfundenen Gefühle verschaffen, die mir doch so fremd waren, weil in deiner Nähe zum allerersten Mal in meinem Leben überhaupt sexuelles Verlangen und große Zuneigung gleichzeitig in mir waren.“
Sie sah Hans Templer erwartungsvoll an und begann, gleichzeitig zu weinen und zu lachen. Er näherte sich ihr und nahm sie ganz vorsichtig in den Arm. Erst jetzt hatte er wirklich begriffen, was Charlottes lange Erklärung für sie beide bedeutete.
„Weinst du, weil du so glücklich bist?“ fragte er vorsichtshalber nach.
Charlotte nickte, und ihre Tränen tropften auf seine Arme, mit denen er sie umschlungen hielt. Hans mußte es jetzt genau wissen.
„Und als wir uns auf dem Spaziergang küßten, kam dir in den Sinn, das Versuchskaninchen ganz bis zum Ende zu testen?“
Sie nickte wieder.
„Und wie ist der Versuch nach 26 Jahren ausgegangen?“
„Das weißt du doch längst“, sagte sie, blickte ihn aus ihren tränennassen Augen an, näherte sich dann ganz langsam seinem Mund und küßte ihn lange und intensiv.

Als Hans Templer einige Stunden später im Zug saß, durchlebte er in seinen Gedanken noch einmal das gesamte Wochenende. Immer, wenn er an einen Punkt kam, der ihm zu unscharf erschien, oder an

eine Situation dachte, die er besonders intensiv erlebt hatte, ging er in seinen Gedanken ein Stück zurück, so, als wenn man einen Film zurückspult, um sich eine Szene noch einmal anzusehen.
Zum Glück war er allein im Abteil und konnte seine Hochstimmung ungestört genießen. Was sollte er in der Klinik erzählen? Es würde jeder sofort bemerken, daß sich an diesem Wochenende eine große Veränderung in ihm vollzogen hatte. Sollte er erzählen, was ihm widerfahren war, oder sich einfach glücklich lächelnd in Schweigen hüllen und die anderen dem Rätseln überlassen, was denn nur mit ihrem Oberarzt passiert sei?
Er war bis über beide Ohren verliebt. Zum ersten Mal meinte er wirklich zu begreifen, was dieser Begriff eigentlich bedeutete. In diesen so intensiv erlebten Zustand war er wie hypnotisiert hineingeraten. Er hatte das Gefühl, daß alles ohne eigenes Dazutun über ihn hereingebrochen war, wie ein wunderschönes Gewitter. Alles, was er getan und gesagt hatte: Es war wie von selber passiert. Er hatte wie eine Marionette gehandelt, die für ihr Tun auch nicht verantwortlich zu machen ist. Er konnte kaum erwarten, daß das jemand verstand.
Templer bemerkte, wie Tränen über seine Wangen rollten und in den Schoß fielen. Mein Gott, er hatte schon lange nicht mehr geweint. Und nun saß er als 44jähriger Mann in einem Zugabteil und heulte, heulte vor Glück.
Vor der Ankunft des Zuges stand er noch eine ganze Weile auf der Plattform zwischen zwei Zugwaggons. Hier hörte man das metallische Reiben und das Rattattatt der Räder besonders laut. Er sah aus dem Fenster. Die Schneelandschaft flog vorbei, und er fühlte sich, als würde er von einer langen Reise zurückkehren. Er wußte plötzlich, daß wieder einmal nichts mehr so sein würde wie vorher. Templer spürte bereits jetzt, zwei Stunden nach ihrem Abschied, daß er Charlotte sehr vermißte, und eine große Sehnsucht kam in ihm auf. Gleich morgen würde er sie anrufen.

Am nächsten Morgen betrat Templer zum ersten Mal seit vielen Monaten wieder beschwingt das Krankenhaus. Was ihn dort erwartete, menschliche Schwächen, Intrigen, Machtkämpfe, alles war unverändert. Nichts würde sich seit dem Wochenende verändert haben. Und doch kam er mit einem vollkommen anderen Grundgefühl in das Haus, in dem eine große und kaum zu bewältigende Aufgabe auf ihn wartete. Er hatte den Eindruck, als könne ihn das alles nicht mehr so tief berühren wie noch vor drei Tagen. Es würde einfach an ihm abprallen, weil seine Innenwelt von ganz anderen Gefühlen besetzt war

und dort für die Probleme des Falles Wallendorf, für den Ärger mit der Presse, für seine Auseinandersetzung mit Brosenius kaum noch Platz blieb.
Fröhlich in die Runde grüßend, ging er auf die Station.
„Na, Leute! Alles klar?"
„Von wegen alles klar. Hier ist die Kacke am Dampfen! Das war ein Wochenende, du liebe Güte! Hol' dir erstmal einen Kaffee, wir berichten gleich Einzelheiten."
Mit diesen Worten wurde er von Helmut, dem Leiter der Frühschicht, begrüßt.
Auf dem Weg in die Stationsküche warf Templer einen Blick ins Zimmer sechs, in dem Frau Wallendorf lag, und fand außer einem der Klinikhausmeister, der am Krankenbett der Patientin irgendwelche Maße nahm, alles unverändert vor. Das beruhigte ihn, weil er die Äußerungen des Pflegers zunächst auf die Patientin aus Zimmer sechs bezogen hatte. So schlimm konnte das, was angeblich auf der Station am Dampfen war, also nicht sein. Templer beschloß, sich nicht aus seiner guten Stimmung bringen zu lassen und folgte der Empfehlung, erstmal einen Kaffee zu trinken.
Zehn Minuten später stand er mit Pfleger Helmut Walter im Zimmer sieben vor dem Bett eines jungen Mannes, der in der Nacht zum Sonntag eingeliefert worden war und schon auf den ersten Blick ziemlich lädiert wirkte. Um beide Augen deutete eine bläuliche Verfärbung auf ein Brillenhämatom, er war ohne Bewußtsein, wurde über einen Tubus künstlich beatmet und war an zahlreiche Infusionsschläuche angeschlossen. Sein rechtes Bein lagerte auf einer Schiene, die im Bett eine schiefe Ebene bildete.
„Mit dem jungen Mann gab es allerhand Theater am Sonntag und in der vergangenen Nacht. Der ist mit seinem Motorrad am Sonnabendnachmittag unter einen Lastwagen geraten", begann Helmut seinen Bericht und fuhr fort: „Schädelbasisfraktur, Milzruptur und Unterschenkelfraktur rechts. Die Chirurgen haben ihn fünf Stunden operiert. Leider wußte niemand, daß der gute Mann einen insulinpflichtigen Diabetes hat. Kein Diabetikerausweis, kein Zettel mit Hinweis auf die Krankheit, nichts! Während der Narkose hat es dann erhebliche Probleme gegeben, weil der Blutzucker entgleist ist."
„Und warum hat das vorher keiner in der Laborflöte gesehen?" hakte Templer ein.
„Es mußte alles sehr schnell gehen, weil es ziemlich schlecht um ihn stand. Er brauchte vier Blutkonserven. Na ja, jedenfalls haben unsere Anästhesisten erst nach zwei Stunden die Laborbefunde gesehen

und gemerkt, daß da was mit dem Zucker nicht stimmt. Der hat hier dann den ganzen Sonntag auch noch ziemlich verrückt gespielt. Frau Doktor Koschmann-Motteck hatte Oberarztdienst. Die war, glaube ich, zehn oder zwölf Mal hier, hat nach dem Jungen gesehen und mit seinem Zucker gekämpft."
„Und wie ist er jetzt eingestellt?" wollte Templer wissen.
„Auf Alt über Pumpe, wird je nach BZ-Wert gesteuert", erklärte der Pfleger.
„Aha. Und was haben die Chirurgen vor?"
„Professor Altmann persönlich war heute morgen schon hier."
„Das will was heißen!" warf der Oberarzt ein.
„Das glaube ich auch. Gegen Mittag will einer von Altmanns Oberärzten kommen und ihn noch einmal sonographieren."
Templer sah sich die aktuellen Laborwerte, den Patienten-Beobachtungsbogen und die Geräteeinstellungen an. Dann warf er einen Blick auf den EKG-Monitor und nickte befriedigt.
„Sieht doch alles ganz stabil aus. Ich weiß gar nicht, was du willst?"
„Ja, jetzt. Was meinst du, wie wir gestern und die Nachtschicht in den letzten Stunden rumgerödelt haben, damit wir den jungen Mann so stabil hatten", verteidigte Pfleger Walter seine Einschätzung.
Templer klopfte ihm leicht auf die Schulter und sagte:
„Das ist unser Job, mein Lieber. Ausruhen muß man sich woanders. Das solltest du nach ..., wie viele Jahre machst du das hier nun schon?"
„Dreizehn."
„... nach dreizehn Jahren doch besser wissen als jeder andere!"
„Man wird doch noch klagen dürfen, oder?"
„Man darf, man darf, aber ob es was nützt?" gab Templer zu bedenken und ging aus dem Raum.
An der Tür zu seinem Zimmer fand er einen Zettel, auf dem er gebeten wurde, sich mit seiner Stationsärztin Mickler in Verbindung zu setzen, die er an diesem Tag zu seiner Verwunderung noch nicht gesehen hatte. Auf der Station mußte sie aber bereits gewesen sein, denn Templer hatte ihren Mantel am gewohnten Haken hängen sehen. Er riß den Zettel ab und ging ins Zimmer. Jede Menge Papier lag auf seinem Schreibtisch, der am Freitag für seine Verhältnisse relativ aufgeräumt gewirkt hatte. Briefe, Laborbögen, Befunde und Anforderungen für aufwendigere Untersuchungen, die stets vom Oberarzt zu unterschreiben waren. Templer nahm den ganzen Stapel, hielt ihn über den Papierkorb, schüttelte dann den Kopf und legte die Papiere schließlich auf einen Hocker, auf dem bereits ein Stoß Röntgenbilder lagerte.

Über den Klinikpförtner ließ er Frau Doktor Mickler anpiepen. Nach wenigen Minuten meldete sie sich am Telefon.
„Was haben Sie auf dem Herzen?“ fragte er freundlich. Es fiel ihm selbst auf, daß er sie viel freundlicher ansprach als sonst.
„Ich habe übers Wochenende ein Behandlungskonzept für Frau Wallendorf ausgearbeitet. Wollen Sie es mit mir durchgehen, bevor ich das dem Chef vorlege?“ fragte sie.
„Dem Chef? Seit wann interessiert der sich für solche Detailfragen?“ Templer war über die Absicht seiner Assistentin erstaunt.
„Er hat mir ausdrücklich gesagt, daß er dieses Konzept sehen wolle“, beharrte sie, „aber das müssen wir ja nicht am Telefon besprechen.“
Als Frau Mickler wenig später vor ihm stand, bestätigte sie nochmals, daß Brosenius tatsächlich Interesse an dem Konzept gezeigt habe.
„Woher wußte er eigentlich, daß Sie ein solches Konzept ausarbeiten wollten?“ fragte Templer, immer noch von der Beachtung überrascht, die sein Chef daran gezeigt haben sollte.
„Ich ..., ich habe ihn Freitagabend noch unten getroffen, bevor ich nach Hause ging, und ihm davon berichtet.“
„Na denn. Der Wille unseres Chefs sollte uns Befehl sein!“
Sie legte ihm acht säuberlich mit einem PC geschriebene Seiten vor, auf denen sie ihre Vorstellungen, nach „Problembeschreibung, Zielsetzung, Durchführung, mögliche Komplikationen und Evaluierung“ unterteilte, mit wissenschaftlicher Präzision beschrieb. Am Ende fand sich ein Anhang mit Hinweisen auf die von ihr verwendete Literatur.
„Das ist ja gar kein einfaches Arbeitskonzept. Das ist ...“ Templer suchte nach dem exakten Begriff.
„... der Versuch, wissenschaftlich zu arbeiten“, setzte sie seinen Satz fort und fügte hinzu: „Oh, Entschuldigung!“
„Warum Entschuldigung? Genau das ist es, ein Konzept, wie Sie oder wir mit wissenschaftlichen Methoden an den Fall Wallendorf herangehen könnten“, stellte der Oberarzt fest.
„Ja, wollen wir das denn nicht?“ fragte die Ärztin, nun ihrerseits erstaunt.
„Frau Kollegin, wir sind keine Universitätsklinik.“
„Was nicht ausschließt, daß wir wissenschaftlich arbeiten!“ warf sie entschlossen ein.
„Da gebe ich Ihnen recht! Die Frage ist: Wollen wir das? Können wir das, insbesondere zeitlich, leisten? Haben wir als Abteilung einer mittelgroßen städtischen Klinik die Kapazitäten dafür? Und noch etwas! Wenn man so wissenschaftlich arbeitet, wie Sie das offensichtlich pla-

nen, sollte man seine Ergebnisse auch publizieren!“ setzte Templer ihr auseinander.
„Genau das habe ich vor!“
Ihre prompte Antwort verschlug ihm fast die Sprache.
„Kaum wird es gynäkologisch, zeigt das Kätzchen Zähne!“ setzte er hinzu. Als er diesen Satz zu Ende gesprochen hatte, tat er ihm bereits leid.
„Vergessen Sie, was ich gesagt habe! Jetzt muß ich mich entschuldigen.“
„Sie haben es nicht gerade sehr galant ausgedrückt, es trifft aber den Kern. Die Gynäkologie ist natürlich das Fach, in dem ich mich zu Hause fühle, und es befindet sich im Moment, das mag für die betroffene Patientin sein wie es ist, ein interessanter Fall in unserer Behandlung, über den man auch berichten sollte!“
Templer war beeindruckt, mit welcher Eloquenz Frau Doktor Mickler ihren Standpunkt vertrat. Wochenlang hatte sie sich nach dem Wechsel auf seine Station im Hintergrund gehalten. Seitdem es fachlich um ein Thema ging, an dem sie sich mit großer Sachkenntnis zu beteiligen verstand, trat sie aus ihrem Schatten und kämpfte für ihre Sache. Das überzeugte ihn.
„Also gut“, sagte er, „zeigen Sie Brosenius Ihr Konzept. Mal sehen, was er dazu sagt.“
„Und was sagen Sie dazu?“ wollte sie wissen.
Templer nahm die Blätter, die er vor sich auf den Schreibtisch hatte sinken lassen, wieder in Augenschein und ließ sich Zeit, deren Inhalt genau zu studieren.
„Also, ich verstehe nicht sehr viel von Perinatologie, aber was ich sehe, hat Hand und Fuß.“
Er machte eine Pause.
„Aber ...“
„Aber?“ wollte sie wissen.
„Ich stelle zwei Bedingungen.“
„Die sind?“
„Erstens: Ihre wissenschaftlichen Ambitionen dürfen nicht zu Lasten der Stationsarbeit gehen, die Sie hier zu leisten haben. Zweitens: Wenn die Schwangerschaft von Frau Wallendorf, aus welchem Grund auch immer, an einen Punkt kommt, an dem ihre Weiterführung ethisch nicht mehr vertretbar ist, will ich nicht, daß sie um jeden Preis aufrecht erhalten wird, damit Sie Ihre Ergebnisse irgendwo vorstellen können. Wenn Sie mit diesen beiden Voraussetzungen einverstanden sind, unterstütze ich Sie.“

Frau Doktor Mickler schien einen Augenblick zu überlegen, ob sie auf Templers Bedingungen eingehen konnte. Schließlich nickte sie.
„In Ordnung."
Templer stand von seinem Stuhl auf, sah ihr in die Augen und streckte seine rechte Hand aus.
„Geben Sie mir darauf Ihr Wort?" fragte er.
Sie hielt seinem Blick stand, ergriff seine Hand und drückte sie.
„Ich gebe Ihnen mein Wort."
„In Ordnung. Stellen Sie Brosenius Ihr Konzept vor! Informieren Sie ihn bitte aber auch über die Dinge, die wir eben verbindlich abgesprochen haben!"
„Das mache ich."
Damit verließ sie sein Zimmer. Templer stützte seinen Kopf in beide Hände und stieß einen Seufzer aus.
„Jetzt auch noch große Wissenschaft!"
Was ihn an dem Projekt seiner Kollegin störte, war weniger, daß sie in einem Krankenhaus, das keiner Universität angegliedert war, wissenschaftlich arbeiten wollte. Vielmehr verspürte er eine tiefe Abneigung dagegen, daß die Krankengeschichte und die Behandlung einer Frau, die als Opfer eines Verbrechens unfreiwillig zu so etwas wie einer medizinischen Sensation geworden war, zum Forschungsobjekt degradiert werden sollte. Templer empfand das als Ausbeutung einer Notlage. Er war sich allerdings klar darüber, daß man das auch anders sehen konnte.
Von einer guten, präzise geplanten Behandlung, die die Erfahrungen aus bisher publizierten, ähnlich gelagerten Fällen zur Grundlage hatte und auch neuere Erkenntnisse aus der Erforschung vorgeburtlicher Erfahrungen des Menschen berücksichtigte, konnten Frau Wallendorf und besonders ihr Baby nur profitieren. Warum also sollte er Frau Doktor Mickler nicht gewähren lassen, solange ihre Arbeit als Stationsärztin nicht darunter litt?
Auf ihr Wissen als Gynäkologin zu verzichten, käme ohnehin nicht in Frage. Wann hatte man schon das Glück, eine Fachärztin aus einem anderen Gebiet auf der Station zu haben? Eine solche Ressource nicht zu nutzen, wäre sträflich. Außerdem würde das bedeuten, daß er mit den dann notwendigen Konsilanforderungen an Professor Hartgen auch noch die ganze gynäkologische Abteilung mit ins Boot holen müßte. Und Templer wußte nur zu gut, daß in der Medizin mehr als anderswo der Grundsatz gilt: Viele Köche verderben den Brei! Mußte er als Anästhesist und Intensivmediziner sich doch schon täglich mit den Allgemein-, Unfall- und Neurochirurgen herumärgern, die eben-

falls Einfluß auf die Behandlung der Patienten auf seiner Station nehmen wollten.
Warum zerbreche ich mir eigentlich über all diese Probleme den Kopf, dachte er, Brosenius wird einem derart aufwendigen Projekt, wie es Frau Mickler vorschwebt, sowieso eine Absage erteilen. Dessen war Templer sich sicher. Daran hindern, es dem Chef wenigstens vorzustellen, wollte und konnte er sie aber nicht.
Vom Klingeln seines Telefons wurde er aus seinen Gedanken gerissen. Pfleger Helmut war am Apparat und bat um ein Gespräch. So könne es nicht weitergehen, schimpfte er.
„Komm' her! Dann reden wir darüber."
Trotz aller guten Vorsätze war er gerade dabei, sich wieder vom Streß überwältigen zu lassen. Was hatte Charlotte ihm gestern geraten? Sich vom Alltag nicht auffressen zu lassen. War der Alltag nicht schon wieder am Werk?
Helmut Walter wirkte sehr erregt.
„Was hier abläuft, geht nun wirklich zu weit!" schimpfte er.
„Nun beruhige dich erstmal und setz' dich!"
Zum wiederholten Mal räumte Templer größere Stapel von Papieren und Röntgenbildern von dem zweiten Stuhl auf ..., ja, wo sollte er mit dem ganzen Krempel bei dieser Enge eigentlich bleiben?
„Was genau ist los?" wollte er von seinem Schichtleiter wissen.
„Also, dieser Kommissar Hermann oder wie der heißt ..."
„Herzig", korrigierte der Oberarzt.
„Von mir aus auch Herzig. Der zieht mir im Stundenrhythmus das Personal aus der Schicht. Wir sind bis auf den Reanimationsplatz mit den pflegeintensivsten Patienten belegt, und der holt sich ständig die Leute zum Verhör. Und nicht nur, daß sie mir während dieser Zeit auf der Station fehlen, mit den Leuten ist, wenn sie von den Vernehmungen zurückkommen, nichts mehr anzufangen. Die sind völlig durcheinander. Dieser Kripo-Mensch scheint uns als Schwerverbrecher anzusehen und muß ganz rüde Verhörmethoden anwenden. So können wir hier nicht arbeiten!"
„Ich kann deinen Unmut verstehen, aber ich habe auf sein Vorgehen keinen Einfluß. Die Polizei hat das Recht, ja sogar die Pflicht, zu ermitteln, und gegenüber dem Kripobeamten bin weder ich noch unser Chef weisungsbefugt. Das einzige, was ich versuchen kann, ist, mit ihm zu reden und dabei auf unser Problem hinzuweisen", erklärte Templer und versprach, das auch zu versuchen.
Kurz nach elf Uhr traf Templer Frau Doktor Mickler im Zimmer der Patientin Wallendorf. Sie strahlte.

„Der Chef ist einverstanden!“ raunte sie ihm leise zu, wobei sie sich keine Mühe gab, ihren Triumph zu verbergen.
„Wie lange haben Sie gebraucht ihn zu überzeugen?“ fragte er zurück.
Offensichtlich wollte sie darüber in Anwesenheit des Pflegepersonals nicht sprechen und hielt ihm lediglich die Finger einer Hand entgegen. Fünf Minuten! Das kann nur der Charme einer Frau bewirkt haben, dachte er, obwohl er Brosenius im Grunde nicht für einen Mann hielt, der sich von einer Frau bezirzen ließ. Es war schon seltsam. Auf nichts konnte er sich mehr verlassen, nicht einmal auf seine Einschätzung des Vorgesetzten.
„Und was haben Sie jetzt konkret vor?“ wollte er von der Kollegin wissen.
„Wir sollten an das Bett der Patientin eine Art Kufen anbringen, so wie bei einem Schaukelstuhl. Dadurch wird das Bett beweglich“, erklärte sie.
„Und wie soll ich die Pflegearbeiten durchführen, wenn das Bett vor mir hin- und herschaukelt?“ wollte Schwester Sigrid wissen, die an diesem Morgen die verantwortliche Pflegekraft für Frau Wallendorf war, „es müßte sich auch feststellen lassen.“
„Wodurch soll sich das Bett denn auf den Kufen bewegen, schließlich ist die Patientin ohne jede Eigenmotorik?“ gab Templer seinerseits zu bedenken.
„Außerdem soll es sich in Längs- und Querrichtung bewegen lassen!“ präzisiertete Frau Mickler weiter.
„Na, da wird sich die Hausmeisterei aber freuen! Durch eine solche Problemstellung fühlen diese Schlafmützen sich bestimmt regelrecht herausgefordert“, meinte Templer, der kein großes Vertrauen in die Improvisationsbereitschaft der Klinikhausmeister hatte, sarkastisch, „aber wie ich Sie gerade kennenlerne, werden Sie das auch noch schaffen.“
Nach dem Mittagessen, das Templer in der Kantine einnahm, machte er sich auf den Weg zu Kommissar Herzig, den er in dessen Büro neben dem Archiv anzutreffen hoffte. Als er nach dem Klopfen nichts hörte, versuchte er, die Tür zu öffnen. Sie war verschlossen. Vermutlich macht der Mittagspause, dachte er und ging weiter ins Labor, um dort einige Blutkonserven für den verletzten Motorradfahrer zu kreuzen. Als er von seiner Arbeit aufsah und zu dem kleinen Büro der Laborleiterin, das nur durch eine Glaswand vom übrigen Arbeitsbereich abgeteilt war, hinüberblickte, sah er Herzig mit Frau Ehlers, der Chef-MTA, sprechen. Als sich sein Blick mit dem des Kommissars traf, zeig-

te er ihm per Handzeichen an, daß er mit ihm sprechen wollte. Herzig nickte. Templer wartete und tat so, als sei er noch mit seiner Arbeit beschäftigt.
„Wie haben Sie das Wochenende verlebt?“ wollte der Polizist von Templer wissen, als sie sich gegenübersaßen.
„Weil Sie es sind, sage ich Ihnen die Wahrheit, aber nur unter dem Siegel der polizeilichen Verschwiegenheit. Ich habe eine phantastische Frau getroffen.“
„Mann, so glücklich wie Sie aussehen, muß die Dame Sie ganz schön beeindruckt haben!“ diagnostizierte Herzig.
Templer konnte das nur bestätigen.
„Aber, um Ihnen das zu erzählen, bin ich nicht gekommen.“
„Das habe ich mir gedacht. Was gibt es?“
„Unruhe gibt es. Unruhe auf meiner Station, ausgelöst durch Ihre Verhöre.“
„Nun übertreiben Sie nicht! Verhöre kann man meine Gespräche mit Ihren Mitarbeitern wirklich nicht nennen, eher Vernehmungen.“
„Ich kenne mich in Ihrer Fachsprache nicht aus. Jedenfalls haben diese ... Vernehmungen dazu geführt, daß die Stationsarbeit stark beeinträchtigt wird. Meine Leute sind danach ziemlich durcheinander, weil sie den Eindruck haben, wie Schwerverbrecher behandelt zu werden.“
Herzig pfiff durch die Zähne.
„Wie Schwerverbrecher? Das ich nicht lache! Die haben keine Ahnung, wie ich mit Schwerverbrechern sprechen würde. Mein lieber Doktor Templer, ich verstehe, daß Sie sich für Ihre Leute einsetzen, aber meine Ermittlungen werde ich so führen, wie ich das für richtig halte. Ich mische mich ja auch nicht in Ihr Sachgebiet ein!“
Kommissar Herzig wollte ganz offensichtlich deutlich machen, daß er sich jede Einflußnahme verbat, wurde dann aber im Ton ein wenig versöhnlicher, als er hinzufügte:
„Aber ich komme Ihnen ein Stück entgegen. Ich werde mir pro Schicht und Tag nicht mehr als zwei Mitarbeiter von Ihrer Station bestellen. Ist das ein Wort?“
„Das ist immerhin etwas. Schließlich müssen wir unseren Betrieb auch aufrechterhalten.“
„Übrigens, haben Sie schon die Zeitungen gesehen?“
Herzig reichte ihm nacheinander drei Tageszeitungen über den Tisch, in denen von ihrer gemeinsamen Pressekonferenz berichtet wurde.
„Das klingt alles schon eine Spur positiver als die Berichterstattung

vom Freitag. Unsere Mühe, die Presse mit mehr Informationen zu versorgen, scheint sich also gelohnt zu haben“, kommentierte der Polizist befriedigt.
Templer überflog die Artikel und war mit dem, was er las, nicht ganz, aber immerhin weitgehend einverstanden.
„Den Seitenhieb, die Kriminalpolizei habe bestätigt, daß sie Versäumnisse des Klinikpersonals vermute, finde ich so nicht in Ordnung“, kritisierte Templer.
„Das habe ich auch nicht gesagt“, korrigierte der Kommissar und tippte etwas in seinen Laptop.
„Sagen Sie, was geben Sie eigentlich immer in Ihren Computer ein?“ wollte der Arzt wissen.
„Alles, was mir wert erscheint, festgehalten zu werden“, bekam er zur Antwort.
„Jetzt zum Beispiel, was halten Sie im Moment fest?“
„Das ist strenges Ermittlungsgeheimnis!“ feixte Herzig, „nein, jetzt gebe ich mit Datum und Uhrzeit ein, daß Sie bei mir sind und was wir miteinander besprechen.“
Der Polizist drehte seinen Laptop auf dem Tisch so, daß Templer den Bildschirm einsehen konnte.
Der versuchte laut und wörtlich wiederzugeben, was er las. Der Text bestand aus lauter Abkürzungen und ergab für ihn keinen Sinn.
„Und was soll das? Ich meine, was weiß das Ding jetzt mehr als vor zwei Minuten?“
„Ich habe ein eigenes Programm geschrieben, das alles, was ich eingebe, miteinander in Beziehung setzt und nach bestimmten, von mir vorher festgelegten Kriterien verbindet. Danach bietet mir der Rechner eine Auswahl von Möglichkeiten an, deren Bewertung und Auswahl natürlich mir überlassen bleibt. Dabei bekomme ich nicht nur positive Hinweise, zum Beispiel auf Dinge, die in einer bestimmten Weise abgelaufen sein könnten, sondern auch negative darauf, wie sich ein Sachverhalt nicht zugetragen haben kann.“
Templer war skeptisch.
„Es gibt auch in der Medizin Diagnostikprogramme, aber denen traue ich nicht über den Weg.“
„Ich verlasse mich auch nicht auf das, was das Programm mir anbietet. Aber meist sieht mein Laptop viel weiter als ich“, belehrte Herzig den Arzt.
„Und jetzt sagt der Ihnen: Templer ist hoch verdächtig, weil er sich über Ihre Arbeit beschwert hat?“
„Nein, so einfach ist es nicht! Aber das Programm erfährt, daß Sie

sich beschwert haben, worüber und wann. Wenn also in diesem Moment ..."
„... jemand umgebracht wird, sagt es, daß ich als Täter ausscheide", ergänzte Templer.
„Ja, das natürlich auch. Offenbar stehen Sie der Computertechnik sehr feindlich gegenüber."
„Überhaupt nicht", protestierte Oberarzt Templer, „das kann ich mir als Arzt auf einer Intensivstation gar nicht leisten! Viele unserer Geräte sind im Grunde auch Computer. Aber ob ein Computerprogramm dort Zusammenhänge herstellen kann, wo es sehr auf Erfahrungen ankommt oder sehr viele subjektive Eindrücke zu bewerten sind, möchte ich bezweifeln."
„Ich erhebe nicht den Anspruch, daß das Programm den Menschen und seine Fähigkeiten zur integrativen Analyse verschiedener Fakten und Eindrücke ersetzen kann. Ein gutes Programm ist aber in der Lage, ihn dadurch zu unterstützen, daß es innerhalb kürzester Zeit viel mehr Möglichkeiten durchspielen kann als ein Mensch. Und das gilt sicher auch für ein medizinisches Diagnoseprogramm."
„Mag ja sein", gab Templer zu, „was sagt denn Ihr Chef zu Ihrem Kriminalprogramm?"
„Der ist noch vom alten Schlag. Bis vor wenigen Monaten lehnte er meine Methode ab, ohne sich damit auch nur auseinanderzusetzen. Seitdem ich mit Hilfe meines kleinen Freundes hier einige beachtliche Erfolge erzielt habe, ist er mit seiner Ablehnung deutlich leiser geworden", berichtete Herzig stolz.
„Hat Ihr kleiner Freund denn schon einen Verdacht im Fall Wallendorf ausgespuckt?" wollte Templer nun wissen.
„Also, an dieser Stelle muß ich mich wirklich auf mein Ermittlungsgeheimnis zurückziehen."
Templer hob die Schultern und stand vom Stuhl auf.
„Den Versuch, Sie zu überrumpeln, war es wert, aber ich habe schon längst gemerkt, daß Sie aufpassen wie ein Luchs. Ich glaube, man muß schon ein ganz Ausgeschlafener sein, wenn man Ihrem Scharfsinn entgehen will."
„Danke für die Blumen!"
Als Templer auf die Intensivstation zurückkam, sah er im Zimmer sechs ein großes Aufgebot von Mitarbeitern der Hausmeisterei stehen und diskutieren. In der Mitte des Kreises von lauter Herren stand die Kollegin Mickler und versuchte ganz offensichtlich, ihren Vorstellungen von einem verstellbaren Krankenbett auf Kufen Ausdruck zu geben, wobei sie mit den Händen immer wieder Bögen in die Luft malte.

Er ging grüßend an dem Zimmer vorbei und widerstand seinem Drang, hineinzugehen und ihren Ausführungen zuzuhören. Eines wußte er auch so: Wenn es ihr wichtig war, konnte diese Frau sich mit traumwandlerischem Gespür für die richtige Wahl ihrer Mittel durchsetzen. So hatte er sie noch vor wenigen Tagen nicht erlebt.
Im Kühlschrank der Stationsküche suchte Templer nach einem Erdbeerjoghurt, den er so gern aß. Hin und wieder brachte Ruth einige Dutzend Joghurts und Quarkspeisen mit, wenn sie für die Station Kaffee, Tee, Zucker und Kondensmilch im Supermarkt kaufte. Sie betätigte sich gern als Mutter der Station und wurde von den meisten in dieser Rolle auch geschätzt.
„Der Herr Oberarzt als Kombüsenkreuzer! So haben wir das gern!" lachte Klaus, ein Pfleger der Spätschicht, die gerade ihren Dienst angetreten hatte.
„Was ist das? Hört ihr jetzt schon Musik im Dienst?" fragte Templer, als er den Cassettenrecorder in der Hand des Pflegers entdeckte.
„Nicht nur Musik, auch Vogelgezwitscher, Hundebellen, eine Märchenerzählerin und was dein akustisches Herz sonst noch begehrt", gab Klaus zurück, „hier, hör' mal!"
Er schaltete das Gerät ein, und Templer vernahm Beethovens Neunte in bester Klangqualität.
„Seit wann hörst du klassische Musik, ich denke, du stehst mehr auf Country und Western?" wollte der Oberarzt wissen.
„Das ist für die Erlebniswelt unseres Stationsjüngsten."
„Stationsjüngsten?"
Templer verstand nicht recht.
„Ja, für die vorgeburtliche Reifung des Nachwuchses von Frau Wallendorf, hat uns Frau Doktor Mickler erklärt."
Jetzt begriff der Arzt, was gemeint war.
„Mache etwas nicht nur deshalb lächerlich, weil du es nicht verstehst", wurde Klaus von Templer ermahnt, „aber beruhige dich, ich muß mich damit auch erst noch auseinandersetzen, allerdings bin ich dazu auch bereit! Wer hat das aufgenommen?"
„Ich nehme an, Frau Doktor selbst. Sie hat mir jedenfalls drei Cassetten mit 270 Minuten Geräuschkulisse in die Hand gedrückt", erklärte ihm der Pfleger.
„Zeig' mal her!"
Templer konnte es kaum glauben, daß seine Kollegin am vergangenen Wochenende ein derart großes Arbeitspensum erledigt und ein wissenschaftliches Behandlungskonzept, eine Umbauanleitung für das Stationsbett ausgearbeitet und ein 270minütiges Klangpotpourri

aufgenommen hatte. Vor Jahren war er einmal so unvorsichtig gewesen und hatte einem Freund versprochen, für dessen Hochzeitsfeier 300 Minuten Musik zusammenzuschneiden. Er konnte sich also vorstellen, welche Arbeit in den drei Cassetten steckte, die Frau Mickler mitgebracht hatte.
Templer sah auf die Beschriftungen und las: Klänge, Musik, Sprache. Jesus, sie hat alles schön säuberlich getrennt aufgenommen, dachte er, vermutlich muß das auch noch in einer bestimmten Reihenfolge und zeitlich dosiert abgespielt werden. Die Kollegin war sichtlich darum bemüht, in der weiteren Behandlung aber auch gar nichts dem Zufall zu überlassen.
„Die Frauen sollen auch hin und wieder ihren Mund an die Bauchwand der Patientin pressen und mit dem Foeten sprechen. Vermutlich soll der oder die denken, das sei die Stimme der Mutter", mutmaßte Klaus noch.
Um Punkt achtzehn Uhr erschien Professor Brosenius zur Chefvisite. Bisher hatte Frau Doktor Mickler auf die Teilnahme an der späten Visite des Chefs verzichtet, weil sie offiziell bereits um 16 Uhr Dienstschluß hatte. Heute aber war sie auf der Station geblieben. Ganz offensichtlich wollte sie auf keinen Fall das Lob des Chefs verpassen, das ihr ihrer Meinung nach zustand. Hoffentlich wird sie nicht enttäuscht, dachte Templer, so sparsam wie der Chef mit Lob umgeht.
Brosenius hatte es wie immer recht eilig und hastete durch die Zimmer, in denen seiner Einschätzung nach Patienten lagen, deren Erkrankungen weniger schwerwiegend waren, bei denen die postoperativen Verläufe sich komplikationslos gestalteten oder er kaum Überraschendes erwartete. Man konnte ihm keineswegs nachsagen, daß er sich nicht einsetzte, wenn er darum gebeten wurde oder seine langjährige Erfahrung auf dem einen oder anderen Gebiet gefragt war. Der intensivmedizinische Routinebetrieb interessierte ihn jedoch wenig, und er versuchte, diese allabendliche Pflichtübung möglichst schnell hinter sich zu bringen, zumal er wußte, daß er sich auf seinen Oberarzt verlassen konnte.
Im Zimmer der Patientin Wallendorf verlangsamte er jedoch seine Durchlaufgeschwindigkeit und erkundigte sich ausführlich nach der Umsetzung des Behandlungskonzepts, das Frau Doktor Mickler ihm vorgestellt hatte. Seine Ausführungen und Fragen zeugten von ausgesprochener Detailkenntnis.
„Die Kollegin Mickler hat mir heute ihre Vorstellungen erläutert, wie wir bei der Patientin Wallendorf weiter verfahren sollten. Ich muß sagen, daß mich ihr Konzept sehr überzeugt hat. Eine Krankengymna-

stin und eine Beschäftigungstherapeutin sollen sich für je zwei Stunden täglich bis zur Entbindung unter der Anleitung von Frau Mickler ausschließlich um die Patientin kümmern, sofern ihr Zustand das zuläßt. Damit wird unser Personal entlastet und kann sich auf die reine Intensivpflege beschränken."

Wieder hatte Templer sich getäuscht. Seine Assistenzärztin hatte nicht nur erreicht, von Brosenius, wenn auch in verschlüsselter Form, gelobt zu werden, es war ihr darüber hinaus sogar gelungen, zusätzliches Personal, das ihr direkt unterstellt wurde, für die Umsetzung ihrer Ideen zu bekommen. Templer ärgerte sich darüber nicht, schließlich war ihm jede zusätzliche Arbeitskraft, die eingesetzt wurde, um sein Personal zu entlasten, willkommen. Auch mißgönnte er seiner Kollegin nicht ihren Erfolg, aber er spürte, wie er sie um den roten Teppich, der für sie ausgerollt wurde, beneidete. Für eine ähnliche Unterstützung vom Chef hatte er stets hart kämpfen müssen.

Dann kam Brosenius' Seitenhieb auf seinen Stellvertreter, unerwartet, wie ein verdeckt abgefeuerter Pistolenschuß, der eiskalt berechnet war und exakt traf.

„Ich persönlich hätte es gern gesehen, wenn Frau Mickler sich ausschließlich auf die Behandlung der Patientin konzentrieren könnte, aber mein leitender Oberarzt kann auf ihre Stationsarbeit offenbar unter keinen Umständen verzichten."

Alles schaute auf Templer, um zu sehen, wie er auf die Provokation reagieren würde. Der sah sich herausgefordert, etwas Passendes zu erwidern, unterließ es aber, weil Brosenius die Entscheidung, die Kollegin Mickler nicht von der normalen Stationsarbeit freizustellen, trotz seines verbalen Stiches offensichtlich zu respektieren gedachte. Wozu kämpfen, wenn das Ziel schon erreicht war?

„So ist es", sagte Templer lediglich und ließ den Fehdehandschuh auf dem Boden liegen.

Noch einmal wurde die Geschwindigkeit der Visite langsamer. Als Professor Brosenius ins Zimmer sieben trat und den jungen schwerverletzten Diabetiker sah, erkundigte er sich ausführlich nach den Laborwerten, ließ sich die Röntgenbilder zeigen und rechnete sogar die Flüssigkeitsbilanz nach.

„Herrschaften, ich möchte hier auf einer ganz exakten Blutzuckereinstellung bestehen. Und daß mir der Junge nicht zu früh von der Beatmung abgehängt wird. Wenn die Chirurgen da Zirkus machen, sagen Sie mir Bescheid!"

Am Abend war Templer zwar erschöpft, aber er hatte den Arbeitstag nicht als so zermürbend empfunden wie in den letzten Wochen und

Monaten. Mehrmals im Laufe des Tages war ihm Charlotte in den Sinn gekommen, und er hatte in seiner Arbeit innegehalten, um die zärtliche Liebe, die er für sie empfand, für einen kleinen Moment festzuhalten und zu genießen. Er war sich ganz sicher, noch nie zuvor so für einen Menschen gefühlt zu haben. Seinen Gedanken an sie nachhängend, saß er an seinem Schreibtisch und sichtete, wie an jedem Abend, Befunde und Berichte. Heute konnte er sich nicht richtig konzentrieren, immer wieder unterbrach er seine Arbeit, und seine Gedanken flogen zu Charlotte.

Durch das Klingeln seines Telefons wurde er aus seinen Träumen gerissen.

„Da ist eine Psychologin für Sie am Draht, Herr Oberarzt, eine Frau Doktor Gründler“, sagte der Mann von der Telefonzentrale, „sind Sie noch da, oder soll ich sagen, Sie hätten das Haus bereits verlassen?“

„Nein, nein! Stellen Sie durch!“ verlangte Templer und merkte, wie sich die Frequenz seines Herzschlages erhöhte.

„Templer.“

„Gründler.“

„Sie wünschen?“

„Ich möchte mit dem liebsten Arzt der Welt sprechen, können Sie mich da weiterverbinden?“

„Nicht nötig, der ist bereits am Apparat.“

„Hallo Hans! Ich habe es nicht länger ausgehalten, ich muß mit dir sprechen!“

„Was Ernstes?“

„Ja, sehr ernst! Ich muß dir unbedingt sagen, daß ich dich liebe!“

„Ich bin nicht sicher, ob die in unserer Telefonzentrale mithören können“, gab Templer zu bedenken.

„Na und? Darf ein leitender und noch dazu lediger Oberarzt nicht von seiner Geliebten angerufen werden? Oder fürchtest du, daß deine Chancen bei den Schwestern sinken, wenn das Gerücht die Runde macht, ihr Oberarzt sei neuerdings beweibt?“

„Quatsch, aber ...“

„Aber was?“

„Nichts!“

„Wir wollten uns erst in zwei Wochen treffen, aber ich glaube, die Zeit bis dahin ist mir viel zu lang!“

„Wie schön, mir nämlich auch.“

„Ich möchte dich am liebsten schon heute sehen, am besten jetzt gleich, aber das geht ja nicht. Was hälst du von Freitag? Oder hast du am Wochenende Dienst?“

„Nein, zum Glück nicht."
„Ich könnte dich in Hannover am Hauptbahnhof abholen. Kennst du das Bahnhofskino?"
„Ja, kenne ich", sagte Templer, „aber ich kann erst gegen 16.00 Uhr dort sein."
„Das ist okay. Die weitere Planung überlasse ruhig mir, ich habe mir schon eine tolle Überraschung für dich ausgedacht", kündigte Charlotte an.
Das Telefongespräch dauerte noch ganze eineinhalb Stunden, so viel hatten sie sich zu erzählen. Hans Templer konnte sich nicht daran erinnern, jemals in seinem Leben mit einem Menschen so lange telefoniert zu haben.
Nachdem er den Hörer aufgelegt hatte, stieg jene angenehme, körperlich erlebte Unruhe in ihm auf, die er als „Schmetterlinge im Bauch" bezeichnete und der Ausdruck einer übergroßen Vorfreude auf das Treffen mit Charlotte in vier Tagen war. Er fühlte sich einfach glücklich, gelöst und voller emotionaler Kraft. Gedankenverloren setzte er seine Büroarbeit im Schein der kleinen Schreibtischlampe fort.
Beim Rasieren am anderen Morgen hatte Templer einen besseren Eindruck von seinem Spiegelbild. Er fand, daß die Ringe unter seinen Augen schon nicht mehr ganz so tief waren wie noch vor einigen Tagen. Durch die offene Badezimmertür klangen Liebeslieder von Chris de Burgh, die er sich, seiner Stimmung entsprechend, gleich nach dem Aufstehen aufgelegt hatte und nun beim kritischen Blick in den Spiegel leise mitsummte. Eine Tasse mit heißem Kaffee stand dampfend vor ihm auf der Ablage. Als er sich sein Rasierwasser in die linke Hohlhand schüttete und im Gesicht verteilte, beschloß er, sich noch vor Freitag ein neues Aftershave zu besorgen. Den Geruch des alten empfand er, obwohl er es bereits seit zehn Jahren benutzte und immer wieder gekauft hatte, plötzlich langweilig und fade. Vielleicht sollte er sich auch neue Unterwäsche zulegen? Ein wenig peppiger und farbiger?

Der Klinikpförtner hielt Templer gleich nach dem Betreten der Vorhalle auf und berichtete ihm, daß wieder Journalisten angerufen hätten und auch auf dem Klinikgelände gesehen worden seien.
„Was kann ich denen sagen? Die fragen immer, ob es bei der Schwangeren im Koma etwas Neues gibt. Professor Brosenius sagte mir, ich soll mich an Sie wenden."
Kaum sind drei Tage vergangen, schon geht die Drängelei wieder los, dachte Templer.
„Ich gebe Ihnen Bescheid, sobald ich mich mit dem Kommissar abge-

sprochen habe“, entschied er und beschloß, die sechs Treppen bis zur Intensivstation heute zu Fuß zu gehen. Er mußte sich mehr bewegen, schließlich hatte er ein paar Pfund zu viel drauf.
Als er sich das Einheitsgrün der Intensivstation übergestreift hatte, warf er einen kurzen Blick in die Zentrale.
„Ist irgendwas von größerer Tragweite passiert? Todesfälle? Schicksalsschläge? Unheil? Alles andere heute bitte erst später!“
„Wie man's nimmt“, brummte Schwester Ursel, die Templer in der Zentrale sitzend vorfand.
„Was heißt das?“
„Das heißt, es gibt keine Todesfälle und keine Schicksalsschläge. Bei Unheil bin ich mir schon weniger sicher,“ versuchte sie genauer zu werden.
„Geht es noch ein Idee präziser?“ fragte Templer.
„Merkst du das nicht von allein? Hier ist eine Scheißstimmung! Wir machen uns nur noch an, jeder ist mies drauf und ..., ach, es macht einfach keinen Spaß im Moment!“
Der Oberarzt versuchte so zu tun, als sei ihm das Phänomen längst bekannt, obwohl er es in dieser Allgemeingültigkeit noch nicht festgestellt hatte. Er nahm sich jetzt, entgegen seiner ursprünglichen Absicht, doch die Zeit, auf Ursels Situationsanalyse näher einzugehen.
„Und was ist deiner Meinung nach der Grund dafür? Liegt das am Kommissar, der unangenehme Fragen stellt und das Personal ausquetscht?“ fragte er nach.
„An den Nachforschungen der Polizei liegt hier gar nichts!“ sagte die Schwester ganz entschieden, „das ist doch nur vorgeschoben! Es hat angefangen, als die Sache mit der Schwangerschaft von Frau Wallendorf bekannt geworden ist. Da hat jeder gerechnet und sich gesagt, irgendeiner muß das ja gewesen sein. An dem Tag ist die Stimmung hier gekippt.“
„Helmut Walter hat mich gestern bereits auf die große Arbeitsbelastung und die Unruhe auf der Station hingewiesen, er führte das aber auf die polizeilichen Ermittlungen zurück“, berichtete Templer der Schwester.
„Die Nachforschung der Kripo hat allenfalls noch einen draufgesetzt, ist aber nicht der ursprüngliche Grund für den Stimmungsumschwung. Auf keinen Fall!“ bekräftigte Ursel.
„Das ist ja für uns auch eine schwierige Situation. Die psychische Belastung ist sowieso schon groß genug, und dann noch so etwas“, gab Templer zu bedenken.

„Gibt es denn schon Hinweise auf den Täter?“
„Gestern noch nicht. Jedenfalls hielt der Kommissar sich sehr zurück. Der wird mir gegenüber natürlich auch keine ungesicherten Mutmaßungen ausposaunen.“
„Sicher nicht. Dann würde er ja noch mehr Gerüchte lostreten und Unsicherheit auslösen.“
„Kannst du genauer sagen, worin die schlechte Stimmung besteht? Gibt es Gruppenbildungen? Wo sind Frontverläufe zwischen euch?“ fragte Templer Schwester Ursel.
„Oh je! Du verlangst von mir, das so aus dem Bauch zu sagen? Und ich verbrenne mir das Maul, was?“
Die Schwester wußte, daß sie mit einigen unvorsichtigen Worten die Stimmung eher noch verschlechtern, vor allem aber gegen sich aufbringen konnte und war vorsichtig.
„Wenn sich alle bedeckt halten und die Dinge nicht konkret ansprechen, kann sich nichts ändern. Dann wird es immer unerträglicher!“ versuchte der Oberarzt sie zu ermuntern.
„Ich glaube, vieles liegt an dir ...“, begann sie mutig.
„An mir?“
Templer verstand das nicht. Wie sollte das mit ihm zu tun haben.
„Ja, an dir!“ bestand Ursel auf ihrer Meinung, „ich glaube, es müßte einer die Situation einmal offen ansprechen, in der Art eines ..., eines Vermittlers oder so. Immer warst du, seitdem du die Station übernommen hast, in der Lage, Konflikte zu entschärfen, einfach, indem du sie benannt und uns aufgefordert hast, in den Mitarbeiterbesprechungen und Teamsupervisionen, die du eingeführt hast, unseren Frust und unsere Sorgen auf den Tisch zu packen.“
„Und warum liegt das aktuelle Problem an mir?“ unterbrach Templer die Schwester ungeduldig.
„Moment, ich bin noch nicht fertig! Wir sind darauf angewiesen, daß du Schwierigkeiten in deiner ..., ja, wie soll ich das jetzt sagen? ... in deiner Harmonie stiftenden Art ansprichst und dazu beiträgst, daß eine Lösung oder wenigstens eine Klärung der Standpunkte herauskommt. Und jetzt nichts mehr! Wir sitzen bis zum Hals in der Tinte, und unser Oberarzt ist abgetaucht, von der Bildfläche verschwunden! Wir fühlen uns alleingelassen!“
„Ist das dein Ernst?“
„Ja, mein voller Ernst. Aber ich merke schon an deiner Reaktion, daß ich voll reingetreten bin, oder?“
„Nein, das stimmt nicht. So habe ich das bisher nur nicht gesehen. Mein Eindruck war, daß ich zur Zeit etwa 16 Stunden am Tag damit

verbringe, diese Situation, nennen wir es den Fall Wallendorf, so zu managen, daß am Ende möglichst für alle ..."
„... ein gutes Ergebnis herauskommt. Das ist typisch für dich. Ich finde es auch ganz toll, daß du diese Absicht hast. Die Frage ist nur, ob man bei einer so dramatischen Sache wirklich alle Interessen vereinigen kann, so daß es keine Verlierer gibt. Außerdem sind alle verunsichert, wie deine neue Rolle als stellvertretender Abteilungsleiter einzuordnen ist. So, nun ist es heraus, was ich eigentlich sagen wollte! Jetzt kannst du mich exekutieren!" sagte Ursel und hielt sich schützend die Hände vors Gesicht, als müsse sie Templers Schläge abwehren.
Der antwortete nicht, sondern stand vor ihr und dachte über das, was sie ihm gerade gesagt hatte, intensiv nach.
„Und? Jetzt bist du verärgert, oder?" fragte Ursel vorsichtshalber nach.
„Nein, nein! Ganz und gar nicht! Wenn du mir das jetzt nicht gesagt hättest, wären diese Überlegungen nie bis zu mir ..." Templer vollendete den Satz nicht. Dennoch ermutigte seine kurze Reaktion die Schwester, noch einmal ihren Standpunkt zu untermauern.
„Früher, als Stationsarzt, warst du einer von uns, und das hat sich auch nicht geändert, als du Oberarzt wurdest. Der Unterschied zwischen dem Stationsarzt Hans und dem Oberarzt Hans war nur gering."
„Und was ist jetzt anders?" fragte Templer nach, obwohl er sich die Antwort bereits denken konnte.
„Und jetzt wirst du über Nacht zum Stellvertreter des Chefs, managst, wie du selber gesagt hast, den Fall Wallendorf, trittst vor der Presse auf, verhandelst mit der Polizei, mit dem Verwaltungsleiter und was weiß ich mit wem noch alles. Auf der Station, wo du gerade jetzt so dringend gebraucht würdest, tauchst du nur noch auf, um im Schnelldurchgang Visite zu machen und kurz bei einer Tasse Kaffee in der Küche ‚hallo' zu sagen."
Schwester Ursel war jetzt richtig in Fahrt gekommen.
„Was kann ich dafür, daß die ganze Sache an mir hängengeblieben ist?" verteidigte Templer sich schwach und ohne innere Überzeugung.
„Ich behaupte gar nicht, daß du für die entstandene Situation verantwortlich bist. Dennoch fühlen sich viele auf der Station im Stich gelassen und verunsichert. Und zusätzlich schwebt über uns allen die Frage, wer Frau Wallendorf vergewaltigt hat. War es vielleicht sogar einer unserer Kollegen oder Ärzte?"

„Das glaube ich einfach nicht!“ rief Templer aus.
„Im Grunde ist doch jeder Mann verdächtig, der damals die Station betreten hat. Und er schleicht vielleicht immer noch mitten unter uns herum. Also, mich als Frau verunsichert das sehr“, versuchte Schwester Ursel die Situation weiter zu erklären.
Als Templer darauf gerade etwas erwidern wollte, drangen aus dem hinteren Teil der Station scheppernde Geräusche herüber, als wäre dort etwas aus Metall zu Boden gefallen. Dann waren die schrille Stimme von Schwester Sigrid sowie Stöhnen und Schnaufen, wie von einem Handgemenge, zu hören.
„Du Schwein! Was machst du hier? Gib den Apparat her!“
Als Templer mit Ursel, die sofort von ihrem Stuhl in der Zentrale aufgesprungen und in Richtung des Tumultes gerannt war, vor dem Zimmer sechs ankamen, war die Schiebetür weit offen. Schwester Sigrid wälzte sich mit einem Mann, der die grüne Kleidung der Intensivstation trug, auf dem Boden. Sie rangen um eine Fotokamera, die beide umklammert hielten. Hinter Templer und Ursel tauchte in diesem Moment, von dem Lärm ebenfalls alarmiert, Helmut Walter auf, drängte sich an ihnen vorbei und blickte auf das ablaufende Geschehen.
Der grün gekleidete Mann konnte Sigrid die Kamera entwinden, rappelte sich auf und wollte in Richtung Tür stürzen. In diesem Moment holte Helmut aus und schlug dem Mann, der direkt auf ihn zulief, seine Faust mit voller Kraft ins Gesicht. Hart getroffen fiel dieser nach hinten und prallte mit dem Kopf gegen einen Rollwagen, auf dem eine Absaugapparatur stand, stieß im Fallen noch einen lauten Schrei aus und blieb dann reglos zwischen Schwester Sigrid, die jetzt auf den Knien hockte, und Pfleger Helmut liegen.
„Was ist denn hier los?“ rief Templer verwirrt, sprang an Helmut vorbei und beugte sich über den Mann am Boden.
„Wer ist das?“
„Der hat die Wallendorf fotografiert“, erklärte Sigrid, die inzwischen ganz aufgestanden war, sich ihre rechte Hand an die Brust preßte und nach Luft rang. Dann nahm sie die Fotokamera an sich, die dem Fremden bei seinem Sturz aus der Hand gefallen war.
„Kennt den jemand?“
Templer kniete neben dem Unbekannten und versuchte festzustellen, wie schwer er verletzt war.
„Schieb’ die Tür zu, geh’ wieder nach vorn und schick’ Hartmut her, wir brauchen hier Verstärkung!“ rief Helmut Ursel zu, die auch sofort reagierte und den Raum verließ.
Der unbekannte Mann kam langsam zu sich und erhob seinen Ober-

körper. Er kniff ein paarmal die Augen zusammen, faßte sich mit einer Hand an den Hinterkopf, während er sich mit der anderen nach hinten abstützte.
„Was wollen Sie hier?“ schrie Templer den Mann an, „und wer sind Sie?“
Der Gefragte schien noch sehr benommen und antwortete nicht sofort. Inzwischen kam der zu Hilfe gerufene Pfleger ins Zimmer und wurde von Helmut kurz über das aufgeklärt, was sich zugetragen hatte.
„Ich wollte ..., ich wollte nur ein Foto machen, von ... der Frau“, stammelte der Mann und fuhr sich mit dem Handrücken über die Nase, die stark blutete.
Helmut reichte dem Mann ein Papiertuch und fragte: „Sind Sie von der Presse?“
Seine Nase mit dem Tuch betupfend, nickte der mit dem Kopf und versuchte sich zu erheben.
„Schließ’ ab, damit der nicht abhauen kann!“ wies Helmut den anderen Pfleger an, der immer noch in der Nähe der Tür stand.
Schwester Sigrid hatte inzwischen den Mechanismus zum Öffnen der Kamera durchschaut, klappte die Rückwand des Apparates auf und riß den Film aus der Rolle. Dann schloß sie den Deckel wieder und steckte den belichteten Film in ihre Hosentasche.
„So nicht, mein Herr! So nicht!“ rief sie aus und sah den Eindringling, der sich ganz langsam erhob und auf einen Hocker setzte, grimmig an.
„Mein Gott, das ist ja schlimmer als beim Catchen!“ stammelte der geschundene Fotoreporter und tupfte sich weiter das Blut von der Nase.
„Also, eine Sache wollen wir mal klarstellen: Nicht ich bin bei Ihnen eingedrungen, sondern Sie bei uns!“ sagte Helmut in scharfem Ton.
„Das ist kein Grund, jemanden halb tot zu prügeln!“
Der Mann von der Presse hatte sich inzwischen gefangen und überlegte offensichtlich, wie er am geschicktesten aus der Sache herauskommen konnte.
„Wenn ich eine halbe Portion wie dich auch nur halb tot schlagen will, sieht das anders aus!“ gab Helmut zu bedenken.
„Hör auf! So kommen wir nicht weiter!“ sagte Templer, der ziemlich bald begriffen hatte, daß die Sache nicht nur für den Reporter, sondern auch für seinen Stationspfleger nicht besonders gut aussah.
„Sie sind ohne Berechtigung und ohne Erlaubnis in die Intensivstation

eingedrungen, um eine bewußtlose Patientin für eine Zeitung oder Zeitschrift zu fotografieren. Dann sind Sie, soweit ich die Situation als Zeuge gesehen habe, auf meinen Mitarbeiter losgegangen. Der fühlte sich offensichtlich angegriffen und hat sich verteidigt", versuchte der Oberarzt die Situation bewußt parteiisch darzustellen. Dann fragte Templer ganz unschuldig in die Runde: „Hat einer von euch etwas anderes beobachtet?"
Allgemeines Kopfschütteln.
„Nein!"
„Werter Herr, damit ist die Situation für mich als leitender Oberarzt dieser Station klar. Ich mache Ihnen jetzt ein faires Angebot."
„Was für ein Angebot?" fragte der Reporter überrascht.
„Also, Sie händigen mir jetzt Ihren Presseausweis aus, damit ich die Daten aufnehmen kann. Ich gebe Ihnen Ihre Kamera, ohne den Film natürlich, und lasse Sie laufen, ohne Anzeige gegen Sie zu erstatten. Sollte ich noch einmal irgend etwas von Ihnen hören, sei es, daß Sie hier in der Klinik auftauchen oder versuchen sollten, eine Anzeige wegen Körperverletzung anzustrengen, werde ich eine Anzeige wegen Hausfriedensbruch loslassen und eine Aussage im eben dargestellten Sinn gegen Sie machen. Ist das klar?"
„So einfach ist das nicht!" versuchte der Angesprochene seine Lage zu verbessern, „ich habe mich schließlich bei der Schwester vorne angemeldet und von ihr die Erlaubnis erhalten, mich auf der Station zu bewegen."
Oberarzt Templer ließ Schwester Ursel holen und konfrontierte sie mit den Angaben des Journalisten.
„Das stimmt!" bestätigte sie, „aber der hat nicht gesagt, daß er Fotos machen will, sondern ..., was hat er noch gesagt? Er sei von den Dräger-Werken und müsse unsere Beatmungsgeräte überprüfen."
„Und du hast nicht nach einem Firmenausweis gefragt?" fragte Templer.
„Hab' nicht dran gedacht", gestand Ursel.
„Sie haben sich den Zutritt auch noch zusätzlich durch falsche Angaben erschwindelt. Ihr Strafkonto wird ja immer dicker! Ich verstehe überhaupt nicht, warum Sie sich hier so aufblasen. Ich wiederhole mein Angebot und gebe Ihnen genau zehn Sekunden Zeit sich zu entscheiden! Also, was ist Ihnen lieber?" fragte Templer mit großer Selbstsicherheit in der Stimme und blickte demonstrativ auf seine Armbanduhr.
„Okay, okay", gab der Mann klein bei, zog seinen Personalausweis aus der Tasche und reichte ihn Templer.

„Ich habe keinen Presseausweis. Ich bin nicht fest angestellt, sondern ..."
„Aha, ein freischaffender Paparazzo. Gibt es für die keine Presseausweise?"
Oberarzt Templer notierte sich die Daten vom Ausweis und reichte dem Mann das Dokument zurück.
„Sollen wir noch Ihre Verletzung versorgen?" fragte er.
Wortlos nahm der Fotograf Sigrid die Kamera aus der Hand und verließ die Station. Als von ihm nichts mehr zu sehen war, reichte Helmut Walter Templer die Hand.
„Danke! Das hast du hervorragend hingekriegt!"
„Ich hoffe, du weißt, daß das auch anders hätte ausgehen können und vielleicht auch noch ausgehen kann!" klärte der Oberarzt Helmut auf, „weil das Vergehen dieses Mannes wirklich kein Grund war, ihm fast die Nase ins Hirn zu schlagen."
„Na, jetzt übertreibst du aber", lachte der Pfleger, nun schon eine Spur entspannter, „auf jeden Fall wird der das nicht noch einmal versuchen!"
„Ich hoffe, daß der auch nichts in einer Zeitung darüber berichtet", sagte Templer.
Er machte sofort Professor Brosenius und Verwaltungsleiter Janssen von dem Zwischenfall Meldung, verlor aber kein Wort davon an Kommissar Herzig, den er noch am Morgen aufsuchte, um mit ihm abzusprechen, in welcher Form sie die Presse auf dem laufenden halten wollten.
„Ich habe der Presse nichts mitzuteilen", sagte Herzig nur kurz.
„Gut. Darf ich das an die Presseleute in dieser Form weitergeben?" fragte Templer den Kommissar.
„Klar. Es gibt einfach keine neuen oder gesicherten Erkenntnisse. Was soll ich denen erzählen?"
Die Journalisten wurden informiert, daß für den nächsten Morgen im Tagungsraum wieder eine Presseerklärung abgegeben würde. Nur er und Frau Doktor Mickler würden daran teilnehmen, um ausschließlich über die weitere medizinische Versorgung der schwangeren Patientin im Koma, wie die Presse sie inzwischen fast einheitlich nannte, zu berichten.
Am Nachmittag machte Templer eine fast zweistündige und damit sehr ausführliche Visite auf der Intensivstation und beraumte für Freitagmorgen eine Mitarbeiterbesprechung an. Themen: 1. Polizeiliche Ermittlungen im Fall Wallendorf, 2. Zwischenmenschlicher Umgang miteinander, 3. Vortrag von Frau Doktor Mickler über neue pe-

rinatologische Entwicklungen, 4. Kürzlich erfolgte Beförderung/OA Templer.
Als er ins Zimmer von Frau Wallendorf kam, waren gerade drei Männer aus der Klinikhausmeisterei damit beschäftigt, ein Intensiv-Krankenbett auf zwei große Kufen zu montieren, damit es, von einem Elektromotor angetrieben, sanft hin- und herbewegt werden konnte. Durch einen Drehmechanismus an beiden Kufen, der Templer sogleich vorgeführt wurde, war es möglich, daß sich das Bett auch in verschiedene Richtungen schaukeln ließ. An der Bauchwand der Patientin war ein flacher Lautsprecher befestigt, über den, mit längeren Pausen, Klänge, Sprache und Musik abgespielt wurden. Die Beschäftigungstherapeutin und die Krankengymnastin waren bereits in ihre Aufgabe eingewiesen worden und hatten mit der Arbeit begonnen.
Innerhalb von nur zwei Tagen hatte seine Stationsärztin mit großer Energie, ungeheurem Fleiß und geschickter Verhandlungsführung erreicht, daß die Umsetzung ihres Behandlungskonzeptes in vollem Gange war. Templer zeigte sich, als er während seines Visitendurchganges die konkreten Ergebnisse der Bemühungen seiner Assistenzärztin sah, erneut aufrichtig beeindruckt, aber auch sehr überrascht von der Wandlung der Kollegin, die in den letzten Tagen aus ihrem Schatten der ruhigen, zurückhaltenden Stationsärztin herausgetreten war.
Die Presseinformation am nächsten Morgen verlief unspektakulär. Zunächst war die Enttäuschung unter den Journalisten groß, als Templer bekanntgab, daß Kommissar Herzig nicht die Absicht habe, an der Veranstaltung teilzunehmen. Gerade von ihm versprachen sie sich inzwischen die größte Sensation, wenn er ihnen den Mann präsentieren würde, der sich an der komatösen Patientin vergangen hatte.
Frau Doktor Mickler stellte ihr Behandlungsprogramm für die Patientin in allen Einzelheiten vor und wurde dazu befragt. Eine Frage der Journalisten galt dem Problem einer möglichen Adoption des Kindes, wenn es denn gelingen sollte, die Schwangerschaft solange zu erhalten, daß es eine Überlebenschance haben würde. So erfuhren sie vom Oberarzt, daß es außer einer alten Tante, die das Kind schon aus Altersgründen nicht würde zu sich nehmen können, keine Angehörigen habe, die zu seiner Erziehung in der Lage wären.
Eine interessante Frage wurde noch an Frau Mickler gerichtet:
„Reicht denn ein einziger geschlechtlicher Kontakt aus, um die Befruchtung einer Eizelle genau im richtigen Augenblick herbeizuführen?“

„Die Wahrscheinlichkeit, daß ein Kontakt ausreicht, ist in der Tat recht gering, besonders, weil davon ausgegangen werden muß, daß der Täter nicht die Herbeiführung einer Schwangerschaft im Auge gehabt haben dürfte und möglicherweise über den Verlauf des Menstruationszyklus' der Patientin auch nicht Bescheid gewußt hat. Aber es gibt solche Zufälle natürlich. Auf der anderen Seite können wir auch nicht mit Sicherheit ausschließen, daß sich mehrmals an der Patientin vergangen wurde."

Die Besprechung am Freitagmorgen, an der alle Mitarbeiter der Intensivstation einschließlich der Nachtwachen teilnahmen, begann recht schleppend. Keiner traute sich, den sicheren Platz im Schutz der Gruppe zu verlassen und etwas zu den Themen auf der Tagesordnung zu sagen. So berichtete Templer als erster über den Stand der Ermittlungen, soweit er ihm bekannt war, und über die Arbeit der Kriminalpolizei im Haus. Dann erläuterte Frau Doktor Mickler noch einmal sehr detailliert die weitere Behandlung von Frau Wallendorf. Als beide Ärzte am Ende ihrer Ausführungen waren, entstand über mehrere Minuten ein peinliches Schweigen. Keiner sagte ein Wort.

„Das ist ja nicht zum Aushalten!" durchbrach Schwester Ruth die Stille, „jetzt sitzen wir, die wir viele Jahre miteinander arbeiten, hier und haben uns nichts zu sagen, obwohl jedem einzelnen so viel auf der Seele brennt!"

Damit war das Eis gebrochen. Es entstand eine lebhafte Diskussion über die Entscheidung, die Schwangerschaft der Patientin überhaupt aufrechtzuerhalten.

„So ist die Gesetzeslage, und das ist eine Entscheidung, die nicht wir, sondern der Pfleger von Frau Wallendorf treffen mußte und auch getroffen hat", stellte Templer noch einmal klar und hoffte damit eine endlose Ethikdebatte, die keine praktischen Konsequenzen gehabt hätte, in der Runde zu vermeiden.

Sehr viel Raum nahm die Frage des zwischenmenschlichen Umganges auf der Station seit dem Bekanntwerden des Verbrechens an Frau Wallendorf ein.

„Mir geht immer wieder die Frage durch den Kopf, wer sie vergewaltigt hat. War es vielleicht sogar einer von unseren Kollegen oder Ärzten?" wiederholte Schwester Ursel ihre Frage, die sie am Vortag schon Templer gestellt hatte, „und arbeitet dieser Kerl noch unter uns?"

„Das kann aber kein Grund dafür sein, eine Art Kollektivhaß auf alle männlichen Kollegen zu übertragen und damit das Arbeitsklima zu vergiften!" meinte Kurt Hagedorn, der Pfleger, der Frau Wallendorf in

den letzten Monaten sehr häufig betreut hatte und sich besonders heftigen Verdächtigungen ausgesetzt sah.
Schweigende Betroffenheit herrschte im Raum. Templer meinte einen Riß quer durchs Team zu spüren.
„Ist es denn so, daß diese Linie des Mißtrauens, die offenbar entstanden ist, exakt zwischen Männern und Frauen des Teams verläuft?“ wollte er wissen.
„Ich glaube, daß man das so scharf nicht einteilen kann, aber die grobe Richtung deiner Vermutung stimmt“, erklärte Ruth.
„Ich finde es schlimm, daß dieses Verbrechen unser Team, das seit so vielen Jahren prächtig zusammenarbeitet, derart spalten kann!“ sagte Helmut Walter betroffen.
„Du hast recht“, stimmte Ursel ihm zu, „aber den Ekel vor irgendeinem perversen Schwein, das unter uns sein könnte, habe ich mir doch nicht bewußt ausgedacht, aus einer feministischen Einstellung heraus, sondern dieser Ekel oder diese Unsicherheit ist einfach in mir entstanden, als ich von der Vergewaltigung hörte.“
„Dabei siehst du mich an, als habe ich das getan!“ empörte Kurt sich.
„Nein, das mußt du dir einbilden!“ wehrte Ursel sich gegen diese Unterstellung.
„Ich finde es unerträglich, wie ihr miteinander umgeht!“ schrie Schwester Ilse, die in Helmut Walters Schicht arbeitete.
„Genau das charakterisiert die derzeitige Stimmung unter uns“, versuchte Templer zu verdeutlichen, „jeder mißtraut jedem, und alle sind gereizt und nervös. Ich gehe davon aus, daß es gelingt, den Täter zu ermitteln. Wäre es möglich, die gegenseitigen Verdächtigungen bis dahin zurückzustellen?“
„Und so lange sollen wir Frauen vielleicht noch mit einem Vergewaltiger zusammenarbeiten?“ fragte Ruth empört.
„Dann vermeide doch jeden Kontakt mit dem anderen Geschlecht und geh' ins Kloster!“ schlug Helmut Walter ihr vor.
„Ha, ha, ha!“
„Leute, so kommen wir einfach nicht weiter!“ versuchte Templer wieder die Emotionen aus der Diskussion zu bekommen.
„Ich denke, daß wir bis zur Ermittlung des Täters überhaupt nicht weiterkommen“, sagte Ursel.
„Und wenn er nicht ermittelt werden kann?“ fragte Templer in die Runde.
Betretenes Schweigen.
„Vielleicht sollten wir die Schichten in Männer- und in Frauenteams einteilen!“ kam als Vorschlag von Hartmut, der sich bisher nur

schweigend alle Diskussionsbeiträge angehört hatte. Dieser Vorschlag fand nur bei einigen der Schwestern Zustimmung.
„Männer und Frauen haben in all den Jahren äußerst gut miteinander gearbeitet. Mir ist in den 13 Jahren meiner Tätigkeit auf dieser Station auch kein einziger Fall von sexueller Belästigung bekannt geworden. Warum trauen einige von euch Frauen uns mit einem Mal eine derartige Sauerei zu?“ wollte Helmut Walter wissen.
„Mein Gott, es ist so schwierig!“ rief Schwester Petra aus, die als letzte Mitarbeiterin vor zwei Jahren ins Team gekommen war.
„Ich möchte mal eure Gesichter sehen, wenn sich herausstellt, daß der Täter eine Frau war.“
Diese Provokation von Pfleger Klaus löste einen derartigen Proteststurm aus, daß er nur noch ein kurzes „Entschuldigung“ von sich gab und nicht wieder in das Gespräch eingriff.
Der Tagesordnungspunkt zwei konnte am Ende, trotz weiterer lebhaft und engagiert geführter Diskussion, nicht abgeschlossen werden. Templer gewann nicht den Eindruck, daß das Teamgespräch auch nur ein klein wenig von der verfahrenen Situation hatte klären können. Es waren nach seiner Wahrnehmung lediglich Emotionen hochgekocht und unbelegbare Ressentiments zwischen Männern und Frauen ausgetauscht worden. Das widerstrebte seinem Harmoniebedürfnis sehr, war aber im Moment nicht zu ändern. Wirklich Ruhe und Frieden würden erst dann wieder auf der Station einkehren können, wenn Kommissar Herzig ihnen den Täter präsentierte.
Am Ende der Besprechung gab Templer eine kurze Erklärung ab.
„Wie ihr alle wißt, bin ich, zu meiner eigenen Überraschung übrigens, vor einigen Tagen zum stellvertretenden Leiter der Abteilung für Anästhesiologie und Intensivmedizin ernannt worden. Das hat, wie ich gehört habe, offenbar einige von euch, mich eigentlich auch, verunsichert.“
Diese Bemerkung löste Heiterkeit in der Runde aus.
„Ich hatte ursprünglich nicht die Absicht, dieses Ereignis zu kommentieren, aber die entstandenen Unsicherheiten zwingen mich dazu. Ich würde sehr gern weiter der Hans Templer bleiben, der ich in den letzten Jahren immer gewesen bin und den ihr auch kennt. Die vergangenen Tage haben mich gelehrt, daß das bei meiner derzeitigen Aufgabenstellung nicht ganz einfach ist. Ich hoffe aber dennoch, daß ich mich nicht von meiner bisherigen Position euch gegenüber verabschieden muß, denn das wäre ein zu hoher Preis für mich.“
Als Templer schwieg, herrschte zunächst Stille im Raum, dann be-

gann Helmut zu applaudieren, und alle fielen in diesen Applaus ein. Schließlich trug Ruth zwei Tabletts mit Gläsern und zwei Flaschen Sekt herein. Die Leute aus der arbeitenden Schicht bekamen lediglich einen kleinen Schluck. Als alle ihren Sekt in der Hand hielten, blickte Ruth Templer feierlich an und stimmte dann an: „Unserem Oberarzt Hans zu seiner Beförderung ein dreifaches Hipp, hipp ..."
„Hurra!"
„Hipp, hipp ..."
„Hurra!"
„Hipp, hipp ..."
„Hurra!"

Am Freitagabend stand Hans Templer um Punkt 16.00 Uhr am Eingang des Bahnhofkinos und wartete auf Charlotte. Er stand fünf Minuten, er stand zehn Minuten und auch eine viertel Stunde, ohne sie zu sehen. Schließlich begann er, an der verabredeten Uhrzeit zu zweifeln. Hatte sie vielleicht ganz einfach den Termin vergessen?
Nach einer halben Stunde Wartezeit wurde er wütend, zunächst nur etwas, aber mit steigender Tendenz. Dennoch entfernte er sich nicht vom verabredeten Platz. Zum wiederholten Mal betrachtete er die Plakate des Pornofilmes im großen Schaukasten neben dem Eingang. Plötzlich wurden ihm von zwei zärtlichen, warmen Händen die Augen verschlossen.
„Na, holst du dir Appetit für unser Wochenende?" flüsterte eine sanfte, weibliche Stimme in sein Ohr. Sein Zorn war sofort verflogen, er drehte sich um. Ein blonder Lockenkopf näherte sich seinem Gesicht, ihre Lippen berührten sich.
„Entschuldige meine Verspätung, ich bin in einen Stau geraten", erklärte Charlotte.
„Macht doch nichts, ich bin auch erst seit einer halben Stunde hier."
Beide lachten.
Sie trug einen eleganten roten Wollmantel, der bis auf den Boden reichte und hoch geschlossen war, ihre Figur aber vorteilhaft betonte. Ihren Kopf zierte eine rote Baskenmütze, keß zur Seite getrimmt.
„Komm!" sagte sie und ergriff seine Hand, „ich glaube, ich darf da draußen nicht lange parken."
Seinen Koffer nahm er in die eine, Charlottes Arm in die andere Hand. Ihm war, als würde er mit ihr aus dem Bahnhof fliegen.
Auf dem Vorplatz stand, mitten im absoluten Halteverbot, ein knallroter Mercedes 190 SL. Templer war begeistert, einen solchen Wagen hatte er Charlotte nicht zugetraut, aber er paßte zu ihr.

„Was ist? Gefällt dir der Wagen nicht?“ fragte sie scheinheilig, als er staunend einige Meter davor stehenblieb. Sie drehte den Schlüssel im Schloß der Fahrertür herum, gleichzeitig sprang der Türknopf auf der Beifahrerseite hoch.
„Die Zentralverriegelung habe ich nachrüsten lassen“, verriet sie ihm beiläufig, sehr wohl um den Effekt ihrer Worte wissend.
Hans stellte seinen Koffer hinter den Beifahrersitz, stieg ein und schnallte sich an. Charlotte zog, bevor sie sich auf den Fahrersitz fallenließ, ihren Wollmantel aus, und er sah, daß sie darunter einen ebenfalls roten, seitlich geschlitzten Rock trug. Mit dem Schließen ihrer Tür ging das Licht im Inneren des Wagens aus. Sie beugte sich zu ihm herüber und küßte ihn, zunächst ganz zärtlich, dann mit ihrer Zunge vorwärts drängend. Ganz abrupt beendete sie das Spiel ihrer Lippen, drehte den Zündschlüssel herum und ließ den Motor an.
„Wohin bringst du mich?“ fragte er.
„Laß dich überraschen!“
Charlotte fuhr aus der Stadt in Richtung Autobahn, sie redete munter drauf los, erzählte von ihrer Arbeit und ihren Unternehmungen. Templer hatte das Gefühl, daß seit ihrer letzten Begegnung erst einige Stunden vergangen waren. Charlotte verstand es, ihm sofort Nähe und Vertrautheit zu vermitteln. Dieses Phänomen war Hans bereits während des Klassentreffens aufgefallen, und er hatte es als äußerst angenehm empfunden.
Obwohl an einigen Stellen noch Schneereste lagen, waren die Straßen frei und trocken. Charlotte fuhr sicher, sportlich, aber nicht riskant. Hans betrachtete sie von der Seite, ihre blonden Haare, ihr fein geschnittenes Gesicht mit einer etwas zu kleinen Stupsnase. Sie hatte den Mund leicht geöffnet und die Zunge zwischen ihre blutrot geschminkten Lippen geschoben. Die rote Seidenbluse lag eng an und betonte ihren Busen, der sich deutlich durch den Stoff abzeichnete.
„Ist was?“ fragte sie und lächelte ihn an.
„Du bist sehr hübsch“, antwortete er und erwartete eine Antwort vom Ich-weiß-Typ, aber sie bedankte sich artig und legte ihm kurz ihre Hand auf den linken Oberschenkel.
„Es freut mich, daß du das sagst.“
Da war sie wieder, diese warmherzige Verbindlichkeit. Trotz ihres guten Aussehens und ihrer betont erotischen Kleidung war sie kein Vamp-Typ, kein man-eater, sondern eine Persönlichkeit mit Tiefgang und voller aufmerksamer Anteilnahme. Genau das war es, was er an ihr so sehr schätzte.
Charlotte bog auf die Autobahn und trat aufs Gaspedal. Der Wagen

beschleunigte schnell. Sie beugte sich ein wenig vor und schob mit dem Zeigefinger eine Cassette in den Recorder. Dabei schaute sie ihn schelmisch an und fragte:
„An was erinnert dich dieses Lied?"
Er lauschte der Musik, „Sugar" von den Archies, und überlegte ganz angestrengt. Enttäuscht sah sie zu ihm hinüber und machte einen Schmollmund. Langsam löste sich seine Blockade. Richtig, er war vor dem gemeinsamen Kellererlebnis einmal mit ihr in einer Diskothek gewesen, in der immer wieder „Sugar" gespielt worden war, damals Spitzenreiter in der englischen Hitparade. Den ganzen Abend hatten sie damals nach diesem Lied getanzt. Er hatte diese Begebenheit vollkommen vergessen, erst durch Charlottes Gegenwart in Verbindung mit dem Lied wurde ihm dieser Abend wieder ins Gedächtnis zurückgerufen.
Die Landschaft wurde bergiger. Charlotte raste zwar nicht, aber sie fuhr zügig, scherte aus, überholte. Ganz konzentriert saß sie am Steuer und sah gelegentlich kurz in den Außenspiegel, bevor sie erneut zum Überholen ansetzte.
Wohin wollte sie mit ihm? Er hatte keinen blassen Schimmer, aber den Eindruck, daß die Sache gut vorbereitet war.
Zwei Stunden später verließen sie die Autobahn, kamen durch ein kleines Dorf und fuhren schließlich steil bergauf. Inzwischen war es vollständig dunkel geworden, und der Strahl der Autoscheinwerfer tastete sich durch dichten Wald. Immer höher hinauf ging die Fahrt, in den Spitzkehren schaltete Charlotte zurück, beschleunigte dann wieder, wurde schneller bis zur nächsten Spitzkehre. Hans stellte keine Fragen, saß, mit der Situation zufrieden, entspannt auf dem Sitz und träumte vor sich hin. In ihrer Nähe konnte er sich sicher fühlen, sollte sie ruhig bestimmen. Eigentlich war er ein sehr aktiver Mann, der es gewohnt war, die Führung zu übernehmen. Auch in seinen früheren Beziehungen hatte er den aktiven Part gespielt, und seine Partnerinnen hatten sich eher seinen Entscheidungen angepaßt. Es bereitete ihm keine Probleme, daß es jetzt umgekehrt war.
Nach mehreren Kilometern steiler Bergstrecke und immer enger werdenden Kurven fuhren sie auf den mit holprigem Kopfsteinpflaster belegten Innenhof einer Burg, oder vielmehr eines Burghotels, wie er später feststellen sollte.
„Da wären wir!" sagte Charlotte, beugte sich zu ihm hinüber und umschlang mit beiden Händen seinen Hals. Ihr Mund berührte seinen, sie knabberte zärtlich an seiner Unterlippe.
In der dunklen Eingangshalle, die sie über eine hölzerne Zugbrücke

erreichten, standen eine alte Kanone und in einer Ecke eine gut erhaltene Ritterrüstung. An den Wänden, anscheinend handelte es sich noch um das alte Gemäuer, hingen Lanzen und Hellebarden sowie die Porträts der früheren Burgbewohner. Fußboden und Decke befanden sich in gutem Originalzustand. Während Charlotte sich wohlig seufzend auf ein altes Ledersofa fallen ließ, das an einer Wand stand, blickte Hans sich interessiert um.
„Sehr gut ausgesucht“, sagte er anerkennend, „warst du schon mal hier?“
Charlotte schüttelte den Kopf.
„Ist die Empfehlung eines Kollegen, der hier manchmal ein Wochenende mit seiner Geliebten verbringt.“
„Ist das so eine Art Liebesnest?“
Sie zuckte mit den Schultern.
„Vielleicht. Ist doch ein schönes Liebesnest, oder?“
Nach ein paar Minuten entdeckte er auf einem antiken und reich verzierten Schreibtisch eine Klingel, die er betätigte. Kurz darauf erschien eine recht füllige freundliche Dame mittleren Alters im schwarzen Kostüm. Sie blickte erst ihn, dann Charlotte an und fragte:
„Frau Doktor Gründler?“
Charlotte erhob sich aus dem Sessel, lächelte die Dame an und bejahte die Frage. Die Hotelchefin gab beiden die Hand und war unsicher, ob sie nun ihm oder ihr den Zimmerschlüssel überreichen sollte. Schließlich entschied sie sich für Charlotte.
„Zimmer 14. Ich wünsche Ihnen einen angenehmen Aufenthalt. Ihr Tisch im Restaurant ist übrigens schon vorbereitet, Frau Doktor.“
Eine breite, mit einem roten Läufer bedeckte Treppe führte sie in den ersten Stock. Auf den Treppenabsätzen begegneten sie weiteren Rüstungen und alten Waffen, die in tief ausgeschnittenen Mauernischen drapiert waren. Von der Decke hing ein schwerer Leuchter herunter. Während sie die Treppe hinaufgingen, kam Hans aus dem Staunen nicht heraus, immer wieder drehte er sich nach den interessanten Gegenständen um und schaute zur vielfältig ornamentierten Decke hinauf.
Charlotte zog ihn zuletzt einfach hinter sich her, schloß das Zimmer Nummer 14 auf und versuchte ihn in den Raum zu schieben. Er blieb in der Tür stehen und sah sich im Zimmer um. Es war ein großer, ganz mit geschnitzten Hölzern ausgekleideter Raum, auf der einen Seite stand ein riesiges Doppelbett, über dem ein großes Ölgemälde mit einer wohl proportionierten nackten Frau prunkte. Ein schwerer Teppich bedeckte den Boden. Charlotte warf ihren Koffer auf eine

dafür vorgesehene Ablage, hob mit beiden Händen ihren engen Rock, sprang mit einem großen Satz auf das Bett und begann darauf zu hüpfen.
„Ach, ist das schön!“ seufzte sie zufrieden und ließ sich in das weiche Federbett fallen.
„Ein freies Wochenende mit dir in diesem Paradies. Ich freue mich, Hans!“
Sie strahlte ihn an.
„Komm!“
Sie streckte ihm beide Arme entgegen. Er schob die schwere Tür ins Schloß, stellte seinen Koffer ab und ließ sich neben ihr ins Kissen sinken.
Sie wälzten sich auf der Decke und schmiegten sich zärtlich aneinander. Charlotte kämpfte sich nach oben und richtete ihren Oberkörper auf. Sie begann, ihre Bluse aufzuknöpfen, beugte sich zu ihm herunter und gab ihm einen Kuß auf die Stirn. Ganz langsam ließ sie die Bluse von ihren Schultern gleiten und saß mit blanken Brüsten auf ihm. Er streichelte sie sanft mit den Fingerkuppen. Charlotte schüttelte sich vor Wonne und fing an, ganz tief und geräuschvoll zu atmen. Sie hatte wunderschöne Brüste, noch nie hatte er bei einer Frau einen so vollendeten Busen gesehen, ganz straff und glatt. Sie beugte sich zu ihm herunter, so daß ihre rechte Brustwarze seinen Mund berührte. Er stimulierte sie mit der Zunge und bemerkte, wie ein Beben durch Charlottes Körper lief. Sie begann, sich auf seinem Körper ganz langsam hin- und herzubewegen, dabei kreiste sie leicht mit den Hüften. Hans erregte das sehr, und er stemmte ihr sein Becken entgegen. Ihr langes Haar fiel über seinen ganzen Oberkörper, als sie ihn küßte.
Sie ließ sich von ihm herunterrollen, öffnete geschickt ihren Rock und strampelte ihn mit beiden Beinen ab. Darunter trug sie einen roten Tangaslip. Sie öffnete einige Knöpfe seines Hemdes und zog es über seinen Kopf, knöpfte dann seine Hose auf und streifte sie ab. Zärtlich und unendlich langsam glitt ihre rechte Hand in seinen Slip und begann, ihn zu streicheln. Seine Männlichkeit regte sich. Er revanchierte sich, indem sein Mittelfinger das Gummiband ihres Tangas überwand und vorsichtig ihre Schamlippen teilte. Charlottes Körper bäumte sich auf, sie warf den Kopf zurück, öffnete ihre Lippen und stöhnte auf. Er streifte ihr Höschen herunter und massierte ihre feuchte Spalte nun kräftiger. Ihre Seufzer wurden lauter. Sie riß ihm den Slip von den Hüften, spreizte ihre Schenkel und rief:
„Nimm’ mich! Komm‘, mach‘s mir!“

Er drang in sie ein. Sie quittierte das mit einem wollüstigen Grunzen und schlang ihre langen Beine um seine Lenden. Mit schnellen, kräftigen Stößen, denen sich Charlotte im Takt entgegenstemmte, versuchte er, ihr möglichst große Lust zu bereiten. Sie begann, spitze Schreie auszustoßen, ihre großen Brüste wippten im Takt, ihr Gesicht war vor Lust verzerrt. Sie hielt die Augen geschlossen und feuerte ihn mit den obszönsten Worten an, die er je von einer Frau gehört hatte.
Plötzlich entzog sie sich ihm, drehte ihm den Rücken zu und ließ sich auf Knie und Ellenbogen fallen.
„Weiter, Weiter!“ keuchte sie, und er drang erneut, jetzt von hinten, in sie ein. Sie schrie schrill auf, warf den Kopf hin und her und biß ins Kopfkissen. Seine Bewegungen wurden noch kräftiger. Wieder feuerte sie ihn wie einen Boxer in der entscheidenden Phase seines Kampfes an und warf ihm ihren Körper kräftig entgegen, um ihn noch tiefer zu spüren. Plötzlich schrie sie laut auf, alle Muskeln ihres Körpers schienen sich zu verkrampfen. Genau in diesem Augenblick explodierte er in ihr. Sie sanken beide kraftlos auf das Bett zurück und atmeten schwer.
Minutenlang bewegten sie sich nicht und sprachen kein Wort. Sie genossen den Augenblick der wohligen Erschöpfung. Hans war kein unerfahrener Liebhaber, aber dieser Akt übertraf alles bisher erlebte.
Langsam glitt er aus Charlottes Körper, und sie schmiegte ihren Rücken an seinen Bauch.
„Ein Quicky vor dem Essen macht nicht nur hungrig, sondern auch durstig“, flüsterte sie und lächelte befriedigt.
„Du bist ja ein Sexprotz erster Güte!“ sagte sie jetzt laut, drehte sich zu ihm um und gab ihm einen Kuß auf die Nase. Da war sie wieder, diese verbindliche Seelenwärme, diese Herzlichkeit. Er hatte nicht nur mit Charlottes Körper geschlafen, nein, er war mit ihrer ganzen Person, mit Leib und Seele eins gewesen. Sie brachte sich stets voll ein und zeigte das auch deutlich.
Eine ganze Weile lagen sie noch aneinander gekuschelt und streichelten sich. Dann schlüpfte sie aus dem Bett und verschwand mit ihrem Schminkköfferchen im Bad, das direkt an ihr Zimmer grenzte. Hans lag derweil ausgestreckt auf dem Laken und konnte sein Glück gar nicht fassen. Warum war er derjenige, der einer so großartigen Frau begegnen durfte oder, besser gesagt, wieder begegnen durfte? Es gab bis zum Wiedersehen mit Charlotte für ihn schöne Frauen, es gab intelligente Frauen, es gab sinnliche Frauen, es gab Frauen mit verbindlicher Wärme und solche, die sich hemmungslos einem Mann hingeben konnten. Bei Charlotte war alles in einem weiblichen Wesen

vereint. Sie war intelligent, sinnlich, schön, liebte hemmungslos und besaß diese gewinnende, menschliche Wärme. Wieder einmal hatte er jede kritische Distanz verloren. Charlotte war für ihn die Traumfrau, deren tatsächliche Existenz er bisher bezweifelt hatte. Er ertappte sich dabei, daß er selig lächelnd die Zimmerdecke anstarrte, sein Kopfkissen in die Arme nahm und es kräftig zusammenknautschte.

Nach einigen Minuten fand er in die Wirklichkeit des Hotelzimmers zurück, stand auf und folgte ihr ins Bad. Sie war frisch geduscht und stand über das Waschbecken gebeugt vor dem Spiegel, um sich zu schminken. Als er eintrat, lächelte sie ihn an, legte den Lippenstift zur Seite und kam auf ihn zu. Sie nahm seinen Kopf in ihre Hände und schob ihren nackten Körper gegen seinen.

„Ih! Du klebst ja noch!" quiekte sie und trat einen Schritt zurück, „sieh zu, daß du unter die Dusche kommst!"

Als er die Schiebetür der Dusche wieder öffnete, war Charlotte nicht mehr im Raum. Hans trocknete sich sorgfältig ab, putzte die Zähne und ging ins Zimmer. Sie stand mitten im Raum in einem bodenlangen roten Abendkleid, das hoch geschlossen war. Sich um sich selbst drehend betrachtete sie sich kritisch von allen Seiten im Spiegel.

„Beeil' dich, ich habe einen Riesenhunger!" sagte sie nur und drehte ihm dabei, immer noch in den Spiegel blickend, ihren Rücken zu. Diese Ansicht verschlug ihm die Sprache. Hinten war ihr Abendkleid so tief ausgeschnitten, daß es gerade noch das Allernotwendigste bedeckte. Charlotte blickte ihn herausfordernd an, sah dann wieder in den Spiegel und sagte:

„Ich bin soweit, immer müssen wir Frauen auf die Männer warten."

Mit seinem Blick streichelte er wieder und wieder ihren Körper, eingehüllt in dieses atemberaubende Abendkleid.

„Was ist? Habe ich ein Fleck im Kleid?" fragte sie, an sich herunter schauend.

„Nein, nein, ich zieh' mich schnell an", stotterte er.

Hans' Problem war, daß er Charlottes Abendkleid, das von einem der großen Couturiers Europas entworfen zu sein schien, nichts entgegenzusetzen hatte. Außer zwei Jeans, neu erworbener farbiger Unterwäsche und Socken hatte er lediglich ein schlichtes blaues Cordsakko mitgenommen. Charlotte bemerkte seine Verlegenheit.

„Willst du mit mir zum Essen hinuntergehen, oder schickst du lieber deinen Smoking? Also, ich für meinen Teil bevorzuge dich!"

Er lachte schallend, ging auf sie zu, hob sie in die Höhe und umarmte sie heftig. Sie war super!

Als sie im Burgrestaurant eintrafen, brannte auf dem für sie reservierten Tisch bereits ein Kerze, die die kleine, etwas abseits gelegene Nische in ein warmes Licht tauchte. Ein Kellner brachte ihnen die Speisekarten.
„Betrachte dich als mein Gast!“ sagte Charlotte. Als sie bemerkte, daß ihre, die „weibliche“ Speisekarte nicht mit Preisen versehen war, tauschte sie die Karten mit einer schnellen Handbewegung gegeneinander aus und vertiefte sich wieder in die Auflistung von Leckereien der Haute Cuisine.
„Also, ich nehme Weinbergschnecken als Vorspeise, dann Wachteln im Speckmantel und als Nachspeise den Karibikbecher.“
Als Wein bestellte sie einen 82er Barolo. Hans sah ihr die ganze Zeit in die Augen und schloß sich, eigentlich ohne eigene Überlegungen anzustellen, ihrer Bestellung an.
Sie speisten fürstlich, genossen reichlich vom vorzüglichen Wein, bestellten noch eine weitere Flasche und plauderten angeregt.
„Was macht dein Kriminalfall?“ wollte Charlotte wissen.
Hans stöhnte.
„Ach, ich weiß auch nicht ...“
„Magst du nicht darüber reden?“
„Doch, schon, aber ...“
„Aber er bereitet dir Kopfzerbrechen?“
„Ja. Wir hatten gestern eine Teambesprechung des Personals der Intensivstation. Die Schwestern und Pfleger sind ziemlich durch den Wind. Es geht ein tiefer Riß des Mißtrauens durch die Gruppe. Viele der Frauen trauen den Pflegern offenbar die Vergewaltigung der komatösen Patientin zu, und die Männer sind, verständlicherweise wie ich finde, empört darüber. Dabei waren wir vorher eine gut eingespielte Mannschaft, die gelegentlich miteinander gefeiert hat und sich auch Kritik an den Kopf werfen konnte, ohne daß gleich ‚Katastrophe‘ angesagt war.“
„Und das ist jetzt alles dahin?“
„So ziemlich. Die Nerven liegen blank, vermutlich noch begünstigt durch die Vernehmungen des Kripobeamten, der alle verhört. Vorgestern hat einer der Pfleger einen Paparazzo, der sich ins Zimmer der Patientin eingeschlichen hatte, halb krankenhausreif geschlagen. Das zeigt, wie nervös alle sind.“
„Sag' mal ehrlich, glaubst du, daß es einer aus deinem Team gewesen sein könnte?“
„Nein! Da brauche ich gar nicht lange zu überlegen. Es ist kein Perversling dabei, jedenfalls ist mir das nicht bekannt. Eine der Schwe-

stern ist lesbisch und lebt mit einer Frau aus der Verwaltung zusammen, ein Pfleger ist mit einer Stripteasetänzerin verheiratet, die in irgendeinem Laden animieren geht, aber er kann angeblich damit leben. Ich weiß von keinem Mitarbeiter, dessen Lebensumstände nicht bekannt wären oder der mir auch nur annähernd verdächtig vorkäme."
„Und sonst im Haus?"
„Du meine Güte. Wir sind allein in unserer Abteilung 70 Mitarbeiter. Wieviele es in der ganzen Klinik gibt, ist mir gar nicht bekannt. Woher soll ich wissen, ob einer von ihnen als Täter in Frage kommen könnte?"
„Da kannst du nur hoffen und beten, daß bald etwas Konkretes bei den Ermittlungen herauskommt. Wenn die nämlich ohne Ergebnis abgebrochen werden, kriegst du nie Ruhe in dein Team", schätzte Charlotte die Situation ein.
„Ich glaub', dieser Herzig von der Kripo ist sehr tüchtig. Und knallhart. So schnell läßt der nicht locker! Hoffentlich tritt der Fall, den du beschrieben hast, nicht ein! Am Ende der Besprechung haben die Mitarbeiter jedenfalls für mich eine kleine Feier anläßlich meiner Beförderung veranstaltet. Das war eine gelungene Überraschung", berichtete er, „erstaunt hat mich nur, daß einige von ihnen offensichtlich unsicher sind, wie sie mich in meiner neuen Rolle als Stellvertreter des Chefs einschätzen sollen."
„Wieso hat dich das erstaunt? Das ist doch verständlich."
„Ich hatte eigentlich nicht die Absicht, mein Verhältnis zu ihnen zu ändern!"
„Die Frage ist, ob das geht", warf Charlotte ein.
„Warum soll das nicht gehen? Zuerst war ich lange Stationsarzt auf der Intensiv, vor vier Jahren wurde ich, als die Bettenzahl verdoppelt wurde, dort Oberarzt, und unser Verhältnis hat sich damals auch nicht verändert. Warum also jetzt?"
„Oh, das sehe ich ganz anders, mein Lieber! Damals hast du, soweit ich das beurteilen kann, dieselbe Funktion für deine Mitarbeiter in einer formell anderen Position weitergeführt, jetzt bist du stellvertretender Abteilungsleiter geworden. Es ist die Frage, ob man das Personal in dieser Stellung weiter mit einer so geringen persönlichen Distanz führen kann oder seinen Stil ändern muß, um sich auf Dauer zu behaupten."
„Ich habe jedenfalls nicht die Absicht!" sagte Hans entschieden.
„Das ist doch nicht nur eine Frage der persönlichen Vorliebe, sondern der Notwendigkeit! Bei Fragen der Personalführung gibt es auch andere Einflüsse auf deinen Führungsstil als eigene Neigungen!"

„Zum Beispiel?“
„Welche Position hast du? Wie groß ist das zu führende Team? Was ist die Zielsetzung? Wie weit sind die Mitarbeiter in ihrer Persönlichkeitsentwicklung? Welche Struktur hat die Organisation? Außerdem bist du jetzt nicht nur für deine Leute auf der Intensivstation der Stellvertreter deines Chefs, sondern ebenso für die der ganzen Abteilung! Das ist im Gegensatz zu früher ein Riesenunterschied. Es ist doch naiv, so zu tun, als habe die Veränderung nicht stattgefunden!“
„Hm.“
Hans dachte über Charlottes Einwände nach.
„Ich habe mich aber in meiner bisherigen Rolle als einfacher Oberarzt sehr wohl gefühlt.“
„Dann hättest du diese Position eben beibehalten müssen! Andere Stellung, anderes Gehalt, anderer Preis, den du zahlen mußt!“
„Das ist ganz schön hart gesagt!“
„Das ist nicht hart gesagt, das ist die Beschreibung von Realität! Entweder, du versuchst dich darauf vorzubereiten, oder du fällst, davon bin ich überzeugt, schwer auf die Nase.“
In diesem Moment sprach eine andere Charlotte zu ihm, eine, die nicht sanft, anschmiegsam und liebenswürdig war, sondern ihn mit dem analytischen Verstand einer Psychologin auf Dinge aufmerksam machte, die ihm in seiner Situationsblindheit entgangen waren.
„Das hörst du wohl nicht gern?“ hakte sie nach.
„Nein.“
„Soll ich aufhören?“
„Nein.“
„Was soll ich denn?“ fragte sie, ihn mit schief gehaltenem Kopf anlächelnd.
„Ich weiß es auch nicht“, sagte Hans, über Charlottes Sätze immer noch nachsinnend, und reichte ihr über den Tisch die Hand.
„Ich finde es sehr hilfreich, wenn wir über diese Dinge sprechen, aber ...“
„Aber?“
„Aber eigentlich will ich davon an einem so schönen gemeinsamen Wochenende nichts hören!“ gab er zu.
„Das wiederum kann ich gut verstehen“, sagte sie zustimmend, „also laß uns über etwas anderes reden!“
„Über dich?“
„Über mich? Ich habe doch am vergangenen Wochenende schon so viel von mir erzählt!“
„Aber ich möchte noch so viel mehr Dinge von dir wissen!“

„Was möchtest du wissen?“ fragte Charlotte und streichelte ihm über die Wange.
„Was ist mit Kindern? Hattest du nie den Wunsch Kinder zu bekommen?“ fragte Hans, ohne im Entferntesten zu ahnen, was er mit dieser Frage auslösen würde. Charlotte senkte den Kopf, nach wenigen Sekunden tropften Tränen auf ihren Teller. Sie schwieg lange Zeit, ihr Atem ging heftig. Er bemerkte, daß sie um Fassung rang.
„Ach, weißt du, dazu braucht man jemanden, dessen man ganz sicher sein kann. Ich hätte gern ein Kind, aber nicht allein, nicht mit irgendeinem, der mich zur Mutter macht und verschwindet.“
Sie benutzte die Serviette als Taschentuch und vergrub ihr Gesicht darin. Zum ersten Mal sah er Charlotte weinen, unsicher und verletzbar. Mit Tränen in den Augen blickte sie ihn an, während der Kellner, von ihrem Gefühlsausbruch verunsichert, die Teller des Hauptganges abräumte.
Sie zerrupfte ihre Serviette in kleine Stücke und fuhr fort: „Was geht in Männern vor, die mich treffen? Einige sind begeistert von einer so wilden Sextussi und für eine ernsthafte Beziehung kaum geeignet. Eine heiße Nacht ja, ansonsten kannst du die Beziehung mit solchen Herren knicken! Andere, die auch an eine Familiengründung denken und dafür eine ebenso treue wie unterwürfige Ehefrau suchen, sind von meinem Selbstbewußtsein und meinem ausgeprägten Ehrgeiz so sehr verängstigt, daß sie sich bald von mir abwenden. Und zwischen diesen Extremen spielt sich bei euch Männern wenig ab. Ich habe festgestellt, daß es kaum männliche Wesen mit wirklicher Größe gibt, und nur die könnten eine Frau wie mich neben sich ertragen.“
Sie weinte. Seine selbstsichere Charlotte weinte Tränen der Bitterkeit. Hans berührte ihr Haar und begann, sie zärtlich zu streicheln. In diesem Moment brachte der Kellner die Karibikbecher und sah Charlotte fragend an. Hans nickte ihm zu; der Kellner lächelte etwas hilflos und zog sich schnell zurück.
„Aber Kinder, vielleicht sollte ich in meinem Alter lieber von einem Kind sprechen, hätte ich schon sehr gern“, sagte sie und wischte sich mit den Resten ihrer Serviette die Tränen aus dem Gesicht.
„Ich wünsche mir einen Partner, der meine ausgeprägte Eigenständigkeit ertragen kann, ohne daran zu zerbrechen und an meiner Liebe zu zweifeln,“ sagte Charlotte, bevor sie sich, jetzt wieder gefaßter, an ihren Eisbecher machte.
„Immerhin habe ich seit einer Woche den Eindruck, daß ich einer solchen Beziehung sehr viel näher gekommen bin,“ fügte sie hinzu und konnte Hans schon wieder anlächeln.

Er nahm ihre beiden Hände, drückte sie kräftig und blinzelte ihr zu. Dann streichelte er sie wieder, beugte sich zu ihr herüber, indem er vom Stuhl aufstand, und flüsterte ihr ins Ohr: „Ich liebe dich, und ich habe keine Angst vor einer starken Frau."
Am nächsten Morgen, genauer gesagt war es bereits elf Uhr, weckte Charlotte ihn. Als er die Augen aufschlug, sah er zunächst nur Haar, blondes, duftendes Haar, das auf sein Gesicht herabfiel. Ein angenehmer Duft von süßlichem Parfüm stieg ihm in die Nase. Charlotte saß neben ihm im Bett.
„Aufwachen, du Langschläfer!" flötete sie ihm ins Ohr, „wir wollen doch nicht das ganze Wochenende verschlafen!"
Im Hotelschwimmbad drehten sie später einige Runden. Hans war, vom Joggen abgesehen, ein eher unsportlicher Mensch, der Schwimmen als Freizeitspaß und weniger als Wettkampfsport betrachtete. Charlotte hingegen entpuppte sich nicht nur als ausgezeichnete Schwimmerin, sondern besaß auch eine sehr gute Kondition, was er bereits beim Sex mit ihr bemerkt hatte. Während Hans eine Bahn zurücklegte, hatte sie im Kraulstil bereits zwei hinter sich. An den Stirnwänden des Beckens glänzte sie mit einer gekonnten Rollwende. Sie schwamm, als ginge es um olympisches Gold. Als Hans sich umsah, bemerkte er, daß alle anderen Gäste das Bassin verlassen hatten und Charlotte beobachteten. Sie durchpflügte, einen Wirbel hinter sich herziehend, das Wasser. Nach zehn Minuten kam sie an den Rand, stemmte sich hoch und sprang auf die Fliesen. Ihre Schwimmbrille hochschiebend, ging sie auf den Liegestuhl zu, in dem Hans lag. Sie atmete schwer und setzte sich, tropfnaß wie sie war, auf seinen Schoß.
„Du bist ja eine ganz starke Schwimmerin!" sagte er anerkennend. Sie nickte nur, denn sie konnte vor Erschöpfung nicht sprechen.
Als sie wieder zu Atem gekommen war, legte sie sich flach auf seinen Bauch und begann, ihn zu liebkosen.
„Seit meiner Schulzeit bin ich fast jeden Morgen 1500 Meter geschwommen, in der Studienzeit habe ich dann mit der Unimannschaft trainiert und auch an Wettkämpfen teilgenommen. Und jetzt halte ich mich damit fit."
Charlotte lag ganz still auf ihm und spielte mit seinem Ohr. Sie zog zärtlich mit der Fingerspitze die Konturen der Muschel nach, fuhr mit der Zunge dahinter und benetzte spielend die empfindsame Haut. Wonneschauer liefen ihm über den Rücken, seine Gänsehaut blieb ihr nicht verborgen. Vorsichtig und ganz langsam begann sie, sich mit den Hüften zu bewegen, so behutsam, daß zunächst nur Hans es be-

merken konnte. Das erregte ihn zwar, war ihm aber wegen der anderen Hotelgäste in der Schwimmhalle unangenehm. Bald schauten einige zu ihnen herüber und schienen flüsternd über sie zu reden. Blaugefrorene Lippen küßten seinen Mund, Charlottes Körper bewegte sich heftiger, sie preßte sich auf ihn.
„Nicht hier!“ flüsterte er ihr zu.
„Bist du verklemmt?“
Er versuchte, ihr seine Bedenken auseinanderzusetzen, aber sie stand schon auf und zog ihn aus dem Liegestuhl hoch.
„Komm!“ hauchte sie ihm ins Ohr, „ich hab’ Lust auf dich!“
So etwas hatte er noch nicht erlebt, fast die ganze Nacht hindurch hatten sie sich geliebt, dann schwamm diese Frau 1500 Meter und hatte nichts anderes im Kopf, als erneut mit ihm zu schlafen. Er war davon ausgegangen, daß sie mit ihm aufs Zimmer gehen wollte, aber sie zog ihn durch eine Tür, an der ein Schild mit der Aufschrift „Sauna“ hing. Sie war außer Betrieb, und in den Räumen herrschte, von einem schwachen Lichtschein im Ruheraum abgesehen, Dunkelheit. Hans sah schemenhaft, wie Charlotte ihren Badeanzug abstreifte und auf den Boden fallen ließ.
„Und wenn nun einer hereinkommt?“ flüsterte er.
„Angsthase!“ raunte sie zurück, „nun komm’ schon, stell’ dich nicht so an!“
Während er noch zögern dastand, zog Charlotte ihm die Badehose aus und umarmte ihn leidenschaftlich. Aus ihrem langen Haar, das über ihre Schultern fiel, tropfte Wasser auf den Boden.
„Ich fühle mich hier nicht sehr wohl!“
„Na schön, dann suchen wir ein ungestörtes Plätzchen.“
Schnell fanden sie den Saunaraum, schalteten das Licht an und gingen hinein.
Sie liebten sich lange. Hans staunte über den Erfindungsreichtum seiner Freundin. Immer wieder veränderte Charlotte ihre Position und wies ihn an, sie in der neuen Stellung zu lieben.
„Ich bin doch kein Akrobat!“ rief er einmal aus, doch sie zeigte ihm, wie sie sich seine Haltung vorstellte oder seine Bewegungen wünschte.
Als sie in den Ruheraum zurückkamen, stellten sie fest, daß ihre Badesachen verschwunden waren. Jemand hatte sie, vielleicht aus Boshaftigkeit, weil er wußte, was sie machten, oder aber aus reiner Ordnungsliebe verschwinden lassen. Sie standen nackt und ohne Zimmerschlüssel da und sahen sich verdutzt an. Während Hans am liebsten im Boden versunken wäre, fing Charlotte an, laut zu lachen. Sie

sagte, sie komme gleich wieder und verließ, so wie sie war, die Sauna. Was hatte sie vor? Sie ließ ihm keine Zeit für Fragen und verschwand in der Schwimmhalle.
Nach kurzer Zeit kehrte sie, in ihrem Badeanzug und mit seiner Hose in der Hand, zurück. Er blickte sie fragend an. Charlotte erzählte, zwei Jungen seien ihnen nachgeschlichen, hätten ihre Absichten bemerkt und ihnen einen Streich spielen wollen. Während sie sich in der Sauna liebten, waren die beiden mit ihrem Badezeug verschwunden.
„Und wie hast du es wiederbekommen?" wollte Hans wissen.
„Ich bin in die Schwimmhalle gegangen, habe kurz um Aufmerksamkeit gebeten und erzählt, daß man uns in der Sauna die Kleidung gestohlen habe. Ich habe dann die ‚Diebe' aufgefordert, unsere Sachen sofort zurückzugeben, anderenfalls würde ich die Hoteldirektion einschalten. Die Jungen haben sie mir dann sehr kleinlaut gebracht."
Hans staunte über die selbstsichere Art, mit der Charlotte eine solch peinliche Situation zu bereinigen verstand. Wieder einmal stellte er fest, daß er sie grenzenlos bewunderte. Sie war nicht nur unheimlich spontan, sondern hatte auch ein absolutes Vertrauen in die Wirkung ihrer Person auf andere. Das war eine Erfahrung, die er bisher nur mit wenigen Menschen gemacht hatte.
„Wie wird es mit uns weitergehen?" fragte er Charlotte am späten Nachmittag auf der Rückfahrt nach Hannover, als sie schon eine ganze Zeit schweigend nebeneinander im Wagen gesessen hatten.
„Brauchst du dafür einen Plan?" fragte sie provozierend.
„Nein, ich brauche keinen Plan, aber ich möchte schon wissen, wie du über unsere Zukunft denkst."
Charlotte antwortete nicht gleich auf seine Frage und schien darüber nachzudenken, wobei er sie nicht zu stören wagte.
„Ich weiß es nicht. Laß' sich doch einfach entwickeln, was sich entwickelt!"
Hans schwieg lange Zeit. Sie spürte, daß er mit ihrem Vorschlag wenig anfangen konnte.
„Am liebsten würde ich dir jetzt einen Heiratsantrag machen!" platzte es schließlich aus ihm heraus.
Charlotte lachte auf, wurde aber schnell wieder ernst.
„Entschuldige, ich wollte dich nicht kränken!" sagte sie, konnte aber die Verletzung, die sie ihm zugefügt hatte und die sie auch spürte, nicht mehr rückgängig machen.
Sie fuhr auf den nächsten Parkplatz, stellte den Motor ab und wendete sich ihm zu.
„Wirklich, ich ..., ach Scheiße!"

Sie streichelte ihm die Wange, er wendete sich jedoch von ihr ab, öffnete die Beifahrertür und stieg aus dem Wagen. Sie hielt sich mit beiden Händen am Lenkrad fest und preßte auch ihre Stirn dagegen. Warum mußte ich auch lachen, ich blöde Kuh! dachte sie und bereute ihre Reaktion längst.
Die entstandene Situation wirkte grotesk. Zwei reife Menschen von 44 Jahren standen auf einem Autobahnparkplatz, er zehn Meter vom Wagen entfernt an einen Baum gelehnt, sie über das Lenkrad gebeugt. Wie konnten sich sprachlich derart gebildete Menschen auf eine solch verletzende Weise mißverstehen? Sie empfand eine so zärtliche Liebe zu ihm, wie sie sie in ihrem Leben noch zu keinem Mann empfunden hatte, und reagierte auf diese Weise. Sie wollte alles tun, um das, was sie durch ihr unbedachtes Lachen ausgelöst hatte, wieder zurückzunehmen, war aber vollkommen ratlos, wie sie es erreichen sollte. Es war ihr klar, daß sie jetzt die Initiative ergreifen mußte. Sie mußte ihn davon überzeugen, daß sie ihn sehr liebte, aber sie wußte einfach nicht, mit welcher Geste sie ihm das signalisieren konnte.
Es waren vielleicht zehn Minuten vergangen, als er die Tür öffnete und wieder in den Wagen stieg. Ihre Stirn ruhte immer noch auf dem Lenkrad, und sie bemerkte nicht, daß er sich auf den Beifahrersitz setzte.
„Wie kannst du den ersten Menschen, den du wirklich liebst, so vor den Kopf stoßen!“ flüsterte sie vor sich hin und hämmerte mit der Faust aufs Armaturenbrett ein.
„Scheiße, Scheiße, das darf nicht wahr sein!“
Ganz sanft begann er, Charlotte übers Haar zu streicheln. Sie registrierte es zuerst gar nicht. Immer wieder strich er darüber, bis sie es wahrnahm und ihren Kopf hob.
„Wie lange bist du schon wieder im Auto?“
„Ich weiß nicht ..., einige Minuten vielleicht.“
„Hans, ich liebe dich! Das mußt du mir glauben! Das klingt jetzt bescheuert ..., wie in einem Hollywood-Film, aber ...“
Sie brach ihren Satz ab, weil sie ihn für klischeehaft und damit unglaubwürdig hielt.
„Ich ..., ich weiß nicht, wie ich dir das erklären soll.“
Charlotte spürte, daß sie auf dem Weg waren, sich einander wieder zu nähern, und wollte jetzt nichts Unbedachtes sagen, das sie später bereuen würde.
„Sag’ jetzt nichts!“ forderte er sie auf, nahm sie in den Arm und drückte sie an sich.

„Ja", antwortete sie und erwiderte seine Umarmung. So saßen sie lange im Auto und schwiegen.
Eine Stunde später hielt sie vor dem Hauptbahnhof in Hannover.
„Es war ein sehr schönes Wochenende, und ich hoffe, daß es nicht unser letztes war."
Sie beugte sich zu ihm herüber und gab ihm einen langen Kuß.
„Nein, das war bestimmt nicht das letzte Wochenende miteinander", erwiderte er und nahm ihren Kopf zwischen seine Hände. Lange blickte er ihr in die Augen. Sie legte ihren Mund an sein Ohr und flüsterte leise: „Ich liebe dich sehr!"
Eine viertel Stunde später hob er seinen Koffer aus dem Auto und umarmte Charlotte immer wieder. Als er ausgestiegen war, warf sie ihm noch eine Kußhand zu, bevor sie aus dem offenen Fenster winkend davonbrauste. Minutenlang sah er ihr nach. Auch als er ihren Wagen nicht mehr sehen konnte, blickte er immer noch in die Richtung, in der er verschwunden war. Hans fühlte sich leer ohne sie. Am liebsten wäre er ihr nachgerannt und hätte sie zurückgeholt.

Es wurde gar nicht richtig hell. Der Tag schien es aufgegeben zu haben, die Nacht zu besiegen. Als Kommissar Herzig sein Zimmer in der Klinik betrat, drückte er auf den Lichtschalter und ließ die Neonröhren an der Decke aufflackern. Der Himmel war grau und ließ eine Mischung aus Kristallen und Tropfen auf die Stadt niedergehen. Auch der Winter kann sich nicht entscheiden, dachte Herzig, als er durch den Schleier des Niederschlages auf den Innenhof des Krankenhauses hinaussah. Das gegenüberliegende Gebäude, das die Abteilung der inneren Medizin und die Sektionsräume der Pathologie beherbergte, konnte er nur schemenhaft erkennen.
Nach einigen Minuten zog er den Mantel aus und hängte ihn sorgfältig in den Schrank, wobei er seinen Schal in den Ärmel zog.
„Ich würde gern den Pfleger Kurt Hagedorn vernehmen, können Sie mir den schicken?" fragte er wenig später am Telefon.
Schwester Ruth, die am anderen Ende der Leitung ihren Dienst in der Zentrale der Intensivstation versah, zögerte einen Augenblick, sagte aber schließlich zu, den Kollegen abzustellen, sobald jemand frei sei und ihn ablösen könne. Sie stand der Bitte des Kommissars sehr zwiespältig gegenüber. Einerseits wünschte sie, daß er den Täter finden und damit seiner Strafe zuführen würde, andererseits störten seine Verhöre, die bereits in die dritte Woche gingen, den Stationsbetrieb.
„Herein!" sagte Herzig, als es etwa zehn Minuten später an der Tür seines Zimmers klopfte.

„Ich soll mich bei Ihnen melden."
„Herr Hagedorn?"
„Ja."
„Bitte, setzen Sie sich. Meine Name ist Herzig. Ich bin von der Kriminalpolizei und möchte Ihnen ein paar Fragen zu Frau Wallendorf stellen."
„Ich habe schon darauf gewartet, daß Sie mich befragen."
„Warum?"
„Na ja, ich ... ich pflege sie seit mehr als einem halben Jahr fast ohne Unterbrechung, da wäre es doch nur natürlich ..."
„... wenn Sie sie fast wie einen Verwandten ansehen würden?" ergänzte der Kommissar.
„Wie kommen Sie darauf?" fragte der Pfleger verwundert.
„Ihr Oberarzt hat mir erzählt, daß Sie die Patienten nach einem längeren Aufenthalt oft besser kennen lernen als die Familie."
„Ja, das ist nicht falsch", bestätigte Hagedorn.
„Und? Was können Sie mir berichten?"
„Das kann ich Ihnen auf eine so allgemeine Frage gar nicht beantworten. Fragen Sie, was Sie genau wissen wollen!" forderte der Pfleger ihn auf.
„Was haben Sie für einen Eindruck von Frau Wallendorf?"
„Das ist schwer zu sagen."
„Weshalb?"
„Weil man einen Menschen, der nicht mehr spricht, also nicht mehr im eigentlichen Sinne reagiert, kaum beurteilen kann."
„Was hat Sie veranlaßt, die Pflege gerade dieser Patientin zu übernehmen?"
„Die Tatsache, daß ich, als sie zu uns auf die Station kam, gerade ohne eigenen Patienten, sozusagen frei war."
„Also Zufall?"
„Wenn Sie so wollen, ja."
„Frau Wallendorf ist eine schöne Frau," sagte der Kommissar.
„Ja. Ist das für Ihre Ermittlungen irgendwie von Bedeutung?"
Herzig antwortete darauf nicht sofort, sondern sah Kurt Hagedorn einen Augenblick schweigend an. Als der sich dadurch nicht aus der Ruhe bringen ließ, erklärte der Kommissar:
„Vielleicht hat das den Täter irgendwie gereizt ..."
„Das ist möglich. Ich weiß aber nicht, was die Frage mit mir zu tun hat."
Herzig bemerkte, daß sein Gegenüber schon länger mit der Vernehmung gerechnet und sich mit dieser Situation auseinandergesetzt hatte.

„Wo, glauben Sie, sollten wir den Täter suchen?"
„Wie kann ich das wissen? Ich bin kein Kriminalist!"
„Versuchen Sie sich dennoch einmal in meine Lage zu versetzen! In welchem Kreis würden Sie den Täter vermuten?" setzte der Kommissar nach.
„Das kann ich wirklich nicht sagen. Wenn ich alles überdenke, ..., was ich, ... was ich so weiß, ..., keine Ahnung. Ich habe keine Idee. Eigentlich hätte das, was passiert ist, nicht passieren können!"
„Wie kommen Sie zu dieser Einschätzung?"
„Weil ..., weil nur wenige Besucher für Frau Wallendorf gekommen sind und auch nur am Anfang."
„Und unter dem Personal?"
„Also, wissen Sie, jeder, der halbwegs klar denken kann und im Krankenhaus schon länger arbeitet, weiß, daß es kaum einen besser bewachten Menschen gibt als einen Beatmungspatienten und ... würde die Finger davon lassen, ihn ..., oder besser sie ..."
„Sprechen Sie ruhig zu Ende!"
„... sich an einer solchen Patientin zu vergreifen. Die Gefahr, dabei erwischt zu werden, wäre riesengroß."
Herzig stand von seinem Stuhl auf und begann, im Zimmer umherzugehen.
„Das hat Ihr Oberarzt auch gesagt. Sie sprachen eben von Besuchern der Patientin."
„Ja."
„Was waren das für Leute? Und wie oft kamen sie?"
„Das waren zwei jüngere Männer, so um die dreißig vielleicht. Einer ist, soweit ich mich noch erinnere, nur einmal hiergewesen, der andere kam etwas öfter."
„Was heißt öfter? Zehnmal?"
„Nein, so oft nicht! Drei oder vier Mal vielleicht."
„Und? Was haben diese Männer bei ihr gemacht?"
„Nichts."
„Was heißt nichts?"
„Sie haben relativ hilflos am Bettende gestanden und sie angestarrt."
„Wie lange?"
„Oh Gott! Das weiß ich nicht mehr. Es ist ein halbes Jahr her. Vielleicht fünf Minuten oder etwas länger."
„Nicht viel länger? Eine halbe Stunde?"
„Nein! Auf keinen Fall. Das hätte ich mir gemerkt."
„Ist einer näher mit Frau Wallendorf in Kontakt getreten?"
„Wie, näher in Kontakt getreten?"

„Hat jemand von ihnen ihre Hand gehalten?"
„Nein."
„Was hatten Sie für einen Eindruck von diesen Männern?"
„Eindruck?"
„Ja. Was waren das für Männer?"
„Normale Männer eben. Ich konnte an ihnen nichts Auffälliges feststellen. Ich könnte sie Ihnen jetzt noch nicht einmal genau beschreiben. Es waren ganz normale, unauffällige Menschen."
„Keine besonderen Kennzeichen?"
„Nein."
„Haben sie etwas gefragt? Oder brachten sie irgendwelche Dinge mit? Blumen? Mitbringsel? Persönliche Sachen der Patientin?"
„Daran kann ich mich nicht erinnern. Und Blumen sind auf der Station verboten."
„Was wissen Sie sonst noch über Frau Wallendorf?"
„Sie soll Studentin gewesen sein. Mehr weiß ich nicht. Doch ..."
„Was?"
„Sie ist mit einem Sportwagen verunglückt."
„Mehr nicht?"
„Nein, mehr nicht."
„Versuchen Sie sich bitte an den Oktober zu erinnern! Gab es Anfang Oktober irgendwelche Besonderheiten bei ihr?"
„Anfang Oktober?"
„Ja."
„Im Herbst wurde sie einige Male untersucht ..., von den Gynäkologen. Aber sonst ... fällt mir nichts ein."
„Was waren das für Untersuchungen?"
„Na, normale Untersuchungen eben. Da unsere Ärzte keine Gynäkologen sind, kam jemand von der Frauenheilkunde, um die Patientin zu untersuchen."
„Wissen Sie noch, wer sie untersucht hat?"
„Frau Doktor Mickler. Die war damals noch in der Gyn."
„War daran etwas Besonderes?"
„Nein. Unser damaliger Stationsarzt Doktor Ernst hat gemeint, daß Frau Wallendorf einmal einer gynäkologischen Routineuntersuchung unterzogen werden sollte."
„Doktor Ernst?"
„Ja. Der ist jetzt bei den Unfallchirurgen."
„Gab es bei diesen Untersuchungen besondere Befunde?"
„Nein, nicht daß ich wüßte, aber das kann man genau nachlesen. Es müßte Befundberichte geben."

„Und die Tatsache, daß Frau Doktor Mickler sie untersucht hat, ist nicht ungewöhnlich?"
„Nein."
„Herr Hagedorn, Sie sind verheiratet?"
„Ja."
„Leben Sie mit Ihrer Frau zusammen?"
„Nein."
„Nein?"
„Meine Frau lebt seit zwei Jahren in der Dominikanischen Republik."
„Das ist außergewöhnlich."
„Mag sein, ich sehe allerdings darin keine Verbindung zu meiner Aufgabe als Pfleger von Frau Wallendorf!" sagte Hagedorn und hob dabei die Stimme.
„Wie kam es dazu, daß Ihre Frau in der Karibik lebt?"
Der Kommissar ließ sich vom Einwand des Pflegers nicht aus dem Konzept bringen.
„Wir waren dort im Urlaub, und ..., sie hat ..., sie hat sich mit dem Besitzer des Hotels, einem Holländer, angefreundet."
„Eingelassen?"
„Ich möchte darüber nicht weiter sprechen!"
„Na schön. Sind Sie wieder ..., ich meine, haben Sie eine neue Partnerin gefunden?" wollte Herzig wissen.
„Sie meinen, wie ich meine sexuellen Bedürfnisse befriedige? Nun, ich bin mit einer OP-Schwester befreundet und habe es nicht nötig, mich an komatösen Frauen zu vergehen!"
„Ja, Herr Hagedorn, ich danke Ihnen für Ihre Auskünfte!"
„War das alles?"
„Ja, das war alles!"
Kurt Hagedorn stand zögernd auf und wendete sich zur Tür.
„Oder gibt es noch etwas?" fragte Kommissar Herzig, der das Zögern in der Bewegung des Pflegers registriert hatte.
„Nein, nichts."
„Sollte Ihnen noch etwas einfallen, ... Sie wissen, wo Sie mich erreichen können."
„Ja, das weiß ich. Auf Wiedersehen."
Kommissar Herzig stand wieder am Fenster und sah hinaus. Der Niederschlag hatte aufgehört, aber der graue Himmel hing immer noch tief und düster über allem. Er fühlte sich trotz des freien Wochenendes, das hinter ihm lag, niedergeschlagen und mißmutig. Es schien ein Tag angebrochen zu sein, an dem man besser im Bett geblieben wäre. Ein Tag, der einem bereits zu Beginn nicht Gutes versprach.

Solche Tage waren in seinem Alltag zum Glück sehr selten, aber es gab sie. Und heute war so einer.
Nach einer ganzen Weile, die er still aus dem Fenster schauend verbracht hatte, setzte er sich an den Tisch und tippte ein Gedächtnisprotokoll der Vernehmung von Kurt Hagedorn in seinen Laptop. Dann zog er seinen Mantel an und fuhr noch einmal zur Wohnung von Frau Wallendorf. Bereits am Anfang seiner Ermittlungen hatte er sich den Schlüssel und einen richterlichen Durchsuchungsbefehl besorgt und flüchtig in das Penthouse geschaut. Leise surrend schwebte der Fahrstuhl hinauf und hielt abrupt.
Herzig betrat den kleinen Flur und behielt seinen Mantel an, denn es war kalt in den Zimmern. An der Flurgarderobe hingen ein großer weißer Hut und eine helle Leinentasche, in der sich ein schwarzer Bikini, ein großes Badetuch und ein Roman von Simenon befanden. Ganz offensichtlich war Sommer gewesen, als Frau Wallendorf sich zuletzt in ihrer Wohnung befunden hatte.
Der Kommissar öffnete die Tür zur Wohndiele, die sich über zwei Stockwerke erstreckte und in der die Luft abgestanden roch, so, als habe man lange nicht mehr gelüftet.
Exklusiv, extravagant und teuer. Das war der Eindruck, den er schon bei seinem ersten Besuch in dem luxuriösen Penthouse gehabt hatte. Woher hatte eine Studentin das Geld, sich in einer derart teuren Gegend ein Appartement leisten zu können? An der Fensterfront des etwa 50 Quadratmeter großen Raumes stand eine Sitzgruppe aus weißem Leder mit einem Glastisch in der Mitte. An den Wänden hingen mehrere großflächige Ölbilder, deren Stilrichtung Herzig nicht einschätzen konnte, weil er zu wenig von Kunst verstand. An den Signaturen meinte er zu erkennen, daß es sich um Originale handelte. In einem Regal, das bis zur Decke reichte und in dem, so überschlug er, etwa 2000 Bücher standen, fand er eine Schublade, die nicht verschlossen war. Er öffnete sie und förderte einen kleinen Schlüssel zutage, offensichtlich einen Safeschlüssel. Herzig begann, die ganze Wohnung nach einem Tresor abzusuchen, wobei er auch die Bilder von den Wänden abhängte und Möbelstücke zur Seite schob. Die Suche blieb erfolglos. Vielleicht gehört er zu einem Bankschließfach, dachte er und steckte ihn in seine Manteltasche.
Als er die Tür zur Küche öffnete, schlug ihm scharfer Verwesungsgeruch entgegen. Den erkannte er sofort, weil er ihn in seinem Beruf zu oft in der Nase gehabt hatte. Er hielt sich sein Taschentuch vors Gesicht und öffnete das Fenster ganz weit. Dann begann er, den Ursprung des Geruches zu suchen. Am stärksten war er in der Nähe des

Kühlschrankes. Herzig öffnete die Tür, was den bestialischen Gestank noch verstärkte. Er sah auf einige Yoghurtbecher, deren Deckel aufgeplatzt und von Pilzkulturen besetzt waren. Ein Teller mit Käseresten sah nicht anders aus. Mayonnaisetube, Senfglas, Diätmagarine, ein Marmeladenglas, eben alles, was ein Mensch braucht. Herzig öffnete das Gefrierfach, blickte hinein und schloß es sofort angewidert.

In dem Fach lag ein Fleischklumpen, es hätte einmal ein Huhn gewesen sein können, an dem Hunderte, vielleicht auch Tausende von Maden hingen und sich wanden. Der Kühlschrank funktionierte aus irgendeinem Grund nicht mehr. Herzig hatte das Gefühl, sich übergeben zu müssen und verließ schnell die Küche. Auf dem Balkon atmete er einige Male tief durch, und der Brechreiz verging. Kein Mensch hatte sich um die Wohnung der Frau gekümmert.

Im Schlafzimmer, das er über eine Wendeltreppe erreichte, stand ein französisches Bett mit einer Patchworkdecke. Auch die Wände dieses Raumes waren mit Bücherregalen bedeckt. Er hielt seinen Kopf schräg und überflog einige Buchrücken. Fast ausschließlich spanische und französische Titel. Auf der Frisierkommode gegenüber dem Fenster stand ein silberner Bilderrahmen, der das Foto eines Paares im Alter von etwa 60 bis 65 Jahren enthielt. Vermutlich ihre Eltern, dachte Herzig. Parfums, ein Ständer mit Lippenstiften aller möglichen Farbabstufungen, mehrere Fläschchen mit Nagellack, Lidschattenkästen.

Neben einer Haarbürste lag ein zusammengefalteter Zettel. Der Kommissar nahm ihn in die Hand, faltete das Papier auseinander und las: Treffen Arbeitsgruppe Dienstag 15.00 Seminarraum G, Unterschrift Christian. Auch das Papier schob er in seine Manteltasche und setzte den Rundgang durchs Zimmer fort. In der Schublade ihres Nachttisches fand er ein Notizbüchlein und schlug es auf.

„Der Tag an der Uni war sterbenslangweilig. Im Spanischseminar hat Sertiles nur über mittelalterliche Gedichte gefaselt. Das ist eine Art der Poesie, die mir nichts gibt. Gestern abend war ich mit Marcel draußen am Baggersee. Er ist ein sehr zärtlicher Mann. Ich sollte mich häufiger mit ihm treffen. Für morgen habe ich mich wieder mit ihm verabredet. Ich freue mich schon drauf. Vielleicht wird ja eine längere Sache daraus? Wer weiß.“

Damit endete die letzte Eintragung. Auch das Tagebuch nahm der Kommissar an sich.

In den Kleiderschränken, die in einem durch einen schweren Vorhang vom Schlafzimmer getrennten Ankleideraum standen, hingen einige elegante Cocktailkleider, ein schwarzes Kostüm, mehrere lange Ballkleider in rot und weiß, Hosenanzüge, zahlreiche Röcke aller Längen und Farben, Blazer, zwanzig oder fünfundzwanzig Blusen und zwei Pelzmäntel. Das ist ja ein Vermögen wert, flüsterte der Kommissar. Seine Frau besaß nicht ein Viertel davon. Er öffnete einige Schubläden. Strumpfhosen, Jogginganzüge, halblange schwarze Handschuhe, Schals, Halstücher, kiloweise Modeschmuck, spitzenbesetzte Unterwäsche in schwarz, rot und creme. Ein Fach im Schrank enthielt etwas 40 Paar Schuhe. Offensichtlich liebte Frau Wallendorf hohe Absätze.

Das Bad, 25 Quadratmeter groß und mit Marmor gefliest, war mit einer großen Badewanne, einer Dusche, einem Bidet, einer Toilette und einem Doppelwaschbecken unter einem riesigen Wandpiegel ausgestattet. Mit der angebrochenen Monatspackung eines Verhütungsmittels, einer Packung Tampons, zahlreichen Massageölen, Bodylotions, Cremes und Kosmetika fand er die üblichen Badezimmerutensilien einer Frau.

Nachdem Kommissar Herzig die Hausbank von Frau Wallendorf ausfindig und sich eine richterliche Durchsuchungserlaubnis besorgt hatte, öffnete er in Gegenwart eines Bankangestellten, der sich diskret im Hintergrund des Tresorraumes hielt, ihr Bankschließfach. Es enthielt Wertpapiere einiger amerikanischer und japanischer Aktiengesellschaften; zwei Sparbücher; einigen Goldschmuck mit Edelsteinen; den Fahrzeugbrief eines Pkws der Marke Porsche, ausgestellt auf den Namen Karin Wallendorf; ein Dokument, das sie als Eigentümerin ihres Penthouses und eines Mehrfamilienhauses in Stuttgart auswies, und eine Abschrift des Testamentes ihrer Eltern, in dem sie zur Alleinerbin bestimmt wurde. Er war nicht in der Lage, den Wert des gesamten Schließfachinhaltes auch nur annähernd zu schätzen. Allein auf den Sparbüchern waren zusammen 164 000 DM. Zweifellos eine wohlhabende junge Frau, dachte Herzig und schob die Stahlkassette wieder ins Schließfach zurück.

Den Rest des Tages verbrachte der Kommissar, nachdem er seinem Chef kurz Bericht über den Stand seiner Ermittlungen erstattet hatte, in seinem Büro im Polizeipräsidium. Er studierte das Tagebuch von Frau Wallendorf und zog Erkundigungen über sie und ihre Familie ein. Die Eltern waren innerhalb der letzten drei Jahre gestorben und hatten ihr ein beträchtliches Vermögen hinterlassen.

Sie war zuletzt an der romanistischen Fakultät der Universität eingeschrieben und hatte das Studium nach Auskunft ihres Tutors nicht gerade mit großem Eifer betrieben. Sie sei eine auffallend gut ausse-

hende Frau gewesen und habe nicht nur unter ihren männlichen Kommilitonen, sondern auch im Kreis der Dozenten zahlreiche Verehrer gehabt, wobei sie sich offenbar nicht auf einen habe festlegen lassen, erfuhr er.
Für den nächsten Tag nahm er sich vor, die im Tagebuch als Namen auftauchenden Männer und Frauen zu befragen. Es interessierte ihn besonders, welche zwei jungen Männer bei ihr auf der Intensivstation gewesen waren.
Am Abend verließ Kommissar Herzig pünktlich sein Büro und fuhr auf dem Weg nach Hause bei seinem Vater vorbei. Ein freudiges Lächeln huschte über das Gesicht des alten Herrn, als er die Tür öffnete und seinen Sohn erblickte. Er hatte gern Besuch, besonders angetan aber war er, wenn der Kommissar allein kam, denn es bedeutete, daß die beiden ungestört bei einem Glas Rotwein über einen aktuellen Kriminalfall fachsimpeln oder über die innere Sicherheit in Deutschland diskutieren konnten.
„Einen 88er Bordeaux?“ fragte er nur.
„Gern, aber ich bin mit dem Auto gekommen und ...“
„... und trinkst nur ein Glas mit. Mit dem Rest werde ich schon fertig, mach’ dir darüber keine Sorgen!“
„Alter Säufer!“ scherzte Roland Herzig, während er seinen Mantel an die Flurgarderobe hängte.
Sein Blick wanderte durch das Wohnzimmer, um zu sehen, ob es dort Veränderungen gab, während er aus dem Eßzimmer das satte Ploppen eines Flaschenkorkens hörte. Sein Vater kam mit zwei dickbauchigen Gläsern und der Weinflasche herein und stellte sie auf den Schachtisch, der unter einer tief hängenden Lampe stand.
„Paß auf, daß keine Weinflecken auf dein Schachbrett kommen!“
„Schach und Rebensaft gehören zusammen wie dessen Flecken auf dem Brett des Königsspiels“, antwortete der alte Genießer und goß ein wenig Wein in jedes Glas. Dann hielt er seines gegen das Licht, atmete das Aroma ein, nahm einen Schluck und schien darauf zu kauen. Zufrieden setzte er ab und schenkte sich nach.
„Und du?“
„Du weißt, ich verstehe nichts davon. Ich vertraue deinem Urteil, jedenfalls, wenn es um Rotwein geht.“
„Sonst wohl nicht?“ wollte Herzig senior wissen und füllte auch das Glas seines Sohnes zu gut einem Drittel.
„Sonst höre ich mir deine Argumente an und überlege, welche mich überzeugen könnten.“

„Zum Wohl, mein Junge. Du hast ja recht. Vielleicht sind wirklich nicht alle meine Gedanken brauchbar."
„Wie geht es dir, Herr Hauptkommissar außer Dienst?"
„Du, ich bin zufrieden. Meine Hüfte schmerzt bei diesem ständigen Wetterwechsel etwas, und der Winter war noch nie mein Favorit, wie du weißt, aber sonst ..."
„Und deine Kakteen?"
„Denen geht es auch gut. Ich bin gerade dabei, einige umzutopfen. Seit wann interessieren dich meine Kakteen? Du hast doch etwas ganz anderes auf dem Herzen! Wo brennt's denn? Hängt es mit dem Fall zusammen, über den ich in der Zeitung gelesen habe?"
„Ja, eine sehr rätselhafte Sache."
„In welcher Hinsicht rätselhaft?"
„Eine junge Frau wurde vergewaltigt und ist danach schwanger geworden", begann Roland Herzig zögernd.
„Ich habe es gelesen."
„Diese Frau, eine hübsche und wohlhabende Studentin, lag zum Tatzeitpunkt bereits im Koma."
„Auch das weiß ich aus der Presse", sagte der alte Herr ungeduldig.
„Man würde annehmen, daß es einer vom Krankenhauspersonal getan hat."
„Oder ein Besucher."
„Oder ein Besucher, richtig. Aber diese Frau liegt, von einer Monitoring-Anlage überwacht, auf einer Intensivstation und wird vom gesamten Personal nicht aus den Augen gelassen. Der Täter hätte also nach menschlichem Ermessen gar keine Gelegenheit haben können, sich unbemerkt an dieser Frau zu vergehen. Und doch muß es geschehen sein, denn sonst wäre sie nicht schwanger."
„Ich habe mal davon gelesen, daß jemand seinen eigenen Zwillingsbruder in sich trug, so weit ich weiß, war das auch noch ein Mann", gab der Ex-Kripobeamte zu bedenken.
„Willst du mich auf den Arm nehmen? Wenn du mit mir darüber reden willst, solltest du das Ganze ernst nehmen!"
Herzig junior ärgerte dieser unsinnige Einwand seines Vaters.
„Nein, nein, das stimmt wirklich. Jedenfalls stand es so in der Zeitung. Was ich damit sagen will, ist, daß du auch ungewöhnliche Denkrichtungen verfolgen solltest. Natürlich liegt es nahe, in diesem Fall an eine Vergewaltigung zu denken, aber ..., es gibt ja vielleicht auch andere Möglichkeiten."
„Du denkst an unbefleckte Empfängnis?"
„Jetzt nimmst du mich nicht ernst!"

„Also gut, an was denkst du?"
„An nichts Bestimmtes. Ich habe keine Idee, ich meine das ganz grundsätzlich. Was sagt denn dein elektronischer Oberschlaumeier dazu?"
„Der äußert sich noch nicht und meldet, er habe noch zu wenig Fakten, um etwas Brauchbares auszuspucken."
„Dann geht es deiner Wundermaschine ja nicht anders als dir!"
Das von Herzig entwickelte Computerprogramm betrachtete sein Vater mit großer Skepsis und wurde nicht selten mit beißendem Spott bedacht, wenn es kaum verwertbare Hinweise lieferte. Er hielt den gesunden Menschenverstand, eine gut entwickelte Kombinationsgabe und sorgfältige Ermittlungen für unverzichtbare Bestandteile kriminalistischer Arbeit und den elektronischen Kripo-Helfer für ausgemachten Blödsinn.
„Im Moment ist es noch so, daß das Programm nichts mit den eingelesenen Daten anfangen kann, aber das wird sich ändern. Du wirst sehen!"
„Und ich glaube, daß du damit sehr viel Zeit verschwendest!"
„Nun laß' uns nicht schon wieder davon anfangen! Morgen sehe ich mich im privaten Umfeld der Frau um."
„Auch jemand aus dem privaten Umfeld hätte ihr, wenn es stimmt was du sagst, nicht unbeobachtet Gewalt antun können."
„Was heißt denn ‚wenn es stimmt, was du sagst'?" wollte der Sohn wissen.
„Das heißt, daß du die Aussage, diese Frau sei in den letzten Monaten nie unbewacht gewesen, als Faktum akzeptierst, was aber keineswegs so sein muß!"
„Das ist richtig", gab Roland Herzig nachdenklich zu. Sein Vater war trotz seiner 68 Jahre noch in der Lage, sich in einen Fall hineinzudenken und komplexe Zusammenhänge herzustellen. Dabei stieß er auch immer wieder auf Lücken, die ein entwickeltes Gedankengebäude hatte, und verstand es meisterhaft, seinen Finger in die Wunde zu legen. Das war schon beachtlich und nötigte ihm Respekt ab.
„Ja, du hast recht. Ich habe das nicht hinterfragt", gab Herzig junior zu.
„Laß' deinen Laptop, oder wie dieses Ding heißt, zu Hause und frag' mich, wenn du mit einem Fall nicht klarkommst!"
Beide lachten und stießen darauf an, daß der Fall gelöst werden möge, mit welcher Methode auch immer.
„Und wie willst du weiter vorgehen?"
„Wie gesagt, ich werde morgen im Umfeld der Frau recherchieren.

Sie ist ledig, war offenbar kein Kind von Traurigkeit und hatte, ihrem Tagebuch nach zu urteilen, einen großen, überwiegend von Männern dominierten Bekanntenkreis. Zwei Herren im Alter von etwa 30 Jahren, vermutlich Freunde oder Bekannte, sollen sie nach Aussage des Personals zu Beginn ihres Krankenhausaufenthaltes mehrere Male besucht haben. Ich will mir die Leute einmal ansehen."
„Und wirst vermutlich keine interessante Spur finden."
„Warum nicht?"
„Weil die Frau nicht in dieser Zeit mißbraucht worden sein kann, wenn ich die Daten aus der Zeitung richtig behalten habe. Du siehst, ich habe mich mit dem Fall schon intensiver beschäftigt, als du vermutlich gedacht hast."
„Dennoch! So präzise, daß ich diese Möglichkeit außer Betracht lassen kann, waren die Angaben der Schwestern und Pfleger bezüglich der genauen Besuchszeitpunkte nicht."
„Und weiter?"
„Dann werde ich in der Klinik weiterforschen."
„Na, ich wünsche dir Erfolg. Und laß' dich nicht zu sehr von der Presse unter Druck setzen. Ich habe gelesen, daß sie dich und diesen Doktor Templer ganz schön in die Mangel nehmen. Du arbeitest nicht im Auftrag der Zeitungsfritzen, sondern bist ganz allein deinem Gewissen und vielleicht noch deinem Chef Rechenschaft schuldig!"
„Ich weiß. Und was machst du den lieben langen Tag?"
„Ach, ich weiß mich zu beschäftigen. Einkaufen, lesen, dann bin ich in der Waschküche mit meinen Kakteen beschäftigt oder bastele an meinem Schiff."
„Schiff?"
Roland Herzig horchte auf.
„An welchem Schiff?"
„Ich habe mit einem Neubau begonnen. Dieses Mal soll es eine Hansekogge werden."
„Aus wievielen Streichhölzern?"
„Das weiß ich erst, wenn das Ding fertig ist. Du mußt es dir gleich noch ansehen, bevor du gehst. Der Kiel liegt schon."
Sie tranken ihre Gläser leer, bevor sie in den Keller hinunterstiegen, in dem Roland Herzigs Vater seine kleine Werkstatt hatte. Es fiel dem Sohn auf, wie rüstig der alte Mann noch war. Immerhin ging er auf die 70 zu. Weißhaarig, breitschultrig wie er selbst und noch immer, nach all den Jahren im Ruhestand und trotz seiner Vorliebe für schwere Rotweine und gutes Essen, das er nach dem Tod seiner Frau regelrecht zelebrierte, hatte er kaum Fett angesetzt. Diszipliniert ab-

solvierte er jeden Morgen sein Gymnastikprogramm und machte noch ein weinig Krafttraining. Seine Einkäufe erledigte er, obwohl ein Auto in der Garage stand, mit dem Fahrrad, auch wenn er zwei- oder dreimal fahren mußte, um alles nach Hause zu transportieren.
Obgleich er sich manchmal mit seinem Vater stritt oder sie verschiedene Meinungen über kriminaltaktisches Vorgehen in einem bestimmten Fall hatten, war sein Vater, diszipliniert und genußfähig zugleich, für ihn noch heute ein Vorbild. Nie hatte er seinem Sohn Steine in den Weg gelegt oder versucht, Einfluß auf seine Berufswahl zu nehmen. Als Herzig von der Schutzpolizei zur Kripo wechselte, hatte sein Vater, der damals wenige Jahre vor der Pensionierung stand, lediglich gemeint, er wisse als Sohn eines Kriminalers schließlich, auf was er sich damit einlasse. Das war's. Kein weiterer Kommentar, keine Ermahnungen, keine gut gemeinten Ratschläge. Dennoch war er erfreut, seinen Junior bei der Kripo zu wissen.
Ganz anders seine Mutter. Eher labil und anlehnungsbedürftig, hatte sie fast vierzig Ehejahre an der Seite ihres Mannes verbracht und in dessen Leben keine erwähnenswerten Spuren hinterlassen. Den größten Teil ihres Lebens hatte sie mit wechselnden Krankheitsbildern, die sie mit Hilfe eines mehrbändigen Gesundheitslexikons vor- oder nachbereitete, im Bett oder auf der Couch im Wohnzimmer gelegen. Schließlich hatte sie es geschafft, sich ihre unbewußte Todessehnsucht zu erfüllen, und starb vor zwei Jahren an Krebs. Sie hinterließ keine Lücke. Im Gegenteil, man hatte den Eindruck, daß Herzig senior nach ihrem Tod erst richtig auflebte.
Auf dem Basteltisch lag, von einer hellen Arbeitslampe beschienen, ein aus unzähligen Streichhölzern, deren Köpfe säuberlich abgetrennt waren, bestehender Kielstreifen eines Koggenmodells. Auch Ansätze der Seitenplanken und des Hecks waren bereits zu erkennen, alles im Maßstab 1:50.
„Wie lange brauchst du noch, bis es fertig ist?"
„Wenn der letzte Streichholz drangeklebt ist, wird es vollendet sein. Mich hetzt zum Glück niemand mehr. Das ist der große Vorteil, wenn man pensioniert ist und allein lebt."
Damit mochte er recht haben. Roland Herzig freute sich immer wieder, daß sein Vater, den er regelmäßig ein- oder zweimal in der Woche besuchte, derart zufrieden war und seinen Lebensabend aktiv zu gestalten wußte. Gelegentlich luden seine Frau, seine Stieftochter und er den Vater sonntags zu sich zum Essen oder Kaffee ein.
„Aber bitte nicht nur aus Pflichtgefühl! Wenn ihr das gerne macht, freue ich mich, wenn nicht, kann ich auch damit leben", hatte er sei-

nem Sohn am Tage der Hochzeit gesagt, „ich bin gern in eurer Nähe, komme aber auch allein zurecht.“
Als der junge Herzig aus der Haustür trat, gab sein Vater ihm einen kräftigen Klaps auf die Schulter mit auf den Weg und rief ihm nach: „Laß’ dich mal wieder sehen, und berichte, was sich in deinem Krankenhausfall getan hat!“
„Mache ich. Bis bald!“
Die Feststellung der Personalien, die zu den Vornamen in Frau Wallendorfs Tagebuch paßten, machte mehr Mühe, als Herzig sich vorgestellt hatte. Die Universitätsverwaltung versuchte, die Herausgabe von persönlichen Daten der Studenten und Dozenten mit Hinweis auf den Datenschutz zu verweigern. Erst nach Erwirkung eines richterlichen Beschlusses durfte Herzig sich zusammen mit einer Mitarbeiterin der Universität an den Bildschirm des Rechners setzen und sich die gewünschten Informationen notieren.
Der erste Name, den er mit Frau Wallendorf in Zusammenhang bringen konnte, war Christian Neermann. Er suchte die Wohnung des Romanistikstudenten, eine Mansarde in einem alten Mietshaus, auf und klingelte. Auch nach mehrmaliger Wiederholung kam keine Reaktion. Herzig schrieb einen Zettel, mit der Aufforderung, sich bei ihm zu melden, heftete seine Visitenkarte daran und warf beides durch den Briefschlitz in der Tür.
Die nächste Anschrift auf dem Notizblock des Kommissars deutete auf ein Studentenwohnheim oder ein größeres Appartementhaus hin: G 009. Richtig, er hatte sich nicht getäuscht. Es war ein Studentenwohnheim. Er läutete an der Tür der Pförtnerloge und mußte eine ganze Weile warten, bis ein etwa vierzigjähriger, schlecht rasierter Mann in grauem Kittel und Arbeitshandschuhen öffnete.
„Was gibt’s?“ fragte er unfreundlich.
„Ich würde gern mit Marcel Röbermann sprechen, der soll in Zimmer G 009 wohnen“, sagte Herzig, ohne sich als Polizist auszuweisen.
„Dafür brauchen Sie mich doch nicht zu stören! Da vorn ist das Klingelbrett für den Eingang ‚G‘!“
„Danke für die freundliche Auskunft.“
Herzig ging zum Block „G“. Der Name „Röbermann“ stand nicht auf dem Klingelschild, sondern lediglich die Ziffernfolge 009. Ein Agent? Herzig mußte über seinen Gedanken lachen, aber ziemlich anonym wirkte es schon. Wieder wartete er lange und drückte erneut auf die Klingel. Nach zwei oder drei Minuten erschien ein Mann im Bademantel an der Tür und wirkte so, als sei er gerade geweckt worden. Dabei war es schon fast Mittag.

„Ich möchte zu Herrn Röbermann“, sagte Herzig und zeigte seinen Ausweis.
„Kriminalpolizei?“ fragte der etwa 35jährige Mann, der einen Dreitagebart trug und sich bemühte, im Gegensatz zum Hausmeister, freundlich zu sein, was ihm wegen der vermutlich sehr ungelegenen Störung sichtlich schwerfiel.
„Kommen Sie herein! Ich gehe am besten vor.“
Sie gingen einen langen, weiß gestrichenen Gang entlang, von dem rechts und links alle vier Meter Türen abzweigten. Wie im Gefängnis, dachte Herzig, nur etwas freundlicher und nicht verschlossen.
„Erschrecken Sie nicht, es ist nicht aufgeräumt, schließlich habe ich keinen Besucher erwartet“, warnte ihn der Student.
Beide betraten einen abgedunkelten Raum von etwa zehn Quadratmetern Größe, in dem ein heilloses Durcheinander herrschte.
„Das ist in einem solchen Kaninchenstall nicht anders machbar!“ entschuldigte sich sein unfreiwilliger Gastgeber und begann aufzuräumen. Nach ein paar Minuten war soviel Platz geschaffen, daß Herzig seinen Mantel ablegen und sich setzen konnte.
„Was verschafft mir die Ehre?“ fragte der Mann und zog die Vorhänge zur Seite, was den Raum ein wenig freundlicher erscheinen ließ. Als Herzig gerade ansetzen wollte, etwas zu sagen, wurde er unterbrochen:
„Ganz nebenbei! Trinken Sie einen Kaffee mit? Ich mach' mir sowieso einen.“
Herzig nahm das Angebot an, woraufhin der inzwischen ganz erwachte Mann den winzigen Raum verließ. Der Kommissar blieb allein zurück und sah sich um. Die freien Wände waren nahezu vollständig mit Postern und Plakaten bedeckt. Einige zeigten offenbar Entwürfe zu eigenen Werken, andere waren Drucke von Picasso- und Dalí-Bildern.
An einer Wand befand sich ein Regal mit Büchern und Aktenordnern. Das Bett konnte zu einer Sitzcouch umgebaut werden. Unter dem kleinen Fenster stand ein weißer Schreibtisch mit einem Stuhl davor. Beide Möbelstücke waren mit Papieren, aufgeschlagenen Büchern und Kleidungsstücken übersät. Daß man in so einem Schuhkarton leben kann!
Der Mann schien vom Auftauchen eines Kripo-Beamten weder sonderlich beeindruckt noch sehr überrascht zu sein. Herzig hatte ihn aus dem Schlaf gerissen, der für einen tagsüber arbeitenden Menschen sehr lange dauerte, dafür war dieser Mann sehr höflich und gastfreundlich. Ob er weiß, was ich von ihm will? fragte sich der

Kommissar, oder ob die Frage, weshalb er von der Kripo aufgesucht wird, ihn wirklich so unbeteiligt läßt wie er vorgibt?
Nach ein paar Minuten kam der Student ins Zimmer zurück, wirkte jetzt frischer und hatte sich offensichtlich gekämmt.
„Was kann ich denn für Sie tun?“ wollte er wissen.
„Sagt Ihnen der Name Karin Wallendorf etwas?“
„Klar.“
„Und was?“
„Das ist eine Bekannte, die nach einem Autounfall im Koma liegt“, antwortete der junge Mann ohne jede Gefühlsregung in der Stimme.
„In welchem Verhältnis standen Sie zu Frau Wallendorf?“
„In der Gewißheit, daß Sie das eigentlich bereits herausgefunden haben, sage ich es Ihnen dennoch. Ich saß regelmäßig mit ihr in der Spanischvorlesung, war manchmal mit ihr essen oder tanzen, gelegentlich hatten wir auch Sex miteinander, was sowohl Frau Wallendorf als auch mir großes Vergnügen bereitet hat.“
„Frau Wallendorf ist eine sehr attraktive Frau.“
„Ja, das ist sie.“
„Und nicht unvermögend.“
„Auch das ist wahr.“
„Haben Sie davon profitiert?“
„Ja.“
„Inwiefern?“
„Wenn wir essen waren, hat sie bezahlt. Wir haben auch immer ihre Kondome benutzt. Ich komme aus sehr einfachen Verhältnissen, müssen Sie wissen. Diesem Umstand hat Frau Wallendorf Rechnung getragen.“
„Haben Sie Ihre Freundin ...“
Der Student unterbrach ihn.
„Oh, ich würde nicht Freundin sagen, nennen Sie sie meine Bekannte!“
„Also gut. Haben Sie Ihre Bekannte im Krankenhaus besucht?“
„Ja, das habe ich. Dreimal, um genau zu sein.“
„Wann?“
„Kurz nach ihrem Unfall im Juli oder August.“
„Warum haben Sie sie nicht weiter besucht?“
„Eine Schwester sagte mir, daß eigentlich nur Angehörige derart schwerkranke Patienten besuchen dürften. Das traf auf mich nicht zu. Also blieb ich weg.“
Das war eine sehr einleuchtende Erklärung. Andererseits machte der selbstbewußte Mann nicht den Eindruck, als würde er sich um ausgesprochene Ge- oder Verbote kümmern.

„Was können Sie mir über Frau Wallendorf sagen, damit ich mir ein Bild von ihr machen kann?“ fragte Herzig.
Sein Gegenüber dachte eine Weile nach, dann stand er auf.
„Ich glaube, der Kaffee ist durch.“
Nach einer knappen Minute kehrte er mit zwei großen Kaffeetassen zurück und setzte sich auf seinen alten Platz.
„Mögen Sie Zucker? Milch habe ich leider nicht.“
Herzig schüttelte den Kopf.
„Nein danke!“
„Ja, was kann ich über Karin sagen? Sie ist auffallend hübsch, ich würde sogar sagen schön. Eine intelligente, vom Elternhaus sehr verwöhnte Frau, egozentrisch, sehr spontan, ziemlich emotional; sie entschied alles aus dem Bauch heraus. Sie sah etwas, zum Beispiel ihren Sportwagen, ging ins Geschäft und nahm mit, was ihr gefiel.“
„Woher kam ihr Reichtum?“ fragte der Kommissar, der das natürlich bereits wußte.
„Nach dem Tod ihrer Eltern erbte sie alles, es gab keine Geschwister. Ich glaube, der Vater hatte eine Fabrik oder so etwas. Woran oder unter welchen Umständen Karins Eltern gestorben sind, weiß ich nicht. Sie sprach nicht darüber. Nun ja, so nahe standen wir uns schließlich auch nicht.“
„Immerhin hatten Sie ein intimes Verhältnis mit ihr!“
„Das sehe ich anders. Wir hatten ein sexuelles Verhältnis, kein intimes“, stellte der Student richtig.
„Was macht für Sie den Unterschied?“
„Bei einem intimen Verhältnis stehen sich zwei Menschen in vielerlei Hinsicht sehr nahe. Bei einem sexuellen ist diese Nähe lediglich körperlicher Natur.“
„Heißt das, Sie standen Frau Wallendorf nicht nahe?“
„Oh je, Sie wollen es aber genau wissen! Die Frage ist schwer zu beantworten. Ich will es trotzdem versuchen.“
„Ich bitte darum!“
„Karin ist kein Mensch, der andere nahe an sich herankommen läßt. Das gilt für Frauen wie Männer. Gute Freunde, in dem Sinne der Pflege intensiver Beziehungen, hatte sie nicht. Es konnte durchaus passieren, daß sie eine Verbindung schnell abbrach, wenn sie einen anderen Mann kennenlernte oder sie ihr zu eng und damit zu anstrengend wurde. Der Preis, den man für eine tiefer gehende Freundschaft zahlen muß, war ihr offenbar zu hoch.“
„Sie studierte Romanistik?“
„Sie lebte. Und zu diesem Leben gehörte für Karin, sich im Dunstkreis

einer Universität zu bewegen. Sie liebte die spanische und französische Sprache, las Literatur in diesen Sprachen, reiste oft in diese Länder und lebte dort manchmal einige Monate lang, wobei sie Land und Leute förmlich in sich aufsog. Plötzlich hatte sie genug und reiste von einer Stunde auf die andere weiter oder fuhr wieder nach Hause."
„Wissen Sie, was für ein Verhältnis sie zu ihren Eltern hatte?"
„Nein, darüber haben wir nie gesprochen. Sie machte allerdings nicht den Eindruck, als sei ihr der Tod ihrer Eltern sehr nahe gegangen, aber es kann natürlich auch sein, daß sie das nach außen nur nicht zeigen wollte."
„Hatte sie noch andere Verwandte?" wollte Herzig wissen.
„Sie besuchte manchmal jemanden in oder bei Stuttgart, aber wen, weiß ich nicht."
„Und Sie?"
„Ich?"
„Ich meine, was gibt es über Sie zu berichten?"
„Also, ich komme, wie schon erwähnt, aus bescheidenen Verhältnissen, meine Mutter geht putzen, mein Vater ist Arbeiter in einem Ausbesserungswerk der Bahn. Ich bin ganz aus der Familientradition ausgebrochen und habe, sehr zum Unverständnis meiner Eltern, angefangen, Kunst zu studieren. Karin lernte ich zufällig in der Vorlesung kennen, in der ich sitze, um Spanisch, die Sprache meiner künstlerischen Vorbilder Dalí und Picasso, zu büffeln. Mein aktuelles Sexualleben ist auch nach Karins Unfall so erlebnisreich, daß ich es nicht nötig habe, in die Klinik einzudringen und die arme Frau in bewußtlosem Zustand zu nehmen!"
„Warum erzählen Sie mir das?"
„Weil ich weiß, warum Sie hier sind, nachdem ich in der Zeitung gelesen habe, was mit Karin passiert ist."
„Woher wußten Sie, daß es in den Presseberichten um Karin Wallendorf ging?" fragte Herzig mißtrauisch.
„Wenn ich es vor Ihrem Besuch noch nicht wußte, dann spätestens, seitdem Sie bei mir geklingelt haben."
Herzig sah dem Kunststudenten lange in die Augen, und der wich seinem Blick nicht aus.
„Gibt es Männer aus Karin Wallendorfs Bekanntenkreis, denen Sie ..."
„... denen ich eine solche Tat zutrauen würde, meinen Sie? Woher soll ich das wissen? Ich kenne ja noch nicht einmal alle! Diese Frage kann ich nicht beantworten."
Der Kommissar setzte sich auf den Beifahrersitz seines Wagens und tippte, wie nach jeder Vernehmung, ein Gedächtnisprotokoll in seinen

Laptop. Nachdem er alles eingegeben hatte, sah er durch die Seitenscheibe, die leicht beschlagen war und an der Regentropfen herunterrannen. Auf dem Gehweg führte ein einsamer Spaziergänger seinen Hund aus. Ansonsten wirkte die kleine Straße, die an dem großen Komplex des sechsgeschossigen Studentenwohnheimes vorbeiführte, wie ausgestorben.
Er dachte über die Frage nach, ob er Marcel Röbermann die Vergewaltigung seiner komatösen Freundin oder seiner Bekannten, um mit dessen Worten zu sprechen, zutraute. Er kam zu dem Ergebnis: eher nein! Aber was konnte man in einem Gesicht über das wahre Ich eines Menschen lesen? Was an seinen Gesten erkennen? Was von dem, das einem berichtet wurde, wirklich glauben? Waren nicht viele Menschen in der Lage, sich so darzustellen, wie sie nicht wirklich waren? Sind wir nicht alle dazu in der Lage, und tun wir es nicht auch täglich?
Im Laufe des Tages suchte Herzig weitere Personen auf, deren Namen er im Tagebuch der Karin Wallendorf gelesen und deren komplette Anschriften er in den Dateien der Universitätsverwaltung wiedergefunden hatte, und überprüfte sie. Einige waren ihr angeblich nur einmal begegnet, andere gaben an, sie gar nicht zu kennen und auch nicht zu wissen, wie ihr Name in das Tagebuch geraten war.
„Ich bin doch nicht dafür verantwortlich, daß eine Studentin mich in ihr Herz schließt und in ihrem Tagebuch die wildesten Phantasien mit mir auslebt!“ gab einer der Hochschuldozenten zu bedenken. Es konnte natürlich auch sein, daß er eine Affäre mit Karin Wallendorf gehabt hatte, das aber aus Rücksicht auf seine Ehe nicht zugeben wollte.
Abends stieg Herzig noch einmal die Stufen zur Mansarde von Christian Neermann hinauf. Diesmal schien jemand zu Hause zu sein, denn er sah Licht in der Wohnung. Nach dem Klingeln öffnete eine junge Frau die Tür so weit, wie es die Sicherheitskette zuließ. Durch den Spalt blickte sie Herzig mißtrauisch an. Als er seinen Dienstausweis zeigte, nahm sie ihn in die Hand, zog das Dokument durch den Spalt und studierte es lange. Erst danach ließ sie den Kommissar eintreten.
Sie trug einen schmuddeligen beigefarbenen Bademantel und eine Jogginghose. Er folgte ihr. Sie war barfuß und schien noch sehr jung zu sein, kaum älter als 20. Sie hatte lange braune Haare, die über ihre Schultern fielen und fast bis zur Hüfte reichten. Sie forderte ihn nicht auf, sich zu setzen, so daß sie sich in der kleinen Küche, in die sie ihn geführt hatte, gegenüber standen.
„Was soll er denn nun wieder angestellt haben?“

Herzig stutzte. Die Frau schien häufiger mit der Polizei zu tun zu haben, oder besser, sie war es anscheinend gewohnt, daß die Polizei wegen ihres Bekannten, Freundes, Partners oder Ehemannes an ihrer Tür erschien.
„Wie kommen Sie darauf?“ fragte er.
„Ach, nur so.“
„Sollten meine Kollegen bereits hier gewesen sein, ohne mir etwas zu sagen?“
Der Kommissar pokerte, schließlich hatte er nichts zu verlieren.
„Ja. Gestern. Oder war es vorgestern? Ich habe ihnen auch gesagt, daß Christian seit einer Woche in Paris ist und nicht dabei gewesen sein kann.“
„War er denn früher manchmal dabei?“
Der Kommissar tappte vollkommen im Dunkeln, versuchte aber, indem er sie zunächst über seine Absichten im Unklaren ließ, etwas von dem in Erfahrung zu bringen, was der jungen Frau gerade durch den Kopf zu gehen schien.
„Ja, manchmal schon. Aber darüber wurde schon verhandelt. Diesmal war er gar nicht im Land. Das Ding haben andere gedreht. Er jedenfalls nicht! Das kann ich beschwören!“ versicherte sie energisch und steckte sich eine Zigarette an.
„Wie können Sie da so sicher sein?“
Sie reichte ihm wortlos eine Ansichtskarte, auf der der Eiffelturm abgebildet war.
„Reicht das?“
„Vermutlich nicht.“
„Dann werden es seine Freunde eben bezeugen. Jedenfalls war er am Wochenende in Paris und hat den Schlitten nicht geklaut!“
„Es geht um Autodiebstahl?“
„Klar. Oder wollen Sie ihm noch mehr anhängen?“
„Sind Sie Frau Neermann?“
„Nein, und wenn es so weitergeht, bin ich auch nicht scharf darauf! Ich bin Laura, Christians Freundin.“
„Kann ich mich setzen?“ fragte Herzig.
„Bitte.“
Sie stand auf einem Bein und rieb sich mit dem anderen Fuß die Wade. Herzig merkte deutlich, daß sie trotz ihres Bemühens, lockere Antworten zu geben, unter einer großen Anspannung stand.
„Nun tun Sie nicht so geheimnisvoll! Christian ist nicht hier, und ich weiß auch nicht, wann er zurückkommt. So etwas sagt er mir nicht. Wenn er kommt, dann kommt er. Wollen Sie etwas von mir?“

„Nein."
„Was wollen Sie dann?"
„Ich wollte Herrn Neermann einige Fragen zu einer Karin Wallendorf stellen."
Herzig beobachtete Lauras Gesicht genau, und er war sicher, daß er bei diesem Satz ein Zucken darin bemerkt hatte und ihre Unruhe sich noch steigerte.
„Sagt Ihnen der Name vielleicht etwas?"
„Klar. Das ist die Nymphomanin, die sich Christian immer wieder an den Hals wirft."
„Können Sie mir das genauer erklären?"
„Kann ich, will ich aber nicht!" sagte die junge Frau energisch und sah Herzig an, als wolle sie ihm andeuten, daß es jetzt besser war zu gehen.
„Das muß ich akzeptieren", sagte der Kommissar und erhob sich zögernd vom Stuhl. Als er bereits in der Küchentür stand, drehte er sich noch einmal zu Laura um und sagte:
„Dann kommen Sie bitte morgen um zehn ins Polizeipräsidium, ja? Zimmer 312."
Er wollte es wenigstens versuchen, obwohl es für ihre Vorladung nicht den geringsten Grund gab.
„Ob ich es Ihnen heute hier oder morgen in Ihrem Büro erzähle, ist auch egal."
Na also.
„Ich höre!" sagte Herzig, immer noch im Türrahmen stehend.
„Diese Schlampe ist in seinem Kurs an der romanistischen Fakultät und nimmt ihn gelegentlich mit in die Kiste, wenn Sie wissen, was ich meine."
„Nicht so ganz", log er.
„Sie braucht ihn zum Vögeln. Und wenn sie genug von ihm hat, schmeißt sie ihn raus, und er kommt wieder bei mir an. Jetzt verstanden?"
„Fast. Warum schmeißt sie ihn nach dem ..., nach dem Sex wieder raus?"
„Weil die nur scharf darauf ist, von Christian ordentlich gefickt zu werden. Im Bett ist er nämlich nicht schlecht. Und weil die Dame einiges zu bieten hat, wovon man sich überzeugen kann, wenn man sie ansieht, fällt mein Liebling immer wieder auf diese geile Ziege herein. Bis zum nächsten Mal. Und so weiter und so weiter. Aber ich habe ihm im Sommer ein Ultimatum gestellt. Seitdem ist offenbar Sendepause zwischen den beiden."

„Wissen Sie sonst noch etwas über Frau Wallendorf?"
„Daß sie mit Geld nur so um sich wirft. Vermutlich geht sie nebenbei noch auf den Strich. Sonst nichts."
„Gut. Ich danke Ihnen für Ihre Auskünfte. Würden Sie Herrn Neermann bitte ausrichten, daß er sich bei mir melden soll, sobald er zurück kommt?"
Sie nickte. Herzig verabschiedete sich und verließ die kleine Wohnung.
Mit Laura hatte eine äußerst eifersüchtige Rivalin gesprochen und ihrer Wut gegenüber Karin Wallendorf ungezügelten Lauf gelassen. Anscheinend hatte der Freund ihr nichts von dem Unfall und der Verletzung ihrer Nebenbuhlerin erzählt, sondern ihr die Tasache, daß er sich nicht mehr mit der Wallendorf treffen konnte, als klare Entscheidung zwischen beiden Frauen verkauft. Dieser Neermann muß ein ziemlich ausgebufftes Schlitzohr sein und eine große Affinität zu Frauen haben, dachte Herzig, als er langsam die Treppen hinunterging.

Die Oberarztbesprechung fand in Professor Brosenius' Büro statt. Der Termin war für 17.00 Uhr angesetzt. Um diese Zeit war die Hauptarbeit in der Abteilung getan. In den OP-Sälen lief höchstens noch eine Notoperation. Die meisten Oberärzte der Abteilung, es waren insgesamt sechs, bereiteten sich auf den Feierabend vor oder erledigten noch Verwaltungsarbeiten, während die Assistenzärzte über die chirurgischen Stationen gingen, um die Patienten zu untersuchen und aufzuklären, die für den nächsten Tag auf dem Operationsplan standen. Wenn die Kranken Glück hatten und nichts Unvorhergesehenes dazwischen kam, würde die Operation auch stattfinden, aber das konnte natürlich niemand mit letzter Sicherheit sagen.
Pläne von Allgemeinchirurgen, noch häufiger die von Unfallchirurgen, am häufigsten die von Anästhesisten und Intensivmedizinern wurden von so vielen Variablen bestimmt, daß es eine Planung zwar gab, aber kaum so umgesetzt werden konnte wie vorgesehen. Das wußte jeder, der bereits mehrere Jahre in diesem Metier arbeitete, stieß bei Patienten, die unmittelbar und sehr persönlich davon betroffen waren, aber oft auf Unverständnis.
Unter den Oberärzten bestand, wie in den meisten Abteilungen der Klinik, ein Beziehungsgeflecht, das von Eifersucht, Ehrgeiz und Mißgunst, seltener von Freundschaft geprägt war. Persönliche Karrierewünsche, Machtinteressen, wissenschaftlicher Ehrgeiz, finanzielle

Überlegungen und öffentliche Reputation lauteten die Überschriften, unter denen sich jemand um eine solche Stelle bewarb.
Templers Karriere bildete in gewisser Hinsicht eine Ausnahme unter den vielfältigen Bemühungen um Beförderung. Nicht er hatte sich vor vier Jahren um eine Oberarztstelle beworben, sondern es war eine neue Stelle für Intensiv- und Rettungsmedizin geschaffen worden, für die er sich wie kein zweiter durch persönliche Leistungen und Engagement empfohlen hatte. Professor Brosenius war damals auf ihn zugekommen und hatte bestimmt, daß er diese neue Stelle als Oberarzt bekommen sollte, weil er die Aufgabe ohnehin bereits ausfüllte. So war er zu diesem Posten gekommen wie die Jungfrau zum Kind. Unter den Kolleginnen und Kollegen der Abteilung gab es damals starke Neidgefühle, sein jüngster Durchstarter zum Stellvertreter des Chefs war eine Provokation, eine Ungeheuerlichkeit, an der er wiederum nicht selbst mitgewirkt hatte.
Zudem war Templer von Brosenius zum Krisenmanager im Fall Wallendorf, eines aktuellen Hauptproblems für die gesamte Klinik, ernannt worden. Eine sehr zweifelhafte Ehre, wie nicht nur Templer wußte, für einige seiner Kollegen dennoch Anlaß für Mißgunst und Eifersucht.
Vor diesem Hintergrund fand die erste Zusammenkunft der Oberärzte nach Templers Beförderung statt. Eine Stunde vor Beginn der Besprechung, die regelmäßig einmal monatlich im Chefarztbüro stattfand, bat Professor Brosenius Templer zu sich. Das Arbeitszimmer des Chefs war bereits für die Konferenz hergerichtet. Es standen Gläser, Getränke und mit Zellophan abgedeckte Teller mit belegten Broten auf dem Tisch.
„Kollege Templer, ich möchte noch kurz einige Dinge mit Ihnen durchgehen, bevor wir in die Besprechung gehen“, sagte Brosenius, nachdem er Templer begrüßt hatte.
„Ich habe auch noch ein paar Punkte, die wir vielleicht besser unter vier Augen klären sollten.“
„Ich weiß nicht, ob es Ihnen aufgefallen ist“, setzte der Professor sehr behutsam das Gespräch fort, „seit Ihrer Ernennung zum Leitenden gibt es ein wenig Unruhe in der Abteilung.“
„Ein wenig ist wohl eher untertrieben. Ich würde sagen, es brodelt ganz schön.“ Templer haßte die Art seines Chefs, Probleme aufzublasen oder klein zu reden, je nachdem, wie es gerade in sein Konzept paßte.
„Na, nun übertreiben Sie aber! Frau Koschmann-Motteck hat mir in einer Unterredung, um die sie mich vor ein paar Tagen bat, gesagt,

daß sie die Planung in der Anästhesie dauerhaft nur machen wolle, wenn eine zweite Stelle eines leitenden Oberarztes dafür eingerichtet würde, ich sozusagen einen zweiten Stellvertreter bekäme."
Brosenius sprach nicht gleich weiter, sondern prüfte erst einmal die Wirkung seiner Worte auf Templer. Als der nicht reagierte, fuhr er fort: „Könnten Sie damit leben?"
Templer überlegte. Obwohl er bereits seit vier Jahren Oberarzt in der Abteilung war, hatte er es immer noch nicht gelernt, in taktischen Dimension zu denken, gewisse Entwicklungen vorausschauend zu erahnen und die sich für ihn ergebenden Konsequenzen aus einem solchen Planspiel zu überlegen. Es war ihm bewußt, daß derartige Fähigkeiten in seiner aktuellen Funktion als Stellvertreter des Professors noch wichtiger geworden waren, ja nahezu entscheidend für das dauerhafte Überleben in dieser Funktion sein würden. Dabei hätte er in den letzten Jahren lediglich Augen und Ohren offen zu halten und Brosenius, den Meistertaktiker in seiner Nähe, zu beobachten brauchen. Von ihm hätte er viele dieser Eigenschaften lernen können. Aber innerlich sträubte sich alles dagegen, seinen Umgang mit anderen Menschen taktischen Gesichtspunkten unterzuordnen, statt spontan zu reagieren. Erst einmal überlegen, zu welchen Manövern man sein Gegenüber noch gebrauchte. Könnte er einem bei irgendwelchen Entwicklungen gefährlich werden? Weiß er Dinge, die er verwenden könnte, um einen zu Fall zu bringen?
Templer haßte es und hatte sich auch klar entschieden, solche Erwägungen, trotz seiner neuen Funktion, nur am Rande anzustellen. Ganz ignorieren konnte er sie kaum.
„Nun, Herr Kollege?" drängte Brosenius.
„Ich könnte gut damit leben, eine Kollegin oder einen Kollegen gleichberechtigt an meiner Seite zu wissen, aber nicht, wenn diese Kollegin Koschmann-Motteck heißt."
Templer hatte sich entschieden, das klar und deutlich zu sagen, ohne Schnörkel und ohne Einschränkungen.
„Was würden Sie tun, wenn diese Stelle dennoch geschaffen und sie sie bekommen würde?"
Brosenius blieb in der Offensive, hakte nach und trieb seinen Oberarzt vor sich her.
„Von meinem Posten zurücktreten."
Templer blieb standfest. Das konnte bereits das Ende seiner Karriere sein, aber er wußte, daß er sich auf keinen Fall darauf einlassen durfte, die Kollegin Koschmann-Motteck mit ins Boot zu holen. Dann könnte Brosenius sie nach Belieben gegeneinander ausspielen. Eine

gute Zusammenarbeit mit dieser egozentrischen Ärztin im Sinne einer erfolgreichen Teamarbeit war unmöglich. Das wußte er.
„Das sind klare Worte“, kommentierte Brosenius die Aussage des Oberarztes und hob die Augenbrauen. Dann setzte er seine Goldrandbrille auf, die er bisher in der Hand gehalten hatte.
„Aber keine Sorge, Kollege Templer, Janssen hat die Planstelle bereits abgelehnt. Wir müssen uns eine andere Lösung einfallen lassen.“
So ein Schwein, dachte Templer, erst quetscht er dich aus, erhält wertvolle Informationen darüber, wie weit du denn gehen würdest, und dann kommt der blitzartige Rückzug. Er bewunderte und verabscheute seinen Chef zugleich für diese perfekt entwickelte Fähigkeit. Wieder einmal wurde ihm seine hoffnungslose Unterlegenheit auf diesem Gebiet deutlich. Eigentlich war er der Aufgabe eines leitenden Oberarztes gar nicht gewachsen, jedenfalls nicht mit den Skrupeln, die er nun einmal hatte.
„Lassen Sie mich an Ihren Gedanken teilhaben!“ forderte der Professor Templer auf.
„Ich überlege, welche Alternativen wir haben“, schwindelte der.
„Und die sind?“
„Eine Möglichkeit wäre, die Leitung des anästhesiologischen Bereiches jemand anderem zu übertragen“, schlug Templer vor.
„Wenn jemand dazu bereit ist, ohne formell befördert zu werden oder wenigstens eine gewisse Entschädigung für die Mehrarbeit zu bekommen, denn dafür sieht Janssen ebenfalls keinen finanziellen Spielraum“, sagte der Chef.
„Haben Sie schon sondiert, ob dafür einer der Kollegen zur Verfügung steht?“
„Nein. Sehen Sie noch weitere Möglichkeiten?“
Templer zuckte mit den Schultern, spitzte die Lippen und schüttelte schließlich langsam den Kopf. Er wollte raus aus der Rolle des Vorbeters, der sich offenbarte und Ideen vortrug, die dann von Brosenius zerpflückt wurden.
„Keine weiteren Vorschläge!“
„Nun, Sie könnten diese Aufgabe zusätzlich übernehmen, sozusagen in Doppelfunktion. Natürlich erst, wenn die unangenehme Sache auf Ihrer Station ausgestanden ist. Oder ...“
Brosenius machte eine Pause, um abzuwarten, ob Templer sich wieder hervorwagte. Als sein Stellvertreter nichts sagte, fuhr er fort:
„Oder wir schauen, ob einer Ihrer Kollegen diese Doppelfunktion übernehmen könnte, was voraussetzen würde, daß Sie auf die Stelle des leitenden Oberarztes verzichteten.“

Das war eine Unverschämtheit, eine schallende Ohrfeige für Templer! Er spürte förmlich den Schmerz dieses Schlages und fühlte, daß er schnell, glashart und überlegt reagieren mußte. Beleidigt oder gekränkt? Offensiv, gar aggressiv? Nein, neutral, aber deutlich, entschied er.
„Negativ!" sagte er nur.
Es fiel ihm schwer, Brosenius' indirekte Zurschaustellung von Geringschätzigkeit für ihn nicht weiter zu kommentieren, aber er zügelte dieses Bedürfnis.
„Dachte ich mir. Wäre auch keine gute Lösung, muß ich sagen."
Schon war die Ohrfeige, obwohl bereits ausgeteilt, wieder vom Tisch. Er konnte sie nicht mehr gegen Brosenius verwenden, hatte noch nicht einmal mehr das Recht, empört darüber sein. Es war schließlich nur ein Planspiel gewesen! Dennoch blieb eine gewisse Drohung in der Luft hängen, ein Druck auf Templer, beide Aufgaben zu übernehmen. Gleich kommt der nächste Vorstoß, dachte er sofort. Was würde Brosenius vorschlagen? Welche Waffe würde er als nächste ziehen? Und er setzte tatsächlich zum nächsten Zug an.
„Würden Sie sich die Übernahme beider Aufgaben zutrauen?"
Jetzt ging es nicht mehr um Templers Bereitschaft, sondern um die Frage nach seinem Selbstvertrauen. Der Oberarzt versuchte, nicht in die ausgelegte Falle zu tappen.
„Zutrauen würde ich es mir sicherlich. Aber ..., aber das ist eine riesige Arbeitsbelastung!"
„Ohne Frage, aber es bedeutet auch einen erheblichen Kompetenzzuwachs", lockte Brosenius.
Templer entschloß sich zu einem kühnen Vorschlag, der ihm ganz plötzlich in den Sinn kam und den er keiner Prüfung mehr unterzog, bevor er aus ihm herausplatzte.
„Und wenn Sie selbst diese Aufgabe übernehmen würden?"
Als er den Satz ausgesprochen hatte, zuckte er selbst zusammen über seine Unverfrorenheit und erwartete eine donnernde Resonanz, eine Art väterliche Bestrafung für so viel Dreistigkeit. Brosenius brauchte auffallend lange für seine Antwort.
„Auch das wäre denkbar. Aber diesbezüglich teile ich Ihre Einschätzung über die Mehrbelastung, die man sich in meinem Alter nicht mehr dauerhaft zumuten sollte."
Die Antwort des Chefs war viel moderater ausgefallen, als Templer es erwartet hatte. Möglicherweise sollte er ruhig auf diese Weise mit Brosenius umgehen?
„Vielleicht nicht dauerhaft ...", legte er nach.
Der Professor schien zu überlegen. Es war Templer durch seine un-

erwartete Intervention offensichtlich gelungen, den Meister der Taktik in die Defensive zu drängen.
„Ich will dazu jetzt nicht endgültig ‚nein' sagen, aber ich kann nicht behaupten, daß ich das für eine glückliche Lösung halte."
„Glückliche Lösungen, die realistisch sind, sehe ich gar nicht. Entweder glücklich und nicht finanzierbar oder mit dicker Kröte, die einer schlucken muß. Und derjenige möchte ich nicht sein!" machte Templer, durch den Erfolg seiner Vorstöße ermutigt, deutlich.
„Ich kann Sie verstehen, Kollege Templer. Wir können die Sache, so wie wir sie jetzt angedacht haben, ja gleich den Kollegen vorstellen. Vielleicht hat noch jemand von denen einen Lösungsvorschlag, der uns jetzt nicht eingefallen ist."
Damit schien das Thema „Anästhesieplanung" für den Augenblick erledigt zu sein. Bis zur nächsten Runde der Schlacht, dachte Templer, der wußte, daß das Thema in einigen Minuten noch für allerhand Wirbel sorgen würde.
„Sie wollten noch etwas mit mir unter vier Augen besprechen!" Templer hatte sich nach dem bisherigen Gesprächsverlauf überlegt, nicht mehr auf das zu sprechen zu kommen, was er seinem Chef ursprünglich hatte vortragen wollen, und gehofft, der würde sich nicht mehr an seine Ankündigung erinnern. Doch Brosenius besaß ein ausgezeichnetes Gedächtnis, merkte sich jede Begebenheit, unwichtige Details, zeitliche Zuordnungen, Namen, Zahlen und schien dieses ganze, gut gehortete Wissen abrufen zu können, wann immer er es brauchte. Auch das gehörte zu seinen Stärken, mit deren Hilfe er sich über die Mehrzahl seiner Gesprächspartner aufschwang, sie damit entweder beeindruckte und um den Finger wickelte oder würgte, bis ihnen die Luft ausging. Der unbeholfene Versuch Templers, das Thema noch zu vermeiden, scheiterte kläglich.
„Vielleicht sollten wir das ein andermal besprechen, jetzt ist nur noch wenig Zeit", schlug er vor.
Professor Brosenius sah auf seine Armbanduhr.
„Noch zehn Minuten! Sie wollen mir doch keinen Roman vorlesen, oder?"
„Die Stimmung auf der Station ist sehr schlecht", begann Templer schließlich doch.
„Das ist mir während der letzten Visiten bereits aufgefallen, hat mich aber nach den Ereignissen der letzten Wochen nicht sonderlich überrascht."
„Nein, überraschend ist es vielleicht nicht, aber die Zusammenarbeit im Team leidet sehr darunter, wenn täglich einige zur Vernehmung

gerufen und verhört werden. Danach sind die meisten erst einmal nicht mehr einsetzbar", berichtete der Oberarzt.
„Das wird sich erst ändern, wenn die Kriminalpolizei ihre Untersuchungen abgeschlossen hat. Solange kann es nur heißen: Augen zu und durch!"
„Das ist einfacher gesagt als getan. Wir müssen trotz dieser Bedingungen noch gute Arbeit leisten und die Fehlerrate möglichst gering halten."
„Was haben Sie für einen Eindruck von Kommissar Herzig?" wollte Brosenius wissen.
„Der weiß, was er will, ist zielstrebig, hartnäckig und dabei nicht einmal unfreundlich. Jedenfalls nicht mehr als für seinen Job nötig", urteilte Templer.
„Sie sehen ihn ja fast täglich. Haben Sie das Gefühl, daß er irgendwie vorangekommen ist?"
„Darüber spricht er mit mir nicht. Wenn ich mal durch die Blume anfrage, weigert er sich beharrlich, darauf zu antworten. Ich habe bisher allerdings nicht den Eindruck, daß er einen entscheidenden Schritt in Richtung Aufklärung gemacht hat. Langsam wird seine Gegenwart zu einer wirklichen Bewährungsprobe für meine Station. Ich hoffe nur, daß er sehr bald ein konkretes Resultat vorlegen kann!" wünschte sich Templer.
„Oder die Ermittlungen einstellt."
„Der? Das glaube ich nicht. So wie ich Herzig einschätze, bleibt der, wenn er den Fall schon nicht in nächster Zeit aufklären kann, uns noch eine ganze Weile erhalten. Und dann wird sich die Unruhe in der Abteilung vorläufig nicht legen."
„Da bin ich optimistischer!" widersprach Brosenius selbstsicher.
„Woher die Zuversicht?" fragte Templer.
„Ich bin bei seinem Chef vorstellig geworden und habe diskret angefragt, wie lange wir die Anwesenheit von Polizei in der Klinik noch ertragen müßten. Er hat mir, nicht verbindlich zwar, aber immerhin zugesichert, daß die Ermittlungen, wenn sie zu keinem Ergebnis führen sollten, spätestens in vier Wochen eingestellt würden, vorausgesetzt, die Staatsanwaltschaft spielt dabei mit. Ich wünsche, daß Sie diese Information im strengsten Sinne vertraulich behandeln."
In Brosenius' Stimme schwang Stolz mit, daß er Templer diese Nachricht, offenbar ganz aktuell und unter dem Siegel der Verschwiegenheit, präsentieren konnte. Eigentlich paßte es nicht zu ihm, derartige Interventionswege vor anderen offenzulegen. Sollte das ein neuer Stil sein? Wohl kaum, aber es fiel Templer auf.

„Vier Wochen Stationsarbeit unter den derzeitigen Bedingungen bedeuten noch eine lange Durststrecke“, warf er daher nur ein, „ich hoffe, daß der Kessel nicht vorher explodiert.“
Templer fragte sich, warum der Kripo-Chef dazu bereit war, Brosenius eine derartige Zusage zu machen. Es mußten noch andere Dinge als ein simpler Anruf von Chef zu Chef eine Rolle spielen. Waren die beiden im selben Club? Segelten sie miteinander? Oder gab es Verbindungen über gemeinsame Freunde, die für den Professor interveniert hatten?
Eigentlich konnte es Templer egal sein, aus welchem Grund in vier Wochen mit dem Ende der Ermittlungen zu rechnen sein würde. Er fand ganz einfach, daß bereits jetzt die Grenzen der Belastbarkeit für das Personal erreicht waren, was allerdings nicht ausschließlich mit der Ermittlungstätigkeit des Kommissars zusammenhing. Das mußte er zugeben. Vermutlich würde die bloße Einstellung des Verfahrens noch nicht einmal zu mehr Ruhe auf der Intensivstation führen, das konnte lediglich eine vollständige Aufklärung des Verbrechens bewirken. Insofern war der Wunsch nach einem absehbaren Ende der polizeilichen Ermittlungen nichts anderes als Augenwischerei.
Es klopfte. Doktor Bottka, der erste von Templers Oberarztkollegen, traf ein.
„Suchen Sie sich einen Platz aus, es gibt noch freie Auswahl“, sagte Brosenius.
Templer stand kurz auf und reichte dem Kollegen die Hand.
„Herr Templer und ich hatten schon eine kurze Vorbesprechung“, informierte Brosenius Doktor Bottka.
Frau Koschmann-Motteck und Eduard Klimke traten wenig später, miteinander scherzend, ins Büro, begrüßten die Anwesenden reihum und achteten darauf, Plätze nebeneinander einzunehmen.
Sie sprachen wenig miteinander und tauschten Belanglosigkeiten aus, um die Zeit bis zum Beginn der Besprechung auszufüllen.
Doktor Wartenberg kam pünktlich um 17.00 Uhr, drückte vorsichtig die angelehnte Tür auf und blieb etwas unsicher vor der Sitzgruppe stehen. Er war erst vor ein paar Tagen offiziell von Brosenius und Verwaltungsleiter Janssen zum Oberarzt ernannt worden und rückte in den Kreis auf, in dem durch das Ausscheiden von Westhoff-Müller eine Stelle frei geworden war. Er arbeitete als Anästhesist meist in den OP-Sälen der HNO-Abteilung und hatte zwei Jahre seiner Facharztausbildung auf der Intensivstation unter Doktor Templer absolviert. In dieser Zeit hatten sie ihre Sympathie füreinander entdeckt und auch privat einiges miteinander unternommen.

„Setz dich, Markus!“ forderte Templer ihn auf.
Wartenberg war unsicher, auf welchen der freien Plätze er sich setzen sollte, entschied sich schließlich für den Platz, der neben Frau Koschmann-Motteck noch frei war.
„Sind wir vollständig?“ fragte Brosenius und blickte in die kleine Runde, „nein, der Kollege Knipschild fehlt noch.“
Das kann ja noch dauern, dachte Templer. Knipschild war nie pünktlich. Man hatte oft den Eindruck, daß er sich bei der Einhaltung von Terminen eher nach dem Stand der Sonne als nach der Uhrzeit richtete.
Es herrschte peinliches Schweigen. Man konnte die gespannte Atmosphäre, die seit dem Eintreten von Frau Koschmann-Motteck in der Luft hing, förmlich spüren. Für eine Auseinandersetzung war es noch zu früh, für lockeres Scherzen gab es bei den vorhandenen Differenzen keinerlei Veranlassung. Schließlich bestand die Gefahr, versehentlich Freundlichkeiten mit jemandem auszutauschen, der eine solche Behandlung keineswegs verdient hatte. Also sagte man lieber nichts. Auch Brosenius fiel die Steifheit und Zurückhaltung in der Runde auf. Noch vor wenigen Wochen war diese Konferenz recht freizügig und in angenehmer Atmosphäre abgehalten worden. Es wirkte bedrückend zu erleben, daß sechs Menschen, die fast täglich miteinander umgingen, zusammen an einem Tisch saßen und es vermieden, sich auf ein unverbindliches Gespräch einzulassen. Das wurde schlagartig anders, als Doktor Knipschild, heute mit nur fünfminütiger Verspätung, dazukam und sein fröhliches „Moin, moin“ in die Runde warf.
„Ist einer gestorben? Hier herrscht ja richtige Beerdigungsstimmung. Ich dachte, der Schampus würde schon auf dem Tisch stehen. Wir feiern doch heute den neuen Oberarzt, was Markus?“
Knipschild, ein 40jähriger, kräftiger Hüne von einem Meter achtundneunzig, sah mit seinen blonden und meist ungekämmten Haaren aus wie jemand, der noch aus der Zeit der Wikinger übrig geblieben war. Seinen nicht übersehbaren Bauch, über den sich sein Arztkittel, wenn er überhaupt einen trug, spannte, und seine viel zu große Knollennase trug er stolz wie Markenzeichen vor sich her. Man kam nicht umhin, ihn zur Kenntnis zu nehmen, dafür sorgte er mit einer tiefen, kräftigen Stimme, die er entweder zum Fluchen oder Witzereißen einsetzte. Anästhesieschwestern oder -pfleger, die zusammen mit ihm zum Dienst eingeteilt waren, freuten sich entweder sehr darüber oder verdrehten schon die Augen, wenn sie das Zusammentreffen mit ihm aus dem Dienstplan erfuhren. Templer kannte niemanden in der Abteilung, der keine Meinung über Knipschild hatte. Die Erscheinung

dieses Mannes forderte in jeder Hinsicht dazu auf, Stellung zu ihm zu beziehen, so oder so.
„Liebe Frau Koschmann-Motteck, meine Herren“, eröffnete Professor Brosenius die Besprechung, „nachdem auch der Kollege Knipschild uns die Ehre seines Erscheinens erwiesen hat, können wir wohl beginnen.“
Knipschild grinste in die Runde, an ihm prallten derartige Spitzen seines Chefs ohne jede Wirkung ab. Er hielt es noch nicht einmal für notwendig, darauf in irgend einer Form einzugehen.
„Unser heutiges Treffen findet im Zeichen sehr dramatischer Ereignisse und einiger personeller Veränderungen in unserer Abteilung statt“, fuhr der Chefarzt fort.
„Das ist wahr!“ kommentierte Frau Koschmann-Motteck mit säuerlichem Gesichtsausdruck die einleitenden Worte ihres Vorgesetzten und zog seinen strafenden Blick auf sich.
„Auf unserer Intensivstation ist ein Verbrechen geschehen, das uns alle sehr erschüttert hat und dessen vollständige Aufklärung die Polizei uns hoffentlich bald melden kann. Das hat sehr viel Unruhe in die Abteilung getragen.“
Brosenius machte eine Pause und sah auf Templer, dessen Blick abwesend einen fernen Punkt auf dem Parkplatz vor dem Bürofenster fixierte.
„Der Kollege Westhoff-Müller hat mich vor einigen Wochen nicht ganz überraschend, wie die meisten von Ihnen vermutlich wissen, um Zustimmung zu seiner vorzeitigen Pensionierung aus gesundheitlichen Gründen gebeten. Diesem Wunsch habe ich gern entsprochen, befreit er uns doch von einer seit Jahren bestehenden Sorge. Dennoch wollen wir nicht die Verdienste des Kollegen um unsere Abteilung und das ganze Haus vergessen. Ich hätte ihm das in dieser Runde gern persönlich gesagt, er konnte oder mochte jedoch nicht kommen.“
„Vermutlich konnte er nicht stehen, vom Gehen gar nicht zu reden“, warf Knipschild bissig ein. Er war immer noch schlecht auf den alkoholkranken Kollegen zu sprechen, weil er in der Vergangenheit nicht selten dessen Arbeit in den OP-Sälen zusätzlich hatte übernehmen müssen.
„Kollege Knipschild, ich kann Ihre Bemerkung verstehen, dennoch empfinde ich sie an dieser Stelle als unpassend!“ wies der Chef ihn diesmal scharf zurecht. Der angesprochene Oberarzt verzog sein Gesicht, was wohl so etwas wie Protest andeuten sollte.
„Ich habe mir die Entscheidung um seine Nachfolge nicht leicht gemacht“, fuhr Brosenius fort.

„Ach!“ zischte Frau Koschmann-Motteck dazwischen.
„Es gab die Möglichkeit, eine Stelle auszuschreiben, in der Absicht, eine Kollegin oder einen Kollegen außerhalb der Klinik für diese Position zu suchen. Darauf habe ich in Absprache mit Verwaltungsleiter Janssen und dem Personalrat verzichtet, weil wir der Ansicht waren, daß es genügend qualifizierte Leute in unseren eigenen Reihen gibt. Ich denke, daß eine solche Entscheidung in Ihrem Sinne war! Soweit Widerspruch?“
Schweigen. Brosenius blickte nacheinander jeden seiner Oberärzte an. Bei niemandem regte sich auch nur ein Gesichtsmuskel.
„Schön. Ich habe mich dann relativ bald, wiederum in Übereinstimmung mit Herrn Janssen und dem Personalrat, für den Kollegen Templer entschieden, der seit vier Jahren mit großem Einsatz unsere Intensivstation leitet.“
„Diese Entscheidung haben viele von uns nicht verstanden!“ äußerte Doktor Knipschild als erster seine Kritik an der Wahl Templers, „man hätte diese Personaldebatte, die wir heute nachträglich abhalten, vorher führen sollen!“
„Ich hatte nicht die Absicht, Personalentscheidungen diesem Gremium zu überlassen, weil es keinerlei offiziellen Charakter hat!“ entgegnete Brosenius entschieden, „und ich frage Sie: Was hätte es an der Entscheidung geändert? Hätten Sie einen anderen Vorschlag gehabt, eine Alternative zu Doktor Templer gesehen?“
Der Professor blickte erneut in die Runde und prüfte die Wirkung seiner rhetorischen Fragen. Er registrierte Zeichen der Empörung auf einigen Gesichtern. Frau Koschmann-Motteck hatte es offensichtlich die Sprache verschlagen. Sie öffnete zweimal den Mund, verschränkte dann jedoch lediglich ihre Arme vor der Brust und schwieg.
„Eine sinnvolle Alternative wäre die Ernennung der Kollegin Koschmann-Motteck gewesen“, wagte sich Doktor Bottka, ein stets höflicher und korrekter Arzt, der Prototyp des zwanghaften Ordnungsfanatikers, hervor und schaute über seine Brille hinweg zu der Kollegin hinüber, als wolle er sagen: Hast du’s gehört? Ich habe es gesagt!
„Das wäre eine gute Entscheidung gewesen!“ stimmte Knipschild der Meinung seines Kollegen zu.
Frau Koschmann-Motteck blieb still. Man sah ihr die große Anspannung deutlich an. Sie hatte einen Schuh ausgezogen und drehte ihn um die Fußspitze, ihre Halsmuskeln waren straff gespannt, nervös spielte sie mit ihrem rechten Ohrring. Sie hatte ihre Truppen in Stellung gebracht und ließ sie für sich ins Feld marschieren. Die Privatdozentin, eine 50jährige, brünette und sehr modebewußte Frau, die

stets ein intensiver, von gutem Geschmack zeugender Parfümduft umgab, galt in der Abteilung als ausgezeichnete Anästhesistin, sehr diszipliniert, ehrgeizig und fleißig. Allerdings hatte sie bei den ihr unterstellten Ärzten und dem Pflegepersonal auch den Ruf, egozentrisch, launenhaft und gelegentlich sehr aggressiv zu sein. Sie war mittelgroß, sah sehr gut aus und wirkte wesentlich jünger als sie war. Ihre spitze Nase verrät ihren wahren Charakter, hatte Templer sofort gedacht, als er sie zum ersten Mal sah: eine richtige Ziege!
„Meine Herren, ich finde es verständlich, daß Sie eine Lanze für Frau Koschmann-Motteck brechen, aber die Entscheidung über die Nachfolge von Westhoff-Müller ist gefallen. Es besteht keine Veranlassung, diese Frage noch zu diskutieren!"
Brosenius versuchte die Kritik, die sich schon seit Templers Ernennung im Kreise seiner Oberärzte regte, im Keime zu ersticken.
„Ich glaube, ich muß mir diese Besprechung nicht länger antun!" schrie Frau Koschmann-Motteck. Ihre Stimme überschlug sich fast, ihre Gesichtshaut zeigte rote Flecken. Sie stand energisch von ihrem Platz auf, schubste Doktor Klimke, der neben ihr saß, unsanft zur Seite, drängte sich an ihm vorbei und wendete sich zur Tür. Als sie sie fast erreicht hatte, drehte sie sich noch einmal um und fixierte den Professor mit scharfem Blick.
„Ich lege hiermit mein Amt als Oberärztin dieser Abteilung nieder! Ich nehme ab morgen meinen Resturlaub und werde zu Hause bleiben!"
Brosenius erhob sich ebenfalls und drehte sich zu der vor Erregung zitternden Ärztin um.
„Wenn Sie Urlaub machen wollen, richten Sie bitte, wie es vorgeschrieben ist, ein schriftliches Urlaubsgesuch an den leitenden Oberarzt der Abteilung. Sollten Sie diesen Weg nicht einhalten, liebe Frau Kollegin, wird das Konsequenzen haben!"
Bis zu diesem Augenblick hatte er noch relativ leise und beherrscht gesprochen. Jetzt brüllte er.
„Haben Sie das verstanden?"
Die Oberärztin sah Brosenius an, ihre Augen wurden zu schmalen Schlitzen. Sie machte einige Schritte auf den Chefarzt zu und blieb dicht vor ihm stehen. Templer hatte den Eindruck, daß sie Brosenius, von dem sie jetzt nur noch wenige Zentimeter trennten, ohrfeigen würde. Die Szene war ihm ausgesprochen unangenehm. Am liebsten wäre er aufgestanden und hätte der Kollegin seine Stelle angeboten, nur um diese von so großer Verletztheit diktierten und von Haß erfüllten Auseinandersetzung zu beenden. Er widerstand dem Impuls

jedoch, denn er ahnte, daß er sich damit zwischen alle Stühle setzen würde.
„Sie sagen mir ab sofort überhaupt nichts mehr! Mit Ihnen bin ich fertig, Sie können mich sonst was!"
Damit drehte Frau Koschmann-Motteck sich um, öffnete die Tür, flog hinaus und schlug sie donnernd hinter sich in den Rahmen, wobei der Schlüssel klirrend zu Boden fiel.
Etwa eine Minute blieb es ruhig im Raum. Jeder starrte vor sich auf den Boden. Auch Brosenius stand einen Augenblick lang reglos in der Mitte des Zimmers, bevor er sich wieder auf seinen Platz setzte, seine Brille abnahm und sie umständlich zu putzen begann. Templer war unsicher, ob er es in die Hand nehmen und die Besprechung fortsetzen oder lieber seinem Chef die Initiative lassen sollte. Er entschied, daß es für Brosenius, der immer noch schwieg, seine Brille gegen das Licht hielt und hindurch schaute, eine Entlastung bedeutete, wenn er das Wort übernahm.
„Nachdem die Emotionen so hoch geschlagen sind, sollten wir nicht vergessen, daß es auch noch weitere wichtige Punkte gibt, die heute auf der Tagesordnung stehen", begann er.
Der Professor sah ihn an, und Templer meinte, in seinem Blick so etwas wie Dankbarkeit für den Vorstoß zu erkennen. Das gab ihm Sicherheit.
„Durch das Ausscheiden meines Vorgängers Westhoff-Müller ist eine Oberarztstelle vakant geworden, die neu zu besetzen war. Die Wahl fiel dabei auf unseren Kollegen Wartenberg, was mich besonders freut, weil ich mich von seinen fachlichen und menschlichen Qualitäten während seiner Zeit auf der Intensivstation persönlich überzeugen konnte. Markus, meinen herzlichen Glückwunsch!"
Brosenius begann zu applaudieren, einige folgten zaghaft. Doktor Wartenberg schaute seine Kollegen an und lächelte verlegen. Er hatte wohl eine andere Vorstellung von der Art und Weise seiner offiziellen Ernennung gehabt.
„Eigentlich wollte ich auch ein paar Worte zur Beförderung des Kollegen Templer zum leitenden Oberarzt sagen. Ich muß allerdings zugeben, daß mir angesichts des gerade Erlebten nicht nach langer Rede zumute ist. Daher möchte ich Sie, lieber Klimke, bitten, den Sekt von Frau Förster zu holen, damit wir wenigstens ..."
Als der Professor sah, daß er wenig Resonanz fand, brach er ab und nickte Doktor Klimke zu. Templer verteilte Gläser in der Runde, ließ sich von seinem Kollegen zwei Sektflaschen reichen und schenkte ein. Doktor Bottka bedeckte sein Glas mit der Hand.

„Für mich bitte nicht, ich habe heute Dienst!“ begründete er seine Abstinenz, und man sah ihm die Erleichterung an, daß er nicht an dem Umtrunk teilnehmen mußte.
Brosenius nahm sein Glas in die Hand, blickte seine Oberärzte Templer und Wartenberg an und sagte:
„Meine Herren Kollegen, ich kann mir vorstellen, daß Sie nach dem Auftritt von Frau Koschmann-Motteck nicht gerade in der Stimmung sind, mit mir auf ein gutes Gelingen der Aufgaben unserer beiden Oberärzte anzustoßen. Ich gehe aber davon aus, daß Sie alle ihnen eine glückliche Hand wünschen und darauf mit ihnen trinken werden.“
Brosenius erhob sich, Wartenberg und Templer folgten dem Beispiel, zögernd standen auch die anderen Ärzte auf und prosteten sich zu. Niemand sprach. Glückwunsche wurden nicht ausgesprochen, keiner reichte Templer oder Wartenberg die Hand. Die Stimmung blieb gedrückt, und es herrschte eisiges Schweigen.
„Es ist noch eine wichtige Aufgabe übrig. Frau Koschmann-Motteck hat mir deutlich zu verstehen gegeben, daß sie ihre bisherigen Aufgaben in der Abteilung nicht weiter wahrnehmen will. Daher besteht die Notwendigkeit, die Aufsicht über unsere Anästhesietätigkeit im Hause jemand anderem zu übertragen. Ich bitte um Vorschläge!“
Brosenius hatte sich wieder gefangen und setzte die Leitung der Besprechung mit gewohnter Souveränität fort.
„Ich glaube nicht, daß man den Ausbruch der Kollegin Koschmann-Motteck dahingehend interpretieren sollte!“ protestierte Doktor Knipschild.
„Es geht nicht um das, was sie eben hier geäußert hat. Den Wunsch, die Anästhesieeinteilung abzugeben, teilte sie mir bereits vor einigen Tagen mit, als es ihr noch gelang, eine solche Absicht mit der notwendigen inneren Distanz zu formulieren“, entgegnete Brosenius.
Wieder herrschte Schweigen im Raum. Keiner der Oberärzte meldete sich für die Aufgabe, aber es lehnte sie auch niemand ausdrücklich ab. Der Chefarzt setzte seine Brille ab und rieb sich die Augen. Eine ganze Weile sah er anschließend von einem zum anderen. Es schien, als habe er alle Zeit der Welt. Schließlich nahm er sich noch etwas aus der Sektflasche und trank davon. Langsam wurde das Schweigen unerträglich und für viele Männer in der Runde zum Prüfstein für ihre Fähigkeit, eine solche Situation auszuhalten. Brosenius erhob sich und ging ans Fenster. Er öffnete es, lehnte seinen Oberkörper hinaus und inhalierte die Winterluft.
Nach etwa fünf Minuten, die den Anwesenden wie eine Ewigkeit vor-

kamen, sagte Doktor Bottka, der die Anspannung nicht mehr ertragen konnte:
„Na gut, ich übernehme die Aufgabe für das laufende Jahr und schlage vor, daß wir sie uns im jährlichen Wechsel teilen, wenn sich auf Dauer niemand dazu bereit finden sollte."
So erzwingt man etwas mit Ausübung psychischer Gewalt, dachte Templer und merkte, daß er seinen Chef für diesen Akt brutaler Nötigung verachtete.
Professor Brosenius schloß das Fenster, kehrte an seinen Platz zurück und dankte dem Kollegen Bottka für seine Bereitschaft. Er habe sich als jemand erwiesen, der in der Lage sei, im Dienste der Abteilung zu handeln.
„Also, ich fand die Art, dieses Problem zu lösen, nicht gerade geeignet, das Verhältnis zwischen uns Oberärzten und Ihnen als unserem Chef zu verbessern!"
Wieder einmal war es Knipschild, der nicht anders konnte, als seiner Beklemmung Luft zu verschaffen.
„Lieber Herr Kollege, ich sehe es nicht als meine Aufgabe an, dafür zu sorgen, daß Sie mich für die Art meiner Amtsführung lieben, es reicht mir, wenn Sie mich respektieren. Guten Abend, meine Herren!"
Damit stand Brosenius auf und verließ den Raum.
Die Gruppe der Oberärzte blieb im Büro zurück. Templer mußte anerkennen, daß der Chef die anstehenden Probleme der Abteilung inhaltlich zumindest vorläufig gelöst hatte. Durch die sehr autoritäre und menschenverachtende Art des Umgangs mit erwachsenen und reifen Mitarbeitern war das Teamklima allerdings auf den Nullpunkt gesunken. So konnte man mit den Kollegen der Abteilung nicht umgehen! Eines Tages wird sein Verhalten wie ein Bumerang zu ihm zurückkehren, dachte er. Es stieg das dringende Bedürfnis in Templer auf, sich vom Führungsstil seines Chefs in der Runde deutlich zu distanzieren, er wußte aber nicht, wie er das angehen sollte, ohne Brosenius offen in den Rücken zu fallen.
„Ich hoffe, daß das nicht die Kommunikationsform zwischen uns bleibt!" sagte er und fand, damit nicht ganz angemessen reagiert zu haben. Dennoch fühlte er Genugtuung darüber, daß er diesen Satz wenigstens ausgesprochen hatte.
„Wenn doch, was ich befürchte, werde ich mich beizeiten nach einem anderen Arbeitgeber umsehen", stöhnte Doktor Klimke, der eigentlich dafür bekannt war, die Bürden des Klinikalltags nicht allzu schwer zu nehmen und mit seiner lockeren Art dafür sorgte, daß auch bei den ihm unterstellten Assistenzärzten, Schwestern und Pflegern

so etwas wie Spaß an der Arbeit entstehen konnte. Die anderen schwiegen, es war aber zu spüren, daß jeder von ihnen ähnlich dachte.
Templer verließ das Büro als Letzter. Als er das Vorzimmer durchquerte, war Frau Förster gerade dabei, sich anzuziehen und zu gehen. Professor Brosenius stand, in einen Aktenordner vertieft, mit dem Rücken zu ihm und schien ihn nicht zu bemerken. Als Templer gerade aus der Tür gehen wollte, sagte der Chefarzt, ohne sich zu ihm umzudrehen:
„Bitte überprüfen Sie, ob Frau Koschmann-Motteck morgen zum Dienst erscheint oder Ihnen ein Urlaubsgesuch vorlegt, und erstatten Sie mir darüber Bericht!"
Templer blieb stehen. Er sollte offensichtlich zum Vollstrecker des Führungsstils gemacht werden, den er so sehr verabscheute. Ein großes, körperlich spürbares Unbehagen stieg in ihm auf. Einerseits fühlte er das dringende Bedürfnis, diese Aufgabe deutlich zurückzuweisen, andererseits wollte er die Autorität seines Chefs nicht untergraben. Du bist ein Feigling! sagte er sich.
„Ich hoffe auf Ihr Verständnis, wenn ich Ihnen sage, daß ich diese Aufgabe sehr ungern übernehme. Habe ich in der Form, darüber mit der Kollegin Koschmann-Motteck zu sprechen, freie Hand?"
„Sie sind mein Stellvertreter, Templer! Ich werde Ihnen Ihre Umgangsformen nicht vorschreiben, aber seien Sie vorsichtig! Sie können in dieser Funktion nicht jedermann gefallen wollen!"
Der Oberarzt öffnete auf dem Weg zur Intensivstation die Tür der Klinikkantine in der Hoffnung, dort jemanden zu entdecken, mit dem er reden konnte. Nicht über das, was er gerade im Büro seines Chefs erlebt hatte, sondern eher über etwas, das geeignet war, ihn davon abzulenken. Von hinten erkannte er den markanten Schädel von Kommissar Herzig. Templer war sich nicht sicher, ob der Polizist der geeignete Gesprächspartner für seine Absicht sein würde, ging aber trotzdem hinein und holte sich einen Kaffee. Er ging zum Tisch hinüber, an dem Herzig saß und, den Kopf in beide Hände gestützt, geistesabwesend aus dem Fenster sah, obwohl es draußen stockfinster war.
„Ist es gestattet?" fragte der Arzt.
Herzig fuhr erschreckt zusammen. Es war ihm anzumerken, daß er seine Gedanken von einem sehr weit entfernten Ort zurückholen mußte.
„Oh, Doktor Templer! Aber ja, setzen Sie sich doch!"
„Wie geht's voran?"
Herzig seufzte tief, es klang fast wie ein schmerzerfülltes Stöhnen. Er

verzog sein Gesicht, als habe er etwas verschluckt, das ihn mit Ekel erfüllte.
„Ich weiß nicht, es könnte besser laufen."
„Noch nichts?"
„Nichts würde ich nicht sagen, aber wenig Konkretes."
„Mögen Sie darüber sprechen?"
„Mögen schon, aber ich sollte Ihnen, einem zumindest theoretisch Tatverdächtigen, keine Ermittlungsergebnisse überlassen, die Ihnen möglicherweise wertvolle Hinweise geben könnten, um Ihre Tat wirkungsvoll zu verschleiern."
„Ah ja. Das verstehe ich. Sagen Sie mir bitte rechtzeitig Bescheid, wenn ich mit meiner Verhaftung rechnen muß, damit ich vorher zu Hause noch meine Blumen gießen kann!" sagte Templer und nahm einen Schluck aus seiner Kaffeetasse.
„Mann, seien Sie doch nicht gleich eingeschnappt! Sie teilen einem Patienten doch auch nicht jede Verdachtsdiagnose mit, derer Sie sich noch nicht sicher sind, oder?"
„Das stimmt. Ist das vergleichbar?"
„Warum nicht? Wenn Sie mich untersuchten und den Eindruck hätten, daß eine Krebserkrankung vorliegen könnte, aber noch weitere Untersuchungen notwendig wären, um Ihren Verdacht zu bestätigen oder zu verwerfen, würden Sie mir Ihre Vermutung dann mitteilen?"
„Wahrscheinlich nicht."
„Na also! Und das tue ich auch nicht."
„Sehr zufrieden sehen Sie jedenfalls nicht aus. Daraus schließe ich, daß die bisherigen Ermittlungen Sie nicht wesentlich weitergebracht haben."
„Wie wahr!"
Wieder gab der Polizist einen tiefen Stoßseufzer von sich. Er schien weiter vor sich hin zu grübeln. Templer nahm seine Kaffeetasse in beide Hände, um sich daran zu wärmen, trank einige Schlucke, beobachtete Herzig und störte ihn nicht in seinen Gedanken.
„Haben wir jemanden, der in Betracht kommen könnte, vergessen?" fragte der Kommissar, ohne daß es auf Templer den Eindruck machte, als erwarte er eine Antwort darauf.
„Sind Sie ganz sicher, daß Frau Wallendorf nicht doch einmal für längere Zeit unbeobachtet war? Könnte nicht der Überwachungsmonitor ausgefallen sein?"
„Ich habe im letzten Jahr nichts von einem solchen Defekt mitbekommen", erklärte Templer, gewann aber den Eindruck, daß sein Gegenüber ihm gar nicht zuhörte.

„Werden eigentlich die Dinge, die auf dem Monitor angezeigt werden, dokumentiert und dann archiviert?“
„Es werden ein Kamerabild des Patienten, Atmung, Herztätigkeit und Blutdruck in die Zentrale übermittelt. Das Bild kann nicht aufgezeichnet werden, es dient nur der Augenblicksüberwachung. Für die anderen Daten definiert man einen Normalzustand. Registriert der Rechner eine Abweichung davon, gibt es einen optischen und akustischen Alarm, und die Daten werden zusätzlich ausgedruckt.“
„Das verstehe ich noch nicht ganz.“
„Ich gebe als Normalwert für die Herzfrequenz einen Bereich von 50 bis 100 Schläge pro Minute ein. Wird dieser Bereich vom Patienten unter- oder überschritten, gibt es einen Alarm, den ‚Weckruf‘, wie unsere Leute scherzhaft sagen.“
„Kann man den Alarm ausschalten?“
Der Mann ist verdammt gut, dachte Templer, er sieht sofort, wo Gefahren lauern und kritische Punkte liegen.
„Man kann, aber die Alarmbereitschaft schaltet sich automatisch alle zwei Minuten wieder ein, und diese Automatik kann man nicht ausstellen. Mal angenommen, jemand macht etwas mit einem Patienten, das ihm Schmerzen bereitet ...“
„... wie eine Vergewaltigung ...“
„... zum Beispiel, dann würde das mit hoher Wahrscheinlichkeit über den Schmerzreiz zu einer Erhöhung der Pulsfrequenz und damit zur Auslösung eines Alarms führen“, setzte Templer dem Kommissar auseinander.
Herzig schien angestrengt zu überlegen.
„Wenn ich also einem Patienten mit Vorsatz einen Schmerz zufügen und vermeiden will, daß es einen Alarmruf gibt, nützt es mir nichts, wenn ich die Alarmanlage ausschalte?“
„Richtig.“
„Sondern ich würde den Normalzustand so definieren, daß der Rechner auch eine höhere Herzfrequenz akzeptiert, ohne Alarm zu geben, z. B. 200.“
Der Arzt war sprachlos. Dieser Mann hatte einen derart scharfen Verstand, daß Templers Bewunderung für dessen Kombinationsgabe erneut wuchs. Herzig hatte die Fähigkeit, neue Informationen blitzschnell mit alten und beides mit der Ausgangsfrage zu verbinden und daraus klare Schlußfolgerungen zu ziehen. In einer so ausgeprägten Form hatte er das noch bei niemandem erlebt.
„Ja, so würde ich dieses Problem auch umgehen, wenn ich das vorhätte, was Ihnen vermutlich durch den Sinn geht.“

„Würden Sie meinen, daß der Schmerzreiz im Falle eines Notzuchtverbrechens so ist, daß der normale Frequenzalarm ausgelöst wird?“
„Das ist eine sehr hypothetische Frage, ich halte das aber für sehr wahrscheinlich.“
„Wenn Ihre Annahme richtig ist, bedeutet das, der Täter mußte wissen, wie man die Alarmauslösung vermeidet“, folgerte der Kommissar laut, „das würde den Täterkreis enorm einschränken.“
Templer hatte schlagartig den Eindruck, seine sämtlichen Körperhaare würden sich gleichzeitig aufstellen. Sein Mund wurde trocken, und ein kalter Schauer lief über seinen Rücken, erreichte im Nacken den Schädel und verteilte sich über die ganze Kopfhaut.
„Danke, Doktor!“ hörte er den Kommisar sagen und sah, wie der ruckartig aufstand, den Stuhl nach hinten stieß und eilig die Kantine verließ.
„Sie haben mir sehr geholfen!“ rief Herzig noch und verschwand durch die Tür.
Am nächsten Morgen sah Templer Frau Koschmann-Motteck auf dem Parkplatz. Sie stieg aus ihrem Wagen und ging zum Klinikeingang wie an jedem Tag zuvor auch. Sie verrichtete ihre Arbeit, ohne über die Auseinandersetzung vom Vortag noch einmal zu sprechen. Die Einteilung des Narkosepersonals aber überließ sie stillschweigend ihrem Oberarztkollegen Bottka.

Noch auf dem Weg zum Altersheim hatte Templer am Freitag kurz vor Ladenschluß einen Blumenstrauß besorgt.
„Soll ich Ihnen die Blumen zusammenstellen?“ fragte die freundliche Floristin.
„Nein, für meine Großmutter möchte ich selbst einen Strauß aussuchen!“ bestimmte Templer und durchforschte das Geschäft nach Schnittblumen, von denen er wußte, daß Großmutter sie mochte.
Er überreichte der jungen Frau hinter der Ladentheke schließlich einen Strauß roter Moosröschen. Die junge Frau ordnete die Blumen und mischte sie mit Schleierkraut. Dann zeigte sie ihm den Strauß noch einmal und fragte: „Folie oder Papier?“
„Papier!“ verlangte Templer, „ich will die Umwelt nicht mit dieser scheußlichen Folie belasten!“
Vor dem Altersheim hielt er auf einem großen Parkplatz. Das Gebäude war ein unscheinbarer, grauer Kasten mit sechs Stockwerken. Templer hatte seiner Großmutter beim Umzug vor einigen Monaten geholfen und sie dort auch bereits besucht. Vor dem Haupteingang standen einige Heimbewohner mit ihren Angehörigen, andere wur-

den von ihren Kindern oder Enkelkindern in Rollstühlen Richtung Parkplatz geschoben.
In der kleinen Halle, die einige Sitzgruppen enthielt und eher schmucklos wirkte, wickelte er die Blumen aus und warf das Papier in einen Mülleimer. Seine Großmutter wohnte im vierten Stock. Templer zog es an diesem Tag vor, den Fahrstuhl zu benutzen.
„Ihrer Großmutter geht es nicht gut“, berichtete eine Altenpflegerin, die im Dienstzimmer saß und Medikamente in kleine Schälchen sortierte.
„Was ist mit ihr?“
„Ich weiß es auch nicht. Seit einigen Tagen hat sie keinen rechten Appetit, liegt viel im Bett und zeigt kaum Interesse. So kennen wir sie gar nicht.“
Nein, so kannte Hans Templer seine Großmutter auch nicht.
Sie war stets ein Energiebündel gewesen, das strotzend vor Zuversicht und Optimismus dem neuen Tag entgegensah. Nur einmal hatte er sie tagsüber im Bett liegen sehen, als sie vor vielen Jahren eine schwere Lungenentzündung durchmachte.
Er klopfte an ihre Zimmertür. Keine Reaktion. Als er den Raum betreten hatte, stand er vor einem Federbetthaufen, aus dem am oberen Ende ein paar graue Haarsträhnen fielen.
„Oma!“
Ganz langsam wälzte sich die schwere Bettdecke zu ihm herüber, und es kam ein Kopf zum Vorschein. Templer erschrak. Seine Großmutter hatte tiefe, dunkle Ringe unter den Augen und erschien ihm, zumindest im Gesicht, sehr abgemagert. Er versuchte seine Bestürzung zu verbergen und hielt ihr den mitgebrachten Blumenstrauß entgegen. Mit Moosröschen hatte er sie immer erfreuen können. Jetzt blickte sie erst ihn an, dann die Blumen und sagte schwach:
„Guten Tag, Hans.“
Sie lächelte nicht einmal. Freute sie sich nicht über seinen Besuch?
„Du liegst im Bett? Was ist los?“
Sie antwortete nicht.
Er legte den Blumenstrauß auf einen Stuhl, setzte sich zu ihr auf den Bettrand und sah in ihr faltiges Gesicht. Ganz offensichtlich hatte sie geweint, das konnte er erkennen. Ihre Augen ließen jenen Glanz vermissen, der ihren Blick immer zu mehr gemacht hatte als einen Augenblick. Früher konnten diese Augen trösten, sich mit ihm freuen, ihn streicheln und auch strafen, aber meist nur, wenn sie keinen anderen Weg sahen. Er nahm ihre Hand, die er erst unter der Bettdecke suchen mußte, in seine und drückte sie.

„Lüttje Oma, was hast du nur?“
Wieder antwortete sie nicht, sondern blickte lediglich starr mit ihren glanzlosen Augen an die Decke.
„Hast du Schmerzen?“
Sie schüttelte kaum merklich den Kopf.
„Willst du nicht sprechen?“
Sie nickte genauso schwach.
Was sollte das jetzt bedeuten? Hans Templer konnte sich keinen Reim darauf machen, was er vor sich sah, und war beunruhigt.
Nach einem Gefäß für die mitgebrachten Blumen suchend, sah er sich im Zimmer um. Einen ihrer Kleiderschränke aus dunkel gebeiztem Holz und den perlschnurartigen Verzierungen an beiden Türen hatte sie mitgenommen und in ihrem Zimmer aufstellen lassen. Auch ihr mit kariertem Stoff bezogener Ohrensessel, in dem sie zuletzt zu Hause oft gesessen und sich ausgeruht hatte, stand in einer Ecke des Zimmers.
An einer Wand hing ein Bild mit den betenden Händen von Albrecht Dürer, welches in ihrem früheren Schlafzimmer seinen Platz über dem Nachtschränkchen gehabt hatte. Auch den alten abgenutzten Teppich aus ihrem Wohnzimmer hatte sie beim Umzug mitgenommen. Ihre wenigen Bücher, einschließlich der alten Familienbibel aus dem 18. Jahrhundert, standen in Reih und Glied in dem einfachen Regal, das zum Inventar des Heimes gehörte. Großmutters Lesebrille lag auf dem kleinen runden Tisch neben einer aufgeschlagenen Ausgabe der „Land und Forst“, die sie sich weiterhin regelmäßig zuschicken ließ, obwohl es längst keinen Garten mehr zu bestellen gab. Eine Vase fand er nicht.
„Ich besorge eine Blumenvase, und du ziehst dich an! Wie fändest du eine Einladung zum Essen?“
Templer verließ das Zimmer und begegnete einer Angestellten des Heims, die ein Tablett über den Flur balancierte.
„Meine Großmutter wird heute ihr Abendbrot nicht hier einnehmen, ich möchte mit ihr essen gehen“, teilte er der Frau mit und erkundigte sich noch nach einem Gefäß für seine Blumen.
Als er in Großmutters Raum zurückkehrte, lag sie noch immer unter der dicken Bettdecke. Sie machte keinerlei Anstalten, aufzustehen und sich anzuziehen.
„Willst du nicht mit mir essen?“ fragte er jetzt energischer.
„Doch.“
Sie sprach sehr leise, und ihre Stimme klang heiser. Er schlug die Decke zurück, eine wirksame Methode, jemanden aus dem Bett zu

holen. Er hatte es von ihr gelernt. Immer wenn ich früher morgens nicht aufstehen mochte, hat sie mir die Bettdecke weggezogen und draußen auf dem Flur übers Treppengeländer gehängt, erinnerte er sich. Das hatte augenblicklich gewirkt. Es klappte auch umgekehrt. Die Großmutter erhob sich mühsam und setzte sich auf den Bettrand. Sie wirkte müde und antriebslos.

„Was willst du anziehen?"

Seine Großmutter hob die Schultern. „Weiß nicht."

„Komm', nun such' dir etwas aus dem Schrank, und dann gehen wir zu Wesemann essen, ja?"

„Ja."

Mit großer Mühe erhob sie sich und ging zum Kleiderschrank, wo sie stehen blieb, ohne die Schranktüren zu öffnen.

„Na, was ist?"

Ganz langsam drehte sie den Schlüssel herum und zog die rechte Tür auf. Dann stand sie wieder vor dem Schrank und starrte hinein.

Er half ihr beim Ankleiden, Frisieren und schließlich auch beim Überstreifen ihres Mantels. Mit schleppendem Gang ging sie über den Flur und erreichte den Fahrstuhl.

„Auf Wiedersehen Frau Templer, viel Spaß!" rief ihr eine der Altenpflegerinnen nach, aber die alte Frau reagierte nicht darauf.

„Sollen wir nicht lieber einen Rollstuhl mitnehmen?"

Sie schüttelte den Kopf.

In Wesemanns Restaurant suchte Templer einen etwas abseits gelegenen Tisch aus. Die Küche galt als die beste am Platz in Triberg, und das Lokal strahlte den Charme eines gemütlichen Landgasthauses aus, das sowohl Gäste aus der Stadt als auch aus der ländlichen Umgebung anzog. An diesem Abend war es gut besucht. Paare, Familien, eine größere Gesellschaft und auch Einzelgäste saßen bei Kerzenschein in den Nischen, die mit Fachwerk voneinander getrennt waren. An den Wänden hingen alte bäuerliche Arbeitsgeräte, in der Mitte des Gastraumes stand eine mit Torfsoden beladene Holzschubkarre. Über einer Tür waren der mächtige, präparierte Kopf eines Keilers und mehrere Hirschgeweihe drapiert, auf einem Ast saß ein ausgestopfter Bussard.

Eine Kellnerin in blau-weißer Bauerntracht brachte die Speisekarten und zündete die Kerze auf dem Tisch an.

„Darf ich schon etwas zu trinken bringen?"

„Ein Mineralwasser", sagte Frau Templer. Ihr Enkel bestellte einen italienischen Rotwein.

„Und was möchtest du essen?“ erkundigte er sich, als die Bedienung außer Hörweite war.
„Am liebsten gar nichts.“
„Das kommt nicht in Frage! Du suchst dir jetzt etwas aus, worauf du schon lange Appetit hast!“
„Ich hab' ja keinen Appetit.“
„Sag' mir bitte, was mit dir los ist! Als ich dich vor vier Wochen besuchte, ging es dir gut, und du warst munter wie ein Fisch im Wasser. Was hat dich so verändert?“ fragte Templer seine Großmutter.
Sie sah ihren Enkelsohn minutenlang ausdruckslos an, schien durch ihn hindurchzusehen, schließlich füllten sich ihre Augen mit Tränen, und sie kramte umständlich ein Taschentuch aus ihrer Handtasche hervor, die sie über die Stuhllehne gehängt hatte.
„Du scheinst nicht zu wissen, was heute für ein Tag ist“, sagte sie mit weinerlicher Stimme.
Er überlegte. Ihm fiel nichts ein, das seine Großmutter in eine derartig depressive Stimmung versetzen konnte.
„Nein, was ist heute?“
„Unser Hof wird abgerissen“, erklärte sie ihm leise.
„Unser Hof wird ...?“
Die alte Frau nickte nur.
„Von wem hast du das erfahren?“
„Line Wiechers hat mich besucht und ...“
„... und es dir erzählt?“
Sie nickte wieder. Auch in Hans Templers Gesicht zeigte sich jetzt Traurigkeit.
„Bist du sicher, daß es stimmt?“
„Ja, ganz sicher.“
Er hatte sich nach zähem Ringen mit seiner Großmutter geeinigt, den Hof und die dazu gehörenden Ländereien zu verkaufen. Eine Familie, die im Nachbarort eine große Landwirtschaft führte, hatte ihnen ein gutes Angebot gemacht und den Templerhof übernommen.
„Ich will dort Schweine mästen und in eurer Scheune meine Maschinen unterstellen, die ich im Winter nicht gebrauche“, hatte der Bauer Hans Templer erzählt, als sie sich bei einem Notar in Triberg trafen, um den Kaufvertrag zu unterschreiben.
Er hatte daraus geschlossen, daß ihr Hof für diesen Zweck vielleicht umgebaut, nicht aber abgerissen würde.
„Das ist das Ende ...“

Sie sprach nicht weiter und begann zu weinen. Er griff nach ihren Händen und drückte sie fest.
„Wir hätten nicht verkaufen sollen! Ich hätte nicht auf dich hören sollen!“ schluchzte sie.
Einige Gäste drehten die Köpfe in ihre Richtung, um zu sehen, was in ihrer Nische vor sich ging und weshalb dort jemand weinte. Das bereitete Templers Großmutter sichtlich Unbehagen.
„Wäre es wirklich besser gewesen, alles zu behalten und zuzusehen, wie es verfällt? Ein solches Ende auf Raten hätte mir auch nicht gefallen“, erklärte er, als er sich ein wenig von dem Schreck der Nachricht erholt hatte.
„Vielleicht hast du recht“, sagte sie ganz leise, ohne Überzeugung in der Stimme.
„Vor 136 Jahren hat dein Ur-Urgroßvater den Hof gebaut. Seitdem haben die Templers ihn bewirtschaftet und von Generation zu Generation weitergegeben. Und jetzt wird alles einfach zerstört, nach 136 Jahren ausgelöscht, als habe es den Templerhof nie gegeben!“
Die Kellnerin brachte die Getränke und zog einen Notizblock aus der Tasche, um die Bestellung der Speisen aufzunehmen.
„Wir, ... wir sind noch nicht so weit“, stammelte Templer, „können Sie gleich bitte noch einmal wiederkommen?“
Die Kellnerin entfernte sich.
„Weißt du noch, daß du mich damals besucht hast, als in Norddeutschland diese Schneekatastrophe herrschte. Wann war das?“
Er grub in seinen Erinnerungen.
„1979, glaube ich.“

Zu Beginn des Februar hatte es abwechselnd geschneit und geregnet, manchmal auch beides gleichzeitig. In den Straßen hatte sich der Schnee mit dem Streusalz zu einer schmutzig-braunen Pampe verbunden, am Straßenrand lagen hier und dort vor sich hin schmelzende Schneehaufen.
Hans Templer kam gerade von einer Vorlesung zurück, als sein Blick im Hausflur auf einen Aufkleber an seinem Briefkasten fiel: „Bitte in den Briefkasten sehen, Telegramm.“
Ihm war sofort klar, daß es eine Nachricht von seiner Großmutter war, obwohl es natürlich viele andere Menschen gab, die ihm oder seiner Freundin Gisela, mit der er zusammenlebte, telegraphieren konnten. Da seine Großmutter eher zu den sparsamen Menschen gehörte und nicht wegen einer Kleinigkeit Geld für ein teures Telegramm ausgeben würde, wußte er gleich, daß es sich um etwas Wich-

tiges handeln mußte. Er drehte auf dem Absatz um, schwang sich auf sein Fahrrad und fuhr zur nächsten Telefonzelle.
Die Großmutter kam einfach auf dem Hof nicht mehr zurecht, erfuhr er am Telefon.
„Dein Vater ist ständig betrunken und liegt den ganzen Tag im Bett. Du mußt kommen und mir helfen!“
„Sag' deinen Leuten, daß sie endlich den Hof verkaufen sollen! Damit kannst du dich neben deinem Studium nicht auch noch beschäftigen!“ war der erste Kommentar, den Gisela für ihn bereit hatte, als er ihr eröffnete, daß er für einige Tage zu Hause nach dem Rechten sehen wollte. Er kannte das schon. Ihre Ansicht war begründet, vernunftorientiert und sicher auch gut überlegt.
„Eine alte Frau und ein hirngeschädigter Alkoholiker können keinen Bauernhof führen!“
Sie hatte recht. Hans wußte schon lange, daß es so nicht weitergehen konnte. Im Sommer hatten sich Großmutter und Vater noch über die Runden geschleppt. Vielleicht ging es auch deshalb so gut, weil er bei dem schönen, trockenen Sommerwetter weniger trank und in der Erntezeit kräftig zupackte, so daß alle Hoffnung schöpften, er habe doch noch den Dreh bekommen und beschlossen, sein Leben zu ändern. Die langen, dunklen Winterabende ließen seinen Vater jedoch wieder vermehrt zur Flasche greifen.
Hans Templer fuhr mit dem Zwölf-Uhr-Zug und würde noch vor Einbruch der Dunkelheit zu Hause sein. Gisela blieb in Kiel, sie verstand sich nicht mit seiner Großmutter, was hauptsächlich an ihrer unterschiedlichen Herkunft lag, vordergründig aber mit ihren verschiedenen Auffassungen über die Zukunft des Templerhofes zu tun hatte. Gisela sah als einzige Möglichkeit den Verkauf, Großmutter fand, daß seine Freundin als Außenstehende und noch dazu als Stadtmensch völlig inkompetent sei, bei dieser Frage überhaupt mitzureden. Das hatte sehr bald zu unerfreulichen Auseinandersetzungen zwischen den beiden Frauen geführt, so daß Gisela sich entschloß, ihn nicht mehr bei seinen Besuchen auf dem Hof zu begleiten.
Hans erwischte einen Fensterplatz. Als der Zug den überdachten Sackbahnhof langsam verließ, taumelten einige Flocken zu Boden, später wurde daraus ein ausgewachsenes Schneegestöber. Lange schaute er aus dem Fenster auf die weite, weiße Landschaft und sah dem Unwetter zu. Dann schloß er die Augen und versuchte sich vorzustellen, was ihn zu Hause wohl erwarten würde.
Er befand sich in einer schwierigen Situation. Einerseits stand er vier Semester vor dem letzten Staatsexamen, hatte Freude am Studium

und war fest entschlossen, eine Karriere als Arzt zu machen. Er hatte Erfolg, die Noten waren gut bis sehr gut, und man war mit ihm zufrieden.
„Wenn Sie so weitermachen, sollten Sie nach dem Examen bei mir in der Abteilung bleiben!“ hatte sein Professor für Anästhesiologie am Ende eines Seminars zu ihm gesagt. Hans Templer hatte Interesse an dem Vorschlag gezeigt, ohne sich ausdrücklich festzulegen.
Andererseits besaß er zusammen mit seiner Großmutter den großen Marschhof, der langsam verfiel, dessen Acker- und Weideflächen zum Teil verpachtet und dessen Geräte und Maschinen ziemlich veraltet waren. Es gab keine Schulden, und Hans wußte, daß Großmutter einiges gespart hatte. Sie war stets bemüht, die Höhe der Summe vor ihm zu verschweigen, doch ließ sie gelegentlich in ihren Gesprächen über die Zukunft des Hofes durchblicken, daß das Geld ausreichen würde, um neue Ackergeräte anzuschaffen. Er verstand ein wenig von der Landwirtschaft, schließlich hatte er den größten Teil seines Lebens auf dem Bauerhof verbracht und liebte den Landstrich, in dem er aufgewachsen war. Er kannte jeden Baum, jeden Strauch, hatte über die Gräben kleine Brücken gebaut und in mancher Baumkrone gesessen. Die Menschen waren ihm vertraut, mit vielen Bauern der Nachbarhöfe hatte er die Schulbank in der kleinen Dorfschule gedrückt.
Sollte er den Hof übernehmen, bei Regen und Sonne in der freien Natur arbeiten, mit Tieren zusammen sein, ernten und sähen, oder in einem klimatisierten OP-Saal bei Neonlicht einer trockenen ärztlichen Tätigkeit nachgehen?
Oder war das Ganze eine Illusion? Vielleicht hatte Gisela doch recht, wenn sie ihm ihre Sicht der Alternativen vorhielt: Sicheres Einkommen an jedem 15. des Monats, gute Aufstiegsmöglichkeiten, einen warmen und trockenen Arbeitsplatz gegen Mühsal in Wind und Wetter oder im stickigen Stallgeruch, Ausharren bei einer kalbenden Kuh bis spät in die Nacht.
„Und du glaubst doch nicht im Ernst, daß du im Dorf jemanden findest, mit dem du dich adäquat unterhalten kannst?“ war eines ihrer Argumente. Sie fand die Menschen aus dem Dorf stur und ungebildet, ohne jedes Interesse für politische Themen, Kunst oder Literatur. Sie hatte nicht ganz unrecht, das mußte er zugeben. Vielen von ihnen fehlte das, was Gisela stets als formale Bildung bezeichnete, sie aus diesem Grund jedoch als dumm zu bezeichnen und ihnen jedes Interesse an der Welt abzusprechen, war abwegig und erschien ihm eher Ausdruck dafür zu sein, daß Gisela sich nicht ein einziges Mal die

Mühe gemacht hatte, sich mit den Menschen seiner dörflichen Umgebung ernsthaft zu beschäftigen. Zu keinem Erntefest hatte sie mitgehen wollen, weil sie es spießig fand, dort zu Blasmusik zu tanzen und sich den Kanal mit Korn und Bier vollzugießen.
„Wann bringst du denn endlich mal deine Deern aus der Stadt mit?" hatte Karl Wiechers ihn auf dem letzten Fest gefragt. „Oder hat sie Angst vor uns?"
Ihm brummte der Kopf, er öffnete die Augen und sah aus dem Zugfenster. Das Schneetreiben war dichter geworden, er konnte die Landschaft durch die Flocken hindurch nicht mehr erkennen. Plötzlich hielt der Zug auf freier Strecke, und er erfuhr durch die Lautsprecheransage, daß es wegen vereister Weichen auf der Strecke „zu einigen Minuten Verspätung" kommen würde. Es kamen noch weitere Fahrtunterbrechungen hinzu, so daß schließlich eine halbe Stunde daraus wurde. In Hamburg hatte der Zug bereits vierzig Minuten Verspätung, und am Heimatbahnhof, in der Kreisstadt, waren es dann fast zwei Stunden.
Der Linienbus von Triberg, den er eigentlich hatte nehmen wollen, war nicht mehr zu erreichen, und so hielt er Ausschau nach einem Taxi. In kurzer Zeit war Hans mit einer weißen Schicht bedeckt. Auf dem Bahnhofsvorplatz lag der Schnee zu hohen Haufen aufgetürmt. In der Dunkelheit, die wegen der Zugverspätung inzwischen herrschte, hatte er Mühe, sich mit dem Koffer einen Weg zum Taxistand zu bahnen.
„Nach Triberg runter ist die Straße dicht. Da geht nichts mehr", war die Auskunft des Taxifahrers, der trotz des Hundewetters mit seinem Wagen noch vor dem Bahnhof stand und auf Fahrgäste des letzten Zuges wartete, der noch ankommen sollte. Ob überhaupt noch einer durchkam, wußte man selbst am Fahrkartenschalter nicht, exakt nach Plan fuhr die Bahn nicht mehr.
Hans rief seine Großmutter an, um ihr zu sagen, daß er sich ein Zimmer nehmen und erst am nächsten Morgen versuchen wolle, sich nach Hause durchzuschlagen. Er hatte nicht mit der Entschlossenheit seiner Großmutter gerechnet.
„Karl Wiechers ist mit seinem Kabinenschlepper unterwegs, um dich abzuholen. Er müßte bald dort sein."
Sie hatte am Radioapparat gesessen, den Berichten über das Wetter und den Straßenzustand gelauscht, die ihm im Zug natürlich entgangen waren, und seinen Weitertransport frühzeitig mit dem Sohn ihres Nachbarn abgesprochen. Gute, alte Großmutter, dachte er. In der Bahnhofsvorhalle sollte er auf Karl warten.

Kaum hatte er auf der harten Holzbank Platz genommen, als ein Motorengeräusch zu hören war, das langsam näherkam und sich vor dem Bahnhofsgebäude tatsächlich als Karl Wiechers' Traktor erwies. Karl kam ihm entgegen, lachte in seiner fröhlichen Art über das ganze Gesicht und streckte Hans seine Hand entgegen. Ein kräftiger Händedruck, ein harter Schlag auf die Schulter.

„Mensch, du hast dir aber einen schlechten Reisetag ausgesucht. Es gibt auf den Landstraßen kaum noch ein Durchkommen, aber mit dem Trecker geht es noch."

Karl stellte den Koffer hinter seinen großen, luftgefederten Sitz und schloß die Kabinentür, während Hans sich auf die kleine, seitliche Bank zwängte.

„Hier, ich hab' dir extra ein weiches Kissen mitgebracht, damit dem Herrn Studenten der Hintern nicht festfriert."

Er reichte ihm das Kissen herüber, schaltete den Gang ein, daß es im Getriebe schnarrte, und wendete den Traktor. Viele Male war Hans bereits mit dem Zug heimgereist, aber ein solches Transportmittel für die letzte Wegstrecke hatte er noch nie benutzt.

Sie verließen die beleuchteten Straßen der Stadt und erreichten die Landstraße, die nicht geräumt war.

„Sie kommen mit dem Räumdienst nicht mehr nach", erklärte Karl und konzentrierte sich darauf, den Schlepper auf der Straße zu halten. In der Kabine war es dunkel, lediglich einige Lämpchen leuchteten auf dem Armaturenbrett, und der Wischer hatte Mühe, die Kabinenscheibe vom Schnee zu befreien. Das Wischerblatt wurde immer langsamer und blieb schließlich ganz stehen. Karl mußte halten, die Kabinentür zurückschlagen und die Scheibe freifegen, bis der Wischer wieder anfing, sich hin- und herzubewegen.

Schweigend saßen sie nebeneinander und beobachteten die Straße. Verkehr gab es nicht, der Schnee lag sicher 30 cm hoch, in Verwehungen sogar höher, für jeden normalen Pkw zu viel, um durchzukommen.

„Erzähl', wie geht's dir in Kiel?" fragte Karl nach einer ganzen Weile.

„Was soll ich dir erzählen? Es ist immer dasselbe ..."

Was sollte er ihm über das Studentenleben erzählen? Interessierten ihn seine Klausuren, die perinatale Mortalität in der Kinderheilkunde oder die Einteilung von Non-Hodgkin-Lymphomen überhaupt? Er würde nichts damit anfangen können, und sie waren für das Leben hier draußen auch unwichtig.

„Deine Großmutter hat es nicht leicht", setzte Karl später die Unter-

haltung fort, „es gibt große Schwierigkeiten mit deinem Vater, der säuft seit dem Herbst wieder, was nur hineingeht. Er ist fast jeden Abend voll. Zum Glück randaliert er nicht herum, sonst ginge es wohl gar nicht mehr mit den beiden allein."
Hans hörte zwischen Karls Worten den Vorwurf, sich zu wenig um seine Familie zu kümmern. Oder schien es ihm nur so? Entstand vielleicht der Vorwurf nur in ihm, in seinem Gewissen?
Egal. Es war einfach notwendig, bald zu einer Entscheidung über die Zukunft ihres Hofes zu kommen. Und diese Entscheidung mußte er treffen, er ganz allein.
Ohne große Mühe erreichten sie mit dem Traktor trotz der zahlreichen Schneewehen auf der Landstraße die Abzweigung zum Templerhof. Die letzte Wegstrecke wurde sehr viel schwieriger, denn auf dem kleinen Weg hatte selbst der kräftige Schlepper große Mühe, die Schneemassen zu durchbrechen. Immer wieder blieben sie stecken. Karl mußte zurücksetzen, um mit Anlauf die nächste Wehe zu überwinden.
„Du wirst morgen große Probleme haben, den Weg zu räumen, damit der Milchwagen zu euch durchkommt", meinte Karl, bevor sie sich auf dem Hof voneinander verabschiedeten.
„Dank dir auch, Karl. Ich werde mich mal revanchieren!" rief Hans ihm nach, als jener die Kabinentür schloß und im nächtlichen Schneetreiben davonfuhr.
Großmutter hatte sein Kommen beim Heulen des Ostwindes, der immer stärker wurde, nicht bemerkt. Sie saß, als er in die Küche trat, im Schein einer Lampe und hatte ihren Nähkorb und einige ausbesserungsbedürftige Kleidungsstücke um sich herum verstreut. Der Hund hingegen war ihm schon auf der Diele entgegengestürzt, hatte ihn stürmisch, schwanzwedelnd begrüßt und drängte jetzt mit ihm zusammen durch die Küchentür. Großmutter stand auf und kam auf Hans zu.
„Junge, schön, daß du endlich da bist!"
Sie nahm ihn in den Arm und hielt ihn lange Zeit an sich gedrückt.
„Du hast sicher Hunger?"
Essen war für Großmutter stets sehr wichtig. Er stellte seinen Koffer neben den Küchentisch und zog seine Jacke aus.
„Wo ist Vater?"
Ihr Blick wanderte in Richtung Zimmerdecke, sie machte eine wegwerfende Handbewegung und seufzte tief.
„Wo soll er schon sein? Er liegt betrunken in seinem Zimmer."
Sie deutete mit dem Daumen nach oben.

„Seit dem Beginn der dunklen Jahreszeit ist es wieder schlimm mit ihm. Ich hatte es dir ja schon geschrieben."
„Ich geh' kurz zu ihm, um ihn zu begrüßen."
„Da gibt es nichts zu begrüßen", sagte sie noch, aber Hans hatte die Tür bereits hinter sich zugezogen.
„Was willst du essen, Junge? Soll ich dir schnell Bratkartoffeln mit Spiegelei machen?" rief sie laut hinter ihm her.
„Ja, mach' nur!"
Hans ging die Holztreppe zum Obergeschoß hinauf und erreichte die Dachkammer seines Vaters, die früher auch dessen Kinderzimmer gewesen war und in die er sich nach Mutters Tod zurückgezogen hatte. Schon durch die grob gezimmerte Holztür konnte er sein Schnarchen hören, das von Schmatzlauten unterbrochen wurde.
Als er die Tür öffnete, sah er in das kleine Zimmer, in dem großes Durcheinander herrschte. Vaters Kleidung lag über den Boden verstreut, eine Weinbrandflasche war umgefallen und auf dem Fußboden ausgelaufen. Es roch nach Urin, Schnaps und dem Mief lange getragener Wäsche. In einem alten Eisenbett lag er, halb zugedeckt nur, mit Unterwäsche bekleidet, und schlief. Der schwache Schein einer Nachttischlampe beleuchtete sein Gesicht, das von einem wohl zwei Wochen alten Bart bedeckt war. Hans stand am Fußende des Bettes und betrachtete ihn. Der Vater murmelte im Schlaf, warf sich unruhig hin und her und schlug mit seiner Hand gegen die offenstehende Nachttischschublade, ohne daß er erwachte. Er hatte an jenem Abend nicht mehr viel Ähnlichkeit mit dem Mann, den Hans im vergangenen Sommer gesehen hatte, als er während der Semesterferien bei der Ernte geholfen hatte.
Hans machte nicht den Versuch, ihn zu wecken. Tief beschämt, das Gefühl der Scham war trotz der langen Zeit, die Vaters Alkoholkrankheit bereits dauerte, in ihm geblieben, ging er hinunter in die Küche und setzte sich stumm an den großen Küchentisch. Der Hund hatte sich darunter zusammengerollt, und Großmutter schnitt gerade Kartoffeln in die Pfanne, in der schon Zwiebeln und Speckwürfel brutzelten.
„Na, schläft er?"
„Ja."
„Was hast du erwartet?"
„Ich weiß auch nicht."
„Daß er dich begrüßt?"
„Ja, vielleicht."
„Seit einigen Wochen ist er nur in diesem Zustand. Morgens dann

großer Tatter und die Suche nach neuem Alkohol, den er sich wer weiß wo beschafft. Manchmal denke ich, daß er irgendwo auf dem Heuboden ein Vorratslager angelegt hat. Gefunden habe ich es aber noch nicht."

Hans blieb stumm.

„Gut, daß wenigstens aus dir was wird", sagte sie und wendete die Kartoffeln in der Pfanne, die auf dem gußeisernen Herd stand. Sie benutzte ihn immer noch, obwohl daneben auch ein moderner Elektroherd stand.

„Ich schaffe die Arbeit hier nicht mehr. Du siehst es ja selbst. Ich brauche dringend Feuerholz von draußen, aber bei diesem Schnee komme ich nicht mehr zum Schuppen hinüber. Der Weg muß für den Milchwagen geräumt werden, und oben ist ein Dachfenster zerbrochen, ich habe es nur notdürftig mit Pappe repariert."

Sie deckte den Tisch, füllte die Bratkartoffeln auf seinen Teller und tätschelte ihm dabei die Wange.

„Aber jetzt bist du ja hier. Hab' extra mit dem Abendessen auf dich gewartet, damit du nicht allein essen mußt. Möchtest du ein Bier oder Tee?"

„Tee."

Sie aßen schweigend. Es war kein unangenehmes Schweigen, vielmehr eine stille Übereinstimmung, die Gewißheit, daß sie an dasselbe dachten, ohne darüber zu sprechen. Hans spürte ihre Forderung, sich jetzt zu entscheiden. Sie sagte kein Wort, aß, trank ihren Tee und sah ihn hin und wieder lächelnd an. Er stocherte nach den ersten Bissen nachdenklich in seinen Bratkartoffeln herum, ihm gingen so viele Gedanken durch den Kopf. Jahrelang hatte Großmutter sich aufgeopfert, hatte bis spät in die Nacht hinein gearbeitet, um den Hof zu erhalten. Für ihn, ihren Enkel. Sie versorgte noch zehn Milchkühe und 40 Schweine. Das ging schon lange Zeit über ihre Kräfte. Und dazu noch der Haushalt, die Pflege von Großvaters und Mutters Grab und der Ärger mit seinem ständig betrunkenen Vater. Hans wohnte in Kiel, weit weg von diesen Problemen, lebte unbekümmert sein Leben und rief sie zwei- oder dreimal im Monat an. Sie mußte das als Verrat empfinden. Sie mußte!

Er brachte es einfach nicht übers Herz, ihr zu sagen, daß er den Hof verkaufen wollte. Mehr als 130 Jahre Familientradition mit dem Federstrich seiner Unterschrift unterbrechen, vor dem Schreibtisch eines Notars in der Kreisstadt einfach enden lassen. Nein, das konnte er auch nicht! Was sollte dann mit Großmutter geschehen? Dieser Hof war ihr Zuhause geworden, 46 Jahre hatte sie hier gelebt und

ohne einen Tag Urlaub ihre Arbeit getan. Und er, der höchstens zwei oder drei Wochen im Jahr bei der Ernte half, sollte ihr den Hof, ihr Heim, an dem ihr Herz hing, nehmen? Das würde ihm sehr schwerfallen! Sollte er sie etwa in ein Altersheim stecken, wo sie von morgens bis abends vom Personal bevormundet würde? Sie, die ihr ganzes Leben selbst hatte bestimmen können, wann sie was tat oder ließ? Selbst sein Großvater hatte in ihrer Ehe, zu Zeiten, als man auf dem Land von Emanzipation der Frau kaum etwas zu hören bekam, nicht versucht, ihr Vorschriften zu machen oder sie zu gängeln. Und jetzt ein Leben in fremder Umgebung, ohne ihre Tiere, ohne ihr Tagwerk im Stall?
Gisela hatte bereits angekündigt, daß sie sie auf keinen Fall zu sich nach Kiel nehmen könnten.
„Mit der Frau kann ich nicht unter einem Dach leben!“ hatte sie gesagt.
„Junge, was ist? Schmecken dir meine Bratkartoffeln nicht?“ schreckte Großmutter ihn aus seinen Gedanken auf.
„Doch, sie sind sehr gut. Ich muß nur ..., ich muß über so viele Dinge nachdenken“, entschuldigte er sich und begann, seine inzwischen kalten Kartoffeln zu essen. Lange nach ihrem war sein Teller leer, und er schob ihn zur Seite.
„Wenn du jetzt doch ein Bier für mich hättest“, bat er sie.
Trotz seiner Bereitschaft, es sich selbst aus dem Keller zu holen, drückte sie ihn zurück auf den Stuhl und eilte die Treppe hinunter, um ihrem Enkel die Flasche Bier zu bringen. Er sei Gast und nur selten zu Hause, und sie wolle es sich nicht nehmen lassen, ihn zu bewirten, sagte sie. Das mußte er akzeptieren.
„Und was gibt es in Kiel für Neuigkeiten?“ fragte sie, während sie das Geschirr abräumte und den Tisch mit einem feuchten Lappen abwischte. Hans berichtete kurz von seiner Arbeit an der Uni, von Gisela und dem Universitätsball, auf den sie ihn am vergangenen Wochenende geschleppt hatte und der, entgegen seiner Erwartung, sehr amüsant gewesen war. Von der Chance, nach dem Studium in die Abteilung für Anästhesiologie einzutreten und dort eine Anstellung zu finden, erzählte er ihr nichts. Das hätte, dessen war er sich ganz sicher, eine Diskussion um seine und ihre Zukunft ausgelöst. Und das wollte er, zumindest an diesem ersten Abend, noch vermeiden. Er hatte sich noch zu keiner Entscheidung durchringen können, die Zeit war noch nicht reif für einen Entschluß. Sollte er Gisela, die er sehr liebte, sollte er diese intelligente und strebsame Frau verlassen, um einen rückständigen Hof zu übernehmen? Oder sollte er seiner

Großmutter, die mehr als vier Jahrzehnte nur dafür gearbeitet hatte, daß für ihn einmal der Templerhof bleiben sollte, und die ihn sicher nicht weniger liebte als Gisela, das Dach über dem Kopf wegnehmen? Er trug diese Fragen schon seit Monaten mit sich herum und konnte sie nicht beantworten. Es gab durch einen Aufschub keine neuen Erkenntnisse, die ihm diese Entscheidung erleichtert hätten. Vielleicht hatte er die vage Hoffnung gehabt, daß sein Vater ihm diese Entscheidung doch noch abnehmen würde. Diese Hoffnung mußte er begraben, er hatte es gerade ein weiteres Mal mit eigenen Augen gesehen.

Großmutter stopfte wieder Wäsche, während er sein Bier trank und nachdachte. Sie saß immer noch im Schein ihrer kleinen Lampe, als er sich verabschiedete und zu seinem Zimmer hinaufstieg. Auf dem Weg dorthin warf er kurz, aus reiner Gewohnheit, einen Blick in die Dachkammer, in der die geräucherten Schinken und Mettwürste von der Decke hingen. Schon die Tatsache, daß sich die Tür sehr schwer öffnen ließ, machte ihn stutzig. Als er sie dennoch mit Kraft aufgestoßen hatte, sah er auf einen großen Schneehaufen, der durch das defekte Dachfenster hereingeweht war und bereits schmolz. Großmutters Reparaturversuch mit Pappe hatte dem Druck des zunehmenden Sturmes nicht standgehalten. Bis in die frühen Morgenstunden hinein war er damit beschäftigt, den Schnee durch das Dachfenster wieder ins Freie zu befördern. Der Sturm trieb immer neue Wehen in die kleine Kammer, so daß er das Gefühl hatte, der Wind und er arbeiteten gegeneinander. Schließlich hatte Hans das Kräftemessen gewonnen und vernagelte das Dachfenster mit Brettern. Das stoppte den Schneeinbruch endgültig.

Nach wenigen Stunden Schlaf weckte ihn seine Großmutter. In dem Zimmer, das er an seinem zehnten Geburtstag bezogen hatte und in dem immer noch die weißen Schleiflackmöbel aus seiner Jugendzeit standen, war es lausig kalt. Einen Ofen gab es im Obergeschoß ihres Hofes noch immer nicht. Seine Großmutter war es gewohnt, daß im Winter lediglich ein oder zwei Räume im Haus geheizt wurden, und seinem Vater war jedes Interesse an Renovierungsarbeiten im Laufe der Jahre abhanden gekommen. Hans wohnte mit seiner Freundin in einer warmen und gemütlich eingerichteten Wohnung mit Küche und Bad und hatte ebenfalls nicht daran gedacht, den Hof mit Heizung und Sanitäranlagen auszustatten. So war es unterblieben und im Winter in den meisten Zimmern kalt und ungemütlich.

Hans blickte auf den Wecker: halb sechs! Das war für seine Verhältnisse sehr früh, Gisela und er standen immer erst gegen acht auf. Wie er es als Kind im Winter oft gemacht hatte, zog er seine Kleidung unter der Bettdecke an, nachdem er sie einige Zeit an seinem Körper vorgewärmt hatte. Das war zwar ein wenig umständlich, er wurde aber wenigstens nicht gleich von der ganzen Kälte im Zimmer getroffen.

Bereits auf der Treppe konnte er neben dem Heulen des Sturms von draußen auch das Surren der Melkmaschine hören. Seine Großmutter war bereits aktiv, er fand sie im Stall zwischen zwei Kühen hockend.

„Geh' schon in die Küche! Kaffee steht auf dem Herd, ich komme gleich nach!" rief sie ihm munter zu.

Er fand den Frühstückstisch gedeckt, den Boden von Großmutters Tasse bedeckte noch eine Kaffeepfütze, sie hatte also schon ihren Morgenkaffee getrunken. Der Hund lag faul neben dem Herd, hob nur kurz den Kopf und wedelte einige Male mit dem Schwanz, als Hans durch die Tür trat.

Er goß sich Kaffee ein und setzte sich an den Tisch, auf dem ein großer Korb mit Brot aus dem eigenen Ofen stand. Großmutter wußte, daß er es gern aß und hatte es extra für ihn gebacken. Die Schnitten waren so groß, daß sie das Holzbrett um ein ganzes Stück überragten. Bevor er das Brot mit Butter bestrich, roch er kräftig daran. Schon das Aroma war himmlisch. Großmutter kam, sich die Hände in der Schürze abtrocknend, in die Küche und setzte sich zu ihm.

„So, zwischen zwei Kühen habe ich einen Augenblick Zeit für einen Schluck Kaffee."

Hans nickte, konnte aber nichts sagen, da er den Mund voll hatte. Sie frühstückten zusammen. Großmutter erzählte ihm, daß sie mit dem Melken schon fast fertig sei.

„Warum hast du mich nicht schon früher geweckt? Ich hätte dir doch im Stall helfen können!" beschwerte er sich, aber sie winkte ab.

„Das mache ich jetzt schon seit Großvaters Tod allein. Warum nicht auch heute?"

Hans fiel die Aufgabe zu, den Weg zur Hauptstraße vom Schnee freizuräumen, denn in zwei Stunden würde der Tankwagen der Molkerei kommen, um ihre Milch abzuholen. Hoffentlich springt der Traktor an, dachte er. Großmutter hatte ihm noch beim Abendessen erzählt, daß er zuletzt bei der Rübenernte im Oktober im Einsatz gewesen sei. In einen dicken Winterparka gehüllt, mit Mütze und Großvaters warmen Fausthandschuhen ausgerüstet, trat er vor die große Dielentür auf den Hof.

Der Anblick, der sich ihm bot, war beängstigend und faszinierend zu-

gleich. Obwohl es noch dunkel war, konnte er im Schein der Hoflaterne die Schneewehen erkennen, die sich bis hoch zum Dach des Stallanbaus auftürmten und fast den Giebel der Scheune erreichten. Der Sturm, der im Laufe der Nacht nicht nachgelassen hatte und die Luft mit feinsten Kristallen vermischte, blies ihm ins Gesicht und ließ lange Schneewirbel entstehen, die den Schein des künstlichen Lichtes reflektierten. Solche Schneemassen hatte Hans, solange er sich zurückerinnern konnte, noch nicht gesehen.
Allein das Freiräumen eines Pfades hinüber zur Gerätescheune bereitete ihm große Mühe und dauerte fast zwei Stunden. Hoffentlich ist der Milchwagen nicht schon weitergefahren, dachte er. An der Westseite des Hauses reichte eine Wehe bis zum defekten Dachfenster hinauf. Er schaufelte auch den Eingang zur Scheune frei und öffnete die große Schiebetür. Jetzt hieß es beten, daß der Diesel ansprang. Lange vorglühen, bis der Draht ganz gelb leuchtet, ging es ihm durch den Kopf, dann zog er den Anlasser durch. Mit viel Mühe und dem Ausstoßen grauschwarzer Rauchschwaden startete der Motor und kam langsam auf Touren. Er ließ den Deutz warmlaufen, zog die Schaufel ans Frontladergestänge und schraubte sie fest, wozu er die Handschuhe ausziehen mußte und ganz klamme Finger bekam. Weitere zwei Stunden benötigte er, bis er den Hof frei geschoben hatte. Hans war vollkommen durchfroren, denn ihr Traktor hatte keine Kabine mit Heizung wie Karl Wiechers' Schlepper.
Zum Aufwärmen benötigte er erst einmal eine Portion heißen Kaffees und ging in die Küche. Als er die Tür öffnete, sah er seinen Vater, der mit zerzaustem Haar fahrig im Küchenschrank herumhantierte und offensichtlich etwas suchte. Er trug noch dieselbe Unterwäsche wie am Vorabend und drehte langsam den Kopf. Eine Haarsträhne fiel ihm ins Gesicht, und er hatte Mühe, sie mit unbeholfenen Handbewegungen aus seinem Blickfeld zu streichen, um Hans richtig zu erkennen. Er starrte seinen Sohn mit glasigen, ausdruckslosen, gelben Augen an und rülpste. Unsicher stand er auf den Beinen und schwankte leicht, sich mit einer Hand am Schrank abstützend, hin und her.
„Was machst du denn hier?“ fragte er, seine Sprache war verwaschen. Immerhin hatte er ihn erkannt.
„Ich erledige hier deine Arbeit“, sagte Hans in scharfem Ton. Sein Vater winkte ab, wobei er sich mit unsicherer Hand gegen die Nase schlug.
„Ich kann nicht mehr!“ sagte er leise, wendete den Kopf von Hans ab und drückte die Schranktür zu. Er wankte zum Sofa hinüber, ließ sich

hineinfallen und legte seine Stirn auf die Tischplatte. Speichel lief ihm aus dem Mund und tropfte auf den Fliesenboden.
„Ich kann nicht mehr, bin fertig!“ wiederholte er leise. Sein Körper wurde von einem heftigen Schluchzen geschüttelt. Er hing über dem Tisch, ein personifizierter Haufen Elend, eine übelriechende Kreatur mit verfilztem Haar.
Fiete Templer war für Hans nie ein Vater gewesen, sein Erzeuger ja, aber nicht mehr, und so nannte er ihn auch meist beim Vornamen.
„Fiete, nun reiß’ dich zusammen! Wir stecken dich in die Wanne, Oma schneidet dir das Haar, und wenn draußen die Straßen wieder frei sind, fahren wir zu Doktor Meyer nach Triberg.“
Er machte sich nicht einmal die Mühe, auf den Vorschlag seines Sohnes zu reagieren, vielleicht hatte er auch nicht die Kraft dazu oder noch nicht einmal verstanden, was Hans gesagt hatte. Sein Körper beruhigte sich etwas, er lag aber noch immer mit dem Kopf auf der Tischplatte. Hans wiederholte seine Worte. Der Vater hob seinen Kopf, ganz langsam, so, als bereite es ihm große Mühe, und schüttelte ihn langsam.
„Doktor hat keinen Zweck, Doktor hat keinen Zweck mehr“, stammelte er und bewegte seinen Zeigefinger verneinend durch die Luft. Hans stand direkt vor ihm, nahm seinen Kopf und zog ihn an einem Haarbüschel energisch hoch, so daß der Vater ihn ansehen mußte.
„Willst du lieber verrecken? Elendig zugrunde gehen? Ist dir das lieber?“ schrie er ihn an.
Seine Stirn schlug hart aufs Holz, als Hans ihn wieder losließ, und er antwortete nicht gleich, sondern begann erneut zu schluchzen. Er rollte seinen Kopf auf dem Tisch hin und her, wobei er unkontrolliert gegen einen Kaffeebecher stieß, der umfiel, auf den Boden rollte und zersprang.
„Verrecken, verrecken, lieber verrecken ...“
Hans schleppte seinen Vater die Treppe hinauf und brachte ihn in seine Dachkammer. Er sah ein, daß es vollkommen sinnlos war, mit ihm in diesem Zustand über irgend etwas zu reden.
Zunächst schien es völlig aussichtslos, den Weg zur Hauptstraße freiräumen zu wollen. Hinter einer Hecke war er auf einer Länge von etwa 25 Metern drei Meter hoch zugeweht. Selbst mit dem Schlepper gab es kein Durchkommen. Mühsam mußte Hans, der im Traktorfahren im Laufe seines Lebens eine große Geschicklichkeit erworben hatte, die weiße Masse allmählich abtragen. Vermutlich ist es sowieso viel zu spät für den Milchwagen, dachte er sich, arbeitete aber trotzdem verbissen weiter. Gegen Mittag hatte er die Hauptstraße erreicht,

auf der kein einziges Fahrzeug zu sehen war. Er blieb zunächst einige Zeit an der Straßenkreuzung stehen und wartete.
Nach etwa zwanzig Minuten, er wollte gerade zum Hof zurückfahren, weil er nicht mehr mit dem Milchwagen rechnete, sah er in der Ferne ein gelbes Blinklicht, das langsam näher kam. Zunächst sah es so aus, als ob ein Lkw der Straßenmeisterei mit einem Räumschild die Kreisstraße vom Schnee befreite. Als das Blinklicht nahe genug herangekommen war, erkannte er einen Bergepanzer der Bundeswehr, hinter dem der Milchwagen herfuhr.
Als die Fahrzeuge vor ihm hielten, stieg Hans ab und näherte sich dem Stahlkoloß. Eine Luke öffnete sich, und das Gesicht eines Soldaten erschien. Auch der Fahrer der Molkerei war aus seinem Lkw geklettert und gab Hans die Hand: „Moin, moin! Fast alle Straßen im Kreis sind ohne schweres Gerät unpassierbar, selbst mit dem Traktor kommst du da nicht durch“, gab er knapp Auskunft, „am besten wir schicken den Panzer vorweg, dann du mit dem Trecker und ich hinterher.“
Der Weg zurück zum Templerhof war in der kurzen Zeit, seitdem Hans ihn freigeschoben hatte, bereits wieder von mehreren Schneewehen zugedeckt worden. Es herrschte leichter Schneefall, und noch immer orgelte ein heftiger Sturm aus Ost. Die Sicht betrug an manchen Stellen wegen der Gischt aus Schnee nicht mehr als zehn Meter. Der Panzer fuhr so schnell, daß Hans kaum Anschluß halten konnte. Vom Räumschild des Kettenfahrzeugs flog der Schnee zur Seite und türmte sich neben dem Weg meterhoch. Auf dem Hof wendete das Ungetüm und zeigte wieder in Fahrtrichtung Hauptstraße.
Großmutter hatte das tiefe Röhren des Panzermotors bereits gehört und schob den zweirädrigen Karren mit dem Milchbehälter vor die Tür. Der Molkereiwagen manövrierte rückwärts nahe an den Kübel heran, der Fahrer stieg aus und begrüßte sie. Sie schienen sich zu kennen, denn sie sprachen einen Augenblick miteinander. Dann schob der Mann einen Schlauch durch die Öffnung des Milchgefäßes, das wie eine Riesenkanne aussah. Nach wenigen Minuten entfernte sich der kleine Konvoi, in eine Schneewolke gehüllt, wieder, um die Milch von Karl Wiechers abzuholen, dessen Hof sich zwei Kilometer entfernt auf der anderen Seite der Kreisstraße befand.
Am nächsten Tag, einem Freitag, wiederholte sich der Ablauf, nur daß Hans, der, vom Ehrgeiz getrieben, bereits eine Stunde früher aufgestanden war, den Weg schon gegen neun geräumt hatte. Vermutlich wäre der Panzer auch ohne seine Hilfe durchgekommen, aber irgendwie war es ihm wichtig zu beweisen, daß er sich auch allein aus der weißen Isolation befreien konnte. Das lag in seinem Charakter.

Wenn ich mich auf keinen mehr verlassen kann, dann gelingt es mir auch allein! Jetzt erst recht! Es war das Stück kindlichen Trotzes, das in ihm übrig geblieben war und das ihm schon in manch schwieriger Lebenssituation geholfen hatte.
Am Nachmittag rief Hans Gisela in Kiel an und sagte, daß er länger als geplant zu Hause bleiben müsse. Die Großmutter sei nicht in der Lage, mit dieser katastrophalen Wettersituation auf dem Hof allein fertig zu werden.
Außerdem hatte er in den Nachrichten gehört, daß die Strecken der Bundesbahn Richtung Norden nur mit großen Verspätungen befahren werden konnten, in Dithmarschen waren sogar Züge im Schnee steckengeblieben.
Ihre Versorgung mit Lebensmitteln stellte kein Problem dar, Großmutters Keller war voller Schätze aus dem Gemüse- und Obstgarten, außerdem hatte sie zehn Zentner Kartoffeln eingelagert, eine Menge, die eine alte Frau in einem Winter gar nicht allein essen konnte, und Hans' Vater ernährte sich fast ausschließlich von Flüssigkost. Zum Glück wurde die Stromzufuhr zum Templerhof nicht unterbrochen, wie es während der Schneekatastrophe in Schleswig-Holstein sechs Wochen zuvor vielerorts der Fall gewesen war. Wasser, Heu und Futtermittel für die Kühe reichten für mehrere Monate.
„Uns kann hier nichts passieren!“ beruhigte ihn die Großmutter, sie hatte vorgesorgt. Schon während Hans Templers Kindheit hatte sein Großvater immer gesagt, daß man hier draußen im Winter mindestens einen Monat mit dem auskommen müsse, was in Haus, Keller und Scheune vorhanden sei. Daran hatte sich die Familie stets gehalten. Auch genügend Diesel für den Schlepper lagerte in einem großen Stahlfaß in der Scheune, so daß Hans die Verbindung zur Außenwelt aufrecht erhalten konnte.
Sein Vater schien ebenfalls ausreichende Alkoholvorräte angelegt zu haben, um sich über die Zeit des Notstandes hinwegzutrinken. Hans machte nicht den Versuch, das Vorratslager aufzuspüren und ihm den Alkohol zu entziehen, denn er wußte als Student der Medizin nur zu gut, wie gefährlich es werden konnte, einem Abhängigen abrupt seine Droge vorzuenthalten.
Bereits zum Wochenende legte sich der Wind, und die Schneefälle hörten allmählich auf. Das hatte den Vorteil, daß die Flächen, die Hans in mühsamer Arbeit mit dem Traktor geräumt hatte, auch frei blieben und nicht schon wenige Stunden danach wieder mit Schnee bedeckt waren.
Am Montag rief er Herrn Hermann an, einen väterlichen Freund, der

in Triberg Chef der Genossenschaftsbank war. Schon vor 20 Jahren hatte Herr Hermann Hans Templers erstes Sparbuch unterschrieben, welches sein Großvater für ihn eröffnet hatte. Mancher Groschen war von Hans in einer silberfarbenen Spardose an den Bankschalter getragen worden, und Herr Hermann hatte sie mit großer Geduld so langsam gezählt, daß Hans mit seiner Kontrolle auch nachgekommen war. Der Mann hatte sich mit viel Fleiß und großem Sachverstand in der Bankhierarchie hochgearbeitet und war vor einigen Jahren Leiter der Filiale in Triberg geworden. Immer erkundigte er sich interessiert nach dem Fortgang des Studiums, wenn Hans in der Bank an einem Schalter stand und die bescheidenen Bafög-Zahlungen auf den Kontoauszügen überprüfte.
Herr Hermann war Kegelbruder seines Großvaters gewesen und hatte diesen bereits in Geldangelegenheiten beraten. Somit kannte der Bankfachmann die schwierige Familiensituation der Templers. Am Telefon erläuterte Hans ihm kurz sein Anliegen, und Herr Hermann versprach, sich ausreichend Zeit für ihn zu nehmen.
Mit dem Milchwagen gelangte er mühelos nach Triberg, der Fahrer hatte sich ohne Zögern bereit erklärt, ihn mitzunehmen. Unterwegs mußten sie noch von einigen Höfen die Milch abholen, und so kam es, daß Hans einige Bekannte aus seiner Kinder- und Jugendzeit wiedersah und mit ihnen einen Klönschnack halten konnte.
Das Bankgebäude in Triberg war kaum wiederzuerkennen, so sehr hatte es sich durch einen Umbau im letzten Herbst verändert. Hans war seither nicht wieder dort gewesen und hatte Mühe, sich in der großen Halle zurechtzufinden. Hinter einem mit Panzerglas geschützten Schalter erkannte er Helga, eine alte Schulfreundin, auf die er zusteuerte.
„Hallo Helga! Ich bin mit Herrn Hermann verabredet. Wo kann ich ihn finden?“
Sie wies ihm den Weg zu einer Sitzgruppe, auf der er Platz nehmen und warten sollte, Herr Hermann würde ihn dort abholen.
Es dauerte eine ganze Weile, bis er ihn auf sich zukommen sah.
„Tag Hans-Wilhelm! Schön, dich zu sehen!“ sagte Herr Hermann und duzte Hans wie in Kindertagen, was dem sehr vertraut vorkam. Er führte Hans in sein Zimmer und bot ihm einen Platz in einem eleganten, weichen Ledersessel an.
Nach kurzem Gespräch über sein Studium und die Begleitumstände seines Besuches auf dem Hof kam Hans ohne Umschweife zur Sache.
„Ich muß mich entscheiden, ob ich den Hof behalten und bewirtschaften will oder ob ich ihn verkaufe. Dazu brauche ich Ihren Rat.“

Herr Hermann sah ihn lange forschend an, dann stand er auf und ging ans Fenster.
„Willst du meinen Rat als Banker oder als Freund?“ fragte er, ohne sich zu Hans umzudrehen.
„Beides. Nacheinander beides.“
„Also gut. Als Banker muß ich dir abraten, den Hof zu bewirtschaften.“
„Warum?“
Er begann, in dem Zimmer umherzuwandern.
„Ganz einfach. Der Hof ist zwar in seiner Bausubstanz gesund, aber du müßtest vieles erneuern, eine Heizungsanlage und ein Badezimmer einbauen, vielleicht auch neue Fenster. Dann brauchtest du einen vollkommen neuen Maschinenpark. Ich denke nicht, daß sich das rechnet. Es sei denn, du würdest über erhebliche Eigenmittel verfügen.“
Er machte eine Pause und sah Hans fragend an.
„Über unsere Eigenmittel weiß ich leider nichts Genaues“, gab der kleinlaut zu verstehen und ärgerte sich darüber, daß er sich nicht sorgfältiger auf das Gespräch vorbereitet hatte.
„Nun, aber ich“, fuhr Herr Hermann fort und wanderte weiter durch den Raum.
„Ohne genaue Zahlen zu nennen, das müßte ich erst mit deiner Großmutter absprechen, kann ich dir sagen, daß die Summe ausreichen würde, um entweder die Maschinen zu erneuern oder aber das Haus grundlegend zu renovieren. Einen Teil müßtest du auf jeden Fall als Darlehen aufnehmen, worin ich aber keine Hürde sehe.“
Er schwieg und beobachtete Hans Templers Reaktion.
„Größenordnung?“
„Größenordnung 200 000 bis 300 000 DM. Die Frage wird sein, ob du das mit dem Hof in zehn bis zwölf Jahren wieder hereinbringst.“
„Die EG-Beschlüsse sprechen nicht gerade für die Bewirtschaftung eines Hofes wie unseren, nicht wahr?“ fragte Hans.
Herr Hermann nickte zustimmend.
„Ihr habt den Anschluß verpaßt. Als viele Klein- und Nebenerwerbsbetriebe in den letzten Jahren aufgaben, hättet ihr Land und Milchquoten erwerben müssen. Das ist versäumt worden.“
„Ich steckte mitten im Studium, Vater war nicht mehr fähig, diese Entscheidungen zu treffen, und Großmutter fehlt für solche Dinge der Weitblick“, erklärte er entschuldigend.
Herr Hermann kam nah an seinen Sessel heran und legte ihm seine Hand auf die Schulter.
„Ich weiß,“ sagte er, „ich weiß, Junge. Ich kenne die Situation. Wenn

ich alle Umstände werte, würde ich dir als Banker und guter Kenner der Situation in der Landwirtschaft abraten, in den Hof einzusteigen und zu investieren."
„Und als Freund?" fragte Hans vorsichtig, sich etwas unsicher nach Herrn Hermann umdrehend.
„Als Freund ist die Sache für mich viel schwieriger."
Er schien seine Worte sorgfältig zu überlegen und setzte sich halb auf seinen Schreibtisch.
„Ich hoffe, daß du meine offene und wirklich ehrliche Meinung auch verkraftest, ohne mir böse zu sein."
Hans versprach es.
„Ich kenne dich schon sehr lange und wie ich meine auch gut genug, um das, was ich jetzt sage, auch sagen zu dürfen. Der Hof ist dir ans Herz gewachsen, und du hängst an ihm. Viele Erinnerungen an deine Kindheit, Jugend und an deinen Großvater, den ich als Freund und Bürgermeister sehr geschätzt habe, sind mit dem Hof verbunden. Es würde dir sehr schwer fallen, ihn zu verkaufen, weil du es als Verrat an deiner Vergangenheit und an deinen Vorfahren empfändest."
„Genau das ist mein Problem."
Hans spürte, daß Herr Hermann den Kern seiner Schwierigkeiten erkannt hatte.
„Das darf aber für dich nicht der Grund sein, in den Betrieb einzusteigen, wenn wirtschaftliche Gründe eindeutig dagegen sprechen. Außerdem bist du kein gelernter Landwirt. Du müßtest dir manche Fähigkeiten neu aneignen und viel dazulernen, dein Medizinstudium wird dir dabei wenig nützen. Du warst jetzt einige Jahre in der Stadt, hast andere Menschen kennengelernt, deinen Horizont erweitert und wärst wahrscheinlich ein viel besserer Arzt als Landwirt."
Er trat wieder ans Fenster und schob die Gardine zur Seite. Mit den Armen wies er über die Häuser der Kleinstadt.
„Nicht wenige Menschen kämpfen hier ums finanzielle Überleben. Die Zeit ist nicht stehengeblieben in unseren Dörfern ringsum. Viele Bauern haben die Zeichen der Zeit nicht erkannt und weitergewurstelt wie früher. Das rächt sich jetzt. Entweder du ziehst einen Hof nach industriellen Maßstäben und wirtschaftlichen Zielsetzungen auf, oder du gehst kaputt. Da bleibt kein Platz für bäuerliche Romantik oder Vorstellungen von Landwirtschaft, die du noch aus deinen Kindertagen haben magst. Diese Entwicklung ist nicht schön, und sie findet weiß Gott nicht meine Zustimmung, aber ich kann die Augen vor ihr nicht verschließen. Und das darfst du auch nicht!"
Herr Hermann sprach nicht weiter. Er stand immer noch am Fenster

und sah dem Ladeverkehr auf der Futtermittelausgabe zu, die der Bank angeschlossen war.
„Und was heißt das konkret?“
„Das heißt konkret, daß du dir drei Fragen beantworten mußt:
1. Willst du das wirtschaftliche Risiko tragen?
2. Bist du bereit, dich auf die Bedingungen eines Industriehofes einzulassen?
3. Hast du eine Frau, die dich dabei bedingungslos unterstützt?
Erst wenn du alle drei Fragen klar mit ‚Ja‘ beantworten kannst, solltest du ernsthaft mit dem Gedanken spielen, euren Hof zu übernehmen und wieder auf Kurs zu bringen.“
Das war klar und deutlich. Hans war Herrn Hermann für die Offenheit sehr dankbar, auch wenn er seine Illusionen restlos zunichte machte. Damit stand für ihn fest: Das Projekt Templerhof ist gestorben!
Allein die dritte Frage des Bankers konnte er eindeutig mit „Nein“ beantworten. Gisela war nicht bereit, mit auf den Hof zu gehen und ihn zu unterstützen. Niedergeschlagen saß Hans in dem bequemen Ledersessel und starrte gegen die Wand.
„Es gibt noch einen Aspekt, den man vielleicht nicht ganz außer Acht lassen sollte“, sagte Herr Hermann und drehte sich zu ihm um. Interessiert sah Hans ihn an.
„Man könnte aus dem Hof eine Pferdepension machen und zusätzlich Ferien auf dem Bauernhof anbieten. Bitte versteh’ mich nicht falsch, es ist nur eine Idee, ein Vorschlag. Ich habe das noch nicht durchgerechnet. Auch dafür müßte natürlich vieles umgebaut und erneuert werden.“
Er sprach etwas aus, das Hans bereits ganz kurz gedanklich gestreift, mit dem er sich aber nicht näher beschäftigt hatte. Eine Tierpension für Pferdebesitzer und Gäste aus der Stadt, das lohne sich nicht, hatte er gedacht und die Idee wieder fallen lassen.
„Man müßte einmal den Bedarf analysieren und die Sache dann auf der Basis von Kostenvoranschlägen durchkalkulieren“, schlug Herr Hermann ihm vor.
Das war eine interessante Anregung, und sofort begann Hans, sich das Projekt vorzustellen. Er dankte Herrn Hermann herzlich und verabschiedeten sich von ihm.
„Wenn du etwas Konkretes in der Hand hast, kannst du jederzeit kommen und die Sache mit mir durchrechnen“, sagte der Banker noch, als sie bereits in der Tür standen. Hans drückte ihm die Hand und nickte ihm dankbar zu.

Auf dem Heimweg ließ ihm Hermanns Vorschlag keine Ruhe. Sollte es doch einen Weg geben, den Templerhof zu retten? Mit dem Omnibus, der inzwischen wieder fast fahrplanmäßig verkehrte, fuhr er zurück bis an die Abzweigung zu ihrem Hof. Kleinere Schneewehen bedeckten den Weg bereits wieder an einigen Stellen, so daß der Fußweg noch anstrengende und sportliche zwanzig Minuten für Hans bedeutete.
„Na, was hast du in Triberg erfahren?“ begrüßte ihn die Großmutter, die gerade über einen kleinen Eimer gebeugt saß und Kartoffeln schälte. Hans hatte am Morgen nichts von seiner Verabredung mit Herrn Hermann erzählt und vermied es auch jetzt, ihr davon zu berichten.
„Ich war kurz in der Bank, um meine Kontoauszüge zu holen, und habe einige Freunde getroffen“, sagte er und war froh, daß sie keine Einzelheiten wissen wollte.
Nach dem Mittagessen, Großmutter hatte ihm Labskaus gemacht, was zu seinen absoluten Lieblingsspeisen gehörte, legte er sich erst einmal zu einem ausgiebigen Mittagsschlaf ins Bett. Hans hatte in den vergangenen Nächten durch seine Schneeräumaktionen wenig Schlaf bekommen und daher ein großes Nachholbedürfnis.
Als er erwachte, dämmerte es bereits, und er beeilte sich aufzustehen. Großmutter sollte beim Melken nicht schon wieder ganz allein dastehen. Im Stall war sie gerade dabei, das Melkgeschirr aus der Milchkammer zu schleppen, was er ihr sogleich abnahm. Er hatte gar nicht gewußt, daß es so schwer war und wunderte sich, daß diese eher zierlich gebaute alte Frau es so mühelos tragen konnte.
Er setzte sich zwischen die Kühe, steckte die Saugnäpfe an die Zitzen und schaltete die elektrische Pumpe an.
„Wirf fünf Ballen Heu herunter, mir fällt der Weg auf den Boden mit jedem Tag schwerer“, bat sie und war sichtlich erfreut, daß sie an jenem Abend das Melken und Füttern gemeinsam besorgten. Sie schnetzelte Rüben, er schob den Kühen das Heu in die Rinne und setzte das Melkgeschirr um. Sie arbeiteten wie ein gut aufeinander eingespieltes Team. Nach einer dreiviertel Stunde war die Arbeit erledigt. Großmutter sah auf ihre Herrenarmbanduhr, die sie stets am rechten Handgelenk trug: „Genau eine halbe Stunde schneller, als wenn ich die Arbeit allein mache.“
Sie strahlte über das ganze Gesicht und fügte hinzu: „Wir sollten das in Zukunft häufiger zusammen erledigen!“
Hans merkte, worauf sie hinaus wollte, und spürte auch, daß ein klärendes Gespräch mit ihr unausweichlich war.

„Ich muß mit dir heute abend einmal ausführlich reden!"
Sie nickte.
„Ja, das ist wohl nicht zu vermeiden."
Zunächst mußte sein Vater versorgt werden. Die Großmutter bereitete ihm morgens und abends einen Teller mit belegten Broten und brachte ihn in seine Kammer. Meist rührte er den Teller nicht an, aber manchmal trug sie ihn vollkommen geleert zurück.
„Es ist mir zu gefährlich, wenn er zum Essen herunterkommt. Zweimal ist er bereits gestürzt, und ich hatte große Mühe, ihn wieder auf die Beine zu bekommen", berichtete sie, „außerdem ist seine Gesellschaft nicht gerade angenehm. Er riecht nach Alkohol und redet oft einen solchen Unsinn, daß ich es nicht ertragen kann."
Sie lebten mehr nebeneinander her als miteinander, das wußte Hans bereits. Es war gut zu verstehen, daß Großmutter Fiete in seinem Zustand lieber auf Distanz hielt, als seine Nähe zu suchen, auch um den Preis, daß sie viele Abende allein und ohne einen Gesprächspartner verbringen mußte. Hans konnte nachempfinden, daß es sie freute, wenn er sie gelegentlich am Wochenende oder für ein paar Tage in den Semesterferien besuchte.
„Es ist schön, wenn du kommst, auch wenn es nur für ein paar Stunden ist. Hauptsache, du bringst diese Gisela nicht mit, dieses unglückselige Frauenzimmer!" begann sie das Gespräch, als das Abendessen auf dem Tisch stand.
„Oma, diese Gisela gehört zu mir, und ich liebe sie. Damit das ein für alle Mal klar ist! Ich weiß, daß ihr euch nicht gut versteht, das kann ich nicht ändern. Ich möchte aber nicht, daß ihr abfällig voneinander redet, ohne daß ihr euch die Mühe gemacht habt, einander wirklich kennenzulernen. Und jetzt will ich über Gisela nichts mehr hören!"
Damit waren sie mitten in der alten Diskussion um Gisela, um den Hof und ihre Zukunft. Hans sah ein, daß es unvermeidlich war, klare Verhältnisse zu schaffen.
„Oma, ich war heute zur Bank, das weißt du. Dabei habe ich, und das weißt du noch nicht, mit Herrn Hermann gesprochen."
Sie stellte sofort den Teller, den sie in der Hand hielt, auf den Tisch, setzte sich und sah Hans an. Sie spürte, daß das, was jetzt folgen würde, sehr wichtig für sie war.
„Ja und?"
„Also ..."
Er wußte nicht, wie er das Gespräch am geschicktesten beginnen sollte, ohne gleich am Anfang in eine Sackgasse zu geraten oder Großmutters Zorn auf sich zu ziehen.

„Ja?“
„Den Hof so zu führen, daß eine ..., meine Familie und ich davon leben können, hält er für ziemlich aussichtslos. Dafür müßte zu viel investiert werden.“
„So, meint er das?“
Großmutter blickte ihn bereits voller Zorn an. Die Eröffnung war verpatzt, das fühlte Hans.
„Neue Maschinen, Gebäuderenovierung und Anpassung an veränderte Bedingungen würden viel Geld verschlingen, die Bewirtschaftung des Betriebes einen gut ausgebildeten Landwirt, der etwas von den Dingen versteht, und eine dazu passende Ehefrau voraussetzen!“
„Die hast du allerdings nicht!“
„Großmutter, mach' es nicht noch schwerer!“
„Was noch schwerer? Du willst mir doch erklären, daß wir den Hof verkaufen müssen, oder etwa nicht?“
„Nein, das heißt, ich weiß es noch nicht. Gisela ist nun einmal meine Partnerin, und sie paßt nicht auf einen Bauernhof. Das weiß ich, und du brauchst es mir nicht immer wieder zu sagen. Ich bin kein Landwirt, und wir haben keine halbe Million, um diesen Hof so anzupassen, daß er rentabel wird.“
Er hatte mit seiner Übertreibung wieder nicht die richtigen Worte gefunden.
„Eine halbe Million? Du bist ja größenwahnsinnig!“
Sie sprang vom Stuhl auf und rang die Hände.
„Großvater und ich waren fleißige und sparsame Bauern, wir haben von früh bis spät gearbeitet und auch Geld für Anschaffungen ausgegeben, den Schweinestall angebaut, den Traktor gekauft, einen Miststreuer und andere Geräte dazu. Aber eine halbe Million Mark haben wir allerdings nicht ausgegeben. Und das war auch gut so, wir sind eben auf dem Teppich geblieben!“
Sie legte die Hände auf den Absatz des Küchenschrankes und schüttelte langsam den Kopf.
„Großmutter, wir haben mit dem Hof bereits vor Jahren den Anschluß verpaßt und seither keine Mark mehr investiert. Das müßte man jetzt nachholen, um wettbewerbsfähig zu werden. Wenn ich hier einsteige, muß das Ganze dich, mich und eine Familie auch auf Dauer tragen. Dazu müssen wir eine große Summe Geld investieren, ob nun 400 000 oder 500 000, das weiß ich nicht genau. Das ist notwendig, ob es dir nun in den Kram paßt oder nicht!“
Die Großmutter sah ihn nicht an und sagte leise: „Ich glaube, wir reden von zwei verschiedenen Dingen. Unsere Familie ist bisher mit

dem Hof gut zurecht gekommen, und du stellst hier Vorbedingungen, die unerfüllbar sind."

Hans bemerkte sehr wohl, daß sie gedanklich in zwei sehr unterschiedlichen Welten lebten und von vollkommen verschiedenen Dimensionen sprachen. Sie stellte sich die Fortsetzung ihres einfachen Lebens vor, nur sollte er nun die Arbeit übernehmen und am liebsten eine Bauerntochter aus dem Dorf heiraten. Sie war bereit, Geld für einen größeren Schlepper und einen Mähdrescher auszugeben, und sie hätte vielleicht auch dem Einbau einer Zentralheizung zugestimmt. Das aber lag weit von dem entfernt, was Hans unter Strukturanpassung des Hofes verstand.

„Großmutter, das Finanzielle ist dabei nicht das einzige Problem. Ich verstehe nicht genug von der Landwirtschaft, um einen großen Hof ins nächste Jahrhundert zu führen. Und ich denke nicht daran, die Beziehung zu Gisela aufzugeben!"

Sie stand immer noch auf den Küchenschrank gestützt und fing an zu weinen. Ihm tat es leid, seine Großmutter so traurig zu sehen. Er wußte, daß diese Auseinandersetzung unausweichlich war, dennoch ging sie ihm sehr unter die Haut und schmerzte ihn.

„Großvater und ich haben den Hof mit viel Mühe erhalten, um ihn dir eines Tages zu übergeben, damit du unser Lebenswerk fortsetzt. Ich habe mit Sorge und gleichzeitig mit großer Freude gesehen, daß du im Medizinstudium so gut vorangekommen bist. Aber warum nicht Medizin als Landwirt? Es kann nicht schaden, wenn ein Hofbesitzer etwas von Medizin versteht. Gisela und ich werden schon irgendwie miteinander auskommen. Wir müssen es eben versuchen!"

Sie kämpfte mit allem, was sie aufzubieten hatte. Unbedingt wollte sie ihren Enkel überzeugen, den Hof weiterzuführen. Er konnte es ja so gut verstehen, ihre Kampfmotivation nachfühlen, und doch durfte er sich auf dieses Abenteuer auf keinen Fall einlassen. Ein abgebrochener Medizinstudent nimmt einige hunderttausend Mark Darlehen auf und bewirtschaftet zusammen mit seiner alten Großmutter einen Bauernhof, während seine Ehefrau in der Stadtwohnung 200 Kilometer entfernt lebt und sich auf ein gemeinsames Wochenende im Monat freut. Das war eine völlig absurde Vorstellung und hatte so wenig mit Lebensrealismus zu tun, daß man fast darüber lachen konnte, wäre die Konsequenz aus diesen Überlegungen nicht so traurig gewesen.

„Großmutter, ich habe die Sache viele Male hin- und herüberlegt und sie auch lange mit Herrn Hermann besprochen. Es ist kein kurzfristiger und übereilter Entschluß: Ich führe diesen Hof nicht weiter!"

Nun war es heraus. Endlich hatte er den Satz ausgeprochen, der ihm seit vielen Monaten so schwer im Magen lag und um den er sich so lange herumgedrückt hatte.
Seine Großmutter zeigte zunächst keine Reaktion. Stumm stand sie an den Küchenschrank gelehnt, und das Licht der tiefhängenden Küchenlampe fiel seitlich auf ihr faltiges Gesicht. Mit einem Ruck richtete sie sich auf, drehte sich zu ihm um und sah ihn mit tränengefüllten Augen an. Sie erfaßte seine Hände mit ihren und sagte entschlossen:
„Gut, da deine Entscheidung offenbar feststeht und du entschlossen scheinst, nicht Landwirt zu werden, werde ich es wohl oder übel akzeptieren müssen. Ich bin nicht glücklich darüber, aber ich will dich nicht zu etwas treiben, von dem du nicht überzeugt bist."
Sie machte eine lange Pause und hielt weiter seine Hände.
„Die Frage ist nur, was aus mir und dem Hof nun werden soll. Hast du dir darüber einmal Gedanken gemacht? Vielleicht findest du ja einen Käufer, der gegen Preisnachlaß eine alte, nutzlose Frau mit übernimmt."
Das war gemein! Hans schluckte einmal kräftig und wollte darauf antworten, brachte aber kein Wort heraus. Tränen schossen ihm in die Augen. Er schlang seine Arme um sie und preßte sie fest an sich. Eine Minute lang mochten sie wohl so dagestanden haben. Dann lösten sie sich voneinander und setzten sich an den Küchentisch.
„Natürlich habe ich mir darüber Gedanken gemacht und es auch mit Herrn Hermann besprochen. Eine Alternative ist nicht gerade einfach zu finden, aber es gibt vielleicht eine."
Großmutter trocknete sich die Tränen mit einem Taschentuch, das sie umständlich aus dem Ärmel ihrer Strickjacke hervorzupfte, und sah ihn erwartungsvoll an.
„Es gibt die Möglichkeit, den Hof zu einer Pferdepension umzubauen. Vielleicht könnte man zusätzlich Ferien auf dem Bauernhof anbieten", versuchte er ihr auseinanderzusetzen. Sie sah ihn spöttisch und mit ungläubigen Augen an.
„Daran glaubst du doch selber nicht! Pferdepension, Ferien auf dem Bauernhof! Glaubst du, daß auch nur ein Gast kommt, um hier draußen Urlaub zu machen? Und ich soll dann wohl die Pferdeställe ausmisten, und deine Gisela bedient die vornehmen Leute aus der Stadt? Das möchte ich sehen! Außerdem müßten wir höllisch aufpassen, daß sie deinen besoffenen Vater nicht zu Gesicht bekommen, sonst reisen sie gleich wieder ab!"
Seine Alternative hatte sie nicht beeindruckt, und wenn er ehrlich

war, mußte er zugeben, daß sie ihn an jenem Abend auch nicht mehr recht überzeugte.

„Nun versuch doch wenigstens, meinen Vorschlag ernsthaft zu prüfen! Laß' mich einmal analysieren, ob Bedarf dafür besteht!"

Sie versprach es resigniert, aber es gelang ihm an jenem Abend nicht mehr, sie auf diesen Plan einzustimmen, obwohl sie noch bis lange nach Mitternacht im Schein der Küchenlampe saßen und miteinander debattierten. Einen Nutzen hatte das Gespräch zumindest: Großmutter hatte sich soweit wieder beruhigt, daß sie ihm ein Bier aus dem Keller holte und beteuerte, sie habe es gern getan. Sie vertagten eine endgültige Entscheidung schließlich und beschlossen, über das Zukunftsproblem ihres Hofes noch einmal nachzudenken.

„Den nächsten Sommer werden dein Vater und ich wohl noch überstehen. Vielleicht trinkt er dann wieder etwas weniger, so war es bisher jedenfalls immer."

Das schien ihm eine sehr vage Hoffnung zu sein, er wagte aber nicht, sie der Großmutter zu nehmen und schwieg sich zu dem Thema aus.

Hans Templer blieb noch bis zum Mittag des nächsten Tages bei seiner Großmutter auf dem Hof, brachte ihr Berge von Holz ins Haus und stapelte es in der Diele auf, damit der Weg in die Küche für sie nicht mehr so weit war. Der Sturm hatte sich gelegt, es herrschte ruhiges Winterwetter, und die wenigen Wolken, die übers Land zogen, brachten keine weiteren Niederschläge.

Die Landschaft lag immer noch unter einer bizarr anmutenden, an einigen Stellen bis zu vier Meter hohen Schneedecke. Die Hauptverbindungsstraßen waren inzwischen geräumt, so daß der Autoverkehr wieder winterlich normal lief. Auf den meisten Strecken der Deutschen Bundesbahn waren keine wesentlichen Verspätungen mehr zu verzeichnen, nur die Schiffahrt war noch sehr stark beeinträchtigt, was aber weniger mit den Schneemassen, sondern mit der Eisbildung bei anhaltendem Frost zu tun hatte.

Die Sache mit der Pferdepension und den Ferien auf dem Bauernhof wurde bis zu seiner Abreise zwischen seiner Großmutter und ihm nicht mehr angesprochen.

Als Hans den Bahnhof in Kiel verließ, fiel sein Blick auf die Förde, auf der sich große Packeismassen ineinander verkeilt hatten. Ein starker Eisbrecher war gerade damit beschäftigt, das Gewässer von seinem Panzer zu befreien, damit die festliegenden Schiffe wieder auf Fahrt gehen konnten. Für Schleswig-Holstein war es bereits der zweite Wintereinbruch des Jahres 1979.

„Bist du es?“ rief Gisela aus dem Bad, als er die Haustür ins Schloß fallen ließ.
„Wen meinst du mit ‚du‘, deinen derzeitigen Hausfreund oder deinen Dauerfreund Hans-Wilhelm?“ scherzte Hans, setzte seinen Koffer im Flur ab und öffnete die Badezimmertür einen kleinen Spalt, um sie per Fernkuß zu begrüßen. Gisela lag von einer dicken Schaumschicht bedeckt in der Badewanne und rekelte sich genüßlich.
„Na erzähl‘, wie war es zu Hause?“ fragte sie, als er seinen Mantel ausgezogen hatte und sich zu ihr auf den Wannenrand setzte.
„Ach, das ist eine lange Geschichte ...,“ antwortete er zögernd.
„Du, ich mach’ dir einen Vorschlag. Wir kochen gleich etwas Leckeres, machen eine Flasche Wein auf, und du erzählst mir in aller Ruhe, wie es gewesen ist. Jetzt ziehst du dich aus und kommst zu mir in die Wanne. Ich habe dich sooo vermißt!“
Sie schlang ihre nassen Arme um seinen Hals und rutschte mit ihrem Körper etwas höher, so daß ihre beiden Brustwarzen aus der Schaumschicht auftauchten. Hans nahm die verlockende Einladung an.
Aus dem gemütlichen Essen wurde dann allerdings nichts. Schon bei den Vorbereitungen in der Küche und noch bevor sie die Flasche Wein entkorkt hatten, begann der Streit um seine Reise und die Gespräche mit der Großmutter. Er hatte Gisela davon chronologisch berichtet und ihr zum Schluß von seiner Idee mit der Pferdepension und den Feriengästen erzählt.
„Da gebe ich Käthe ausnahmsweise recht. Erstens werden dort keine Gäste Ferien machen wollen. Und falls doch, werden deine Großmutter und ich zweitens ganz gewiß keine Feriengäste bedienen, schon gar nicht gemeinsam! Das kannst du dir gleich aus dem Kopf schlagen! Drittens müßtest du erstmal deinen Vater in einer Anstalt unterbringen, damit er die Ferienidylle der Sommerfrischler nicht stört.“
„Könnt ihr euch denn nicht wenigstens mit meinen Ideen auseinandersetzen, bevor ihr alles ablehnt? Vielleicht läßt sich ja doch noch ein Weg finden!“
Hans war verzweifelt, ging wortlos aus der Küche und ließ Gisela mit den begonnenen Essensvorbereitungen allein zurück.
Eine lange Zeit war seither vergangen, und Hans Templer saß mit seiner Großmutter wieder beim Abendessen, allerdings mußte sie, inzwischen fast 90 Jahre alt, an diesem Abend die Bratkartoffeln nicht selbst zubereiten. Aus der Pferdepension war nichts geworden und aus Templers Karriere als Landwirt auch nicht. Bis

zum Herbst des vergangenen Jahres hatte sich die alte Frau standhaft gegen einen Verkauf des Hofes gewehrt, noch ein paar Hühner und Schafe gehalten und mit einigen Katzen und einem Hund ihr tägliches Leben geteilt. Als ihr letzter Vierbeiner gestorben war, kam sie von sich aus mit dem Vorschlag, ins Altersheim umzuziehen.
Und Gisela? Ihr hatte damals bald der Sohn eines Werftbesitzers, dessen Charme und Bankkonto Hans nichts Gleichwertiges entgegensetzen konnte, erfolgreich den Hof gemacht. Erst vor wenigen Monaten hatte sie ihm eine Geburtsanzeige geschickt, mit 43 Jahren war sie noch einmal Mutter geworden. Ein Nachkömmling. Nicht ganz geplant, wie sie schrieb, und auch nicht von ihrem Ehemann, wie Hans aus anderer Quelle erfahren hatte.
„Jetzt müssen wir aber unser Essen aussuchen, sonst wird die Bedienung ärgerlich“, sagte Templer und nickte seiner Großmutter aufmunternd zu. Sie schien durch das Zusammensein mit ihm und die Tatsache, daß sie den Grund für ihre Traurigkeit jetzt ausgesprochen hatte, etwas lebhafter zu werden. Nachdem sie ihre Brille aufgesetzt und die Speisekarte aufmerksam studiert hatte, bestellte sie nach sorgfältiger Abwägung Krabben mit Rührei, während ihr Enkel sich für eine gemischte Fischplatte entschied.
Sie sprachen nicht weiter über den verkauften Hof. Hans Templer erzählte von den Schwierigkeiten bei der Bewältigung seiner neuen Aufgaben als leitender Oberarzt, von den Querelen in seinem Kollegenkreis und den Ermittlungen der Kriminalpolizei im Krankenhaus. Die Großmutter blieb einsilbig und aß auch nur die Hälfte der Portion ihres Fischerfrühstücks, aber sie hörte seinem Bericht aufmerksam zu und wirkte aufgeräumter als zu Beginn des Abends.
„Und dann muß ich dir noch erzählen, daß ich ..., daß ich mich, so wie es scheint, verliebt habe“, berichtete er und wartete gespannt auf ihre Reaktion.
„Verliebt? Kenne ich das Mädchen?“
Sie sagte „Mädchen“, obwohl ihr Enkel sich in seinem Alter vermutlich eher in eine reife Frau und nicht in ein Mädchen verlieben würde. Für sie blieb er ihr kleiner Hans.
„Ich glaub’ schon. Erinnerst du dich an Charlotte Gründler, die mit mir aufs Gymnasium gegangen ist? Eine schüchterne Blonde, deren Eltern sich damals gerade trennten?“
Sie überlegte und ging im Geiste all die Schulkameradinnen ihres Enkels durch, die sie kennengelernt hatte.
„Ist das die, von der man sich erzählte, daß sie von ihrem Vater ...?“

„Du wußtest davon?" fragte Templer überrascht.
„Wissen wäre übertrieben. Man munkelte darüber. Ich habe dir darüber nichts erzählt, weil ich damals den Eindruck hatte, daß du ein Auge auf sie geworfen hattest", erklärte die Großmutter.
„Ein Auge geworfen wäre übertrieben", erwiderte er, „aber ich fand sie sehr nett, das stimmt. Ich habe sie vor ein paar Wochen auf einem Klassentreffen wiedergesehen, und es hat zwischen uns gefunkt."
„Ist sie auch Ärztin?" wollte seine Großmutter wissen.
„Nein, sie ist Psychologin geworden."
„Oh je. Auch das noch!"
Hans Templer kannte die Vorbehalte seiner Großmutter gegen diese Berufsgruppe. Akademikern gegenüber war sie ohnehin skeptisch. Templer hatte nie herausgefunden, ob aus Unsicherheit oder ängstlicher Bewunderung. Psychologen aber blieben ihr stets auf eine unergründliche Art geheimnisvoll. Sie war der Meinung, daß es schließlich Pfarrer gebe, wenn jemand in seelische Not geriete. Wozu also konnte ein Psychologe nützlich sein?
„Die haben meist genauso viele Macken wie ihre Patienten!" hatte sie einmal behauptet, obwohl Templer bereits damals sicher wußte, daß seine Großmutter noch nie in ihrem Leben einem Psychologen begegnet war.
„Hast du Angst, daß ich nicht mit ihr fertig werde?" fragte er und lächelte zuversichtlich.
„Hans, ich habe mir für dich immer eine Frau gewünscht, die dich so umsorgt, wie ich es früher getan habe, mit der du eine Familie gründen und Kinder haben solltest. Eine einfache Frau vom Lande eben, robust und gesund, keine Psychologin jedenfalls. Es scheint mir inzwischen, daß du andere Vorstellungen von einer Partnerin und vom Leben überhaupt hast. Das respektiere ich", sagte sie mit einem leichten Unterton von Resignation in ihrer Stimme und fügte hinzu: „Vermutlich würde eine Frau, wie sie mir vorschwebt, inzwischen gar nicht mehr zu dir passen."
„Das klingt so, als seist du von meiner Entwicklung, von dem, was ich erreicht habe und wie ich geworden bin, enttäuscht."
„Nein, das stimmt nicht! Nicht enttäuscht, ich bin stolz auf dich! Aber du hast nicht den Weg eingeschlagen, den wir alle, dein Großvater und auch dein Vater eingeschlossen, einmal für dich vorgesehen hatten. Das ist alles. Nur deine Mutter wäre vermutlich über deinen Werdegang hocherfreut gewesen."
Dieser Satz ließ Templer aufhorchen. Erinnerte er sich doch sofort an seinen Rundgang durch ihren Bauernhof vor einigen Wochen.

„Warum meinst du, wäre sie ..., wie sagtest du? ... hocherfreut darüber gewesen?“ fragte er nach.
Seine Großmutter schloß die Augen. Er sah ihr das Unbehagen an, das sie verspürte, seitdem sie sich vor einigen Sekunden auf dieses Glatteis begeben hatte, auf das glatteste ihres Lebens vermutlich. Sie sperrte sich, darüber mit ihrem Enkel zu sprechen. Über Jahrzehnte hatte sie es vermieden, aber sie spürte, daß sie dieses Thema nicht länger ausklammern konnte. Es würde immer zwischen Hans und ihr stehen. Dieses Bewußtsein belastete sie, um so mehr, als sie fühlte, daß ihr Tod näherrückte.
„Warum hat mir nie jemand etwas über Mutter erzählt?“ bohrte er nach.
„Ach Hans, muß das jetzt sein? Gerade heute?“
„Der richtige Zeitpunkt ergibt sich nie, wenn du es eigentlich mitnehmen willst, dahin, wo ich dich nicht mehr fragen kann. Also warum nicht jetzt?“
Er versuchte, ihr eine goldene Brücke zu bauen, denn er fühlte instinktiv, daß eine solche Gelegenheit für sie beide nie wieder kommen würde.
Fast erleichtert nahm sie zur Kenntnis, daß die Kellnerin erschien und sich nach ihren Dessertwünschen erkundigte.
„Ich nehme ein Fürst-Pückler-Eis“, sagte die Großmutter.
„Und ich den Yoghurt mit Honig.“
Die Kellnerin entfernte sich wieder.
„Ich höre!“
„Ist das ein Verhör?“
„Nein. Warum kannst du nicht verstehen, daß Mutter und ihre Lebensgeschichte, um die ihr alle einen Bogen gemacht habt, als sei sie eine Aussätzige gewesen, für mich ein wichtiger Teil meiner Wurzeln sind, ohne die ich das Gefühl habe, etwas von mir bleibe im Dunkeln verborgen und lohne sich nicht, ans Licht meines Bewußtseins geholt zu werden?“
„Sind das die Worte deiner Psychologin?“
„Nein, das sind meine!“ antwortete er ärgerlich.
„So hast du früher nicht geredet!“
„Oma, warum versuchst du diesen Haken zu schlagen? Sag’ einfach, daß du es mir nicht sagen willst, wenn es so ist. Du hast diese Ausflüchte nicht nötig. Du kannst ehrlich zu mir sein. Ich glaube, daß ich, auch innen drin, erwachsen genug bin, um die Wahrheit zu ertragen, selbst wenn sie mich traurig oder wütend macht. Man kann nicht immer nur Vermeidung leben!“

„Wieder die Psychologin?"
„Jetzt reicht es mir. Geh' doch essen, mit wem du willst, und laber mit jemandem über belangloses Zeug! Aber nicht mit mir! Ich will wissen, was gewesen ist!"
Templer schlug, im ganzen Lokal hörbar, mit der Faust auf den Tisch, und alle, ohne eine einzige Ausnahme, sahen zu ihnen herüber.
„Hans!"
Das Aufsehen, das er erregt hatte, war ihr äußerst unangenehm, aber das kümmerte Hans Templer nicht.
„Ich höre immer noch!"
Die alte Frau blickte vor sich auf die Tischdecke und schien zu überlegen, wie sie es ihrem Enkel sagen sollte. Oder überlegte sie noch, ob?
„Deine Mutter ..."
„Ja?"
„... deine Mutter paßte nicht in unsere Familie. Sie war ..., sie war einfach anders als wir."
„Was heißt ‚anders'?"
„Sie war die uneheliche Tochter des Apothekers aus Triberg."
„Von Apotheker Kober?"
„Ja. Seine Frau war an Darmkrebs erkrankt und ..."
„... und konnte seinen sexuellen Wünschen nicht mehr entsprechen", führte Hans den Satz zu Ende.
„Ja, so etwa."
„Oma, ich bin 44 Jahre alt, und ich bin Arzt!"
„Ja, das vergesse ich manchmal. Also, jedenfalls hatte er ein Verhältnis mit seiner Haushälterin, ..."
„..., was ja vorkommen kann."
„Aber nicht in der damaligen Zeit!"
„Ich denke, daß das zu jeder Zeit vorgekommen ist."
„Mag sein. Als das Kind ..."
„... meine Mutter?"
„Ja. Als das Mädchen geboren worden war, haben sie es gleich fortgegeben, ich glaube zu einem Ehepaar aus dem Solling, das kinderlos geblieben war. Irgendwie hat das Mädchen, als es erwachsen wurde, erfahren, daß diese Leute nicht ihre wirklichen Eltern waren und begonnen, nach den leiblichen zu suchen."
„Wie sich vieles gleicht!"
„Sie fand heraus, daß der Apotheker und seine Frau, so meinte sie ..."
„... meine Mutter!"
„... jedenfalls, ihre Eltern seien und verlangte von ihm, seine Frau

war inzwischen längst verstorben, die Anerkennung seiner Vaterschaft und eine angemessene Ausbildung."

„Eine mutige Frau!"

„Ich weiß nicht. Es gab einen ziemlichen Wirbel damals."

„Wann war das?"

„Wann war das? 1949 vielleicht, oder 1950, so genau weiß ich das nicht mehr. Die Vaterschaft hat er offiziell nie anerkannt, aber die Ausbildung hat er ihr bezahlt, als eine Art Schweigegeld, nehme ich an. Es soll sich um eine ziemlich große Summe gehandelt haben, für damalige Verhältnisse zumindest. Es war die Zeit kurz nach dem Krieg, Geld war knapp."

„Und dann?"

„Sie ging damals nach Hannover, machte das Abitur nach und fing an zu studieren."

„Was hat sie studiert?"

„Irgendwas mit Literatur und ... Psychologie."

„Ach? Das ist ja interessant! Wie sich die Dinge wiederholen!"

Templer trat ein Leuchten in die Augen. Es ging ihm nicht schnell genug, die Geschichte bis zum Ende zu hören.

„Weiter!"

„Was weiter?"

„Na, durch das Studium allein wird sie nicht schwanger geworden sein!"

„Vermutlich nicht, nein."

„Wann nahm das Verhängnis in unserer Familie seinen Lauf?"

„Hans, verspotte mich nicht!"

„Entschuldige!"

Die Kellnerin brachte den Nachtisch. Käthe Templer fuhr mit dem Bericht fort und rührte ihr Eis nicht an, auch Hans schob seinen Yoghurt erst einmal beiseite.

„Auch während ihres Studiums erschien das Mädchen ..."

„... meine Mutter!"

„... immer wieder in unserer Gegend, aber sie belästigte den Apotheker nicht mehr."

„Belästigen ist gut, er war immerhin ihr Vater!"

„In den Semesterferien nahm sie sich immer ein Zimmer in einer Pension in Triberg und machte die Gegend unsicher."

„Was heißt ‚unsicher'?"

„Sie fuhr ziellos mit ihrem Fahrrad umher, lag irgendwo im Gras, las Bücher, sonnte sich und machte den Jungs schöne Augen."

„Und einer dieser Jungs war Vater?"

„Ja, leider!“
„Und?“
„Nichts und! Dein Vater, der damals draußen auf dem Acker mit unseren beiden Pferden pflügte, sah dieses Mädchen ...“
„... meine Mutter!“
„... dort liegen. Ein hübsches Ding. Sie schämte sich auch nicht, ihre Kleider auszuziehen, wenn sie dalag und las. Sie wollte schön braun werden. Das hat sie hier auf dem Hof später auch noch gemacht. Dein Großvater hat sie ..., aber sie ließ es nicht. Sie sprach immer von freier Körperkultur und solchem Unsinn. Und das bei uns!“
„Ja, das glaube ich, es war ein Skandal, oder?“
„Ein Skandal? Es war eine Schande! Das ganze Dorf zerriß sich das Maul darüber. Schließlich war dein Großvater Bürgermeister!“
„Und dann haben Vater und Mutter sich auf dem Acker geliebt?“
„Woher soll ich das wissen? Angeblich hat sie ihm aus ihren Büchern vorgelesen. Aus Büchern, von denen dein Vater nichts verstand. Sie hat ihn in die Welt der Literatur eingeführt, wie er damals zu uns sagte. Pah!“
„Warum nicht?“
„Eine Einführung in die Literatur? Nackt am Feldrain? So eine Einführung will ich sehen!“
„Man kann doch Literatur und Liebe, Poesie und Erotik, sehr gut miteinander verbinden!“
„Dieser Satz könnte von deiner Mutter stammen!“
„Ein schöner Satz, finde ich.“
„Ja, ich habe schon lange gewußt, daß etwas von deiner Mutter in dir steckt.“
„Woran hast du es bemerkt?“
Die Großmutter seufzte tief und fühlte, daß es keinen Zweck mehr hatte, Hans etwas vorzuenthalten.
„Du warst immer anders als die anderen. Du warst so ..., ich kann es gar nicht richtig beschreiben, ... so viel sanfter als die anderen Jungen, hattest mehr Gefühl für ...“
„... für was?“
„... Gefühl für die Menschen, die um dich herum waren, für die Tiere, die Natur. Du hast dir mehr zu Herzen genommen als andere Kinder und warst viel ...“
„Empfindsamer?“
„Ich weiß nicht. Empfindsamer?“
Templer merkte, daß sie mit dieser Beschreibung, mit diesem Wort nichts anfangen konnte.

„Du hast dich einfach für andere Sachen interessiert, hast sogar mit Puppen gespielt und sie dir zu Weihnachten gewünscht, während die anderen mit Traktoren spielten oder Indianer.“
„Habe ich nicht mit ihnen gespielt?“
„Doch, aber es hat dir dabei etwas gefehlt. Schon in der Grundschulzeit brachtest du Mädchen mit nach Hause, wolltest lieber mit ihnen spielen. Einmal hast du ein kleines Mädchen in der Scheune geküßt.“
„Wie rührend! Aber ich erinnere mich daran.“
„Großvater und mir war das ..., irgendwie ...“
„Unheimlich?“
„Ja. Unheimlich. Es erschien uns zu früh. Frühreif, für einen Jungen in deinem Alter ungewöhnlich.“
„Wie alt war ich damals?“
„Acht oder neun. Jedenfalls für so etwas zu jung!“
„Was habt ihr getan?“ wollte Hans wissen, obwohl er sich dunkel daran erinnerte.
„Wir ..., wir haben das Mädchen nach Hause geschickt und dann später gesagt, du hättest keine Zeit mehr, mit ihr zu spielen.“
„Och! Warum habt ihr mir das zerstört?“
„Wir wußten nicht, wie wir darauf ...? Was hätten die Eltern dieses Mädchens gesagt, wenn sie es zu Hause erzählt hätte? Wahrscheinlich wären sie geschockt gewesen und hätten uns Vorwürfe gemacht!“
„Vermutlich. Das Mädchen, es hieß übrigens Julia, fand es aber schön, und ich auch!“
„Weißt du das noch?“
„Ich wußte es nicht mehr, aber jetzt, wo du es erzählst ...“
„Würdest du heute anders reagieren, wenn du einen Sohn oder eine Tochter hättest?“
Hans dachte darüber nach.
„Das ist eine schwere Frage! Wir leben in einer anderen Zeit. Jede Zeit hat ihre Moral. Ich denke, ich würde die Kinder in so einem Fall gewähren lassen. Man kann bei ihnen so viel zerstören, wenn man als Erwachsener eingreift.“
„Oh Hans, über was für Sachen reden wir hier?“
„Über notwendige Sachen, Oma! Über sehr wichtige Dinge. Über alles, was wir uns einfach nie zu erzählen gewagt haben.“
„Was wurde aus Julia?“ wollte die Großmutter wissen.
„Wir haben uns damals anderswo getroffen und uns weiter geküßt. Sind mit dem Fahrrad hinausgefahren an den Feldrain. Und sie hat es, vermutlich bis heute, nicht ihren Eltern erzählt.“

„Siehst du, das ist deine Mutter in dir. Sie hat auch nicht aufgehört, gegen die Regeln zu verstoßen."
„Und deshalb habt ihr sie verstoßen?"
Großmutter Templer wurde noch unbehaglicher zumute. Einerseits. Und doch hatte dieses Gespräch mit ihrem Enkel auch etwas von Befreiung für sie.
„Ja, innerlich haben wir sie verstoßen oder gar nicht erst angenommen. Sie war so anders, so ..."
„... so gefährlich?"
„Ja, auch gefährlich vielleicht. Wir waren so verschieden. Großvater und ich machten unsere Arbeit auf dem Hof und er auch als Bürgermeister, und dann tauchte diese Person ..."
„... meine Mutter!"
„... auf. Dein Vater war ihr ausgeliefert, verfallen geradezu. Er konnte sich nicht wehren!"
„Vielleicht wollte er sich gar nicht wehren?"
„Ach, ... ich weiß es nicht. Ich bin ganz durcheinander. Die beiden paßten nicht zueinander! Und Gott hat sie schließlich auch getrennt!"
Das hätte sie nicht sagen sollen. Den Tod seiner Mutter als Gottesurteil hinstellen, hätte sie nicht tun dürfen! Ihren Tod als Strafe dafür ansehen, daß sie sich seinen Vater zum Mann ausgesucht hatte, das war zuviel!
„Das ist Gotteslästerung!" schrie er, „das steht selbst dir nicht zu!"
Die Großmutter sah erst ihren Enkel an, dann blickte sie sich im Lokal um. Wieder waren die Blicke aller Gäste auf sie gerichtet. Man starrte sie an, als hätten sie eine Prügelei angefangen.
„Nicht so laut!" zischte sie.
„Entschuldige, du hast recht."
Er sah ein, daß er die Leidensfähigkeit seiner Großmutter nicht zu sehr strapazieren durfte, war aber immer noch ärgerlich und ließ sie das auch spüren.
„Warum habt ihr Vater das nicht allein entscheiden lassen?"
„Dazu kam es gar nicht mehr. Sie ..."
„... meine Mutter!"
„... hatte es bereits entschieden und wurde schwanger ..., schwanger vom Vorlesen aus der großen Literatur. Wie hast du gesagt? Poesie und Erotik?"
„Entstanden aus Poesie und Erotik! Wie wundervoll!"
„So wundervoll fanden dein Großvater und ich das nicht! Es war kalte Berechnung!"
„Und Vater? War er am Zeugungsakt nicht direkt beteiligt?"

„Ja sicher, war er wohl. Irgendwie."
„Wie irgendwie? Sogar ziemlich direkt, würde ich sagen. Er hat sie geschwängert, und sie hat sich schwängern lassen. Zwei Menschen, Mann und Frau, haben entweder diese Entscheidung getroffen oder die Folgen ihres Handelns in Kauf genommen! So einfach ist das!"
„Für dich vielleicht. Aber für uns, für Großvater und mich?"
„Was hast du vorhin gesagt? Du seist stolz auf mich? Meintest du das etwa gar nicht ernst?"
„Doch!"
„Was hast du also heute gegen diesen Zeugungsakt zwischen meinen Eltern?"
„Nichts, aber ..."
„Aber?"
„Ach Hans, laß mich jetzt! Ich kann darüber nicht weiter reden!"
Sie zog den Teller zu sich heran und begann, mit dem Dessertlöffel in dem zu Fürst-Pückler-Flüssigkeit geschmolzenen Eis herumzustochern.
„Ich möchte dich nur auf den Widerspruch hinweisen. Einerseits hätte dein Sohn meine Mutter nicht schwängern sollen, andererseits bist du stolz auf das Ergebnis daraus! Zwei Wünsche wohnen ach in deiner Brust und lassen sich nicht vereinen. Wieviele Menschen stehen vor diesem Dilemma? Da bist du nicht die einzige. Du mußt lernen, mit diesem Widerspruch zu leben, Oma! Es lebt sich vielleicht ganz gut damit. Du hast es bisher nur nicht richtig versucht!"
Die Großmutter sah ihn an und leckte nachdenklich ihren Löffel ab.
„Ja, vielleicht habe ich das nicht. Heute ist es vermutlich zu spät dafür."
„Überhaupt nicht! Du hast Mutter verstoßen, weil du sie nicht verstanden hast! Versuch' es heute! Vielleicht gelingt es dir jetzt."
„Selbst wenn mir das gelingen würde, nur angenommen, was würde das deiner Mutter heute noch nützen?"
„Ich glaube nicht, daß es ihr noch etwas nützen muß. Aber dir vielleicht ... und mir."
Großmutter nickte.
Als Hans sie in ihr Zimmer im Altersheim gebracht hatte, bat sie ihn, gleich wieder zu gehen.
„Ich möchte allein sein!" sagte sie, „ich will über unser Gespräch nachdenken. Ich werde dir schreiben, mein Junge."
Templer verließ das große Gebäude. Er ging nicht gleich zu seinem Wagen, sondern beschloß, noch etwas zu Fuß zu gehen. Er fühlte sich gut nach diesem Gespräch mit seiner Großmutter. Viele Dinge hatte

sie ihm erzählt, von denen er geglaubt hatte, sie nie mehr zu erfahren. Es stieg ein Gefühl zärtlicher Zuneigung zu seiner Mutter in ihm auf, zu einer Frau, die er nicht länger als ein paar Minuten seines Lebens kennengelernt hatte. Und doch war sie ihm an diesem Abend so viel nähergekommen.
Gleich am nächsten Tag fuhr er in das Dorf, in dem er geboren und aufgewachsen war, sah die alten Häuser, von denen im Laufe der Jahre die Farbe von den Fassaden geblättert war und sich der Putz an manchen Stellen vom Mauerwerk gelöst hatte. Er stand unten am Ufer und ließ sich den Wind, der flußaufwärts wehend die langen Schilfhalme bog, durch die Haare streichen. In Gedanken spielte er noch einmal die Spiele der Kindheit und rief sich die Kameraden von damals in seine Erinnerung zurück. Als er dann am Straßenrand einige von ihnen stehen sah, hielt er nicht an, aus Angst, ihnen doch nichts mehr zu sagen zu haben. Und er wollte die Erinnerung an ihre gemeinsame Vergangenheit nicht durch den Austausch von Belanglosigkeiten verwässern.
Templer ging durch die Wiesen und auf den Ackerwegen entlang. Er suchte Geborgenheit in der vertrauten Erinnerung an die Spielplätze von früher, an alte knorrige Bäume, in deren Ästen sie Baumhöhlen gebaut, und an abgelegene Grabenwindungen, wo sie ihre selbstgebauten Schiffe ausprobiert hatten. Die Hecken, in deren Schutz sie auf dem Kriegspfad gewesen waren, gab es nicht mehr. Sie waren den Bedürfnissen industrieller Landwirtschaft mit ihren Großgeräten zum Opfer gefallen.
Zusammenhängende Äcker, auf denen kein Baum, keine Hecke und kein Strauch mehr den schnurgeraden Weg der Traktoren störten, soweit sein Auge reichte. Die Gräben, fein säuberlich wie mit dem Lineal durch die Landschaft gezogen, mit exakt im 45°-Winkel abfallenden Böschungen, waren nicht mehr die lauschigen Plätze, an denen sie früher gespielt hatten. An dem Feldweg, den Hans Templer entlang ging, wurde gerade ein Industriegebiet mit großen Werkhallen, asphaltierten Wegen mit hohen Straßenlaternen aus dem Boden gestampft. Das Wild, das er hier früher oft beobachtet hatte, würde sicher bald von den Geräuschen der modernen Industriegesellschaft vertrieben sein, wenn das nicht bereits die vielen Baufahrzeuge besorgt hatten, die lärmend hin- und herfuhren.
Ein morscher Hochsitz stand noch an seinem alten Platz. Manche Stufen waren locker, und der Aufstieg schien ihm nicht ungefährlich, trotzdem wagte er es. Von oben sah er gegen die untergehende Son-

ne auf den Kirchturm im Westen der Felder. Wenigstens den gab es noch. Die Kirchturmuhr schlug gerade viermal. Manche Stunde hatte er früher hier oben verbracht, Rehe und Hasen beobachtet, die zur abendlichen Äsung auf die Felder und Wiesen kamen. In einem kleinen Notizbuch hatte er damals genau verzeichnet, welcher Sprung Rehe wann und wo aus dem Wald getreten war, um dem Förster später darüber zu berichten.

Er suchte nach der Geborgenheit seiner Kindheit, die er hier verbracht hatte, und mußte auf seinem Weg durch das Dorf feststellen, daß seine Erinnerungen durch das, was er sah, vollkommen entzaubert wurden. Entweder bröckelten die Fassaden der Häuser, in denen er als Kind ein- und ausgegangen war, oder die Wege und Gräben wurden mit Baggern und Planierraupen so verändert, daß sie nichts mehr mit den in seiner Rückblende existierenden Plätzen gemein hatten. Hans Templer saß auf dem Hochsitz, sah über die veränderte Landschaft, und es befiel ihn ein Gefühl von Hilflosigkeit und Verzweiflung.

Auf dem Rückweg fuhr er am Templerhof vorbei. Er hätte selber nicht genau sagen können, was ihn dazu bewog. War es Neugier, ob die Nachricht vom Abriß tatsächlich stimmte? Oder das Bedürfnis zu sehen, wie weit die Arbeiten bereits fortgeschritten waren? Der inzwischen gepflasterte Weg zu ihrem Haus war mit Lehm bedeckt, den Baufahrzeuge darauf zurückgelassen hatten.

Schon von weitem sah er den Bagger mit einer dicken Stahlkugel am Seil. Auch heute, an einem Sonnabend, wurde gearbeitet. Templer hielt auf halber Strecke. Eine Giebelwand des Hauptgebäudes stand noch, der Rest lag als Schutthaufen davor. Der Stall war bereits ganz niedergerissen und abtransportiert worden. Ebenso der Hühnerstall. Die Scheune hatten sie unversehrt gelassen, sie sollte offensichtlich weiter genutzt werden. Die beiden großen Kastanienbäume, die die Hofeinfahrt des Templerhofes gesäumt hatten, lagen auf freiem Feld, ihre Kronen anklagend gegen den Himmel gerichtet. In einem dieser Bäume hatte Hans Templer oft gesessen, seine Hausaufgaben gemacht und beobachtet, was auf dem Hof und in seiner Umgebung vor sich ging. Ob das schmale Brett, auf das er seine Schulhefte gelegt, und der Nagel, an den er seine Schultasche damals gehängt hatte, noch in der Baumkrone waren?

Er wendete seinen Wagen, ohne näher an sein Geburtshaus oder das, was davon übrig geblieben war, heranzufahren. Ihm war übel, und er verspürte nicht das geringste Bedürfnis, sich den Abriß aus der Nähe anzusehen. Im Ort überlegte er kurz, ob er vor Brenneckes

Dorfkrug halten und sich einen Schnaps zum Trost genehmigen sollte. Er verwarf den Gedanken aus Furcht, dort einen Bekannten zu treffen und über seine traurige Stimmung Zeugnis ablegen zu müssen. Außerdem hätte ein Schnaps bei so viel Traurigkeit kaum ausgereicht.

Nachdem er fünfmal auf den Klingelknopf an der Eingangstür zum Haus seines Vaters gedrückt hatte, ohne daß ihm geöffnet worden war, kam Unruhe in Kommissar Herzig auf. Er suchte den Schlüssel, den sein Vater ihm für den Fall gegeben hatte, daß er sich einmal selbst aussperrte oder während seiner Abwesenheit dort Blumen gegossen werden mußten, an seinem Schlüsselbund. Bereits im Flur rief er nach ihm. Niemand antwortete. Natürlich konnte der alte Herr auch kurzfristig aus dem Haus gegangen sein, aber Herzig hatte seinen Vater am Mittag angerufen, um sich für genau diese Uhrzeit mit ihm zum Schachspiel zu verabreden. Und er erinnerte sich nicht, daß der jemals unpünktlich gewesen war.
Er sah ins Wohnzimmer, das leer war, aber in dem die Stehlampe in der Leseecke brannte. Sein Vater mußte also zu Hause sein. Dann suchte er systematisch jedes Zimmer im Erdgeschoß ab. Nichts. Schließlich stieg er die Treppe in den Keller hinab und öffnete die Tür zum Bastelraum. Dort saß der Gesuchte, fixierte mit zusammengekniffenen Augen sein Schiffsmodell und summte leise zu Wagners Fliegendem Holländer, dessen Klänge aus dem CD-Spieler kamen.
„Mein Gott, hab' ich mir Sorgen gemacht, weil du nicht aufgemacht hast!"
„Ist es schon sechs?" wunderte sich Herzig senior und blickte auf seine Taschenuhr, „tatsächlich! Ich habe ganz die Zeit vergessen."
„Ist ja schön, daß du vor lauter Begeisterung unsere Verabredung vergißt, aber ich hatte richtig Angst, daß dir etwas passiert sein könnte."
„Was soll mir schon passieren? Jemand, der sich innerlich so sehr mit guten alten Rotweinen konserviert, wird 100 Jahre alt, das wirst du sehen!"
„Na, nun übertreib' nicht!"
„Doch, doch, ich habe es mir fest vorgenommen! Du mußt mich noch einige Zeit ertragen!"
„Das dürfte mir nicht schwerfallen, jedenfalls nicht, wenn du so pflegeleicht bleibst wie bisher."
„Komm', wir gehen nach oben!"
Im Wohnzimmer setzten sich Vater und Sohn an den Schachtisch und

losten aus, wer den Eröffnungszug machen durfte. Weiß gewann, der Sohn durfte beginnen und setzte einen Bauern von b 2 nach b 4. Sie trafen sich nur unregelmäßig zum Schach, aber immer wieder überkam einen von ihnen das Bedürfnis zu einer Partie, wobei Sieg und Niederlage zwischen beiden recht gleichmäßig verteilt waren.
„Jetzt habe ich ganz vergessen, uns einen guten Tropfen zu öffnen. Trinkst du einen mit?“
„Gern. Ich bin zu Fuß gekommen, es besteht also kein Grund zur Zurückhaltung.“
„Übrigens, was macht die Frau im Koma?“ fragte sein Vater, während er ins Eßzimmer hinüberging, um die Weinflasche zu holen.
„Frag' nicht danach!“
„Warum? Kommst du nicht weiter?“
Er brachte einen roten Burgunder mit zum Schachtisch, holte zwei Gläser und entkorkte die Flasche.
„Irgendwie habe ich das Gefühl, daß ich schon im Ansatz einen Denkfehler mache. Solange ich nicht herausbekomme, worin der besteht, werde ich mich weiter im Kreis drehen.“
Herzig senior füllte sein Glas einen fingerbreit und probierte den Wein, wobei er die Augen schloß.
„Mmh! Sehr gut!“
„Du hast mir überhaupt nicht zugehört!“ protestierte der Sohn.
„Ich kann nur Wein beurteilen oder mich in einen Kriminalfall hineindenken, beides gleichzeitig ist unmöglich!“
„Ich sagte, ich mache da einen grundsätzlichen Denkfehler, und wegen dieses Fehlers drehe ich mich bei den Ermittlungen im Kreis. Das Dumme ist, daß mein Chef Druck macht und will, daß ich den Fall abschließe. So viel Zeit auf eine Sache zu verwenden, bei der es noch nicht einmal um ein Tötungsdelikt gehe, sei nicht vertretbar, sagt er.“
„Auf der anderen Seite will er sicher nicht, daß seine Abteilung in einem Fall, der eine so breite Öffentlichkeit interessiert, die Segel streicht. Das macht einen schlechten Eindruck. Und er wäre kein guter Chef, wenn ihm das gleichgültig sein sollte.“
„Du meinst, daß ich ihn an dieser Stelle packen und noch ein wenig mehr Zeit für die Lösung der Geschichte herausholen kann?“
„Auf jeden Fall! Ich würde es zumindest versuchen“, riet ihm sein Vater.
„Aber was nützt mir die Zeit, wenn ich wie vor einer Wand stehe? Mein Problem ist nicht nur die Zeit.“
„Wie weit bist du konkret?“ wollte der Kriminalbeamte im Ruhestand wissen.

„Also. Wir können ziemlich sicher davon ausgehen, daß der Täter innerhalb des Krankenhauses zu suchen ist."
„Warum?"
„Weil die Patientin an ein Überwachungssystem angeschlossen ist, das im Falle einer Vergewaltigung mit sehr hoher Wahrscheinlichkeit Alarm geben würde. Dir das genau zu erklären, wäre jetzt zu kompliziert, nimm' es einfach mal als gegeben hin!"
„Gut. Weiter!"
„Dieses Alarmsystem zu umgehen, ist recht schwierig und bedarf eines Wissens, das nur Ärzte oder Leute vom Pflegepersonal der Intensivstation haben können. Selbst andere Krankenhausmitarbeiter wie Krankengymnasten, Praktikanten und Laborleute scheiden also aus. Soweit alles klar?"
„Ja."
„Im privaten Umfeld dieser Patientin habe ich mich auch umgesehen. Da gibt es ein paar schräge Typen und auch einen Autoknacker, aber alle sind mit genügend williger Weiblichkeit umgeben, daß ich kein Motiv für eine solche Tat sehe."
„Mir fällt ein, daß es eine Firma geben muß, die diese Überwachungsanlage wartet. Und ein Mitarbeiter, der diese Überprüfung durchführt, sollte auch wissen, wie man seine Geräte austrickst", gab Herzig senior zu bedenken.
„Daran habe ich auch gedacht. Aber nach dem Prüfstempel hat seit acht Monaten keine solche Überprüfung stattgefunden, und Oberarzt Templer meint, die Anlage sei in diesem Zeitraum auch nicht defekt gewesen. Seine Erinnerung wurde von allen Schwestern und Pflegern bestätigt."
„Hm."
Vater Herzig nahm einen Schluck Wein, stellte sein Glas wieder neben das Schachbrett und schloß die Augen. Im Geist spielte er alles, was er über den Fall wußte und eben zusätzlich von seinem Sohn erfahren hatte, noch einmal durch. Er versuchte, es zu einem Ganzen zusammenzusetzen. Dabei stieß er auf eine Frage.
„Was passiert, wenn diese Frau zu einer Untersuchung die Intensivstation verlassen muß? Dann muß doch auch etwas mit dem Alarmsystem passieren. Wird es dann abgeschaltet? Und wie?"
An diese Möglichkeit hatte Roland Herzig nicht gedacht, und er konnte auf die Frage, die sein Vater aufgeworfen hatte, auch keine Antwort geben. Er sprang vom Schachtisch auf und ging zum Telefon.
„Ich darf doch?"
Sein Vater nickte. Der Kommissar war sich nicht sicher, Templer noch

in der Klinik anzutreffen, aber er wollte es wenigstens versuchen. Seine Durchwahlnummer hatte er, sooft wie er ihn anrief, schon im Kopf. Herzig hatte Glück. Templer war in seinem Arbeitszimmer und konnte ihm die Frage beantworten.
„Ich habe mit dem Oberarzt gesprochen. Der sagt, daß sie alle Untersuchungen auf der Intensivstation machen, die Patientin also nicht zu den Geräten gebracht wird, sondern die Geräte zur Patientin geholt werden. Aber während einer Krankengymnastik oder wenn die Patientin gewaschen und gepflegt würde, seien die Kabel der Anlage entfernt und der Überwachungsplatz ganz ausgeschaltet."
„Da haben wir doch schon des Rätsels Lösung!" triumphierte sein Vater.
„Langsam! Es kommt noch mehr. Templer hat mir erklärt, es gebe eine strikte Anweisung, daß ein Patient, der künstlich beatmet werde oder in einer anderen Form schwer krank sei, während eines solchen Zeitraums immer zusätzlich zum zuständigen Pfleger oder zur zuständigen Schwester von einer zweiten Pflegekraft überwacht werden müsse. Es ist also, wenn die Patientin ganz aus der Überwachung herausgenommen wird, nie jemand allein mit ihr. Bei der Körperpflege sind sie sogar zu dritt."
Wieder nahm sein Vater einen Schluck Wein und schloß die Augen.
„Was sagt denn deine Wundermaschine zu der Geschichte?" fragte er schließlich, und der Kommissar registrierte den spöttischen Unterton, der bei der Frage mitschwang, durchaus.
„Ich habe den Eindruck, daß die mich in diesem Fall gänzlich im Stich läßt!"
„Ach? Und dieses Eingeständnis aus deinem Mund?"
Roland Herzig zuckte resigniert mit den Schultern.
„Was sagt dein Computer konkret? Hat er dir mitgeteilt, daß er wegen Unfähigkeit abschaltet?"
„Nein, der bietet mir als einzige Lösung an, daß das Verbrechen zum Zeitpunkt einer von zwei stattgefundenen gynäkologischen Untersuchungen passiert sein könnte. Und vom zeitlichen Ablauf paßt das auch."
„Warum sollte nicht der Gynäkologe sich an der Frau vergangen haben? Auch Ärzte sind nur Menschen, und Menschen haben manchmal Triebe, derer sie nicht Herr werden!"
„Ganz einfach, Vater. Der Gynäkologe war eine Gynäkologin."
„Mist! Das würde so gut passen. Und dein Wunderapparat und ich wären endlich einmal einer Meinung gewesen."
„Das hätte mich auch sehr gefreut, vielleicht würde dich eine solche

Übereinstimmung endlich davon überzeugen, daß wir auch in unserem Arbeitsbereich eine computergestützte Ermittlung einführen sollten, das BKA arbeitet schon sehr lange damit."
„Und hat Hanns-Martin Schleyer das im Herbst 1977 etwa gerettet? Auch die ganzen Computer des BKA haben das Versteck der Terroristen damals nicht gefunden!"
„Nein! Nicht schon wieder diese Diskussion! Die haben wir mindestens schon ein dutzend Mal geführt!" hielt Kommissar Herzig seinem Vater vor.
„Überzeugt hast du mich dabei nie!"
„Ist ja gut! Ich habe es längst aufgegeben, dich auf diesem Gebiet überzeugen zu wollen! Du bist ein konservativer Dickschädel!"
„Das stimmt nicht!" hielt der alte Herr dagegen, „nur muß ein System seine Leistungsfähigkeit erst unter Beweis stellen, bevor ich es als nützlich einstufen kann."
„Und das kann es nicht, wenn erst gar keiner anfängt, experimentell damit zu arbeiten!"
„Und dieser Jemand muß ausgerechnet du sein? Gibt es dafür nicht Experten an den Hochschulen?"
„So ein Programm muß sich an der Wirklichkeit täglicher kriminalpolizeilicher Arbeit entlang entwickeln und kann nicht in einem Hochschullabor entstehen!"
Die beiden hatten ihr Schachspiel längst vergessen und waren in den alten Grundsatzstreit zwischen zwei Generationen von Kripo-Leuten geraten. Obwohl beide stets so taten, als sei ihnen diese immer gleich ablaufende Diskussion äußerst lästig, gehörte sie wie ein festes Ritual in ihre Begegnungen. Es würde beiden etwas Wichtiges in ihrer Beziehung fehlen, wenn sie darauf verzichteten.
„Je länger ich darüber nachdenke, desto mehr komme ich zu dem Schluß, daß dein Computer gar nicht so falsch liegt. Nur diese Ärztin paßt nicht in das Gedankengebäude. Selbst wenn sie lesbisch wäre, könnte sie nicht ..."
„Vater, ich habe das alles hin- und herbewegt. An diesem Punkt ist Schluß. Genau dort stehe ich vor einer Wand."
„Und es ist ganz sicher, daß die Ärztin und nicht ein anderer Frauenarzt beide Untersuchungen durchgeführt hat?"
„Absolut. Es steht im Protokoll, und alle, die dabei waren, haben es ausnahmslos bestätigt. Selbst eine unbeabsichtigte Zeugung durch verbliebene Spermien an den Untersuchungsinstrumenten ist zu 99,9 Prozent ausgeschlossen. Ich habe sogar daran gedacht, aber es ist abwegig!"

Noch eine ganze Weile überlegte der Altkommissar und nippte dabei hin und wieder nachdenklich an seinem Rotwein.
„Ja, ich komme an dieser Stelle auch nicht weiter. Der Fall ist wirklich ganz verhext ..., gibt es irgendeinen, den du vernommen hast und dem du eine solche Tat, nur deinem Gefühl nach, zutrauen würdest?"
Roland Herzig dachte sehr sorgsam über die Frage seines Vaters nach und ließ noch einmal alle Männer, die er im Laufe seiner Ermittlungen vernommen hatte, vor seinem geistigen Auge aufmarschieren.
„Es gibt einige, die mir nicht unbedingt sympathisch sind, aber ... aber daß ich damit gleich potentielle Vergewaltiger aus ihnen machen würde, kann ich nicht sagen. Der einzige ..."
Herzig Junior zögerte.
„Der einzige, der was?"
„Der einzige, der mir sehr kalt und berechnend vorkommt, ist der Chefarzt."
„Reicht es für eine solche Tat aus, daß einer nur kalt und berechnend ist?"
„Nein, natürlich nicht. Außerdem sind immer mindestens vier oder fünf Leute bei ihm, wenn er sich einmal auf der Intensivstation blicken läßt. Der macht seine Visite und seine Untersuchungen dort mit großem Gefolge. Nein, das halte ich für abwegig, aber so vom Gefühl her ..."
Er beendete seinen Satz nicht.

Templer hatte an dem vor ihm liegenden Wochenende Bereitschaftsdienst. Offiziell konnte er den von zu Hause aus machen, mußte aber innerhalb einer viertel Stunde in der Klinik sein, wenn es dort einmal brenzlig werden würde und die drei diensthabenden Assistenzärzte der Abteilung nicht zurechtkommen sollten. Er blieb meist lieber gleich im Krankenhaus und schlief in einem Bett, das er in seinem Arbeitszimmer aus dem Schrank klappen konnte.
Er nutzte diese Zeit oft, um liegengebliebene Verwaltungsarbeiten zu erledigen oder Briefe zu diktieren, wozu er während des Routinebetriebes im Stationsalltag nicht kam. Manchmal nahm er auch ein Buch mit, streckte sich auf seinem Notbett aus, und am Montagmorgen war selbst ein dicker Wälzer, mit Vorliebe über die Geschichte des 20. Jahrhunderts, durchgelesen. Jedenfalls, wenn nichts Besonderes dazwischen kam.
An diesem ersten Märzwochenende konnte man die Nähe des Frühlings bereits spüren. Es waren sehr warme und milde Tage, Tulpen und Osterglocken streckten den Menschen ihre Blüten entgegen, und

der Boden verströmte einen kräftigen Geruch nach Gras und Erde. Die Sonne wärmte bereits, und ein leichter Südwestwind schob ein paar weiße Wölkchen vor sich her.
Templer bedauerte es, bei so schönem Wetter Dienst schieben zu müssen. Viel lieber hätte er ein solches Wochenende mit Charlotte verbracht und mit ihr eine Fahrt über die Grenze nach Holland oder Belgien unternommen. Seit drei Wochen hatten sie sich schon nicht mehr gesehen, und obwohl sie fast täglich miteinander telefonierten, verspürte Hans Templer große Sehnsucht danach, sie einmal wieder in seine Arme zu schließen.
„Schau dir mal das junge Mädchen an, das wir in der letzten Nacht bekommen haben!“ begrüßte ihn Willy Katarus, einer der alten Garde, die bereits seit über zehn Jahren auf der Intensivstation arbeitete.
Der Oberarzt warf einen flüchtigen Blick durch die Glasscheibe der Schiebetür. In dem Bett des Zimmers, das der Überwachungszentrale am nächsten war, sah er ein etwa 16jähriges strohblondes Mädchen, das reglos im Kissen lag und aus dem Fenster starrte.
„Was ist mit ihr? Warum ist sie bei uns gelandet? Die sieht doch gar nicht intensivpflichtig aus!“
„Das Fräulein ist aus dem Fenster des dritten Stockwerkes gesprungen und im Garten vor dem Haus im Gras gelandet“, erklärte Willy.
„LSD-Trip?“
Der Pfleger schüttelte den Kopf.
„Wer nimmt denn heutzutage noch LSD? Das war zu deiner Zeit in. Nein, die hatte Liebeskummer und wollte Schluß machen.“
„Und was hat sie abbekommen?“
„Die Chirurgen sind sich noch nicht sicher. Fest stehen nach den Röntgenbildern nur eine Fersenbeinfraktur links und ein paar angeknackte Rippen auf der linken Thoraxseite. Nach dem Ultraschallbild von heute Nacht deutet nichts auf innere Verletzungen hin, aber der diensthabende Chirurg war sich nicht sicher.“
„Wer hatte Dienst?“
„Frau Doktor Roßkopf.“
„Eine erfahrene Chirurgin. Warum hat sie kein CT machen lassen, wenn sie sich nicht sicher war?“
„Die Kleine hat wohl ziemlich getobt, weil es nicht geklappt hat mit dem Sterben. Die hätte sich nicht schön still ins CT gelegt. Das wär' nur Wackelpudding geworden, hat die Roßkopf gesagt.“
„Recht hat die Frau! Jetzt sieht die junge Dame aber ganz friedlich aus, fast apathisch“, stellte Templer fest.

„Wenn ich das richtig sehe, haben sie ihr auch einen ganzen Stiefel Diazepam gegeben."
„Seit wann wird auf unserer Station in Stiefeln dosiert? Geht es bitte etwas präziser!"
„Jawoll, Herr Oberarzt! 30 Milligramm, um genau zu sein, Herr Oberarzt! So besser?"
Templer lachte.
„Ganz so förmlich muß es nicht sein, aber die Dosierungsangabe in Milligramm hat mir schon ganz gut gefallen. Sie sind lernfähig, Herr Willy. Ich werde Sie für eine einprozentige Gehaltserhöhung zur Jahrtausendwende vorschlagen."
„Ewig Dank, Herr Oberarzt, ewig Dank!"
„Jetzt mal im Ernst. 30 Milligramm Diazepam bei einer Thoraxverletzung zu geben, finde ich ganz schön mutig. Das Zeug wirkt in dieser Dosierung atemdepressiv."
„Sie ist an der Überwachung", versuchte der Pfleger Templer zu beruhigen.
„Trotzdem. Laß' bitte eine Blutgasanalyse machen, ja?"
„Klar, mach' ich."
„Ich werde mir das lebensmüde Fräulein gleich einmal näher ansehen. Sonst noch Neuzugänge oder Besonderheiten?"
„Nein."
Zehn Minuten später reichte der Pfleger die Werte der Blutgasanalyse in Templers Arbeitszimmer.
„Du hattest recht, so gut sehen die Gase nicht aus."
Der Arzt sah auf das Blatt, seine Miene verfinsterte sich schlagartig. Er stand auf und ging ins Zimmer der jungen Frau.
„Tag, ich bin Doktor Templer", sagte er, als er an ihr Bett trat.
Sie antwortete nicht, lag auf ihrer linken Seite und blickte ihn mit müden Augen an, die ihr immer wieder zufallen wollten.
„Keine Lust, etwas zu sagen?"
Sie schüttelte nur zweimal träge den Kopf.
„Kann ich verstehen. Wie heißen Sie?"
„Martina."
Zu weiteren Äußerungen schien sie nicht die Kraft zu haben. Oder keine Lust.
„Heißt das, daß ich ‚du' sagen soll?"
Sie nickte wieder schwach.
„Gut, ich bin Hans, der Oberarzt dieser Station. Ich habe ein paar Fragen und muß dich untersuchen. Okay?"
Sie antwortete nicht. Ihr Gesicht hatte sehr gleichmäßige Züge,

schmale Lippen, ein paar Sommersprossen umspielten ihre Nase. Das lange blonde Haar war zu einem Zopf geflochten, der hinter ihrem Kopf unter der Bettdecke verschwand. Wie sie im Kissen lag, sah sie aus, als schlafe sie ganz friedlich.
„Du bist aus dem Fenster gefallen, habe ich gehört", begann Templer behutsam.
Fast überrascht öffnete sie wieder die Lider. Sie hatte ganz lange dunkle Wimpern und blaue Augen.
„Ja."
Ihre Stimme war heiser und kaum zu verstehen.
„Oder hat dich einer gestoßen?"
Sie schüttelte den Kopf.
„Hattest du Probleme mit deinem Freund?"
Die junge Frau schloß die Augen und sagte nichts.
„Willst nicht drüber sprechen?"
Sie stimmte wortlos zu.
„Kann ich verstehen," sagte Templer.
Sie öffnete die Augen wieder und sah ihn an. Sehr sanfte Augen hat sie, dachte er.
„Hast du Schmerzen?" fragte der Oberarzt weiter.
Sie nickte.
„Wo?"
„In der Brust und am linken Hacken", antwortete sie so leise, daß Templer Mühe hatte, sie zu verstehen.
„Und sonst?"
„Das Luftholen tut weh."
„Noch was?"
Sie schüttelte den Kopf.
„Ich werde jetzt eine Schwester holen und dich mit ihrer Hilfe gründlich untersuchen", erklärte Templer, ging an die Schiebetür und öffnete sie einen kleinen Spalt.
„Brauche Schwesternhilfe in der Zwei!" rief er in die Zentrale und schob die Tür wieder zu.
Martina hatte die Augen wieder geschlossen und schien zu schlafen, als Schwester Sigrid hereinkam und die Tür leise hinter sich schloß.
„Bitte hilf ihr vorsichtig beim Ausziehen!" ordnete Oberarzt Templer an. Schon das Aufsetzen im Bett schien Martina Schmerzen zu bereiten. Sie verzog ihr Gesicht. Behutsam streifte die Schwester ihr das weiße Nachthemd über den Kopf und legte es auf einen Stuhl. Templer begann, zuerst den Schädel abzutasten und ihn dann mit zwei gebeugten Fingern zu beklopfen.

„Tut dir das weh, Martina?"
„Nein."
Der Arzt nahm den Kopf der jungen Frau in beide Hände.
„Ganz locker lassen!"
Er bewegte und drehte ihn in alle Richtungen, fragte nach Schmerzen und achtete auf Blockaden. Dann leuchtete er ihr mit einer kleinen Lampe in beide Augen, wobei er sorgfältig das Pupillenspiel beobachtete. Als Templer ihren Brustkorb mit beiden Händen zusammendrückte, schrie sie auf.
„Wo tut es weh?"
„Da."
Martina deutete auf die linke untere Brustseite. Der Arzt legte seine linke Hand mit gespreizten Fingern auf die Brustwand des Mädchens und klopfte mit dem Mittelfinger der anderen auf den Mittelfinger der aufliegenden Hand. Dann verschob er die linke Hand und klopfte wieder. Schließlich nahm er das Stethoskop, das um seinen Hals baumelte, und steckte sich die Oliven in beide Ohren. Er setzte die Membran auf die Haut.
„Bitte mal ganz tief atmen!"
Sie versuchte es, brach das Einatmen aber gleich ab und mußte husten.
„Versuch' es noch einmal!"
„Es tut so weh!"
„Versuch so tief zu atmen, daß du es gerade noch aushalten kannst, ja?"
Sie nickte und atmete wieder ein und aus. Templer versetzte das Stethoskop und forderte Martina wieder auf, so tief zu atmen, wie es ihr möglich sei.
„Jetzt leg' dich bitte auf den Rücken!"
Der Oberarzt betastete die Bauchdecke, klopfte auch darauf und hörte die Geräusche im Bauchraum ab.
Es dauerte eine viertel Stunde, bis Templer seine Untersuchung beendet hatte. Martina schien davon ziemlich erschöpft zu sein, legte sich, nachdem Schwester Sigrid ihr das Nachthemd wieder angezogen und zugebunden hatte, vorsichtig auf die linke Körperseite, rollte sich wie eine Katze zusammen und zog sich die Bettdecke bis ans Kinn.
„Ich bin fertig mit der Untersuchung", sagte er und strich ihr ganz leicht mit der flachen Hand über das Haar, „ich werde jetzt mit den Chirurgen besprechen, was wir weiter mit dir machen. Ist das für dich in Ordnung?"

Martina nickte nur.
„Sag' mir bitte, wissen deine Eltern, daß du hier bist?“ fragte Templer.
„Nein.“
„Ihre Eltern sind im Skiurlaub in Österreich. Wir konnten sie noch nicht erreichen“, erklärte Sigrid.
„Ich komme nachher wieder zu dir und erkläre dir genau, was zu tun ist, um dir zu helfen“, sagte Templer und fuhr, während er sich von der Patientin abwendete, noch einmal mit der Hand über die Bettdecke.
„Das ist ja absolute Scheiße!“ rief er aus, als die Tür zu Martinas Zimmer wieder geschlossen war und er sich außer ihrer Hörweite glaubte.
„Wieso? Was ist?“ fragte Willy, der in der Zentrale vor den Monitoren saß und die Überwachung übernommen hatte.
„Ich glaube, daß die Kleine eine schwere Brustkorbquetschung mit Zwerchfellruptur hat. Eigentlich hätte man sie in der letzten Nacht schon an die Beatmung nehmen sollen“, erklärte der Oberarzt und strich sich mit beiden Händen über seinen Kopf.
„Und was willst du tun?“
„Mit den Chirurgen reden. Wer hat bei den Unfallchirurgen Oberarztdienst?“ wollte Templer wissen.
Der Pfleger sah auf den Dienstplan, der als großer Planer an einer Wand hing.
„Heute ist Sonnabend ..., Doktor Wunrahm.“
„Das ist gut, mit dem kann man vernünftig reden“, murmelte Templer und verschwand in seinem Zimmer.
„Templer hier, guten Morgen Eckhardt! Ich habe mir gerade die junge Frau angesehen, die heute nacht aus dem Fenster gesprungen ist ..., ja, ..., genau die. Ich glaube, daß die eine Zwerchfellruptur hat.“
Templer machte eine Pause und wechselte den Telefonhörer zum anderen Ohr.
„Sie hat eine deutliche Abschwächung des Atemgeräusches links, und ich meine, daß dort auch Darmgeräusche zu hören sind. Außerdem sind die Blutgase nicht berauschend.“
Wieder machte er eine Pause und hörte zu, was der chirurgische Kollege entgegnete.
„Am besten kommst du gleich runter und siehst sie dir selbst an!“
Templer legte den Hörer auf.
Nach einer knappen Stunde lag Martina auf dem Operationstisch. Die Röntgenaufnahme, die Templer in der Zwischenzeit veranlaßt hatte, bestätigte seinen Verdacht. Doktor Kohlheimer, einer der dienst-

habenden Assistenzärzte der Abteilung, hatte die Narkose eingeleitet, Templer war erst gerufen worden, als der Chirurg den Bauchschnitt ansetzte. Nach zwanzig Minuten erschien der Oberarzt der Anästhesie im Operationssaal und blickte über das Tuch, das den sterilen chirurgischen Bereich vom unsterilen Anästhesiebereich trennte, in die eröffnete Operationshöhle.
„Na, wie sieht es aus, Eckhardt?"
„Böse, böse!" sagte der Operateur nur und kniff die Augen zusammen, „da ist ein ziemlich langer Riß im Zwerchfell."
„Und die Milz?" wollte Templer wissen.
„Scheint unverletzt."
„Und sonst?"
„Kann ich noch nicht sagen. Weiter bin ich noch nicht. Klemme!"
„Ich habe noch zu tun. Wenn es Neuigkeiten gibt oder Probleme, laßt mich bitte sofort anpiepen, ja?" verlangte Templer.
Kohlheimer versprach es, und der Oberarzt verließ den OP-Bereich. Er hatte auf ein ruhiges Wochenende gehofft, doch bereits die ersten Stunden seines Dienstes ließen darauf schließen, daß daraus nichts werden würde. Die Intensivstation war nur zur Hälfte belegt. Templer hatte schon am Donnerstag und Freitag aufgeräumt, wie er es nannte. Das Aufräumen bestand darin, daß alle Patienten, bei denen nicht mehr die Notwendigkeit der Beatmung oder Intensivüberwachung bestand, auf Normalstationen verlegt wurden. An Wochenenden gab es erfahrungsgemäß einen großen Bedarf an Intensivplätzen, und es war besser, vorher in aller Ruhe die Patientenverlegungen vorzunehmen, als in großer Eile unter dem Druck der aktuellen Notwendigkeit.
„Du rechnest ja mit einem heißen Wochenende", hatte Helmut Walter angesichts des Verlegungsplans seines Oberarztes gesagt.
„Es sind frühlingshafte Temperaturen und ein fast wolkenloser Himmel angekündigt worden, also zum ersten Mal in diesem Jahr ideales Motorradwetter. Ich wäre ja ganz schön naiv, darauf nicht zu reagieren", war Templers Antwort gewesen.
Eine solche Wetterlage so früh im Jahr lockte die Zweiradliebhaber auf die Straße und verführte zu übermütigem Verhalten. Viele, die ihre Maschine zu Beginn des Winters abgemeldet hatten, gingen jetzt nach langer Pause zum ersten Mal wieder auf die Straße. Diese Konstellation war sehr unfallträchtig, eine Erfahrung, die sich in fast jedem Jahr wieder bestätigte.
„Paßt auf, am Wochenende fliegen die Motorradfans tief!" war Templers sarkastische Empfehlung an seine Mitarbeiter vor solchen Tagen.

Er war kein Anhänger dieses Sports und sah sich durch seinen Beruf eher als dessen unfreiwilliges Opfer.
„Sportliches kann ich darin sowieso nicht sehen, da wird doch das Motorrad gefordert und nicht der Fahrer!"
Diesen Satz konnte er sich in keiner Diskussion mit motorradinfizierten Patienten verkneifen, wenn sie, kaum daß sie einigermaßen wieder zusammengeschraubt waren, auf der Intensivstation schon wieder in Katalogen blätterten und sich eine neue Maschine aussuchten.
Die Visite fiel an diesem Tag bei einer so gering belegten Station kurz aus. Templer saß gerade mit zwei Schwestern der Station zusammen, die ihre Pause im Aufenthaltsraum verbrachten, als sein Pieper ging. Das ist Kohlheimer, ich soll in den Operationssaal kommen, dachte er sofort und behielt recht.
„Doktor Templer, bitte dringend in den OP, Doktor Templer, bitte dringend in den OP!"
Auch noch dringend! Das hörte sich gar nicht gut an. Der Oberarzt verzichtete auf den Fahrstuhl, den er erst hätte rufen müssen, und stürmte, zwei Stufen auf einmal nehmend, zur OP-Ebene hinunter.
„Was gibt's?" fragte er, ein wenig außer Atem, bereits vom Vorraum aus.
„Ich habe seit einigen Minuten Probleme mit dem Blutdruck, und die Herzfrequenz liegt bei 100", berichtete Doktor Kohlheimer.
„Größere Blutverluste?"
„Nein."
Der Assistenzarzt wies auf das gläserne Gefäß, in dem sich das aus der Operationswunde abgesaugte Blut befand.
„Das ist in der Tat nicht viel."
Doktor Wunrahm hatte den Ruf, sehr schonend und blutarm zu operieren, was Templer nicht von jedem Operateur im Hause behaupten konnte. Ein chirurgischer Kollege, der hinter vorgehaltener Hand im OP „der Schlachter" genannt wurde, füllte den besagten Behälter nicht selten so an, daß Blutübertragungen notwendig wurden, was Templer unbedingt zu vermeiden versuchte, denn trotz inzwischen sehr zuverlässiger Testverfahren war das HIV-Infektionsrisiko nicht gleich null.
„Wie sieht es mit der Narkosetiefe aus?"
„Seit einer Stunde unverändert."
Templer kontrollierte alle Anzeigen und Einstellungen des Narkosegerätes, fand aber keine Ursache für die Blutdruckprobleme von seiten der Anästhesie.

„Auffällig ist die geringe Differenz zwischen Systole und Diastole", meinte er schließlich.
„Wann fingen die Probleme an?"
Templer wollte über den zeitlichen Ablauf der Ereignisse auf die Ursache schließen.
„Vor etwa vier oder fünf Minuten", sagte Doktor Kohlheimer.
„Eckardt, wir haben Probleme mit dem Blutdruck und Anästhesieursachen weitestgehend ausgeschlossen. Kann das Problem bei euch liegen? Hast du weitere Verletzungen gefunden? Nieren, große Gefäße oder so etwas?" fragte Templer den Operateur.
„Nein, darauf habe ich geachtet."
„Wo sind die Röntgen-Bilder?" wollte Templer wissen. Ein leichtes Vibrieren der Stimme verriet seine Erregung.
„Die hängen, wie es sich gehört, hier an der Leuchtwand!" hörte er von einer OP-Schwester.
Templer trat vor die Bilder und betrachtete sie genau.
„So ein Mist!"
„Was gibt es?" fragte Doktor Wunrahm, ohne die Aufmerksamkeit von seiner Tätigkeit abzuwenden.
„Ich bin nicht sicher, aber ich glaube, daß ein Perikarderguß vorliegen könnte."
Jetzt begannen die Augen des Chirurgen zu flackern.
„Das ist bei dieser Verletzungsart natürlich möglich."
„Zwei weitere Venenzugänge an beiden Händen anlegen! Wieviel Blutkonserven sind gekreuzt?"
„Vier."
„Gut. Die will ich jetzt alle hier haben! Und zwei weitere Blutkonserven nachkreuzen! Was hat sie für eine Blutgruppe?"
„Null negativ."
„Auch das noch! Kohlheimer, Sie legen die Zugänge! Eckhardt, kannst du den Herzbeutel punktieren und sehen, ob du Blut bekommst?"
Ohne lange zu überlegen, hatte Templer die Leitung übernommen.
„Wir brauchen einen zusätzlichen Anästhesiepfleger oder eine Anästhesieschwester im OP. Und schnell muß es jetzt gehen. Ganz schnell! Blutdruck und Herzfrequenz?"
„80 zu 65, Frequenz 120", kam nach kurzer Zeit die Antwort.
„Das ist nicht gut."
Templer war nervös, obwohl man ihm das äußerlich nicht anmerken konnte.
„Die Venen sind ganz prall gefüllt, lassen sich gut punktieren", sagte Kohlheimer.

„Auch das ist nicht gut."
„Warum?"
„Weil das ebenfalls für meine Vermutung spricht", erklärte Templer.
„Aspiration von Blut positiv", sagte Wunrahm knapp, „verdammter Mist!"
„Und jetzt?"
„Und jetzt? Und jetzt? Ich habe noch nie in meinem Leben jemandem den Herzbeutel eröffnet, schließlich bin ich kein Herzchirurg!"
Die Stimme des Arztes klang gereizt. Er stand ganz offensichtlich vor einer Situation, mit der er keinerlei Erfahrung hatte.
„Blutdruck 70 zu 60, Frequenz 135."
„Eckardt, es nützt nichts, du mußt da ran, sonst ...", versuchte Templer Doktor Wunrahm zu motivieren.
„Das weiß ich auch!" gab der zurück und schnaufte deutlich hörbar hinter seinem Mundschutz, der sich vor seinen Lippen hin- und herbewegte. Er kniff die Augen zusammen und versuchte sich zu konzentrieren.
„Irgendwie muß es gehen, Eckhardt!"
„Ja. Schere! Pinzette!"
„Vielleicht hast du die linke Herzkammer verletzt", gab Templer zu bedenken.
„Ausgeschlossen! Das hätte ich garantiert bemerkt! Was meinst du, was da dann rausschießen würde! Kann mir mal jemand die Stirn abtupfen?"
Doktor Wunrahm hatte angefangen zu schwitzen. Trotz der ungeheuren Anspannung, unter der er jetzt stand, arbeitete er schnell und ohne erkennbare Hektik.
„Mal saugen!"
Einer der ihm assistierenden Ärzte saugte das Blut, das ins OP-Gebiet floß, ab.
„Nochmal!"
Wieder wurde das Blut abgesaugt.
„Blutdruck 100 zu 80, Frequenz 110."
„Na, wer sagt es denn!"
Oberarzt Templer war fürs erste zufrieden.
„Ich habe den Herzbeutel jetzt eröffnet. Das gibt Entlastung. Aber was nun? Das ist die große Frage. Kann mal jemand beim Chef zu Hause anrufen und fragen, ob der da ist?" bat der Chirurg, ohne seine Arbeit zu unterbrechen.
„Klemme!"
Doktor Wunrahm arbeitete unbeirrt weiter.
„Blutdruck 110 zu 80, Frequenz 90."

„Eckhardt, das Problem auf unserer Seite scheint geringer zu werden“, versuchte Doktor Templer den Operateur zu beruhigen.
„Das ist schön. Auf unserer leider nicht!“ gab der zu verstehen.
„Der Chef ist nicht zu Hause, vermutlich auf der Treibjagd.“
„Na toll!“
„Soll seine Frau versuchen, ihn dort zu erreichen?“
„Nein! Ich brauche eine Telefonverbindung zur Uni-Klinik, holt mir einen Oberarzt der Herzchirurgie an den Draht, und sagt ihm, daß es verdammt wichtig ist! Noch mal Klemme! Und saugen! Immer saugen und dann den Sauger ganz schnell wieder weg, damit ich was sehen kann!“
„Die Blutkonserven. Wo sollen die hin?“
„Zu mir! Eine hängen wir gleich an den Ständer, die anderen legt da vorn auf den Hocker! Verdammt, die ist ja noch ganz kalt!“
Templer ordnete an, das Blut erst einmal in ein warmes Wasserbad zu legen.
„Blutdruck weiter 110 zu 80, Frequenz 90.“
Die Lage war in diesem Moment stabil, was nicht viel bedeutete. In einer so kritischen Phase konnte sich das jederzeit ändern. Das war natürlich auch Templer bewußt.
„Hier noch einmal saugen und weg!“
Doktor Wunrahm bemühte sich, die Blutungen zum Stehen zu bringen, die durch die Rippenbrüche verursacht worden sein mußten.
„So, das hätten wir. Habt ihr jemanden von der Herzchirurgie erreicht?“
„Ja, am Telefon ist ein Doktor Schneider.“
Ein OP-Pfleger hielt dem Chirurgen den Telefonhörer ans Ohr, den dieser selbst aus Gründen der Sterilität nicht berühren durfte.
„Wunrahm hier. Ich bin unfallchirurgischer Oberarzt am Städtischen. Wir haben eine polytraumatisierte Patientin mit Zwerchfellruptur und Herzbeuteltamponade.“
Er wartete die Reaktion des herzchirurgischen Kollegen ab.
„Ja, den Erguß habe ich von subxiphoidal entlastet, das Perikard ist eröffnet, die Blutung steht. Meine Frage ist jetzt, wie ich weiter vorgehe. Muß ich drainieren?“
Wieder schwieg Wunrahm einen Moment.
„Ja, gut.“
Schweigen.
„Und wie lange lasse ich die Drainage liegen?“
Wunrahm nickte.
„Bis kein Blut und kein Sekret mehr kommt. Etwa zwei Tage? ... Ja. Danke Ihnen, Herr Kollege!“

Nach einer weiteren Stunde war die Operationswunde verschlossen. Templer hatte Martina wegen des mittlerweile nicht unerheblichen Blutverlustes eine Blutkonserve transfundiert und ließ sie weiterhin künstlich beatmen. Blutdruck und Herzfrequenz waren am Ende der Operation stabil.
„Legt sie auf die Wachstation, laßt noch 'ne Ringer laufen, stellt den PEEP auf plus 8 ein und kontrolliert regelmäßig die Gase. Achtet mir auch sorgfältig auf die Drainage. Ab 100 Milliliter will ich sofort bescheid haben. Wenn in zwei Stunden alles in Ordnung ist, könnt ihr sie nach oben verlegen!"
Templers Anweisungen galten dem Kollegen Kohlheimer, der sich von diesem Moment an allein um die junge Patientin zu kümmern hatte.
„Das war ganz schön eng!" sagte Doktor Wunrahm und schlug Templer auf die Schulter, während er seinen Mundschutz vom Gesicht zog, „ich verstehe gar nicht, warum es ihr bei derart schweren Verletzungen klinisch noch so gut gehen konnte. Jedenfalls danke ich dir für deine Unterstützung!"
„Keine Ursache! Entweder wir schaffen das zusammen, oder keiner schafft es! Aber über den Berg ist die Kleine noch lange nicht!"
„Ich weiß. Dennoch ist der erste Schritt getan. Noch nie habe ich so nah am schlagenden Herzen operiert. Man kann nur hoffen, daß es das erste und letzte Mal war. Eine solche Situation muß ich nicht oft haben, das geht an die Nerven", sagte Wunrahm, ließ sich im Aufenthaltsraum des OP auf einen Stuhl fallen und pfiff durch die Zähne.
„Dito. Da kann ich mich nur anschließen", bestätigte Templer.
Vielleicht wird der restliche Dienst ruhiger, dachte er, als der Aufzug ihn zurück auf die Intensivstation brachte. In seinem Arbeitszimmer setzte er sich auf einen Stuhl und zog ein Buch über die intensivmedizinische Behandlung nach herzchirurgischen Eingriffen aus dem Bücherregal, das über seinem Schreibtisch an der Wand hing. Unter den Stichwörtern „Herzbeutelverletzungen" und „Herzbeuteltamponade" las er nach, was für Martinas weitere Behandlung von Bedeutung war. Auch er hatte lediglich einige Monate seiner Anästhesieausbildung in einer Abteilung für Kardiochirurgie absolviert, so daß ihm eine derartige Problemstellung nur selten begegnet war.
Templer las und machte sich Notizen. Dann telefonierte er mit einem Kollegen in der benachbarten Uni-Klinik, um noch verbliebene Fragen zu klären.
„Wir bekommen Martina, wenn alles glatt läuft, in etwa zwei Stunden wieder auf die Station zurück", informierte er den Pfleger Willy Katarus.

„Und wie lief es im OP?“ wollte der wissen.
„Weniger gut. Der Herzbeutel war verletzt.“
Gegen halb eins schaute Templer in der Kantine vorbei, um sich am Speiseplan zu informieren, was zum Mittagessen angeboten wurde.
„Putenschnitzel mit Pommes frites, Rindsrouladen mit Spätzle, vegetarischer Eintopf“, las er.
Nach allen drei Gerichten stand ihm nicht der Sinn. So kaufte er sich lediglich zwei belegte Brötchen und einen Orangensaft und zog sich auf sein Klappbett zurück, um zu essen und anschließend ein wenig auszuruhen.
Tatsächlich wurde er fast zwei Stunden nicht gestört. Jetzt hätte er mit Charlotte durch die Altstadt von Amsterdam flanieren oder in einem netten Café in Brügge sitzen können. Vielleicht waren dort bei so frühlingshaften Temperaturen sogar schon draußen die Tische gedeckt. Statt dessen war er für 48 Stunden in diesem Betonbunker eingesperrt. Eigentlich solltest du nach Hause fahren und es dir dort ein wenig gemütlich machen, dachte er, als er nach einem tiefen, einstündigen Schlaf erwachte. Andererseits konnte er sich im Wochenend- oder Nachtdienst nur sehr schwer auf etwas anderes als Lesen und die Erledigung von Büroarbeit konzentrieren. Der Genuß einer Musik-CD oder eines Fernsehfilmes gelang ihm nicht. Also konnte er auch ebenso gut hier bleiben. Unentschlossen lag er auf der Matratze und schaute an die Zimmerdecke.
Die Entscheidung, ob er in der Klinik bleiben oder lieber doch in seine Wohnung fahren sollte, wurde ihm durch das Klingeln des Telefons abgenommen. Es war Doktor Kohlheimer, der von der Wachstation aus anrief.
„Wir haben wieder Schwierigkeiten mit der Patientin, die vorhin an der Zwerchfellruptur operiert wurde. Sie hat seit einer viertel Stunde Herzrhythmusstörungen, die auf meine Therapie nicht ansprechen.“
„Ich komme.“
Einen kurzen Moment der Besinnung auf der Bettkante gönnte Templer sich noch, bevor er sich erhob und seine Arme gegen die Decke streckte, in der Hoffnung, davon richtig wach zu werden. Aber erst ein paar Handvoll frischen Wassers führten dazu, daß er sich wirklich munter fühlte. Er blickte kurz in den Spiegel, um sein Aussehen zu prüfen, und strich sein Haar mit der Hand zurecht, bevor er sich auf den Weg zur Wachstation machte.
„Wo liegt das Problem?“ wollte Templer wissen, als er neben seinen Assistenzarzt trat, der gebannt auf den Überwachungsmonitor sah,

welcher die Herztätigkeit der Patientin anzeigte und in sehr unregelmäßigen Abständen durchdringende Signale von sich gab.
„Ventrikuläre Extrasystolen“, kommentierte Doktor Kohlheimer das, was sie auf dem Bildschirm sahen.
„Waren das bisher immer einzelne Kammerkomplexe oder auch schon ganze Salven?“ fragte Templer.
„Nein, Salven habe ich noch nicht gesehen, aber Extrasystolen in ziemlich kurzen Abständen, etwa 3:1 oder 4:1.“
„Was haben Sie gemacht?“
„Ich habe 100 Milligramm Xylocain gegeben.“
„Und?“
„Viel gebracht hat es nicht. Die Extrasystolen kommen jetzt vielleicht etwas seltener.“
„Lassen Sie uns doch versuchen, der Patientin das Xylocain kontinuierlich über einen Perfusor zu geben, 180 Milligramm pro Stunde. Wenn das nichts bringt, geben Sie Flecainid.“
„In Ordnung.“
„Und verlegen Sie sie ruhig auf die Intensivstation, ich glaube, das können wir riskieren. Wieviel Blut hat die Drainage gezogen?“
„Wenig. Vielleicht 15 oder 20 Milliliter. Wunrahm war auch schon dreimal hier, um nach der Patientin zu sehen. Er scheint sehr besorgt.“
„Wundert Sie das?“
„Nein. Ich wollte nur sagen, daß die Patientin sehr gut umsorgt wird. Ich habe es selten erlebt, daß die Chirurgen sich so große Sorgen um ihre Opfer ..., Entschuldigung ..., um ihre Patienten machen.“
„Mensch Kohlheimer, machen Sie sich nicht unglücklich damit, die Martina als Opfer zu bezeichnen! Wenn der Kollege Wunrahm nicht so beherzt gehandelt hätte, würde sie nicht mehr leben!“ argumentierte Templer.
Mit diesen Worten verließ er die Wachstation.
In seinem Arbeitszimmer sah er aus dem Fenster in den fast klaren Himmel, der von den letzten Strahlen der Abendsonne erhellt wurde. Ein rotes Glühen spiegelte sich in den wenigen Wolken, die sich am Horizont zeigten. Wie schön wäre es, wenn ich jetzt am Waldrand entlanggehen und die letzte Sonne des Tages einfangen könnte, dachte er, als er, in seine Gedanken versunken, hinausblickte.
In der Kindheit hatte er bei solchem Wetter oft das erste frische Gras für seine Kaninchen gerupft, meist aber erst später im März oder im April. In diesem Jahr waren die Vorboten des Frühlings wirklich sehr früh auszumachen. Bei einer solchen Wetterlage war sein Großvater immer unruhig geworden, und es hatte ihn hinaus auf die Felder ge-

zogen. Templer erinnerte sich noch genau an den Beginn des Frühlings, der das Ende der Stagnation, eine Zeit des Aufbruchs verkörperte. Kraft und Optimismus waren in seinem Großvater erwacht, wenn der Winter besiegt schien und dann endgültig auf dem Scheiterhaufen des Osterfeuers verbrannt wurde.
Sollte es bei ihm jetzt ebenso sein? War dieser Frühling, der in der Luft hing, ein Aufbruch zu neuen Zielen, mit einer großen Liebe im Rücken, in eine Zukunft, die Besseres für ihn bereithielt? Nach den harten Monaten des letzten Winters wollte er einfach mit Zuversicht in das vor ihm liegende Jahr blicken und die Dunkelheit der letzten Zeit hinter sich lassen. Zu dieser Dunkelheit gehörten auch das immer noch ungeklärte Verbrechen, das auf seiner Station begangen wurde, und die schlechte Stimmung, die im Team entstanden war.
Vielleicht gelang es Kommissar Herzig, die Vergewaltigung von Frau Wallendorf aufzuklären. Templer hoffte inständig, daß die Ermittlungen nicht ergebnislos eingestellt würden.
Er hörte von draußen Schritte näherkommen. Die Tür seines Arbeitszimmers flog auf, ohne daß angeklopft worden war.
„Ganz schnell, wir haben einen Notfall bei Frau Wallendorf!“ keuchte Schwester Tanja, die nur ihren Kopf durch den Türspalt steckte und nach ihrem Alarmruf sofort wieder verschwand.
Templer, abrupt aus seinen Frühlingsgedanken gerissen, drehte sich hastig um und folgte der Schwester mit schnellen Schritten ins Zimmer sechs, dem Raum, in dem Frau Wallendorf lag. Als er dort ankam, waren neben Tanja bereits der Pfleger Willy Katarus und Schwester Sigrid um die Patientin bemüht.
„Was ist los?“ fragte Templer und ging ans Kopfende.
„Wir können keinen Druck mehr messen, die automatische Messung ist rapide runtergegangen, innerhalb von einer Minute von 115 zu 70 auf 0.“
„Die Herzfrequenz ist auch ganz niedrig“, sagte Templer, auf den Monitor blickend. Es machte auf die anderen im Raum eher den Eindruck, als spreche er nur seine Überlegungen laut aus.
„Was ist vorher gewesen?“
„Nichts“, antwortete Willy.
„Habt ihr gerade eine Infusion angeschlossen oder ein Medikament gegeben?“
„Nein.“
„Ist sie gedreht oder anders bewegt worden?“
„Nein, es ist absolut nichts mit ihr passiert!“

„Die Beatmung war auch in Ordnung? Kein Diskonnection-Alarm?"
„Nichts!"
„Also gut. Reanimation! Willy, du übernimmst die Herzmassage, vorher das Bettbrett drunter! Die Beatmung läuft automatisch. 100 Prozent Sauerstoff! Sigrid, eine Ampulle Suprarenin eins zu zehn mit Kochsalz aufziehen! Und Beeilung!"
Tanja nahm das Brett aus dem Fußende des Bettes und schob es unter den Oberkörper der Patientin, der von Willy angehoben wurde. Sofort danach begann er mit der Herzmassage. Nach einer halben Minute brachte Sigrid das Medikament und gab es Templer.
„Ruf' Frau Doktor Mickler zu Hause an! Wenn sie da ist, sag' ihr, was passiert ist und daß sie sofort kommen soll! Und besorg' auf dem schnellsten Weg ein CTG und das Sonogerät!"
„Was denn zuerst?"
Sigrid war von der Menge der Anordnungen verwirrt.
„Zuerst die Doktorin, dann CTG und zuletzt Sono!"
„Okay!"
Templer setzte die Spritze mit dem Suprarenin auf das freie Ansatzstück eines Dreiwegehahns und drückte den Kolben langsam zu einem Viertel herunter, während er gebannt auf den Monitor blickte.
„Pause!" sagte er zu Willy und hielt ganz kurz angedeutet dessen Hände fest.
Die Herzfrequenz auf dem Monitor stieg langsam auf 50.
„Blutdruck?" fragte Templer.
„70 zu ..., die Diastole kriege ich nicht", antwortete Tanja nach einigen Sekunden.
„Wart' mal einen Moment mit der Druckmassage!" wies Templer den Pfleger an und gab noch ein paar Teilstriche von dem Medikament in das Schlauchsystem des zentralen Venenkatheters, während er den Blick nur kurz vom Überwachungsmonitor abwandte.
„Frau Doktor Mickler ist auf dem Weg hierher", sagte Sigrid, die kurz ins Zimmer schaute, sich aber sofort wieder zurückzog, um die übrigen, ihr aufgetragenen Dinge zu erledigen.
Die Herzfrequenz stieg auf 85.
„Blutdruck?" wollte Templer erneut wissen.
„100 zu 60."
„Gut."
Oberarzt Templer betupfte die Augen der Patientin mit einem Wattestäbchen, zog eine kleine Untersuchungslampe aus der Brusttasche und leuchtete ins linke Auge, wozu er ihr mit der freien Hand die Augenlider spreizte. Er wiederholte die Prozedur auf der rechten Seite

und zog seine Augenbrauen hoch. Mit zwei Fingern kniff er in die Nasenscheidewand der Patientin, um ihre Reaktion auf den Schmerzreiz zu prüfen. Dann ging er zur Beatmungsmaschine hinüber, kontrollierte sorgfältig alle Einstellungen und reduzierte die Sauerstoffgabe auf 60 Prozent.
„Hat sie in letzter Zeit was zur Relaxierung bekommen?“
Schwester Tanja schüttelte den Kopf.
„Hat sie schon lange nicht mehr gebraucht.“
„Was war das?“ fragte Willy den Oberarzt.
„Weiß nicht!“ knurrte der nur kurz und begann, Frau Wallendorf sorgfältig zu untersuchen, indem er zunächst seine Hand auf ihren Bauch legte. Dann klemmte er sich das Stethoskop in die Ohren und horchte die Patientin aufmerksam ab. Offensichtlich zufrieden, steckte er es in seine Tasche. Anschließend prüfte er mit einem kleinen silberfarbenen Hammer Frau Wallendorfs Reflexe an Armen und Beinen und seufzte.

Als Frau Dokor Mickler zwanzig Minuten später auf der Intensivstation eintraf und sich umzog, berichtete Templer, was vorgefallen war. Im Zimmer sechs warf sie einen flüchtigen Blick auf das bereits angeschlossene CTG und schien mit dem Ergebnis der Aufzeichnungen zufrieden. Dann entfernte sie die Schallköpfe, bat Schwester Tanja, den Raum abzudunkeln und schaltete das Ultraschallgerät ein, das gerade ins Zimmer gebracht wurde. Ausführlich betrachtete sie den Foetus, stellte das Herz dar, das in schnellem Rhythmus schlug, und sah sich die Bewegungen der Arme und Beine an.
„Alles normal“, sagte sie zu Templer, der ihr während der Untersuchung über die Schulter geschaut hatte.
„Dem Kind ist offenbar nichts passiert. Das kann man von Frau Wallendorf nicht sagen. Die Pupillen reagieren nicht mehr, kein Kornealreflex, keine Reaktion auf Schmerzreiz im Trigeminusgebiet.“
Templer ließ die Patientin sorgfältigst überwachen, überprüfte noch am selben Tag zahlreiche Laborwerte und ließ ein EKG anfertigen. Er selbst sah während der Stunden seines Dienstes, auch in der Nacht, zweistündlich nach ihr und untersuchte sie bei jeder seiner Visiten auffallend gründlich.
„Weißt du schon, was die Ursache für den Kreislaufzusammenbruch war?“ fragte Schwester Tanja, als sie Templer am Abend in der Kantine gegenübersaß und beide ihr Abendbrot verzehrten.
„Keine Ahnung. Alle Laborwerte, alle Untersuchungen waren vollkommen normal. Es ist mir ein absolutes Rätsel!“

„Du hast ein paarmal sehr pessimistisch gewirkt, als du sie untersucht hast. Meinst du, sie hat durch den Kreislaufkollaps einen weiteren Hirnschaden bekommen?"
„Leider muß ich das annehmen", sagte Templer, „Montag werden wir sie genauer unter die Lupe nehmen und hoffentlich mehr sagen können."
In der Nacht schlief Hans Templer schlecht, obwohl es in seiner Abteilung ruhig blieb und die Assistenzärzte seine Hilfe nicht anforderten. Immer wieder stand er auf und sah nach Martina und Frau Wallendorf, deren Kreislauf jedoch ohne jede weitere Gabe von Medikamenten stabil blieb. Kurz vor Mitternacht erschien Frau Doktor Mickler auf der Intensivstation und untersuchte die komatöse Frau noch einmal, obwohl die Ärztin an diesem Wochenende gar keinen Notdienst hatte. Sie konnte keine Wehentätigkeit feststellen und sah vollkommen unauffällige Sonographie-Bilder des Kindes.
Am Sonntagmorgen war Frau Mickler bereits im Zimmer von Frau Wallendorf, als Templer, gleich nach dem Klingeln seines Weckers und noch unrasiert, nach seiner Sorgenpatientin sehen wollte.
„Guten Morgen Frau Mickler! Sie schon hier?" wunderte er sich, und es war ihm unangenehm, daß die Kollegin ihn in einem derartig ungepflegten Zustand zu Gesicht bekam.
„In einem so kritischen Moment kann ich doch meine Patientin nicht im Stich lassen!" sagte sie nur, während sie das Ultraschallgerät einschaltete und Schwester Tanja bat, den Raum wieder abzudunkeln.
Die Worte „meine Patientin" durchliefen noch einige Sekunden Templers Gedanken. Die große Identifikation seiner Stationsärztin mit der komatösen Schwangeren befremdete ihn. Natürlich war sie als Fachärztin für Frauenheilkunde ein sehr wichtiges Glied in der Behandlungskette der Frau, die inzwischen in ganz Europa eine traurige Popularität erlangt hatte, aber daß Frau Mickler bereits von „meiner Patientin" sprach, fand der Oberarzt anmaßend. Er war noch zu schläfrig, um weiter darüber nachzudenken. Oder lag es daran, daß seine Aufmerksamkeit bald von den Bildern des Foeten absorbiert wurde, die auf dem Bildschirm erschienen?
„Aus gynäkologischer Sicht steht alles bestens!" verkündete die Ärztin freudig, als sie die Untersuchung beendet hatte.
„Na, dann hat ja wenigstens das Kind die Zeit der Kreislaufdepression gut überstanden!" brummte Templer, dem deutlich anzumerken war, daß er schlecht geschlafen hatte.
„Wie meinen Sie das?"
„Ganz einfach. Ich glaube, daß das Gehirn der Patientin einen deut-

lich größeren Schaden dadurch genommen hat," erklärte er, „haben Sie sie mal gründlich untersucht?"
Frau Doktor Mickler schüttelte den Kopf.
„Eine Frau besteht aus mehr als nur dem Teil, der zum Gebären notwendig ist!"
Templer wollte diesen Satz eigentlich noch wieder hinunterschlucken, aber, als er es versuchte, war er schon heraus. Seine Kollegin sah ihn mit einem Blick an, der ihren Ärger über seine Worte deutlich verriet. Sie verzichtete jedoch auf eine Antwort, zog ihren Reflexhammer aus der Tasche und begann, Frau Wallendorf gründlich neurologisch zu untersuchen.
Der Oberarzt wartete das Ende dieser Untersuchung nicht ab, sondern ging in sein Zimmer, um sich erst einmal in aller Ruhe zu rasieren und frischzumachen. Als er sich in der Stationsküche ein Brötchen schmierte und Kaffee in seinen Becher goß, wurde ihm von zwei Schwestern berichtet, daß Frau Mickler offensichtlich zu einem ähnlich negativen Resultat ihrer Untersuchung gekommen sei wie er selbst und die Station leise vor sich hin fluchend verlassen habe.
Nach dem Frühstück machte Templer eine kurze Visite, wobei er sich jedoch für die beiden Problempatientinnen sehr viel Zeit nahm. Bei Frau Wallendorf ordnete er für den Folgetag eine Hirnstrommessung und eine neurologische Konsiliaruntersuchung an. Er wollte sich unbedingt Klarheit darüber verschaffen, wie weit der von ihm vermutete Hirnschaden ging. Auch Martina, die immer noch beatmet und in einer Art künstlichem Koma gehalten wurde, widmete Templer besondere Aufmerksamkeit.
Der Sonntag stand dem Sonnabend in bezug auf das Wetter in keiner Weise nach. Die Sonne strahlte vom Himmel und erhellte ab Mittag Templers Arbeitszimmer. Bereits am frühen Nachmittag hatte er seinen Schreibtisch so weit freigearbeitet, daß er mit sich und dem aktuellen Stand der Ordnung in seinem Raum zufrieden war. Mit einem dicken Wälzer über die Geschichte des Zweiten Weltkrieges zog er sich in den äußersten Winkel des Klinikparkes zurück, wohin sich selbst die zahlreichen Sonntagsbesucher selten verirrten, und legte sich auf eine Bank. Damit er seinen Kopf zum Lesen weich betten konnte, hatte er sich ein kleines Kissen und eine Wolldecke zum Zudecken mitgenommen.
Nur dem Pförtner hatte er gesagt, wohin er gehen würde, und seinen Pieper mitgenommen, damit er im Notfall erreichbar war. Er legte sich so auf die Bank, daß er viel von der Sonne abbekam. Seitdem Templer mit Frau Doktor Mickler und Kommissar Herzig regelmäßig

Pressemitteilungen herausgab, wurde das Krankenhaus nur noch selten von Journalisten belagert. Vor einigen Wochen hätte Templer sich nicht, von der Kälte des Winters einmal abgesehen, in den Klinikpark legen können, ohne von Presseleuten umringt zu werden.
Er schloß die Augen und genoß die Wärme der Sonne auf seinem Gesicht. Es schien ihm eine Ewigkeit her, daß seine Haut so angenehm von Sonnenstrahlen geschmeichelt worden war. Es muß im September gewesen sein, als ich mit dem Wohnmobil in Italien unterwegs war, dachte er. Über ein halbes Jahr hatte er nicht mehr in der Sonne gelegen. Hoffentlich würde der Pieper die Ruhe des Sonntagnachmittags nicht stören!
Die ersten Vögel zwitscherten, zwei Tauben, die nebeneinander auf einem Ast saßen, gurrten um die Wette. Als Templer die Augen wieder öffnete, überflog ein Flugzeug die Stadt und hinterließ einen langen Kondensstreifen am Himmel. Ein leichter Wind war zu spüren. Er öffnete sein Buch und begann zu lesen.
Er mußte eingeschlafen sein, und als er erwachte, fror er. Es war zwar noch hell, aber die Sonne war nicht mehr zu sehen. Nur noch die Reflexion ihrer Strahlen zeigte sich in den Scheiben der oberen Stockwerke. Hatte er geträumt? Er erinnerte sich nicht. Etwas benommen schloß er sein Buch, das noch geöffnet auf seinem Brustkorb lag.
Als er auf dem Weg zur Intensivstation an der Pförtnerloge vorbeikam, sprach ihn Hansen an, der an diesem Sonntag Dienst hatte.
„Na, Herr Oberarzt, wollen Sie mir nicht einen ausgeben?"
„Warum sollte ich?"
„Weil ich heute nachmittag so lieb war und Sie in Ruhe gelassen habe! Es muß doch herrlich gewesen sein draußen im Park!"
„War es auch", sagte Templer und gähnte herzhaft, „da werden richtig Frühlingsgefühle in einem wach."
„Und dann Notdienst und die Freundin weit weg", scherzte der Pförtner.
„Sie müssen das natürlich wieder mißverstehen, Hansen! Ich meinte die Jahreszeit! Außerdem habe ich gar keine Freundin, weil ich im ärztlichen Zölibat lebe."
„Und die Dame, die heute nachmittag schon zweimal angerufen hat, ist Ihre Betschwester?"
„Warum haben Sie mir nicht Bescheid gegeben?" fragte Templer empört.
„Weil die Schwester namens Doktor Gründler darauf bestand, Sie nicht in Ihrer heiligen Meditation zu stören, Bruder Templer. Die Da-

me sagte, sie würde nach Ihrem Gang durch den Klostergarten am Abend wieder anrufen", berichtete Hansen mit einer kräftigen Portion Ironie in seiner Stimme und lächelte verschmitzt.
„Ihnen kann man nicht einmal einen kleinen Teddybären aufbinden, ohne daß Sie es merken!" sagte Templer und wollte noch wissen: „Sonst etwas Besonderes in meinem Beritt?"
„Soweit ich weiß, nicht. Es ist ruhig."
Bis zum späten Abend wurde kein einziger Motorradfahrer eingeliefert, was Templer zwar nicht enttäuschte, ihm jedoch am nächsten Morgen einige bissige Bemerkungen von Helmut Walter einbrachte, weil Templer mit seiner Prognose für das Wochenende so sehr daneben gelegen hatte.
„Selbst Genies können sich irren", konterte Templer, „und was hast du am Wochenende gemacht?"
„Du wirst es nicht glauben, aber ich war mit meiner Familie auf dem Motorrad unterwegs, meine Frau hinten drauf und unsere Tochter im Beiwagen."
„Oh je! Daß du hier landest, hätte uns noch gefehlt!"
„Warum?"
„Na, du würdest hier doch noch im Koma Befehle erteilen!"
Sehr früh am Montagmorgen telefonierte Oberarzt Templer mit einer Kollegin von der Neurologie, um sich möglichst bald Klarheit über die Auswirkungen des Kreislaufkollapses zu verschaffen, den Frau Wallendorf am Sonnabend erlitten hatte. Bereits gegen halb neun kam eine MTA aus der neurologischen Abteilung auf die Intensivstation, um ein Elektroenzephalogramm abzuleiten. Als sie anschließend die Station mit der EEG-Apparatur wieder verlassen wollte, nahm Templer ihr die Aufzeichnung der Hirnstromkurven aus der Hand und blätterte sie kurz durch.
„Die kann ich nicht hierlassen, weil sie noch befundet werden müssen!" protestierte die junge Frau.
„Ich weiß", sagte Templer, gab ihr den Papierstapel zurück und fügte hinzu: „Ihre Ärzte können sich ruhig Zeit damit lassen! Was ich wissen muß, habe ich schon gesehen."
„Na?" sagte Helmut Walter nur und sah seinen Oberarzt fragend an. Der hielt nur seinen linken Daumen nach unten und schlug wütend, oder war es mehr Enttäuschung, mit der rechten Faust gegen die Wand.
„Mist, Mist! So ein verdammter Mist! Mußte das nun auch noch passieren?"
„Ihr habt wirklich alles getan, was zu tun war, um es zu verhindern",

versuchte der Pfleger Templer zu trösten und legte ihm seine Hand auf die Schulter.
„Ja, das haben wir, aber es war eben nicht genug!“ sagte der Oberarzt resigniert.
Er ging zur Tür seines Arbeitszimmers. Als er sie bereits geöffnet hatte, drehte er sich noch einmal zu Helmut um und bat darum, für eine Stunde nicht gestört zu werden.
Templer legte sich auf sein Klappbett, das er noch nicht beiseite geräumt hatte, und starrte auf sein Bücherregal. Nach dem EEG mußte Frau Wallendorf als hirntod gelten. Wie sollte er sich angesichts dieser neuen Entwicklung verhalten? Mit Frau Doktor Mickler hatte er besprochen, daß in einem solchen Fall alle Apparate abgeschaltet werden sollten. War das angesichts der Tatsache, daß das Kind, welches in Frau Wallendorfs Leib heranwuchs, bereits 18 Wochen alt war und bald lebensfähig sein würde, überhaupt zu vertreten? Auf dem Ultraschallbild hatte er die kleinen Arme und Beine sich bewegen sehen, die Töne des kindlichen Herzens per CTG schon gehört. Konnte er jetzt dafür eintreten, diesem Kind die Chance auf ein Leben einfach mit einem Knopfdruck zu nehmen?
Oder mußte er es nicht aus der Warte der eigentlich toten Frau betrachten, die nur noch künstlich am Leben erhalten wurde, um ihre Gebärmutter für das Überleben des Foeten zur Verfügung zu stellen? Durften sie so respektlos mit dem Körper dieser Frau umgehen? Wie würde Frau Wallendorf selbst entscheiden, wenn sie dazu noch in der Lage wäre? Templer wußte keine Antwort auf diese Fragen. Es quälte ihn, daß es keine eindeutig richtige Lösung für dieses schwierige Problem gab. Es war nicht nach dem Schwarz-Weiß-Muster zu betrachten. Alles war richtig, und alles war gleichzeitig falsch. Die Summe aller Erfahrungen seines bisherigen Lebens reichte nicht aus, um zu einer Antwort zu kommen.
Er hätte sich jetzt gern mit Charlotte ausgetauscht, mit ihr das Für und Wider erwogen. Mit wem könnte er an ihrer Stelle darüber reden? Mit Ruth? Die war derart eindeutig festgelegt und so emotional in ihrer Argumentation, daß er sich von einem solchen Gespräch nicht viel versprach. Oder sollte er das Problem zum Gegenstand einer Teambesprechung mit seinen Stationsmitarbeiterinnen und -mitarbeitern machen? Wäre das Ergebnis dann bindend für ihn? Konnte er sich auf diese Weise aus seiner ärztlichen Verantwortung stehlen? Brosenius' Votum brauchte er gar nicht erst einzuholen, er kannte es bereits. Durfte er eine Entscheidung treffen und in die Tat umsetzen, ohne das Problem mit seinem Chef zu besprechen? Oder muß-

te alles lediglich mit dem bestellten Pfleger der Patientin abgewogen werden?
Die Meinung der Kollegin Mickler glaubte er auch bereits zu kennen. Sie und Brosenius waren derart von wissenschaftlichem Ergeiz beseelt, daß sie um jeden Preis für eine künstliche Lebensverlängerung plädieren würden. Und nichts, aber auch gar nichts würde sie veranlassen, eine andere Sichtweise auch nur zu durchdenken.
Für die Presse würde die neue Entwicklung wieder ein willkommener Anlaß sein, mit einem reißerischen Aufmacher über diese Wendung in der Sensationsgeschichte Wallendorf herauszukommen, um noch ein paar tausend Exemplare ihrer Zeitung mehr zu verkaufen. Am besten die Sache in großen Lettern auf die Titelseite bringen! Ein Bild dazu würde sich auch ganz gut machen! Vielleicht mit dem EEG daneben.
Templer entschloß sich, die Sache trotz aller Bedenken zunächst seinem Chef vorzutragen. Noch im Liegen griff er zum Telefon und wählte die Nummer von Brosenius' Sekretärin.
„Templer. Morgen Frau Förster, ist der Chef da?"
Professor Brosenius befand sich in einem der OP-Säle, um die Narkose bei einem Privatpatienten einzuleiten. Seine Vorzimmerdame versprach Templer aber, sofort zurückzurufen, wenn er aus dem OP kommen würde.
Wieder lag er auf seinem Bett und versuchte, die entstandene Lage zu analysieren. So sehr er sich auch bemühte, eine klare Haltung zu dem Problem zu finden, er kam in seinen Überlegungen keinen Schritt weiter.
Das Telefon klingelte. Es war nicht, wie Templer erwartet hatte, sein Chef Brosenius, sondern Frau Doktor Kappelmann, eine Oberärztin der Neurologie, die für die Konsilien im Hause zuständig war. Sie hatte vor der Untersuchung von Frau Wallendorf noch einige Fragen bezüglich des klinischen Verlaufes, die sie mit Templer klären wollte. Er verabredete sich mit ihr zehn Minuten später in seinem Zimmer, das er nicht für längere Zeit verlassen wollte, weil er Brosenius' Anruf erwartete. Nachdem er aufgestanden war, zog er das Laken glatt, verstaute das Bettzeug und klappte das Bett in den Schrank. Was sollte die Kollegin denken, wenn der leitende Oberarzt der Anästhesieabteilung an einem Montagmorgen kurz vor neun Uhr noch im Bett lag! Templer ging in die Küche, um sich einen Kaffee zu holen.
Als er den Raum menschenleer vorfand, nahm er sich noch die Zeit, ein Brötchen mit Käse zu belegen und einen Yoghurt aus dem Kühlschrank

zu nehmen. Das reichte für ein kleines Frühstück. Es gelang ihm, es zu beenden, bevor Frau Doktor Kappelmann an seine Tür klopfte.
„Guten Morgen, Kollege Templer!"
„Guten Morgen, Frau Kappelmann! Wir haben ein riesengroßes Problem", begann er.
„Das habe ich mir schon gedacht, nachdem ich kurz einen Blick aufs EEG der Patientin Wallendorf geworfen und es mit dem Vorbefund vom Herbst letzten Jahres verglichen habe."
„Ich verstehe zwar nicht viel von dem Gekritzel, aber es reicht, um zu sehen, daß kaum noch Hirnaktivität vorhanden ist, die abzuleiten wäre."
„Wobei das noch positiv ausgedrückt ist", ergänzte die Neurologin, „aber berichten Sie mal, was passiert ist!"
„Gestern wurde ich vom Pflegepersonal wegen eines plötzlichen Blutdruckabfalles zur Patientin gerufen," erzählte Templer und bat Frau Kappelmann, sich zu setzen.
„Einfach so?"
„Wir haben zumindest keine Ursache gefunden. EKG und alle Blutwerte waren normal. Innerhalb einer Minute sanken der Blutdruck der Patientin auf null und der Puls auf eine Frequenz um dreißig Schläge in der Minute. Wir haben sofort angefangen zu reanimieren, 100 Prozent Sauerstoff und Adrenalin gegeben, und dennoch ist es zu der zusätzlichen Hirnschädigung gekommen. Der Foetus hat die Sache im Gegensatz dazu ganz gut überstanden. Auch das ist ein Umstand, den ich mir nicht erklären kann."
„Sie müssen bedenken, daß das Kind wahrscheinlich gesund ist und es auch vor dem Zwischenfall war, während das Gehirn der Patientin eine deutliche Vorschädigung aufwies. Das könnte die Erklärung dafür sein", meinte die Ärztin.
„Die Kreislaufunterbrechung dürfte sowohl für das Gehirn der Patientin als auch für die Leibesfrucht höchstens zwischen zwei und vier Minuten bestanden haben."
„Das kann für ein Gehirn, das bereits vorher so viele Defekte davongetragen hat, ausreichen, um sämtliche Funktionen einzustellen. Das ist offensichtlich hier erfolgt."
„Ja, so wird es gewesen sein."
In Templers Stimme schwangen tiefe Resignation und die Last der Entscheidung mit, die nun zu treffen war. Zusammengesunken saß er auf seinem Stuhl und blickte an seiner Kollegin vorbei ins Leere. Es entstand eine längere Gesprächspause.
„Machen Sie sich Vorwürfe, weil Ihre Wiederbelebungsversuche die-

se Entwicklung nicht verhindern konnten?“ fragte Frau Doktor Kappelmann, der Templers düstere Stimmung nicht verborgen blieb.
„Nein, wir haben getan, was wir tun konnten. Ich denke, daß diese Entwicklung für die Patientin selbst auch gar nicht so negativ ist. Immerhin fällt damit nach über acht Monaten Koma endlich eine Entscheidung. In die Zwickmühle geraten wir dadurch, daß an dem Leben der Frau inzwischen ein zweites hängt. Dabei frage ich mich, ob wir den Körper dieser an sich toten Frau dazu benutzen dürfen, diesem Kind das Leben zu ermöglichen.“
„Aber Herr Kollege, es ist doch vollkommen klar, daß Sie alles versuchen müssen, um diesen Foetus überleben zu lassen!“
„So klar ist das für mich leider nicht. Sie müssen einmal betrachten, daß die Frau das Kind nicht freiwillig austrägt, sondern die Schwangerschaft das Ergebnis eines Verbrechens ist. Außerdem hat dieses Kind, wenn wir es denn schaffen sollten, daß es gesund geboren wird, keine Verwandten.“
„Es gibt keine Angehörigen?“
„Eine fast 80jährige Großtante, die an einem Morbus Alsheimer leidet und in einem Altersheim lebt. Sie scheidet für die Versorgung des Kindes oder Schaffung eines familiären Bezuges aus! Das heißt, das Kind würde nach der Geburt zur Adoption freigegeben.“
„Muß das zwangsläufig eine schlechte Perspektive sein?“
„Nein, das muß es nicht. Aber den anderen Aspekt können Sie doch nicht wegdiskutieren! Könnten Sie sich vorstellen, ein Kind auszutragen, das auf diese Weise entstanden ist?“
Sie überlegte einen Moment, wobei sie ihre Lippen spitzte und die Augen nach oben wandte, um dem Blick ihres Kollegen nicht zu begegnen. Sie dachte offensichtlich darüber nach, ob sie Templer das, was ihr gerade durch den Kopf ging, anvertrauen sollte.
„Das ist eine schwere Frage und eine sehr theoretische dazu. Sie wissen das vielleicht nicht, aber ich konnte keine Kinder bekommen, und mein Mann und ich haben uns so sehr eines gewünscht. Aber ob ich ein Kind austragen würde, daß ..., vermutlich nicht.“
„Sehen Sie! Genau in diesem Dilemma stecken wir. Wir müssen etwas für jemanden entscheiden, dessen Einstellung dazu wir nicht einmal kennen. Was tun wir also? Wir erklären unsere subjektive Sichtweise zum Maßstab für unsere Entscheidung.“
„Wie wollen Sie das denn sonst lösen?“
„Es geht nicht darum, daß ich das anders lösen möchte. Es kommen nur alle, die mit Frau Wallendorf zu tun haben, aufgrund ihrer eigenen persönlichen Interessenlagen zu vollkommen verschiedenen Re-

sultaten in dieser Frage. Dabei habe ich nicht den Eindruck, daß es sehr vielen dabei wirklich um die Patientin und das ungeborene Kind geht“, beklagte sich Templer.
„Sondern?“
„Sondern um die Befriedigung wissenschaftlichen Ehrgeizes, um die Durchsetzung emanzipatorischer Ideologien oder um die Mehrung der eigenen Reputation oder der des Hauses!“
„Wie wollen Sie das ausschließen?“
„Leider kann ich das nicht.“
„Es müßte doch einen Vormund geben, der das letzten Endes entscheidet.“
„Den gibt es. Der nennt sich heutzutage ‚Betreuer‘. Dieser Mann hängt, was auch immer sein Motiv sein mag, an den Lippen meines Chefs und scheint keine eigene Meinung zu haben. Außerdem mischt unser Verwaltungsleiter noch kräftig mit.“
„Janssen?“
„Ja. Und diese drei Herren, zwei mit klar persönlich gefärbten Motiven und einer, der sein Fähnchen nach dem Wind dreht, treffen die Entscheidung für eine Frau. Das ist doch absurd!“
„Allerdings“, stimmte sie Templer zu, „andererseits wurde die Entscheidung vor einigen Wochen bereits getroffen. Warum stellen Sie sich diese Frage jetzt erneut?“
„Weil durch den Hirntod der Patientin eine andere Situation entstanden ist! Damals waren wir auch unter juristischen Gesichtspunkten nicht berechtigt, die Apparaturen, die die Patientin bei ihrem Überleben unterstützten, abzuschalten.“
Wieder überlegte die Ärztin einen Moment lang, bevor sie etwas entgegnete.
„Ich würde sagen, daß sie damals eine Entscheidung für das Leben der Patientin und den Foetus getroffen haben. Die Konsequenz aus der damals getroffenen Entscheidung ergibt sich eigentlich von selbst.“
„Und zwar welche?“
„Daß Sie sich jetzt für das Leben des Kindes zu entscheiden haben. Sonst würden Sie alle bisherigen Weichenstellungen, zu denen auch Sie selbst ja gestanden haben, in Zweifel ziehen.“
Diese Argumentation war interessant, und sie beeindruckte Templer. Die Kollegin hatte recht. Er dachte noch darüber nach und nickte bedächtig mit dem Kopf.
„Ja, so könnte man es mit gutem Gewissen sehen“, sagte er schließlich. Noch einen Augenblick erwog er ihre Worte, dann entspannten sich seine Gesichtszüge.

„Ich glaube, unser Gespräch hat mir sehr geholfen. Vielen Dank."
„Es freut mich, daß ich Ihnen helfen konnte. Die Entscheidung ist ja wirklich nicht einfach. Und Sie sind im Hause als jemand bekannt, der sehr sensibel mit den Belangen der Patienten umgeht. Für solche Menschen sind derartige Entscheidungen sicher doppelt schwer. Ich kenne das."
Frau Doktor Kappelmann erhob sich, klopfte Templer ein paar Mal aufmunternd auf die Schulter und ging hinaus. Ihre letzten Worte wirkten noch in ihm nach.
„Jemand, der sensibel mit den Belangen der Patienten umgeht", sagte er leise vor sich hin. Vielleicht bin ich auch zu empfindlich für die Aufgabe, die ich übernommen habe, kam es ihm in den Sinn.
Vom Klingeln des Telefons wurde er aus seinen Gedanken gerissen. Frau Förster wollte ihn darüber informieren, daß der Chef jetzt aus dem OP zurück sei und Templer empfangen könne. Befriedigt darüber, daß er durch das Gespräch mit der Kollegin aus der neurologischen Abteilung im Fall Wallendorf jetzt einen festeren Standpunkt einnehmen und vertreten konnte, machte Templer sich auf den Weg.
Professor Brosenius war schlechter Laune, das spürte er sofort, als er das Gesicht der Chefsekretärin sah. Frau Förster war immer ein Spiegelbild der Stimmung ihres Chefs. Selten hatte der Oberarzt einen Menschen erlebt, der sich so vollkommen mit dem identifizierte, was ein anderer dachte, fühlte und tat. Die Frau schien gar kein Eigenleben zu haben. Sie war ledig und verbrachte viel mehr Zeit in ihrem kleinen Vorzimmer, als ihr Arbeitsvertrag vorsah. Sie diente Brosenius mit unterwürfiger Leidenschaft. Dabei schien es ihr vollkommen gleichgültig zu sein, wie er sie behandelte. Einmal war sie sein Schatz und die beste Sekretärin der Welt, ein andermal wieder sollte sie sich hinscheren, wo der Pfeffer wachse, und sei ihrer Aufgabe offensichtlich überhaupt nicht gewachsen. Sie ertrug alle seine Launen mit großem Gleichmut, aber man sah ihr die Stimmung ihres Herrn sofort an.
Der Chef saß in seinem ledernen Sessel am Schreibtisch und sah die Post durch, ohne Templer, der in den Raum getreten war, nachdem er Brosenius' „Herein" vernommen hatte, zu beachten.
„Guten Morgen, Herr Brosenius!"
„Morgen!" brummte der Angesprochene nur und setzte seine Tätigkeit fort. Seine Brille hatte er auf die Nasenspitze gezogen, mit einem Kugelschreiber zeichnete er die Blätter ab, die er anschließend zur Seite legte. Nichtbeachtung war ein Templer nur zu gut bekanntes Mittel des Chefs, seinen Mitarbeitern zu zeigen, in welchem Rang sie

gerade bei ihm standen. Dazu brauchte Brosenius keine Worte, er war, wie kaum ein anderer, ein Meister der unmißverständlichen Geste. Nachdem er zum leitenden Oberarzt aufgestiegen war, hatte Templer sich entschlossen, die stummen Herabsetzungen durch seinen Chef nicht länger zu ertragen.
„Wenn Sie im Moment keine Zeit für mich haben, werde ich später wiederkommen", sagte er und strebte der Tür zu.
„Bleiben Sie doch, ich habe sofort Zeit für Sie, Kollege Templer."
Die Reaktion zeigte dem Oberarzt, daß er mit seiner Absicht, Brosenius gegenüber entschiedener aufzutreten, genau richtig lag.
Nach einer Minute stand der Professor von seinem Stuhl auf, begrüßte seinen Stellvertreter per Handschlag und forderte ihn auf, sich zu setzen.
„Aus der Tatsache, daß Sie mich bereits früh am Montagmorgen zu sprechen wünschen, schließe ich auf wichtige Dinge", sagte er und musterte seinen Gesprächspartner über den oberen Rand seiner Brille hinweg.
„Sie schließen richtig. Leider muß ich berichten, daß Frau Wallendorf am Sonnabend einen Kreislaufkollaps erlitten hat, den wir zwar beherrschen konnten, der aber nicht ohne Folgen geblieben ist. Das EEG von heute morgen zeigte keinerlei Hirnaktivitäten mehr."
Brosenius zog die Augenbrauen hoch, was einer deutlichen chefärztlichen Mißbilligung entsprach.
„Und das Kind?"
„Hat nach den Untersuchungen von Frau Mickler keinen Schaden genommen."
„Gott sei Dank!"
Brosenius war die Erleichterung anzumerken. Oder spielte er sie nur und hatte in Wirklichkeit bereits von dem Vorfall erfahren?
„Wie konnte das passieren?" wollte er wissen.
„Ich weiß es nicht. Wir haben keine Erklärung dafür gefunden", sagte Templer und berichtete über die Vorgänge vom Sonnabend.
„Sollten wir aus der veränderten Lage Konsequenzen ziehen?" fragte er seinen Chef.
„Welcher Art?"
„Bei einem Hirntoten haben wir bisher jede Maßnahme, die zu einer künstlichen Lebensverlängerung geführt hätte, beendet."
„Sie können doch jetzt nicht ernsthaft in Erwägung ziehen, das Kind zu töten!"
„Das ist die Frage, die ich aufwerfen will, ja", entgegnete Templer fest.

„Das kann nicht Ihr Ernst sein, Kollege Templer!"
Brosenius war empört oder tat wenigstens so.
„Ich habe nicht gesagt, daß dieses Vorgehen meiner Meinung entspricht, ich wollte die Frage aber wenigstens mit Ihnen erörtern."
„Das beruhigt mich. Ich möchte auf keinen Fall, daß wir den Behandlungsplan der Patientin ändern. Über jedes einschneidende Ereignis und jede wichtige Therapiemaßnahme möchte ich unterrichtet werden!" ordnete Brosenius an.
„Ich weiß nicht, warum Sie das so betonen. Ich bin aus keinem anderen Grund hier, als genau das zu tun: mich mit Ihnen abstimmen!"
Templers Stimme verriet Ärger über die scharf vorgetragene Anweisung seines Chefs. Der Mann verstand wenig von Intensivmedizin, er war mehr ein Narkosefachmann. Warum versuchte er, nach Jahren nur halbherzig absolvierter Chefvisiten auf der Intensivstation, sich jetzt plötzlich in Templers Therapie einzumischen? Es war zu verstehen, daß es Brosenius als Leiter der Abteilung und ärztlicher Direktor der Klinik am Herzen lag, diese Vorzeigepatientin bis zur Entbindung eines möglichst gesunden Kindes am Leben zu erhalten. Bei dem inzwischen bestehenden öffentlichen Interesse war es vielleicht in dieser Position auch seine Pflicht, so zu denken. In diesem Sinne wäre der Erfolg allerdings am besten dadurch zu gewährleisten, daß Brosenius seinem intensivmedizinisch sehr versierten Stellvertreter einfach freie Hand ließe.
Templer wollte sich auf keine weitere Diskussion mit seinem Chef einlassen, das erschien ihm als sinnlose Kraftverschwendung. Deshalb erhob er sich und hatte die Absicht zu gehen.
„Herr Templer, einen Moment noch. Ich möchte in der übernächsten Woche Urlaub nehmen und werde nicht in der Klinik sein. Da Sie mich vertreten müßten, wollte ich Sie von meiner Absicht in Kenntnis setzen. Einzelheiten können wir dann noch kurzfristig besprechen."
„In Ordnung."
Die beiden Männer verabschiedeten sich recht kühl voneinander. Als der Oberarzt an der Tür zu Kommissar Herzigs Zimmer vorbei ging, kam ihm der Gedanke, dem Polizisten einen kurzen Besuch abzustatten, wie es inzwischen fast zu einer Gewohnheit geworden war.
„Na, lieber Doktor, wollen Sie sich von mir verabschieden?"
„Wieso verabschieden?"
Templer war überrascht von Herzigs Annahme.
„Weil meine Tage bei Ihnen gezählt sind. Mein Chef ist der Meinung, daß ich hier lange genug Zeit verschwendet hätte und wichtigere Aufgaben warteten."

„Das heißt, der Fall Wallendorf bleibt ungeklärt?“ fragte der Arzt enttäuscht.
„Das muß es nicht unbedingt bedeuten. Wir werden die Akten der Angelegenheit noch nicht ganz schließen, sondern lediglich keinen Ermittlungsschwerpunkt mehr darauf legen.“
„Lediglich keinen Ermittlungsschwerpunkt mehr darauf zu legen, bedeutet doch, daß die Kriminalpolizei es aufgibt, aktiv nach dem Kerl zu suchen, der die Patientin mißbraucht hat. Er würde nur dann seiner Strafe zugeführt, wenn er zu Ihnen aufs Präsidium käme, um sich selbst zu bezichtigen, stimmt‘s?“
„Wenn Sie es so sagen, klingt das sehr zynisch“, warf Herzig dem Arzt vor.
„Habe ich denn unrecht mit meiner Annahme?“
„Ja und nein. Offiziell wird mir ein anderer Fall zugeteilt, aber ich habe darauf bestanden, daß ich für den Fall Wallendorf weiterhin zuständig bleibe. Wieviel Zeit ich dann für welche Sache verwende, ist letztendlich meine Entscheidung.“
„Das ist für mich nur ein schwacher Trost. Wenn es Ihnen schon nicht gelungen ist, den Täter in Ganztagsarbeit zu ermitteln, wie soll es dann gelingen, wenn Sie sich nur noch unter anderem damit beschäftigen?“ fragte Templer, dem es überhaupt nicht gefiel, daß die Kriminalpolizei ihre Ermittlungstätigkeit de facto einstellte.
„Ich kann verstehen, daß Sie so denken. Ich würde es vermutlich auch tun, wenn ich an Ihrer Stelle wäre. Dennoch beurteile ich die Erfolgsaussichten nicht ganz so pessimistisch wie Sie!“
„Darf ich fragen, was Sie dazu veranlaßt?“
„Dürfen Sie! Antwort: mein Ehrgeiz, diesen Fall zu lösen“, sagte Herzig lapidar.
Wenn Templer ehrlich sein sollte, war es das einzige der von Herzig vorgebrachten Argumente, welches ihn überzeugte.
„Ich bin gespannt, wie mein Chef darauf reagiert, wenn ich ihm erzähle, daß Sie hier demnächst Ihre Zelte abbrechen.“
„Das brauchen Sie ihm nicht mehr zu erzählen, weil mein Chef den Ihren bereits in der vergangenen Woche darüber informiert hat!“
„Das ist ja interessant. Und ich erfahre das erst heute von Ihnen!“ bemerkte Templer, der an diesem Morgen von Stunde zu Stunde ärgerlicher wurde, weil es nichts gab, das ihm positiv erschien und ihn zu erheitern vermochte.
„Beruhigen Sie sich Templer!“ versuchte Herzig ihn zu trösten, „ich habe es auch erst heute morgen bei Dienstantritt erfahren. Insofern

scheinen sich unsere beiden Chefs nicht sehr voneinander zu unterscheiden. Ich nehme so etwas inzwischen nur nicht mehr so schwer, das macht die Sache erträglicher. Ändern werde ich meinen und Sie Ihren Vorgesetzten wohl nicht mehr."
„Ich habe übrigens auch eine Hiobsbotschaft für Sie", verkündete Templer, „eine medizinische."
„Welche?"
„Frau Wallendorf ist eigentlich am Sonnabend gestorben."
„Was heißt für Sie eigentlich?" wollte Herzig wissen.
„Eigentlich bedeutet, daß sie de jure nicht mehr als lebend anzusehen ist, weil nach einem Kreislaufkollaps keine Hirnaktivität mehr vorhanden ist. Wir erhalten ihre Körperfunktionen aber künstlich aufrecht, damit dem ungeborenen Kind eine Chance gegeben wird heranzureifen, bis es eine reelle Überlebenschance hat."
„Templer, ich glaube, wir werden beide im Moment nicht gerade vom Glück verfolgt!"
„Beruflich gesehen würde ich Ihnen recht geben, privat sieht es zur Zeit bei mir mit dem Glück besser aus. Sonst würde ich mich bestimmt mit Auswanderungsplänen beschäftigen."
„Wohin würden Sie denn gehen?"
„Oh, das ist eine schwere Frage. Es stehen für mich drei Länder zur Auswahl: Italien, Schweden und Kanada."
„Und wohin tendieren Sie im Moment?" griff der Kommissar Templers Auswanderungspläne auf.
„Im Moment würde ich wohl Schweden bevorzugen. In Ruhe lesen, fischen, schwimmen, philosophieren, und ... keinen Menschen sehen, den ich nicht sehen möchte."
„Nicht schlecht! Mit dem Gedanken könnte ich mich auch anfreunden."
„Vielleicht sollten wir zusammen dorthin gehen!" schlug der Oberarzt vor.
„Das geht nicht! Meine Eigentumswohnung ist noch nicht abbezahlt, ich muß noch ein paar Jahre dafür arbeiten."
„Ich will morgen die Presse über den Hirntod der Patientin informieren. Wollen Sie die Gelegenheit nicht nutzen, um Ihren Abgang aus dem Fall bekanntzugeben?" schlug Templer vor.
„Ich weiß nicht recht, ob das psychologisch so günstig wäre, aber ich werde darüber nachdenken. Übrigens möchte ich Sie heute abend besuchen, wenn Sie nichts dagegen haben."
Das Ansinnen des Polizisten überraschte Templer.
„Und was verschafft mir die Ehre?"

„Ich muß natürlich auch Sie und Ihren Chef noch unter die Lupe nehmen und habe mir gesagt, daß Sie zuerst dran sind."
„In Ordnung. Heute abend also! Darf ich Sie zum Essen einladen?"
„Nein, vielen Dank! Keine Bestechungsversuche, bitte!"
Als Templer vor der Tür stand, stieg wieder eine starke Wut in ihm auf, daß Brosenius ihn vorhin nicht über die geplante Einstellung der Ermittlungstätigkeit des Polizisten informiert hatte. Er kehrte zum Chefarztsekretariat zurück, ging, ohne ein Wort zu sagen, an der verwunderten Frau Förster vorbei und stürmte in Brosenius' Zimmer.
Der Chef, der immer noch an seinem Schreibtisch saß, sah Templer verwundert an. Der Oberarzt beugte sich über das Möbelstück hinweg zu Brosenius hinüber, so daß sich ihre Gesichter fast berührten.
„Warum haben Sie mich über die bevorstehende Einstellung der polizeilichen Ermittlungen im Fall Wallendorf, von der Sie seit letzter Woche wußten, nicht informiert? Wenn Sie glauben, ich als Ihr Stellvertreter würde mich damit abfinden, daß Sie mich über so wichtige Vorgänge in der Abteilung im Unklaren lassen können, dann haben Sie sich gewaltig getäuscht! Ich bin nicht Müller-Westhoff!" schrie er ihn an, eilte, ohne seinem Chef die Chance einer Replik zu lassen, zur Tür und knallte sie hinter sich zu.
Hinterher war ihm wohler, seine Wut weitgehend verraucht. Dafür spürte er ein Unbehagen, zunächst nur ganz diffus, dann wurde es konkreter und stärker. Trotz der Befriedigung, die sich nach dem Showdown mit seinem Chef in ihm ausgebreitet hatte, ergriff dieses Gefühl immer mehr von ihm Besitz. Brosenius würde die Attacke gegen sich bestimmt nicht dauerhaft unbeantwortet lassen. Was hatte Templer im Laufe des Tages, spätestens aber zur abendlichen Visite, von ihm zu erwarten? Besprach sein Chef vielleicht bereits personelle Konsequenzen aus diesem Vorfall mit Janssen?
Irgendwann im Laufe des späten Vormittags beschloß Templer, zu seinem heftigen Ausbruch zu stehen und auch mögliche Konsequenzen so anzunehmen, wie sie auf ihn zukommen würden.
Danach ging es ihm besser, und er entschloß sich, auf seiner Station Visite zu machen. Er verließ seinen Raum, um nach dem Schichtleiter im Team zu suchen. Als er dabei in das Zimmer sechs schaute, sah er, wie Frau Doktor Mickler, der er an diesem Morgen noch nicht begegnet war, mit einer Krankengymnastin Übungen für Frau Wallendorf besprach und sie auch demonstrierte.
„Frau Mickler, haben Sie gleich einen Moment Zeit? Ich würde Sie gern etwas fragen."

Wenige Minuten später kam die Assistenzärztin in sein Zimmer.
„Sagen Sie, haben Sie gewußt, daß die polizeilichen Ermittlungen im Fall Wallendorf eingestellt werden sollen?“ fragte Templer seine Kollegin.
Augenblicklich wechselte ihre Gesichtsfarbe ins Tiefrote, und sie wurde spürbar unruhig.
„Ja.“
„Seit wann?“
„Seit Donnerstag oder Freitag. Ich habe es mehr zufällig aufgeschnappt, als ich etwas mit Professor Brosenius besprechen wollte.“
„Meinen Sie nicht, daß Sie mich darüber hätten informieren müssen?“
„Doch, das meine ich, aber der Chef hat mich gebeten, Ihnen noch nichts zu sagen, weil er Sie persönlich darüber in Kenntnis setzen wollte.“
„Was er aber nicht getan hat. Ich erfuhr es gerade von Kommissar Herzig.“
„Dafür können Sie mich doch nicht verantwortlich machen!“ verteidigte sich Frau Doktor Mickler entschieden.
„Das ist wahr. Entschuldigen Sie! Ich habe mich nur so sehr darüber erregt, daß ich als einer der Hauptverantwortlichen von dieser Entwicklung erst nach Tagen erfahre. Das finde ich absolut nicht in Ordnung!“
„Ich kann Ihre Verärgerung verstehen, aber es war nun wirklich bei der Ausgangslage nicht meine Aufgabe, Ihnen das zu sagen!“
Frau Doktor Mickler machte eine kurze Pause.
„Übrigens, ich war, als ich diese Nachricht aufschnappte, bei Professor Brosenius, um vier Tage Sonderurlaub einzureichen. Ich würde gern von Mittwoch bis Sonntag der übernächsten Woche zum Gynäkologen-Kongreß nach London fliegen, um den Fall Wallendorf vorzustellen. Ich möchte auch Sie um Zustimmung zu diesem Sonderurlaub bitten.“
Sie zog einen Vordruck aus ihrer Tasche, auf dem Urlaubsgesuche, auch solche für medizinische Kongresse, vom zuständigen Oberarzt abgezeichnet werden mußten. Templer nahm das Papier in die Hand und atmete hörbar tief ein und aus. Ihm war das Mißfallen, das er für die Kongreßreise der Kollegin empfand, deutlich anzumerken.
„Haben Sie einen Vertreter für diese Tage?“ fragte er gereizt.
„Nein. Ich dachte ...“
„Sie dachten, daß ich Ihre Arbeit als Stationsärztin mit übernehme. Aber das werde ich nicht tun! Bevor ich diesen Wisch unterschreibe,

präsentieren Sie mir erst jemanden, der Ihre Vertretung übernimmt, wie es die Vorschriften für Urlaubsgesuche in unserer Klinik vorsehen!" wies Templer seine Kollegin an.
„Der Chef hat aber bereits unterschrieben", warf sie ein.
„Und wenn das der Bundespräsident persönlich unterschrieben hätte, ohne Vertretung keine Kongreßreise! Gibt es denn in diesem Sauhaufen überhaupt keine Regeln mehr, die beachtet werden? Es kann doch nicht jeder machen, was er will, verdammt noch mal!"
Templer hatte sich in Rage geredet und wurde im Laufe der Auseinandersetzung mit Frau Doktor Mickler immer wütender, obwohl ihm bewußt war, daß ihr Urlaubsgesuch nur der Auslöser seiner neuerlichen Wut, nicht aber deren Ursache war.
„Ich werde diesen Vorfall Brosenius melden!" drohte sie ihrem Oberarzt.
„Welchen Vorfall?"
„Daß Sie meine Reise nach London verhindern wollen!"
„Was will ich? Sagen Sie das noch einmal!" fuhr Templer sie an.
„Sie wollen meinen Vortrag in London verhindern, weil Sie den Fall vermutlich gern selbst auf einer Fachtagung für Intensivmedizin vorgetragen hätten."
„Das ist doch vollkommen absurd! Mich interessiert Ihr pseudowissenschaftlicher Müll einen Scheißdreck! Sie können den vortragen, wo Sie wollen, von mir aus auch auf dem Mars, aber Sie haben mir einen Vertreter für die Zeit Ihrer Abwesenheit zu präsentieren! Ist das klar?"
Templers Stimme überschlug sich, er war außer sich.
„Ich werde den Fall noch einmal dem Chef vortragen und ihn von Ihrem Ausbruch in Kenntnis setzen!"
Frau Doktor Mickler war recht ruhig geblieben, wenn sie auch von Templers heftiger Reaktion beeindruckt schien.
„Sie können dem Chef vortragen, was Sie wollen. Das wird nichts daran ändern, daß Sie die Vorschriften einzuhalten haben! Ich an Ihrer Stelle würde mit Ihrer Petzerei beim Chef keine Zeit verschwenden, denn sie beeinflußt mich nicht! Suchen Sie lieber jemanden, der während Ihrer Londonreise hier arbeitet, dann unterschreibe ich auch Ihren Urlaubszettel!"
Frau Doktor Mickler drehte sich auf der Stelle um und verließ das Zimmer.
Am liebsten hätte Templer seine Sachen gepackt und wäre verreist. Egal, wohin. Er wollte lediglich der Anhäufung von Mißerfolgen, schlechten Nachrichten und Unverschämtheiten in seiner Umgebung

entfliehen. Nur unter Aufbietung aller psychischen Kräfte gelang ihm so viel Selbstbeherrschung, ohne ein Zeichen von innerer Beteiligung zusammen mit Frau Doktor Mickler die tägliche Visite zu absolvieren. Im Zimmer von Frau Wallendorf überließ er ihr die Initiative und hielt sich zurück.

Martina, die junge Patientin, die am Sonnabend am Zwerchfellriß operiert worden war, beschäftigte die Visite längere Zeit. Sie wurde noch immer automatisch beatmet. Templer untersuchte sie lange und war mit dem Ergebnis sichtlich zufrieden.

„Gibt es besondere Anweisungen von den Chirurgen?“ wollte er von Willy Katarus, dem für sie zuständigen Pfleger, wissen.

„Doktor Wunrahm sagte nur, daß Sie am besten wüßten, wie wir weiter mit ihr verfahren sollten. Insofern keine besonderen chirurgischen Anweisungen“, sagte Willy.

„Ich möchte, daß sie auf IMV umgestellt wird. Sind noch Herzrhythmusstörungen aufgetreten?“ fragte Templer.

„Seit meinem Dienstantritt heute morgen jedenfalls nicht“, erklärte der Pfleger.

„Dann kannst du die Zufuhr von Xylocain um eine Stufe drosseln. Wenn sie das bis morgen ohne Auftreten neuer Extrasystolen toleriert, gehst du bitte um eine weitere Stufe runter. Wenn wieder Rhythmusstörungen auftreten, möchte ich sofort Bescheid haben!“

„Jawoll, wird gemacht!“ bestätigte Willy und trug die Anweisungen ins Visitenprotokoll ein.

Als sie ins Zimmer des verletzten Motorradfahrers kamen, sah Templer, daß der junge Mann, dem es bereits sehr gut ging, in einem Katalog blätterte, welchen er schnell zur Seite legte, als die Visite sich näherte. Der Oberarzt hatte die rasche Bewegung jedoch registriert und sah den Zweiradprospekt auf dem Nachtschränkchen des Patienten liegen. Er nahm ihn in die Hand und blätterte darin.

„Wer sich schon wieder mit einem neuen Hobel beschäftigen kann, hat auf der Intensivstation nichts mehr verloren!“ konnte Templer schon wieder scherzen und zwinkerte dem Motorradfan zu, „spricht etwas dagegen, daß der Herr auf die Normalstation verlegt wird?“

„Nein, keine Einwände! Auch der Diabetes ist stabil“, sagte Schwester Petra, die ihn betreute, und schien doch enttäuscht darüber zu sein, daß er aus ihrer Betreuung entlassen werden sollte. Templer bemerkte, daß Schwester und Patient Blicke wechselten, die auf eine heimliche Verbindung zwischen ihnen schließen ließen.

„Ihr könnt euch doch auch da noch sehen!“

Diesen Hinweis konnte er sich nicht verkneifen und sah, daß Schwe-

ster Petra leicht errötete, während der Motorradfahrer so tat, als verstehe er Templers Andeutung nicht.
„Private Kontakte zu Schwestern der Intensivstationen sind übrigens kostenpflichtig“, fügte der Oberarzt hinzu, „mindestens eine Flasche Sekt für jeden von uns!“
„Das wird sich wohl machen lassen!“ ging jetzt auch der Patient auf Templers scherzhafte Forderung ein, und alle im Raum lachten.
„Also, ab mit ihm auf die Station acht, wenn sie dort Platz haben!“
Das Intermezzo hatte Templers Stimmung gehoben. Nach dem Ende der Visite zog er sich in sein Arbeitszimmer zurück und wurde erst wieder gesehen, als der schriftliche Bericht von Frau Doktor Kappelmann auf der Intensivstation eintraf. Er bestätigte im wesentlichen, was Templer bereits vermutete. Dennoch trug der endgültige Befund über die Hirnschädigung der Patientin Wallendorf nicht zur Verbesserung seiner Laune bei.
Kurz vor 17 Uhr rief Frau Förster auf der Intensivstation an und teilte mit, daß Professor Brosenius wegen eines dringenden Termins heute keine Visite machen könne, sie müsse ausfallen.
„Welch ein Verlust!“ kommentierte Templer das Nichterscheinen seines Chefs. Er wertete den Ausfall der Chefvisite als kleinen Erfolg. Möglicherweise wollte Brosenius nach dem Affront vom Morgen der Begegnung mit seinem Stellvertreter ausweichen. Gleich nachdem ihn die Nachricht von Brosenius' Verzicht auf die Abendvisite erreicht hatte, verließ er die Klinik und fuhr nach Hause.

Gegen sieben klingelte es an seiner Tür. Templer öffnete und ließ Kommissar Herzig eintreten.
„Willkommen in meiner bescheidenen Hütte! Legen Sie ab, und machen Sie es sich bequem!“ forderte er den Kriminalbeamten auf.
„Sie haben es sehr gemütlich. Ich glaube, hier könnte ich es aushalten!“
„Danke! Ich bin auch nicht unzufrieden mit meiner Bude!“
Herzig sah sich im Wohnzimmer um. Er interessierte sich besonders für Templers reichlich gefüllten Bücherregale und nahm einige Exemplare heraus, um sie genauer anzusehen.
„Trotz Ihrer Andeutung, es könne sich um den Versuch einer Vorteilnahme handeln, habe ich ein paar Häppchen vorbereitet. Ich hoffe, daß Sie noch nicht allzu satt sind! Dazu einen guten italienischen Rotwein?“
„Also, wie gesagt, keine Bestechung!“
„Ach, hören Sie doch auf mit Ihrer Bestechung! Wenn Sie heute abend

zu dem Schluß kommen sollten, daß ich derjenige bin, der Frau Wallendorf mißbraucht hat, können Sie mich gern verhaften, trotz Häppchen und Wein."
„Na gut, dann ..."
Templer holte aus seinem Weinregal, das nicht ganz angemessen bei etwas zu hoher Umgebungstemperatur im Wohnzimmer stand, eine Flasche Chianti classico, gallo nero, und zeigte sie dem Kommissar.
„Ein 89er, nicht schlecht!" kommentierte Herzig das Weinangebot.
Der Arzt ging in die Küche, kam mit einem großen Holzbrett belegter Brote zurück und stellte es auf den Wohnzimmertisch, an dem der Polizist inzwischen saß.
Templer öffnete die Flasche und dekantierte den Wein in eine Karaffe.
„Vorweg einen trockenen Sherry?"
„Sie wollen mich wohl abfüllen, damit ich meine Urteilsfähigkeit verliere?"
„Genau das ist meine Absicht!" scherzte Templer, „aber wenn es Ihnen lieber ist, kann ich statt Sherry und Rotwein auch Mineralwasser holen. Es ist nicht so, daß ich so etwas nicht im Hause hätte. Sie brauchen es nur zu sagen!"
„Gut, einen trockenen Sherry!" entschied sich Herzig, was ihm augenscheinlich nicht sehr schwerfiel.
Templer goß den Aperitif in zwei Gläser, reichte eines dem Kripobeamten und hielt ihm sein eigenes zum Anstoßen entgegen.
„Sie können mir glauben, ich hätte nichts lieber, als daß Sie den Kerl, der dieses abscheuliche Verbrechen begangen hat, wirklich dingfest machten. Ich trinke also darauf, daß Sie doch noch Erfolg haben!"
„Gut, darauf stoße ich gern an!"
„Was wollen Sie von mir wissen?"
„Erzählen Sie von sich!"
„Oh Gott, was soll ich von mir berichten?"
„Wie sind Sie zur Medizin gekommen?"
„Wenn ich das so genau wüßte. Wie die Jungfrau zum Kind."
„Ein bißchen genauer würde ich es schon gern wissen!"
„Das ist eine lange Geschichte."
„Gibt es eine Kurzfassung?"
„Nein."
„Also gut, dann die ausführliche Version", seufzte Herzig und nahm noch einen Schluck vom Sherry, „der ist wirklich gut!"
„Ich wuchs bei meinen Großeltern auf, weil meine Mutter während meiner Geburt starb. Eine Uterusatonie mit tödlicher Blutung ..."
„So genau will ich es nun wirklich nicht wissen!"

„Entschuldigung! Jedenfalls begann mein Vater nach dem Tod meiner Mutter zu trinken. Unsere Familie lebte auf einem Bauernhof, den mein Vater und mein Großvater gemeinsam bewirtschafteten. Meine Großmutter, eine sehr starke Frau, gab mir all die Liebe, die ich brauchte, um behütet aufzuwachsen. Das habe ich jedenfalls bis vor kurzem geglaubt ..."
„Und das glauben Sie jetzt nicht mehr?"
„Sagen wir, ich habe begonnen, daran zu zweifeln."
„Es ist fatal, wenn man beginnt, an den Wurzeln seiner Existenz zu rütteln."
„Sehr fatal. Es bringt einen ziemlich aus dem Lot, das sage ich Ihnen. Wo war ich stehengeblieben?"
„Großmutter ..., behütet aufgewachsen", versuchte der Kommissar Templer auf die Sprünge zu helfen.
„Genau. In der Schule hatte ich keine Schwierigkeiten, das Lernen fiel mir leicht. Als ich in der dritten Klasse war, starb mein Großvater durch einen tragischen Unfall."
„Was ist mit ihm passiert?"
„Der Traktor, mit dem er auf einen Silohaufen fuhr, stürzte seitlich herunter und begrub ihn unter sich. Ich saß mit auf dem Trecker und habe überlebt, weil ich weit weggeschleudert wurde, aber ..."
Templer stockte in seiner Erzählung und trank in einem Zug sein Sherryglas leer.
„... aber?"
„Aber ich habe ihn sterben sehen", sagte Templer leise, und Herzig spürte, daß es seinem Gesprächspartner nach den vielen Jahren immer noch schwerfiel, darüber zu sprechen. Er ließ ihm Zeit, sich wieder zu fangen.
„Ich weiß nicht warum, aber irgendwie hatte ich danach die Vorstellung, Großvater würde im Himmel sitzen, auf mich herabblicken und mich beobachten. Ich hatte das Gefühl, daß er sich ganz besonders freute, wenn ich gute Schulnoten nach Hause brachte. Ich habe seinem Bild, das bei Großmutter im Schlafzimmer auf der Kommode stand, oft mein Zeugnisheft gezeigt und glaubte zu sehen, daß er befriedigt lächelte, wenn er meine Beurteilungen sah. Das kommt Ihnen seltsam vor, nicht wahr?"
„Nein, durchaus nicht!"
„Mögen Sie jetzt einen Schluck Wein?"
„Ja, gern!"
Templer schenkte beiden ein und forderte Herzig auf, auch von den belegten Broten zu nehmen.

„Ich selbst machte meiner Großmutter den Vorschlag, aufs Gymnasium in der Kreisstadt zu gehen."
„Und Ihr Vater?"
„Der war damals meist besoffen! Den interessierte das nicht!"
Templer nahm sein Weinglas in die Hand, prostete dem Polizisten zu und trank einige Züge.
„Wie kamen Sie auf dem Gymnasium zurecht?"
„Zunächst hatte ich große Probleme. In meiner Klasse waren die Töchter und Söhne von Ärzten, Rechtsanwälten, Richtern und anderen Honoratioren der Stadt. Ich war als Kind einfacher Bauern ein absolutes Kuckucksei in deren Nest. Ich paßte nicht ins Bild dieser lokalen Elite. Das haben die Damen und Herren Lehrer, glaube ich, genauso gesehen. Ich hatte vom ersten Tag an das Gefühl, daß mich alle am liebsten wieder in die Dorfschule zurückgeschickt hätten. Aber den Gefallen habe ich ihnen nicht getan!"
„Hat es nicht viel Kraft gekostet, ihren Bemühungen zu trotzen?"
„Und ob! Aber mit meinem Großvater im Gepäck fühlte ich mich unbesiegbar. Es war nicht so, daß er nur dort oben saß und gute Leistungen von mir verlangte, nein, er war eher mein guter Geist, der mich beschützte. Den ich bei Klassenarbeiten anrief, er solle mir doch gefälligst die Daumen drücken, damit eine gute Zensur herauskam. Und ..."
„Und?"
„Und es half. Es mußte doch einen Sinn gehabt haben, daß er gestorben war. Es klingt vielleicht einfältig, aber ich hatte das Gefühl, daß er mir tot mehr nützte als lebend. Wenn ich das jetzt erzähle, kommt es mir selbst merkwürdig vor."
„Ich weiß nicht ..., das ist eben für Sie als Kind so gewesen. Was soll ich dazu sagen?"
„Es wird alles noch viel merkwürdiger!"
Beide nahmen ihre Weingläser in die Hand und tranken.
„Inwiefern wird es noch merkwürdiger?" fragte Herzig, der ein ums andere Mal nach den belegten Broten griff. Templer stutzte und schien irritiert von der Frage des Kommissars.
„Das möchte ich Ihnen nicht erzählen!"
„Gut. Das respektiere ich."
„Mit jeder guten Leistung, die ich, sehr zur Überraschung meiner Lehrer, vorweisen konnte, wuchsen mein Selbstbewußtsein und meine Überzeugung, daß mein Großvater, sitzend zur rechten Gottes, in der Lage war, mich erfolgreich durchs Leben zu führen. Ich lernte fleißig, half nachmittags in der Landwirtschaft, was beim Lebens-

wandel meines Vaters auch unbedingt notwendig war, und erwarb mir die Anerkennung meiner Großmutter, die Achtung meiner Lehrer und, nach längerer Zeit, auch den Respekt meiner Mitschüler. Ist Ihnen diese Version nicht ein wenig zu ausführlich?"
„Nein. Im Gegenteil, ich bin gespannt, wie es mit Ihnen weiterging!"
Templer schenkte sich und dem Kommissar vom Chianti nach und setzte seine Erzählung fort.
„In der letzten Klasse der Mittelstufe gingen meine Leistungen zurück."
„Warum?"
„Ich hatte sehr früh entdeckt, daß es einen Unterschied zwischen den Menschen in meiner Umgebung gab."
„Welchen Unterschied?"
„Den Unterschied zwischen männlich und weiblich, zwischen Jungen und Mädchen. Es schien mir, daß die weibliche Hälfte der Menschheit die bessere war."
Herzig lachte.
„Vielleicht ist das wirklich so."
„Davon bin ich auch heute noch überzeugt!"
„Auf die weibliche Hälfte der Menschheit!" sagte Herzig, und die beiden Männer stießen wieder ihre Gläser aneinander.
„Jedenfalls verbrachte ich damals sehr viel mehr Zeit mit Mädchen als mit Jungen, spielte mit ihnen ihre Spiele, redete stundenlang mit ihnen und machte meine ersten sexuellen Erfahrungen mit einem zwei Jahre älteren Mädchen aus der Oberstufe. All das nahm mich so gefangen, daß ich vergaß, mich um mein schulisches Fortkommen zu kümmern."
„Auch das gehört zum Leben!" versuchte der Polizist Templer zu bestätigen.
„Ja schon, ich hatte aber nicht gerade das Gefühl, daß es meinem Großvater gefiel. Er war, wenn ich vor seinem Bild auf Großmutters Kommode mit ihm Zwiesprache hielt, über mein Abweichen vom Pfad der Tugend ziemlich ungehalten. Das glaubte ich zumindest deutlich zu spüren. Ich versuchte, ihn zu besänftigen, indem ich ihm versprach, in der Oberstufe wieder fleißiger zu arbeiten. Das hat er mir wohl geglaubt, denn er hat mein Interesse für die Mädchen gebilligt."
„Haben Sie denn später wieder mehr für die Schule getan?"
„Leider nicht! Die Aufmerksamkeit für alles Weibliche hielt unvermindert an. Es war wie ein Fluch! Die Versuchung, meine Zeit mit den Mädchen zu verbringen, war so groß, daß es mir lediglich ge-

lang, ein mittelmäßiges Abitur hinzulegen, obwohl viel mehr in mir schlummerte."

„Und was hat Ihr Großvater dazu gesagt?"

Templer trank von seinem Wein und holte, da er bemerkt hatte, daß die Flasche bereits leer war, eine neue aus dem Regal.

Während er sie entkorkte, sprach er weiter.

„Großvater war weiterhin nicht glücklich über meinen Lebenswandel, schien aber ein gewisses Verständnis dafür zu haben und verzieh mir mein durchschnittliches Abitur. Dennoch hatte ich das Bedürfnis, ihm etwas als Gegenleistung anzubieten. Und so versprach ich ihm, daß ich Doktor der Medizin werden würde. Ich fand es als 18jähriger, naturwissenschaftlich interessierter und eigentlich sehr realitätsnaher Mensch zwar immer zweifelhafter, mit einem Toten zu kommunizieren, und sprach auch mit niemandem darüber, aber ich hatte es schließlich seit meinem neunten Lebensjahr so gehalten und mich daran gewöhnt."

„Nehmen Sie heute noch manchmal Kontakt mit ihm auf?" fragte Herzig.

„Das ist manchmal ..., ich möchte nicht darüber sprechen."

Es trat eine Pause ein.

„Sie sind dann wirklich Mediziner geworden. Wie ist Ihnen das bei dem eher durchschnittlichen Abitur gelungen? Dazu wären doch eigentlich bessere Noten erforderlich gewesen!"

„Lange oder kurze Version?" fragte Templer, der die Geduld des Polizisten nicht über Gebühr strapazieren wollte, und nahm noch einen Schluck vom Wein.

„Die lange hat mir bisher gut gefallen."

„Die lange also. Zunächst beschloß ich, meine Eignung zum Medizinerberuf auf die Probe zu stellen und absolvierte meinen Zivildienst in einem Krankenhaus. Mit der Bundeswehr hatte ich wenig im Sinn. Der Test viel positiv aus und bestärkte mich in meiner Absicht, Arzt zu werden. Sie haben natürlich richtig vermutet, meine Abiturnote reichte zur Aufnahme eines Medizinstudiums in Deutschland nicht aus, also bewarb ich mich im Ausland ..."

„... und hatten Erfolg damit?"

„Zunächst nicht. Es hagelte Absagen. Jeden Tag kam ein neuer Brief, in dem man bedauerte, mir keinen Studienplatz anbieten zu können. Briefe in englischer, holländischer, französischer, spanischer und rumänischer Sprache."

„Beherrschten Sie denn all diese Sprachen?"

„Sie scherzen wohl? Natürlich nicht! Ich nahm Kontakt zu Leuten auf,

die mir meine Bewerbungsschreiben und die Absagen darauf übersetzten. Schließlich kam ein Schreiben des italienischen Generalkonsulates in Hamburg. Ich versuchte den Brief zu lesen, wurde aber nicht recht schlau daraus. Ein Mann, den ich in Hamburg ausgegraben hatte, ein gewisser Doktor Caso, übersetzte, daß mir ein vorläufiger Platz an der Universität Pisa zugeteilt worden sei."
„Ein vorläufiger Platz?"
„Ja. Voraussetzung für meine endgültige Immatrikulation war, nach dem Schreiben, das mir Doktor Caso übersetzte, eine Aufnahmeprüfung in italienischer Sprache. Die Prüfung sollte, so teilte man mir in dem Brief mit, in vier Monaten stattfinden. Ich beherrschte aber außer ‚grazie' und ‚buon giorno' zu jenem Zeitpunkt kein einziges italienisches Wort."
„Das war doch gar nicht zu schaffen!"
„Das sagte meine Großmutter auch. Und mein Vater meinte, ich hätte einen Riesenknall. Ich sprach mit Großvater, und er war der Ansicht, daß ich es schaffen würde. Also versuchte ich das Unmögliche und war auch überzeugt, daß ich es, mit seiner Hilfe, packen könnte."
„Dem Mann können Sie ja heute noch dankbar sein!" meinte Herzig und hob sein Rotweinglas, „auf Ihren verehrten Großvater!"
„Auf meinen Großvater! Doktor Caso bot an, intensiv mit mir italienisch zu üben. Er gab sich große Mühe und nahm keinen Pfennig dafür. Es reichte ihm, daß jemand interessiert war, sein Land Italien kennen und, so hoffte er, auch lieben zu lernen. Nach einigen Wochen fuhr ich mit meinem alten grauen Käfer nach Siena, um dort an der renommierten Sprachschule für Ausländer meine Italienischkenntnisse zu vervollkommnen. Wenig später bestand ich die Aufnahmeprüfung und begann an der Universität Pisa mit meinem Medizinstudium. Großvater hatte recht behalten!"
„Das ist ja eine phantastische Geschichte!"
„So haben es viele gesehen. Heute erscheint es mir wie ein ganz normaler Werdegang."
„So ein Umweg erfordert doch ganz viel Mut und Selbstvertrauen!"
„Ohne die Hilfe meines Großvaters, der mich die ganze Zeit über begleitete und beschützte, hätte ich das auch sicher nicht geschafft!"
Herzig schüttelte den Kopf. Es erschien ihm sehr ungewöhnlich, einen solchen Weg zu gehen, um das Versprechen an einen Großvater einzulösen, und seine Bewunderung für den Mediziner wuchs.
„Und wie ist es dann weitergegangen?"
„Nach drei Jahren wurde mir ein Medizinstudienplatz an der Uni in Kiel zugewiesen, den ich auch annahm. Aufgrund des bereits absol-

vierten Studiums in Italien wurde ich ins fünfte Semester eingestuft und hatte, gegenüber einem Studienbeginn in Deutschland, nur sehr wenig Zeit verloren."
„Toll!"
„In Kiel setzte ich meine Ausbildung ganz normal fort, fiel während meiner Doktorarbeit in der Abteilung für Anästhesiologie und Intensivmedizin meinem Professor auf, der mir eine Stelle als Assistenzarzt anbot, und so habe ich dann meinen Weg als Gasmann gemacht."
„Als Gasmann?"
Herzig konnte den Ausdruck nicht einordnen.
„So werden Anästhesisten manchmal scherzhaft und etwas abwertend genannt, weil man Narkosen oft mit gasförmigen Narkotika durchführt."
„Ach so."
Als Templer die Geschichte seines Medizinstudiums zu Ende erzählt hatte, waren zwei Weinflaschen geleert, und er holte gerade die dritte aus dem Regal. Beide waren leicht angetrunken.
„Und seit wann sind Sie hier an der Klinik?"
Templer mußte kurz nachrechnen.
„Seit acht Jahren, davon vier als Oberarzt."
„Und, gefällt es Ihnen?"
„Meinen Sie heute oder bis vor einigen Wochen?"
„Beides."
„Bis vor einigen Wochen gut, aktuell hängt mir mein Job meilenweit zum Hals heraus!"
„Das klingt ja furchtbar!"
„Das ist auch furchtbar. Ich muß mich jeden Morgen zwingen, aufzustehen und ins Krankenhaus zu fahren. Das war im letzten Herbst noch ganz anders. Damals bin ich morgens sehr gern zur Arbeit gegangen."
„Macht Ihnen denn Ihr Job keinen Spaß mehr?"
„Sehr sogar, aber nicht die Bedingungen, unter denen ich ihn im Moment verrichte. Die Atmospäre auf der Station ist vollkommen im Keller. Einige der Pfleger werden verdächtigt, das Verbrechen begangen zu haben. Die Schwestern sind sehr verunsichert, weil sie glauben müssen, mit einem Kollegen zusammenzuarbeiten, der ein Sittlichkeitsverbrecher ist, sie aber nicht wissen, wer. Glauben Sie, daß das gute Arbeitsbedingungen sind?"
„Nein, sicher nicht."
„Für alle war es einerseits eine Erleichterung, als Sie Ihre Ermittlungen aufnahmen, andererseits waren die Mitarbeiter durch Ihre Verhöre zusätzlich verwirrt und verunsichert. Immerhin hatten alle die

Hoffnung, daß sich die Sache bald aufklären lassen und damit wieder Ruhe ins Team kommen würde. Und jetzt das! Ich weiß noch gar nicht, wie ich es morgen den Mitarbeitern beibringen soll, daß Sie unverrichteter Dinge wieder abziehen."
„Abgezogen werde", korrigierte Herzig den Arzt.
„Für Sie mag das ein Unterschied sein, für uns nicht!"
„Das macht einen großen Unterschied!"
„Und welchen, wenn ich fragen darf?"
„Wenn ich abziehe, dann, weil ich glaube, den Fall nicht lösen zu können."
„Und wenn Sie abgezogen werden?"
„Dann ist mein Chef davon überzeugt, daß ich den Fall nicht lösen kann."
„Ich sehe den Unterschied immer noch nicht!"
„Wenn ich davon überzeugt bin, höre ich auf zu ermitteln. Wenn mein Chef davon überzeugt ist, kann ich, wenn es die Zeit erlaubt, weiter ermitteln."
„Sie meinen, wenn es Ihr Chef erlaubt?" warf Templer ein.
„Das kann er kaum verhindern. Soviel Bewegungsfreiheit habe ich in meiner Position."
„Dann trinken wir doch auf einen unerwarteten Erfolg!"
„Nein, darauf trinke ich nicht!"
„Worauf dann?"
„Auf den erwarteten Erfolg."
„Ach kommen Sie, Herzig! Im Grunde glauben Sie doch selbst nicht mehr daran!"
„Das würde ich nicht sagen."
„Also dann auf den Erfolg, wie auch immer er zustande kommt!"
Darauf konnte sich der Kommissar einlassen und nahm sein Glas in die Hand. Laut klingend prallten ihre Gläser zusammen, was den Grad ihrer inzwischen erreichten Trunkenheit zeigte. Das Holzbrett, auf dem Templer die belegten Brote serviert hatte, war inzwischen leer.
„Möchten Sie noch ein paar Häppchen?"
„Da sage ich nicht nein!"
Templer verschwand für ein paar Minuten in der Küche, die der Polizist nutzte, um sich noch einmal im Wohnzimmer umzusehen. Wieder ging er am Bücherregal entlang, das die ganze Längsseite des Wohnzimmers einnahm, zog das eine oder andere Buch heraus und überflog den Klappentext. Er fand, daß Templer interessante Bücher besaß. Noch besser gefiel ihm die CD-Sammlung. Er entdeckte „The

very best of Creedence Clearwater Revival", nahm die CD heraus und legte sie auf den Tisch. Herzig schob die Tür zur Küche auf und blickte durch den Spalt.
„Darf ich mal Ihr Bad benutzen?"
„Zweite Tür rechts."
„Danke."
Trotz des Rausches, den er deutlich spürte, versuchte Herzig seine Aufgabe als ermittelnder Kripobeamter wahrzunehmen und sah sich im Bad des Arztes genau um. Trockenrasierer, Rasierwasser, zwei Zahnbürsten, Tampons im Toilettenschrank, billiges Kaufhausshampoo in der Dusche, vor dem Fenster zwei Kakteen. Außer darauf, daß Templer gelegentlich Damenbesuch haben mußte, konnte er aus den gefundenen Utensilien nicht auf Besonderheiten seines Lebenswandels schließen. Am Ende betätigte Herzig die Wasserspülung.
„Na, haben Sie gefunden, wonach Sie suchten?" empfing ihn Templer, als er ins Wohnzimmer zurückkehrte.
Wie gut, daß es nicht allzu hell im Zimmer ist, sonst könnte er sehen, wie ich rot werde, dachte Herzig und setzte sich auf seinen Sessel.
„Genau wie Sie bin ich immer im Dienst, auch wenn ich Ihr Bad benutze. Nehmen Sie es mir nicht übel!"
„Tue ich nicht. Schließlich tun Sie nur Ihre Pflicht."
„So ist es."
„Und was folgern Sie als Polizist aus dem, was Sie in meinem Badezimmer vorgefunden haben?"
„Daß Sie sich regelmäßig waschen und rasieren."
„Nein, jetzt mal im Ernst!"
„Der einzige Schluß, der für die laufenden Ermittlungen im Fall Wallendorf von Bedeutung sein könnte, ist, daß Sie offensichtlich Damenbesuch bekommen, woraus ich auf ein befriedigendes Sexualleben schließen würde."
„Das halte ich für gewagt."
„Wieso? Ist es nicht so?"
„Das habe ich damit nicht sagen wollen. Ich hätte die typisch weiblichen Toilettenartikel ja dort drapieren können, um Sie zu täuschen. Schließlich haben Sie Ihren Besuch angekündigt."
„Vermutlich hätten Sie aber nicht daran gedacht, die Verpackung aufzureißen, um fünf Tampons aus der Schachtel zu nehmen."
Der Mann hat wirklich einen scharfen Blick für Details, dachte Templer, das wäre mir wirklich nicht eingefallen.
„Würden Sie die CD von CCR für mich auflegen? Da sind ja echte Sah-

nestücke drauf", bat Herzig und griff nach den belegten Broten, die wieder auf dem Tisch standen.
„Klar. Höre ich auch sehr gern."
Templer stellte die Anlage bewußt nicht sehr laut, damit weiterhin eine ungestörte Unterhaltung möglich war.
„Gibt es eigentlich noch andere Gründe dafür, daß Sie mit Ihrem Job zur Zeit unzufrieden sind?" fragte der Polizist, während im Hintergrund „Walk on the water" zu hören war.
„Fast gleichzeitig mit der Entdeckung der Schwangerschaft bei Frau Wallendorf hat mein Chef seinen Stellvertreter wegen Alkoholproblemen gefeuert und mir dessen Nachfolge angeboten. Es gibt einige Oberarztkollegen, die finden, daß nicht ich, sondern jemand anderes diese Beförderung verdient gehabt hätte."
„Wer?"
„Frau Doktor Koschmann-Motteck galt als sicher gehandelte Kandidatin für diesen Posten."
„Und warum hat sie ihn nicht bekommen?"
„Nie sollst du mich befragen! Das weiß ich auch nicht."
„Und wie sehen Sie das?"
„Genauso. Auch für mich war sie die Kronprinzessin des Chefs."
„Und warum haben Sie nicht zu ihren Gunsten verzichtet?"
„Mann, Herzig, wissen Sie, was das in einer Klinik wie unserer bedeutet?"
„Nein, woher sollte ich?"
„Das wäre das Ende meiner Aufstiegsmöglichkeiten in diesem Haus gewesen. Chef der Abteilung kann ich unter normalen Umständen nicht werden."
„Warum nicht?"
„Weil sich ein Haus unserer Größenordnung als Chefarzt einer Abteilung inzwischen immer einen Habilitierten, also einen Professor, holt. Und das bin ich nicht. Die Kollegin Koschmann-Motteck ist nur wenige Jahre älter als ich. Wenn sie die Stellvertreterin von Brosenius geworden wäre, hätte ich den Posten, den ich vorher hatte, behalten müssen, ohne eine Perspektive für die nächsten Jahre. Bei der Aussicht schnappt man zu, wenn einem die Wurst vors Maul gehalten wird. Aber damit habe ich mir nicht nur Freunde gemacht. Außerdem habe ich in den paar Wochen, die ich leitender Oberarzt bin, gemerkt, daß mir eine solche Führungsaufgabe eigentlich gar nicht liegt."
Templer hob wieder sein Weinglas und trank.
„Und die Zusammenarbeit mit Brosenius ist nicht gerade einfach", fügte er hinzu.

„Wie ist er als Chef?“
„Sie glauben doch nicht im Ernst, daß ich Ihnen gegenüber aus dem Nähkästchen plaudere. Jedenfalls ist er niemand, der komatöse Frauen vergewaltigt!“
„Ist er schwierig?“
„Er ist der Prototyp eines Chefarztes, ein gewiefter Taktiker, der das Beste für seine Abteilung herauszuholen versteht. Stets ist er als erster über Entwicklungen im Hause informiert, verfügt über unzählige Verbindungen zur Verwaltung und zur Politik und kann knochenhart sein, wenn es gilt, etwas durchzusetzen.“
„Das ist ja die reinste Lobeshymne. Schwächen hat er wohl nicht?“
„Die hat er natürlich auch. Er ist menschlich sehr distanziert, versteht es nicht gerade, seine Mitarbeiter zu motivieren und wirkt innerhalb der Abteilung eher spaltend als integrierend.“
„Welchen Ruf hat er als Wissenschaftler?“
„In seinen Glanzzeiten hat er sehr erfolgreich daran gearbeitet, neue Verfahren der Narkoseüberwachung und -steuerung zu entwickeln und praxisreif zu machen. Inzwischen ist er, was seine wissenschaftliche Karriere angeht, in der Fachwelt auf das Abstellgleis geraten, seine großen Leistungen sind Historie. Es ist für jemanden, der eine solche Abteilung wie unsere in einer städtischen Klinik leitet und sich als ärztlicher Direktor des Hauses auch noch um den ganzen Verwaltungskram kümmern muß, nicht machbar, sozusagen nebenbei weiter wissenschaftlich zu arbeiten.“
„Und privat?“
„Die Privatperson Brosenius existiert in der Klinik nicht. Er ist verheiratet und hat, wenn ich richtig informiert bin, zwei Töchter. Die eine ist verheiratet und hat ihm zwei Enkelkinder beschert, die andere muß etwa sechzehn oder siebzehn sein und geht noch zur Schule.“
„Und seine Ehe?“
„Ich habe seine Frau ein- oder zweimal gesehen und kaum einen Eindruck von ihr gewinnen können. Über den Zustand der Ehe weiß ich nichts. Das interessiert mich auch nicht!“
„Klatsch?“
„Über Brosenius’ Privatleben kursiert nichts im Haus, jedenfalls nichts, was mir zu Ohren gekommen wäre.“
„Hm. Das ist ja nicht viel.“
„Das finde ich nicht! Es ist vielleicht nicht viel, das Ihre Ermittlungen weiterbringt, und ...“
„Und?“
„Ich glaube, daß Sie bei ihm in der falschen Ecke suchen.“

„Warum sind Sie davon so überzeugt?“
„Ich arbeite seit acht Jahren mit dem Mann zusammen. In dieser ganzen Zeit gab es keine Frauengeschichten, keine Klagen von Mitarbeiterinnen über Anzüglichkeiten, nichts in dieser Richtung!“
„Und bei Ihnen?“
„Wie soll ich das verstehen?“
Templers Sprache war bereits ein wenig undeutlich geworden, die Schwere seiner Zunge entsprach der Schwere des Weines, den sie tranken. Herzig hatte sich bisher etwas mehr zurückgehalten. Vermutlich nicht ganz ohne kriminalpolizeiliche Absichten.
„Ich meine Frauengeschichten.“
Templer grinste und sah den Kommissar vielsagend an.
„Jetzt wollen Sie herausfinden, ob ich bei meinem Persönlichkeitsprofil für die Tat in Frage komme?“
„Ja.“
Die Offenheit des Polizisten schockierte Templer.
„Es gibt viele Frauengeschichten, ich habe bereits im zarten Alter von acht Jahren das erste Mädchen geküßt und auch in den folgenden Jahren nichts anbrennen lassen. Ich bin also der Typ, der die Frauen, auch schöne Frauen wie Frau Wallendorf, begehrt und daher als Täter durchaus in Frage kommt.“
„Interessant!“
„Nicht wahr?“
Die CD spielte „My baby left me“, Templer bemerkte deutlich, wie sich seine Sinne durch den Alkohol trübten und er gerade jetzt aufpassen mußte, was er sagte. Erst spät war ihm aufgefallen, daß Herzig seit einer viertel Stunde eine Trinkpause eingelegt und nicht mehr zu seinem Weinglas gegriffen hatte. Templer versuchte, sich zusammenzureißen.
„Und wie ging es mit Ihrem Liebesleben weiter?“
„Kann ich die Aussage verweigern?“
„Klar können Sie das!“
„Nein, das will ich gar nicht. Wenn ich mich darauf verlassen kann, daß Sie die Dinge vertraulich behandeln, habe ich damit kein Problem.“
Der Kommissar nickte.
„Bis ich nach Kiel ging, um mein Medizinstudium fortzusetzen, hatte ich keine länger dauernden Beziehungen, nur kurze Affären, die meist nach drei, vier oder höchstens sechs Monaten wieder beendet waren. Dann habe ich mich in eine Germanistikstudentin verliebt und auch zwei Jahre mit ihr zusammengelebt. Gegen Ende der Liaison

kam es immer wieder zu Streitereien wegen der engen Bindung zu meiner Familie, die sie vehement ablehnte. Genauer gesagt: Meine Großmutter mochte sie nicht. Irgendwann hatte Gisela, so hieß meine Freundin, wohl genug von dem Ganzen und ist mit einem reichen, attraktiven Jüngling während der Kieler Woche auf und davon."
„Und Sie?"
„Ich begnügte mich mit kurzen Abenteuern."
„Auch später in der Klinik?"
„Sie wollen es wohl exakt wissen?"
„Das ist mein Job."
„Während meiner Assistentenzeit in Kiel hatte ich eine heiße Affäre mit einer verheirateten Anästhesieschwester. Als das dann herauskam, schlug die Sache in der Abteilung hohe Wellen, weil ihr Ehemann Oberarzt der Chirurgie im Hause war. Um ehrlich zu sein, war das der Grund, weshalb ich Kiel verlassen habe und hierher gegangen bin. Seither vermeide ich Liebesbeziehungen zu Frauen, mit denen ich beruflich zu tun habe. Das gibt nur Komplikationen! An einem Heiligabend vor drei Jahren ging dann die Verbindung zu einer Lehrerin in die Brüche, weil ..."
„Weil?"
„... ach, ist ja auch egal..., ich frage mich seitdem, ob ich vielleicht zu einer dauerhaften Beziehung gar nicht fähig bin, aber das gehört nicht hierher!"
„Und im Herbst?"
„Zu dem fraglichen Zeitraum, den Sie jetzt zweifellos ansprechen, hatte ich keine Beziehung zu einer Frau und habe mich mit der gerade aufgeworfenen Frage beschäftigt. Macht mich das verdächtig?"
„Nein, aber es entlastet Sie auch nicht."
„Was würde mich denn zweifelsfrei entlasten?"
„Wenn Sie zu dem Zeitpunkt des Mißbrauchs von Frau Wallendorf nachweislich sechs Wochen in der Karibik gewesen wären, vielleicht noch mit einer frischen Liebe im Gepäck. Aber wer kann schon mit so etwas aufwarten?"
„Ich leider nicht. Obwohl mir diese Vorstellung durchaus gefällt!" Templer griff wieder zu seinem Glas.
„So, und jetzt stoßen wir miteinander an! Ich habe den Eindruck, daß Sie mich abfüllen, selbst aber möglichst nüchtern bleiben wollen."
„Ach, das täuscht! Ich habe nur eine kleine Pause eingelegt."
Herzig nippte ein wenig an seinem Glas und setzte die Unterhaltung fort. Oder war es ein Verhör?
„Was machen Sie in Ihrer Freizeit?"

„Ich habe mir vor drei Jahren ein Wohnmobil gekauft und fahre viel in Europa herum, bevorzugt nach Italien. An den dienstfreien Wochenenden war ich in der letzten Zeit meist damit beschäftigt, unseren Familienbesitz zu veräußern und zu räumen. Wenn noch etwas Zeit bleibt, besuche ich meine Großmutter, die in einem Altersheim lebt. Seit kurzem gibt es wieder eine Frau in meinem Leben, mit der ich einen Teil meiner Freizeit verbringe."
„Und die Abende?"
„Von den Abenden bleibt nicht viel übrig. Meist komme ich erst zwischen sechs und sieben aus der Klinik. Wenn ich Glück habe, kann ich noch kurz vor Ladenschluß in einen Supermarkt huschen, um meinen Einkauf zu erledigen. Bis ich geduscht und gegessen habe, läuft meist schon die Tagesschau oder ist gerade vorbei. Der Rest des Abends geht mit Lesen hin. Tageszeitung, Fachzeitschriften, ein gutes Buch. Und dann gegen elf ins Bett, ich muß morgens wieder fit sein."
„Ist das ein interessantes Leben?"
„Beruflich auf jeden Fall. Wenigstens bis vor einiger Zeit. Im Moment finde ich es etwas zu interessant! Privat hat mir seit einigen Jahren natürlich etwas gefehlt, aber das scheint sich gerade zu ändern."
„Gibt es berufliche Pläne, geplante Veränderungen?"
„Nein. Ich mache beruflich das, was mir wirklich Spaß macht. Sicher kann man diesen Job nicht bis zur Pensionierung machen, dafür ist er viel zu stressig, aber ein paar Jahre noch ..."
„Und dann?"
„Das weiß ich doch jetzt noch nicht!"
„Keine Pläne?"
„Durch den Verkauf unseres Hofes und der Ländereien bin ich nicht ganz mittellos, größere Waldflächen gehören mir noch. Ich denke, daß mir dieser Umstand später einmal helfen könnte, ganz gut über die Runden zu kommen. Aber konkrete Pläne ..., habe ich nicht ..., einen kleinen Hof in der Toskana kaufen, ..., mal sehen."
„Im Herbst waren Sie ohne feste Partnerin, sagten Sie?"
„Ja."
„Was empfanden Sie, als Sie Frau Wallendorf zum ersten Mal sahen?"
„Das war kurz nachdem sie mit dem Hubschrauber eingeliefert worden war. Was empfand ich? Zunächst mal empfinde ich, wenn ich mich mit einem neuen Patienten beschäftige, egal, wer es auch ist, gar nichts ..."
„Gar nichts?"
„Nein. Ich habe im Laufe der Zeit zum Glück die Fähigkeit entwickelt, einen schwerkranken Menschen oder ein Unfallopfer zunächst lediglich als fachliche Herausforderung zu sehen, als ein irgendwie de-

fektes System, dem ich dazu verhelfen muß, wieder normal zu funktionieren. Nach der Phase der Erstversorgung sehe ich dann auch die Person, die mit diesem defekten System verbunden ist und mit der mich Sympathie oder Antipathie verbindet. So war das, soweit ich mich erinnere, auch bei Frau Wallendorf."
„Obwohl sie im Koma lag?"
„Ja. Mir fiel schon beim ersten Kontakt auf, daß sie sehr hübsch war und körperlich äußerst anziehend auf mich wirkte, obwohl sie sich nicht artikulieren oder sonst irgendwie bewußt äußern konnte."
„Und später?"
„Das änderte sich auch später nicht. Hinzu kam, als ich mehr über sie und die Umstände ihres Unfalls erfuhr, daß sie mir mit dem, was sie erlitten hatte, und der insgesamt eher schlechten Prognose quoad restitutionem ..."
„... quoad was?"
„... in bezug auf die Möglichkeit einer Wiederherstellung ihrer Gesundheit leid tat."
„Wie hat die ..., ich nenne das einmal erotische Ausstrahlung, Ihre Beziehung zu der Patientin weiterhin beeinflußt?"
„Wie soll ich die Frage verstehen?"
„Hatte der Umstand, daß Sie sie sehr anziehend fanden, Einfluß auf Ihr ärztliches Handeln?"
„Ich würde sagen: nein. Jedenfalls bemühe ich mich sehr darum, meine Empfindungen gegenüber einem Patienten nicht auf meine Behandlung durchschlagen zu lassen. Ob mir das immer gelingt, weiß ich natürlich nicht. Ich hoffe es aber!"
„Haben Sie sich Frau Wallendorf unsittlich genähert?"
„Es bleibt im ärztlichen Handeln manchmal nicht aus, daß das geschieht."
„Können Sie das präzisieren?"
„Ich will es versuchen. Ärztliche Untersuchungen, auch die eines Angehörigen des anderen Geschlechtes, führen manchmal dazu, daß nach Laienansicht unsittliche Berührungen stattfinden. Die sind, abhängig von der Person eines Patienten, sehr angenehm bis eklig. Dabei sollte man als Arzt oder Ärztin versuchen, diese Gefühle nicht in das ärztliche Tun einfließen zu lassen, was nicht bedeutet, daß sie nicht doch vorhanden sind. Diese Tatsache zu leugnen, hieße, unehrlich zu sein. Frau Wallendorf zu untersuchen oder zu behandeln, war für mich, wie vielleicht für jeden normal fühlenden Mann, sehr angenehm. Ich weiß nicht, ob ich mich so ausgedrückt habe, daß Sie verstehen konnten, was ich meine."

„Doch, ja. Ich weiß jetzt nicht mehr, wie ich die Frage, die ich stellen wollte, nach dem, was Sie mir gerade gesagt haben, formulieren soll."
„Vielleicht so: Haben Sie Frau Wallendorf häufiger als erforderlich oder über das notwendige Maß einer Untersuchung hinaus berührt? Trifft es das, was Sie fragen wollten?" versuchte Templer dem Kommissar entgegenzukommen.
„Ja, ich glaube wohl."
„Diese Frage kann ich mit einem klaren ‚Nein' beantworten."
„Hatten Sie den Eindruck, daß das bei anderen Ärzten, Pflegern oder sonstigem medizinischen Personal der Fall war?"
„Nein."
„Keinen Anhaltspunkt?"
„Sie müssen ja ziemlich verzweifelt sein, wenn Sie mich so fragen!" bemerkte Templer.
Der Kommissar antwortete nicht, sondern griff zum Weinglas und trank einen großen Schluck.
„Verhör beendet?"
Herzig sagte nichts, wich Templers Blick aus und seufzte.
„Gibt es denn nichts, was auf einen möglichen Täter hinweist?"
Der Polizist schüttelte den Kopf.
„Nichts, was Sinn machen würde."
Einige Minuten, die Templer endlos lang vorkamen, saßen sie sich gegenüber und tranken. Auch Kommissar Herzig schien sich jetzt keine Beschränkung mehr auferlegen zu wollen. Plötzlich beugte er sich abrupt vor, schmetterte seine Faust auf den Tisch, daß die Weingläser klirrend hochsprangen und bedenklich schwankten. Templer schreckte von dem unerwarteten Ausbruch aus seinen Gedanken auf.
„Scheiße!"
Herzig stand auf und ging ans Fenster. Einen kurzen Augenblick sah er durch die Gardinen hinaus auf die Lichter der Stadt, dann schob er den Stoff zur Seite und öffnete einen Fensterflügel. Wenn man ihn dort so stehen sah, konnte man den Eindruck gewinnen, daß ein schwer Asthmakranker nach Luft rang. Templer sah ihn zum ersten Mal in einer derartigen Verfassung und spürte, wie ein Gefühl des Mitleids in ihm aufstieg.
„Da kann man sich doch wirklich nur besaufen!" hörte er den Kommissar murmeln.
„Bin ich schon dabei. Kommen Sie, ich hole noch eine Flasche!"
Bis Mitternacht waren vier Flaschen des schweren Rotweins geleert, was ihre Stimmung etwas gehoben und ihre Zungen schwer gemacht hatte. Der Kommissar wankte, sich an den Möbelstücken abstützend,

ins Bad. Es sah aus, als würde er bei schwerem Seegang versuchen, auf dem Deck eines Schiffes den Halt nicht zu verlieren. Nachdem er den Toilettendeckel aufgeklappt hatte, versuchte er freistehend zu urinieren, was sich wegen der starken Vor- und Rückwärtsbewegungen seines Körpers jedoch als unmöglich erwies. Er selbst hatte dabei den Eindruck, daß nicht er, sondern der Fliesenfußboden schwankte.
Erst als er sich mit einer Hand an der Wand über dem Spülkasten abstützte, wurde der Stand sicherer, und der Strahl traf ins Ziel.
„Wissen Sie was?“ sagte er, als er auf unsicheren Beinen ins Wohnzimmer zurückgekehrt war, „ich will ehrlich sein ...“
„Das hoffe ich!“ gab Templer zurück.
„Ich bin fast immer ...“, Herzig machte eine unsichere, wegwerfende Handbewegung, „was sage ich da? Immer!“
„Immer was?“
„Immer ehrlich, Mensch!“
„Kein Mensch ist immer ehrlich!“
„Ich bin immer ehrlich! Ehrlich!“ bekräftigte der Kommissar und hob sein leeres Weinglas.
„Leer!“
„Ich hab’ nichts mehr von dieser Sorte.“
„Wissen Sie was? Die Sorte ist mir scheißegal! Scheißegal!“
Templer erhob sich vom Sofa, auf dem er die ganze Zeit gesessen hatte. Erst dabei bemerkte er die Schwere seiner Beine.
„Mann, der Wein haut ganz schön rein!“ lallte er und ging schwankend zu seinem Weinregal. Er holte nacheinander mehrere Flaschen heraus und hielt sie sich vors Gesicht. Nach kritischem Blick aufs Etikett legte er jede Flasche wieder ins Regal zurück.
„Sind die zu teuer für mich?“ wollte Herzig wissen.
„Nein, die Rebsorte ..., die muß doch passen.“
„Zu uns?“
„Quatsch! Zu der Rebsorte von vorher.“
„Gehen Sie mir doch weg mit Ihrer Rebsorte! Die schmecken wir doch sowieso nicht mehr raus!“
„Stimmt. Weiß oder rot?“
„Grün“, antwortete der Kommissar und lachte lauthals über seinen eigenen Scherz.
Templer sah ihn voller Unverständnis an.
„Wie grün? Ich habe nur weiß, rosé und rot. Und aus! Mehr nicht!“
„Dann rot!“
„Gut, rot also.“

Er brachte eine Rotweinflasche mit zum Tisch zurück, zog den Korken heraus und goß die Gläser fast randvoll.
„Auf die armen Schweine dieser Welt!“ rief Templer aus.
„Auf die armen Schweine dieser Welt! Aber wir gehören nicht dazu!“
„Doch! Klar gehören wir dazu!“
„Ich gehöre nicht dazu!“ protestierte Herzig.
„Na gut, dann gehörst du nicht dazu. Ich bin jedenfalls ein armes Schwein.“
„Warum?“
„Weil nicht nur diese Scheiße mit der Frau Wallendorfer ...“
„Wallendorf!“
„... passiert ist und das kein Schwein herausfindet. Die wollen mich auch noch allein lassen. Alle lassen mich mit dem Schlamassel allein. Die Ratten verlassen das sinkende Krankenhaus!“
Templer kicherte.
„Welche Ratten verlassen das Krankenhaus?“
„Der Chef macht Urlaub und Frau Dingsbums ..., Frau ..., wie heißt die denn noch?“
„Wer?“
„Na, die Oberwissenschaftlerin?“
„Frau Doktor Mickler.“
„Ja genau. Die fährt nach London und hält einen großen Vortrag.“
Mit ausgestreckten Armen beschrieb Templer einen Kreis in der Luft.
„Ach? In London?“
„Ja. Frau Wallendorf wird jetzt noch berühmter.“
„Warum in London?“
„Nein, nicht nur in London! Die wird jetzt überall berühmt.“
„Das meine ich nicht. Warum hält die Doktorin einen Vortrag in London?“
„Woher soll ich das wissen? Reiner Ehrgeiz wahrscheinlich.“
„Ich meine, was ist in London los?“
„Ein Gynkigololie ..., Mann, ist das schwierig ..., G-y-n-ä-k-o-l-o-g-i-e-Kongreß. Da will sie Frau Wallenberg ...“
„... dorf!“
„... dorf vorstellen. Nein, nicht sie persönlich, aber ihren Casus, ... unseren Casus belli.“
„So schön ist der nun auch wieder nicht!“
„Wieso schön?“
„Wegen Casus belli.“
„Das heißt doch nicht schön!“

Templer wollte sich ausschütten vor Lachen.
„Sondern?"
„Kriegsfall."
„Kriegsfall?"
„Das ist doch ganz klar. Wegen dieses Falles befindet sich bei uns alles, aber auch alles im Kriegszustand. Scheiße! Prost!"
Templer führte die Flasche, die er noch in der Hand hielt, zum Mund und wollte trinken. Zu seinem Bedauern mußte er feststellen, daß er den Korken wieder in den Flaschenhals gepreßt hatte. Umständlich versuchte er ihn herauszuziehen und hätte fast die ganze Flasche vom Tisch gerissen. Mit Herzigs Hilfe gelang es ihm schließlich, sie zu öffnen.
„Jetzt aber! Prost!"
Die beiden Männer reichten die Flasche zwischen sich hin und her und tranken.
„Meinst du, es gibt noch eine Chance?"
Herzig überlegte kurz.
„Ich glaube ja."
„Und warum sollte das so sein?"
„Ich weiß nicht ..., ich glaube das einfach!"
„Glauben, glauben ..., ich glaube auch, daß der Papst kleine Kinder frißt, wenn er sonst nichts findet."
„Das hat doch eher was mit Religon ..., R-e-l-i-g-i-o-n zu tun."
„Nein, mit Hunger!"
Wieder kicherte Templer, als habe er einen furchtbar guten Witz gerissen.
Als die Flasche leer war, entschloß sich Herzig, seine Frau anzurufen.
„Haben Sie oder hast du, oder was sagen wir jetzt?"
„Du!" sagte Templer entschieden.
„Also, hast du ein Telefon?"
„Nein, habe ich nicht. Kein Telefon!"
„Du hast doch ein Telefon!"
„Ja."
Templer versuchte, auf die Beine zu kommen, was ihm jedoch nicht mehr gelang. Auf allen Vieren kroch er zur Schrankwand und kehrte auf die gleiche Weise mit dem schnurlosen Telefon im Mund zum Sofa zurück.
Eine viertel Stunde später klingelte es an der Tür.
„Das ist deine ...", Templer rülpste, „deine Frau."
Sich aneinander festhaltend, standen die beiden auf, was nach einigen Versuchen auch gelang. Nachdem Templer den Summer, den er

erst einige Sekunden suchen mußte, betätigt hatte, öffnete er die Tür. Schwankend standen sie, sich immer noch aneinander klammernd, auf der Türschwelle und horchten auf die Schritte, die durchs Treppenhaus hallten.
„Oh Gott! Was ist denn hier los?"
Frau Herzig sah mit einer Mischung aus Entsetzen und Belustigung auf die beiden Betrunkenen.
„Kommen Sie doch, kommen Sie doch erstmal ... herein!" sagte Templer und zog den Kommissar einige Schritte zurück in den Raum, um ihr die Möglichkeit zum Eintreten zu geben.
„Das ist Ober... Oberarzt Templer."
Herzig wies mit einer Hand auf Templer, der, einen Arm um den Polizisten geschlungen, an ihm hing. Beide schaukelten bedenklich hin und her.
„Wir haben unseren Frust bekämpft", versuchte Templer die Situation zu erklären. Frau Herzig schüttelte den Kopf und lachte.
„Und das nicht zu knapp!"
„Genau! Nicht zu knapp. Wenn wir, Ihr Mann und ich, etwas machen, dann auch ordentlich!" bekräftigte Templer, „ordentlich doll, meine ich."
Frau Herzig umfaßte ihren Mann und half ihm auf den Flur hinaus, während der Oberarzt sich jetzt am Türrahmen festhielt.
„Hoffentlich kriege ich dich die Treppe hinunter."
Die Frau des Kommissars war eine eher zierliche Person, so daß ihre Bedenken nur zu berechtigt erschienen.
„Tschüß, mein lieber Doktor, bis demnächst in jenem Theater, das die Bretter der Medizin bedeutet oder bedeuten sollte, könnte ..."
Während Herzig das ausrief, drehte er sich noch einmal zur Wohnungstür um und versuchte, Templer zuzuwinken, was das ungleiche Paar fast aus dem Gleichgewicht gebracht hätte.
Als der Arzt die Wohnungstür geschlossen hatte, stellte er fest, daß ihm speiübel war. Er ließ sich auf den Boden fallen, wobei er mit seinem Ellenbogen heftig gegen die Flurgarderobe stieß. Fluchend kroch er ins Bad. Es gelang ihm noch, sich über den Rand der Badewanne zu hängen, bevor er sich erbrach.

Am nächsten Morgen hörte Templer ein Geräusch. Er öffnete die Augen und sah sich um. Warum lag er zwischen Badewanne und Waschbecken auf dem Fußboden? Es war schon hell im Raum, und die Sonne schien durchs Fenster. Wie aus großer Ferne nahm er das Geräusch seines Telefons wahr. Ein bohrender, auf- und abschwellender

Schmerz durchdrang seinen Hinterkopf und zog bis zu den Schläfen. Er stand langsam auf und spürte den Schwindel, der ihn wieder zu Boden stürzen lassen wollte. Allmählich kehrten die Erinnerungen an die vergangene Nacht zurück. Bestimmt habe ich verschlafen, dachte er, und ein großer Schreck fuhr ihm in die Glieder.
Am Telefon war Schwester Ruth, die sich nach seinem Verbleib erkundigte.
„Es ist schon halb zwölf“, sagte sie.
„Oh je! So spät? Ich habe verschlafen.“
„Das ist ja noch nie vorgekommen! Ist alles in Ordnung?“
„Nein. Ich meine, ja. Alles in Ordnung. Ich komme gleich.“
„Bei dir stimmt doch was nicht! Du bist so merkwürdig.“
„Erzähl’ ich dir später.“
„Der Chef möchte dich sprechen. Ich habe gesagt, daß ich dich heute schon gesehen hätte und dir Bescheid geben würde.“
„Danke.“
Nach dem Telefonat ging er ins Bad zurück, in dem es ekelerregend nach Erbrochenem roch. Er riß das Fenster weit auf und spülte die Badewanne aus, in der noch verkrustete Spuren des nächtlichen Gelages klebten. Dann blickte er in den Spiegel. Er sah erbärmlich aus. Seine Augen ruhten in tiefen Höhlen und waren von dunklen Rändern umgeben. Auf der rechten Wange war das Muster der Badematte zu erkennen, auf der er offensichtlich die ganze Zeit gelegen hatte. Die Falten in seinem Gesicht hatten sich in tiefe Furchen verwandelt, ein Augenlid schien geschwollen. Sein rechter Ellenbogen ließ sich nur unter Schmerzen beugen.
Er hatte einen üblen Geschmack im Mund. Welch ein Bild des Jammers, dachte er und suchte in seinem Arzneischrank nach der Aspirinschachtel.
Als Templer eine halbe Stunde später an der Klinik eintraf, benutzte er den Hintereingang. Es mußte schließlich nicht gleich jeder wissen, daß er erst mittags zum Dienst kam. Sich prüfend umsehend, durchquerte er leise die Zentrale der Intensivstation und erreichte unbemerkt sein Arbeitszimmer. Wenig später trat er in grüner Dienstkleidung aus seinem Raum.
„Du stinkst wie ’ne ganze Kneipe!“ sagte Schwester Ruth, der er als erste begegnete, und versuchte den Geruch mit einer fächernden Handbewegung zu vertreiben, „so kannst du nicht zum Chef! Ich geb’ dir ein paar Pfefferminzbonbons. Und dann hin, der ist schon ganz ungeduldig!“
„Gibt es hier Besonderheiten?“

„Nein. Nur einen Neuzugang aus dem OP, Zustand nach Kolonresektion. Haben wir im Griff."
„Den habt ihr hoffentlich separat in die Sieben gelegt?"
„Ja. Du bist hier nicht der einzige, der denken kann!"
„Entschuldigung!"
„Was hast du denn bloß getrieben?"
„Ich habe mit dem Kommissar gesoffen, und wir sind beide furchtbar abgestürzt."
„Du siehst sehr mitgenommen aus."
„So fühle ich mich auch."
„Sieh' zu, daß du zum Chef kommst, und dann legst du dich wieder hin! So kannst du doch gar nicht arbeiten!"
Das war typisch für Ruth, sie sorgte sich um die Menschen in ihrer Umgebung und war voller Mitgefühl. Templer nickte nur. Immerhin waren die furchtbaren Schmerzen, die ihm noch vor einer knappen Stunde das Gefühl vermittelt hatten, sein Schädel würde bersten, etwas zurückgegangen, was wieder einen einigermaßen geordneten Gedankenfluß ermöglichte.
„Da sind Sie ja endlich! Wo haben Sie gesteckt?" empfing ihn Brosenius drei Minuten später in seinem Büro.
„Ich hatte vergessen, meinen Pieper heute morgen an der Pforte abzuholen", log Templer und bemühte sich, dem Chefarzt nicht zu nahe zu kommen, um seine trotz der Pfefferminzbonbons noch ausgeprägte Alkoholfahne vor ihm zu verbergen. Sonst könnte der vielleicht denken, er habe erneut einen Alkoholiker zum Stellvertreter. Nach der Sache mit Müller-Westhoff würde Brosenius sicher empfindlich auf einen solchen Verdacht reagieren.
„Ich möchte sichergestellt wissen, daß die Kollegin Mickler ihren Vortrag in London halten kann!" sagte der Professor in befehlendem Ton.
Templer fuhr sich mit der Hand durchs Haar und versuchte etwas Zeit zum Überlegen zu gewinnen, bevor er reagierte.
„Gegen den Vortrag habe ich nichts einzuwenden. Es kommt für mich etwas kurzfristig, das muß ich zugeben. Wenn Frau Mickler, wie es die Urlaubsregelung im Hause vorsieht, einen Vertreter für die Zeit benennt, sehe ich auch kein Problem, daß sie ihre Reise nach London antreten kann."
Brosenius schnaufte deutlich durch die Nase. Es war ihm anzumerken, daß er wütend war, aber er beherrschte sich. Das entschiedene Auftreten seines Stellvertreters in den letzten Tagen hatte ihn offensichtlich beeindruckt.

„Kollege Templer, ich erwarte, daß Sie Frau Mickler in ihrem Vorhaben unterstützen! Auch bei dem Versuch, kurzfristig eine Urlaubsvertretung zu finden. Notfalls müssen wir eben jemanden aus dem Narkosebereich abziehen."
„Wenn Sie das für vertretbar halten, werde ich das sofort anordnen."
„Tun Sie das bitte!"
„Ja."
„Übrigens, wenn Sie den Herzig das nächste Mal unter den Tisch saufen, was ja taktisch ganz geschickt sein kann, dann nehmen Sie sich doch am nächsten Tag frei!"
Templer stand da wie vom Donner gerührt. Er spürte, daß er innerhalb von Sekundenbruchteilen von einer starken Hitzewelle erfaßt wurde, die von seinen Beinen heraufschoß und sich im ganzen Körper ausbreitete. Er hatte das Gefühl, sein Kopf würde plötzlich leuchten wie eine reife Tomate, was er aber dadurch zu verbergen suchte, daß er sich von Brosenius abwandte und wortlos den Raum verließ.
Woher wußte der Mann von den Ereignissen der vergangenen Nacht? Wer gehörte alles zu seinem Nachrichtendienst, der so schnell und zuverlässig funktionierte? Templer war überrascht und verärgert zugleich, darüber hinaus aber auch voller Bewunderung für die Fähigkeit seines Chefs, zu jeder Zeit über seine Mitarbeiter und die Situation im Haus informiert zu sein. Ärgerlich war er nicht nur darüber, daß er sich von Brosenius ertappt fühlte, sondern daß er dessen Spitzelsystem nach all den Jahren, die er nun schon in der Klinik arbeitete, immer noch nicht durchschaut hatte.
„Hast du dem Chef von meiner Sauferei erzählt?" fuhr er Schwester Ruth an, die seiner Meinung nach neben dem Ehepaar Herzig die einzige Person war, die von der Sache wissen konnte.
„Sag' mal, spinnst du? Ich bin diejenige, die dich deckt, bis halb zwölf schlafen läßt und vorwarnt, und dann kommt von dir eine solche Verdächtigung. Das ist wirklich ein starkes Stück. Wenn hier einer voll zu dir steht, dann ich. Das solltest du mittlerweile gemerkt haben!"
„Entschuldige bitte! Ich weiß das natürlich", stammelte Templer.
„Wußte Brosenius etwa schon von der Sache?"
Er nickte.
„Aber bestimmt nicht von mir!"
Templer fühlte sich wie ein geprügelter Hund. Sein körperlicher Zustand war jämmerlich. Allmählich kehrten die Kopfschmerzen zurück, die Übelkeit hatte zwar etwas nachgelassen, war aber unterschwellig immer noch spürbar. Zudem sah er sich durch den verbalen Stoß, den Brosenius ihm versetzt hatte, gedemütigt, ohne daß er

sich dagegen zur Wehr setzen konnte. Nach einem kräftigen Kaffee, den Ruth Templer in sein Arbeitszimmer brachte, damit er den übrigen Mitarbeitern in diesem Zustand nicht unter die Augen treten mußte, legte er sich auf sein Klappbett und schlief bald ein.
Erst am späten Nachmittag erwachte er und brauchte einige Minuten, um sich zu orientieren und dem Ablauf der Ereignisse eine chronologische Ordnung zu geben. Nachdem er sich frisch gemacht hatte, rief er Kommissar Herzig in dessen Zimmer in der Klinik an. Es meldete sich niemand. Templer versuchte es auf der Dienststelle.
„Kommissar Herzig ist krank“, wurde ihm gesagt.
Der ist vernünftiger als ich, dachte Templer. Dann regelte er die Urlaubsvertretung von Frau Doktor Mickler.
„Frau Nielsen kann Ihre Vertretung übernehmen, sie wird für diese Zeit aus dem Narkosebereich abgezogen“, teilte er seiner Assistenzärztin mit, als sie ihm wenig später gegenübersaß. Ein überlegenes, fast spöttisches Lächeln huschte über ihr Gesicht, als sie die Mitteilung aus dem Mund ihres Oberarztes hörte. Templer blieb das nicht verborgen, und es ärgerte ihn zusätzlich.
„Das entbindet Sie nicht von der Verpflichtung, Einzelheiten mit Frau Nielsen abzusprechen und von ihr den Vertretungsschein unterschreiben zu lassen!“
„Nein, natürlich nicht. Ich werde das erledigen“, sagte sie und ließ Templer in schlechter Laune zurück.
Lustlos wühlte er in dem Stapel mit Befunden und Berichten herum, den man ihm im Laufe des Tages auf den Schreibtisch gelegt hatte. Er stellte bald fest, daß seine Arbeit wenig effektiv war. Er würde in diesen Arbeitstag keine vernünftige Struktur bekommen und zog daraus die Konsequenzen: Er meldete sich ab und fuhr nach Hause.
Nachdem er das Chaos aufgeräumt hatte, das in der vergangenen Nacht in seiner Wohnung entstanden war, versenkte er sich in seinen Lieblingssessel und unternahm den Versuch, sich von Joe Cockers markanter Stimme aufmuntern zu lassen. Es gelang, und nach einer Stunde fühlte Templer sich einigermaßen entspannt und psychisch aufgeräumter. Es überkam ihn das Bedürfnis, mit einem vertrauten Menschen über die Ereignisse der letzten 24 Stunden zu sprechen, und er rief Charlotte an. Die hatte zunächst nur Spott für ihn übrig, erkannte jedoch sehr bald, daß es vollkommen unangebracht war, auf diese Weise zu reagieren.
„Was ist los mit dir? Du klingst so ..., so, als seist du ohne jede Energie.“
„Ich bin ohne jede Energie. Wie eine entladene Batterie. Und das liegt nicht nur an dem Zechgelage der letzten Nacht, sondern ...“

„Sondern?“
„... auch an ..., ach an allem. Es ereignen sich nur Dinge, die mich deprimieren. So sehr ich mich auch anstrenge, sie zu ändern, ihnen eine bessere Richtung zu geben, es gelingt mir nicht. Es gelingt mir zur Zeit überhaupt nichts. Ich glaube, ich brauche dringend Urlaub. Einfach mal raus aus dem Laden!“
„Mach' das doch! Wer hindert dich daran?“
„Mein Chef und meine Assistenzärztin.“
„Warum hindern sie dich daran, Urlaub zu nehmen?“
„Weil Brosenius mir schon angekündigt hat, daß er einige Tage frei nehmen will, und Frau Mickler stellt unsere Vorzeigepatientin in London auf dem europäischen Gynäkologen-Kongreß vor. Die beiden Dinge haben absolute Priorität.“
„Weißt du was? Ich besuche dich am Wochenende. Was hältst du davon?“
„Wenig.“
Charlotte war enttäuscht.
„Willst du mich nicht sehen?“
„Doch, sehr gern sogar. Aber ich muß hier raus! Ich komme lieber zu dir.“
„In Ordnung. Du, ich freue mich auf dich!“

In weiser Voraussicht hatte Frau Herzig ihren Mann gleich früh am Morgen bei seiner Dienststelle krank gemeldet und das mit Magen- und Kopfschmerzen begründet. Den Symptomen nach war das noch nicht einmal gelogen. Sie ließ ihn am Morgen, als sie aus dem Haus ging, weiterschlafen. Auf einem großen Zettel, den sie ihm unübersehbar auf den Nachttisch legte, notierte sie, mit welcher Begründung sie ihn dienstunfähig gemeldet hatte.
Seine Befindlichkeit unterschied sich kaum von der Templers, nur daß er kein Mittel gegen Kopfschmerzen in der Wohnung fand und sie daher mannhaft ertragen mußte. Nachdem er die Notiz seiner Frau entdeckt hatte, wurde er im ersten Moment ärgerlich, weil er sich für diesen Tag einige wichtige Dinge vorgenommen hatte. Als er sein Befinden dann jedoch mit allen Sensoren seines Körpers wahrnahm, kam ihm die Einsicht, daß die von seiner Frau für ihn getroffene Entscheidung wohl doch sehr klug gewesen war.
Erst gegen Abend stand er endgültig auf und ging auf den Balkon hinaus, um ein wenig frische Luft zu schnappen. Nach einem heißen Duschbad fühlte er sich, als seine Frau von ihrer Arbeit zurückkehrte, schon deutlich besser.

„Wie kam es dazu, daß du mit dem Oberarzt so viel getrunken hast? Das machst du doch sonst nicht!"
„Es war auch nicht beabsichtigt. Das ist einfach passiert. Wir waren ..., wir sind beide so sehr von unserer Arbeit frustriert, er von seiner und ich von meiner, daß das einfach notwendig war."
„Und? Hat es dir irgendwie bei der Verarbeitung deiner Frustration geholfen?"
„Kann ich nicht behaupten."
„Warum dann das Ganze?"
„Weiß ich auch nicht. Ich werde es nie wieder tun, Mama!"
Frau Herzig lachte und beschloß, die Angelegenheit mit diesem Schlußsatz ihres Mannes ruhen zu lassen.
„Aber näher gekommen sind wir uns schon. Der Templer ist ein netter Mensch, auch noch, wenn er betrunken ist", beteuerte er. Seine Frau ging darauf nicht weiter ein.
Der nächste Tag war ein Freitag. Kommissar Herzig beschloß, eine kurze Pressemitteilung herauszugeben, an deren Formulierung er an diesem Abend feilte, während seine Frau mit ihrer Tochter Julia am Eßtisch Reversi spielte. Herzig hatte die Absicht, den Medienvertretern lediglich schriftlich mitzuteilen, daß die Ermittlungen ab sofort vorläufig eingestellt würden. Er sah keine Veranlassung und verspürte auch keinerlei Neigung, sich den sicherlich bohrenden Fragen der Presse zu stellen. Der Kommissar konnte sich kaum vorstellen, daß einer der Journalisten diese Nachricht kommentarlos zur Kenntnis nehmen würde.
Die Öffentlichkeit will einen Täter, jemanden, über den die einen bluttriefend berichten und die anderen sich das Maul zerreißen können. Besonders begehrt ist ein richtiges Monster, ein Psychopath mit fundierten Kenntnissen aus dem Fleischerhandwerk oder der Pathologie. Kann die Polizei keinen Täter liefern, wird sie selbst zur Zielscheibe der Medienschelte. Wieder jemand, der die öffentliche Sicherheit bedroht und den die unfähige Polizei nicht fassen kann. Herzig spürte, wie er sich in dieses Thema ohne jeden Grund hineinsteigerte. Noch hatte er der Presse keinen einzigen Satz von dem vorläufigen Ende der Ermittlungsarbeit gesagt, und noch hatte keiner darüber auch nur ein Wörtchen berichtet. Er konnte sich also seine Aufregung aufsparen, bis solche Berichte tatsächlich vorliegen würden.
Am nächsten Morgen fuhr er früh ins Krankenhaus, um sein provisorisches Büro zu räumen und sich von Professor Brosenius sowie von Verwaltungsleiter Janssen offiziell zu verabschieden. Auch bei Doktor Templer auf der Intensivstation wollte er noch einmal vorbei-

schauen. Immerhin war das Krankenhaus für einige Wochen so etwas wie eine zweite Dienststelle für ihn gewesen. Er hatte es dem Oberarzt zu verdanken, daß er Einblick in die sehr abgeschlossene Welt einer anästhesiologischen Abteilung und in die intensivmedizinische Arbeit, auch die Querelen und menschlichen Abgründe, bekommen konnte.

„Es tut mir besonders leid, daß Sie unverrichteter Dinge Ihre Zelte bei uns abbrechen müssen. Ich persönlich hätte mir gewünscht, daß Sie erfolgreich gewesen wären“, sagte der Professor, nachdem er Herzig einen Platz und einen Kaffee angeboten hatte, was dankend abgelehnt wurde.

„Haben Sie nicht bei meinem Chef auf ein Ende der Ermittlungen gedrungen?“ versuchte der Kommissar Brosenius auf den Zahn zu fühlen.

„Natürlich habe ich das! Die Unruhe, die dadurch auf unserer Intensivstation entstanden war, wurde allmählich unerträglich. Das bedeutet jedoch keineswegs, daß ich Ihnen und uns keinen Erfolg gewünscht hätte. Ja, ich sage das ganz offen: Auch uns! So bleibt doch in der Öffentlichkeit hängen, daß der Täter, der nach den Spekulationen in der Presse bei uns im Haus zu suchen ist, seiner Strafe entgeht und weiterhin sein Unwesen treiben kann. Das ist keine gute Werbung.“

„Das interessiert mich näher“, sagte Herzig und fragte zur Überraschung des Professors: „Sind Sie morgen am späten Vormittag zu Hause? Ich würde diese Frage gern mit Ihnen vertiefen.“

„Ja, ich glaube schon, aber ich ...“

„Dann komme ich gegen zehn bei Ihnen vorbei. Bis morgen!“

Ohne noch weiter auf den verdutzten Brosenius einzugehen, drückte Herzig ihm die Hand und ging hinaus.

An die Presse verteilte er wenig später folgende Mitteilung:

Trotz intensiver Bemühungen ist es uns bisher nicht gelungen, im Fall Wallendorf einen Tatverdächtigen zu ermitteln. Wir haben uns daher nach Rücksprache mit der Staatsanwaltschaft entschlossen, die Ermittlungen vorläufig einzustellen. Gez. Herzig, Kriminaloberkommissar.

„Na, mein Lieber, bist du inzwischen wieder ausgenüchtert?“ fragte Herzig, als er wenig später seinen neuen Duzfreund Templer in der Kantine traf und sich auch von ihm verabschiedete.

„Hör auf! Ich habe erst einmal ordentlich verschlafen und konnte mich dann den ganzen Tag über nicht richtig auf meine Arbeit konzentrieren. Du warst wenigstens so vernünftig und hast dich krank gemeldet!“

„Leider war ich dazu gar nicht in der Lage, das hat meine Frau erledigt."
„Eine so fürsorgliche Partnerin muß man haben! Ich hätte auch zu Hause bleiben sollen, schließlich ist mir so etwas zum ersten Mal passiert."
„Warst du vorher noch nie so richtig stinkbesoffen?"
„Ja, schon, während meiner Studentenzeit. Aber ich habe niemals wegen eines Alkoholexzesses im Dienst gefehlt."
Herzig lachte.
„Ich auch nicht. War uns beiden offensichtlich ein dringendes Bedürfnis!"
„Aber besser geworden ist der Schlamassel dadurch auch nicht!"
„Nein. So eine Sache kannst du doch nicht logisch erklären. Das passiert und gut."
„Worüber reden wir hier eigentlich? Du wolltest mir doch sicher ‚Lebewohl' sagen, oder?"
„Nein. Ich wollte ‚auf Wiedersehen' sagen. Hoffentlich treffen wir uns noch mal. Jedenfalls würde ich mich darüber freuen."
„Ebenfalls. Und halt' mich bitte über den Stand der Ermittlungen im Fall Wallendorf auf dem laufenden, soweit du das aus ermittlungstaktischen Gründen vertreten kannst, meine ich."
„Das tue ich auf jeden Fall. Mach's gut!"
„Du auch!"
Die beiden Männer reichten sich die Hand und konnten die Wertschätzung des anderen spüren, die in diesem Händedruck lag.
Am Sonnabendmorgen klingelte Kommissar Herzig kurz vor zehn am schmiedeeisernen Eingangstor der Villa, in der Frau Brosenius gerade den Frühstückstisch abräumte. Ihr Mann saß im Wintergarten, studierte die Zeitung und trank den Rest seines Kaffees.
„Es hat geläutet!" rief er durchs Haus.
Der Chefarzt hatte es sich zur Angewohnheit gemacht, grundsätzlich nicht an die Haustür oder ans Telefon zu gehen.
Seine jüngste Tochter, noch im Morgenmantel, sah durch die Scheibengardine der Eingangstür, um festzustellen, wer geläutet hatte. Ihr langes Haar, das noch unfrisiert war, störte dabei den freien Blick, so daß sie sich eine Strähne aus dem Gesicht streichen mußte. Ihr Vater mochte es nicht, wenn sie an Wochenenden morgens unfrisiert und ungewaschen am Frühstückstisch erschien, hatte es aber aufgegeben, etwas dagegen zu sagen, weil sie seinen Protest seit Jahren hartnäckig ignorierte.
„Da steht ein bulliger Typ mit Oberlippenbart und Mantel. Irgendwie

sieht der aus wie mein Englischlehrer, er ist es aber nicht. Leider! Soll ich öffnen?" rief sie in die Küche, in der ihre Mutter den Geschirrspüler einräumte.
„Das wird der Polizist sein, der heute Morgen kommen wollte", erklärte Frau Brosenius und setzte energisch hinzu: „Sieh' zu, daß du ins Bad kommst, ich lasse ihn herein!"
„Och, kommt schon mal ein interessanter Mann ins Haus, werde ich weggeschickt", schmollte die Tochter gespielt.
„Kümmere dich lieber darum, daß du ordentlich aussiehst! Nicht, daß dich ein Fremder so zu Gesicht bekommt!"
Mit etwas Phantasie hätte man einen amerikanischen Dialekt in Frau Brosenius' Sprache erkennen können.
„Kommen Sie, mein lieber Herzig", sagte Brosenius, der aus dem Wintergarten in den Hausflur gekommen war, um den Kommissar zu begrüßen. Die beiden Männer setzten sich in zwei Rattan-Sessel, die sich gegenüber standen.
Herzig fühlte sich etwas unwohl, weil er am Vorabend noch einen Anruf von seinem Chef bekommen hatte, der darüber erbost gewesen war, daß sein Mitarbeiter im Fall Wallendorf zu guter Letzt noch den Chefarzt aufs Korn nehmen wollte. Ganz offensichtlich hatte Brosenius sich über Herzigs Besuchsankündigung beschwert. Der Kommissar hatte allerdings darauf bestanden, den Besuch noch zu machen, seinem Chef für die Zukunft jedoch ein Ende seiner Nachforschungen versprechen müssen.
„Tja ..., ich weiß gar nicht recht, wie ich anfangen soll ..., nach dem Willen meines Vorgesetzten hätte ich den Fall Wallendorf eigentlich bereits abschließen sollen. Aber ich hatte das Bedürfnis, am Schluß noch einmal mit Ihnen zu sprechen", begann Herzig vorsichtig.
„So? Warum mit mir? Wir hatten doch bereits einige Male das Vergnügen ..."
Der Polizist überhörte den sarkastischen Unterton in der Stimme seines Gesprächspartners keineswegs.
„Sie sagten da gestern etwas über den Ruf Ihres Krankenhauses, der durch den ausgebliebenen Erfolg meiner Ermittlungen leiden könnte. Wie haben Sie das gemeint?"
„In der Öffentlichkeit ist leider der Eindruck entstanden, daß der Täter nur aus den Reihen des Krankenhauspersonals kommen könne. Das ist keineswegs die einzige Möglichkeit und nicht gerade förderlich für das Ansehen unseres Hauses. Ist das so schwer zu verstehen?"
„Auf der anderen Seite wird sehr ausführlich über die medizinische

Kompetenz Ihrer Abteilung gesprochen. Ich habe den Eindruck, daß Ihre Kollegen, Frau Doktor Mickler und Herr Doktor Templer, die Arbeit der Intensivstation sehr gut in der Öffentlichkeit dargestellt haben und sehr viele Menschen am Schicksal der Frau Wallendorf und ihres Babys Anteil nehmen", warf der Kommissar ein.
„Wir stehen im harten Wettbewerb mit anderen Kliniken, auch mit der Uni-Klinik. Da ist es schon wichtig, das diagnostische und therapeutische Leistungspotential unserer Abteilung, aber auch unseres gesamten Hauses ins rechte Licht zu rücken. Das ist in der Tat gut gelungen. Aber würden Sie Ihre Frau guten Gewissens in ein Krankenhaus bringen, in dem ein Mann beschäftigt ist, der eine Patientin mißbraucht hat?"
„Nein, sicherlich nicht."
„Sehen Sie, genau das meine ich. Insofern wäre es mir am liebsten gewesen, Sie hätten den Kerl überführt. Wenigstens aber sollte nicht gerade der Eindruck entstehen, daß der oder die Täter aus der Klinik kommen. Warum ist das übrigens die Möglichkeit mit der größten Wahrscheinlichkeit für Sie?"
„Weil nur jemand, der Detailkenntnisse von der intensivmedizinischen Überwachungstechnik hat, eine Alarmauslösung während einer solchen Tat umgehen kann."
„Haben Sie mal daran gedacht, daß auch Mitarbeiter anderer Kliniken als Besucher in unser Haus kommen könnten? Auch diese Leute bedienen ähnliche, wenn nicht sogar die gleichen medizinischen Geräte. Und dann sind da noch die Techniker, die solche Maschinen warten und instand setzen. Verstehen Sie mich nicht falsch! Ich will diese Leute nicht verdächtigen, aber auch sie kommen doch als Täter in Frage. Das wurde gegenüber der Presse nicht erwähnt."
Kommissar Herzig mußte zugeben, daß er natürlich an diese Möglichkeiten gedacht, sie aber den Journalisten nicht ausdrücklich dargestellt hatte.
„Das war sicher nicht im Sinne Ihres Krankenhauses", sagte er kleinlaut.
„Es wäre nicht schlecht, wenn Sie das den Journalisten noch mitteilen könnten", setzte Brosenius nach.
„Ja, Sie haben recht, das sollte ich tun."
Einen Moment saßen die beiden sich schweigend gegenüber.
„Oh, ich habe ganz vergessen, Ihnen etwas anzubieten. Möchten Sie etwas trinken? Einen Kaffee vielleicht?"
„Nein, vielen Dank! Ich habe gerade gefrühstückt. Sagen Sie, würde es Ihnen etwas ausmachen, ein wenig von sich zu erzählen?"

„Bin ich etwa auch verdächtig?“ fragte der Professor halb im Scherz.
„Jeder männliche und um die Gerätetechnik wissende Mensch aus der Umgebung der Patientin ist potentiell verdächtig!“
„Ist ja in Ordnung, Herzig! Ich weiß das. Was wollen Sie wissen?“
„Alles! Wie sind Sie zur Medizin gekommen? Was haben Sie wissenschaftlich gemacht?“
„Zur Medizin kam ich, weil mein Vater mir sehr davon vorgeschwärmt hat.“
„War er auch Arzt?“
„Nein, er mußte die Anwaltskanzlei meines Großvaters übernehmen, weil der ältere Bruder meines Vaters in Stalingrad gefallen war. Vater hätte aber viel lieber Medizin studiert und hat wohl auch viel Zeit in den Hörsälen der medizinischen Fakultät verbracht. So versuchte er, wenigstens mich mit diesem Virus zu infizieren, und es ist ihm gelungen.“
„Ich schließe daraus, daß Sie nicht zu Ihrem Glück gezwungen wurden.“
„Keineswegs. Vaters einzige Sorge war, daß ich es nicht schaffen könnte. Immer wieder hat er mir zu verstehen gegeben, ich sei den Anforderungen wahrscheinlich nicht gewachsen. Aber ich habe ihm das Gegenteil bewiesen.“
„Wo haben Sie studiert?“
„In Heidelberg, Boston und Marburg.“
„Auch in den Staaten?“
„Ja. Vaters geringschätzige Äußerungen haben einen großen Ehrgeiz in mir entfacht. Ich erhielt ein Stipendium und habe zwei Studienjahre dort verbracht und meine Frau kennengelernt. Sie arbeitete dort als Krankenschwester. Nach meinem Studienende und der Promotion bin ich zurück in die USA gegangen und habe angefangen, als Assistenzarzt in der Anästhesiologie zu arbeiten. Ich habe in Boston meinen Facharzt gemacht und geheiratet.“
„Ihre Frau ist Amerikanerin?“
„Deutsch-Amerikanerin, um genau zu sein. Ihre Vorfahren sind 1908 über Bremerhaven in die Vereinigten Staaten ausgewandert. Wieder zurück in Deutschland, habe ich mich intensiv mit der Narkoseüberwachung beschäftigt und einiges darüber veröffentlicht. Ich bekam dann einen Ruf als ordentlicher Professor nach Berlin und habe dort lange als leitender Oberarzt gearbeitet.“
„Was hat Sie veranlaßt, die Stelle als Chefarzt hier anzunehmen?“ wollte Herzig wissen.
„Ich steckte in einer Sackgasse und mußte mich entscheiden. Entwe-

der weiter Wissenschaft machen und mit einem recht bescheidenen Gehalt auskommen oder der Forschung den Rücken kehren und etwas mehr verdienen. Ich hatte eine vierköpfige Familie zu versorgen, also habe ich das Angebot der hiesigen Klinikleitung vor zehn Jahren angenommen."
„Sie haben zwei Kinder?"
„Ja. Eine Tochter ist schon aus dem Haus, die zweite wohnt noch bei uns und wird im nächsten Frühjahr ihr Abitur machen."
„Sie haben ein großzügiges Anwesen", bemerkte der Kommissar.
„Ja, wir haben uns Mühe gegeben, es uns gemütlich zu machen. Als ich die Chefarztstelle bekam, starben meine Schwiegereltern unter recht mysteriösen Umständen bei einem Autounfall in Mexiko. Das war sehr tragisch; sie waren noch nicht sehr alt. Meine Frau erbte damals eine größere Summe Geld, die wir dann in den Bau dieses Hauses stecken konnten."
„Herr Professor, ich will Ihnen nicht den freien Sonnabend rauben, Sie haben sich Ihre Wochenendruhe verdient."
Herzig erhob sich.
„Ich muß sowieso noch in die Klinik und nach zwei Privatpatienten sehen. Insofern bin ich Kummer gewohnt."
„Jedenfalls danke ich für Ihre freimütigen Auskünfte."
„Keine Ursache."
„Eine Frage habe ich noch. Was hat Sie veranlaßt, Frau Doktor Mickler in Ihre Abteilung zu holen und auf der Intensivstation einzusetzen?"
Brosenius stutzte einen Moment.
„Ich ... habe sie kennengelernt, als sie vor vier Jahren ihre bestandene Facharztprüfung im Tagungsraum der Klinik feiern wollte und um meine Erlaubnis in der Eigenschaft als ärztlicher Direktor nachsuchte. Dann machte sie einen sehr guten Eindruck auf mich, als sie die Ambulanz des Kollegen Hartgen betreute. Ich begegnete ihr erneut, während sie Frau Wallendorf konsiliarisch untersuchte. Als sie sich um die Stelle als Assistenzärztin in meiner Abteilung bewarb, die durch den Weggang eines Kollegen freigeworden war, habe ich zugegriffen."
„Ist es nicht ein ungewöhnlicher Schritt von der Fachärztin in einer Abteilung zur Assistenzärztin in einer anderen? Auch finanziell nicht sehr attraktiv, oder?"
„Bitte haben Sie Verständnis dafür, wenn ich über Personalinterna nicht sehr viel sagen kann! Nur so viel: Finanziell hat sie durch den Wechsel keine Nachteile. Und was ihre persönlichen Motive betrifft,

kann es doch nicht schaden, wenn jemand ein breites Wissen aus mehreren medizinischen Disziplinen erwirbt!“
Das leuchtete dem Kommissar ein.
„Und warum haben Sie sie gleich auf der Intensivstation eingesetzt? Das ist doch recht ungewöhnlich für einen Anfänger auf diesem Gebiet!“
„Sehen Sie, wir hatten diesen schwierigen Fall Wallendorf auf der Station, mit der eingetretenen Schwangerschaft war ihre Betreuung ursprünglich nur interdisziplinär möglich. Durch den Einsatz von Frau Mickler mit ihren Kenntnissen in der Gynäkologie konnte das Problem auf der Intensivstation von uns allein gelöst werden. Das bedeutete weniger Reibereien, und wir waren in der Lage, zwei Fliegen mit einer Klappe zu schlagen.“
Der Polizist sah Brosenius einen Moment an und schien über dessen Erklärung nachzudenken. Dann nickte er befriedigt und verabschiedete sich.
Am Montag beantragte Herzig bei seinem Vorgesetzten zwei Wochen Urlaub.
„Ich muß nach dieser erfolglosen Ermittlung mal ein wenig abschalten“, begründete er sein Begehren.
Sein Chef akzeptierte es, wenn auch murrend, weil wieder viel Arbeit liegenbleiben würde.

Hans Templer schaffte es tatsächlich, am Freitag das Krankenhaus pünktlich zu verlassen. Bereits seit dem Mittag hatte er darauf hingearbeitet. Als Professor Brosenius, der am letzten Arbeitstag der Woche die Chefvisite auf der Intensivstation zwei Stunden früher begann, gegen halb fünf in den Fahrstuhl stieg, nahm der Oberarzt seinen Koffer, den er bereits mit in die Klinik gebracht hatte, und fuhr zum Bahnhof. Es gelang ihm noch, den Zug, der um siebzehn Uhr acht Richtung Frankfurt fuhr, zu erwischen und vorher seine Fahrkarte und einen Blumenstrauß zu kaufen.
Im voll besetzten Zug konnte er lediglich einen Klappsitz auf dem Gang ergattern, was den Nachteil hatte, daß er jedesmal, wenn jemand vorbeigehen wollte, die Beine zur Seite drehen mußte. Das war besonders lästig, weil er seine Churchill-Biographie mit auf die Reise zu Charlotte genommen hatte und sie auf seinen Oberschenkeln zu lesen versuchte. Hans war voller Freude, seine Freundin zu sehen und zwei Tage lang den ganzen deprimierenden Mief seines Alltags hinter sich zu lassen.
In Kassel-Wilhelmshöhe stieg eine sieben Mann starke Gruppe junger,

grölender Neonazis in den Waggon, in dem Templer saß. Rücksichtslos bahnten sie sich den Weg durch den Gang und stießen eine junge, orientalisch wirkende Frau, die mit drei kleinen Kindern und einer großen Zahl von Koffern und Kartons vor einer offenen Abteiltür stand, zur Seite. Die Frau fiel der Länge nach auf den Boden, ihr Kopf schlug gegen die Kante der Heizung. Die letzten zwei Männer der Gruppe nahmen einige der im Gang gestapelten Kartons der Frau und warfen sie hinterher.

„Ausländer raus! Geh' zurück in dein anatolisches Dorf, du Schlampe!"

Die Tür im Gang schlug hinter der Gruppe zu, und Templer hörte nur noch ihr Schreien, das allmählich abebbte.

Erst als er sicher war, daß niemand von ihnen zurückkehren würde, stand er auf, um nach der Frau zu sehen. Andere Reisende, die in dem Abteil saßen, in das sie geschleudert worden war, hatten ihr bereits geholfen, wieder auf die Beine zu kommen. Die Kinder weinten, schrien und klammerten sich an das lange Gewand ihrer Mutter, als sie das Blut sahen, das aus ihrer Nase hervorquoll. Templer schob die Frau sanft auf einen freigemachten Sitzplatz, legte ihren Kopf gegen das Polster, nahm ihre Nase zwischen seinen rechten Daumen und Zeigefinger und drückte beide Nasenflügel zusammen. Mit der freien linken Hand strich er beruhigend über den Kopf der schluchzenden Frau. Andere Mitreisende versuchten, ihre zahlreichen Kartons und Koffer in der Gepäckablage zu verstauen. Auf sein Buch konnte er sich anschließend nicht mehr konzentrieren, so daß er es wieder zurück in seinen Koffer legte.

Als der Zug im Frankfurter Hauptbahnhof zum Stillstand kam, hielt er in der Menge Ausschau nach Charlotte. Zunächst entdeckte er sie nicht. Erst als er weiter in die Bahnhofshalle hineinging und die Menge der Reisenden sich verlief, sahen sie sich fast gleichzeitig. Hans stellte seinen Koffer ab, und sie rannten aufeinander zu. Er nahm Charlotte in seinen Arm und drückte sie ganz fest an sich.

„Schön dich zu sehen!"

Erst in diesem Moment wurde ihm bewußt, daß er den Blumenstrauß im Zug vergessen hatte.

Obwohl sie bereits seit einigen Wochen zusammen waren, hatte er sie noch nie in ihrer Wohnung besucht.

„Ich bin ganz gespannt, wie es bei dir aussieht", sagte er, als sie einige Minuten später in ihrem Wagen saßen.

Vor einem modernen, terrassenförmig angelegten Haus bog Charlotte in eine Tiefgarage und hielt vor einem Gitter, das sich mittels Kar-

te öffnen ließ. Sie fuhr in eine Parkbucht, an deren Stirnseite ein Schild mit der Aufschrift „Dr. Gründler“ angebracht war.
„So, da wären wir“, sagte sie.
„In so einem atombombensicheren Verlies wohnst du?“
„Dummerchen! Das ist nur der Stall für mein Auto. Komm’, ich zeig’ dir, wo ich hause!“
Sie nahm seinen Koffer, verschloß den Wagen und ging zum Fahrstuhl. Hans folgte ihr. Fast lautlos glitt der Lift ins neunte und damit oberste Stockwerk und bremste sanft ab. Als sie ausstiegen, empfing sie eine angenehm warme Umgebung. Der Boden war mit einem hellbraunen Teppichboden bedeckt, die Wände zierten Ornamente aus Rotstein. Aus Strahlern an den Wänden wurde die in einem Ockerton gehaltene Decke angestrahlt. An einer Eichentür mit der Aufschrift „Horst Gründler“ führte Charlotte wieder die kleine Karte ein, mit der sie schon das Tiefgaragengitter geöffnet hatte, und drückte die Tür auf.
„Warum steht ‚Horst Gründler‘ an der Tür? Du bist doch nicht etwa verheiratet?“
„Nein, ich bin noch zu haben! Du wirst schon sehen, warum da ‚Horst‘ steht!“ sagte Charlotte und schob ihn in einen breiten, großzügig gestalteten Flur, der, wie von Geisterhand entzündet, von einem Meer kleiner Deckenstrahler ausgeleuchtet wurde. Sie stellte Hans’ Koffer neben einem aus Porzellan geformten Löwen ab, der sie grimmig anzufauchen schien. Eine Wand war komplett mit Spiegeln bedeckt, an der gegenüberliegenden Seite befand sich ein überdimensionales Bild, das Manhattan bei Nacht zeigte und die gesamte Wand einnahm. Hans, der, sich interessiert umsehend, seinen Mantel auszog und an die Flurgarderobe hängte, war beeindruckt.
Charlotte zog ihn durch einen sehr großen Raum, den er jedoch nicht richtig ermessen konnte, weil sie kein Licht machte. Durch eine Schiebetür traten sie auf einen Balkon, dessen hausnaher Teil von einem laubenartigen Dach überspannt wurde. Der hintere Bereich war frei, so daß er den erhellten Himmel über der Stadt sehen konnte. Von dort oben hatten sie einen freien Blick, in der Ferne waren die teilweise erleuchteten Hochhäuser der Frankfurter Innenstadt zu sehen.
„Weißt du jetzt, warum an meiner Tür ‚Horst‘ steht?“
„Nein.“
„Wo wohnt der Adler?“
„In einem Horst.“
Jetzt war bei Hans der Groschen gefallen. Das paßte wirklich. Die

Wohnung mit dem Balkon, hochoben über dem Stadtteil, glich tatsächlich dem Nest eines Raubvogels.
„Und wer ist deine Beute?“
„Männer wie du!“ fauchte Charlotte und umschlang ihn mit ihren Armen. Ihre Lippen suchten seinen Mund. Hans' Körper wurde von einer Gänsehaut überzogen, was von einem wohligen Gefühl begleitet war. Er spürte deutlich, wie die Last des Alltags, die ganze Düsternis seiner aktuellen Existenz von ihm abfiel.
„Komm', ich will dir den Rest meines Horstes zeigen!“
Als sie durch die Tür wieder ins Innere traten, machte sie gedämpftes Licht an, und Hans schaute sich in dem Raum um. Er war recht groß, etwa ein Drittel der Fläche war podestartig erhöht. Dort nahm ein langes Regal aus blankem Stahl die gesamte Wand ein. Vor dem Regal, das mit einer Unzahl von Büchern gefüllt war, standen eine ebenfalls stählerne Bibliotheksleiter auf Rollen und ein weißer Konzertflügel.
„Ich wußte gar nicht, daß du Klavier spielst“, bemerkte er und versuchte so, sein Erstaunen und seine Sprachlosigkeit, die ihn erfaßt hatten, zu überspielen. Charlotte setzte sich auf einen Klavierhocker, der mit weißem Leder überzogen war, und öffnete die Klaviaturklappe. Sie machte ein paar symbolische Fingerübungen und begann eine eingängige Melodie zu spielen, die Hans zwar zu kennen glaubte, deren Titel er aber nicht hätte nennen können. Er hörte andächtig zu, bis Charlotte aufhörte zu spielen und sich erhob.
„Das war schön. Von wem ist das?“
„Von mir.“
„Du hast Talente, von denen ich bisher überhaupt nichts wußte.“
„Mußt du alles von mir wissen? Um mehr voneinander zu erfahren, bleibt uns noch genug Zeit, hoffe ich. Komm', ich führ' dich weiter herum.“
Er konnte deutlich spüren, daß sie voller Stolz auf alles war, was sie ihm zeigte. Sie hatte einen Hang zum Exhibitionismus, hier wurde es ihm wieder deutlich.
In der Mitte des Raumes hing eine riesige Leuchte in Form einer orientalischen Öllampe, die fast bis auf den großen ovalen Glastisch hinabreichte. Um den Tisch war eine großzügige weiße Leder-Sitzgarnitur drapiert. In einer Ecke des Raumes führte eine breite Wendeltreppe in ein Stockwerk, das noch eine Etage höher liegen mußte. An den freien Wänden hingen lebensgroße Aktbilder, für die ganz offensichtlich Charlotte selbst das Vorbild gewesen war. Hans blieb vor den Bildern stehen und betrachtete sie lange. Die Bilder waren sehr

ausdrucksvoll, sinnlich und doch nicht vulgär, aufreizend die gezeigte Pose und doch nicht ordinär.
„Sehr schöne Bilder. Von deinem Freund, dem jüdischen Maler?"
„Ja, von Jacob. Er hat sie mir geschenkt."
Neben der Wendeltreppe war eine abgerundete Aussparung in der Wand, die in die Küche führte. Blanker Stahl und das Weiß von erlesenen Fliesen beherrschten den Raum. Eine Küche wie aus dem Katalog. Charlotte schien ein spätes Mahl für sie vorbereitet zu haben, denn auf dem Herd standen eine Pfanne und zwei Töpfe. Auf der Anrichte entdeckte Hans einen Korkenzieher, der noch in einem Korken steckte. Obwohl ihm der Sinn nicht schon wieder nach Wein stand, freute er sich darauf, ihr bei gedämpftem Licht oder Kerzenschein gegenüber zu sitzen und mit ihr anzustoßen.
Neben dem Durchgang zur Küche war eine Tür, die eine kleine herzförmige Öffnung im oberen Teil aufwies und hinter der ein kleines Gäste-WC lag. Neben dem Toiletten- und einem Waschbecken, das aus einem einfachen stählernen Faß bestand, sprang ein Poster ins Auge, auf dem eine von hinten gezeigte nackte Frau zwischen zwei Männern, die verwundert zu ihr herüberblicken und Designeranzüge tragen, im Stehen uriniert.
„Etwas obszön, aber mir gefiel das Bild!" entschuldigte sich Charlotte, „jetzt kommt das Herzstück meines Horstes!"
Sie eilte ihm voraus und stieg die Treppe hinauf. Der obere Teil der Wohnung war wie eine Art Wintergarten angelegt. Obwohl es draußen stockfinster war, konnte Hans erahnen, wie lichtdurchflutet es hier am Tag sein würde.
„Was ist das denn?" fragte er verwundert, als er das von einem Holzgestänge gehaltene, geräumig wirkende Zelt entdeckte, das in einer Ecke des aquariumartigen Dachgeschosses aufgebaut war.
„Das ist mein Schlafzelt."
„Dein Schlafzelt?"
„Ja, ein echtes Beduinenzelt aus Nordafrika!"
„Wie kommst du an eine solche Nomadenbehausung? Und was machst du darin?"
„Zu Frage eins: Ich habe, als ich aus Israel nach Deutschland zurückkehrte, einen längeren Umweg über Ägypten, Libyen und Algerien gemacht. Auf dieser Reise verbrachte ich einige Wochen bei einem sunnitischen Beduinenstamm. Denen habe ich das Zelt aus dem Kreuz geleiert. Zu Frage zwei: Ich schlafe und verbringe meine Liebesnächte darin."
„Hast du das Zelt auch durch eine Liebesnacht erstanden?"

„Mein lieber Hans, ich prostituiere mich nicht! Das solltest du wissen! Wenn ich mit einem Mann schlafe, dann aus purer Lust oder gar nicht!"
„Entschuldige bitte!"
„Bitte! Aber ein Beduine, der sehr in mich vernarrt war und mich kaum wieder gehen lassen wollte, spielte schon eine Rolle dabei, das stimmt."
Mehr schien sie darüber, wie sie zu dem Zelt gekommen war, nicht erzählen zu wollen. Hans akzeptierte das.
„Und wie kriegt man ein solches Monstrum nach Frankfurt? Man kann es doch sicherlich nicht im Flugzeug mitnehmen!"
„Das stimmt. Ich habe es von Bengasi nach Hambug verschiffen und dann mit einer Spedition per Lkw weitertransportieren lassen."
Er schob den sich überlappenden Zelteingang zur Seite und sah ins Innere. Als Charlotte Licht im Zelt gemacht hatte, sah er, daß sie dem Nomaden nicht nur das Zelt, sondern offensichtlich auch dessen Einrichtung abschwatzen konnte. Es sah darin aus wie in Tausendundeinernacht, und es roch auch so.
„Und wie schläft es sich darin?"
„Das wirst du heute nacht selbst erleben können. Oder ziehst du es vor, unten auf dem Sofa zu schlafen?"
„Nicht unbedingt! Es sei denn, wir sollten noch einen größeren Streit miteinander bekommen, was ich nicht hoffen will!"
„Blödmann! Ich habe alles Mögliche mit dir vor, aber keinen Streit; es sei denn, es muß unbedingt sein!"
„Muß nicht sein!"
„So, und nun das Schönste im Horst!" sagte Charlotte und öffnete die Tür zum Bad.
Hans trat einen Schritt vor und blieb voller Erstaunen auf der Türschwelle stehen. Vor ihm befand sich ein Badezimmer, das etwa die Ausmaße eines mittelgroßen Wohnzimmers hatte. In der Mitte war eine große runde Badewanne im Boden eingelassen, die wahlweise als Whirlpool benutzt und, so demonstrierte Charlotte ihm, mit Hilfe von Unterwasserscheinwerfern beleuchtet werden konnte. Der Fußboden des Zimmers und die halbhohen Seitenwände waren mit weißem Marmor bedeckt, nach oben bildete das durchsichtige Glasdach den Abschluß, welches Hans bereits über dem Beduinenzelt gesehen hatte.
„Hier kann dir ja alle Welt beim Baden zusehen", sagte er, um überhaupt etwas von sich zu geben.
„Wenn sie in einem Flugzeug sitzt, ja, sonst müßte mir schon jemand aufs Dach steigen, wenn er einen Blick auf mich erhaschen wollte."

Hans Templer setzte sich auf einen Ledersessel, der neben dem Whirlpool stand.
„Sag' mal, wie kannst du dir eine solche Wohnung mitten in Frankfurt leisten?"
„Das Ganze war preiswerter, als du vielleicht denkst. Die Wohnung habe ich mir vom Erbe, das mir mein Vater nach seinem Tod hinterlassen hat, gekauft. Ich sagte mir damals, daß das, nach allem, was er mir angetan hat, nur recht sei. Die Inneneinrichtung habe ich mir zu einem Teil im Laufe der Zeit zusammengesammelt, zum anderen Teil stammt sie von einem guten Freund, einem Bildhauer, der normalerweise alle möglichen und unmöglichen Plastiken aus Stahl zusammenschweißt."
„Und die Idee, das alles in dieser Form zu kombinieren ..."
„... stammt von mir".
„Alle Achtung!"
Hans war wirklich beeindruckt. Das war ein sehr exklusiver und sicherlich einmaliger Horst.
„Ich habe uns etwas zu essen vorbereitet. Laß' uns runtergehen und es uns gemütlich machen!"
Als sie zusammen in der Küche standen, schaltete Charlotte die Herdplatten an und würzte das Nachtessen, das sie bereits am Nachmittag vorbereitet hatte.
„Was gibt es?" fragte Hans, neugierig schnuppernd.
„Wan-Tan-Suppe, Krupuk und Chop Suey mit Reis."
„Mmh, das hört sich gut an."
„Eigentlich wollte ich dazu einen chinesischen Reiswein servieren, aber ich wußte nicht, ob du den magst. Ich habe lieber doch einen Pinot grigio aufgemacht. Du kannst schon mal die Kerzen auf dem Eßtisch anzünden. Hier sind Streichhölzer!"
Hans suchte den erwähnten Tisch zunächst vergeblich, fand ihn dann aber doch unter der Wendeltreppe am Fenster. Er hatte ihn während des ersten Rundgangs durch die Wohnung gar nicht bemerkt. Es war für zwei Personen gedeckt.
Nach zehn Minuten saßen sie sich beim flackernden Schein mehrerer Kerzen gegenüber, zwei Martinigläser vor sich.
„Weißt du eigentlich, daß wir reichlich Martini getrunken hatten, als du mir damals auf der ominösen Fete an die Bluse gehen wolltest?"
„Das kann nicht sein, ich mochte das Zeug früher gar nicht!"
„Ich bin mir sicher, daß es Martini war!"
„Na gut, dann war es Martini."
„Du glaubst es noch immer nicht?"

Hans schüttelte den Kopf. Charlotte nahm ihr Glas in die Hand und hielt es ihm entgegen.
„Trinken wir auf uns und auf ..., auf das viele Mineralwasser, das wir damals getrunken haben!"
Er steckte ihr die Zunge heraus, nahm aber ebenfalls sein Glas und stieß mit ihr an.
„Was ist mit dir los?" fragte sie, als sie die Gläser wieder auf dem Tisch abgestellt hatten, „du wirktest am Telefon so deprimiert und mutlos."
„Seitdem ich bei dir bin, kann ich diesen Zustand kaum noch nachfühlen. Es kommt mir vor, als sei alles ganz weit weggerückt."
„Möchtest du lieber nicht darüber sprechen?"
„Doch, aber ich muß erst wieder an den Punkt meines Gefühls zurück, den ich spürte, als wir telefoniert haben."
„Verstehe."
„Ich stecke irgendwie in einer Sackgasse", begann Hans.
„Wieso in einer Sackgasse? Du bist leitender Oberarzt geworden. Du hast es geschafft, deine Großmutter vom Verkauf eures Hofes zu überzeugen, und wir haben uns wiedergefunden. Kann ein Mensch mehr Glück haben?"
„Ich weiß, daß ich es auch so betrachten sollte, ich kann es aber nicht."
„Wie siehst du es dann? Oder vielleicht sollte ich fragen: Wie fühlst du es?"
„Ja, das trifft es besser. Mir ist klar, daß es vernünftig war, den Templer-Hof zu verkaufen, und doch komme ich mir vor wie ein Verräter an ..."
„An was oder an wem?"
„Ich weiß es nicht genau. Vielleicht an meinem Großvater. Ich glaube, daß er mir böse ist."
„Du meinst, dein inneres Bild des Großvaters ist dir böse?"
„Vermutlich, er selbst ist ja seit fast 35 Jahren tot."
„Aber für dich lebt er noch, nicht wahr?"
Hans nickte und begann plötzlich zu weinen.
„Du hast ihn immer noch nicht loslassen können, nach all den Jahren nicht ..."
Er schob den vor ihm stehenden Teller zur Seite und stützte den Kopf auf seine Unterarme, die jetzt auf dem Tisch lagen. Charlotte streichelte ihn und schwieg, bis Hans nach einer ganzen Zeit seine Erzählung fortsetzte.
„Ich hatte immer das Gefühl, daß er mich begleitete, wo ich auch war

und was ich auch tat. Ich habe kleine und mittlere Sünden begangen, die er mir sicher verziehen hat, aber den Hof zu verkaufen ..."
Er sprach nicht weiter, holte ein Taschentuch aus seiner Hosentasche und schnäuzte sich. Dann trocknete er seine Augen und wischte sich über die Wangen.
„Was war dein Großvater für ein Mann?" fragte Charlotte schließlich.
„Er war nicht groß, aber kräftig ..."
„Das meine ich nicht", unterbrach sie ihn, „was hatte er für einen Charakter?"
„Er war sehr gut zu mir, sehr warmherzig und ..."
„Und?"
„Er hat mir immer gezeigt, daß er mich so liebte, wie ich war. Obwohl vieles, was ich tat, vollkommen kindisch auf ihn gewirkt haben muß. Schließlich war ich erst neun, als er starb."
„Und du meinst, jetzt würde er dich verurteilen, weil du etwas getan hast, das er vielleicht anders entschieden hätte. Das würde doch gar nicht zu dem Menschen passen, den du gerade beschrieben hast, oder täusche ich mich?"
Er sah Charlotte verwundert an und schien angestrengt nachzudenken. Dann huschte ein Lächeln über sein Gesicht, und er schüttelte energisch den Kopf.
„Nein, das würde nicht zu ihm passen!" sagte er entschieden, „ganz und gar nicht!"
Es war Hans deutlich anzumerken, daß er sich durch die Einführung einer anderen Betrachtungsweise, einfach durch die Sicht der Dinge aus einem anderen Blickwinkel sehr erleichtert fühlte. Er griff zu seinem Martiniglas und wollte erneut mit Charlotte anstoßen.
„Es beeindruckt mich, wie du sehr komplexe Zusammenhänge so aufzulösen verstehst, daß sie einem klar werden, emotional klar werden, meine ich."
„Ich habe mir jahrelang Mühe gegeben, es zu erlernen."
„Ich denke nicht, daß jemand das, was du gerade gemacht hast, lernen oder studieren kann!"
„Eine gewisse theoretische Grundlage ..., Scheiße, mein Essen!"
Charlotte sprang auf und rannte in die Küche. Sie konnte nur noch einen Teil des Abendessens retten, ein anderer wanderte, fast schwarz geworden, in den Mülleimer.
„Nun hör' auf, dir deswegen Gedanken zu machen!" forderte Hans sie auf, als sie mit Verzweiflung im Blick auf die Pfanne starrte.
„Reichen dir Suppe und Krupuk, oder soll ich noch einen Pizza-Service anrufen?"

„Wenn ich ehrlich sein soll, reichst du mir auch ohne jedes Abendessen!"
„Dabei wollte ich dir ein Zeugnis meiner Kochkunst ablegen."
„Du hast mir das Zeugnis einer viel wichtigeren Kunst abgelegt", sagte Hans und küßte ihr sanft die Stirn.
„Also kein Pizza-Service?"
„Kein Pizza-Service!"
Sie aßen die Suppe, die er, ganz ehrlich, so delikat fand, daß er sich noch einen Nachschlag aus der Küche holte. Zum Krupuk, der noch sehr knusprig war und auf der Zunge mit einem angenehmen Kribbeln zerschmolz, tranken sie den Pinot grigio, der so kalt war, daß man fast Eiskristalle darin zu spüren glaubte. Wußte Charlotte, daß er italienischen Weißwein derart gekühlt liebte, oder war es Zufall, daß sie den gleichen Geschmack hatten?
„Und warum meinst du noch, daß du dich in einer Sackgasse befändest?" hakte Charlotte nach, als sie den Eßtisch abgeräumt und sich an den gläsernen Couchtisch gesetzt hatten.
„Du hast natürlich recht, daß es angebracht wäre, mich über die Beförderung zum Stellvertreter meines Chefs zu freuen ..., aber ich sehe inzwischen auch die diversen Nachteile, die das Ganze mit sich bringt."
„Welche Nachteile?"
„Den ganzen Personalklüngel, den Neid der Kollegen, die Tatsache, meinen Chef noch häufiger sehen zu müssen als bisher und die offenbar unvermeidliche Distanz zum gemeinen Krankenhausvolk, dem ich mich um so vieles näher fühle als der Chefetage."
„Hast du das vorher nicht ausreichend bedacht?"
„Mein Chef hat mir keine Zeit gelassen, darüber nachzudenken."
„Und du hast sie dir auch nicht genommen!"
„Ja, ich hätte den Schritt sorgfältiger überlegen müssen! Aber selbst heute wüßte ich noch immer nicht, wie ich mich hätte entscheiden sollen."
„Oh je! Das spricht ja sehr dafür, daß du ein ziemlich ungeklärtes Verhältnis zur Macht an sich hast", stellte Charlotte trocken fest, und Hans wußte, daß sie auch damit zielsicher ins Schwarze getroffen hatte.
„Und dann wird die Geschichte des sexuellen Mißbrauchs auf meiner Station immer mehr zum psychologischen Sprengsatz für mein Team. Kommissar Herzig hat sich heute von mir verabschiedet, er will die Ermittlungen ergebnislos einstellen, ‚vorläufig', wie er sagt."
„Das ist allerdings ein Problem, dessen Lösung nicht von dir abhängt.

Die Aufklärung des Sachverhaltes fällt nicht in deinen Zuständigkeitsbereich!"
„Trotzdem belastet mich das Ganze ziemlich. Ich hatte vor dieser Sache ein zielstrebiges und sehr ausgeglichenes Team, und jetzt gleichen wir eher einem aufgescheuchten Hühnerhaufen. Unter solchen Bedingungen können wir unsere Aufgaben auf Dauer nicht erfüllen!"
„Ich verstehe deine Sorge, aber es gibt kaum eine Möglichkeit für dich, auf das Mißtrauen innerhalb deiner Mannschaft Einfluß zu nehmen. Vielleicht braucht ihr Hilfe von außen."
„Was meinst du mit ‚Hilfe von außen'?"
„Eine Teamsupervision zum Beispiel."
„Ich kann mir kaum vorstellen, wie uns das aktuell helfen sollte", sagte Hans.
„Ein erfahrener Supervisor würde versuchen, die Konflikte und das Mißtrauen mit euch zusammen zu benennen und nach Lösungsmöglichkeiten zu suchen. Es arbeiten inzwischen viele Teams in der freien Wirtschaft damit, um ihre Arbeitseffektivität zu steigern."
„Die Idee interessiert mich schon, ich glaube allerdings nicht, daß unsere Verwaltung dafür Geld ausgeben würde", gab er zu bedenken.
„Das ist natürlich eine Schwierigkeit. Gute Teamsupervisoren lassen sich ihr Können bezahlen."
„Weißt du was?" fragte Hans plötzlich.
„Nein."
„Ich habe eigentlich keine Lust, unser gemeinsames Wochenende damit zu verschwenden, über Probleme des Krankenhauses nachzudenken!"
„Du hast recht. Und was machen wir statt dessen?" fragte Charlotte.
„Ich würde sagen: Rückzug ins Zelt."
„Nicht schlecht, aber ..."
„Aber?"
„Ich weiß etwas Besseres."
„Etwas noch Besseres?"
„Etwas noch Besseres!"
„Du machst mich neugierig."
„Das ist auch meine Absicht", flüsterte sie, setzte sich rittlings auf seinen Schoß und fuhr ihm zärtlich mit beiden Händen durchs Haar, „gib mir einen kleinen Vorsprung!"
Er hörte sie in der Küche und in der oberen Etage hantieren. Nach zehn Minuten vernahm er Charlottes Ruf von oben: „Du kannst kommen!"
„Wo bist du?" wollte er wissen.

„Im Bad!“
Hans ging die Treppe hinauf und hörte bereits im Flur ein Zischen und Gurgeln, das durch die Badezimmertür drang. Als er sie geöffnet hatte, sah er seine Freundin in der Badewanne sitzen, die von bläulich schimmernden Scheinwerfern aus dem Wasser heraus erleuchtet wurde. Sonst war kein Licht im Zimmer. Die Füllung des Pools brodelte und perlte, kleine Fontänen bildeten sich an der Oberfläche. Es sah aus, als würde Charlotte in einem riesigen Topf gekocht. Am Beckenrand standen eine Flasche und zwei langstielige Gläser.
„Was stehst du da herum? Komm' rein!“
Das ließ Hans sich nicht zweimal sagen. Er rupfte sich hastig seine Kleidung vom Leib und warf sie auf den Boden. Dann setzte er sich ihr gegenüber ins angenehm warme Wasser, dessen kleine Blasen seinen Körper sanft streichelten.
Charlotte ließ den Korken knallen und durchs Badezimmer fliegen. Dann hob sie die Flasche schnell über ihren Kopf, um den überschäumenden Champagner mit ihrem weit geöffneten Mund aufzufangen.
„Gib mir dein Glas!“ befahl sie.
Hans schob es zwischen Flasche und Charlottes Mund, und sie goß ihm ein, bevor sie vorsichtig ihr eigenes Glas füllte.
„Findest du es nicht etwas dekadent, in einem beleuchteten Whirlpool zu sitzen und teuren Champagner zu trinken?“ fragte er.
„Nein. Ich weiß, daß es eine große Verlockung für einen intelligenten Menschen ist, vor allem für einen Perfektionisten wie dich, das primitive, emotionale und triebhafte Ich zu töten, aber, mein Lieber, das ist ein Fehler!“
„Wenn du meinst“, bemerkte Hans, und sie spürte, daß er nicht ganz verstanden hatte, was sie ihm damit sagen wollte.
„Laß' uns den Triumph des Genusses über die Vernunft begießen! Wer weiß, wie lange wir es noch können!“
Damit schwang sie Hans ihr Glas entgegen. Der kühle Champagner schmeckte köstlich.
„Du hast noch gar nicht gesagt, wie du meinen Horst findest.“
„Er ist ..., er ist ziemlich ausgefallen und ... besonders“, sagte er zögernd.
„Gefällt dir aber nicht?“
„Ich habe einen anderen Geschmack, aber alles paßt zusammen und wirkt sorgfältig ausgesucht. Deine Wohnung beeindruckt mich, und ich bin gern hier, aber das liegt sicher auch an dir als Person.“
„Wenn jetzt keine Wolken über uns wären, könnten wir auch noch die

Sterne sehen und den Mond. Das Leben ist herrlich, wenn man zu zweit ist. Allein ist es hier drin nur halb so schön, insofern gebe ich dir recht", stellte Charlotte fest und fing an, Hans' Körper mit ihrer rechten Fußspitze zu liebkosen. Mit leichtem Druck begann sie an der Brust, ließ ihren Zeh langsam abwärts wandern und bohrte ihn dann ganz sanft in seinen Bauchnabel. Er schloß die Augen, und sein Kopf sank nach hinten auf den Wannenrand.

„Je kultivierter und intelligenter ein Mensch ist und je beherrschter vor allem, desto nötiger braucht er eine Strategie, seine primitiven Impulse zu kanalisieren, an deren Vernichtung er so sehr gearbeitet hat. Sonst werden diese mächtigen Kräfte sich konzentrieren und an Stärke zunehmen, bis sie mächtig genug sind, um sich Bahn zu brechen, um so ungezügelter, je länger sie verdrängt worden sind. Und nicht selten sind sie dann stark genug, unseren Willen vollkommen wegzuschwemmen", dozierte Charlotte und massierte jetzt vorsichtig sein Glied.

„Was könnte schrecklicher und gleichzeitig schöner sein, als die Kontrolle über uns gänzlich zu verlieren, die Ketten des sterblichen Ichs für einen kurzen Augenblick abzuwerfen und absolut frei zu sein? Wie herrlich ist es, sich in einem einzigen Schwall freizugeben!" fuhr sie fort.

„Von wem ist das?" fragte Hans, ohne die Augen zu öffnen.

„Das habe ich in einem Buch gelesen, und ich finde, daß es auf mein altes Leben und auf dessen Überwindung, an der ich so hart gearbeitet habe, haargenau paßt."

Sie spürte, wie sein Penis unter ihren Berührungen langsam an Größe zunahm. Er seufzte zufrieden und tastete nach seinem Glas, vorsichtig führte er es zum Mund und trank.

„Du siehst sehr entspannt aus", bemerkte sie.

Hans nickte nur und hielt seine Augen weiterhin geschlossen.

Charlotte setzte jetzt auch ihren zweiten Fuß ein.

„Mmh, das gefällt dir, was?"

Wieder nur ein Kopfnicken.

Nach einer ganzen Zeit, vielleicht fünf Minuten oder etwas länger, stand sie auf und setzte sich auf ihn, was Hans veranlaßte, seine Augen überrascht aufzuschlagen. Er legte seine Hände auf ihre Schultern und begann seinerseits, mit beiden Zeigefingern zärtlich ihren Nacken zu streicheln. Charlotte beugte sich vor und berührte mit einer Brustwarze seine Lippen. Er verstand das Signal, umspielte sie mit seiner Zunge und saugte daran, bis sie ganz hart wurde, dann suchte sein Mund die Warze der anderen Brust. Dabei kreiste sie ganz

langsam, die Bewegung war kaum zu sehen, mit ihrem Becken auf seinem Schoß, was seine Erregung weiter steigerte.
Charlotte intensivierte Druck und Ausmaß ihres Hin- und Hergleitens, und sie spürte sein hartes Fleisch an ihrer Scham. Das schwere Atmen der beiden wurde vom Gurgeln des Wassers bald nicht mehr übertönt. Sie erhob sich kurz von seinem Schoß, richtete mit einer kurzen, geschickten Bewegung ihrer Hand sein Glied auf und ließ sich wieder hinabsinken, wobei er in sie eindrang.
„Wow, das ist schön. Beweg' dich schneller!" flüsterte sie ihm ins Ohr.
Hans kam Charlottes Aufforderung nach und empfing ihre Erregung mit jeder Zelle seiner Sinne. Sie gab sich auch keinerlei Mühe, ihre wilde Wollust zu verbergen. Nach kurzer Zeit bäumte sie sich auf und schrie: „Nicht aufhören! Nicht aufhören! Mach' weiter! Weiter! Oh ja, immer weiter!"
Eine Stunde später trug Hans sie erschöpft und tropfnaß aus dem Badezimmer ins Zelt, wo er sie auf das große Matratzenlager legte. Ein schwacher Lichtschimmer erlaubte zwar eine gewisse Orientierung, verlieh aber dem gediegen-orientalischen Inneren der Beduinenbehausung eine fast gespenstische Atmosphäre, die Hans viele Geheimnisse vorzuenthalten schien. Die vielen Gegenstände, die an den Zeltbahnen und -stangen hingen, waren nur schemenhaft auszumachen und beflügelten seine Phantasie, mystische Bedeutungen in ihnen zu sehen.
Sie begannen erneut, sich intensiv zu liebkosen. Charlotte hatte sich über ihn gebeugt, von ihrem Körper rannen Wassertropfen und fielen auf ihn herab. Sie bedeckte ihn mit Küssen und strich mit ihren nassen Haarsträhnen über seine Haut. Sie ist eine erfahrene Liebhaberin, die weiß, was einem Mann gefällt, dachte Hans, was ihn unweigerlich zu der Frage führte, ob er der einzige war, der den Reichtum ihrer Liebeskunst genießen durfte. Die Frage sexueller Treue hatten sie für ihre Beziehung noch nicht geklärt. Noch ehe er sich weitere Gedanken darüber machen konnte, beschwerte sie sich über seine Passivität.
„He, ich bin kein Stück Holz, ich will auch etwas spüren!"
Hans packte sie in der Taille und drehte sie von seinem Körper herunter, so daß sie auf ihrem Rücken landete. Schon war er über ihr und knabberte behutsam an ihrem Bauch. Als seine Zunge ihren Bauchnabel berührte, konnte er die Anspannung spüren, die plötzlich durch ihre Muskulatur ging. Er glitt weiter an ihrem Bauch herunter und zupfte leicht mit den Zähnen an ihrem Schamhaar. Charlotte zog ihn auf sich, umschlang ihn mit beiden Beinen und drückte ihn fest an sich.

„Ich liebe dich sehr!“
Irgendwann in der Nacht, vielleicht war es auch schon früher Morgen, hörte Hans das Telefon läuten.
„Telefon!“ flüsterte er Charlotte zu, die ganz eng an ihn geschmiegt lag.
„Laß’ es klingeln! Ich glaube, der Anrufbeantworter ist eingeschaltet“, antwortete sie schläfrig und schien nicht gewillt, sich aus ihrer Position zu lösen.
Als das Geräusch nach ein paar Sekunden verstummte, schliefen sie wieder ein.
Am anderen Morgen erwachte Hans als erster. Durch den schmalen Spalt des Zelteingangs fiel grelles Sonnenlicht.
Er streichelte Charlotte übers Haar und versuchte sie so zu wecken. Als sie ihre Augen weiter geschlossen hielt, fing er an, ihr ins Ohrläppchen zu beißen. Allmählich kam Leben in ihren Körper, und sie blinzelte ihn aus zwei schmalen Augenschlitzen an.
„Oh, hab’ ich gut geschlafen“, sagte sie mit rauher Stimme.
„Wie in Abrahams Schoß?“
„Nein, in deinem fühle ich mich noch viel geborgener!“
„Draußen scheint die Sonne“, verkündete Hans.
„Vielleicht können wir auf dem Balkon frühstücken.“
„Dazu ist es noch zu kalt!“ rief er hinter Charlotte her, die schon aus dem Zelt geschlüpft war und die Treppe hinunterrannte, um die Außentemperatur auf dem Balkon zu prüfen.
„Du hast recht, es ist ziemlich kalt und windig“, rief sie von unten, „dann gibt es das Frühstück eben drinnen. Möchtest du Kaffee oder Tee?“
„Kaffee.“
Auch Hans erhob sich und stieg, nackt wie er war, die Wendeltreppe hinab, um seinen Bademantel aus dem Koffer zu holen, der noch unten im Flur stand.
Als er etwa die Mitte der Treppe erreicht hatte, hörte er, wie Charlotte den Anrufbeantworter im Wohnzimmer zurückspulte. Mit Beginn der Wiedergabe blieb er unwillkürlich stehen und hörte der Stimme vom Band gebannt zu:
„Hallo, du schöne Frau meiner schlaflosen Nacht. Wenn du wach liegst wie ich, dann ruf’ doch zurück. Vielleicht könnten wir den Rest der Nacht zusammen verbringen. Ich möchte dir gern ganze Serien von Wonneschauern über deinen hübschen Rücken jagen. Bitte erhöre mein Flehen und melde dich!“
Es schien Hans, als gefriere ihm das Blut in seinen Adern und als könne er keine Luft mehr bekommen. In dem Moment, als Charlotte die

Botschaft löschte und das Gerät wieder auf Empfang schaltete, wandte sie ihren Kopf um und erblickte ihn auf der Treppe.
„Hast du mitgehört?"
„Ja."
„Das tut mir leid!" bemerkte sie, ohne daß er aus ihrer Stimme hätte schließen können, wie sie die Tatsache, daß er die eindeutige Botschaft ihres Galans verstanden hatte, aufnahm.
„Mir nicht!" sagte Hans nur knapp, eilte die Treppe ganz hinunter und ging mit versteinertem Gesicht an ihr vorbei.
„Nun sei nicht albern!"
„Ich bin nicht albern!"
„Aber stinkeifersüchtig."
„Habe ich etwa keinen Grund dazu?" rief er aus dem Flur.
„Nein, den hast du nicht!"
„Es war doch eindeutig herauszuhören, daß du mit diesem Menschen geschlafen hast. Oder willst du behaupten, die Wonneschauer, von denen er sprach, werden von der Erotik in seiner Stimme bewirkt, wenn ihr rein platonische Gespräche führt?"
„Nein, das will ich nicht! Und das habe ich auch gar nicht nötig! Dennoch hast du keinen Grund zur Eifersucht", sagte Charlotte relativ ruhig, aber entschieden.
Hans kehrte mit dem Koffer in der Hand ins Zimmer zurück und blieb vor ihr stehen. Der Anblick zweier nackter Menschen, die einander gegenüberstanden und sich angifteten, einer dazu noch mit einem Koffer in der Hand, hätte auf einen Betrachter ziemlich grotesk gewirkt.
„Und warum habe ich deiner Meinung nach keinen Grund zur Eifersucht?" fragte er mit einer Stimme, in der ärgerliche Erregung mitschwang.
„Weil ich dich liebe! Und zwar nur dich!"
„Pah. Und diesen Kerl ..."
„... liebe ich nicht. Außerdem ist das kein Kerl, sondern ein sehr netter und sympathischer Mann, den ich seit vielen Jahren kenne ..."
„... und genauso lange mit ihm schläfst?"
„Ja. Und zwar auch ohne ihn zu lieben."
„Wie geht das?"
„Das geht. Und das weißt du auch!"
Charlottes Stimme wurde jetzt ebenfalls im Ton schärfer und lauter.
„Ich habe aber nicht die Absicht, dich mit einem anderen Mann zu teilen!" schrie er, ging schnellen Schrittes die Treppe hinauf und verschwand im Bad.

Charlotte ließ sich in einen Sessel fallen und holte ganz tief Luft.
„Warum mußte ich diesen Scheiß-Anrufbeantworter auch sofort abhören, ich Idiot!“ zischte sie vor sich hin und schlug mit der Faust auf die Lehne.
Einige Minuten vergingen, bis Hans aus dem Bad kam, seinen Koffer die Stufen hinunter und dann wortlos an ihr vorbei trug, um sich im Flur seinen Mantel anzuziehen.
„Willst du mir nicht ‚auf Wiedersehen‘ sagen?“ fragte sie trotzig.
„Nein, eher ‚lebe wohl‘!“ gab er zurück.
„Es kann doch nicht sein, daß du unsere Beziehung beenden willst!“
„Warum nicht? Ich habe nicht dich betrogen, sondern du mich! Die Frage ist also, wer dafür verantwortlich ist, daß unsere Beziehung endet.“
„Ich sehe einen Geschlechtsakt nun einmal nicht als Betrug an!“
„Aber ich!“ sagte Hans nur kurz, hob seinen Koffer vom Boden auf und ging durch die Eingangstür, ohne sich noch einmal nach ihr umzudrehen.
Charlotte wartete, bis die Tür ins Schloß gefallen war. Dann stand sie auf und folgte ihm in den Hausflur. Sie sah, wie er auf den Fahrstuhl wartete.
„Ich bin schließlich nicht dein Eigentum und will es auch nicht werden!“ schrie sie.
Hans verschwand im Aufzug.
Als er im Zug saß, war ihm speiübel. Er verspürte einen Kloß im Hals, der, sooft er auch gegen ihn anschluckte, nicht verschwand. Es war ein körperlich spürbarer Katzenjammer, der ihn von den Zehen bis in die Haarspitzen beherrschte. Er empfand die vergangene Nacht in jenem Moment wie einen Alptraum, mit einem Seelendruck verbunden, der ihn zu zerreiben drohte.
Je weiter er mit dem Zug nach Norden kam, desto schlechter wurde das Wetter. Er saß reglos am Abteilfenster und sah hinaus in eine graue Regenlandschaft. Die Wasserfahnen rissen sich, vom Fahrtwind getrieben, von den Fensterrahmen los und schwappten gegen die Scheibe. Es goß wie aus Eimern. Zum Glück war er allein im Abteil und mußte seine jämmerliche Stimmung mit niemandem teilen. Was sollte er allein zu Hause anfangen? Über seine Wangen rollten Tränen und fielen ihm in den Schoß. Er hatte das Gefühl, daß es kein Zurück mehr gab. Er konnte an der Situation, die entstanden und in die er wie hypnotisiert hineingeraten war, nichts ändern. Er hatte ohne eigenen Willen, ohne eigenes Dazutun gehandelt, als er ohne ein Wort des Abschieds aus Charlottes Wohnung gegangen war – wie eine Ma-

rionette, die für ihre Handlungsweise nicht verantwortlich ist. Er konnte jedoch schlecht erwarten, daß sie das verstand.
Angestrengt suchte Hans in seinem Gedächtnis nach jemandem, dem er seine Situation auseinandersetzen konnte, dem er sich mit diesen intimen Dingen anvertrauen konnte, aber er fand niemanden.
Die Abteiltür wurde aufgeschoben.
„Ist hier noch frei?“
Hans räusperte sich, um eine klare Stimme zu bekommen.
„Ja“, antwortete er. Auch das noch! Jetzt wollte sich dieser Kerl, ein fetter Mann mit zu engem Jackett und einer Zigarre im Mund, auch noch an seinem Elend weiden, wollte in sein Abteil eindringen und an seinem erbarmungswürdigen inneren Zustand teilhaben. Das war zuviel! Er stand auf, verließ das Abteil, hetzte den Gang entlang, schloß sich auf dem WC ein und setzte sich auf den geschlossenen Toilettendeckel.
Nach einer ganzen Weile wurde der Türgriff heruntergedrückt, einmal nur, aber das genügte bereits, damit er sich erneut bedrängt fühlte. Wieder versuchte jemand, in seine Intimsphäre, bestehend aus einer ein Quadratmeter großen Zugtoilette, einzudringen. Selbst diesen bescheidenen Anspruch auf Raum zum Alleinsein machte man ihm streitig. Es gab im Zug mindestens 20 Toiletten, und ausgerechnet diese war Ziel eines ungeduldigen Menschen.
„Besetzt!“ schrie er, so laut es ihm in seinem Zustand möglich war. Das hatte jedoch nur zur Folge, daß der Griff noch heftiger hin- und herbewegt wurde. Schließlich klopfte dieser Jemand auch noch an die Tür. Hans öffnete, vor ihm stand eine Dame von etwa 70 Jahren und sah ihn feindselig an.
„Junger Mann, sie sind nun schon seit zehn Minuten da drin. Ich habe genau auf die Uhr gesehen. Das ist unsozial!“
Er zuckte mit den Schultern, schüttelte mißbilligend und resigniert den Kopf und öffnete den Mund, um etwas zu sagen, unterließ es dann aber doch. Ihm fehlte die Kraft, um sich mit dieser biestig dreinschauenden Alten anzulegen.
Eine ganze Stunde stand er auf dem Gang des Zugwaggons und sah aus dem Fenster. Er kam sich unheimlich verloren vor, wie auf einer Fahrt ohne Wiederkehr. Nach glücklichen Stunden war er jetzt auf einer langen Reise ins Nichts und spürte, daß seine Empfindung für Charlotte nicht mehr so war wie vorher. Kein Gefühl der Zuneigung stellte sich ein, keines der Geborgenheit. Am liebsten hätte er sich in irgendein kleines Loch verkrochen. Nichts war übriggeblieben von der Nacht der berauschten Sinne, von diesem irren, erotischen Traum

mit einer venusgleichen Frau. Charlotte war ihm fremd geworden und sehr sehr weit von ihm entfernt.

In den nächsten zwei Wochen meldete sich Charlotte nicht bei ihm, und auch er wollte nicht den ersten Schritt tun, mit ihr Kontakt aufzunehmen. Als Hans Templer am Montag zum Krankenhaus fuhr, war seine Stimmung kaum besser geworden. Er verrichtete seine Arbeit automatisch wie eine Maschine, ohne jede innere Beteiligung. Die Mitarbeiter seines Teams spürten sein Stimmungstief, aber außer Schwester Ruth sprach ihn niemand darauf an. Auch sie wies er schroff ab und schien ihr nichts von seinem durcheinandergeratenen Innenleben offenbaren zu wollen.

Am letzten Arbeitstag vor seinem Urlaub wies Professor Brosenius Templer kurz in die Arbeiten ein, die während der Abwesenheit von seinem Stellvertreter zu erledigen waren.

„Wenn Ihnen etwas gänzlich unklar ist, wenden Sie sich vertrauensvoll an Frau Förster, sie wird Ihnen helfen."

Die Sekretärin, die neben den beiden saß und einen Schriftsatz in den Computer eingab, nickte befriedigt darüber, daß ihre Bedeutung während des Urlaubs ihres Chefs noch wachsen würde.

Täglich schaute Templer zweimal bei ihr vorbei, sichtete die Post, die sie ihm sortiert hingelegt hatte, und unterschrieb einige unwichtige Papiere. Er gewann den Eindruck, daß sie die wirklich wichtigen Dinge ohnehin zurückhielt, bis Brosenius zurückkam. Und er stellte fest, daß ihn das noch nicht einmal störte. Einen Vorteil hatte Brosenius' Urlaub ohnehin: Die allabendliche Chefvisite fiel aus.

Templer hatte einen Oberarztkollegen gebeten, die Narkosen der Privatpatienten zu übernehmen, die der Chef sonst gewöhnlich selbst durchführte, wenigstens aber einleitete und im Raum blieb, bis der Patient das Bewußtsein verloren hatte und nichts mehr davon mitbekommen konnte, wenn Brosenius die weitere Leitung der Narkose einem Assistenzarzt überließ.

Am Sonntagmorgen des folgenden Wochenendes schreckte Templer vom Telefongeläut aus dem Schlaf. Es war noch vollkommen dunkel. Er sah auf den Wecker: viertel nach drei. Hastig griff er zum Telefonhörer eines Nebenapparates, der auf seinem Nachttisch stand. Er hatte das unbestimmte Gefühl, daß Charlotte ihn anrufen würde, aber es war jemand von der Nachtschicht der Intensivstation am Draht und berichtete von schwerwiegenden Komplikationen, die bei Frau Wallendorf aufgetreten seien.

„Wir dachten, es wäre besser, dich direkt anzurufen, obwohl du

keinen Dienst hast. Schließlich ist Frau Doktor Mickler auch nicht da."
Nein, die feiert wissenschaftliche Triumphe in London, dachte Templer wütend, sprang aus dem Bett und schlüpfte in seinen Jogginganzug.
Auf der Intensivstation herrschte helle Aufregung, als er eintraf. Fast das gesamte Pflegepersonal und der diensthabende Assistenzarzt waren im Zimmer sechs bei der Patientin, die so sehr zitterte, daß die Bettgitter rhythmisch klapperten.
„Seit zwanzig Minuten hat sie diesen Schüttelfrost und 40,5 Temperatur", rief ihm Hartmut Brandt, einer der Pfleger, zu.
„Was habt ihr bisher gemacht?"
„Blutkultur abgenommen", antwortete Dr. Kuhlendahl, der Assistenzarzt, „ich versuche gerade Bronchialsekret abzusaugen, ist gar nicht so einfach bei dem Gezittere! Dann wollte ich alle Zugänge wechseln und die alten ins Labor schicken."
„Sehr gut! Habt ihr der Patientin bereits etwas zur Senkung der Temperatur gegeben?" wollte Templer wissen.
„Nein, aber Schwester Tanja zieht gerade Aspisol auf", bekam er zur Antwort.
„Stop, alles zurück! Kein Aspisol!" rief Templer zur Tür hinaus.
„Warum kein Aspisol?" fragte Doktor Kuhlendahl überrascht.
„Weil wir nicht wissen, wann das Kind kommt oder wann es geholt wird. Aspisol steht im Verdacht, im letzten Drittel der Schwangerschaft gegeben, zu einer Wehenhemmung und damit zur Verlängerung des Geburtsvorganges zu führen, außerdem kann es bei dem Foeten zu einem vorzeitigen Verschluß des Ductus arteriosus Botalli und bei Neugeborenen zu intrakraniellen Blutungen kommen. Also bitte einen unübersehbaren Hinweis ans Bett der Patientin Wallendorf: Kein ASS geben!"
„Das habe ich nicht gewußt", gab Doktor Kuhlendahl kleinlaut zu.
„Machen Sie sich nichts draus, vermutlich hätte das außer Frau Doktor Mickler als Gynäkologin auch kein anderer aus unserer Abteilung gewußt. Aber wozu haben wir unser wandelndes Medizinarchiv in Form des Oberarztes", versuchte Hartmut den Assistenzarzt zu trösten.
„Was geben wir statt dessen?" fragte Schwester Tanja, die inzwischen in den Raum gekommen war.
„Nichts!" entschied Templer, „wir versuchen es mit Kühlelementen im Bereich der Leisten und am Hals. Außerdem braucht sie mehr Flüssigkeit, die genaue Menge ermittelt ihr bitte nach dem ZVD!"

„Ich kann mir nicht vorstellen, daß der Schüttelfrost für 'ne Schwangere so gesund ist", wandte Tanja ein.
„Ist er auch nicht, aber erstmal versuchen wir es ohne fiebersenkende Mittel, wir können uns immer noch anders entscheiden, wenn es so nicht geht", sagte Templer.
„Wie sind die Blutgase?" fragte er weiter.
„In Arbeit", hörte er aus der Zentrale.
„Okay, ich gehe in mein Zimmer. Wenn etwas Besonderes ist, will ich gerufen werden! Und vergeßt nicht, auch 'ne Urinprobe ins Labor zu geben!"
Das Problem des Schüttelfrostes von Frau Wallendorf war tatsächlich nicht so zu lösen, wie Oberarzt Templer es sich vorgestellt hatte. Noch die ganze Woche beschäftigte diese Komplikation ihn und verlangte seinen vollen Einsatz auch während der Nächte. Erst die Gabe einer Kombination von drei verschiedenen Breitspektrumantibiotika brachte die Situation unter Kontrolle. Das Ergebnis der Blutkultur hatte die Existenz eines ziemlich problematischen Bakteriums, das fast ausschließlich in Krankenhäusern vorkommt, im Körper der Patientin gezeigt.
Am Mittwoch versuchte er Herzig in dessen Dienststelle anzurufen, um sich zu erkundigen, ob es, trotz der vorläufigen Einstellung der Ermittlungen, Neuigkeiten im Fall Wallendorf gab. Man teilte ihm mit, daß der Kommissar bereits seit einigen Tagen im Urlaub sei. Resigniert legte Templer den Telefonhörer auf. Auch Herzig hatte also die Nase voll und ganz offensichtlich keinerlei Hoffnung mehr, den Mißbrauch der Patientin aufklären zu können.

Als Professor Brosenius aus dem Urlaub zurück war und auch die Kollegin Mickler nach ihrem sehr spektakulären und erfolgreichen Vortrag in London den Dienst auf der Intensivstation wieder aufgenommen hatte, entschloß Templer sich, für zehn Tage in die Toskana zu reisen. Brosenius hatte Verständnis für das Bedürfnis seines Stellvertreters, nach all dem Streß der letzten Wochen einmal auszuspannen, und gewährte ihm diesen Kurzurlaub großzügig. Seit seinem Studium in Italien, wo er die ersten Semester absolviert hatte, zog es Hans Templer in fast jedem Jahr in dieses Land. Urlaub bedeutete für ihn immer Reisen, weil er den Tapetenwechsel brauchte. Nur selten hatte es ihn in andere Gefilde verschlagen, wie im vorletzten Jahr, als er auf den Spuren alter Schlösser und Whisky-Destillerien durch Schottland gereist war.
Charlotte gegenüber, die er kurz vor seinem Abflug doch noch anrief,

gab er sich am Telefon sehr einsilbig und sagte ihr lediglich, daß er einige Tage Urlaub machen und über die Probleme in ihrer Beziehung nachdenken wolle. Sein Reiseziel verschwieg er, auch als sie ihn ausdrücklich danach fragte. Er hatte das Bedürfnis, allein zu sein.
Templer flog von Frankfurt aus direkt. Bisher war er meist mit seinem Wohnmobil nach Italien gefahren. Fliegen bedeutete für ihn Streß. Er war zwar in der Lage, mit einem Flugzeug zu reisen, Starts, Landungen und die heftigen Bewegungen der Maschine bei Turbulenzen bereiteten ihm jedoch große Angst. Das Schönste am Fliegen war für ihn das Rumpeln der Fahrgestellräder beim Landen, denn er wußte sich dann wieder auf der sicheren Erde zurück und konnte entspannt durchatmen.
Bewußt hatte Templer sich einen Fensterplatz ausgesucht, als er beim Einchecken nach seinen Wünschen gefragt wurde. Dort könnte er die Aussicht auf die bizarre Landschaft der Alpen genießen, vorausgesetzt, daß das Flugzeug ruhig dahinglitt und gute Sicht herrschte.
Templer war ziemlich nervös, als die Boeing 737 auf ihre Position rollte, bremste und auf die Starterlaubnis der Flugkontrolle wartete. Eine ganze Weile geschah nichts. Plötzlich wurde das Geräusch der Turbinen heller, lauter und entschlossener. Die Bremsen lösten sich, der Jet beschleunigte, wurde immer schneller und schoß über die Startbahn. Eine ungeheure Kraft preßte Templer gegen die Rückenlehne seines Sitzes. Die Flughafengebäude rasten am Fenster vorbei, dann verlor die schwere Maschine den Bodenkontakt und begann zu schweben. Die Rollbahn entfernte sich allmählich, das Flugzeug gewann an Höhe. Es war gegen den Wind in Westrichtung gestartet, jetzt legte sich die Maschine auf die linke Seite und flog eine enge Kurve, um nach Süden zu schwenken.
Nach einer knappen viertel Stunde war der Steigflug beendet, und das optische Signal, das die Anschnallpflicht anzeigte, erlosch. Templer blieb angeschnallt, das vermittelte ihm ein Gefühl von Sicherheit. Die Maschine war nur zur Hälfte besetzt. Einige Fluggäste hielten sich hinter einer Zeitschrift oder Zeitung verborgen, andere sahen aus dem Fenster auf die dichte Wolkenschicht, die ihnen die Sicht auf den Boden versperrte. Auf dem Gang schob eine Stewardeß mit dem Servierwagen durch die Reihen und verteilte Drinks sowie ein kleines Menü.
Nach etwa 25 Minuten erklang die Stimme des Flugkapitäns, der die Gäste an Bord in deutscher und englischer Sprache begrüßte und die Reiseflughöhe mit 10 800 Metern angab. Dann kündigte er eine

Schlechtwetterzone über den Alpen an und bat die Passagiere, sich wieder anzuschnallen. Die Stewardeß zog sich mit ihrem Wagen aus dem Gang zurück, und das Blinklämpchen mit dem Hinweis auf die Anschnallpflicht leuchtete erneut auf. Das kann ja heiter werden, dachte Templer und duckte sich angespannt in seinen Sitz.
Nach wenigen Minuten begann das Flugzeug in raschem Wechsel auf- und abzutanzen. Es kam Templer vor, als sei er beim Rodeo gegen seinen Willen auf einen bockenden Stier gesetzt worden. Ihm war klar, daß solche Sprünge des Flugzeuges bei Turbulenzen vorkommen konnten, dennoch machten ihm diese abrupten Bewegungen eine Heidenangst, und immer, wenn er in eine solche Situation geriet, hatte er das dringende Bedürfnis, nicht mehr dabei zu sein, einfach auszusteigen, was natürlich in fast elf Kilometern Höhe unmöglich war. Nicht Übelkeit war es, die ihn plagte, sondern die Vorstellung, daß das Flugzeug einfach wie ein Stein zu Boden fallen könnte und seinem Leben damit ein Ende gesetzt würde. Er versuchte, diese Gedanken zu vertreiben.
Die Tragfläche, in dessen Nähe sich sein Platz befand, schwang wie der Flügel eines Vogels auf und ab. Die hält das nicht lange aus, kam es Templer in den Sinn. Solche Schwingungen mußten zwangsläufig nach einiger Zeit zu einer Materialermüdung und zum Abbrechen der Tragfläche führen. Das ist der sichere Tod, dachte er. Andererseits sagte ihm sein Verstand, daß derartige Turbulenzen an jedem Tag zig Flugzeuge trafen und sie nicht in Schwierigkeiten brachten. An dem Verhalten der übrigen Fluggäste konnte er feststellen, daß es vielen von ihnen nicht anders erging als ihm. Nur wenige Geschäftsreisende, die er an ihrer korrekten Kleidung zu erkennen glaubte, saßen auf ihren Plätzen und sahen eher gelangweilt den Gang entlang.
Templer dachte an Charlotte und daran, daß sie im Streit auseinandergegangen waren. Er wünschte sich, er hätte sich vor seinem Tod noch mit ihr ausgesöhnt. Dafür war es jetzt zu spät. Was hinterließ er noch? Ein ungelöstes Verbrechen auf der Station, für die er im Krankenhaus verantwortlich war, und eine Gruppe von Mitarbeitern, die voller Mißtrauen gegeneinander mit jedem Tag mürrischer ihren Dienst antraten und keine Freude mehr an ihrer Arbeit hatten. Oberarztkollegen, die ihn mit Neid oder sogar Haß betrachteten. Einen Chef, der es vermutlich schon bereute, ihn, Templer, zu seinem Stellvertreter ernannt zu haben. Und eine Großmutter, die es ihm übel nahm, daß er den 135 Jahre alten Familiensitz der Abrißbirne preisgegeben hatte. Keine überzeugende Lebensbilanz! Von ihm würden lediglich eine aufgeräumte und gemütlich eingerichtete

Zwei-Zimmer-Wohnung mit vielen Büchern, ein paar wertvolle Bilder, ein Mittelklassewagen und ein Wohnmobil übrig bleiben. Und bei einigen die Erinnerung, daß im Städtischen Krankenhaus einmal ein ganz netter Oberarzt gearbeitet hat. Würde man ihn vermissen? Schwester Ruth vielleicht und ein paar andere von der Intensivstation. Seiner Großmutter würde er wahrscheinlich fehlen. Aber sonst?

Templer begann zu beten, ohne die Hände zu falten. Er glaubte an Gott, wenn auch nicht mehr in der Form, die ihn seine Großmutter als Kind einmal gelehrt hatte. Gott war kein alter weiser Mann, der in den Tiefen des Weltraumes in einem Paradies aus grünen Wiesen und sonnendurchfluteten Wäldern, umgeben von schönen Engeln, ein strenges, aber gütiges Regiment führte, wie er es sich früher vorgestellt hatte. Es gab für Templer keine Personifizierung Gottes, aber eine Macht, die die Gesetze der Ordnung des Universums diktierte und auch die Kraft besaß, ein winziges Flugzeug weiterfliegen oder vom Himmel fallenzulassen.

An all diese Dinge dachte er, und es gelang ihm, sich damit von den Ängsten abzulenken, die ihn vereinnahmt hatten. Er bemerkte gar nicht, daß die Maschine bereits seit einigen Minuten wieder ganz ruhig dahinflog, so sehr war er in seine Verbindung mit Gott vertieft. Südlich des Alpenhauptkammes wurde das Wetter besser, und über dem Lago Maggiore schien bereits die Sonne. Durch die wenigen Wolken war das Glitzern auf der langgestreckten Wasserfläche zu sehen. Die gebirgige Landschaft der Alpen ging allmählich in flaches Land über. Einzelne Gehöfte lagen verstreut zwischen den Äckern, auf denen bereits mit Traktoren gearbeitet wurde. So machte das Fliegen sogar Spaß, und es war ihm möglich, gar nicht an seine Flugangst zu denken. Eine wirkliche Entspannung seiner verkrampften Muskulatur verspürte er jedoch erst, als die Räder des Flugzeugs das Rollfeld des Pisaner Flughafens berührten.

Bereits an der Tür des Flugzeugs und noch deutlicher, als er die Treppe hinunterging, empfingen ihn die warme italienische Sonne und ein weiter, blauer Himmel. Templer atmete tief durch und fühlte sich auf Anhieb wohl. Er konnte sich jetzt vorstellen, daß diese zehn Tage in Italien ihm Entspannung und Erholung bringen würden. Vor dem Flughafen nahm er ein Taxi und ließ sich zu dem kleinen Hotel in der Innenstadt fahren.

Schon in den Außenbezirken wurde der Verkehr dichter. Der Taxifahrer wechselte mit einer wahnsinnigen Geschwindigkeit die Fahrspuren ohne zu blinken und verscheuchte laut hupend Radfahrer und

Fußgänger von seinem Weg. An der Piazza Guerazzi kam der Verkehr völlig zum Erliegen. Autoschlangen aus mehreren Richtungen hatten sich so verkeilt, daß nichts mehr ging. Der Taxifahrer, ein älterer, schnauzbärtiger Mann mit sonnengegerbter Haut, kurbelte sein Fenster herunter und schimpfte mit drohender Faust in Richtung Kreuzungsmitte. Ein ganzes Konglomerat italienischer Wörter drang an Templers Ohr. Obwohl er die Sprache beherrschte, verstand er von dem, was sein Fahrer aus dem Fenster schrie, lediglich das Wort „merda", Scheiße.

Aus den Fenstern der übrigen Autos rechts und links und vor dem Taxi sah Templer bald weitere Köpfe und Fäuste. Ein lautes Hupkonzert setzte ein. Er lehnte sich ins Polster zurück und genoß dieses italienische Chaosszenario. Schließlich hatte er Urlaub und mußte sich als Fahrgast nicht um das Verkehrsproblem kümmern, das, wäre er der Fahrer gewesen, seinen Blutdruck sicherlich in die Höhe getrieben hätte. Sorgen bereitete ihm mehr sein Taxifahrer, der sich immer heftiger erregte, schließlich aus dem Auto stieg und laut fluchend in Richtung Kreuzungsmitte verschwand.

Wenige Minuten später, das Autoknäuel hatte sich so schnell aufgelöst, als habe es nie bestanden, saß er, lässig den linken Arm aus dem Fenster haltend und pfeifend, am Steuer und war die Ruhe selbst. Man konnte sich nicht mehr vorstellen, daß derselbe Mann noch vor wenigen Augenblicken vor Erregung fast geplatzt wäre. Diese Temperamentssprünge in der italienischen Mentalität faszinierten Templer. Er kannte die italienische Lebensart, lächelte bei diesem Erlebnis vor sich hin und hatte das Gefühl, bereits in den ersten Minuten seines Urlaubs ein „italienisches Schlüsselerlebnis" gehabt zu haben. Auf der Ponte Solferino überquerten sie den Arno, der wenig Wasser führte und träge in seinem engen Flußbett durch die Stadt floß.

Als das Taxi vor dem kleinen Hotel hielt und er den Fahrer, der ihm noch seinen Koffer an den Eingang trug, entlohnte, sog er das pulsierende Leben auf der Piazza Arcivescovado in sich auf, das Unruhe und Gelassenheit zugleich verbreitete. Die warme südländische Sonne schien alles Leben zu beschleunigen und einen intensiven Einfluß auf die Stimmung der Menschen in den Straßen auszuüben. Lediglich der Tankwart gegenüber war auf seinem Sessel nach hinten gesunken, hatte die Mütze tief ins Gesicht gezogen und schlief.

An den kleinen Wellblechbuden, die Nippes und Souvenirs für die zahlreichen Tagesbesucher feilboten, schoben sich neugierige Touristen entlang. Hupende Autos fuhren vorbei, der Polizist auf der Kreuzung der Via Santa Maria verrichtete schwitzend seinen nervenaufreibenden Dienst inmitten stinkender Autos und Scharen von Besuchern, die das Siebte Weltwunder sehen und möglichst auch aus besonders günstigem Winkel fotografieren wollten: den schiefen Turm von Pisa. Schließlich überließ der Gendarm den Verkehr sich selbst, setzte sich auf den Rasen des Domvorplatzes, wischte mit einem Taschentuch den Schweiß von seiner Stirn und griff zu einer Flasche Cola, die er zu seiner Erfrischung hinter einem Pfeiler deponiert hatte.

Das Hotel sah von außen nicht gerade einladend aus. Von der Fassade blätterte die Farbe, die Fensterläden schienen länger nicht mehr gestrichen worden zu sein. Templer stieß die gläserne Tür auf und wurde vom Gebell eines Dackels begrüßt, der zusammengerollt auf einem Korbstuhl in der Eingangshalle gelegen hatte und den Besucher nun der Hotelleitung meldete. Als er vor dem Hund stehenblieb und freundlich auf ihn einredete, hörte das Gebell auf, und das Tier blickte ihn schwanzwedelnd an, wozu es sich aus dem Sessel erhoben hatte und auf den Fliesenfußboden gesprungen war.

Es dauerte eine ganze Weile, bis hinter dem Tresen der Rezeption die massige Gestalt eines gähnenden Mannes erschien, der sich nach Templers Wünschen erkundigte. Nach kurzem Gespräch fand er tatsächlich den Namen in der Reservierungsliste und übergab ihm den Zimmerschlüssel.

„Secondo piano a destra!"

Templer schleppte seinen Koffer die Treppen hinauf und blieb schnaufend auf dem Treppenabsatz im zweiten Stockwerk stehen. Im Haus war es kühl. Die Fensterläden waren halb geschlossen und ließen nur ein schwaches Licht in den Flur dringen. Der Fußboden war gefliest und mit langen Läufern ausgelegt. Als Templer sich an das Dämmerlicht gewöhnt und wieder Atem geschöpft hatte, suchte er die Tür mit der Nummer seines Zimmers, schloß sie auf und trat in einen großen Raum mit einem eisernen Doppelbett.

Er drückte die Tür hinter sich zu und ließ sich auf die Tagesdecke fallen, die auf dem Bett lag. Sein Körper federte fast bis auf den Fußboden durch. Er erschrak, denn er hatte ganz vergessen, wie weich italienische Hotelbetten, wenigstens in der preiswerteren Kategorie, waren. Die hohe Zimmerdecke war reichlich mit Stuck verziert, und über dem Kopfende des Bettes hing das Bild der Madonna mit dem Jesuskind auf dem Schoß. Er sah sich im Zimmer um. An der gegenüberliegenden Seite des Raumes war ein Loch im Fußboden, darüber kam der Brausekopf einer Dusche aus der Wand. Das „Bad" war durch einen Vorhang vom Zimmer abgetrennt. „Toilette auf der Etage" hatte man ihm bei der Reservierung am Telefon gesagt. Alles war peinlich sauber und frisch, so daß er nach dem ersten Rundblick im Zimmer mit seiner Hotelwahl zufrieden war. Er stand auf, entriegelte die Fensterläden und stieß sie auf. Sofort flutete grelles Sonnenlicht ins Zimmer und ließ ihn seine Augenlider zusammenkneifen.

Der Tankwart drüben war gerade von einem Kunden aus seinem Schlaf gerissen worden und füllte mit mürrischem Gesicht Benzin in den Tank eines Autos. Einige Kinder begannen, unter seinem Fenster Fußball zu spielen, wobei der Hoteldackel, der ihn wenige Minuten zuvor so freundlich begrüßt hatte, dem hin- und herfliegenden Ball kläffend nachjagte.

Templer hatte zehn Tage für sich, fast zwei Wochen fern aller Probleme und Krisen. Genug Zeit, um sich darüber klar zu werden, was er eigentlich wollte.

Am frühen Abend, als die Sonne tiefer gesunken und ihr Licht in den Straßen den langen Schatten der Häuser gewichen war, schlenderte Templer gut gelaunt durch die Gassen. Dreirädrige, knatternde Händlerautos fuhren geschäftig hin und her, einander begegnende Menschenmengen drängten sich auf die Straße, weil der Bürgersteig sie nicht aufnehmen konnte. Hausfrauen erledigten ihren Einkauf in kleinen Gemüseläden. Überall standen Menschen zusammen, man kannte sich und redete gestikulierend miteinander.

Auf einem großen Platz, der unter hohen Palmen lag, ließ er sich in einem Gartenlokal nieder und bestellte einen Capuccino. Auf der gegenüberliegenden Straßenseite öffnete gerade ein Tischler seine Werkstattür und begann, auf dem Bürgersteig Böcke aufzustellen, auf die er ein Möbelstück legte. Mit lautem Pfeifen fing er an, das Holz mit Sandpapier in Handarbeit abzuschmirgeln, hielt gelegentlich bei der Arbeit inne und betrachtete die Tauben, die auf dem Fenstersims gelandet waren.

Nach einiger Zeit drehte er das Möbelstück um und begann von neuem zu schmirgeln. Er arbeitete ohne Hast und Eile, hatte offene Augen für die Dinge um sich herum, die er aufmerksam beobachtete. Die Leute aus dem Viertel, die an seiner Werkstatt vorübergingen, nickten ihm zu oder zogen kurz den Hut. Jetzt stand er mit einer Frau zusammen, die einen großen Einkaufskorb trug und fröhlich auf ihn einredete. Der Tischler hatte sein Schmirgelpapier zur Seite gelegt und war in das Gespräch vertieft.

Als Templer nach einigen Minuten wieder zu dem Handwerker hinübersah, stand dort bereits eine kleine Menschenansammlung und unterhielt sich mit ihm. Erst nach fünf oder zehn Minuten gingen die

Gesprächspartner des Tischlers weiter, und er nahm die Arbeit an seinem Möbelstück wieder auf. Kurze Zeit später sah Templer ihn, an die Mauer seiner Werkstatt gelehnt, mit einem Mann seines Alters plaudern. Dabei hielt er das Stück Schmirgelpapier in der Hand und schlug es seinem Gesprächspartner wie zur Unterstützung seiner Worte gegen die Brust.

Der Kellner brachte einen zweiten Capuccino. Als Templer sich, den heißen Kaffee in der Hand, erneut zu seinem Tischler umdrehte, war er zusammen mit dem anderen Mann auf dem Weg herüber ins Lokal. Seinen Arbeitskittel hatte er anbehalten, und auch sein Stück Sandpapier hielt er noch in der Hand, als beide an die Theke traten und sich einen Schnaps bestellten. Vermutlich einen Grappa, dachte Templer. Er sah beide Männer in angeregter Unterhaltung trinken, wobei der Tischler weiterhin mit dem Schmirgelpapier herumfuchtelte.

Welch schöne Lebensart, dachte Templer. Den Handwerker an der Ecke gab es hier noch, und der hatte Zeit, sich neben seiner Arbeit noch mit Passanten zu unterhalten und mit einem Freund kurz in die Bar zu gehen, um ein Gläschen zu trinken.

Templer erwachte, blinzelte durch den Schlitz seiner noch schweren Augenlider, ein heller Sonnenstrahl blendete ihn und ließ ihn seine Augen gleich wieder schließen. Im Zimmer war es fast finster, nur ein Spalt zwischen den Fensterläden gestattete der Vormittagssonne, einen scharf begrenzten Lichtstreifen ins Zimmer zu werfen, der sich von der Decke über die kahle Wand bis zum bunt gekachelten Fußboden erstreckte. Von draußen wehte durch das angelehnte Fenster der Lärm einer Kindergruppe herein, die auf dem Platz einen Ball hin- und herbolzte. Templer hörte das „Pumpum" des aufspringenden Balles, das Schreien, den durchdringenden Lärm einer Vespa, die näherkam, hupte und hielt. Dann entfernte sich das Geräusch.

Er schlug die Augen erneut auf, blinzelte in den Sonnenlichtstreifen und überlegte, wie lange er wohl geschlafen haben mochte. Er schob sein Gesicht auf dem Kopfkissen etwas höher, so daß der helle Schein jetzt auf seinen rechten Arm fiel, und versuchte, sich an die Dunkelheit des Zimmers zu gewöhnen. Templer wendete seinen Kopf, blickte der Madonna über dem Bett ins Gesicht und schloß erneut die Augen. Jetzt bin ich also hier, dachte er. Unbedingt hatte er nach Pisa reisen wollen. Warum ausgerechnet hierher? Hing es mit seinem Medizinstudium in dieser Stadt zusammen? Mit der glücklichen Zeit, die er hier verlebt hatte?

Eine Glocke auf der anderen Seite des Platzes begann zu läuten, ein angenehmes Geräusch, trotz des harten Metalls, das aufeinanderschlug. Der Klang vermischte sich mit dem Straßenlärm und dem des Fußballspiels.
Templer mußte wieder eingedöst sein. Der scharf begrenzte Sonnenstrahl, der das Zimmer durchschnitten hatte, bevor er erneut eingeschlummert war, war verschwunden. Er hörte Türenschlagen auf dem Flur, ein aufgeregtes Gespräch, das abebbte, dann Klingeln unten an der kleinen Rezeption, wo sicher nur der Dackel im Sessel schlief. Hundegebell. Die Eingangstür wurde geöffnet und fiel geräuschvoll ins Schloß. Stille. Templer öffnete die Augen und sah auf seine Uhr, die er auf den Nachttisch gelegt hatte. Es war bereits Mittag. Zum Essen ging er in die Mensa der Universität, wo sein alter Studentenausweis, den er mitgenommen hatte, zwar ein wenig mißtrauisch betrachtet wurde, ihm aber zu einer Mahlzeit in vertrauter Umgebung verhalf.
Gleich am nächsten Morgen ging er nach einem sehr italienischen Frühstück mit Milchkaffee und einigen biscotti, das er in der Bar „Duomo“ an der Piazza dei Miracoli einnahm, zum Dom. Das Bauwerk hatte ihn schon zur Zeit seines Studiums sehr angezogen. Entscheidend war, in die Nähe der Domanlagen zu kommen, bevor am späten Vormittag der Strom der Tagestouristen in Pisa einfiel, oder erst, nachdem die Busarmada abends wieder abgefahren war. Hans Templer hatte die frühe Variante gewählt.
Auf dem Domvorplatz saftiges Grün, vom Eisverkäufer, der hier mittags bereits ab März mit seinem dreirädrigen Verkaufsstand auftaucht, noch keine Spur. Einige Studenten, die vermutlich die Vorlesungen im Uni-Klinikum Santa Chiara schwänzten, saßen oder lagen auf dem Rasen, unterhielten sich oder genossen einfach die Sonne.
Der nach Südosten geneigte Glockenturm, der auf Hans den Eindruck eines abgebrochenen Riesen machte, war für den Publikumsverkehr gesperrt. Bestimmt haben seine Erbauer ihn mit voller Absicht aus dem Lot gebracht, damit mehr Touristen in die Stadt kommen, dachte er sich. Er verwarf den Gedanken wieder. Eher wird der einst stolzen Seerepublik Pisa das verunglückte Bauwerk ein Dorn im Auge gewesen sein. Außerdem wußte er, daß vielmehr das Zusammentreffen von nachgiebigem Schwemmland unter dem Fundament mit den Gesetzen der Schwerkraft für seine Schieflage verantwortlich war. Dieser Kraft ganz nachzugeben, hatte sich das Bauwerk bislang standhaft geweigert.
Templer legte sich in einiger Entfernung zu den Studenten ins Gras

und sah zum torre pendente hinüber. Er wirkte auf ihn wie ein Symbol für den Zustand seiner eigenen Welt. Er sieht aus wie jemand, der müde ist und sich nicht hinlegen darf, überlegte er. Der Turm befand sich, wie er selbst, in einem Zwischenstadium. Er konnte nicht richtig stehen, durfte aber auch nicht ganz umfallen. Die trotzige Wehr des Turms gegen die Schwerkraft war es, die Templer faszinierte und die für ihn wie eine Metapher für seine Entschlossenheit war, den Widrigkeiten im eigenen Leben standzuhalten.

Vor dem aus weißem Marmor errichteten Dom blieb er stehen und betrachtete die im oberen Teil mit vier Säulengalerien übereinander geschmückte Fassade. Durch die reichlich verzierten Bronzetüren des Hauptportals konnte er nicht ins Innere gelangen. Sie waren verschlossen. Über einen Seiteneingang betrat er das mächtige Gebäude. Im Mittelschiff setzte er sich in eine der Bankreihen, in denen einige ältere, dunkel gekleidete Frauen saßen und still Andacht hielten. Templer sah zur vergoldeten Decke hinauf. Er war während seiner Studienzeit oft im Dom gewesen, weil er ihm, neben all seiner architektonischen Schönheit und kirchengeschichtlichen Bedeutung, ein Gefühl von Geborgenheit vermittelte. Trotz seiner Monumentalität war er ein Gotteshaus, in dem man nicht vor Ehrfurcht erstarrte, sondern sich ein Stück zu Hause fühlen konnte. Vielleicht lag es an der Mischung aus der rundlich-weichen, romanischen Ausstrahlung und dem Licht, das der Bau, im Gegensatz zu vielen anderen großen Kirchen, hereinließ und ihm gestattete, das Innere zu erhellen. Noch war es ruhig. In knapp einer Stunde würden sich hier mehrere Hundert Menschen gegenseitig auf die Füße treten.

Als er den Dom verließ, spien gerade die ersten Busse ihre menschliche Fracht auf der Piazza aus und fuhren anschließend zu ihren Standplätzen vor der alten Stadtmauer, die in diesem Teil der Stadt noch erhalten ist und den Domplatz nach Norden abschirmt. Er betrat das Rund des Baptisteriums, in dem bereits einige Japaner damit beschäftigt waren, einen günstigen Platz für ihre Erinnerungsfotos zu suchen. Ihm war, als sei das Fotografieren hier früher verboten gewesen, an diesem Tag jedenfalls hinderte keiner die Besucher an ihren Absichten.

Templer bat einen der uniformierten Bediensteten höflich darum, den wenigen in der Taufkirche versammelten Touristen die Resonanzqualitäten des riesigen Rundbaus mit seiner Kuppel zu demonstrieren. Dem Mann fehlte jedoch die rechte Motivation, seiner Bitte zu entsprechen, und er wies darauf hin, daß die nächste Demonstration in einer halben Stunde geplant sei. Erst ein 5000-Lire-Schein stimmte den Mann um, und er schloß die Türen. Dann begann er, nacheinander in verschiedenen Tonlagen und Lautstärken zu summen. Das Echo seiner Stimme wurde hundertfach von den Wänden und vom Rund der Kuppel zurückgeworfen. Dabei gewann man den Eindruck, als kreise der Ton allmählich leiser werdend durch den Raum. Am Ende der kurzen Vorführung klatschte der Uniformierte einige Male in seine Hände. Auch diese Geräusche, in die Weite des Raums geschickt, kamen hundert- und tausendfach zum Ohr des Zuhörers zurück. Geschickt postierte sich der Mann, nachdem er die Türen wieder geöffnet hatte, an den Ausgang, um dort noch einmal einige Scheine in Empfang zu nehmen und in seiner Hosentasche verschwinden zu lassen.

Am vierten Tag seines Urlaubs war Hans Templer der Ansicht, daß er genug von Pisa gesehen hatte und beschloß, mit dem Zug nach Florenz zu fahren. Von seinem ersten Besuch an hatte er sich von dieser Stadt angezogen gefühlt, die seiner Meinung nach den Namen „la bella“ zu recht trug. Wohl wissend, daß er die Sehenswürdigkeiten unmöglich an einem Tag besuchen konnte, nahm er sich die Uffizien vor, in denen er früher schon viel Zeit verbracht hatte. Am Anfang war er bei seinen Besuchen in den Wintermonaten, wenn der Strom der Touristen allmählich verebbte, der Versuchung erlegen, einen möglichst großen Teil der siebenhundert ausgestellten Gemälde anzusehen. Später hatte er sich bei jedem Besuch nur eine begrenzte Auswahl von etwa zwanzig bis dreißig Bildern vorgenommen und sich insbesondere einen Überblick über die florentinischen Malerschulen verschafft.

Heute fanden zunächst die Werke von Sandro Botticelli sein besonderes Interesse. Einige Zeit betrachtete er die „Geburt der Venus“ und dessen „Primavera“. Vor Leonardo da Vincis „Anbetung der Könige“ beobachtete er eine junge Frau, offensichtlich eine Kunststudentin, die eine Skizze von dem Gemälde anzufertigen versuchte und ihr Werk immer wieder korrigierte. Als er den Eindruck hatte, daß sie sein Interesse an ihrer Arbeit allzu nervös machte, ging er weiter.

Als er am späten Nachmittag hinaus in die Sonne trat, schwirrte ihm der Kopf. Während der paar Schritte zur Ponte Vecchio genoß er die Sonnenstrahlen und versuchte einfach an gar nichts zu denken. Das gelang ihm erstaunlich gut, und er war mit sich und der Welt zufrieden. In der recht kurzen Zeit seines bisherigen Urlaubs war es ihm gelungen, Abstand von den Ereignissen in der Klinik, von seinen Schwierigkeiten in der Beziehung zu Charlotte und der Zerstörung seines Geburtshauses zu bekommen.

Er sah sich die Auslagen der kleinen Goldschmiedeläden an, die die Brücke zu beiden Seiten einfaßten, und überlegte beim Betrachten eines kunstvoll gefertigten Ringes, der ihm besonders gut gefiel, ob er ihn nicht kaufen und Charlotte als Geschenk mitbringen sollte. Nach einigem Nachdenken verwarf er den Gedanken. Die Wunde, die sie ihm bei seinem letzten Besuch zugefügt hatte, saß zu tief. Hans spürte den Stachel, den ihr Verhalten in seiner Seele zurückgelassen hatte, noch zu deutlich, als daß er jetzt bereit war, ihr ein Geschenk zu machen. Ihm war nicht nach Versöhnung, zumindest noch nicht. Als er in den Zug nach Pisa stieg, dämmerte es bereits.
Am sechsten Urlaubstag erwartete ihn der Portier, der vermutlich gleichzeitig der Hotelbesitzer war, an der Rezeption, als Templer gerade von einem Spaziergang durch den botanischen Garten zurückkehrte.
„Sua fidanzata è arrivata."
Seine Verlobte sei angekommen. Abgesehen davon, daß er nicht verlobt war, erschien ihm das äußerst rätselhaft. Wer mochte nach ihm gefragt haben?
„Mia fidanzata?" fragte er erstaunt.
„Una bella bionda con un mercedes, targa tedesca. L' aspetta nel bar ‚Duomo'."
Langsam bekam das, was der Mann sagte, Kontur. Sollte Charlotte ihm nachgereist sein? Nein, das war unmöglich! Sie wußte gar nicht, daß er in Pisa war. Templer hatte lediglich Schwester Ruth anvertraut, wohin er reisen wollte. Allen anderen gegenüber hatte er nur von einer Reise in den Süden gesprochen und auch Charlotte bewußt verschwiegen, wohin es gehen sollte.
Templer bedankte sich höflich beim Portier und machte sich auf den Weg zum angegebenen Café. Er war einerseits nicht ganz sicher, wer dort auf ihn warten würde, andererseits schlug ihm sein Herz in der Erwartung, doch auf Charlotte zu treffen, bis zum Hals. Der Streit zwischen ihnen schien vergessen und ihr Konflikt bedeutungslos. Es stimmte, er hatte allein sein wollen, aber jetzt würde er sich dennoch freuen, sie wiederzusehen. Auf der Piazza Arcivescovado hielt er nach ihrem markanten roten Mercedes Ausschau, konnte ihn aber unter den Autos, die dort parkten, nicht entdecken.
Schon durch die Scheibe des Cafés erkannte er von hinten Charlottes blonde Mähne. Die freudige Erregung in ihm wuchs noch. Wie hatte sie den Ort, an dem er sich für zehn Tage verstecken wollte, herausbekommen? Und was hatte sie veranlaßt, fast 1200 Kilometer mit dem Wagen zu fahren? Nur die Sehnsucht nach mir kann es nicht sein, dachte Templer, schließlich hatten sie schon längere Trennungs-

phasen erlebt, seitdem sie eine Partnerschaft eingegangen waren. Konnte überhaupt noch von einer Partnerschaft die Rede sein, nachdem sie derart heftig aneinander geraten waren?
All diese Überlegungen spielten für Hans Templer in dem Moment, als er die Bar „Duomo" betrat, keine Rolle mehr. Er näherte sich Charlottes Platz so, daß sie ihn nicht sehen konnte. Sie hatte sich einen Kaffee und ein Stück Kuchen bestellt, beides stand vor ihr auf einem kleinen runden Tisch. Als er sie erreicht hatte, streckte er beide Hände aus und hielt ihr die Augen zu.
„Hans?"
Er antwortete nicht, sondern hielt weiter ihre Augen bedeckt. Sie betastete seine Händen und war sich schließlich ganz sicher.
„Ja, du bist es. Nimm die Hände weg, ich möchte dich sehen!"
Er nahm seine Hände von ihren Augen. Sie drehte sich um und blickte ihn an. Dann stand sie auf und stürzte sich fast auf ihn, der Stuhl fiel um. Sie legte ihre Arme um seinen Hals und küßte ihn voller Leidenschaft. Dann flüsterte sie ihm ins Ohr:
„Gut, daß ich dich gefunden habe, ich habe dich so vermißt!"
Die anderen Gäste in der Bar hatten sich ihnen, vom Geräusch des umstürzenden Stuhls aufgeschreckt, zugewandt, um zu sehen, was geschah. Als sie das Paar erblickten, das sich so temperamentvoll begrüßte, lächelten die meisten verständnisvoll, und einige sahen wohl auch voller Neid zu ihnen herüber. Eine so stürmische Liebe wünschten sie sich auch.
Templer hob den Stuhl auf und setzte sich neben Charlotte an den Tisch. Er winkte den Kellner heran und bestellte sich einen Kaffee.
„Sag' mal, wie hast du mich gefunden?"
„Ich habe eine Schwester von deiner Station ausgequetscht."
„Ruth?"
„Ja. Das war gar nicht einfach, sie versuchte hartnäckig, mir deinen Urlaubsort zu verschweigen, aber ich habe sie schließlich doch noch rumgekriegt."
„Warum bist du gekommen? Ich meine, ..., ich freue mich riesig, aber du bist doch nicht einfach nur gekommen, um mich zu sehen, oder?"
Charlotte beugte sich zu ihm herüber, legte ihren Kopf an seine Schulter und antwortete nicht. Er fragte nicht weiter. Es war ihm im Moment auch gleichgültig, warum sie den weiten Weg mit dem Auto zurückgelegt hatte. Ihm erschien es im Augenblick nur wichtig, daß sie bei ihm war. Ihr traute er eine so verrückte und spontane Aktion durchaus zu, das paßte zu ihr. Jedenfalls zu der Frau, die er seit dem Klassentreffen kannte.

„Ich habe nur elf Stunden bis hierher gebraucht“, verkündete sie stolz.
„Mit dem Wohnmobil brauche ich mehr als zwanzig.“
„Mein Wagen ist kein Wohnmobil, ein bißchen schneller bin ich damit schon.“
„Ein bißchen ist gut, du mußt gerast sein!“
„Nein! Ich bin zügig gefahren, und die Autobahnen waren ganz frei.“
„Und du hast keine Übernachtungspause gemacht?“
„Natürlich nicht! Ich bin schließlich nicht über Nacht gefahren, sondern heute sehr früh aufgebrochen.“
Nachdem er Kaffee und Kuchen bezahlt hatte, bummelten sie die Via Santa Maria zum Arno hinunter. Am Ufer des Flusses setzten sie sich auf eine der dicken Mauern, die ihn bei seinem Durchtritt durch die Stadt umsäumen. Sie saßen so, daß ihre Beine zum Wasser hin von der Mauer baumelten, und schwiegen eine ganze Weile aneinander gelehnt. Die Sonne stand tief, hatte aber noch ausreichend Kraft, sie zu wärmen. Auf dem Wasser fuhren zwei Ruderboote vorüber. Die Fassaden der Häuser, die die Uferstraßen umstanden, warfen goldfarben das Sonnenlicht zurück, das sich auch im Wasser spiegelte.
„Hans, ich muß dir etwas sagen ...“
„Was?“
Sie machte eine Pause und starrte dabei in den Fluß, der unter ihren Füßen dahinströmte.
„Ich bekomme ein Kind.“
Templer zog sich mit einer plötzlichen Bewegung von ihr zurück, so daß eine kleine Lücke zwischen ihnen entstand.
„Du bekommst ein Kind? Von mir?“
„Ja.“
„Woher willst du wissen, daß es von mir ist?“
„Ich weiß es.“
Er sah sie von der Seite an und wußte, daß es stimmte.
„Wie konnte das passieren?“
„Ich nehme die Pille nicht."
„Du nimmst die Pille nicht?“
„Ich habe in meinem ganzen Leben noch nie die Pille genommen.“
„Du willst mich auf den Arm nehmen!“
„Nein. Ich habe immer gedacht, ich sei unfruchtbar.“
„Du hast geglaubt, du seist ...?“
Sie nickte.
„Nein, das glaub’ ich nicht!“
„Ich schwöre dir, es ist so!“

Templer vergrub sein Gesicht in beiden Händen. Nach einer Weile schüttelte er den Kopf.
„Das glaube ich einfach nicht. Eine Frau mit deinem Sexualleben nimmt die Pille nicht und hofft darauf, daß der liebe Gott schon seine Hand dazwischen halten wird. Das glaube ich einfach nicht!"
„Es hat immerhin fast zwei Jahrzehnte lang funktioniert."
„Aber jetzt hat es nicht mehr funktioniert!"
Templer war wütend auf Charlotte, zunächst einfach nur wütend. So ein Leichtsinn!
„Und was machen wir jetzt?"
Sie zuckte mit den Schultern.
„Willst du das Kind behalten?"
Wieder trat eine Pause ein.
„Einerseits möchte ich es unbedingt behalten, weil es von dir ist ..."
„Und andererseits?"
„Andererseits ..., andererseits habe ich Angst davor, daß es mein Leben sehr verändern wird. Ich werde bald 44."
Charlotte blickte ihn an und versuchte in seinem Gesicht zu lesen, was in ihm vorging.
„Bist du hergekommen, um mir das zu sagen?"
„Ja, ich konnte dir das doch nicht am Telefon mitteilen oder in einem Telegramm schreiben."
„Es ist gut, daß du gekommen bist."
Er legte den Arm um ihre Schulter und zog sie wieder zu sich heran. Vielleicht fünf Minuten saßen sie so und schauten flußabwärts in die Sonne.
„Du sagst gar nichts dazu", nahm sie das Gespräch wieder auf.
„Mir hat es die Sprache verschlagen. Ich weiß nicht, was ich ..."
Er vollendete den Satz nicht, um nach einigen Sekunden fortzufahren: „Ich finde es, wie du, sehr schön und unheimlich schwierig zugleich."
„Und alles zu einem Zeitpunkt, an dem wir nicht einmal recht wissen, wie es mit uns weitergehen soll", fügte sie hinzu.
Er seufzte.
Keiner sagte etwas, als sie, jeder in seine Gedanken versunken, den Lungarno entlanggingen. Die Sonne war hinter den Häusern verschwunden, und es begann zu dämmern. Die Straßenbeleuchtung wurde eingeschaltet und warf ihr flackerndes Licht auf das Pflaster der Via Roma. Als sie an einem hohen eisernen Zaun vorbeikamen, der den Bürgersteig von einem kleinen Vorplatz trennte, blieb Templer stehen und zeigte auf ein mit reichlich Zierat versehenes Portal.

„Hier habe ich einmal studiert. Das ist der Eingang zur Aula Magna, in der ich meine Aufnahmeprüfung bestanden habe."
„Bist du hierher gefahren, um das im Geist alles noch einmal zu erleben?" fragte sie.
„Ich weiß es nicht. Kann sein, obwohl ich seit meinem Studium schon wieder hier war. Vor acht Jahren habe ich Urlaub auf einem Campingplatz bei Punta Ala gemacht und auf dem Weg dorthin einen Abstecher nach Pisa unternommen."
„Warum hast du dich dann ausgerechnet in diese Stadt zurückgezogen? So, wie ich es verstanden habe, war es doch ein Rückzug?"
„Ja, es war ein Rückzug. Ich brauchte eine Auszeit. Zu viele Probleme haben mich umgeben. Ich fühlte mich zuletzt geradezu von ihnen umzingelt. Die Ermittlungen auf meiner Station kommen nicht vom Fleck oder müssen als beendet gelten, meine ärztlichen Kollegen feinden mich mehr oder weniger offen an, Großmutter wirft mir vor, daß ich unseren Hof verschachert habe. Und dann noch unser Konflikt dazu, das war einfach nicht mehr zu ertragen."
„Und warum nach Pisa?" fragte sie noch einmal.
Er lehnte sich an eine Eisenstrebe des Zauns und sah in den Himmel. „Ich habe hier drei schöne Jahre verlebt, bis ich nach Kiel ging. So unbeschwert und glücklich wie hier bin ich, glaube ich, nie wieder gewesen. Leider sind die Freunde von damals nicht in Pisa geblieben, sondern wurden nach dem Studium in alle Winde verstreut. Helio hat die Fabrik seines Vaters in Messina übernommen, Gennaro ist zurück nach Kalabrien gegangen, Paola verdreht vermutlich heute den Männern in Milano den Kopf. Und Giuseppe lebt nicht mehr."
„Was ist mit ihm passiert? Ein Unfall?"
„So etwas Ähnliches."
Er schien nicht weiter darüber sprechen zu wollen.
Auf dem Weg zum Hotel kamen sie an Charlottes Wagen vorbei, der am Straßenrand parkte. Sie holten ihr Gepäck aus dem Kofferraum und nahmen es mit. Entweder hatte sie die Absicht, länger zu bleiben, oder für jede Gelegenheit, die sich bieten könnte, die passende Garderobe eingepackt. Die zwei Koffer, die er trug, waren jedenfalls nicht leicht.
„Was wollen wir heute abend machen?" fragte Hans, als sie den Teil ihrer Kleidung in den Schrank gehängt hatte, der nicht in den Koffern bleiben konnte. Alles, was sie mitgebracht hatte, war dort nicht unterzubringen.
„Ich habe einen Bärenhunger. Wollen wir nicht irgendwo schön essen gehen? Du kennst dich doch sicher hier gut aus."
Sie entschieden sich für ein nettes kleines Lokal in der Nähe der

Piazza Garibaldi, das ihr von außen sehr gut gefallen und dessen Speisekarte er mit einem befriedigenden Nicken bedacht hatte. In Fensternähe war noch ein Tisch frei, der ihnen passend schien.
„Signori, buona sera!“ begrüßte sie der tadellos gekleidete Kellner.
„Buona sera. Che cosa ci potrebbe consigliare per la cena?“ erkundigte sich Hans in einem Italienisch, das in Charlottes Ohren perfekt klang, nach der Empfehlung des Abends.
„La consiglierei cinghiale sta sera. É veramente molto buono quest' anno. Forse con patate e verdure di stagione. Per primo spaghetti alla casa.“
„Er empfiehlt uns Wildschwein mit ...“
„... mit Kartoffeln und Gemüse der Saison. Ein wenig italienisch kann ich auch“, unterbrach sie ihn.
„Oh sorry, das wußte ich nicht. Du kannst gern selber bestellen!“
„Dazu reicht es wiederum nicht. Übernimm das ruhig. Ich mag Wildschwein sehr gern. Außerdem lasse ich mich gern überraschen.“
„Va bene. Prendiamo la cena, comme lei ha consigliato.“
„Aqua? Vino?“
„Für mich keinen Wein!“ sagte Charlotte und strich über ihren Bauch.
„Una bottiglia d' aqua minerale ed un Chianti Putto, per favore!“
Als der Kellner sich entfernte, zeichnete Hans mit seinem Zeigefinger sanft die Konturen von Charlottes Mund nach und sah sie liebevoll an.
„Was sind wir für Chaoten!“
„Der leitende Oberarzt Doktor Hans-Wilhelm Templer und die Diplom-Psychologin Doktor Charlotte Gründler sind unfähig, ihr kleines Privatleben in den Griff zu bekommen. Welch ein Armutszeugnis!“
Sie lachten beide. Es fiel ihm auf, daß sie zum ersten Mal seit Wochen wieder miteinander gelacht hatten. Dieses Lachen schien einen Knoten zum Platzen gebracht zu haben. Seitdem Charlotte ihm am späten Nachmittag von ihrer Schwangerschaft erzählt hatte, waren sie von einer lähmenden Schwere umgeben gewesen, die wirkliche Nähe zwischen ihnen verhindert hatte. Mit einem Mal war das seit Charlottes Satz über ihr kleines Privatleben anders geworden. Warum sollten eine Frau und ein Mann, die sich so sehr liebten wie sie, kein Kind miteinander bekommen und aufziehen können, fragte sich Hans.
„An was denkst du?“ wollte sie wissen.
„An uns drei als Familie.“
„Oh Gott, du bist aber schnell mit deinen Gedanken!“
„Laß mich doch! Es gibt im Moment so wenige positive Dinge, die meine Phantasie beschäftigen.“

„Bedeutet das, du hast die Vorstellung, ein Kind mit mir zu haben, verarbeitet?“
„Das zu sagen, wäre sehr voreilig. Ich möchte es einmal so ausdrücken: Ich kann es mir inzwischen vorstellen.“
„Wie kompliziert du bist!“
„Und du, die große Psychologin, bist natürlich das unkomplizierteste Wesen der Welt!“
„Jetzt hör’ aber auf, sonst fangen wir wieder an, uns zu streiten!“
Der Kellner brachte die Getränke und legte Bestecke aus, so daß ihr Gespräch, das teils scherz- und teils ernsthafte Züge trug, für einen kurzen Augenblick unterbrochen wurde.
Als sie sich eingeschenkt hatten, stießen sie mit ihren Gläsern an.
„Auf was trinken wir?“ fragte sie.
Er überlegte.
„Auf uns!“
„Auf uns zwei oder auf uns drei?“
Hans stellte sein Glas wieder auf den Tisch.
„Möchtest du unser Kind wirklich gern behalten?“
Sie nickte.
„Ich glaube ja.“
Jetzt hob er sein Glas und stieß es erneut gegen ihres.
„Dann auf uns drei!“ sagte er.
„Ganz sicher?“
„Ganz sicher!“
„Hoffentlich finden wir einen gemeinsamen Lebensweg!“
Charlotte blieb skeptisch.
„Laß’ uns in den nächsten Tagen darüber reden. Heute abend möchte ich einfach in dieser schönen Stadt mit dir Wildschwein essen!“
„In Ordnung!“
Als sie am späten Abend zum Hotel zurückgingen, war Hans Templer ziemlich beschwipst und gut gelaunt. Seine Zunge verhaspelte sich ein wenig bei dem Versuch, an der Rezeption auf italienisch um den Zimmerschlüssel zu bitten, und auch der Weg auf der schmalen Treppe in den zweiten Stock fiel ihm nicht ganz leicht. Er mußte einige Male nach dem Geländer greifen, um nicht zu stolpern.
„Soll ich dich hinauftragen?“ fragte Charlotte scherzend.
„Das ist nicht notwendig, aber wenn ich die nächste Flasche Wein allein austrinken muß, suche ich mir ein Hotel mit Fahrstuhl.“
Er legte sich, ohne seine Kleidung auszuziehen, lang ausgestreckt auf die Tagesdecke des Bettes und sah Charlotte zu, die sich vor dem kleinen Spiegel über dem Waschbecken abschminkte.

„Morgen fahren wir ans Meer!“ kündigte er an.
„Au ja, das finde ich schön. Kann man hier um diese Zeit schon baden?“
„Ich glaube, daß es dafür noch zu früh ist. Es sei denn, daß du zu den ganz mutigen Ausländern gehörst, die solche Extreme nicht scheuen und dafür von den Einheimischen für verrückt gehalten werden.“
Sie schaltete das Licht aus. Hans konnte an den Geräuschen von Kleidung, die vom Körper gestreift wird, hören, daß sie sich auszog.
„He, warum machst du das Licht aus? Ich will dich sehen!“
„Voyeur! Ein anständiger Mann sieht einer werdenden Mutter nicht beim Ausziehen zu!“
„Dann bin ich vielleicht keiner!“
Hans spürte ihren nackten Körper neben sich, dann ihre beiden Hände, die sich unter sein Hemd schoben. Geschickt knöpfte sie es auf und löste dann die Gürtelschnalle seiner Hose. Als Hans ebenfalls nackt war, preßte er seinen Körper gegen ihren.
„Aber nur ganz vorsichtig! Ich habe gelesen, daß eine Frau ihr Kind in diesem Stadium durch heftigen Sex leicht verlieren kann.“
„Du hast dich ja schon ausführlich informiert“, flüsterte er und begann, zärtlich ihren Bauch zu küssen.

Es wehte ein kräftiger Westwind, der die Wellen gegen den Sandstrand rollen ließ. Der Himmel war wolkenlos. Sie spürten jetzt, daß die Aprilsonne nicht die Kraft hatte, sie am Meer gegen die Kälte zu schützen. Die Lokale und Strandbäder waren mit Brettern vernagelt, der Sand war voller Seetang, Blechdosen und Holzstämme. Der kleine Badeort lag noch im Winterschlaf. Hans hielt sich dennoch gern um diese Jahreszeit dort auf, ging Kilometer weit am Strand entlang und sah den Anglern zu, wie sie still neben ihren langen, fast senkrecht in den Sand gesteckten Angelruten saßen und aufmerksam ins Wasser starrten. Manchmal mußte er einer ungestüm anrollenden Welle ausweichen, die nach seinen Füßen schnappte.
An diesem Morgen waren sie ganz allein am Strand. Die Angler würden erst gegen Abend kommen, und Touristen, die den schiefen Turm sehen wollten und für ein paar Stunden die Piazza dei Miracoli bevölkerten, verirrten sich im April nur selten ans Meer. Hinter einem Strandpavillon balgten Charlotte und Hans sich im schon angenehm warmen Sand, während der kühle Wind ihnen eine Gänsehaut machte. Sie kullerten umeinander und küßten sich zärtlich, dann lagen sie ganz still, sie mit ihrem Bauch auf seinem. Ihr langes Haar wehte ihm ins Gesicht, sie verbarg ihren Kopf unter seiner offenen Jacke. Lange blieben sie so. Er war glücklich, fühlte sich geborgen in dieser Zwei-

samkeit. Auch wenn dieses Gefühl in der letzten Zeit weniger intensiv geworden war, zeigte es ihm doch, daß das Band zwischen ihnen noch bestand.
Er strich ihr durchs Haar, spielte mit einer Strähne, drehte sie auf und ließ sie wieder fallen. Irgendwann bemerkte er, daß ihre Wangen feucht wurden und Tränen auf sein Hemd tropften. Sie stand abrupt auf und ging, ohne ein Wort zu sagen. Hans blieb allein zurück, unfähig, sich zu rühren. Allein mit dem Gefühl von Unverständnis und Traurigkeit. Noch lange lag er regungslos im Sand, lauschte dem Geräusch der Wellen, die sich auf den Strand wälzten, und hing seinen Gedanken nach. Er begann, sich vor der Einsamkeit zu fürchten, die es ohne sie in seinem Leben geben würde.
Als er zurück zur Straße ging, sah er bereits aus einiger Entfernung, daß Charlotte an den Wagen gelehnt auf ihn wartete.
„Was war mit dir?“ fragte er.
„Mir wurde es plötzlich zu viel.“
„Zu viel wovon?“
„Zu viel ..., zu viel ..., na zu viel eben!“
„Zu viel von Hans Templer?“
„Nein, das hat mit dir nur am Rande etwas zu tun. Es stürzten vorhin so viele Gefühle auf mich ein. Ich kann das gar nicht in Worte fassen. Ich bin schwanger. Will ich überhaupt schwanger sein? Will ich jetzt schwanger sein? Bin ich nicht schon zu alt dafür? Was wird anders, wenn ich ein Kind habe? Wie wird sich unsere Beziehung entwickeln, wenn das Kind geboren ist? All das schwirrte in meinem Kopf herum.“
„Und das wolltest du klären? Allein?“
„Nicht klären, nein, aber allein darüber nachdenken.“
„Und?“
„Und jetzt ist es gut. Erstmal ist es gut so.“
Hans war unsicher, ob sie seine Umarmung in diesem Moment wünschte. Er stellte sich neben sie und lehnte sich mit dem Rücken ans Metall. Sie legte ihren Kopf an seine Schulter.
„Es ist alles so schwierig geworden dadurch, findest du nicht?“ fragte sie nach einer Weile.
„Nein, finde ich nicht. Oder nur ein bißchen schwierig.“
„Ein bißchen schwierig!“
Charlotte lachte auf.
„Wie schwierig ist ein bißchen schwierig?“ wollte sie von ihm wissen.
„Ich habe nicht mehr damit gerechnet, mich in meinem Leben mit der Tatsache auseinandersetzen zu müssen, daß ich ein Kind haben werde.“
„Hast du nie daran gedacht?“

„Doch, aber nach dem Bruch meiner letzten Beziehung hatte ich es abgehakt. Es gehörte nicht mehr zu meinem Lebensplan."
„Seltsam. Für mich schon. Ich hatte nur in den vergangenen Jahren nicht den Mann gefunden, der dazu paßte."
„Und jetzt hast du ihn gefunden?"
„Ja. Jetzt habe ich ihn gefunden."
„Mich für das Kind. Einen anderen für die geistige Auseinandersetzung. Und drei weitere, um deine Triebe zu befriedigen!"
„Hans, das ist jetzt gemein!"
„Entschuldige! Aber es hat mich ziemlich verletzt, daß du ..."
„Ich habe es zur Kenntnis genommen und dir gesagt, daß ich nicht monogam sein kann und sein will, mich aber ..."
„... dich aber darum bemühen wirst, auf meine Gefühle Rücksicht zu nehmen."
„So ist es! Wenn dir das nicht reicht, bin ich die falsche Frau für dich!"
„Du machst es dir sehr einfach!"
„Ich will nicht meine Freiheit als Single aufgeben, um in die Kontrolle eines eifersüchtigen Partners zu geraten, der mir vorschreiben will, wann ich was zu tun und zu lassen habe. So läuft das nicht!"
„Ich habe nicht vor, dir das vorzuschreiben. Ich denke aber, daß es dazu gehört, einem Menschen, mit dem man eine Partnerschaft eingeht, auch sexuell treu zu sein."
„Das ist deine Auffassung, nicht meine! Ich bin bereit, auf dich Rücksicht zu nehmen, und will versuchen, meine sexuellen Wünsche mit dir auszuleben. Wenn das geht, ist es gut. Wenn nicht, soll ich dann statt dessen auf einem Stück Holz herumbeißen, oder wie hast du dir das gedacht?"
Jetzt fing Hans an zu lachen.
„Das ist nicht gut für die Zähne!"
„Das eine ist nicht gut für die Zähne, das andere ist nicht gut für dich! Und wer fragt danach, was gut für mich ist?"
„Ich will mich nicht weiter mit dir darüber streiten! Laß' uns hier einen Punkt machen und die Diskussion darüber beenden. Sie bringt uns nicht weiter."
Charlotte atmete tief durch und stieß sich vom Wagen ab. Dann drehte sie sich zu ihm um und blickte in seine Augen.
„Ach Hans, ich wünschte, es wäre alles viel einfacher. Aber es ist nicht allein dadurch einfacher, daß wir unsere Meinungsverschiedenheiten unter den Teppich kehren!"
„Ich will sie nicht unter den Teppich kehren! Ich will sie nur hier und jetzt nicht weiter diskutieren", präzisierte er seinen Vorschlag.

„Eine Beziehung mit mir wird nicht einfach, wie du siehst."
„Ich denke, das gilt umgekehrt genauso."
„Sollten zwei so komplizierte Menschen wie wir überhaupt eine feste Verbindung miteinander eingehen und auch noch ein Kind zusammen haben? Genau das waren auch die Fragen und Zweifel, die vorhin so massiv über mir zusammengeschlagen sind."
Hans, der immer noch mit dem Rücken am Auto lehnte, nahm ihre Hände und zog sie zu sich heran.
„Ich liebe dich sehr, und ich bin fest davon überzeugt, daß diese Liebe genug Kraft hat, eine stabile Brücke über diesen Graben hinweg zwischen uns zu sein", flüsterte er ihr voller Zuversicht ins Ohr.
„Ja", antwortete sie nur und preßte ihn fest an sich.
„Ich möchte dir noch meine erste Bude in Pisa zeigen. Einverstanden?"
Sie nickte.
„Willst du fahren?"
„Ich darf deinen edlen Benz fahren?" fragte er gespielt ungläubig.
„Du wirst es vielleicht nicht glauben, aber du bist wirklich der erste, dem ich meinen Wagen anvertraue."
„Dann nehme ich die ehrenvolle Aufgabe an. Ich habe aber meinen Führerschein zu Hause gelassen. Ich hoffe, daß die Polizia stradale und die Vigili urbani gerade Mittagspause machen."
Als sie fast die Hälfte der Strecke zwischen Marina di Pisa und der Stadtgrenze zurückgelegt hatten, fuhr er auf den linken Seitenstreifen der Viale G. d' Annunzio und stellte den Motor ab.
„Hier? In einer solchen Villa hast du gewohnt?" fragte sie und stieg aus dem Wagen.
Sie gingen an einer Hecke entlang und blickten über den Zaun, hinter den sich in einem vollkommen verwilderten Garten ein kleines weißes Häuschen duckte, dessen Farbe bereits ziemlich verblichen war. Neben dem Haus führte, unmittelbar ans Grundstück grenzend, ein schmaler, mit Gras bewachsener Pfad hinunter zum Arno, der hier, wenige Kilometer vor seiner Mündung, bereits eine beträchtliche Breite hatte. Den morschen Holzsteg, der einige Meter weit ins Wasser führte, wagten sie nicht zu betreten. Hinter dem Haus hingen die Bäume weit über die Uferlinie hinaus und berührten mit den Ästen fast die Wasseroberfläche.
„Lange habe ich es hier nicht ausgehalten", berichtete Hans.
„Warum nicht? Es ist doch sehr idyllisch so direkt am Fluß."
„Wenn der Arno Niedrigwasser führte, hat es bestialisch gestunken. Außerdem ist das Haus nicht solide gebaut, im Winter war es überall

feucht und schimmelig. Im Badezimmer krochen die Schnecken an den Wänden hoch. Das Dach war undicht, so daß ich bei Regen im ganzen Haus Töpfe aufstellen mußte, um das Wasser aufzufangen. Einer stand direkt neben meinem Bett. Die Wäsche und das Bettzeug waren dauernd klamm. Mit einer Freundin zusammen habe ich mir bald etwas anderes im Stadtteil San Biagio gesucht. Dort war es weniger feucht, dafür aber lauter."
„Lauter?"
„Ja, neben uns befand sich eine Freudenwohnung."
„Was ist eine Freudenwohnung?"
„Was ist ein Freudenhaus?"
„Na, ein Bordell."
„Und nebenan war ein Bordellino, ein kleines Ein-Frau-Bordell. Die junge Dame war sehr nett und auch verdammt hübsch, aber vor zwei Uhr morgens war keine Ruhe im Puff, und am Wochenende ging es noch länger rund. Versuch' mal zu schlafen, wenn nebenan die Freier röhren."
„Warum habt ihr nicht zurückgeröhrt?"
„Haben wir ja, aber jede Nacht ..."
„Och, wenn man jung ist und gut im Training ..."
Sie lachte ihn mit schräg gehaltenem Kopf herausfordernd an.
„Außerdem haben wir auch noch versucht, ein wenig zu studieren."
„Akzeptiert, Sie haben mich überzeugt, Herr Templer! Aus Ihnen wird einmal etwas werden! Und wie habt ihr die Sache mit dem nächtlichen Röhren gelöst?"
„Ich bin zu der Frau gegangen und habe mit ihr darüber gesprochen. Nach einigen Wochen ist sie dann in eine andere Wohnung im Haus gezogen, die günstiger für solche Zwecke lag."
„Du hättest sie auch verpfeifen können. Ich denke nicht, daß Prostitution in einem Mietshaus erlaubt ist."
„Warum hätte ich das tun sollen? Sie hatte mir ja, vom Lärm abgesehen, nichts getan. Außerdem war sie wirklich sehr nett."
Als sie wieder im Auto saßen, fragte Hans, ob sie etwas dagegen habe, noch einen kurzen Umweg in die Via Pietrasantina zu machen, um am Friedhof vorbeizuschauen, auf dem sein verstorbener Freund Giuseppe begraben sei. Charlotte war einverstanden. Sie überquerten den Fluß auf der Ponte dell' Aurelia und hielten einige Minuten später vor dem Friedhofsportal.
„Willst du ihm nicht ein paar Blumen aufs Grab stellen?" fragte sie.
Hans zog eine kleine flache Kerze in einer blauen Schale aus der Jackentasche.
„Die werde ich für ihn anzünden."

Charlotte hatte noch nie zuvor einen italienischen Friedhof besucht. Sie war einmal an der Riviera gewesen, um dort Urlaub zu machen, und hatte vor vielen Jahren eine Studienreise nach Florenz unternommen. Diese Aufenthalte hatten sie nie an einen solchen Ort geführt.

Die Gehwege zwischen den Gräbern waren mit hellen kleinen Steinen bedeckt, so daß jeder Schritt, den sie darauf machten, von einem deutlich vernehmbaren Knirschen begleitet wurde. Marmorplatten bedeckten fast alle Grabstellen, auf denen neben Kreuzen Fotos der Verstorbenen in Bilderrahmen zu sehen waren. Am äußersten Rand des Friedhofes blieb Hans vor einer Grabstätte stehen, auf der das Bild eines etwa 30jährigen Mannes stand. Einen kurzen Augenblick verharrte er schweigend davor und betrachtete es, dann zündete er seine Kerze an, was wegen des Windes nicht auf Anhieb gelang, und stellte sie vor das Bild.

Charlotte war unmittelbar neben ihm und legte ihm ihre Hand auf die Schulter.

„Einen schönen Ausblick auf den Monte Pisano hätte er von hier aus, wenn er ihn noch genießen könnte. Wir sind zusammen einige Male dort oben gewesen und haben über die Stadt geschaut."

„Ist der Unfall hier in der Stadt passiert?" fragte sie vorsichtig.

Hans nickte stumm. Nach einigen Minuten, die er weiter still vor dem Bild seines Freundes stand, sagte er:

„Giuseppe hat sich an der Gardinenstange in seinem Zimmer erhängt."

„Das ist ja furchtbar! Warum hat er das getan?"

„Das weiß ich nicht. Als es passierte, habe ich bereits in Kiel gelebt. Er soll depressiv gewesen sein, hat Anna, seine Freundin, mir erzählt. Einige Tage nach seinem Tod erhielt ich einen dreizeiligen Brief, in dem er sich lediglich verabschiedete und für alles bedankte, was ich für ihn getan hatte. Das war die letzte Nachricht von ihm."

„Warst du zu seiner Beerdigung hier?"

„Nein. Als der Brief mich erreichte, lag er schon auf dem Friedhof. Aber ich habe ihn hier besucht, wenn ich in der Nähe Urlaub machte."

„Habt ihr euch sehr nahe gestanden?" wollte Charlotte wissen.

„Es gab Zeiten, in denen wir fast täglich etwas miteinander unternommen haben. Oft sahen wir uns in der Uni, er studierte auch Medizin in einem höheren Studienjahr. Manchmal spielten wir Fußball miteinander und gingen zusammen mit unseren Freundinnen in ein Studentenlokal."

„Was ist aus seiner Freundin geworden?"

„Anna ist nach seinem Tod zurück zu ihrer Familie nach Volterra gezogen und hat schon bald nicht mehr auf meine Briefe geantwortet. Ich denke, daß sie an Giuseppes Tod, den sie vielleicht bereits ganz gut verdrängt oder verarbeitet hatte, nicht durch den Kontakt mit mir erinnert werden wollte. Ich habe das jedenfalls angenommen und akzeptiert, obwohl es mir schwerfiel."
„Dann war die Zeit hier doch nicht so unbelastet!" warf Charlotte ein.
„Die Zeit hier war auch durch den Kontakt mit Giuseppe und Anna sehr schön. Ich habe sehr viele wichtige Erfahrungen gemacht und eine neue Sprache gelernt. Giuseppes Probleme begannen offenbar erst, nachdem ich bereits über ein Jahr lang wieder in Deutschland lebte."
„Und es gab, als du noch hier warst, keine Hinweise auf eine Depression oder auf andere Probleme, die er gehabt haben könnte?"
„Ich weiß nicht. Mir ist bisher nichts eingefallen, das auf so etwas hingedeutet hat. Außer, daß er nicht gerade ein ausgeglichener Mensch war, sondern sehr extrem. Entweder extrem niedergeschlagen, wenn er eine Prüfung in den Sand gesetzt hatte, oder extrem euphorisch, wenn wir ein Fußballspiel gewonnen hatten. Der Hunger in der Dritten Welt hat ihn beispielsweise sehr stark beschäftigt. Es gab bei ihm kein Mittelmaß", erzählte Hans.
„Vielleicht war er manisch-depressiv?"
„Möglich. Ich habe damals an diese Möglichkeit nicht gedacht, aber du könntest recht haben."
Sie verließen den Friedhof und fuhren in die Stadt zurück.
In den verbleibenden Tagen unternahmen sie Ausflüge nach Siena, San Gimignano und Volterra. Sie bummelten durch die Straßen und Gassen, saßen in Cafés und besuchten Kirchen. Vom Seneser Dom war Charlotte besonders beeindruckt. Sie sagte, daß er wegen des in regelmäßigem Wechsel verarbeiteten hellen und dunklen Marmors wie ein Zebra aussehe. Auf der Piazza del Campo fütterten sie Tauben und sahen einigen Jugendlichen zu, die auf dem Pflaster allerlei Kunststücke mit einem Fußball versuchten. Als sie durch Volterra bummelten, fragte sie ihn, ob er nicht versuchen wolle, Kontakt mit Anna aufzunehmen.
„Nein, ich will das Kapitel ruhen lassen. Ich glaube, es ist besser so", antwortete Hans entschieden, und sie meinte zu spüren, daß er sich davon auch nicht abbringen lassen wollte.
Charlottes alter Sportwagen war fast überall, wo sie auftauchten, die Attraktion bei den Jungen. In Scharen standen sie um ihn herum und drückten ihre Nasen gegen die Scheiben. Einer fragte, ob er nicht mit ihnen nach Deutschland fahren könne, um seinen Onkel in Stuttgart

zu besuchen. In San Gimignano kaufte Hans nach einer Weinprobe einen acht Jahre alten toskanischen Rotwein, der ihm besonders gut schmeckte.
„Den trinken wir zusammen, wenn Alkohol für dich wieder erlaubt ist“, kündigte er an.
Es blieb während der restlichen Urlaubstage der einzige Satz, der, ganz entfernt nur, Charlottes Schwangerschaft oder ihre gemeinsame Zukunft berührte.
Als sie am vorletzten Abend spät aus San Gimignano ins Hotel zurückkamen, begrüßte sie der Mann am Empfang ziemlich aufgeregt. Er sprach von einem „telegramma, che è arrivata dalla Germania“. Tatsächlich war für Hans ein Telegramm abgegeben worden, das der Portier für ihn angenommen hatte. Hans riß das Papier auseinander und war, als er die Zeilen gelesen hatte, wie vom Donner gerührt: „Chef und Dr. Mickler festgenommen. Rückkehr dringend erforderlich. Ruth.“
„Was steht denn drin?“ drängte Charlotte, als sie bemerkte, daß er vom Inhalt des Telegramms schockiert war, aber kein Wort sagte.
„Ich soll sofort zurück in die Klinik kommen. Brosenius und Frau Mickler wurden verhaftet.“
„Steht drin, warum?“
„Nein. Ich kann mir das überhaupt nicht erklären.“
Hans wirkte vollkommen verstört.
„E morto qualcuno?“ fragte der Mann von der Rezeption, der zwar nichts von dem auf deutsch geführten Gespräch verstand, aber von Hans’ Gesicht die Wirkung des Telegramminhalts ablesen konnte.
„No, é successo qualcosa nell’ ospedale, dove lavoro.“
„Was meinst du, ist passiert? Glaubst du, daß Brosenius die Patientin auf deiner Station mißbraucht hat?“
„Nein. Das halte ich für ausgeschlossen!“ zeigte er sich überzeugt.
„Und warum dann seine Verhaftung?“
„Ich weiß es nicht. Es gibt für mich keine Erklärung dafür. Traust du dir zu, daß wir gleich zurück nach Hause fahren?“
„Jetzt sofort?“
„Ja. Koffer packen, zahlen und los!“
„Klar traue ich es mir zu“, sagte Charlotte, der es in diesen ersten Tagen ihrer Schwangerschaft sehr gut ging, „warum nicht?“
„Torno a casa stanotte. Pottrebe preparare il conto subito, per favore?“ fragte Hans den Hotelbesitzer, der von der überstürzten Abreise überrascht war, sich aber bereit erklärte, die Rechnung fertig zu machen.

In weniger als einer halben Stunde hatten sie ihr Gepäck im Kofferraum des Wagens verstaut und die Hotelrechnung bezahlt.
„Buon viaggio!“ rief der Hotelportier ihnen noch nach, als sie ins Auto stiegen.

Am anderen Tag fuhr Charlottes Wagen gegen zwei Uhr nachmittags auf den Parkplatz der Klinik. Hans Templer saß am Steuer. Sie waren die ganze Nacht durchgefahren und hatten lediglich zweimal kurz gestoppt, um zu tanken und einen Kaffee zu trinken.
Schon beim Einbiegen in eine Parkbox sah Templer die Reportertraube vor dem Haupteingang des Krankenhauses. Offensichtlich ließ man sie nicht ins Gebäude.
„Viele von denen kennen mich. Wenn die mich sehen, bin ich verloren!“ sagte Templer und überlegte, wie er den Presseleuten entkommen konnte.
„Hintereingang?“ fragte Charlotte.
Er schüttelte den Kopf.
„Dort wird es nicht anders aussehen!“
„Na gut, dann müssen wir da durch!“ seufzte Charlotte.
Sie stiegen aus dem Wagen, gingen auf den Haupteingang zu und versuchten so unbeteiligt wie nur möglich zu wirken. Als sie um Durchlaß baten, wurde Templer von einem der Journalisten erkannt.
„Doktor Templer, was können Sie über die neueste Entwicklung sagen?“
Kaum war dieser Satz ausgesprochen, wurden ihm zahlreiche Mikrophone entgegengestreckt, Kameras auf ihn gerichtet und ihm Fragen entgegengeschleudert. Es entstand ein großes Gedränge und Geschubse, weil alle so nahe an ihn herankommen wollten wie nur möglich.
„Ich kann Ihnen im Moment überhaupt nichts sagen, weil ich gerade aus dem Urlaub zurückkomme. Lassen Sie uns bitte durch!“
„Wußten Sie über die künstliche Befruchtung der Patientin Bescheid?“
Templer stutzte. Künstliche Befruchtung? Von was war hier die Rede?
„Ich weiß davon nichts. Ich muß mich erst informieren. Bitte haben Sie dafür Verständnis!“
Weitere Fragen prasselten auf ihn ein. Er kümmerte sich nicht mehr darum, sondern versuchte, sich mit Charlotte bis zur Eingangstür durchzukämpfen. Er rief ihr zu, sie solle sich dicht hinter ihm halten, und drängte die Reporter zur Seite. Es dauerte einige Minuten, bis er die gläserne Tür erreicht hatte. Es stellte sich heraus, daß sie tatsäch-

lich verschlossen war. Templer klopfte entschlossen dagegen und wartete. Erst nach dem dritten Mal wurde Pförtner Hansen auf Templer aufmerksam und verließ seine Loge.
„Wenn ich die Tür aufschließe, sind die alle drin!“ rief er ihm von innen zu.
„Irgendwie muß ich schließlich ins Haus!“ schrie der Oberarzt gereizt zurück.
Hansen verschwand, und es kam Templer sehr lange vor, bis er zurückkehrte. Die Tür wurde einen Spalt weit geöffnet, so daß er mit Charlotte in die Vorhalle schlüpfen konnten. Wie erwartet drängten die Journalisten sofort nach und versuchten die Möglichkeit zu nutzen, um ebenfalls hineinzukommen. Templer erstarrte, als er sah, daß Hansen eine Pistole zog und sie auf die Menge richtete, die die Tür inzwischen weiter aufgedrückt hatte. Mit vor Angst weit aufgerissenen Augen versuchten die Journalisten, die vorne standen, zurückzuweichen. Aber es war zu spät, Hansen begann bereits zu schießen. Es kam Templer wie ein Alptraum vor, bis er feststellte, daß der Pförtner aus der vermeintlich scharfen Waffe in feinen Strahlen kleine Wasserfontänen auf die Reporter abspritzte. Bevor die den Trick bemerkten, gelang es Hansen, die Tür zu schließen und zu verriegeln. Wütend schlugen einige der Journalisten gegen die Tür.
„Mensch Hansen, ich dachte schon, Sie wollten richtig in die Menge schießen!“ seufzte Templer erleichtert.
„Aber Herr Oberarzt, so etwas würde ich doch nicht tun“, beruhigte ihn der Pförtner.
„Aber der Trick mit der Wasserpistole ...“
„... ist ’ne Idee meines Sohnes.“
„Pfiffiges Kerlchen! Darf ich Ihnen meine Freundin, Frau Doktor Gründler, vorstellen?“
Hansen gab Charlotte die Hand und verbeugte sich höflich wie ein Kavalier alter Schule.
„Hansen, was ist hier eigentlich los?“ wollte Templer nun wissen.
„Sie sollen sofort zum Verwaltungsleiter kommen!“
„Erst mal will ich wissen, was los ist!“
„Professor Brosenius und Frau Doktor Mickler sind vom Dienst suspendiert, weil sie ..., weil sie, Mensch, ich weiß nicht, wie man das nennt! Die haben jedenfalls diese Schwangerschaft verbrochen“, erklärte Hansen umständlich, „es herrscht ein großes Durcheinander, jeder sagt was anderes! Man kriegt hier keine klare Anweisung mehr!“
„Das wird sich schnell ändern!“ sagte Templer entschlossen und gab dem Pförtner einen Klaps auf die Schulter.

Dann wandte er sich an Charlotte: „Komm', laß uns den Fahrstuhl nehmen!"
In der Schleuse zur Intensivstation half er ihr, sich vorschriftsmäßig umzuziehen und ihre Hände zu desinfizieren.
Als sie in die Zentrale der Station kamen, sahen sie die normale Betriebsamkeit, die zu einer solchen Tageszeit dort herrscht.
„Hallo, ich bin wieder da!" rief Templer in den Raum.
„Mensch Hans, gut, daß du zurück bist, hier steht alles Kopf!" stieß Helmut Walter aus und schrie dann laut über die ganze Station: „He Leute, Hans ist wieder da!"
Bevor alle in die Zentrale strömten, schob Templer Charlotte sanft in sein Arbeitszimmer.
„Mach' es dir so bequem wie möglich, ich muß einige Sachen regeln. Wenn ich wiederkomme, versuche ich etwas Eßbares zu organisieren."
Templer sah sich den Mitarbeitern der gesamten Spätschicht gegenüber, an deren Gesichtern deutlich die Erleichterung darüber abzulesen war, daß ihr Oberarzt wieder unter ihnen war.
„Sagt mal, was ist hier eigentlich los? Was ist passiert?"
Fast alle begannen gleichzeitig auf ihn einzureden, so daß augenblicklich ein Gewirr von Stimmen auf ihn einprasselte und er gar nichts von dem verstand, was ihm entgegengeschleudert wurde.
„Einer nach dem anderen!" versuchte Templer die Gemüter etwas zu beruhigen.
Da plötzlich alle schwiegen, fühlte sich Schichtleiter Helmut Walter aufgefordert, den unwissenden Rückkehrer aufzuklären.
„Der Kommissar, der hier so lange erfolglos herumgeschnüffelt hat, ist dem Ganzen doch noch auf die Spur gekommen. Uns wurde gestern Morgen von Frau Doktor Koschmann-Motteck mitgeteilt, daß der Chef und Frau Doktor Mickler vorläufig festgenommen und vom Dienst suspendiert seien, weil sie im Verdacht stünden, die Schwangerschaft von Frau Wallendorf durch eine künstliche Befruchtung herbeigeführt zu haben."
„Durch eine künstliche Befruchtung?" wunderte sich Templer.
„Frage mich nicht, weitere Einzelheiten sind uns auch nicht gesagt worden. Frau Koschmann-Motteck hat uns dann Doktor Kohlheimer als Stationsarzt zugeteilt und ward nicht mehr gesehen. In diesem Schwebezustand leben wir im Moment", ergänzte der Pfleger.
„Und wo ist Kohlheimer?"
„Ich weiß nicht, vor ein paar Minuten habe ich ihn noch gesehen", sagte Helmut.

„Und wer hat den Entschluß gefaßt, mir zu telegrafieren?“ fragte Templer.
„Ruth. Sie war offensichtlich die einzige, die wußte, wohin genau du gereist warst.“
„Ja, ihr habe ich die Adresse meines Hotels gegeben.“
„Du sollst dich übrigens sofort mit Janssen in Verbindung setzen!“ sagte Schwester Tanja, die neben ihrem Schichtleiter stand.
Templer ging in sein Zimmer. Charlotte hatte ihren Kopf auf die Unterarme gelegt, die auf Templers Schreibtischplatte ruhten, und schien zu schlafen. Kein Wunder nach der durchwachten Nacht, dachte er und nahm den Telefonhörer auf, um den Verwaltungsleiter anzurufen. Er vermied jede Diskussion und verabredete sich mit ihm in einer halben Stunde. Charlotte hob während des Telefongespräches ihren Kopf und sah ihn geistesabwesend an.
„Was ist los?“ fragte sie.
Templer berichtete kurz, was er gerade erfahren hatte und fragte: „Hast du Hunger?“
Sie schüttelte den Kopf.
„Ich bin nur furchtbar müde.“
„Ich mache dir den Vorschlag, daß du in meine Wohnung fährst und dich hinlegst. Vielleicht solltest du den Küchenausgang nehmen, Hansen zeigt dir den Weg. Wenn ich hier alles geregelt habe, komme ich nach, ja?“
Charlotte nickte nur, nahm ihre Auto- und Hans’ Wohnungsschlüssel, umarmte ihn kurz und verließ die Station. Sobald sie die Tür hinter sich geschlossen hatte, rief Templer Kommissar Herzig an. Der war im Moment sehr beschäftigt und versprach, sich kurzfristig wieder bei ihm zu melden.
„Setzen Sie sich doch, Doktor Templer!“ sagte Janssen, als sie sich begrüßt hatten, „wer hat Sie ausfindig gemacht?“
„Schwester Ruth.“
„Mein lieber Doktor Templer, was sich hier in den letzten 48 Stunden abgespielt hat, ist der reinste Krimi! Ich habe schon zwei Nächte nicht mehr geschlafen. Die Kriminalpolizei hat mir mitgeteilt, es bestehe der dringende Verdacht, daß Professor Brosenius und Frau Doktor Mickler die Schwangerschaft der Patientin Wallendorf gemeinschaftlich durch eine künstliche Befruchtung herbeigeführt haben.“
Janssen machte eine Pause.
„Das kann ich nicht glauben!“ warf Templer ein.
„So ging es mir auch. Tatsache ist aber, daß Frau Mickler es bereits

zugegeben hat, der Professor jedoch jede Beteiligung bestreitet. Ich habe veranlaßt, daß beide vom Dienst suspendiert werden, bis die Vorwürfe geklärt sind, und möchte Sie bitten, kommissarisch die Leitung der Abteilung zu übernehmen."
Templer seufzte.
„Ich glaube das einfach nicht!"
Templer hielt Frau Mickler für äußerst ehrgeizig und Brosenius für einen skrupellosen Taktierer, aber das, was er jetzt erfuhr, sprengte sein Vorstellungsvermögen. Er hatte das Gefühl, als habe sich vor ihm ein großes Loch aufgetan, in das er zu fallen drohte.
„Ich frage Sie jetzt ganz frei heraus: Haben Sie von der Sache gewußt oder waren daran beteiligt?"
Templer wurde durch die Frage des Verwaltungsleiters aus seinen Gedanken gerissen und hatte deren Sinn zunächst gar nicht erfaßt.
„Wie?"
„Haben Sie an dieser Straftat mitgewirkt?"
„Nein, natürlich nicht! Ich habe es noch nicht einmal geahnt!" rief Templer aus und war über die Frage empört, obwohl er verstehen konnte, daß Janssen sie stellen mußte.
„Und wollen Sie die kommissarische Leitung nun übernehmen?"
Der Oberarzt antwortete nicht darauf, sondern starrte auf den vor ihm stehenden Konferenztisch.
„Wollen Sie ...?"
„Ich muß wohl", sagte Templer matt.
„Was gedenken Sie zu tun?" hakte der Verwaltungsleiter nach.
„Zuerst werde ich mich von Kommissar Herzig genau informieren lassen und über das nachdenken, was er mir sagen wird, und dann ..."
„... und dann?"
„Dann werde ich erst einmal darüber schlafen."
„Wie Sie vielleicht bemerkt haben, stehen draußen an die hundert Presseleute und warten darauf, daß wir uns als Klinik zu der Sache äußern", bemerkte Janssen und sah Templer erwartungsvoll an.
„Die werde ich unterrichten, sobald ich mir ein klares Bild von der Situation gemacht habe. Ich glaube, jetzt brauche ich erstmal einen Schnaps."
„Das kann ich verstehen", sagte Janssen und holte eine Cognacflasche sowie ein Glas aus dem Wandschrank.
Als Templer auf die Intensivstation zurückgekehrt war, informierte er sich zunächst ausführlich über die anstehenden medizinischen Probleme und machte Visite. Eine Frau mit mehreren komplizierten Frakturen war aufgenommen und in eine Art künstliches Koma versetzt worden.

„Sie ist vom Heuboden gefallen“, berichtete Schwester Tanja.
In Zimmer drei lag Martina, jene junge Frau, die nach einem Sprung aus dem Fenster einen Zwerchfellriß erlitten hatte und von Doktor Wunrahm operiert worden war. Sie sah sehr munter aus und wirkte ausgesprochen aufgekratzt.
„Wie geht es dir?“ fragte Templer sie.
„Sehr gut! Jedenfalls solange ich mich nicht bewege.“
„Und was ist, wenn du dich bewegst?“
„Dann habe ich noch Schmerzen.“
„Das ist normal“, beruhigte Templer sie, „das wird besser! Kommt eigentlich Frau Mentzel, unsere Klinikpsychologin, zu dir?“
„Ja.“
„Und wie findest du die Gespräche mit ihr?“
„Och, geht so.“
„Zumindest scheinst du sehr gut drauf zu sein!“
„Stimmt“, grinste sie, „aber das liegt nicht an der Psychologin!“
„Sondern?“
„Mein Freund hat mich besucht und gesagt, daß er wieder mit mir gehen will“, verriet sie, und ein befriedigtes Lächeln huschte über ihr Gesicht.
„Das freut mich für euch. Trotzdem sollte das Ende einer Liebe einen nicht veranlassen, sein junges Leben aus dem Fenster zu werfen, dafür ist es zu wertvoll. Es gibt für dich noch so viel zu entdecken und zu erleben. Und einen interessanten Jungen findest du bei deinem Charme allemal!“ sagte der Oberarzt.
„Meinst du?“ kokettierte sie.
„Ja, davon bin ich ganz fest überzeugt.“
„Aber nicht einen so netten“, beharrte sie.
„Vielleicht sogar einen besseren!“
„Pah, gibt’s nicht!“
„Na gut. Warum liegt Martina eigentlich noch hier? Auf der Normalstation kann sie viel ungestörter mit ihrem Freund zusammensein“, schlug Templer vor.
Martina rieb sich voller Freude die Hände und hüpfte im Bett auf und ab, bis sie sich mit schmerzverzerrtem Gesicht den Bauch hielt.
„Denk’ dran, zu viel Bewegung tut noch weh!“ riet Templer ihr.
„Ja, das merke ich. Trotzdem vielen Dank!“
Im Zimmer sechs blieb Templer lange vor dem Bett von Frau Wallendorf stehen und sah zu, wie es durch den von der Hausmeisterei konstruierten Mechanismus sanft hin- und hergeschaukelt wurde. Es war ihm anzumerken, welche Gedanken ihm durch den Kopf gingen.

„Und das alles für einen solchen Scheiß!“ knurrte er.
„Wir können es immer noch nicht verstehen“, meinte Kurt, der Frau Wallendorf vom ersten Tag an betreute.
„Gibt es bei ihr etwas Neues?“
„Die Blutgase sind nach ihrer Pneumonie immer noch nicht berauschend, obwohl wir versucht haben, die Beatmung zu optimieren.“
Templer kontrollierte am Beatmungsautomaten die Einstellungen.
„Mehr können wir wohl nicht tun. Bekommt sie wieder Krankengymnastik und den ganzen anderen Kram?“
Der Pfleger nickte.
„Und das Kind?“ wollte Templer wissen.
„Vorgestern hat Frau Doktor Mickler noch geschallt, es scheint alles in Ordnung zu sein.“
„Was wird die Zukunft für ein Kind bringen, das so entstanden ist?“ fragte Templer mehr an sich selbst gerichtet. Dann wandte er sich zur Tür.
„Paßt gut auf, daß bei dieser Schaukelei keine Disconnection entsteht!“
„Machen wir“, antwortete Kurt.
Gerade als Templer ins nächste Zimmer gehen wollte, rief Helmut Walter aus der Zentrale, daß jemand für ihn am Telefon sei. Es war Kommissar Herzig.
Zwei Stunden später saß er in dessen Büro im Polizeipräsidium. Es war schwierig gewesen, das Krankenhaus zu verlassen, ohne daß die Journalisten erneut Wind davon bekamen. Wiederum verdankte er sein unerkanntes Entkommen dem Einfallsreichtum des Klinikpförtners, der seinen Bruder mit dessen Wäschereilieferwagen so nah an den Eingang heranfahren ließ, daß Templer unbemerkt hinten einsteigen konnte.
„Du scheinst der einzige Mensch zu sein, der mir erklären kann, was sich in den letzten Tagen wirklich abgespielt hat“, eröffnete er das Gespräch.
„Das ist gar nicht so einfach“, entgegnete der Kommissar, „aber ich versuch's mal.“
„Am besten ganz langsam, damit ich mitschreiben kann!“
„Mein Computerprogramm hatte ja schon längere Zeit angezeigt, daß die Schwangerschaft in der Zeit der gynäkologischen Untersuchungen durch Frau Doktor Mickler entstanden sein müßte“, begann Herzig.
„Ja, daran erinnere ich mich.“
„In Wirklichkeit ging es sogar so weit, daß es den Untersucher mit großer Wahrscheinlichkeit als Täter angab. Das habe ich natürlich für absurd gehalten, ...“

„..., weil mit Frau Mickler eine Frau die Untersuchungen vorgenommen hat."
„Richtig."
„Und was hat dich jetzt auf die richtige Spur gebracht?" fragte Templer.
„Zwei Dinge. Zum einen hast du mir an unserem weingeschwängerten Abend von Professor Brosenius' Urlaub und Frau Doktor Micklers Vortrag in London erzählt. Diese Termine überschnitten sich. Zum anderen war ich bei deinem Chef zu Hause, um ihm noch einige Fragen zu stellen, was meinem Vorgesetzten übrigens gar nicht gepaßt hat."
„Das glaube ich!"
„Also, in diesem Gespräch sagte der Professor auf meine entsprechende Frage, er habe Frau Doktor in die Abteilung geholt und auf der Intensivstation eingesetzt, weil sie sich dort als Fachärztin für Frauenheilkunde um die schwangere Frau Wallendorf habe kümmern können."
„Ja und? Das war doch vernünftig!" warf der Oberarzt ein.
„Merkst du es nicht?"
„Was soll ich merken?"
„Als dein Chef Frau Doktor Mickler auf deiner Station einsetzte, wußte noch niemand etwas von der Schwangerschaft. Mein Computer hat eine Zeitdifferenz von etwa sechs bis acht Wochen für diese beiden Ereignisse ausgerechnet."
„Das bedeutet ..."
Templer überlegte.
„Das bedeutet, daß entweder den beiden die Schwangerschaft schon länger bekannt war oder daß sie planten, sie herbeizuführen."
„Kannst du ihnen das beweisen?"
„Es kommt noch besser. Ich habe mir, da ich offiziell nicht mehr ermitteln durfte, Urlaub genommen und mich, gut getarnt, an die Fersen deiner Kollegin gehängt. Und was meinst du, habe ich entdeckt?"
„Woher soll ich das wissen? Ich war schließlich nicht dabei", gab Templer zu bedenken.
„Du hättest dabei sein sollen, dir wären die Augen aus dem Kopf gesprungen! Deine Kollegin hat in London nicht nur ihren Vortrag gehalten, sondern auch ihren Liebhaber getroffen ..."
„Brosenius?"
Herzig nickte.
„Das gibt's doch nicht! Ich hätte geschworen, daß sie aneinander lediglich ein platonisch-fachliches Interesse hatten!"
„Ganz offensichtlich nicht. Der Professor bewohnte im Forum-Hotel

im Stadtteil Kensington ein Doppelzimmer, Frau Doktor Mickler ein Einzelzimmer, das jedoch nicht ein einziges Mal benutzt wurde, weil sie gleich nach der Ankunft mit ihrem ganzen Gepäck bei ihm eingezogen ist."

„Wahnsinn!"

„Sie waren immerhin mißtrauisch genug, nicht zusammen zum Kongreßgebäude zu fahren, und haben ihr Frühstück auf dem Zimmer eingenommen. Ins Theater sind sie abends ebenfalls getrennt gefahren, haben während der Vorstellung aber nebeneinander gesessen ..."

„... und Händchen gehalten?"

„So genau habe ich es nicht sehen können. Frau Doktor flog auch zwei Tage früher zurück als der Professor."

„Und haben sie es gestanden?"

„Sie nach fünf Tagen. Er streitet eine intime Beziehung zu ihr nicht ab, will aber von der künstlichen Befruchtung nichts gewußt haben."

„So ein Schwein! Jetzt versucht er sogar, seine eigene Geliebte in die Pfanne zu hauen, um den Chefarztposten für sich zu retten!" empörte sich Templer.

„Es wird ihm aber nicht gelingen! Den kriege ich auch noch klein! Nachdem sie von mir erfahren hatte, daß er jede Beteiligung an der Tat bestreitet, war sie schnell bereit, gegen ihn auszusagen."

„Mensch Roland, du bist besser als Maigret!"

„Das will ich meinen, wobei man zu dessen Entschuldigung zugeben muß, daß er auch nicht von einem so erstklassigen Computerprogramm unterstützt wurde. Wenn ich eher darauf gehört hätte, wäre ich vielleicht schon viel früher fündig geworden."

„Aber dir hätten vermutlich die Beweise gefehlt, die du erst durch deine Londonreise sammeln konntest."

„Das stimmt natürlich. Und nach London wäre ich nie geflogen, wenn du mir während unseres Trinkgelages nicht vorgejault hättest, wie schwer die Zeit ohne deinen Chef und Frau Doktor Mickler für dich sein würde."

„Vielleicht sollten wir einen solchen Abend noch einmal wiederholen!" schlug Templer vor und lachte.

„Nein danke! Wenn ich daran denke, bekomme ich immer noch Kopfschmerzen. Aber irgendwie feiern sollten wir die Sache schon. Sag' mal, wie geht es denn bei euch in der Abteilung ohne den Professor weiter?"

„Du gehst davon aus, alles sei derart wasserdicht, daß er nicht in sein Amt zurückkehren kann?"

„Absolut! Der wird, wie die Mickler übrigens auch, nicht einmal seine Approbation als Arzt behalten", war sich Kommissar Herzig sicher.

„Dann wird ein neuer Chefarzt gesucht werden."
„Gehst du dabei mit ins Rennen?"
„Ich weiß es noch nicht. Janssen hat mich gebeten, die Leitung der Abteilung kommissarisch zu übernehmen."
„Und?"
„Ich habe erst einmal zugesagt, aber innerlich schwanke ich noch."
„Warum?"
„Es sind in den letzten Monaten so viele Dinge passiert, daß ich denke, es wäre besser, einen ganz radikalen Neuanfang zu machen", erklärte Templer.
„Auf einem Bauernhof in der Toskana?"
„Vielleicht. Ich weiß es noch nicht. Erst muß ich die Nachrichten des heutigen Tages verdauen. Und dann mit meiner Freundin darüber reden."
Templer ging zu Fuß nach Hause. Es war windig und nicht gerade warm. Fröstelnd wurde ihm klar, daß er seinen Mantel in Charlottes Wagen hatte liegen lassen. Hinter den Dächern versank die Sonne und ließ die langen Schatten der Häuser auf Gehsteig und Straße fallen. Die ersten Autos fuhren schon mit Licht. Eine Straßenbahn kam mit lautem Quietschen um die Ecke, hielt fast neben ihm, und eine große Menschenmenge drängte aus den Türen. Die meisten hasteten, Einkaufstaschen in beiden Händen, an ihm vorbei.
Welch ein Tag! dachte Templer. Nie hätte er das, was er gerade vom Kommissar gehört hatte, für möglich gehalten. Für ihn waren sowohl Brosenius als auch seine Kollegin Mickler spröde und emotionslose Menschen, und jetzt kam ein heimliches Liebesverhältnis zwischen ihnen zutage. Mit nichts hatten sie zu erkennen gegeben, mehr als nur fachlichen Respekt voreinander zu haben. Mit keinem Blickkontakt, der einen Augenblick zu lange dauerte, keinem flüchtigen Zulächeln, keinem allzu freundlichen Wort füreinander hatten sie sich verraten. Was für eine Beherrschung!
Dabei, sich die zwei in einem Hotelbett bei der Liebe vorzustellen, mußte er laut lachen. Nein, das paßte nicht zu ihnen. Wie man sich in den Menschen täuschen kann! dachte Templer. Was sich alles in den Abgründen der menschlichen Seele abspielt und durch eine zur Schau gestellte Fassade verdeckt wird! Welches war ihr wahres Ich? Welches nur die Oberfläche, mit der die Umgebung gefüttert wurde? Oder waren beide Seiten in dem Labyrinth dieses Ichs verborgen gewesen und eine erst jetzt daraus hervorgebrochen wie ein entfesseltes wildes Tier? Und wenn es so war, was hatte das wilde Tier dazu gebracht, sich zu zeigen? Und warum gerade jetzt? Was mochte ihr Mo-

tiv gewesen sein, dieser Frau und auch dem gezeugten Kind ein solches Schicksal zuzufügen? Und was konnte die beiden Kollegen bewogen haben, für sich selbst ein so großes Risiko der Entdeckung auf sich zu nehmen? Templer fand keine Antwort auf seine Fragen.
Als er an einem Blumengeschäft, ganz in der Nähe seiner Wohnung, vorüberging, brachte eine Verkäuferin gerade die Sträuße ins Ladeninnere, die die Passanten auf dem Trottoir zum Kaufen anregen sollten.
„Haben Sie Rosen?" fragte er.
„Ja, aber wir schließen gerade", war die Antwort der jungen Frau, die keine Neigung zu verspüren schien, wegen Templer den Ladenschluß zu verschieben.
„Machen Sie eine Ausnahme für mich! Ich nehme auch alle, die Sie noch haben. Sie sind für eine sehr liebe Frau. Stellen Sie sich vor, Ihnen würde ein solcher Rosenstrauß geschenkt!" bettelte er und hatte Erfolg damit.
„Es sind noch 49. Sie wollen wirklich alle?"
„Ja, alle!"
Charlotte schien zu schlafen, denn es dauerte sehr lange, bis sie auf Templers Klingeln reagierte und öffnete. Tatsächlich stand sie in seinem Bademantel im Wohnungsflur und sah vollkommen verschlafen aus.
„Du bist ja ganz kalt!" rief sie und schüttelte sich, als er sie zur Begrüßung umarmte. Dabei hielt er die Blumen mit der anderen Hand hinter seinem Rücken verborgen.
Erst danach streckte er ihr den Rosenstrauß entgegen.
„Für mich?" rief sie begeistert.
Sie schien mit einem Schlag wach geworden zu sein, näherte sich ihm, streifte seine Wange und flüsterte ihm ins Ohr:
„Danke, mein Schatz! Liebst du mich so sehr?"
Hans sagte nichts, sondern drückte sie jetzt mit beiden Armen an sich.
„Nicht so doll! Unser Kind!"
Erst nach einer ganzen Zeit gab er ihren Körper frei.
„Was war in der Klinik los? Ich bin ganz gespannt!" fragte sie und roch noch einmal an den Rosen.
„Kommissar Herzig ist wirklich ein harter Hund. Er hatte doch noch Erfolg. Was meinst du, hat er herausgefunden?"
Charlotte legte sich quer auf einen der Sessel und den Blumenstrauß auf ihren Bauch.
„Ich nehme nicht an, daß deine Kollegin, die Frau ..."

„... Mickler ..."
„... die Frau Mickler sich an der Patientin vergangen hat", antwortete sie scherzhaft.
„Doch, das hat sie!"
„Komm, verscheißere mich nicht!"
„Nein, es stimmt wirklich. Sie hat bei der Frau eine künstliche Insemination vorgenommen, Brosenius hat davon gewußt und die Sache zumindest gedeckt, wenn er nicht sogar daran beteiligt war."
„Das gibt's doch nicht! Wie ..., wie kommen die darauf, so etwas Absurdes zu tun?"
„Frag' mich nicht! Ich habe darauf bisher auch keine Antwort gefunden."
„Das ist ein Hammer! Und wie hat der Kripomensch das herausgefunden?"
„Das Computer-Programm, das er selbst entwickelt hat, brachte ihn schon vor einigen Wochen auf diese Fährte, aber wir haben die These gemeinsam verworfen, weil es uns unmöglich vorkam, daß der Täter eine Frau sein sollte."
„Darauf kann doch auch kein Mensch kommen! Wie ist es ihm gelungen, ihr auf die Spur zu kommen?"
Hans berichtete, was er gerade über Herzigs Recherchen erfahren hatte.
„Ich komme gerade aus dem Polizeipräsidium, die Informationen sind auch bei mir noch ganz frisch."
„Und wie geht es jetzt in der Klinik weiter?" fragte Charlotte.
„Das ist noch nicht klar. Der Verwaltungsleiter hat mich gefragt, ob ich die Leitung der Abteilung kommissarisch übernehmen würde."
„Was hast du dazu gesagt?"
„Ich habe erst einmal zugestimmt."
„Was heißt ‚erst einmal'?" hakte sie nach.
„Im Moment scheint es mir wichtig, wieder Ruhe in den Laden zu bringen und die Presse zu informieren. Dem kann ich mich nicht entziehen."
„Hat denn die Kripo noch keine Pressemitteilung herausgegeben?"
„Ich war derart von Herzigs Bericht schockiert, daß ich ganz vergessen habe, ihn danach zu fragen", mußte Hans gestehen.
„Und was hast du langfristig vor?"
„Über Entwicklungen, die über diese Woche hinausgehen, habe ich mir noch keine Gedanken gemacht. Ich würde mich freuen, wenn wir das gemeinsam tun würden."
„Was hältst du davon, wenn wir vorher eine Kleinigkeit essen? Ich habe großen Hunger."

„Ich sehe mal nach, was meine Speisekammer zu bieten hat, und wenn ich etwas gefunden habe, werfen wir unsere Kochkünste zusammen und zaubern etwas Tolles!“

Charlotte sah sich in den Schränken nach einer geeigneten Vase für 49 Rosen um, während Hans Zutaten für eine Mahlzeit zusammensuchte. Es fand sich einiges, aus dem sie einen köstlichen Pesto alla Genovese bereiteten. Charlotte deckte den Tisch und äußerte sich anerkennend über das geschmackvolle Service, das Hans besaß.

„Das habe ich mir zusammen mit meiner letzten Freundin gekauft. Nach unserer Trennung fiel das Los für das Service auf mich.“

„Über derart zentrale Lebensfragen konntet ihr euch noch einigen?“ fragte Charlotte erstaunt.

Er zuckte mit den Schultern.

„Ja, der Teil lief wieder ganz ruhig ab.“

Nachdem Hans Espresso zubereitet und die beiden dampfenden Tassen auf den Tisch gestellt hatte, fragte er sie:

„Was würdest du an meiner Stelle tun?“

„Wie ist deine Gefühlslage bei der Überlegung, welche Rolle du in dieser Klinik zukünftig spielen möchtest?“ fragte sie zurück.

„Nach meinem Empfinden würde ich am liebsten gar keine spielen“, antwortete er nach einigem Zögern.

„Das heißt, du willst kündigen?“

„Ja.“

„Was hindert dich daran?“

„Hm. Das ist schwer zu sagen. Ich habe eine unbefristete Stelle als leitender Oberarzt. Wenn ich der Klinik also keine silbernen Löffel klaue, ist das eine Lebensstellung. Eine unbefristete Stelle als Oberarzt bekomme ich in einem anderen Haus unter heutigen Arbeitsmarktbedingungen nicht wieder, eine als Stellvertreter des Chefs sowieso nicht.“

„Okay, das kann ich soweit nachvollziehen. Welche Alternativen gibt es für dich?“

„Ich könnte mich in freier Praxis niederlassen.“

„Als was?“

„Als praktischer Arzt oder Anästhesist.“

„Was würde das für dich inhaltlich bedeuten?“

Hans spürte bereits, daß sie ganz zielgerichtete Fragen stellte, die recht schnell zu einer Entscheidungsgrundlage und dann zu einer fundierten Antwort auf seine so schwerwiegende Frage führten.

„Für die Tätigkeit als praktischer Arzt fehlen mir einige Kenntnisse

und Fähigkeiten, die ich mir aber in einer absehbaren Zeit aneignen könnte."
„Was hält dich davon ab?"
„Daß ich eigentlich mit Leib und Seele Intensivmediziner bin."
„Dann erübrigt sich meine Frage nach der Möglichkeit, daß du als niedergelassener Anästhesist arbeitest."
„Eigentlich ja, denn das würde bedeuten, nur noch Narkosen zu machen."
„Noch weitere Alternativen?"
„Rettungsmedizin."
„Was heißt ‚Rettungsmedizin'?"
„Ich könnte zum Beispiel einen Notfallrettungsdienst in einer Region aufbauen."
„Ist das für dich vorstellbar?"
„Eher nicht, weil das nur Erstversorgung bedeutet. Ich möchte auch die Früchte meiner Arbeit ernten und sehen, was aus meinen Patienten wird."
„Es bleibt also nur die Intensivmedizin in einer Klinik", resümierte Charlotte.
„Ja."
Die enorme Geschwindigkeit, mit der sie Entscheidungsalternativen aufstellte, abfragte und damit zu klar nachvollziehbaren Ergebnissen kam, faszinierte ihn. Einen anderen Menschen als Charlotte, der derart emotional sein und gleichzeitig so rational vorgehen konnte, kannte er nicht.
„Ein Wechsel an eine andere Klinik würde nach deinen Aussagen bedeuten, daß du nur zeitlich befristete Verträge für untergeordnete Positionen bekommen könntest."
„So würde ich die Lage einschätzen."
„Also gibt es zu dem Verbleib in diesem Krankenhaus für dich keine realistische Alternative?"
„So ist es wohl."
„Gut. Was willst du dort erreichen? Wunschtraum! Jetzt bitte nur Wunschtraum!" forderte Charlotte ihn auf.
„Wunschtraum? Ich möchte ungestört von der Einmischung eines in der Intensivmedizin inkompetenten Chefs meine Station so führen, wie ich es, in Abstimmung mit meinem Team, für richtig halte."
„Ist das alles?"
„Ja."
„Wunderbar, dann haben wir doch schon die Lösung!" rief sie aus.

„Welche Lösung?“
„Na, du hast doch eben deinen Wunscharbeitsplatz beschrieben.“
„Ja?“
„Du hast gesagt, daß kein inkompetenter Chef auf deine Arbeit als Intensivmediziner Einfluß nehmen soll. Das kann doch nur bedeuten, daß du selber Chef wirst und dennoch gleichzeitig die Intensivstation leitest, oder?“
„Hm.“
Hans überlegte. Eigentlich hatte Charlotte recht. Es war zumindest folgerichtig.
„Ich kenne keinen Chefarzt der Anästhesie und Intensivmedizin, der seine Intensivstation selbst leitet“, gab Hans zu bedenken.
„Das heißt doch nur, daß du der erste wärest!“
„Ja, das stimmt schon ..., aber ...“
„Was aber?“
„Ich glaube, daß der ganze Verwaltungskram einer Chefarztposition und die Leitungsaufgaben einer Intensivstation mich überfordern und aufreiben würden.“
„Das, denke ich, ist eine Frage der Organisationsstruktur, mit der man sich umgibt, und wie gut man delegieren kann“, warf Charlotte ein.
„Also? Was tun?“
„Von deinem Verwaltungsleiter den Chefarztposten fordern!“
„Was habe ich für Argumente?“
„Daß du jetzt bereits der Stellvertreter bist ...“
„... gerade mal seit einigen Wochen ...“
„Egal! Und daß sie auf deine Kompetenz jetzt besonders angewiesen sind, für die komatöse Frau mit dem Baby und für den Umgang mit der Presse.“
„Das sind keine schlechten Gründe.“
„Was spricht gegen dich?“ wollte sie wissen.
„Daß ich nicht habilitiert bin. In einem Haus unserer Größe erwartet man heute vom Chef einer Abteilung den Professorentitel oder wenigstens den eines Privatdozenten.“
„Das könnte ein Hindernis sein“, gab Charlotte zu, „mit diesem Restrisiko mußt du leben. Wie würde die Position des Chefarztes besetzt, wenn du vorübergehend kommissarischer Leiter und auf Dauer leitender Oberarzt bleiben würdest?“
„Vermutlich würden sie die Stelle ausschreiben und mit einem externen Bewerber besetzen. Oder Frau Privatdozentin Koschmann-Motteck die Stelle anbieten“, spekulierte er.
„Könntest du damit leben?“

„Ein neuer Chef von außen wäre ein Vabanquespiel für mich, Frau Koschmann-Motteck eine Katastrophe."
„Was kannst du also verlieren, wenn du den Posten des Chefarztes für dich fordern würdest?"
„Ziemlich wenig", folgerte Hans.
Er war beeindruckt, wie sie ihn mit einfachen Fragen zu einer Entscheidung geführt hatte, die ihm fast unüberwindlich schwierig erschienen war.
Hans lag bereits im Bett, als Charlotte aus dem Bad kam und zu ihm unter die Bettdecke schlüpfte. Zärtlich kuschelte sie sich an ihn und fuhr mit ihren Fingerspitzen über seinen Rücken.
„An was denkst du gerade?" fragte sie.
„An morgen."
Sie nickte und hauchte ihm einen Kuß auf die Brust.
„Kann ich verstehen. Es hängt ja auch einiges davon ab."
„Und was mache ich, wenn sie ablehnen?" fragte er nach einer ganzen Zeit.
Er hörte, wie Charlotte tief durchatmete.
„Ich denke, das kannst du nur allein entscheiden. Dazu kann ich nichts sagen."
Zum Einschlafen drehte sie ihm ihren Rücken zu. Er strich mit dem Zeigefinger über ihren Nacken und schlang einen Arm um ihre Taille. Noch lange lag er wach, dachte nach und spürte an den Zuckungen ihres Körpers, daß sie in den Schlaf hinüberglitt.

Am anderen Morgen schlich sich Hans sehr früh aus dem Bett und ging leise mit seinen Kleidungsstücken ins Bad, um sich dort anzuziehen.
Vor dem Klinikgebäude waren so früh am Tag zum Glück noch keine Journalisten anzutreffen. Um Punkt sieben Uhr stieß er vor dem Büro des Chefarztes fast mit Frau Förster zusammen. Sie schien überrascht, ja fast erschrocken, ihm so unerwartet früh gegenüberzustehen.
„Wollen Sie zu mir?" fragte sie unsicher.
„Ja, Frau Förster. Ich bin gestern zum kommissarischen Leiter der Abteilung bestimmt worden und möchte mit Ihnen besprechen, wie wir in der Zukunft zusammenarbeiten."
„In der Zukunft zusammenarbeiten?"
Frau Förster schluckte und nahm einen Gesichtsausdruck an, als habe sie in eine Zitrone gebissen.
„Ja genau!" sagte Templer mit Nachdruck, „außerdem brauche ich einen Schlüssel fürs Büro!"

„Ich habe nur meinen Schlüssel, den anderen hat der Professor."
„Dann wird es Zeit, daß er ihn abgibt!"
„Aber seine ganzen Sachen sind noch hier!" protestierte sie.
„Bitte räumen Sie sie in Kartons. Ich werde Professor Brosenius bitten, alles abzuholen."
„Aber ..."
„Frau Förster, ich gedenke nicht, mit Ihnen darüber zu diskutieren!" sagte Templer jetzt in scharfem Ton. Er erschrak selbst darüber, war sich aber im klaren, daß er ihre Loyalität nur gewinnen konnte, wenn er, wie Brosenius es über zehn Jahre getan hatte, den Chef herauskehrte.
„Und jetzt schließen Sie mir bitte das Büro auf!"
Templer setzte sich in den Drehsessel, der hinter dem großen Kirschholzschreibtisch stand, und lehnte sich zurück.
Vor ihm auf der Arbeitsplatte stand ein Bild von Brosenius' Familie, das sie bei strahlend blauem Himmel auf einem Segelboot vor Laboe zeigte. Er hat eine attraktive Frau und sehr hübsche Töchter, dachte Templer. Das versammelte Familienglück auf der Ostsee.
Wie konnte dieser Mann das alles für einen kurzen medizinischen Triumph aufs Spiel setzen? Und den guten Ruf des Krankenhauses dazu? Es ist wohl kaum zu erwarten, daß sich Patienten weiterhin mit einem guten Gefühl in unsere Behandlung begeben, ging es Templer durch den Kopf. Gut, er mochte Brosenius' Art nicht und hegte für diesen Mann keine große Sympathie, aber der Chef, oder besser ehemalige Chef, war immer ein seriös auftretender und engagierter Vorgesetzter gewesen, dem Templer einen gewissen Respekt entgegengebracht hatte. Er konnte dessen Motiv für die Tat noch immer nicht verstehen.
„Frau Förster, bitte rufen Sie alle Oberärzte für siebzehn Uhr zu einer Krisensitzung zusammen, und lassen Sie mich anpiepen, wenn Sie die Post fertig haben! Gibt es sonst noch etwas, das ich wissen sollte?"
„Nein", antwortete die Sekretärin einsilbig.
Templer ging hinaus, verweilte etwa eine Minute auf dem Flur und trat dann unverhofft wieder in Frau Försters Zimmer. Wie er vermutet hatte, telefonierte sie mit Brosenius und legte schnell den Hörer auf, als sie den Oberarzt hereinkommen sah. Die letzten Wortfetzen des Gespräches reichten jedoch aus, um ihm zu bestätigen, daß er richtig gelegen hatte.
„Ich möchte in Zukunft nicht mehr, daß Sie von klinikeigenen Telefonen Privatgespräche führen!" schrie er und rauschte aus dem Raum.
Auf der Intensivstation herrschte große Aufregung. Man hatte Frau

Wallendorfs Betreuer, der nach Aussagen der Nachtschicht bereits kurz vor sechs Uhr mit der Morgenzeitung in der Hand erschienen war, in die Stationsküche bugsiert, wo er bereits eineinhalb Stunden vor sich hin schmorte.

„Der hat hier einen Aufstand gemacht. Ich habe den Rest der Auseinandersetzung noch mitbekommen“, berichtete Schwester Ruth und fügte hinzu: „Im Grunde kann ich den Mann nur zu gut verstehen!“

„Was steht denn in der Morgenzeitung?“ erkundigte sich Templer.

Ruth griff in ein Ablagefach in der Zentrale und reichte sie ihm. In riesigen Lettern sprang ihm die Schlagzeile entgegen:

„Ärztin Doktor M. zeugte Embryo bei komatöser Frau – Klinikdirektor Professor B. vom Dienst suspendiert“.

Damit war Templers Frage, ob die Presse von der Polizei am Vortag bereits informiert worden war, beantwortet.

„Sagt dem Mann, daß ich in zehn Minuten Zeit für ihn habe. Gibt es sonst etwas, um das ich mich hier kümmern muß?“

„Wir haben um drei heute morgen eine Neuaufnahme bekommen. Milzruptur bei Sturz mit dem Fahrrad. Der Mann ist gleich operiert worden“, informierte ihn Ruth.

„Betrunken gewesen?“

Ruth nickte.

„Und wie. Das Zimmer stinkt immer noch wie ’ne Kneipe. Wir haben ihn erst einmal allein gelegt. Doktor Kohlheimer ist gerade bei ihm.“

„Der Patient ist aber stabil?“

„Ja. Ich glaube, es reicht, wenn du ihn dir nachher ansiehst.“

Templer zog sich mit der Zeitung in sein Zimmer zurück, um sich für das Gespräch mit Frau Wallendorfs Betreuer zu wappnen. Gleich auf der Titelseite wurde ausführlich über die jüngsten Ereignisse berichtet. Er fand den Artikel recht sachlich und, soweit er das nach den Informationen von Kommissar Herzig beurteilen konnte, entsprach das Geschriebene den Tatsachen. Lediglich die Schlagzeile wirkte sehr reißerisch, was auch die Absicht der Redaktion gewesen sein dürfte.

„Ich verlange, daß Frau Wallendorf sofort in ein anderes Krankenhaus verlegt wird!“ brüllte der Mann Templer an, als der Oberarzt in die Stationsküche kam.

„Mein Name ist Doktor Templer. Guten Morgen, Herr?“

„Reinhard.“

Templer schätzte den Mann auf Mitte vierzig. Gleich beim ersten Anblick sprang ihm dessen dichter dunkler Schnurrbart ins Auge, der

dem Gesicht einen unsympathischen und strengen Ausdruck verlieh. Choleriker, war der erste Gedanke, der dem Arzt durch den Kopf ging.
„Bitte kommen Sie mit in mein Büro, dort können wir alles in Ruhe besprechen!“
Der Mann folgte ihm mürrisch.
„Ich will, daß meine Betreute sofort in eine andere Klinik kommt!“ wiederholte er, bevor er sich auf den Stuhl setzte, den Templer ihm mit einer Handbewegung anbot.
„Das kann ich verstehen“, sagte der Oberarzt in ruhigem Ton und machte eine Pause.
Herr Reinhard war so sehr von Templers kurzer Antwort überrascht, daß er aus dem Konzept geriet.
„Ja ..., heißt das, Sie sind damit einverstanden?“
„Natürlich bin ich damit einverstanden. Wenn Sie die Verantwortung für den Transport übernehmen, können wir die Patientin innerhalb einer Stunde für die Verlegung vorbereiten. Wohin möchten Sie sie denn bringen, und ist das ausgesuchte Krankenhaus auf die Übernahme einer komatösen Patientin vorbereitet?“
„Vorbereitet? Ich dachte, diese Dinge würden Sie regeln“, antwortete Herr Reinhard sichtlich verunsichert.
„Warum ich? Von meiner Seite aus besteht erstens nicht die Notwendigkeit einer Verlegung, und zweitens halte ich Frau Wallendorf nicht für transportfähig. Im Klartext: Ich lehne die Verantwortung für eine Verlegung klar und eindeutig ab!“
Templers Gegenüber schluckte und sah ihn feindselig an.
„Das sagen Sie ja nur, um mich einzuschüchtern!“
„Gut, wenn das Ihre Überzeugung ist, suchen Sie eine Klinik, besprechen dort mit den Verantwortlichen die notwendigen Schritte und bestellen bei der städtischen Rettungsleitstelle einen Notarztwagen. Die Patientin kann, wenn es denn gegen jede Vernunft durchgesetzt wird, nur in Begleitung eines Arztes transportiert werden.“
„Und die Kosten?“
„Ob die Kosten des Transportes übernommen werden, müßten Sie mit Frau Wallendorfs Krankenkasse klären. Aber das dürfte ja schnell möglich sein“, sagte Templer, der immer noch ruhig und sachlich sprach.
„Ja, das müßte ich tun ... Kann denn nicht jedes beliebige Krankenhaus die Patientin aufnehmen?“
„Im Prinzip ja, aber im Interesse von Frau Wallendorf sollte es schon ein größeres Haus mit einer leistungsfähigen Intensivstation und einer gynäkologischen Abteilung sein.“

„Ich habe nicht erwartet, daß dieser Schritt derart problematisch sein würde."
Herr Reinhard hatte deutlich leiser und weniger erregt gesprochen. Sein Zorn schien angesichts der am Horizont aufziehenden logistischen Schwierigkeiten etwas verraucht zu sein.
„Lassen Sie uns die Sache einmal vernünftig betrachten!" schlug Templer vor.
„Wie Ihre Abteilung das bisher getan hat?"
„Ich kann Ihren Zynismus ja gut verstehen, aber er hilft Frau Wallendorf im Moment nicht. Sie ist hier auf dieser Station mißbraucht worden. Es wurde widerrechtlich und gegen ihren unterstellten Willen eine künstliche Insemination vorgenommen. Das ist, soweit das im Augenblick bekannt ist, von zwei Ärzten unserer Abteilung zu verantworten, die, wie Sie sicher bereits aus der Zeitung wissen, vom Dienst suspendiert wurden. Ich kann Ihnen versichern, daß alle anderen Mitarbeiter, einschließlich meiner Person, an dieser Tat nicht beteiligt waren und sie aufs schärfste verurteilen."
„Lippenbekenntnisse! Ich habe auch Professor Brosenius, den ich seit über zehn Jahren kenne, vertraut. Und wozu hat dieses Vertrauen geführt?"
„Vertrauensbruch ist dennoch keine kollektive Angelegenheit, sondern wird von einzelnen Menschen begangen. Ich habe meinem ehemaligen Chef bis gestern auch vertraut und sehe mich in genau der gleichen Situation wie Sie."
Diese Sichtweise schien Herrn Reinhard zu irritieren. Er sah Templer einen Augenblick lang an und fuhr sich dann mit beiden Händen durchs Gesicht.
„Warum hat diesen Mann, diesen Wahnsinnigen, diesen Besessenen, denn niemand gestoppt?" rief er schließlich aus.
„Eine berechtigte Frage, die ich mir auch gestellt habe."
„Und? Haben Sie eine Antwort gefunden?"
„Teilweise."
„Welche?"
„Weil die einzigen Menschen, die von der künstlichen Befruchtung einer komatösen Frau gewußt haben dürften, sie selbst vorgenommen haben."
„Sie meinen den Professor und diese Frau Doktor M., wie sie in der Zeitung genannt wird?"
„Frau Doktor Mickler, ja. Ich gehe davon aus, daß die beiden sonst niemanden in ihre Pläne eingeweiht haben. Wer also hätte sie stoppen können? Ich bin bis jetzt keinem im Hause begegnet, der das, was

sich hier abgespielt hat, versteht oder billigt. Und ich bin sicher, daß ich auch in der Zukunft keinem solchen Mitarbeiter begegnen werde", sagte Templer mit großem Ernst in der Stimme.
Im Laufe des Gespräches war Herr Reinhard immer nachdenklicher geworden. Nach Templers letztem Satz saß er zusammengesunken auf dem Stuhl und starrte aus dem Fenster.
„Wie hätten Sie denn in meiner Situation reagiert?"
„Vermutlich genauso", antwortete Templer, „jedenfalls kann ich mir im Moment keine andere Reaktionsweise vorstellen."
„Und was würden Sie an meiner Stelle tun?"
„Frau Wallendorf in ein anderes Krankenhaus verlegen lassen", antwortete Templer mit tonloser Stimme.
Herr Reinhard sah ihn an, und das Erstaunen über diese Aussage war ihm deutlich anzusehen.
„Wie bitte? Jetzt verstehe ich gar nichts mehr!"
„Wenn ich mich in Ihre Lage versetze, würde ich genau das tun. Als kommissarischer Leiter dieser Abteilung ist es mir egal, was Sie tun. Die Patientin in einem anderen Krankenhaus zu wissen, würde für mich ein Problem weniger bedeuten. Wenn ich versuche, einen neutralen Standpunkt einzunehmen, würde ich Ihnen empfehlen, Frau Wallendorf hierzulassen."
„Warum?"
„Weil sie auf dieser Station alle kennen und wirklich mögen. Die Mitarbeiterinnen und Mitarbeiter haben sich auf die schwierige Situation, mit einer komatösen Schwangeren zu arbeiten, seit Wochen eingestellt. Ich glaube, daß sie in Europa derzeit keine Klinik finden werden, die auf eine solche Situation besser vorbereitet ist als wir."
„Das klingt ehrlich", sagte Reinhard nach einem Augenblick des Nachdenkens, „ich hoffe, daß ich wenigstens Ihnen vertrauen kann."
„Ganz sicher werden Sie erst sein, wenn die Sache hier vorbei ist."
„Das stimmt wohl. Ich glaube, ich werde über meine Entscheidung noch einmal nachdenken und mich dann mit Ihnen in Verbindung setzen."
„Tun Sie das in aller Ruhe", sagte Templer, als er Herrn Reinhard zum Fahrstuhl begleitete und ihn verabschiedete.
Die Krisensitzung der Oberärzte am Nachmittag brachte für Templer wichtige Erkenntnisse. Frau Doktor Koschmann-Motteck war zu dieser Besprechung nicht erschienen und hatte über Frau Förster ausrichten lassen, daß sie einen wichtigen privaten Termin habe, der sich nicht verschieben lasse. Templer war überzeugt, daß das nicht der wirkliche Grund für ihr Fernbleiben war und wertete es als glasharte Ablehnung seiner Person als Leiter der Abteilung.

Das Stimmungsbild, das sich während der freimütigen Diskussion, zu der Templer alle aufgefordert hatte, ergab, war geteilt. Einige Kollegen begrüßten, daß Templer die kommissarische Leitung übernommen hatte und signalisierten ihm Unterstützung. Andere sprachen sich offen für Frau Koschmann-Motteck aus und forderten Templer auf, zu ihren Gunsten auf die Position zu verzichten.
Am Abend telefonierte er kurz mit Brosenius und verabredete sich mit ihm für den nächsten Morgen zu einem Meinungsaustausch in dessen Haus, weil es der Professor ablehnte, in die Klinik zu kommen. Bevor Templer das Krankenhaus verließ, bereitete er eine kurze Presseerklärung vor, die er mit Verwaltungsleiter Janssen telefonisch abstimmte.
Vor dem Haupteingang waren, als er hinaustrat, an die hundert Journalisten versammelt. Die bereits bei seinem allerersten Presseauftritt verwendete Kiste trug er in der rechten Hand, ein Blatt Papier mit dem vorbereiteten Text steckte in der Brusttasche seines Jacketts. Er stieg auf die Kiste, hob beide Arme und bat um Ruhe. Die Bildjournalisten brachten ihre Kameras in Position, die anderen versuchten, ihre Mikrophone und Diktiergeräte in die Nähe des Oberarztes zu bringen, was zu einem großen Geschiebe führte. Es dauerte einige Minuten, Templer wäre fast von seinem Podest geschubst worden, bis Ruhe eingekehrt und das Drängeln weniger geworden waren.
„Meine Damen und Herren!“ begann Templer, „ich möchte im Namen des Krankenhauses eine kurze Erklärung zu den Ereignissen der letzten Tage abgeben.“
Er zog das Blatt aus der Tasche und entfaltete es.
„Die Klinikleitung, wie auch die Abteilung für Anästhesiologie und Intensivmedizin bedauern die Vorfälle, die sich nach den Erkenntnissen der Kriminalpolizei auf unserer Intensivstation abgespielt haben. Mein Kenntnisstand ist der, daß zwei Ärzte unserer Abteilung ungesetzlich gehandelt und bei einer komatösen Patientin eine künstliche Befruchtung vorgenommen haben. Dieser Eingriff wurde ohne Absprache mit uns anderen Ärzten durchgeführt. Wir verurteilen eine solche Vorgehensweise aufs schärfste. Die Klinikleitung hat die Ärzte, die an dieser Maßnahme beteiligt gewesen sind, bis zur endgültigen Klärung des Sachverhaltes vom Dienst suspendiert. Die kommissarische Leitung der Abteilung wurde mir übertragen.“
Als Templer geendet und das Blatt mit seinem Text wieder eingesteckt hatte, begannen die Pressevertreter, Fragen zu stellen, die Templer wegen des Durcheinanders der Stimmen kaum verstehen konnte. Er versuchte, Ordnung in das Fragengewirr zu bringen, was

sich als sehr schwierig erwies, weil jeder seine Frage zuerst stellen wollte.

„Haben Sie wirklich nichts von der Schändung der Patientin gewußt?"

„Nein. Soweit mir bekannt, hat es außer den beteiligten Ärzten niemand gewußt. Wir sind bis gestern von einem Notzuchtverbrechen an der Patientin ausgegangen."

„Was ergeben sich daraus für das weitere ärztliche Vorgehen für Konsequenzen?"

„Keine. Für einen Schwangerschaftsabbruch ist die gesetzliche Frist bereits abgelaufen. Wir werden also versuchen, den Embryo bis zur Geburtsreife im Leib der Mutter wachsen zu lassen", erklärte Templer.

„Ist es der Patientin Ihrer Meinung nach zuzumuten, weiter in Ihrer Klinik behandelt zu werden?"

„Das ist eine schwierige Frage, die letztlich vom Betreuer der Patientin entschieden werden muß. Der hat sich jedoch noch nicht definitiv geäußert. Wir werden seine Pläne, wie immer sie aussehen mögen, natürlich respektieren!"

„Würden Sie Ihre Frau auf der Station lassen, wenn sie sich in einer vergleichbaren Situation befände?"

„Das ist eine sehr hypothetische Frage. Ich könnte mir vorstellen, daß ich sie in ein anderes Haus verlegen lassen würde", antwortete Templer offen.

„War die Kontrolle über die Tätigkeit der beiden beschuldigten Ärzte nicht ausreichend?"

„Die Arbeit in einem Behandlungsteam wird von gegenseitigem Vertrauen getragen. Wir hatten bisher keinen Anlaß, diesen beiden ärztlichen Kollegen zu mißtrauen und sie bei jedem Behandlungsschritt zu kontrollieren. Wenn ein Arzt bei seiner Arbeit am Patienten ungesetzlich handeln will, würde mir auch heute keine geeignete Kontrolle einfallen, die das, was geschehen ist, verhindern könnte."

„Wie stehen derzeit die Chancen, daß das ungeborene Kind überlebt?"

„Sie wachsen mit jedem Tag. Ich würde sagen, daß die Chancen im Moment 50:50 stehen."

„Was wird aus dem Kind, wenn es zur Welt kommen und überleben sollte?"

„Das ist eine Frage, die ich nicht zu entscheiden habe. Insofern werde ich mich auch dazu nicht äußern."

„Was geschieht mit der Frau, wenn das Kind geboren sein wird?"

„Die Patientin ist nach der gesetzlich geforderten Definition tot. Das

heißt, nach einer Geburt würden alle Bemühungen, die im Moment noch zur Aufrechterhaltung der Organfunktionen unternommen werden, eingestellt.“
„Das heißt, sie wird sterben?“
„Sie ist bereits tot“, bestand Templer auf seiner Aussage.
„Und trägt dennoch ein Kind aus?“
„So paradox es für einen Laien klingen mag, aber so ist es.“
Als keine weiteren Fragen mehr gestellt wurden, nutzte Templer die Gelegenheit, sich zu bedanken und sich schnell mit seiner Kiste ins Gebäudeinnere zurückzuziehen.

Erst gegen acht Uhr abends kam Templer nach Hause. Er fand Charlotte, die noch einige Tage Urlaub hatte, im Bademantel auf dem Sofa liegend in eines seiner Bücher vertieft.
„Was liest du?“
Sie drehte das Buch so, daß er den Einband sehen konnte: die verborgenen Früchte von Anais Nin.
„Kleiner Genießer, was?“ sagte sie schelmisch und tat so, als lese sie weiter. Dabei entging ihr, daß eine kurze Röte über sein Gesicht huschte.
Er legte seinen Mantel ab und kniete sich ans Fußende der Couch. An ihrem rechten Zeh begann er sie zu küssen. Kaum berührte er ihre Haut, er streifte sie nur. Als er zu ihren Augen aufsah, entdeckte er, daß sie das Buch sinken lassen und die Lider geschlossen hatte. Ganz langsam glitt er mit seinen Lippen an ihrem Bein aufwärts. Mit einer Hand stützte er sich auf dem Boden ab, mit der anderen streichelte er über ihren linken Oberschenkel. Ein genüßliches Summen entwand sich ihrem Mund. Es klang fast wie das Schnurren einer Katze, die gekrault wurde.
Als er in der Leiste ihren Bauch erreichte, teilte er den Bademantel und schob ihn ganz langsam auseinander. Charlotte hob ihren Oberkörper etwas an, so daß das Kleidungsstück von ihren Schultern gleiten konnte. Seine Lippen bedeckten ihren ganzen Bauch mit nur eben angedeuteten Küssen, die ihr das Gefühl vermittelten, als entzünde er süße Brände unter ihrer Haut. Dann zog er sich zurück. Sie öffnete die Augen und sah ihn enttäuscht an, schloß sie aber gleich wieder, als sie registrierte, daß er seine Liebkosung lediglich unterbrochen hatte, um seine Kleidung abzulegen.
Sie überließ sich seinen zahllosen Küssen auf Beine, Arme, ihre Brüste und ihren Hals. Er spürte, wie ihr Körper zu beben begann, als er die Linie ihrer Schultern mit zärtlichen Bissen nachzeichnete. Mit je-

der Berührung steigerte er ihre Begierde, der sie jetzt lauter Ausdruck verlieh. Ihr war, als ergieße sich ein wärmender Strom über sie, der von den Haarwurzeln bis zu den Fußspitzen floß. Er legte sich auf ihren Körper, bedeckte nun ihr Haar mit Küssen und schob sanft seine Zunge zwischen ihre Lippen, die sich dabei leicht öffneten.
Charlotte erwiderte seine Liebkosungen nicht und wagte auch nicht, sich zu bewegen. Ihr erregter Körper bestand nur aus Empfang. Jede eigene Initiative, jede willkürliche Bewegung eines ihrer Muskeln hätten ihre Wonne gestört. Züngelnd fuhr er hinter ihre Ohrmuschel, was eine Gänsehaut auf ihren ganzen Körper zauberte. Er spürte, wie sich ihr Becken leicht seinem Geschlecht entgegendrängte, was auch seine Erregung wachsen ließ.
„Oh Hans, du bist so zärtlich!“ flüsterte sie.
Sie öffnete ihre Schenkel, und er liebkoste sie mit seinem Penis, ohne in sie einzudringen. Sie spürte, wie die Nässe zwischen ihren Schenkeln aufstieg. Einige Tropfen lösten sich, rollten an ihrem Bein hinab und befleckten den Stoff des Sofas.
Lange reizte er all ihre Hautsinne, bis ihr ganzer Körper pulsierte. Sie wand sich und warf, immer noch mit geschlossenen Augen, ihren Kopf hin und her. Ihr Atem ging stoßweise, manchmal stockte er ganz, um dann mit einem lauten Seufzer fortzufahren. Sie hielt es vor Erregung nicht mehr aus, fing an, vor Wollust in seine Schulter zu beißen und ihm ihre Fingernägel in das Fleisch seiner Lenden zu krallen. Hans ließ sich von ihrer Raserei beflügeln und bewegte sich mit seinem ganzen Körper auf ihr. Endlich erlöste er sie.

Gegen acht hielt Templers Wagen vor dem Haus seines ehemaligen Chefs. Nicht schon wieder Journalisten, dachte er, als er in der Nähe des Eingangstors der Villa Brosenius hielt. Auf dem Bürgersteig hielt sich eine Gruppe von etwa zehn Männern auf, die hin- und herschlenderten und gelegentlich einen Blick durch das eiserne Tor auf das Gebäude warfen. Ausnahmslos waren sie mit Kameras behängt, die überlange Objektive hatten. Als Templer den Klingelknopf am Tor betätigte, fielen ihm erst die zwei uniformierten Wachleute auf, die im Schatten einer großen Linde postiert waren. Sie fragten nach seinem Namen und wollten seine Papiere sehen.
„Mein Name ist Doktor Templer, ich bin mit Professor Brosenius verabredet, aber ... Papiere, ach ja, meinen Führerschein können Sie haben.“
Einer der Uniformierten ging mit dem Dokument ins Haus und kehrte einen Augenblick später zurück. Templer erschien die Wartezeit

unendlich lang, weil sich alle Kameras auf ihn gerichtet hatten und er mit Fragen nach dem Grund seines Besuches bedrängt wurde.
„Guten Morgen, mein lieber Templer!“
Brosenius sah, trotz des Bemühens, Normalität auszustrahlen, mitgenommen aus. Er hatte sich offensichtlich seit einigen Tagen nicht mehr rasiert, und tiefe Furchen in seinem sonst eher glatten Gesicht zeugten von durchwachten Nächten. Für seinen Besucher hatte er sich einen hellen Freizeitanzug angezogen und eine Krawatte umgebunden. Er machte auf Templer einen sehr angespannten Eindruck.
„Sie wollten mich sprechen?“ fragte Brosenius, nachdem er seinen Kollegen durchs menschenleere Haus ins Wohnzimmer geführt hatte. Er ist offenbar allein zu Hause, dachte Templer.
„Ja.“
„Bitte nehmen Sie Platz!“
„Danke.“
„Ich gehe davon aus, daß man Sie kommissarisch zu meinem Nachfolger ernannt hat“, sagte der Professor.
„So ist es.“
„Was kann ich für Sie tun?“
„Ich habe mit der Polizei gesprochen und die Zeitungen gelesen. Insofern weiß ich, was man Ihnen vorwirft. Ich möchte Sie jedoch persönlich fragen, ob diese Dinge wahr sind. Nach so langen Jahren der Zusammenarbeit bin ich Ihnen das schuldig.“
„Das ist nett von Ihnen, aber ich werde mich zu den Beschuldigungen auch Ihnen gegenüber nicht äußern“, antwortete Brosenius kühl.
„Das werte ich als Schuldeingeständnis.“
„Sie können das werten wie Sie wollen.“
Die Stimme des Professors klang jetzt gereizt. Die Atmosphäre zwischen den beiden Männern war nach den wenigen Sätzen, die sie gewechselt hatten, eisig geworden.
„Sie haben mir also nichts zu sagen?“
„Nichts!“
„Gut.“
Templer erhob sich und ging zur Tür.
„Ich hoffe, daß Sie sich das gut überlegt haben!“ sagte er, sich noch einmal zum Professor umdrehend, der im Sessel sitzen geblieben war, vor sich auf die Tischdecke starrte und nicht auf die Bemerkung seines Nachfolgers reagierte.
„Ich habe Ihre Sachen übrigens in Kartons packen lassen. Sie können sie abholen“, war noch von Templer zu vernehmen, bevor er das Zim-

mer verließ. Ohne Brosenius' Begleitung schritt er durch die Halle und trat aus dem Haus. Die Fragen der Journalisten ignorierte er, bestieg sein Auto und fuhr zur Klinik.

Gegen Mittag saß Templer mit Verwaltungsleiter Janssen im Chefarztbüro, das inzwischen keine persönlichen Sachen von Brosenius mehr enthielt und, weil Templer noch keine eigenen Dinge eingeräumt hatte, gespenstisch kahl wirkte.

„Wenn ich gewußt hätte, wie es hier aussieht, hätte ich Ihnen vorgeschlagen, daß wir uns bei mir in der Verwaltung treffen", sagte Janssen und setzte sich.

„Hier ist, wie in den letzten Tagen und Wochen in unserer Abteilung auch, alles im Umbruch", entschuldigte sich der Arzt, „vielleicht kann ich Sie mit einem Kaffee trösten, den Frau Förster uns macht."

„Nein danke! Lassen Sie es gut sein. Es ist vollkommen klar, daß es einige Zeit dauert, bis Sie sich etabliert haben. Und Kaffee trinke ich schon viel zu viel."

„Na gut. Ich habe die abgestimmte Erklärung vor den Journalisten verlesen ..."

„Das wurde gestern schon im Fernsehen gesendet", ließ der Verwaltungsleiter durchblicken und fuhr fort: „Ganz in Ordnung, aber den Satz, daß Sie Ihre Frau nach einem solchen Vorkommnis in ein anderes Haus verlegen lassen würden, fand ich reichlich hart."

„Aber ehrlich. Und Vertrauen durch Ehrlichkeit ist genau das, was wir in der nächsten Zeit als Signal nach außen senden sollten!" verteidigte Templer seine Aussage.

„Na, ich weiß nicht. Aber, es ist ja sowieso müßig darüber jetzt noch zu diskutieren."

„Ich habe die Aufgabenverteilung für die nächste Zeit mit den Oberarztkollegen gestern besprochen. Ich werde neben der kommissarischen Leitung der Abteilung auch die Intensivstation unter meiner Führung behalten und habe Herrn Doktor Bottka wieder die Planung in der Anästhesie übertragen", erläuterte der Oberarzt seine Überlegungen.

„Warum haben Sie Frau Doktor Koschmann-Mottek nicht in die Führung der Abteilung eingebunden?" wollte Janssen wissen.

„Weil Sie an der gestrigen Oberarztberatung nicht teilnehmen konnte oder wollte."

Der Verwaltungsleiter nickte nur und hörte Templers Ausführungen weiter zu.

„Es wäre nicht schlecht zu wissen, wie über die langfristige Neubesetzung der Chefarztstelle auf der Ebene der Krankenhausverwaltung

gedacht wird", versuchte er den Verwaltungsmann aus der Reserve zu locken.
„Wir haben noch keine Überlegungen darüber angestellt. Aktuell wird die Frage doch auch erst, wenn Professor Brosenius kündigt oder die Justiz ihn für schuldig hält."
Mehr schien Janssen nicht preisgeben zu wollen.
„Haben Sie persönlich Vorstellungen dazu?" setzte Templer nach.
„Nein."
„Gut. Sie wollen offensichtlich nicht mehr darüber sagen. Dann werde ich meinerseits deutlich werden. Ich habe die Absicht, meinen Hut in den Ring zu werfen und möchte meine Chancen ausloten!"
Janssen antwortete zunächst nicht. Offensichtlich wollte er vermeiden, sich in dem Gespräch allzu klar festzulegen, und dachte sorgfältig darüber nach, was er preisgeben sollte.
„Nach dem, was Sie gerade gesagt haben, verstehe ich, daß Sie meine Meinung dazu interessiert. Aber warum ist die Frage für Sie im Moment so wichtig? Es gibt doch wahrlich genug andere Probleme, die vorher zu lösen sind."
„Weil ich nur als Chefarzt in der Klinik bleiben werde", sagte Templer knapp.
Als er den Satz ausgesprochen hatte, wußte er, daß der bisherige Gesprächsverlauf nicht günstig gewesen war. Schon die Wahl des leeren Zimmers als Ambiente für die Erörterung einer so wichtigen Frage erschien ihm jetzt als großer Fehler.
„Ist das die Bedingung dafür, daß Sie die kommissarische Leitung weiterhin übernehmen?"
Jetzt sprach auch Janssen endlich Tacheles. Doktor Templer überlegte. Auch er durfte jetzt nicht unvorsichtig werden.
„Bedingung für den Moment nicht, aber ich würde die Aufgabe des kommissarischen Abteilungsleiters über Monate oder gar Jahre nur übernehmen, wenn mir die Chefarztstelle für den Fall sicher wäre, daß Professor Brosenius nicht in sein Amt zurückkehrt."
„Hm."
Der Verwaltungsleiter kratzte sich am Hinterkopf, stand auf und trat ans Fenster. Er brauchte offensichtlich Zeit zum Nachdenken.
„Mir persönlich würden Sie als Abteilungsleiter schon ganz gut ins Konzept passen, ...", begann er.
„Aber?" warf Templer fragend ein.
„Sie haben recht, es gibt ein Aber."
„Und welches?"
„Es gibt einflußreiche Leute im Gesundheitsdezernat der Stadt, die es

für wenig ratsam halten, diese Stelle mit jemandem zu besetzen, der so sehr mit dem Fall Wallendorf in Verbindung gebracht werden kann wie Sie", sagte Janssen, ohne sich dabei vom Fenster abzuwenden.

„Es ist also doch schon über eine Nachfolgeregelung gesprochen worden?"

„Nein."

„Sondern?"

„Sondern es hat der eine oder andere laut über einen möglichen Nachfolger nachgedacht. Verlangen Sie jetzt nicht auch noch, daß ich Ihnen die Namen dieser Lautdenker nenne, ich habe mich bereits weit aus dem Fenster gelehnt."

„Und was wirft man ausgerechnet mir im Fall Wallendorf vor?" fragte Templer irritiert.

„Wenn in den letzten Wochen etwas über das Baby, das von einer komatösen Frau ausgetragen wird, in den Medien berichtet wurde, war das immer mit dem Namen Templer verbunden", präzisierte der Verwaltungsleiter seine Andeutung.

„Das ist doch absurd!"

Templer sprang erregt auf.

„Ich habe mich nicht nach der Aufgabe des Kliniksprechers im Fall Wallendorf gedrängt. Aus einem Gefühl der Solidarität gegenüber dem Haus habe ich mich dazu bereit erklärt! War ich etwa an dem Verbrechen beteiligt? Nein! Habe ich von den üblen Machenschaften meiner Stationsärztin gewußt? Nein! War ich der Vorgesetzte, der diese Kollegin gedeckt hat? Nein! Brosenius war es! Und nun soll ich das Bauernopfer werden, was?"

Templer erregte sich immer mehr.

„Finden Sie das in Ordnung?" brüllte er Janssen an, so daß der sich erschreckt zu ihm umdrehte.

„Mensch Templer, das sind erste vorsichtige Gedanken einiger Leute aus der Verwaltungsspitze zu einer möglichen Nachfolgeregelung, die noch gar keine Aktualität besitzt. Das ist nichts Offizielles! Machen Sie doch nicht aus einer Mücke einen Elefanten!"

„Da werde ich als jemand, der sich in den letzten Monaten um den guten Ruf des Hauses bemüht, sich um eine optimale Versorgung von Frau Wallendorf gekümmert und die Kriminalpolizei bei den Ermittlungen unterstützt hat, mit den Tätern in eine Ecke gestellt und soll nicht aus einer Mücke einen Elefanten machen? Ich glaube, Sie versuchen, die Welt auf den Kopf zu stellen. Da ticken einige nicht richtig! Soll ich Ihnen mal sagen, was ich davon halte?"

Templers Stimme überschlug sich fast. Janssen versuchte, ihn zu unterbrechen, was jedoch mißlang.
„Einen Scheißdreck halte ich davon! Ich sehe ein Nest von Heuchlern und verlogenen Taktierern, die versuchen, mich auf übelste Weise zu diffamieren!“
„Doktor Templer, beruhigen Sie sich doch! Es ist noch keine einzige Entscheidung gegen Sie gefallen!“ schaltete sich der Verwaltungsleiter schnell ein, als der Mediziner Luft holte.
„Meinen Sie, ich werde warten, bis das, was Sie angedeutet haben, mir schwarz auf weiß als schriftliche Ablehnung vorliegt? Sehr geehrter Herr Doktor Templer, leider haben wir uns für einen anderen Bewerber entschieden. Nein, das können Sie schwerlich von mir verlangen! Ich werde daraus die Konsequenzen ziehen!“
„Welche Konsequenzen wollen Sie daraus ziehen?“ fragte Janssen.
„Ich werde kündigen. Oder mit Ihnen einen Auflösungsvertrag machen“, sagte Templer jetzt schon etwas gefaßter.
„Wenn Sie das für notwendig halten ...“
„Ja, das halte ich für notwendig!“
„Ich werde Sie jetzt allein lassen. Überlegen Sie diesen Schritt noch einmal. Wenn Sie es wünschen, werde ich so tun, als habe unser gerade geführtes Gespräch nicht stattgefunden. Ich werde es ganz einfach aus meinem Gedächtnis streichen.“
„Sie brauchen gar nichts aus Ihrem Gedächtnis zu streichen!“ rief Templer hinter Janssen her, der im Begriff war, das Büro zu verlassen.
Am nächsten Morgen telefonierte Oberarzt Templer noch einmal kurz mit Janssen. Er war auch nach einem Gespräch mit Charlotte und einer leidlich durchschlafenen Nacht zu keiner anderen Beurteilung seiner Situation gekommen. Er kümmerte sich nicht mehr um die Arbeit auf der Intensivstation und auch nicht um seine Aufgaben als kommissarischer Leiter der Abteilung. Nachdem er die Habe aus seinem Arbeitszimmer in sechs Umzugskartons verstaut hatte, verabschiedete er sich mit Tränen in den Augen von der Frühschicht der Station und unterschrieb im Zimmer des Verwaltungsleiters einen Auflösungsvertrag, der sein Dienstverhältnis mit dem Krankenhaus mit sofortiger Wirkung für beendet erklärte.

Templer erschrak, als das schwere Eisengitter hinter ihm ins Schloß fiel und der Schlüssel von der Justizbeamtin herumgedreht wurde. Hoffentlich läßt die mich hier wieder heraus, schoß es ihm durch den Kopf. Erst die Überlegungen der folgenden Sekunden beruhigten ihn.

Schließlich könne keiner, so dachte er sich, in Deutschland eingesperrt werden, der nicht im Verdacht stand, eine Straftat begangen zu haben. Es erstaunte Templer, daß Frau Doktor Mickler überhaupt bereit war, ihn zu sehen. Er hatte fest mit einer Zurückweisung gerechnet, als er ihr seinen Besuchswunsch übermitteln ließ.
Obwohl es ihn dienstlich nicht mehr zu interessieren brauchte, wollte er mit ihr sprechen, erfahren, was sie bewogen hatte, bei einer komatösen Patientin eine Schwangerschaft herbeizuführen. Was konnte diese zurückhaltende, sich aber energisch für ihre Ziele einsetzende Ärztin dazu gebracht haben, alle ethischen Bedenken zu überwinden und diese Tat zu begehen? Der Untersuchungsrichter hatte die Besuchserlaubnis für Templer kurzfristig erteilt.
Die langen, kahlen und in eintönigem Grau gestrichenen Wände des Korridors machten ihn beklommen, und er hatte das Gefühl, schlecht Luft zu bekommen. Die Vorstellung, daß seine Kollegin hier lebendig begraben war, trug dazu bei, daß diese Schwere, die sich wie ein Eisenring um seine Brust legte, blieb, als er in einen kleinen Raum geführt wurde, in dem lediglich ein Tisch und drei Stühle standen.
„Bitte nehmen Sie hier Platz! Ich werde jetzt die Untersuchungsgefangene holen."
Templer achtete darauf, ob er eingeschlossen werden würde, aber das befürchtete Geräusch blieb aus. Er sah sich in dem Zimmer um. Es wirkte wie ein neuzeitliches Verlies. Das kleine Fenster ließ nur wenig Tageslicht herein und war vergittert. Von der Decke beleuchteten zwei Neonröhren den Linoleumfußboden. Ein Geruch von Reinigungsmitteln hing in der Luft. Es mußte ein furchtbares Gefühl sein, ein solches Gebäude für längere Zeit nicht mehr verlassen zu können. Wie lange Frau Doktor Mickler wohl so leben muß, wenn sie verurteilt wird, überlegte er. Ich könnte es unter solchen Bedingungen keine drei Tage aushalten, dachte er und erschauderte bei diesen Gedanken.
Nach ein paar Minuten hörte er gedämpft Schritte, die näher kamen. Frau Mickler wurde in den Raum geführt. Templer erhob sich, gab ihr zögernd die Hand und versuchte dabei in ihrem Gesicht eine Gefühlsregung zu erkennen. Wie mochte sie sich fühlen? Was ging in ihr vor? Sie verzog jedoch keine Miene. Die Justizangestellte, eine farblose, einsilbige und streng dreinblickende Frau um die Fünfzig, nahm auf einem Stuhl in der Nähe der Tür Platz.
„Guten Tag, Herr Templer. Es freut mich, daß Sie mich besuchen."
„Wie geht es Ihnen?"
Schon als er die Frage stellte, kam sie ihm ziemlich banal vor, und er

dachte, daß sie von wenig Sensibilität für ihre Situation zeugte. Sie hob die Schultern und antwortete nicht auf seine Frage.
„Sie wollten mit mir sprechen?"
„Ja."
Es entstand ein Schweigen, das Templer nicht erwartet hatte. Eine große Leere war plötzlich in ihm. Die Situation, mit Frau Doktor Mickler, die ihn kühl und ausdruckslos ansah, und der Wärterin in diesem tristen Raum zu sein, verstärkte das Gefühl der Beklommenheit noch.
„Es fällt mir schwer, Ihnen hier gegenüberzustehen", begann er, „ich wollte Ihnen sagen, daß mich die Nachricht von Ihrer Verhaftung ziemlich überrascht hat."
„Das kann ich mir vorstellen."
Wieder entstand eine Gesprächspause, die wie Blei in der Luft hing.
„Ich würde mit Ihnen gern einige medizinische Fragen besprechen, wenn Sie dazu bereit sind."
„Warum nicht?"
„Können Sie uns nicht für einige Minuten allein lassen?" fragte Templer die uniformierte Frau.
„Das ist gegen die Vorschrift!" war die knappe Antwort, die keinen Widerspruch zuließ.
„Warum?" fragte Templer nur.
„Warum was?"
Frau Doktor Mickler rückte sich einen Stuhl zurecht, setzte sich und verschränkte die Arme vor der Brust. Die Art, wie sie dort saß, hatte etwas Trotziges.
„Warum haben Sie das getan?"
Eine ganze Weile antwortete sie nicht.
„Das können Sie vermutlich nicht verstehen", begann sie, „ich weiß, daß es rechtlich nicht in Ordnung war, es zu tun."
„‚Rechtlich nicht in Ordnung' klingt reichlich harmlos! Hat die Angelegenheit für Sie keinen moralischen Aspekt?"
„Moralische Aspekte zu berücksichtigen, habe ich im Laufe der Jahre aufgegeben."
„Wie geht das? Wie können Sie solche Gesichtspunkte in unserem Beruf ausklammern?"
„Das geht eben. Ich habe es in der Klinik gelernt."
„Wie kann man so etwas erlernen?"
„Wenn Sie jahrelang exzellente Arbeit leisten, die neuesten Erkenntnisse der Reproduktionsmedizin in der Klinik umsetzen und Ihr Chef kassiert ..."

„Kassiert was?“ unterbrach Templer sie.
„Alles. Ich habe seine Infertilitätssprechstunde aufgebaut und vier Jahre lang betreut. Wir waren in den letzten Jahren sehr erfolgreich, und wissen Sie, was ich dafür bekommen habe?“
„Nein.“
„Eine Kiste Markensekt und einen warmen Händedruck zum Jahresende. Das war's! Wären Sie damit zufrieden?“
Templer antwortete nicht auf ihre Frage.
„Meine Arbeit hat Hartgen Zigtausende eingebracht und der Klinik noch mehr. Da fand ich sechs Flaschen Sekt im Jahr zu wenig. Einen Oberarztposten hat er mir nach meiner Facharztausbildung versprochen. Die nächste frei werdende Stelle sollte ich bekommen. Und wie ist es dann gelaufen? Zweimal wurde eine solche Stelle frei und wieder besetzt, ohne daß ich berücksichtigt wurde. Und warum? Weil die Mitbewerber Männer waren, nur das hat gezählt! Ihre Qualifikationen waren mit meiner nicht einmal annähernd vergleichbar. Das hat mich maßlos frustriert!“
Frau Mickler stand von ihrem Stuhl auf und ging im Raum auf und ab, ohne Templer dabei anzusehen.
„Und dann diese miesen Ausreden, wenn ich auf die Einlösung des Versprechens gedrängt habe!“
„Was hat Hartgen als Begründung angegeben?“ wollte Templer wissen.
„Ach, es lohnt sich nicht einmal, darüber zu reden. Alles miese Taschenspielertricks! Verdienste der männlichen Kollegen wurden zu Heldentaten hochstilisiert, und ich wurde wieder einmal vertröstet.“
„Dann haben Sie von Frau Wallendorf auf unserer Station gehört?“
„Ja.“
„Und beschlossen, eine künstliche Insemination bei ihr vorzunehmen?“
„Nicht gleich. Der Gedanke ist mir gekommen, als mein damaliger Chef mich bat, die Konsiluntersuchung bei der Patientin zu übernehmen.“
„Haben Sie gleich bei der ersten Untersuchung ...?“
„Ja.“
„Wie haben Sie es hinbekommen, daß niemand von uns es bemerkt hat?“
„Ich war mit Brosenius und einem Pfleger allein. Ich glaube, es war Willy Katarus. Der hat als Mann sicher gedacht, eine gynäkologische Untersuchung müsse so ablaufen. Ich glaube, er hat es noch nicht einmal registriert, daß ich den Inseminationskatheter einführte.“
„Und Brosenius? Der wird es doch bemerkt haben!“

Frau Doktor Mickler unterbrach ihre Bewegung und blickte zur Beamtin hinüber, die, unbeteiligt wirkend, in der Nähe der Tür saß.
„Dazu möchte ich in dieser Gesprächssituation nichts sagen!"
„Hm."
„Können Sie das nicht verstehen?"
Templer sah sie an.
„Ja. Es würde mich interessieren, ob das Ganze eine Aneinanderreihung von Zufälligkeiten war oder eine von Anfang bis Ende perfekt durchgeplante Operation."
„Sie haben mich ein halbes Jahr auf Ihrer Station bei der Arbeit beobachtet. Da sollte Ihnen eine Antwort auf diese Frage nicht schwerfallen!"
Templer nickte nachdenklich.
„War meine Rolle dabei auch sorgfältig geplant?"
„Wir brauchten Sie, um die Sache intensivmedizinisch zu bewältigen und die Schwangerschaft von Frau Wallendorf der Presse zu verkaufen. Damit Sie diese Aufgabe auch loyal erfüllten, hat Brosenius erst Westhoff-Müller abgesägt, dem er das nicht zutraute, und dann Sie gegen alle Widerstände als neuen Stellvertreter durchgepaukt."
Templer spürte, wie er ein paarmal schlucken mußte. Schmerzlich wurde ihm mit einem Mal bewußt, welche Rolle ihm in diesem Spiel von Anfang an zugedacht gewesen war.
„Also hat Brosenius es doch mit Ihnen zusammen geplant?"
Frau Doktor Mickler antwortete nicht auf Templers direkte Frage.
„Und trotz aller Zweifel habe ich diese Aufgabe auch erfüllt", fuhr er fort.
„Wir waren uns sicher, daß Sie diese Aufgabe erfüllen würden, und Sie haben sie meisterhaft erfüllt. An einigen Stellen waren Sie uns zu kritisch, darüber hat Brosenius sich einige Male beklagt, aber dennoch hätte die Sache fast geklappt."
„Aber nur fast!" warf Templer ein und wußte nicht, ob er Wut auf Frau Mickler oder auf sich selbst in sich aufsteigen spürte.
„Was wir nicht bedacht hatten und auch nicht voraussehen konnten, war, daß Sie sich so gut mit dem Kommissar verstehen würden. Erst die fast perfekte Zusammenarbeit zwischen Ihnen und dem Polizisten hat es ermöglicht, alles aufzuklären. Keiner von Ihnen hätte das im Alleingang geschafft."
„Das stimmt."
Templers Wut wich einer tiefen Scham darüber, wie weit er tatsächlich mit in dem kriminellen Sumpf gesteckt hatte, ohne es zu bemerken.
„Als wir das, leider sehr spät, erkannt hatten, gab es nur noch die

Flucht nach vorn: Die Ermittlungen mußten so schnell wie möglich eingestellt werden. Brosenius hat seinen ganzen Einfluß geltend gemacht, um das zu erreichen, und er hat es auch geschafft. Damit, daß Herzig einen solchen Ehrgeiz entwickeln und sogar Urlaub nehmen würde, um auf eigene Faust weiter zu ermitteln, konnten wir nicht rechnen."
„Und haben sich sicher gefühlt."
„Zu sicher. Nur deshalb hat er es schließlich doch noch herausgefunden."
„Was hat Sie eigentlich dazu bewogen, eine Position als Fachärztin in der Abteilung von Hartgen gegen eine als Assistenzärztin in unserer einzutauschen?" wollte Templer wissen.
Sie schien einen Moment zu überlegen, ob sie auf diese Frage antworten sollte.
„Es gab jedenfalls gute Gründe, das eine dem anderen vorzuziehen", sagte sie und behielt damit den größten Teil eines Wissens, das sie offensichtlich hatte, für sich.
„Und wie haben Sie unseren Chef dazu gekriegt, eine derart kriminelle Machenschaft zu unterstützen?"
Frau Doktor Mickler sah Templer lange an, und er hatte den Eindruck, daß sie am liebsten geweint hätte. Als sie seinem Blick nicht mehr standhalten konnte, wandte sie sich abrupt an die Justizbeamtin an der Tür.
„Bitte bringen Sie mich in meine Zelle zurück!"

Hans erwachte und benötigte einige Sekunden, um sich darüber klar zu werden, wo er sich befand. Es war ungewohnt für ihn, um diese Tageszeit nicht aufzustehen und ins Krankenhaus zu fahren. Er fragte sich, warum es um ihn herum noch so dunkel war. Erst allmählich wurde ihm bewußt, daß er seit einigen Nächten in Charlottes Beduinenzelt schlief, dessen Stoff das Tageslicht fast vollständig abschirmte. Der Platz neben ihm war leer. Er erhob sich und überlegte, ob er etwas geträumt hatte, konnte sich aber nicht an einen konkreten Inhalt erinnern. Ob Charlotte noch in der Wohnung war? Er blickte auf den Wecker: Es war kurz vor acht.
Als er die Treppe hinunterging, hörte er Geräusche aus der Küche. Sie stand an eine Arbeitsplatte gelehnt und hielt ihre Kaffeetasse in der linken und einen Stoß Papiere in der rechten Hand.
„Guten Morgen, Frau Gründler!" knurrte er ein wenig verschlafen.
„Guten Morgen, mein Schatz!"
Charlotte trug ein elegantes rotes Kostüm, das ihre Oberschenkel et-

wa zur Hälfte bedeckte, dazu schwarze Strümpfe und rote Schuhe mit hohen Absätzen.
„Hast du etwas Besonderes vor?"
„Ich halte einen Vortrag vor ausländischen Kollegen, die sich über unser Tinnitusprojekt informieren wollen. Es könnte heute abend spät werden, vielleicht gehen wir noch zusammen in die Altstadt."
„Ist gut", sagte er nur kurz und ging auf sie zu, um sie in den Arm zu nehmen.
„Mmh! Du siehst nicht nur umwerfend aus, du riechst auch so."
„Danke."
Charlotte küßte ihn und nahm ihre Handtasche vom Tisch.
„Du kannst ja mal überlegen, was wir morgen abend machen wollen. Ich bin noch frei. Vielleicht könnten wir zusammen essen?"
Damit verschwand sie im Hausflur.
Hans sah die Thermoskanne neben sich und stellte fest, daß Charlotte Kaffee für ihn mitgekocht hatte. Sehr aufmerksam, dachte er, wenn ich jetzt noch eine Zeitung hätte, könnte der Tagesanfang direkt gemütlich werden. Er zog sich seinen Bademantel über, fuhr mit dem Fahrstuhl nach unten und sah in den Briefkasten, in dem tatsächlich die Tageszeitung steckte. Er deckte den Tisch mit den allernotwendigsten Frühstücksutensilien und goß sich einen Becher Kaffee ein. Dann setzte er sich und entfaltete die Zeitung. Endlich hatte er einmal Zeit und Ruhe, sie gründlich zu lesen. Bisher ließ seine berufliche Verpflichtung lediglich einen flüchtigen Blick auf die Schlagzeilen in der Regionalzeitung zu, die jemand morgens mit zum Dienst gebracht und in die Stationsküche gelegt hatte. Als Hans Templer die letzte Seite umblätterte, traf ihn eine der Schlagzeilen wie ein Blitz: „Baby komatöser Frau nach Kaiserschnitt gestorben".
Sofort wußte er, um welches Baby es ging und begann, den Artikel zu lesen. Es wurde von einer nicht beherrschbaren Infektion bei Frau Wallendorf berichtet, deren Name natürlich nicht genannt wurde. Das Ärzteteam habe sich dann nach Angaben des Blattes entschlossen, den Foetus trotz der noch unzureichenden Lungenreife per Kaiserschnitt zur Welt zu bringen. Nach zwei Tagen auf der Neugeborenenstation sei das Baby dann aller ärztlichen Bemühungen zum Trotz gestorben.
Hans ließ die Zeitung sinken. Ihm wurde übel. Drei Monate hatte er mit wechselnden Empfindungen um das Leben dieses Kindes gekämpft, war nachts, oft nur im Jogginganzug und ohne sich zu waschen, auf die Station geeilt, um Komplikationen bei Frau Wallendorf unter Kontrolle zu bringen. Er hatte die Fortsetzung der Schwanger-

schaft, seinem eigenen inneren Zweifel zum Trotz, gegen heftigen Widerstand in seinem Team verteidigt. Und jetzt hatte das Schicksal sich gegen ein Weiterleben dieses Kindes entschieden. Er fragte sich, ob Gott damit den selbstgefälligen Beschluß von Ärzten korrigieren wollte. Oder war dieser Tod nur auf ein Zusammentreffen vieler ungünstiger Determinanten zurückzuführen?

Dem spontanen Impuls, auf der Intensivstation anzurufen, um sich nach den genauen Todesumständen und den Gefühlen seiner ehemaligen Mitarbeiter zu erkundigen, widerstand er. Was hätten sie ihm sagen können? Eigentlich wußte er auch so, wie die Stimmung dort sein würde. Er sah Ruths befriedigtes Gesicht vor sich, das Ausdruck ihrer nunmehr bestätigten Ansicht war, dieses Kind solle besser nicht in eine Welt hineingeboren werden, die keinerlei familiäre Bindungen und keine emotionale Wärme für ein so hilfloses Wesen bereithielt. Oder hatte sie ihre Meinung inzwischen geändert?

Vielleicht ist ein Säugling gar nicht so hilflos wie wir denken, kam es Templer in den Sinn. Möglicherweise hätte das Kind irgendwann in naher Zukunft mit kräftiger Stimme und einem unwiderstehlichen Lächeln seinen Platz in dieser Welt erkämpft, hätte mit einem so kleinen Menschenwesen eigenen Charme die Herzen eines Paares erobert, das ihm die gleiche Geborgenheit geboten hätte wie leibliche Eltern.

Was bedeuteten schon familiäre Bindungen? Wie viele solcher Beziehungen wurden täglich dazu benutzt, Kindern ihr Dasein zur Hölle zu machen? Er brauchte lediglich an die Dinge zu denken, die Charlotte ihm vom sexuellen Mißbrauch durch ihren leiblichen Vater erzählt hatte. Und wie war es bei ihm selbst?

Seine Mutter war unmittelbar nach seiner Geburt gestorben, der Vater zum Trinker geworden, der sich offensichtlich nur mühsam hatte zurückhalten können, ihn umzubringen. Wirklich tragfähige emotionale Beziehungen waren im Laufe der Jahre zwischen ihm und seinen Großeltern entstanden. War so etwas nicht auch zwischen Menschen möglich, die sich erst kennenlernen mußten, die nicht durch Zeugung und Schwangerschaft miteinander verbunden waren? Es kamen ihm so viele Fragen in den Sinn, auf die er keine Antworten wußte.

Templer meinte, nicht mehr in der Wohnung bleiben zu können, er mußte hinaus ins Freie. Er streifte sich einen Jogginganzug und Turnschuhe über, nahm den Wohnungsschlüssel vom Haken und benutzte die Treppe, um nach unten zu gelangen. Es regnete leicht, als er auf die Straße kam. Ihn störten die Tropfen nicht, die auf ihn niederfie-

len, er bemerkte sie noch nicht einmal. Während er durch die ihm fremden Straßen lief, überlegte er, ob er lieber allein sein wollte oder Charlottes Nähe vermißte. Er kam zu keinem Ergebnis. Am besten beides gleichzeitig. Er lachte kurz auf, als er sich seiner ambivalenten Bedürfnisse bewußt wurde. War sein Leben nicht voller widersprüchlicher Sehnsüchte? War es nicht schon seit seiner Kindheit gespickt mit Gefühlen, die sich nicht miteinander vereinbaren ließen und ihn manchmal zu zerreißen drohten?
Er hielt in seinem Lauf inne. War das, was er gerade dachte, nicht auch übertragbar auf die Vorstellungen über seine und Charlottes Zukunft? Manchmal wollte er nichts anderes, als ihr so nahe wie möglich sein, am liebsten sogar in sie hineinkriechen, mit ihr eins werden? Und dann wieder konnte er ihre bloße Gegenwart nur schwer ertragen. War er zu lange allein gewesen, um ein längeres Zusammensein mit einem Menschen, wie sehr er ihn auch liebte, zu ertragen? Ist so etwas normal? fragte er sich. Hatten andere Menschen derartig widersprüchliche Wünsche auch? Hans Templer lief weiter und hatte nach einer halben Stunde vollkommen die Orientierung verloren. Er mußte einige Male nach dem Weg fragen, um zu Charlottes Horst zurückzufinden.

Hans hatte eingekauft. Er stand mit tränenüberströmtem Gesicht in der Küche und schnitt Zwiebeln, als Charlotte am nächsten Abend von der Arbeit kam.
„Warum weinst du denn? Hast du mich so sehr vermißt?“ scherzte sie und knabberte zur Begrüßung an seinem Nacken.
„Nein, ich bin traurig, weil ich gerade meine Geliebte aus der Wohnung schicken mußte, bevor du kamst“, gab er zurück.
„Grrr! Das macht mich jetzt eifersüchtig.“
„Ach? Ich darf keine Geliebte haben, und du?“
„Nein! Nicht schon wieder dieses Thema! Ich dachte, das sei abgehakt.“
„Ist es ja auch ..., weitgehend.“
„Das beruhigt mich.“
„Wie war dein Tag?“ wollte Hans von ihr wissen.
„Anstrengend. Ich habe heute mittag die Amerikaner zum Flughafen gebracht und dann den ganzen Nachmittag am PC gesessen und Statistiken ausgewertet“, berichtete sie und schleuderte mit einer gekonnten Bewegung ihre Schuhe durch die Tür ins Wohnzimmer.
„Du hast eben einen sehr interessanten Beruf“, frotzelte Hans und hackte schniefend die Zwiebeln in kleine Würfel.

„Was machst du uns zu essen?"
Hans hatte beschlossen, für beide eine norddeutsche Spezialität auf den Tisch zu bringen.
„Labskaus."
„Oh, lecker! Das habe ich ewig nicht mehr gegessen. Früher hat mein Opa das manchmal gekocht, wenn ich bei meinen Großeltern zu Besuch war. Darf ich dir helfen?"
„Nein. Frauen haben in der Küche nichts zu suchen, die gehören in die Fabrik, ins Büro oder in die Politik!" antwortete Hans.
„Dann gehe ich duschen und werde ein wenig lesen. Rufst du mich, wenn das Essen fertig ist?"
„Ja, gnädige Frau. Was wünschen Sie zu trinken?"
„Was trinkt man zu Labskaus?"
„Dazu gehört ein eisgekühltes Beck's."
„Ich darf keinen Alkohol, das solltest du als Arzt wissen!"
„Eine Flasche pro Schwangerschaft schadet weder Mutter noch Kind", sagte Hans, öffnete den Kühlschrank und zeigte auf zwei Flaschen mit alkoholfreiem Bier.
„Voilà, eine Alternative für die Frau, die ein Leben unter dem Herzen trägt!"
Charlotte mußte über Hans' humorvolle Art lachen.
„Was ist mit dir? Gestern warst du noch ganz deprimiert und heute ..."
„Ich kann schließlich nicht mein restliches Leben im Zustand bleierner Melancholie verbringen!"
„Ein guter Entschluß. Was hat die Wende gebracht?"
„Ich weiß es nicht und will auch nicht darüber nachdenken. Vielleicht bin ich ein Steh-auf-Männchen", antwortete er und gab ihr einen Klaps auf den Po, „und nun raus aus der Küche!"
Eine Stunde später hatte er den Tisch in der Eßecke gedeckt und Charlotte zum Essen gerufen. Er servierte das Labskaus mit Spiegeleiern, roter Bete und Heringen.
„Mmh. Das ist viel besser als bei Großvater", kommentierte sie anerkennend den ersten Bissen, „du bist als Koch bei mir engagiert!"
„Viel mehr als Labskaus und ein paar italienische Gerichte kriege ich aber nicht zustande. Ich habe meist in Klinikkantinen oder Restaurants gegessen oder ..."
„Warum sprichst du nicht weiter?"
„... oder hatte Freundinnen, die gut kochen konnten."
„Aha, daher weht der Wind. Auch wenn du es mir nicht zutraust, ich kann gut kochen. Ich bin überhaupt die perfekte Hausfrau!"

„Dann wissen wir ja schon, wie die zukünftige Rollenverteilung bei uns sein wird."
„Ha, ha, ha!"
„Warum lachst du so zickig?"
„Weil ich den Scherz überhaupt nicht gelungen fand!" giftete Charlotte ihn an, und Hans war sich nicht ganz sicher, ob sie es spaßhaft oder ernst meinte.
„Hast du schon mal darüber nachgedacht, wie unser gemeinsames Leben zukünftig verlaufen könnte?" fragte er vorsichtig.
Charlotte nahm einen Schluck Bier und nickte.
„Klar. Nicht nur einmal. So schön es ist, mit dir zusammen zu sein, so schwierig stelle ich mir ein Zusammenleben zwischen uns auf engem Raum vor", gab sie zu bedenken.
„Was heißt für dich auf engem Raum? In einer Stadt?"
„Nein, das sehe ich überhaupt nicht als Problem. In dieser Wohnung, meine ich."
„Wie, in dieser Wohnung?"
„Findest du, daß sie für drei Menschen zu klein ist?" fragte Charlotte.
„Nicht nur zu klein. Es ist eine typische Junggesellenwohnung, nicht kind- oder familiengerecht."
„Das stimmt, und damit fängt unser Problem schon an ..."
„Warum fängt unser Problem damit an?"
„Weil ich diese Wohnung nicht verlassen möchte!"
Hans holte ganz tief Luft, als wolle er sich aufblasen wie ein dicker Frosch, und ließ sie hörbar durch die Nase entweichen.
„Du willst in dieser Wohnung bleiben?"
„Ja."
„Das heißt, daß du auch Frankfurt nicht verlassen willst?" schloß er aus ihrer Absicht.
„Das ergibt sich daraus."
„Und ich wollte dir sagen, daß ich auf keinen Fall nach Frankfurt ziehen werde."
„Oh je. Ich hatte es befürchtet. Und jetzt?"
Hans zuckte mit den Schultern.
„Ich weiß es auch nicht", sagte er resigniert, „sie konnten zueinander nicht kommen."
„Das kann nicht, das darf nicht sein!"
„Ich bin jetzt fast eine Woche lang mit offenen Augen durch deine Wahlheimat gegangen und glaube, daß ich hier nicht leben könnte", resümierte er seine Erfahrungen aus den letzten Tagen, „mir würde das flache norddeutsche Land fehlen, die Menschen in ihrer trocke-

nen und wortkargen Art. Und ich möchte auch meine Großmutter nicht allein lassen."
„Das sind alles Gründe, die ich gut verstehe, aber bitte begreife du auch mich! Mit meiner Geburtsheimat verbinde ich emotional das Erlebnis sexueller Gewalt und jahrelanger Qualen. Ich will dort nie wieder leben!"
Natürlich konnte Hans Templer das nicht wirklich nachfühlen. Wie auch? Aber er respektierte die Gefühle seiner Lebenspartnerin.
„Wie würdest du dir unser Zusammenleben, wenn es denn eines gäbe, vorstellen?" tastete sie sich behutsam vor.
„Wie meinst du das?"
„Du sprachst vorhin scherzhaft von Rollenverteilung. Könntest du dir vorstellen, Hausmann zu sein?"
„Für einen begrenzten Zeitraum ja."
„Wie lang wäre ein solcher Zeitraum?" präzisierte sie ihre Frage.
„Zwei, drei Jahre vielleicht. Für mich stellt sich das Problem, daß es schwierig sein würde, nach einer allzu langen Pause wieder in meinen Beruf zurückzufinden, der schnellem technischen und elektronischen Wandel unterliegt."
„So do I", sagte Charlotte, „aber mit der Regelung, daß wir uns die Kindererziehung zeitlich teilen, könnte ich ganz gut leben."
Hans atmete jetzt erleichtert durch.
„Wenigstens nicht noch mehr Differenzen!"
„Das Wohnortproblem wird schwierig genug zu lösen sein", dämpfte Charlotte seinen Optimismus.
Eine lange Zeit schwiegen beide und schienen aneinander vorbei in die Ferne zu blicken.
„Ach, Hans, warum ist unsere Beziehung so kompliziert? Das einzige, was ich sicher weiß, ist, daß ich dich sehr liebe!"
Charlotte stand auf, ging um den Tisch herum und setzte sich auf seinen Schoß. Er zog ihren Kopf an seine Schulter und streichelte sie.
„Ich dich auch!" antwortete er und fuhr fort: „Ich glaube, ich brauche viel Zeit, um mir über alles klarzuwerden."
Er spürte, wie sie mit dem Kopf nickte.
„Ich auch."

Hans Templer empfand die Fahrt zum Altersheim wie einen Gang nach Canossa. Er hatte zigmal darüber nachgedacht, was er seiner Großmutter sagen sollte und wie, aber keine ihm passend erscheinende Formulierung gefunden. Obwohl er bereits seit fast zwei Wo-

chen nicht mehr in der Klinik beschäftigt war, hatte er ihr diesen Umstand noch immer nicht mitzuteilen gewagt.
Vor lauter Aufregung vergaß er sogar, ihr Blumen mitzubringen, was ihm bisher noch nie passiert war.
Er fand sie im Aufenthaltsraum in einem der großen bequemen Sessel. Sie las. Vermutlich in der Bibel, dachte Hans, aber er täuschte sich. Es waren die Lebenserinnerungen von Charly Chaplin, in die sie vertieft war. Von hinten schlich er sich an sie heran und bedeckte ihre Augen mit seinen Händen.
„Das kann nur Hans sein!“ rief sie aus, und er gab ihren Blick frei.
Sie legte ihr Buch zur Seite und ließ sich von ihrem Enkel aus dem Sessel ziehen, dann umarmten sie sich.
„Dich sieht man auch immer seltener!“ beschwerte sie sich.
„Es gab so viel zu tun“, versuchte er seine seltenen Besuche zu entschuldigen.
„Ich weiß. Ich habe dich im Fernsehen gesehen. Du hast die Spitze erreicht, das freut mich.“
Templer schluckte.
„Laß uns auf die Terrasse der Cafeteria gehen, vielleicht können wir uns dort ungestört unterhalten“, schlug er vor.
Sie holte sich eine Strickjacke aus ihrem Zimmer, während er schon einen Tisch im äußersten Winkel aussuchte und zwei Kaffee bestellte.
„Warum verkriechst du dich denn hier in der Ecke?“ fragte sie, als sie an den Tisch kam.
„Es muß ja nicht jeder hören, was wir uns zu erzählen haben.“
„Es gibt also geheimnisvolle Neuigkeiten?“
„Ja.“
„Ich sehe dir an deinem Gesicht an, daß es keine guten sind.“
Templer war schon lange nicht mehr überrascht darüber, wie schnell und zielsicher sie herausbekam, in welcher Gemütsverfassung er sich befand. War das verwunderlich? Schließlich war sie der einzige Mensch, der ihn von seiner Geburt an kannte und, das war ihm immer wieder aufgefallen, aufmerksam beobachtete.
„Auch das stimmt“, gab er zu.
„Welche Hiobsbotschaft hast du mitgebracht? Und bitte versuche nicht, mich zu schonen! Lege die Karten offen auf den Tisch. So ist es mir am liebsten, wenn es denn schon sein muß“, sagte sie in gebieterischem Ton.
Bereits an ihrem Gang war ihm aufgefallen, daß es ihr gutging.
„Es ist nicht nur eine Hiobsbotschaft ...“, begann er.
„... sondern gleich mehrere?“

„Drei, um genau zu sein. Ich weiß gar nicht, mit welcher ich anfangen soll."
„Mit der unangenehmsten", schlug sie vor.
„Gut. Ich habe meinen Posten in der Klinik hingeschmissen."
Templer sprach nicht weiter, sondern versuchte in Großmutters Gesicht zu lesen, wie sie die Nachricht aufnahm. Aber ihr Gesicht blieb, von einem leichten Zusammenziehen der Augenbrauen abgesehen, unbeweglich.
„Und weiter?"
„Meine Freundin bekommt ein Kind."
Wieder machte er eine Pause. Ein Lächeln huschte über ihr Gesicht. Gott sei dank, dachte er.
„Das ist für mich keine Hiobsbotschaft. Endlich der Anfang für eine neue Templergeneration", sagte sie strahlend.
„Noch ist das Kind nicht da, und noch ist es kein Templer, sondern ein Gründler", gab er zu bedenken.
„Macht nichts. Das wird sich schon finden. Mit der Zeit kommen auch die Namen. Und nun die Nummer drei!" forderte sie.
„Charlotte und ich sind uns nicht einig, ob wir zusammenleben können. Wir haben sehr verschiedene Vorstellungen von einem Familienleben."
Auch das schien sie nicht aus der Fassung zu bringen.
„Das kommt davon, wenn man mit einer festen Partnerschaft so lange wartet, bis man fast alt und grau ist. Dann ist keiner mehr bereit nachzugeben", bemerkte sie nur, und Templer fand, daß sie den Kern des Problems richtig erfaßt hatte.
„Wirklich schade finde ich nur, daß du deinen Posten im Krankenhaus aufgegeben hast, aber das mußt du ganz allein entscheiden, dazu kann ich alte Frau nichts sagen. Warum hast du deinen Hut genommen? Und warum so plötzlich? Oder wußtest du es schon länger und wolltest mich nur schonen?"
„Nein, es war ein ganz spontaner Entschluß. Ich will dich auch nicht mit Einzelheiten belasten. Es geht darum, daß ich es nicht mehr ertragen habe, wie heuchlerisch und unehrlich man auf der Führungsebene des Krankenhauses miteinander umgeht."
„Das Problem gibt es, seit es Menschen gibt, glaube ich", antwortete Großmutter Templer fast philosophisch, „ich finde es couragiert, wenn jemand sich entscheidet, so etwas nicht mitzumachen."
Templer hatte Mühe, seine Verwunderung über das Verständnis zu verbergen, das seine Großmutter ihm entgegenbrachte. Er kannte sie auch ganz anders, viel starrsinniger und vorwurfsvoller.

„Und was wirst du jetzt tun?“ fragte sie nur.
„Ich weiß es noch nicht. Am liebsten würde ich mich für einige Monate in die Einsamkeit zurückziehen und nachdenken“, sagte er zögernd.
„Worüber willst du nachdenken?“
„Über Vergangenes und Zukünftiges.“
Hans Templer blieb in seiner Formulierung allgemein, weil er auf diese Frage keine verbindlichere Antwort wußte.
„Und wo wird das sein?“ fragte seine Großmutter in düsterer Vorahnung.
„Ich weiß es nicht. Auch darüber muß ich noch nachdenken.“
„Nachdenken hat noch nie geschadet. Ich hoffe nur, daß du nicht so weit fortgehst, daß wir uns nicht mehr sehen können. Du bist der einzige Mensch, den ich noch habe.“
Bei diesem Satz wurden ihre Augen etwas feucht.
„Wenigstens solltest du mir regelmäßig schreiben“, schränkte sie ihre Hoffnung jetzt schon ein.
„Das tue ich ganz bestimmt!“ versprach er.

Erklärung medizinischer Fachausdrücke

Alt(insulin) = Blutzuckersenkendes Hormon mit schnellem Wirkungseintritt
Atemdepressiv = Dämpfend auf Gehirnareale wirkend, die die Atmung regulieren
Benzodiazepine = Bestimmte Klasse beruhigender Medikamente
Braunüle = Kanüle aus Kunststoff, die in einer Ader der Arme liegt und der Zufuhr von Flüssigkeit und Medikamenten dient
BZ-Wert= Blutzucker-Wert
CTG = Kardiotokogramm (Aufzeichnung des embryonalen bzw. fetalen Herzschlages und der Wehentätigkeit einer Schwangeren)
Diastole = Unterer Blutdruckwert
Diazepam = Das Medikament gehört zu den Benzodiazepinen (s. d.)
Disconnection (-Alarm) = Optisches und/oder akustisches Signal, das die Unterbrechung der Schlauchverbindung eines Beatmungsgerätes anzeigt
Ductus arteriosus Botalli = Beim Embryo vorhandene Verbindung zwischen der Hauptschlagader und dem Lungenblutkreislauf (verödet nach Einsetzen der Atmung mit der Geburt allmählich)
EEG = Elektroenzephalogramm (Gerät zur Messung der Hirnströme)
Embryotoxisch = Für das ungeborene Kind giftig
Evaluierung = Bewertung
Flecainid = Medikament zur Unterdrückung von Extraschlägen des Herzens
Fraktur = Bruch (eines Knochens)
Führungsmandrin = Führungsstab für weiche Katheter
Gyn = Gynäkologie (Frauenheilkunde)
HIV = human immunodeficiency virus (Erreger von AIDS)
Ileus = Darmverschluß
IMV = Intermittent mandatory ventilation (Art der maschinellen Beatmung mit dem Ziel, den Patienten wieder an die Eigenatmung zu gewöhnen)
Infertilität = Unfruchtbarkeit
Infusomat = Siehe Perfusor
Insemination = Künstliche Befruchtung
Intrakraniell = Im Inneren des Schädels befindlich
Isocor = Gleiche Pupillenweite beider Augen
Kardiochirurgie = Herzchirurgie
Kolonresektion = Operative Entfernung des Darms (oder eines Teils davon)

Konsil = Rat eines oder mehrerer Ärzte zur Klärung eines Krankheitsfalles
Kornealreflex = Durch Hornhautreizung am Auge ausgelöster Blinzelreflex
Laborflöte = Zusammenstellung bestimmter Laborwerte (Mediziner-Jargon)
MTA = Medizinisch-technische(r) Assistent(in)
Multiple = Vielfältige
NAW = Notarztwagen
Non-Hodgkin-Lymphom = Bösartig verlaufende Erkrankung des lymphatischen Gewebes
Oliven = Endstücke des Stethoskops zur Anpassung an die Form der äußeren Ohröffnungen des Untersuchers
Operationssitus = Lage der Organe im Körper (im Augenblick der Operation)
PEEP = Postive end-expiratory pressure (Beatmung mit positivem Druck in der Phase der Ausatmung)
Perfusor = Gerät, das die Zufuhrmenge von flüssigen Medikamenten über einen definierten Zeitraum steuert
Perikard = Herzbeutel
Perikarderguß = Flüssigkeitsansammlung im Herzbeutel
Perinatale Mortalität = Sterblichkeit um den Geburtszeitpunkt
Perinatologie = medizinisches Fachgebiet, das sich mit dem Zeitpunkt vor, während und direkt nach der Geburt beschäftigt
Pneumonie = Lungenentzündung
Pneumothorax = Luftansammlung zwischen Lunge und der inneren Brustwandung mit totalem oder teilweisem Kollaps der Lunge
Polytraumatisiert = Mehrfach verletzt
PsychKG = Gesetzliche Regelung der Zwangseinweisung eines Patienten zur (meist stationären) Behandlung gegen dessen Willen
Reanimation = Wiederbelebung
Relaxierung = Entspannung (hier: Entspannung der Muskulatur, insbesondere damit ein Patient künstlich beatmet oder operiert werden kann)
Ringer (eigentlich Ringerlösung) = Salzlösung zur Flüssigkeitszufuhr (als „Tropf")
Ruptur = Zerreißung
Schädel-CT = Computertomographie (modernes Röntgenverfahren) des Kopfes
Sono = Ultraschall-Untersuchung
Sonographieren = Mit Ultraschall untersuchen

Subxiphoidal = Unter dem Brustbein gelegen
Suizid = Selbstmord
Suprarenin = Adrenalin, das zur Kreislaufstützung und Stimulierung der Herzaktivität in der Intensivmedizin verwendet wird
Systole = Oberer Blutdruckwert
Thorax = Brustkorb
Trauma = Verletzung
Trigeminusgebiet = Versorgungsgebiet des 5. Hirnnerven (u. a. für die Berührungsempfindungen im Bereich des Gesichtes „zuständig")
Uterusatonie = Zustand, bei dem sich die Gebärmutter nach dem Geburtsvorgang nicht wieder „zusammenzieht" (u. U. mit lebensbedrohlicher Nachblutung verbunden)
Venenpunktion = Einstich in eine Vene
Ventrikuläre Extrasystolen = „Extraschläge" des Herzens, die ihren „elektrischen Ursprung" im Bereich der Herzkammern haben
Xylocain = Medikament, das u. a. zur Unterdrückung von Extraschlägen des Herzens verwendet wird
ZVD = Blutdruck in einer herznahen Vene
ZVK = Zentraler Venenkatheter